KB053925

박태원 단편선
소설가 구보씨의 일일

책임 편집 · 천정환

서울대학교 국어국문학과와 같은 과 대학원 졸업.
현재 성균관대학교 국어국문학과 교수.
저서로는『근대의 책 읽기—독자의 탄생과 한국 근대문학』등이 있고, 논문으로는「박태원 소설의 서사 기법에 대한 연구」「김승옥 소설에 나타난 근대화의 문제」「계몽주의와 '재미'의 근대화」등이 있음.

한국문학전집 15

소설가 구보씨의 일일

박태원 단편선

초판 1쇄 발행 2005년 4월 18일
초판 28쇄 발행 2022년 10월 5일

지 은 이   박태원
책임 편집   천정환
펴 낸 이   이광호
펴 낸 곳   ㈜**문학과지성사**
등록번호   제1993-000098호

주   소   04034 서울 마포구 잔다리로7길 18(서교동 377-20)
전   화   02)338-7224
팩   스   02)323-4180(편집) 02)338-7221(영업)
전자우편   moonji@moonji.com
홈페이지   www.moonji.com

ⓒ ㈜**문학과지성사**, 2005. Printed in Seoul, Korea

ISBN 89-320-1596-1 04810
ISBN 89-320-1552-X(세트)

이 책의 판권은 저작권자와 ㈜**문학과지성사**에 있습니다.
서면 동의 없는 무단 전재 및 복제를 금합니다.

박태원 단편선
소설가 구보씨의 일일

천정환 책임 편집

문학과지성사 한국문학전집 15

| 차 례 |

일러두기 • 6

수염 • 7
낙조落照 • 20
소설가 구보仇甫씨의 일일一日 • 88
애욕愛慾 • 159
길은 어둡고 • 201
거리距離 • 224
방란장 주인芳蘭莊 主人 • 244
비량悲凉 • 255
진통陣痛 • 279
성탄제聖誕祭 • 286
골목 안 • 300
음우淫雨 • 373
재운財運 • 397

주 • 433
작품 해설
식민지 모더니즘의 성취와 운명 / 천정환 • 447
작가 연보 • 476
작품 목록 • 480
참고 문헌 • 488
기획의 말 • 493

| 일러두기 |

1. 이 책에 실린 작품은 박태원이 1930년부터 1941년까지 발표한 작품 중에서 선정한 10편
   의 단편소설과 3편의 중편소설이다. 각 작품의 저본은 주에 명기되어 있다.
2. 이 책의 맞춤법은 1988년 1월 19일 문교부 교시 '한글 맞춤법'에 따르는 것을 원칙으
   로 하였다. 단 작품의 분위기에 영향을 준다고 판단되는 방언이나 구어체 표현, 의성
   어 의태어 등은 그대로 두었다.
       예) 숙부님께서나 <u>가슈.</u>
       예) 이분이 김선생 조카 되시는 <u>분이구랴.</u>
3. 원본의 한자는 가급적 한글로 바꾸었으며, 작품 이해에 도움이 될 만한 한자는 그대로
   두고 괄호 안에 넣었다(예 ①). 반복적으로 등장하는 한자어는 최초에만 괄호 안에 한
   자를 병기하고 후에는 한글로만 표기하였다. 또 책임 편집자가 독자들의 이해를 위해
   필요하다고 판단되어 부가적으로 병기한 한자는 중괄호(〔 〕)를 사용하여 표기하였다
   (예 ②).
       예) ① 花郞의 後裔→화랑의 후예(後裔)
       예) ② 차마→차마〔車馬〕
4. 대화를 표시하는 『 』 혹은 「 」은 모두 " "로 바꾸었고, 대화가 아닌 강조의 경우에는
   ' '로 바꾸었다. 또 책 제목은 『 』로, 영화·단편소설 등의 제목은 「 」로 표시했다.
   말줄임표 '··' '···' '·····' 등은 모두 '……'로 통일시켰다. 단 원문에서 등장인물의
   머릿속 생각을 표시하는 괄호는 작은따옴표(' ')로 바꾸었고, 작가가 편집자적인 논
   평을 붙인 부분은 원문대로 괄호(( ))안에 표시해두었다.
5. 외래어 표기는 1986년 1월 7일 문교부 교시 '외래어 표기법'에 따라 바꾸었다(예①).
   단 작품의 제목이나 중요한 어휘로 등장하는 경우에는 원본을 그대로 살렸다(예②).
   아울러 일본어 인명과 지명 등은 원문대로 표기하고 일본어 원문을 주에 표시하였다.
       예) ① 쩌어날리스트→저널리스트
       예) ② 조선의 심볼(현 외래어 표기법으로는 '심벌')
6. 과도하게 사용된 생략 부호나 이음 부호는 읽기에 편하도록 조정하였다.
7. 책임 편집자가 부가적인 설명이나 단어 풀이가 필요하다고 판단한 경우에는 본문에
   중괄호(〔 〕)로 표시해놓거나 책의 뒤쪽에 미주로 설명을 붙여놓았다.

수염

나의 코밑에 '감숭'하던 놈이 '깜숭'하게 되기까지에는 실로 칠 개월간의 노력과 인내가 필요하였던 것이다. 물론 나의 노력이며, 나의 고심이며, 나의 인내이다.

칠 개월이라 하면 우스운 것 같아도, 그것이, 실로, 반년과 또 한 달인 것을 생각해보면, 내 스스로 내 자신이 '참을성 많은 인물'인 것에 세 번 감탄 아니 할 수 없다. 또 그러하니만치, 이 '깜숭'한 놈이 내게는 제법 소중한 물건이 되는 것이다.

*

나의 이 '소중한 수염'이 맨 처음으로 그 존재를 시인받은 것은 작년 여름에 내가 대수롭지 않은 병으로 하여 두 달 동안 자리에 누워 있게 되었을 때다. 한 달 넘어 게을리 한 면모(面毛) 덕에 코밑이 약간 '감숭'해진 것을, 자리에 누워서 본 거울 속에 발견하였을 때, 나는 마침 문병차로 온 A군에게(반은 혼잣말로)

"이제 나도 수염이나 좀 길러볼까?"

하고, 말하였던 것이다. 물론 웃음의 말로 한 것이지만, '웬만하면 길러보아도 좋다'——정도의 생각은 있었다. 그때 A군은 그냥 빙그레 웃기만 하였다. 그 웃는 양이,

"아직 일르이."

하는 것같이 나에게는 생각되었다. 나는 그것을 시인하였다.

사실 '기유생(己酉生)'인 데다 생일이 섣달 초이레'라, 애매하게 먹은 한 살을 생각하면, 우선 '수염' 두 자를 나의 입이 발음한다는 것부터 너무나 대담한 짓임에 틀림없었다. 이것을 잘 알고 있는 나인 까닭에, 그 약간의 수염 기를 생각은 그 즉시 스러지고 말았던 것이다. 그러나 농담으로는 가끔 나의 입에서 나왔다.

"반사십(半四十)이니 수염 기를 때도 되었으렷다."

"코밑이 민민하면 어째 섭섭해."

"가령 '카이젤'²에게서 그 위대한 수염을 없애버린다 하면……"

그들은 나의 말에 대하여 A군이나 한가지로 빙그레 웃기만 하였다. B군도, C군도, D군도, 그리고 누구의 어떠한 말에든지 말 한마디 없이는 못 배기는 E군까지도……

E군까지도 나의 말에 냉담하였던 까닭에 나는 그 후 병상을 떠날 때까지 꼭 이 주일 동안 '수염' 두 자를 입 밖에 내어놓지 않았다.

이 주일이 지났다. 나는 자리에서 일어났다.

머리가 어지럽고 배에 기운이 없었으나, 두 달 동안 방 속에 갇혀 있었던 몸이라, 거리로 휘돌아다니고 싶어 견딜 수 없었으므로, 조반을 치르자 그 즉시 옷을 갈아입고 모자를 썼다. 물론, 어디로 가리라는 예정은 없었으나, 모자를 쓸 때 들여다본 거울 속에 머리털이 덥수룩한 게 몹시도 추접한 한 얼굴을 발견한 나는, 우선 이발소로 발길을 향하였다.

그날을 나는 지금도 기억하고 있다. 그것은, 그날이, 실로 내가 '수염'을 기르리라고 굳게 결심한 날인 까닭이다. 이발소 의자에 앉아, 이발사에게 나의 머리를 맡겨놓고, 삼십 분가량 '거울 속의 나'와 마주 대하고 있는 동안에 이 경탄할 대결심은 생겼던 것이다. 그러나 물론 내가 하는 일이라 결코 경솔하게 그러한 결심을 한 것은 아니다.

그 결심을 하기 전에 나는 우선 수염이 나의 얼굴에 주는 영향을 미학적 견지(美學的見地)에서 고찰해보았던 것이다. ──만점이었다.

둘째로 나는 이 '감숭한 놈'이──솜털과 그다지 큰 차이가 없는 놈이 기모근(起毛筋)이 활발하지 못한 수염을 기르려고 하기 때문에, 일이 년 동안 듬성듬성 난 '검숭한 놈'을 입 위에 진열해놓았다가 드디어 더 참지 못하고 깎아버리는 등의 추태를 연출하는 사람이 결코 없지 않은 까닭에…… 그러나 나에게는 절대적인 자신이 있었다.

 까닭에 나는 수염을 기르리라고 결심하였던 것이다.

*

 이발사는 머리를 가지런히 쳐놓고 면도와 비눗물을 가지고 나의 옆으로 왔다. 그는 나의 두 뺨과 턱에 차례로 비누질을 하고 난 다음에, 은근한 말소리로 이렇게 말하였다.

 "기르시렵니까?"

 물론, 나의 '수염'을 가리켜 하는 말이다. 나는 그가 나의 '감숭한 놈'의 존재를 알아준 것에 기쁨과 만족을 느끼며,

 "예에."

하고 대답하였다. 그러나 나의 마음은 불안하였다. 혹시나 이발사가,

 '젊은 애가 건방지게……'

하는 종류의 비웃음을 갖지나 않을까?—하여서이다. 나는 눈을 살며시 뜨고, 나의 턱에 면도질을 하고 있는 그를 흘긋 쳐다보았다. —아무런 표정도 없었다. 나는 적이 안심하였으나, 그래도 마음속의 불안한 음영(陰影)을 어찌할 길 없어, 불쑥 이러한 말을 하였다.

 "지난번에 각황사(覺皇寺)에를 갔더니, 주지 되시는 어른이 수염 좀 길러보지 않겠느냐고 하시기에……"

—이것은 물론 거짓말이다. 그러나 이만큼 예술적으로 거짓말이 나온 까닭인지, 나는 십계(十誡)의 하나를 깨뜨렸음에도 불구하고 마음이 기뻤다. 그러나 이발사가,

"네, 그러십니까? 그런 일이 흔히 있습죠."

하는 말에는 약간 얼굴조차 붉어졌던 것이다.

　그러나 그야 어떻든, 코밑에 '감숭한 놈'을 남겨둔 채 이발소를 나온 나는, 경험 없는 사람에게는 상상하기 어려운 기쁨 속에서 혼자 빙그레 웃었다. 나는 그길로 D군을 심방하였다. D군은 나가고 없었다. 나는 E군의 집으로 발길을 돌렸다.

　나는 걸어가면서, E군의 일이니까 그때는 아무 말도 없이 냉담한 태도를 보였지만, 이번에 이렇게 확호불발[確乎不拔]한 결심의 표적을 보여주는 이상 묵살할 수는 없으리라고 생각하였다.

　과연—,

　E군은 나의 얼굴을 보자, 비웃음과 놀라움이 한데 뒤범벅을 한 표정과 어조로 말하였던 것이다.

"정말이지, 보기 흉허이."

　그리고, 또,

"수염이 날 때도 아닌데…… 인제 저대로 더 자라지 않네."

　그러나 나는 조금도 괘념하지 않았다. E군의 하는 말은 내가 수염을 기를 결심을 하기 전에 재삼 신중히 생각해보았던 것인 까닭에……

　그러자 A군, B군, C군, D군이 차례로 모여들었다. 그리고 차례로 나의 '감숭한 놈'에 너무나 이해 없는 비평을 쏟아놓았다. 그중

에는 '돼지털'이라는 너무나 실례되는 언사로 나의 수염을 모욕한 친구조차 있었다. 그러나 나는 태연한 태도를 끝까지 보존하였다.

──천재(天才)에게 박해가 피할 수 없는 것인 것과 같이, 위대한 사업에는 언제든 비난이 수반되는 것이다.

이것을 나는 알고 있었던 까닭에, 그들의 '비난'과 '조소'에 정비례하여 나의 수염의 가치가 위대해지는 것을 깨닫고, 빙그레, 만족한 웃음조차 웃었다. 그리고 속으로 생각하였다.

'이번 겨울, 나의 생일까지에 사 개월의 시일이 있다. 사 개월이면 나의 이 '감숭한 놈'이 제법 수염다운 위풍을 보일 터이지. 그때 나는 술잔을 기울이며 나의 수염에 대한 그들의 불근신³한 관념을 일소시켜버리리라……'

나의 마음은 한없이 만족하였다.

*

그러나 경과는 나의 예상 밖으로, 그 후 두 달이 지나도록 아무런 변화도 나의 수염 위에 일어나지 않았다. 호사다마(好事多魔)라는 진부한 문자가, 하필, 나의 수염을 그 실례로 선택할 줄은 몰랐다.

나는 거울을 대할 때마다 초조함을 느꼈다. 물론 친구들의 조롱은 참으로 참기 어려운 것이었다. 그중에도 나의 자존심을 가장 치명적으로 상해놓은 것은 이발사였다.

내가 수염을 기르려고 결심을 한 후, 두번째로 이발을 하러 갔을 때, 이발사는 면모하기에 이르러 이렇게 말하였다.

"그대로 기르시렵니까?"

——물론 이것을 이발사의 무심한 습관에서 나온 말이라면 그만일는지 모르지만, 나에게는 절대로 그렇게는 생각되지 않았다. 나는 그의 말에서 두 가지 뜻을 찾아내었던 것이다.

"젊은 양반이 보기 싫으니 깎아버리슈."

또 하나는,

"벌써 두 달이 됐건만 그저 이 모양이니, 깎아버리는 게 낫겠쉐다……"

사실 말이지, 나에게 있어서 이만한 모욕은 이제까지 없었다. 그러나 나는 조금도 그러한 티는 보이지 않고 가만히, 그러나, 힘있게,

"예에. 그냥 둡쇼."

하였다. 그리고 눈을 들어, 이발사의 '한 줌은 착실히 되는' 깜숭한 놈을, 적의와 선망을 가지고 관찰하였다. 미적 가치(美的價値)는 비록 '제로'에 가까운 것이었으나, 그 분량만은 확실히 '탐스러운 것'이었다. 나는 그것을 부인할 수 없었다.

까닭에, 나는, 그가 고개를 숙여 나의 빈약하게도 '감숭한 놈'의 양쪽 끝을 따고 있는 동안, 그지없는 치욕을 느끼고, 그에게서 면도를 빼앗아가지고, 그의 수염을 몽땅! 잘라버리고 싶은 충동을 깨달았던 것이다.

*

그러나 내가 나의 수염으로 하여, 나의 자존심을 상하였던 것은, 결코 이만한 정도에 그치지는 않았다.

그곳에는 또 어머니의 조소가 있었다. 형의 조소가 있었다. 숙모의 조소가 있었다. 그리고 실로 나의 사랑하는 사촌누이의, 나의 총애를 믿는 데서 가질 수 있는 가장 대담한 태도의 기탄없는 조소가 있었던 것이다.

그러나 나는 여기서, 그들이 과연 얼마나 몰이해하고 또 냉혹한 '비웃음'을 나에게 주었던 것인지를 그대로 독자에게 알릴 용기도 욕심도 없다.

결국, 나는 나의 수염 하나로 하여, 사면초가(四面楚歌) 속에서 초패왕(楚覇王)의 끝없는 슬픔을 맛보았던 것이다. 만약 이대로 진행한다면 나는 오강(烏江)⁴에 가서——, 아니 이발소에 가서 수염을 깎아버릴 수밖에 없게 될 것이겠지……

이러는 동안에도 때는 흘러갔다. 호열자니, 장질부사니, 유행성감모⁵니, 이러한 것들로 하여, 큰 야단법석들을 하는 일도 없이 지나간 서울 거리에 서리가 왔다. 눈이 왔다. 눈과 함께 겨울이 왔다. 그리고 겨울과 함께 나의 생일이 왔던 것이다. 그러나 나의 생일과 함께 있어야 할 나의 수염의 '자랑'은 없었다. 여전히 고만한 것이 '감숭한 놈'……, 나는 무례한 친구들의 '비웃음' 앞에 마음 놓고 웃고도 싶고 울고도 싶었다.

14

이 감정이 어떻게나 격렬한 것이었던지 수염 기른 지 다섯 달째 되는 어느 날 이발소에 갔었을 때에는, 아무 말 없이 나의 수염 양쪽 끝을 추리고 있는 이발사에게서 면도를 빼앗아, 나의 코밑을 피가 나도록 훑어버리고 싶은 것을, 뱃속에 꾹! 누르고 있느라고 여간한 노력을 한 것이 아니었다. 그곳에 나의 '노력'이 있었던 것이다.

'고심'이 있었던 것이다.

그리고 '인내'……

*

그때 나는 결심하였다.

──이제부터 영구히 거울을 보지 말리라고.

물론 그 '감숭한 놈'의 '감숭한 꼴'이 보기 싫어서이다.

하루가 지났다. ──아무렇지도 않았다.

이틀이 지났다. ──거울이 보고 싶었다.

사흘이 지났다. ──그래도 나는 참았다.

이레가 지났다. ──나는 고통을 느꼈다.

열흘이 지났다. ──나는 참지 못하였다.

'이 열흘 동안에 나의 수염이 비상한 형세로 자라지 않았다고, 뉘 능히 단언하겠는고?……'

이러한 저주를 받아서 가할 생각이 나의 굳은 결심을 근거로부터 파괴해버렸다. 나는 마침내 거울을 보고야 말았다. 그리고 곧 그놈을 팽개쳐버렸다.

'깜숭'하리라고만 믿었던 놈이 그저 그대로 '감숭'하였던 까닭에……

——까닭에 나는 참말로 다시 두 번이라 거울을 보지 않으리라고, 굳게 굳게 결심하였던 것이다.

이 제이차 결심 이후로 이십 일이 지났다. 그 이십 일 동안, 나는 나의 '노력' '고심' '인내'의 최대 능력을 발휘하여, '거울의 유혹'과 싸웠다.

그러나 이렇게 말하면 바로 내가 '마음이 웬만큼은 굳은 사람' 같이도 생각되지만, 실상은 (좀 부끄러운 이야기지만) 그렇지도 못하다.

나는 거울을 보지 못하는 대신에, 그 이십 일 동안, 매일같이 손가락으로 코밑을 비벼보았던 것이다. 그러나 그 결과는 언제든지 거울 이상의 고민을 나에게 주었다.

——거울에서는 빈약은 하나마 그래도 '감숭'하니 그 존재라도 주장하고 있는 나의 수염이, 손가락으로 비벼볼 때에는 아무 특수한 감촉도 없었던 까닭에……

그동안에도 친구들의 비웃음은 그냥 그대로 계속되었다. 그것이 나의 마음을 한층 더 괴롭게 군 것은 물론이다. 이 나의 정신적 고민이 나의 육체에도 현저한 영향을 주었던 게지, B군, A군, D군, C군, 그리고 E군까지도 나에게 주의하여주었던 것이다.

"양볼이 쪽 빠지고 얼굴빛이 말이 아닐세!"

이렇게——

―결국, 수염 탓이었다……

*

그러자 지금으로부터 꼭 일주일 전에 나는 이발을 하게 되었다. 근 두 달이나 게으른 까닭으로 너무나 협수룩하여, 하루라도 더 미룰 수가 없었던 까닭이다.

내가 수염을 기르리라고 결심한 날을 이미 기억하고 있는 이상, 절대로 이날을 잊을 수가 없다. 그것은 소화 오년 삼월 ××일이다. 그러나 이날이 우리나라 역사에 무슨 유기적 관계도 없는 것일 뿐 아니라, 나 이외의 사람에게는 아무 흥미도 없는 일이니 그만두기로 하고, 다만, 저, 해 뜨고 비 오던 날이라면 아는 이는 알 것이다.

이날 나는 '오정 뛰―'[6]와 함께 이발소에 들어갔다. 그리고, 사십여 일 만에 거울과 처음 대하는 순간, 나는 소스라치게 놀라지 아니할 수 없었다.

나는 새삼스러이 이발소 안을 둘러보았다. 언제나 다름없는 이발소였다. 나는 살그머니 살을 꼬집어보았다. 아팠다.

나는 칠 개월 전과 다름없는 얼굴에 코밑에 '감숭'하던 놈이 '깜숭'하게, 무서운 변화를 보이고 있는 인물을 '경탄'과 더불어 벙하니 바라보고 있었던 것이다.

그러나 다음 순간, 나는 모든 것을 확실히 깨달을 수 있었다.

"그렇다! 기적이다."

하고. 그리고 또 만족하게 웃었던 것이다.

"그렇다! 신(神)은 이발소 안에도 존재한다……"

*

나의 이 '깜숭한 놈'을 누구보다도 먼저 칭찬해준 것은, 물론 이
발사였다.

"이렇게 갑작스레 훌륭하게 될 줄은 몰랐습니다. 헤, 헤,
헤……"

나는 치밀어 오르는 기쁨을 억제할 길 없이,

"흐, 흐, 흐……"

하고, 웃었다.

집으로 돌아오자, 누이가 남보다 먼저 이것을 발견하고 눈을 똥
그랗게 떴다.

나는 짐짓,

"보기 숭없지? 깎아버릴까?"

하고 물어보았다. 누이는 머리를 모로 흔들었다.

"아이, 왜, 존데……"

나는 한없이 만족하였다. 그리고 이 만족감은, 그 후 이삼 일간
에, A, B, C, D, E…… 제군의 눈에 '부러워하는 빛'이 확실히 떠
도는 것을 볼 때에 고조에 달하였던 것이다.

*

　이것으로 이 이야기를 마치기로 한다. 그러나 붓을 놓기 전에 한마디 할 것이 있다. 그것은 '신'의 '존재'니, '기적'이니 하고 말한 것에 대하여 그것을 취소하려는 것이다.

　그야, 나의 수염이 너무나 급격한 생장력을 보여준 것은, 분명히 '초인간적' '초과학적'의 느낌이 없는 것이 아니로되, 그것을 좀더 신중히 고찰해볼 때, 결코 '신'의 '기적'이라고는 생각할 수 없다. 아무래도 그것은 틀림없이 나의 '노력,' 나의 '고심,' 나의 '인내'의 가장 당연한 결과이리라…….

낙조落照

— 의 —

"이번 겨울은 춥지 않았었나요."

"글쎄요 아주 봄날 같으네요."

하고 이러한 인사들을 주고받기는 해도 그래도 겨울날은 역시 겨울날이었다.

한길 위 행인들의 걸음걸이가 추위를 탄다.

두루마기 입은 이의 두 손이 아구통이 속에 감춰진다.

외투 입은 양복쟁이의 목덜미가 시리다.

역시 겨울밤이다.

전차가 지난 뒤면 자동차가 지난 뒤면 으레히 잠깐 동안씩은 소리 없는 네거리의 아스팔트 위를 신문 배달부의 지까다비¹ 신은 두 다리가 달려갔다.

그의 옆구리에 찬 방울이 시끄럽다.

석간이 배달된 뒤 두 시간.

호외다.

만주에 또 무슨 일이나 생긴 것일까?

그러나 그러한 것은 아무렇든 좋은 일일지도 모른다.

약국 뒷방에서는 늙은이와 젊은이가 지금 마주 앉아 바둑을 두고 있었으니까.

옆에서 구경하는 이가 한 명……

"이건 늙은이를 너무 능멸히 여기는 게지. 남의 집을 막 들어와?"

"무슨 문제가 생길 듯해서 들어갔죠."

"문제는 무슨 문제야. 여기 한 점 탕 놔두면 그만이지 뭐야…… 저쪽을 제치나? 그러면 막지…… 여기를 끊나? 그러면 벌떡 서구…… 아무렇게 해두 두 집 나는데 문제가 무슨 문제야. 자 객쩍은 짓 그만하구 어서 딴 데 집내기나 허우."

"그래두 요기다 한 점 더 놔볼걸요."

"소용없대두 자꾸 그러는구먼…… 이렇게 벌리면 그만이지."

"요기다 또 한 점 놓거든요."

"아 이건 너무 늙은이를 능멸히 여기는구료. 호구(虎口)[2]로 들어와?"

"호구라고 못 들어갈 것 있습니까?"

"때리면 그만인데 못 들어갈 것이 있느냐?"

"때립쇼그려."

"때리지."

"그때에 여기를 벌떡 서거든요."

"그럼 소용 있나? 이러면 그만이지…… 뭣? 그러면 때린다? 아차 거길 내가 못 놓는구나 쯧쯧 그럼 죽었게?"

"죽지는 않죠. 서로 못 들어가니까…… 비겼죠."

"그럼 내가 졌게? 그래 내가 미쳤지 그걸 비겨놓는 바둑이 어디 있담 쯧쯧쯧쯧……"

성미가 급한 노인인 게다. 어조가 빠르고 높다.

오늘도 막걸리를 자신 게다.

눈알이 붉고 입김이 덥다.

"어서 둡쇼."

젊은이가 주머니에서 담뱃갑을 꺼내며 말하였다.

칼라와 넥타이를 안 하였다.

그의 옆에 놓인 젖은 수건과 비눗갑.

목욕을 갔다 온 길인 게다.

"뭐 더 해볼 것 없어. 졌수 졌어."

노인의 내젓는 손이 제법 술 취한 이답다.

바둑판에서 한 자 길이 방석을 뒤로 물려 벽에 가 기대앉으며 노인도 쌈지 끈을 푼다.

"오늘은 어딜 갔다 오셨습니까?"

잠자코 옆에 앉아 구경만 하고 있던 젊은이가 물었다.

겨울밤이라 그래서 그렇던지 그의 흰 두루마기는 방 안에서도 쓸쓸하였다.

목이 잠긴 목소리다.

다시 보니 목을 둘둘 만 붕대.

감기가 든 게다.

노인은 그의 말에 대답 없이 담배만 뻑뻑 빤다.

"오늘은 어딜 갔다 오셨습니까?"

목쉰 소리가 또 한 번 물었다.

"네 네?…… 고개 넘어 좀 갔다 왔지요."

고개는 무학재³ 고개다.

"오늘 이발하셨습니까?"

젖은 수건으로 얼굴을 문지르며 맞은편 젊은이가 노인의 머리를 바라보았다.

기름까지는 안 발랐어도 그래도 법대로 갈라 붙인 머리다.

"아니 그저께."

노인은 잠깐 있다가

"영신환⁴ 세 봉 주구 깎았지. 전에 막 깎을 때는 두 봉만 줘두 되더니……"

하고 묻지도 않은 말을 한다.

一의 二

"거— 약주두 영신환 내구 잡수십니까?"

흰 두루마기가 싱글싱글 웃으며 물었다.

그러나 그의 목쉰 소리는 얼른 알아듣기 어려운 것인지도 몰랐다.

"뭐? 뭐요?"

하고 노인은 곰방담뱃대를 입에서 떼고 이맛살을 찌푸리며 되물었다.

젊은이는 자기가 그리 친하지도 않은 노인에게 대해 실언을 하였는지도 모르겠다고

"아니, 저 저……"

하고 말을 더듬는 것을, 또 한 젊은이가 받아서

"저 최주사가 말씀이에요. 약주 잡수실 때는 어떡허십니까. 영신환 한 봉에 술 한잔 안 줍니까?"

"나는 무슨 말이라구…… 어림두 없는 소리. 그렇게만 된다면야 작히 좋겠소마는……"

노인의 얼굴에 말소리에 졸음이 있었다.

그러나 흰 두루마기 입은 젊은이는 이 노인과 더 좀 이야기가 하고 싶었던 모양이다.

"요새 약 많이 나갑니까?"

"흥!"

노인은 하잘 수 없는 코웃음을 우선 웃어놓고

"말씀 마슈. 오늘두 고개 넘어 왕복 삼사십 리에 단돈 일 원 오십 전이니 늙은 놈이 해먹을 노릇이유?"

해먹을 노릇이 아닌 줄 뻔히 알면서도 그래도 매약(賣藥) 행상 밖에는 할 것이 없는 노인의 처지다.

"그래두 노인께서 기운은 좋으십니다. 매일 사오십 리씩 걸으시구두 까딱없으시니."

"⋯⋯."

"그런데 최주사께서 약주가 과하세요."

이번 말도 노인은 잘 알아듣지 못하였는지도 모른다.

"뭣? 뭐요?"

노인이 또 이맛살을 찌푸렸다.

그러나 젊은이는 한 번 경험이 있은 뒤라 놀라지 않았다.

"약주가 과하시다구 그랬에요."

"흥! 약주가 과하다? 먹고 싶은 거 어떻게 허우? 그렇지 않어요? 히히."

"매일 그렇게 과음을 하시면 몸이 깎이지 않으세요?"

"몸이 깎인다? 흥."

하고 노인은 갑자기 몸을 바로 앉으며 담뱃대를 손에 들었다.

그의 어조가 빠르고 높다.

"사람이 제 몸을 애끼구 오래 살구 싶어하구 하는 것이 그게 모두 희망이라는 게 있기 때문인데⋯⋯ 내게 무슨 희망이 있단 말씀이유? 오늘 아니면 내일, 내일 아니면 모렌데 무슨 여망이 있단 말씀이유? 약이나 좀 팔리면 막걸리나 사 먹구 담배나 좀 사 먹구 그럴 뿐인걸⋯⋯ 흥!"

"최주사께서 올에 연세가 몇이십니까?"

"나요? 경오생(庚午生)[5]이오."

"경오생이시면⋯⋯"

하고 흰 두루마기가 혼자 속으로 쳐보려는 것을 또 한 젊은이가
가르쳐주었다.

"예순넷이셔."

"이제두 이십 년은 더 사십니다."

"그렇게 살아서 뭘 하게요. 돈 있구 권세가 있어야 오래 살아
재미 보죠. 흥!"

노인이 딱한 코웃음만 치는 것을 양복 입은 젊은이가 화제를 바
꾸어

"그러지 마시구 옛날 얘기나 좀 합쇼그려."

"옛날 얘기는 무슨 옛날 얘기?"

"아 왜 동경 유학 하시던 얘기……"

감기 든 젊은이는 이 말을 농담으로 들었던 게다.

말없이 빙그레 웃는 것을 노인은 갑자기 기운이 나서

"참 생각하면 그것두 호랑이 담배 먹던 시절이지. 그게 을미년
이로구료 끙."

노인이 잠깐 말을 끊고 기침을 하는 틈을 타서 한 젊은이가 다
른 젊은이를 보고 가만히 물었다.

"정말인가?"

그 대답으로 또 한 젊은이가 고개를 끄떡거리는 것을 보고 그는
두루마기 앞자락을 여미면서 새삼스레 호기심이 가득한 눈으로
노인을 보았다.

一의 三

"그게 을미년이니까 지금부터 치자면 서른아홉 해 전이렷다."

노인은 이야기를 시작한다.

"당시 내부대신이 지금 후작 박영효였느니…… 관비 동경 유학생을 뽑는데 지원자가 천여 명이라……"

"무려 천여 명이로군요."

"나두 나중에야 어찌 됐든지 지원을 하지 않았겠소."

"그때 최주사께서는 무얼 하고 계셨습니까?"

흰 두루마기가 팔짱을 끼며 묻는다.

"그때요? 경무청에 다녔지요. 내가 경무청 순검이라오. 이때나 그때나 순검이 호기는 있었지요. 그래 시험을 보지 않았겠소. 지원자는 천여 명인데 뽑기는 백 명을 뽑는구먼. 일인(日人) 의사가 온통 발가벗겨놓고 신체검사를 하구, 거기서 뽑힌 놈을 일제히 또 작문을 한 장씩 짓게 하는데 전라도 문자로 어떻게 이까짓 놈 두 한몫을 꼈구려."

"최주사께서 이발을 그때 하셨다네."

하고 양복 입은 젊은이가 일러주는 것을 노인은 곧 이어서

"이발이야 조선서 그중 먼저 한 축이지. 조선 단발령이 내린 것이 을미년 동짓달인데 나는 삼월에 일본 건너가자마자 깎았으니까. 하하하하……"

"가실 때 단체로 가셨겠군요?"

"아암 박영효가 인솔자로구료. 도보로 백여 명이 인천을 가는데——"

"경부선이 개통이 안 되었군요?"

"경부선커녕 경인선두 안 깔렸을 때지. 아 —— 서른아홉 해 전이구료."

"딴은……"

"그래 도보로 인천을 가는데 노돌 모래사장에 이르자 박영효가 호령을 걸어 백여 명을 뺑 둘러서게 하구 자기는 한가운데 서서……"

"이발들을 하라구 명령이죠?"

양복 입은 젊은이가 앞질러 말하는 것을 노인은 손을 내저으며

"이발은 일본 건너가서 했다니까 그러는군."

"그래두 지난번 이야기하실 때는 노돌 모래사장에서 이발을 하였다구 하시더니요."

"언제 그랬었나. 잘못 들은 게지……"

하고 노인은 딴전을 한다.

"어서 얘기나 헙쇼."

흰 두루마기가 재촉한다.

"그래 박영효가 뺑 둘러 세워놓구 한바탕 연설이렷다."

"뭐라구요?"

"여러분 중에는 양반의 아들두 있을 테구 중인의 아들두 있을 테구 평민의 아들두 있을 텐데, 지금 세상 형편이 자꾸 개척하는 시대야. 상중하 차별이 없는 시대야. 누구든 공부만 잘해서 우등

한 사람이 되면 그 사람이 즉 양반이지 별게 아니란 말이야……
말인즉슨 옳은 말이지."

"옳은 말이라는 것보다두 당연한 말이지요."

"당연한 말이라? 옳아 지금 세상이 평등 시대라서…… 하지만
여보! 그게 서른아홉 해 전이구료. 그때 그런 말 할 줄 아는 게 영
특한 게요."

"네, 네, 잘 알았습니다."

"그래 박영효 하는 말이 그러니까 허구한 날 반상만 가리고 앉
았는 자가 있다면."

하고 노인은 여기서 한숨 소리를 높여

"어딜 꿈쩍 거두⁶두 못하게 해놓지…… 말인즉슨 옳은 말이지."

"하하 딴은…… 그래 동경서 몇 해나 공부를 하셨습니까?"

"흥, 참 그 얘기 하자면 기맥히지. 몇 해가 다 뭐여. 그해 겨울
루 돌아와버렸는걸."

"그건 왜 또 그러셨에요?"

"흥!"

노인은 딱하게 코웃음을 또 한 번 치고 꺼진 담배에 다시 불을
붙인다.

一의 四

"을미년이라면 명성황후 괴변 난 바로 그햅니다."

노인은 담배 연기와 함께 술김을 뿜고 나서 이야기를 계속한다.

"나라에 괴변이 났는데 우리들끼리만 유학생입네 하구 동경에 남어 있을 수 있습디까? 그래 나와버렸지. 일이 그렇게 된 게야."

"그때 여러분이 모두 한데 나오셨에요?"

노인의 이야기 상대자는 역시 흰 두루마기 입은 젊은이다.

"아니 더러는 나오구 더러는 안 나오구……"

"그러면 더 좀 거기 계셔보시죠, 왜 그렇게 나와버리셨에요."

"흥 참…… 더 있으면 뭘 합니까? 원래가 당시 유학생들이 나뿐 아니라 모두가 인물은 없었습니다. 아니 그야 아주 없다구는 안 하지만 대개가 치자면은 건달팽이로구려. 동경이라구 일껀들 가서 무슨 공부들 한 줄 아시유?"

"그럼 무얼 하셨게요?"

"흥 말씀 마시유…… 그저 공부는 하지 않구 빨구 ××구…… 하하 기맥힐 노릇이지."

"차포겸장(車包兼將)⁷입니다그려."

"그런 문자가 있던가?"

"없습니다. 어서 얘기나 하십쇼."

"우리가 들어가는 길루 복택유길(福澤諭吉)⁸이를 만났구료."

"어디서요?"

"학교서…… 우리가 경응의숙(慶應義塾)엘 다녔었거든…… 지금두 동경에 그런 학교가 있지요?"

"있습니다."

"처음에 복택이가 물어보더구면. 성명이 무엇이오. 아무개요 대답하니까 조선 사람들은 성명 외에 자가 있구 별호가 있구 하다니 그것두 말하우 하길래 일일이 댔겠다. 그랬더니 이번엔 신분을 물어보더군. 황족(皇族)이시오 화족(華族)이시오 사족(士族)이시오 하구…… 황족은 일군의 일가렸다. 화족은 십부대신의 일가렸다 모두 내게는 당치 않길래 사족이라구 할밖에…… 백여 명 유학생을 일일이 물어보구 나더니 이번엔 지망이 뭐냐구 묻습니다그려."

"그래 뭐라구 그러셨습니까?"

"흥!"

노인은 자조미가 풍부한 코웃음을 치고 나서 어느 틈엔가 또 불이 꺼진 담배에 다시 성냥을 그어대고 그리고 또 한 번 "흥!" 하고 코웃음을 친 다음에야 이야기를 계속했다.

"역시 관직을 원한다구 그랬죠. 하나하나 물어보니까 백 명이 하나 빼지 않구 관직 지망자라구 그러는구료."

"그럼 모두 정치과에 들어가셔야만 했겠군요."

"아따 이 양반, 그냥 얘기나 들으슈 하하하…… 그래 그 말을 듣더니 복택유길이 얼굴에 실망하는 기색이 떠오릅디다. 자기는 설마 백명 학도 하나 빼지 않구 그렇게 대답할 줄이야 몰랐었던 게지. 원래가 사농공상 중에 농공상 세 가지가 나라 흥하는 근본 이로구료. 관직이란 매양 거저먹구 행세하구 엄벙뗑하는 그거지 아무것두 아니에요. 그야 하나두 없어서야 그도 어렵겠지만, 이건 모두들 그걸 하겠다니 될 말인가. 정작 농공상 세 가지는 아주 천하게들 생각하구…… 흥! 참!"

노인은 눈을 끔뻑끔뻑하면서 재떨이 대신 쓰는 양철통에다 탁 탁 재를 떨고 나서 담뱃대를 주머니에 넣으려다가 다시 생각난 듯이 손에 고쳐 들고 쌈지 끈을 푼다.

一의 五

"그러나 이왕 관직들을 지망하였거든 거기 합당한 공부들이나 열심히 해야지. 이건 나부터가 명색이 유학생이지 어디 무슨 공부한답디까? 심심하면 공관으로 놀러나 가지. 당시 공사(公使)가 공영하렷다."

"공삽니까? 영사(領事)입니까?"

"글쎄, 그게 참 지금 생각해보니 모호하군. 그게 참 뭐든가? 아 내 정신 봐라……"

"그거야 추후에라두 알려면 알죠. 그래 공사가 어쨌어요?"

"공사가 처음에는 반색을 해 맞어주구 온통 과일에 과자에 대접이 좋았죠. 학교들 잘 댕기시오, 일어들 많이 배셨소 하구…… 그야 해라는 없지. 모두 선비니까……"

"그렇겠죠."

"그러던 것이 누가 어찌 가다 한두 번씩 찾아가야지, 이건 허구한 날 드나들며 남 과일하구 과자만 축을 내놓으니 누가 좋아하겠수. 나중에는 그만 진력이 났는지 이제부터는 공관에서 청하거든 오구 그렇지 않으면 그저 모두 공부들이나 잘하라구…… 하하하."

"하 하 하."

말없이 노인의 이야기만 듣고 있던 양복 입은 젊은이도 같이 웃는다.

"참 그때 옷은 무엇들을 입구 계셨어요? 그대루 조선 옷들 입으셨나요?"

"천만에…… 학도복이지. 양복이죠. 통학할 때는 학도복 평상시는 철 따라서 히도에모노 아와세와다이레……⁹ 그렇죠."

흰 두루마기가 노인의 일본말 발음에 우스워서 입가에 떠오른 웃음을 감추느라고 손을 들어 콧잔등이를 만진다.

"거기 참 우슨 얘기가 있죠. 오나가나 어디든 없겠소만은 거기두 여기 심마찌¹⁰ 같은 데가 있더구먼. 거기를 처음에 학도복들을 입구 가지 않았겠소. 그랬더니 학도들은 절대루 안 된다구 어디 들어줘야지. 그래 다시 주인에게로 와서 이번엔 히도에모노들을 입구 갔지. 그랬더니 들어가게 한단 말이야. 아암 그것들두 우리가 학도들인 줄이야 뻔히 알구 있지만 학도복만 안 입구 가면 그저 이랏샤이¹¹로군 하하하."

노인의 웃음 뒤에 그곳에 잠깐 침묵이 있었다.

잠깐 기다려도 말없이 담배만 빠는 노인에게 양복 입은 젊은이는 자기 자신이 노인의 입으로써 확실히 여섯 번 이상 들은 유학담의 계속을 재촉한다.

"학교가 가기 싫어 꾀병을 앓구 병원에 입원하시던 얘기는 안 하십니까?"

"으응 그거? 참 병원에두 여러 번 입원했지요. 그야 꾀병이라면 꾀병이지만 사실 몸들두 성할 턱이야 없었지. 매일 앓구 빨구 × ×구 하니 참 노형 문자마따나."

하고 노인은 흰 두루마기 입은 젊은이를 보고

"뭐? 무슨 장군?"

"차포겸장 말씀입니까?"

"그래 옳지 차포겸장! 밤낮으루 차포겸장이니 어느 장사(壯士)가 살아나겠수. 그러니 입원두 할밖에. 입원하구 있으면 편하긴 하지만 한편으루 갑갑하구 또 음식이 안 맞죠? 그래 밤중에 몰래 나가서 과자 사 먹기……"

"잡숫기는 잘 잡수십니다. 하여튼."

"아따 이 양반, 먹는 데 어른 아이 있습디까? 하하하하……"

"하여튼 한때 잘 노셨습니다그려."

"놀았으니 지금 이 꼴이 아니유? 수염이 허연 놈이 약가방을 들구 부지런히 돌아다녀야만 다만 막걸리 몇 잔이라두 얻어걸리니…… 말씀 마시오 훙!"

노인은 또 코웃음을 치고 난 다음에 이번엔 가볍게 한숨까지 내쉰다.

一의 六

"그래 일본서 나오셔서 무얼 하셨에요?"

흰 두루마기가 노인의 담뱃불 붙이고 나기를 기다려 또 물었다.

"경무청에 다녔지요."

"경무청에는 동경 유학 가시기 전에 다니시지 않었습니까?"

"가기 전에두 다니구 나와서두 다녔지요. 내가 경무청에 다닌
게 도합 십구 년…… 경성 감옥 간수가 일 년…… 노돌 슛사쓰가
까리가 이 년……"

"노돌 슛사쓰가까리가 뭡니까?"

"뭐 정거장에 출찰개 있지 않소?"

노인은 출찰계(出札係)를 출찰개라 발음하였다.

"그때 노돌 정거장 남문 정거장 이렇게 있었거던요. 그래 나는
노돌 슛사쓰가까리를 하였다우. 그게 이 년…… 나중엔 하다못해
나무 시장 표사무까지 봤으니까 말할 것 뭐 있소."

"나무 시장 표사무라니요?"

"대한문 옆에 넓은 터전 문이 있습닌다. 요새 보니까 자동차 운
전 연습들을 게서 하더군."

"네에 거기요?"

"거기가 전에 나무 시장이었습니다. 게서 내가 표사무를 봤지
요."

"거기는 어떻게 그렇게 관계를 하시게 되었습닌까?"

"다름이 아니라 그 터전이 법인 부래상(法人富來祥)[12]의 땅이지
요. 왜 남문 밖에서 크게 벌리고 장사하는 부래상 형제상회라는
게 있지 않소? 바로 그 부래상의 땅이지요. 거기 지배인인 김○○
와 내가 원래 알겄다, 요 슛사쓰가까리를 그만두구 놀구 있을 때

김○○를 만났구료. 그랬더니 지금 뭘 하구 있느냐고 그가 내게 묻지 않았겠소? 그래 놀구 있다구 아무것두 하는 게 없다구 그랬더니, 그러면 나무 시장 표사무래두 보라구 그러더군요. 일이 그렇게 된 게죠."

노인은 말을 끊고 잠깐 동안은 담배만 뻑뻑 빤다.

"그러면 부래상의 김○○씨와 근래도 서로 왕래가 계시겠군요."

"누가?"

"최주사께서요."

"내가 누구하구?"

"김○○씨하구요."

"원 어림두 없는 소리 하시는군."

노인은 머리를 설레설레 흔든다.

"아 왜요?"

"왜라니……"

하고 노인은 갑자기 소리를 높였다.

"매양 사람들끼리 사귀는 게 별수 없습니다. 똑 저울질하는 거와 매한가지니까…… 저울이 평평해야만 사괴두 어울리는 거지 한편이 기울면 안 되죠. 보시구료 가령 한편이 재산이 있으면 한편은 지위가 높다든지……, 한편이 지위가 높다면 또 한편은 학식이 유여하다든지…… 똑 그래야만 되는 거지, 이건 돈두 없구 지위두 없구 그렇다구 학문조차 없는 내가 김○○와 교제를 하면 교제가 되겠소? 어림두 없는 소리지."

"그건 겸사의 말씀이십니다."

"겸사의 말씀은 무슨 겸사의 말씀이오 흥! 며칠 전엔가두 바로 약방 앞을 지나가더군."

"누가요? 김○○씨가?"

"네, 그걸 모른 체했죠. 굳이 아는 체를 하면 무얼 하우? 예전엔 한 좌석에서 같이 술두 몇 번 먹어봤지만 지금이 어디 그때요? 참으로 격세지감이 없지 않아 있구료."

"아는 체를 좀 하시면 또 어떻습니까?"

"참 이 양반 답답한 말씀만 하시는군. 김○○라면 아주 따다인[13]이 아니요?……"

"따다인이라니요?"

"그 왜 돈 있구 지위 있는 사람을 다인이라구 안 그러우? 원세개를 원다인이라구 그랬으니까…… 따다인이라면 아주 다인이란 말이지."

"그래 김○○가 따다인, 나는 빈 불알만 남은 놈이니 아는 체를 하면 무얼 하우? 그전같이 사귀자니 그 사람이 싫어할 게요 은근하게 대하자니 아첨하는 게 될 게니…… 그저 모른 체하는 게 그 사람에게나 내게나 피차간에 좋습니다."

이렇게 말하고 난 노인의 얼굴에는 역시 고적한 음영이 떠돈다.

二의 一

늙은 어버이는 장성한 아들의 봉양을 요구한다.

예순넷이나 된 노인, 한 발을 관 속에 집어넣고 있는 노인이 주위에 자기를 봉양해줄 아무도 갖지 못하였다는 것은 한 개의 비참한 사실이다.

하루에 탁주 몇 사발이면 족하다는——그 결코 대단하지 않은 욕망을 채우기 위해 약가방을 둘러메고 하루 오륙십 리 길을 걷지 않으면 안 되는 것은 최주사에게 있어서 가장 딱한 현실이다.

최주사에게는 아들이 없었다.

최주사는 그것이 늘 한이 되었다.

"아들 하나만 있었더면, 아들 하나만 있었더면."

하고 천만번은 생각하더라도 천만번 소용없을 그러한 생각을 때때로 하고는 그때마다

"픽!"

웃고

"흥!"

코웃음을 치는 최주사다.

자기에게 아들이 없다는 것을 최주사가 얼마나 한으로 여겼느냐 하면은——

이 약방 젊은 주인에게 올해 네 살짜리 어린것이 있다.

하루에 한 번씩은 아이 보아주는 계집애를 따라 약방으로 나와

서는

"아버지. 나 돈 한 푼."

하고 그 조그만 손바닥을 내어민다.

그것을 보고 어느 날 엉엉 소리를 내어 울기조차 한 최주사다.

그뒤 며칠 동안 어린애는 약방 안에 발을 들여놓지 못하였다.

젊은 아버지가 그것을 엄금한 까닭이다.

"딸은 암만 있어야 소용없에요. 그저 아들이 아들이 제일이에요."

하고 잠꼬대로까지 중얼거린 최주사다.

그에게는 딸이 형제가 있었다.

그야 그 딸들이 아직 나이 어렸을 적에는 최주사도

"딸이든 아들이든 다 같은 내 자식이지!"

하고 아버지의 애정을 모조리 쏟아서 길렀다.

그러나 그들이 시집을 가서 아들 낳고 딸 낳고 한 이제 이르러 생각하면 최주사는 결국에 있어서 남의 계집을 애지중지 양육해 온 것에 지나지 않았다.

——기막힌 노릇이다.

현재 큰딸 내외가 사는 구룡산의 한 채 초가집은 비록 금전으로 환산해 그것이 대단한 것은 아니더라도 어엿한 최주사의 소유물이다.

최주사는 애초에 자기 마나님과 거기서 살림을 하면서 큰딸에게 데릴사위를 맞아주었던 것임에 틀림없었다.

그리고 그들은 별다른 일 없이 한집 안에서 살아왔었다.

그러나 '별다른 일'은 그의 마나님의 '죽음'으로부터 생겨났다.

홀몸이 된 뒤 열흘이 못 가서 최주사는 자기가 마치 딸의 집으로 찾아들어가서 얻어먹고 지내는 것 같은 착각을 느꼈다.

최주사는 이 집에서 숙식을 하는 것이 불쾌하였다.

그야 어머니가 돌아갔다고 장모가 돌아갔다고 그의 딸이나 그의 사위기 최주사에게 대해 대우가 달라진 것은 아닐 게다.

그러나 최주사의 신변을 가장 관심을 가지고 돌보아주던 자기 마나님의 상실은 최주사에게 물질적으로 정신적으로 타격을 아니 줄 수 없었다.

최주사는 끝끝내 집을 나와버렸다.

그는 그가 삼십 년 내로 관계를 맺어온 이 약방을 근거지로 삼고 전이나 다름없이 매약 행상을 다녔다.

"내가 딸네 집이 왜 있어? 사위네 집이 왜 있어?"

하고 최주사는 누가 집을 나온 이유를 물을 때마다 대답하였다.

"그래두 그게 최주사의 댁이 아닙니까?"

하고 혹시 누가 말하면,

"데릴사위를 얻었으면 벌써 그건 사위 것이 된 건데 내가 왜 지긋지긋이 거기 붙어산단 말이오. 이렇게 되면 그게 딸네 집이지, 사위네 집이지, 내 집인가?"

하고 최주사는 고개를 설레설레 흔든다.

이 약방의 점원 하나가

"그러실 건 무엇 있으십니까? 손주딸 업어두 주시구 물두 좀 길어주시구 장작두 좀 패주시구…… 그렇게 누구 문자마따나 엄벙

뗑하구 같이 사시죠 왜 그러세요?"

하고 말하였을 때와 같은 때는,

"왜 내가 그 집 하인인가? 그 집 종인가?"

하고 최주사는 펄펄 뛰기조차 하였다.

二의 二

"효자가 불여악처라…… 효자 자식이 나쁜 계집만 못하다……
옳은 말이지 옳은 말이야!"

최주사는 마나님을 잃은 뒤로 곧잘 그러한 말을 하였다.

"어떤 시러베아들 놈의 효자가 제 애비 술 취해 쓰러져 자다가
밤중에 오줌 마려 할 때 애비 이불 속에다 오강을 들이밀어준다
말이요."

최주사는 약주 좋아하는 이인 만치 예를 들어도 이러한 종류만
든다.

듣는 사람들은 그냥 그 말에 고개를 끄덕였다.

그러나 노인과 그의 큰딸 내외와의 교섭은 아주 끊어진 것은 아
니다.

그는 달에 두어 번씩 구룡산으로 딸을 찾아갔다.

숙식을 이 약방에서, 막걸리를 술집에서 구하고 있으니 노인에
게 옷을 갈아입을 곳은 그래도 딸네 집밖에 없었다.

딸네 집에 다녀온 날은 으레 노인의 입에서 딸의 얘기 사위의

얘기가 나왔다.

그러나 그가 그의 딸을 그의 사위를 좋게 말한 것을 그들은 들은 일이 없다.

"흥! 술을 잔뜩 먹구 어디서 낙상을 했다던가? 온통 머리를 붕대로 싸매구 드러누웠더군. 그래두 일급이 아니라 월급이라 해서 며칠 안 나가느래두 봉급을 제하지는 않는다든가? 흥!"

"흥! 이걸 날더러 허라구 주더군. 양말대님 말이야. 이게 제게는 넷씩 다섯씩 있다우. 아주 그거 날탕이지 말할 것 없에요. 만년필인가 무언가두 성한 게 있건만 또 하나 새루 사구…… 사 원을 줬다든가 오 원을 줬다든가…… 철도국 직공 다니는 놈이 무슨 돈이 있어서 흥!"

"흥! 며칠 전에 또 봉천인가 어딘가 갔다 왔다든가? 누구냐구? 내 딸 말이지 누구요…… 철도국에를 다니는 사람의 가족들은 기차를 거저 탄난다. 그래 그 애두 걸핏하면 안동현이니 봉천이니 갔다 오지요. 치맛감이라 저고릿감이라 비단두 사 오구…… 그야 그냥 그대루 가주 나오면이야 아암 세관 물지. 그래 거가 어디 아는 사람 집에서 치마저고리를 만들어 겹쳐 입구 나오기두 하구…… 언젠가는 하다못해 고추를 다 사러 들어갔었구료 흥!"

노인의 이러한 종류의 이야기에 그 한 가지 한 가지마다 "흥!" 하고 코웃음 칠 것을 잊지 않았다.

약방의 젊은 주인과 또 점원들은 그의 이야기를 흥미를 가지고 들었다.

그러나 그것에 아무런 비평도 가하지 않았다.

다만 노인이 어쩌다가,

"흥! 약주를 이십 전어치를 사다 주길래 먹구는 왔지만, 이왕 많이 못 사 올 테면 막걸리를 사 올 게지. 그야 안 먹은 거보다는 낫기야 하지만…… 흥!"

하고 그러한 말을 할 때 듣는 이들은 물론 이 노인의 큰딸 되는 여인을 동정하였다.

그리고 딸의 모처럼의 호의를 그렇게 측정하고 있는 이 노인의 심정을 비천한 것이라고까지 생각하였다.

그러나 최주사의 귀염을 받지 못하는 것은 큰딸 내외뿐이 아니었다.

영등포인가 어디인가에서 산다는 그의 작은딸 내외도 노인에게 좋은 소리를 못 들었다.

언젠가는 그의 둘째 사위가 남에게 돈을 꾸어 장사를 시작한 것이 실패만 보아, 들어 있는 집도 남의 것이라고 이야기를 하고 나서

"그러니 그 애 집안두 다 망했지. 그래 가지구 되겠수? 원래 내 둘째 사위라는 녀석이 어수룩해서 남의 꾀임에 빠지기 쉽구 원체가 몸이 약질이구 게다가 없는 살림에 돈만 쓰려 들구."

뭐니 어쩌니 하고 자기 이야기에 자기 스스로 흥분이 되어 한바탕을 늘어놓고는

"그러니 안 망하겠수? 안 망하겠수?"

하고 말끝마다 주를 다는 최주사를 보고 누가

"사위 집 망하는 게 좋을 건 무에 있습니까?"

하고 철없는 말을 한 일도 있지만 그것은 도리어 최주사가 자기 사위의 비운을 민망히 여기는 데서 나온 말에 틀림없으리라고 약방의 젊은 주인은 생각하였다…….

二의 三

"그게 그렇습닌다. 누구를 물론하고 우리 사람이란 매양……"
하고 약방의 젊은 주인을 상대로 그의 인생철학을 이야기하다가 그치고 흘깃 바깥을 응시한 최주사다.

지난봄의 일이다.

문밖을 낡은 중절모 쓴 노인이 저편으로 걸어가고 있었다.

"저게 윤수경이 아닌가?"

최주사는 혼잣말을 하고 밖으로 그 노인을 쫓아나갔다.

이삼 분 뒤에 돌아온 최주사를 보고 약방의 젊은 주인은 물었다.

"그게 누구예요?"

"예전에 뫄──간(慕華館)[14]에서 싸전 하는 윤수경이라구……. 십오륙 년 전에 광주인가 어디루 낙향을 해버린 뒤루 소식을 몰랐드디 달포 전에 서울루, 또 서울루 올라왔다드군…… 지금 자하굴서 산다나?"

그러다가

"아차!"

하고 다시 밖으로 뛰어나간 최주사다.

그는 갑자기 그가 십오륙 년 전에——아직 윤수경이가 모화관 있을 때에——그에게도 돈 오 전 빚진 채 입때까지 갚을 기회를 갖지 못하였던 사실을 생각해내었던 것이다.

전찻길로 거의 두 정류장이나 쫓아가서 채권자 측에서는 이미 기억을 상실하고 있는 차금[*]을 기어코 청산하고 나야만 마음이 시원한 최주사였다.

"내 힘으로 할 수 없는 일이야 어떡허우? 하지만 내가 지금 아무리 이 꼴이 되었드래두 남에게 돈 오 전 신세 지구 있을 처지까지는 안 됐으니까…… 그렇지 않소? 일이……"

이렇게 그의 심정을 설명하는 최주사다.

신세를 안 지기로 말하자면 노인은 약방에서 밥 한 끼 먹는 것도 될 수 있는 대로 피하려 들었다.

점원들의 저녁상이 나오는 것을 보고는 슬며시 밖으로 나가는 최주사다.

십 분 후에 얼큰해가지고 돌아오는 노인을 보고 식탁에서 기다리고 있던 점원들이

"최주사! 어서 들어오셔서 진지 좀 잡숩쇼."

하면 고집 센 노인답게 강하게 고개를 흔들고,

"나 먹구 왔어…… 한잔 하구 왔어…… 한잔 했으면 그만이지 예다 또 어떻게 밥을 먹는담……"

그리고 곰방담뱃대를 꺼내드는 최주사다.

"그래두 몇 술 뜨세야죠. 그렇게 약주만 자꾸 잡수시면……"

하고 약방의 젊은 주인이 말이라도 한다면

"뭐요? 관계찮어요. 다른 이들은 밥이 주관이겠지만 내게는 술이 주관이오. 밥은 이를테면 부속품이니까…… 하하."
하고 노인은 껄껄 웃는다.

사실 알코올 중독자인 이 노인에게 있어서 밥은 한 개의 부속품에 지나지 않을는지도 몰랐다.

"흥! 가만있자…… 엊저녁 안 머구 오늘 조반 안 먹구 지금 또 안 먹구…… 그러니까 세 끼 굶은 셈이로군…… 하하하…… 먹지 않어두 괜찮은 거야 애써 먹을 까닭 없에요. 그저 막걸리 몇 잔 했으면 훌륭하지……"
하고

"하하하하."
웃고 그리고 다음은 혼잣말같이

"인제 내일 아침이나 몇 술 뜨면……"
하고 최주사는 중얼거린다.

그러나 그 이튿날 아침은 딴 때나 마찬가지로 동이 훤하게 틀 녘이면 일어나서 세수만 후딱 하고는 약가방을 메고 밖으로 나간다.

그리고 문밖 어느 단골 술집에 들러서 해장술로 막걸리 몇 사발과 한 그릇 오 전짜리 국밥을 사 먹는 것이 통례였다.

술집에 때 낀 놋숟가락을 쩔그렁 내던지고,

"이만하면 훌륭하지."
하고 자기 자신에게 들려주고는 소매로 입을 쭈우 씻는 최주사다.

그래 약국 안집 부엌에서는,

"또 한 그릇 남어 들어왔군 누가 안 먹었누?"

"최주사가 안 잡수신 게지."

하고 이러한 대화가 흔히 교환된다.

二의 四

그러나 최주사가 이 약방에서 음식을 아니 먹기로 결심하였다는 것은 아니다.

최주사가 행상을 나가지 않고 약방에서 쉬는 날을 보면 안다.

최주사는 곧잘 점원들과 함께 식탁에 참례하였다.

그러나 연거푸 두 끼니를 자시는 일이 드물었다.

점심을 권하기라도 한다면,

"왜 내 조반 먹지 않었나?"

하고 손을 내젓고 그리고 담배만 뻑뻑 빨았다.

어떤 때는 저녁밥을 권하는데도 역시,

"왜 내 조반 먹지 않었나? 그거면 그만이지 무얼 또……"

하고는 슬며시 밖으로 나간다.

술을 또 자실 시간이 된 까닭이다.

최주사의 위장은 분명히 밥보다 술을 환영하는 듯싶다.

애초에는 세 번씩 네 번씩 부득부득 권해보던 점원들도 그것을
안 뒤부터는 결코 강권하려 들지는 않았다.

최주사의 그러한 습관(?)을 약방의 젊은 주인도 어렴풋이나마 알기는 알았다.

그래도 아침에 그가 약방에 나와 점원과 사이에,

"최주사 나가셨나?"

"네."

"조반 잡수시구?"

"아니요. 조반 나오기 전에 나가셨는데요."

이러한 문답을 하고 난 뒤에 역시 일종 쓸쓸한 느낌을 갖는다.

—노인은 나의 대접을 받기를 원하지 않는지도 모른다.

이렇게 그에게는 생각이 되었다.

약방의 젊은 주인이 최주사에게서 갖는 쓸쓸한 느낌에는 역시 그러한 불만이 섞여 있었다.

그리고 그와 함께 그는 노인의 그러한 심정에서 비창한 무엇을 발견한 듯이 생각하고 저 모르게 가만한 한숨조차 쉬는 것이다.

그러나 그러한 것은 노인의 아랑곳할 바가 아니었다.

자기의 힘이 자라는 한으로 남에게 폐 끼치는 일 없이 또 남에게서 폐 끼침을 받는 일 없이 그의 한평생을 마치려는 것이 이 노인이 자기 생활에 갖는 굳은 신조인 듯싶었다.

까닭에 누구든 최주사가 그의 생활을 위해 남에게 돈을 취하는 것을 일찍이 본 일이 없다.

그러나 매양 어떠한 법칙에든 예외라는 것은 있었다.

자기의 생활의 어떠한 긴박한 경우에도 남의 원조를 빌리고자 않는 이 노인도 술값이 떨어졌을 때만은 그것을 한 개의 '제외예'[16]

로 쳤다.

그러나 그것 역시 누구에게 십 전 이십 전 돌려쓸 필요는 없었다.

경성 시내 시외 수십 처의 단골 술집에서 그가 원하는 대로 암만이든 외상을 주는 까닭이다.

그 외상값을 최주사는 하루 이상 묵혀두는 일이 없었다.

"오늘은 꾸다요. 내일 드릴게 한잔 노시오."

하고 먹은 그 내일이 되면 틀림없이 술값을 들고 최주사는 그 술집을 찾아드는 것이다.

"술은 먹꾸 돈은 없다."

그래서 '꾸다'라고, 노인은 묻는 사람에게 설명해주었다.

그러한 '문자'를 스스로 발명해 사용하는 것에 어린이 같은 만족과 득의를 느끼는 최주사였다.

그러한 최주사가 혹시 돈을 꾸는 것은 그가 단골 술집을 근처에서 찾기보다는 아는 이를 만난 것이 좀더 빠른 경우다.

"내일 댁에 계시겠소?"

하고 노인은 돈 꾸어주는 이에게 으레히 물었다.

"아따 얼마 안 되는 것 천천히 갚으면 어떻소?"

하고라도 그 사람이 말한다면,

"많든 적든 세음이야 세음이지. 그럼 내일 만납시다."

하고 최주사는 어디까지든 자기 자신에게 엄격하였다.

二의 五

"최주사 오래간만에 한잔 사주시구료."

하고 날마다 이 약방에 들르는 이가 최주사를 보고 조르는 일이
있다.

"내가 웬 돈이 있어서……"

"없거든 꾸다루는 안 되우?"

최주사는 말없이 고개를 모로 흔든다.

"외상술을 어디. 남을 대접하는 것은 대접하는 편이나 대접받
는 편이나 다같이 승거운 노릇이지."

하는 것이 이 노인의 지론인 듯싶었다.

그리고 그것은 노인 단독의 경우에도 적응되는 듯싶었다.

'싱거운 술'은 될 수 있는 대로 적게 먹으려고 최주사는 노력하
는 듯싶었다.

약이 그중 많이 팔리기는 늦은 봄부터 이른 여름 그때였다.

하루 나갔다 들어오면 그는 하루 경비를 제하고도 최주사의 주
머니에 사오 원의 돈은 들어 있었다.

여름 한 철도 해롭지는 않았다.

여름은 언제든 '참외'와 '장마'와 함께 '배탈'과 '학질'을 가져
온다.

최주사의 가방에서는 영신환과 금계랍의 출납이 잦았다.

그러나 늦은 가을부터 겨울 한 철은 최주사를 가장 괴롭힌다.

최주사의 '경험의 통계표'에 의하면 매번 감기 드는 사람은 배탈 나는 사람의 절반 수효도 못 되었다.

　평시의 하루 경비를 이틀에도 사흘에도 벌어 쓰느라고 최주사는 늘 풀이 죽었다.

　최주사의 하루 경비는 육칠십 전 내지 일 원가량이면 족하였다.

　만약 아침에 해정술[17]과 함께 밥을 사 자시는 경우에는 그 밥값이 오 전…… 담배는 이십오 몸메(匁)[18] 든 '희연'과 '장수연'[19]을 각 한 봉지씩 사놓으면 딱 나흘을 자시니까 하루 담뱃값이 육 전 조금 더 되는 걸…… 그리고 그 나머지는 전부가 술값이었다.

　하루 막걸리 열대여섯 사발은 자셔야 하는 최주사가 그 열대여섯 사발을 이틀에도 사흘에도 별러 자셔야만 한다는 것은 무엇보다도 최주사에게는 고통이었다.

　하는 수 없이 '꾸다'를 보충으로 하게 된다.

　그러나 그것은 (또 한 번 되풀이 말하거니와) 술맛이 싱거웠다.

　"오늘은 제법 겨울날인걸…… 그래 최주사도 오늘은 쉬시는군."

하고 약방 안에 초연히 앉아 담배만 태우고 있는 노인에게 누가 인사라도 한다면 노인은 하잘 수 없는 웃음을 한 번 웃고 그리고 말이다.

　"흥! 술만 생긴다면이야, 약만 팔린다면이야, 엄동설한엔들 왜 내가 이러구 앉았겠수? 흥! 참 기맥히지. 전에 한참 무엇할 때는 눈이 퍼붓는데두 고개 너머 홍지원으로, 녹번이 고개루, 구파발루 한바탕 돌아왔었지만……"

"오늘두 한번 나가보시죠. 사람 일이란 누가 압니까?"

"여보, 누가 알긴, 내가 알지. 막걸리 한잔 못 사 먹고 헛걸음만 칠 건 뻔한 노릇이지 누가 언제 날더러 오란답디까? 흥!"

그리고 다음은 혼잣말로

"어제는 고개 너머를 갔었으니 내일은 동막으루 해서 양화도루 해서 염창을 들르려면 들러서 영등포로 돌아 들어와야지."

그러다가 갑자기 생각난 듯이 심부름하는 아이를 부른다.

"저 너 지금 바쁘지 않으냐?"

"왜 그러세요."

"약 좀 내놔라. 저 영신환 스물, 활명수 다섯…… 사향 소합환 셋…… 청고약 큰 것 스물, 적은 것 서른……"

"그뿐이에요?"

"가만있거라. 저 참, 암마고약 열만 허구."

이 노인에게 흥미를 느끼고 있는 나는――그러나 이 '나는' 하고 말하는 것을 최주사 앞에서는 삼가야 한다. 누구든 그의 앞에서 '나는'이라든지 '내가'라든지 하고 말한다면, 이 노인은 장난꾼 같은 웃음을 띠는 일도 없이 "나는 수야(誰也)[20]오?" 하고 타박을 준다. 까닭에 나도 독자들이 최주사의 버릇을 본뜨기 전에 '이 이야기의 작자(作者)인 나는' 하고 주석을 붙이기로 한다――내일 이 노인을 따라서 동막으로 해서 양화도로 해서 염창을 들르려면 들러서 영등포로 돌아 들어올 작정이다.

三의 一

감영 앞에서 독립문까지 사이에 구둣방이라고는 모두가 넷밖에
없다.

서측에 하나 동측에 셋——

적십자병원을 지나서 맨 처음으로 다닥치는[21] 구둣방이 아침 일
곱 점 사십 분에 막 문을 열어놓고 주인은 안에서 세수를 하려니
까 기침 소리가 나며 누가 문으로 들어와 다 낡은 의자에 가 털썩
주저앉는다.

비누칠한 얼굴을 닦지도 않고 그대로 밖을 내다보니 최주사다.

"어서 옵쇼. 매우 날이 치운데요."

그리고 주인은 "어퍄 어퍄" 하고 유난히 소리를 내어가며 다시
세수를 한다.

"오늘은 제법 손끝이 시립든데……"

하고 최주사는 새로 담배를 피워 물었다.

그러나 시린 것은 손끝뿐이 아니었던 모양이다.

최주사의 입술 위로 최주사의 콧물이 한 줄 인사체면도 없이 바
야흐로 흘러내리려 든다.

최주사는 작년 겨울에 태평통 고물상에서 사 원 오십 전 덜 받
고는 못 팔겠다는 것을 승강이를 하다시피 해 가까스로 사 원에
흥정하였다는 외투 주머니에서 네모반듯하게 찢어서 착착 접어놓
은 신문지 조각을 꺼내서 그것이 두 장도 석 장도 아니요 확실히

한 장이라는 것을 살펴본 다음에 그것으로 코를 풀었다.

그러나 손끝이 약간 시리든 콧물이 한 줄 흐르든 최주사의 뱃속만은 든든하였다.

일곱 점 치는 소리를 미처 듣기 전에 간밤에 약방에 심부름하는 아이가 내어준 약을 신문지에 싸들고 밖으로 나온 최주사는 언제나 마찬가지로 재판소(지금은 경찰서가 됐지만 그래도 모두들 재판소라고 부르는 것이 얼른 알아듣기 쉽다) 옆 골목 안 술집에서 막걸리와 국밥을 사 자신 까닭이다.

그 술집은 이를테면 알코올에 중독된 이들만 모여드는 곳이다.

그들은 대개가 그 근방에서 노는 거관,[22] 가쾌,[23] 지게꾼, 인력거꾼…… 그러한 무리였다.

안주 없는 사발 막걸리——그것은 그 분량에 있어서 그들이 구할 수 있는 가장 싼 술임에 틀림없었다.

그것은 두 사발하고 오 전짜리 밥 한 그릇을 자신 뒤면 최주사는 적어도 한 시간가량은 행복할 수 있었다.

그러니까 독자들 중에 셈 빠른 이는 이제부터도 삼십 분가량은 최주사에게 별반 근심 걱정이 없을 것을 알라——

그러나 저기압은 뜻하지 않은 때에 뜻하지 않은 곳에서 습래[24]한다.

"참! 윤씨 돌아가신 것 아십니까?"

"윤씨라니 윤씨가 누구야? 설마 자골 사는 윤수경이 아니겠지?"

최주사는 코를 풀고 나서 약 싼 신문지를 풀어헤치다 말고 고개

54

를 들며 황급히 물었다.

"네네, 바루 그 윤씨요……"

"뭣? 윤수경이가 죽었어? 아 윤수경이가? 그래 언제 죽었소?"

"바로 간밤에 죽었다는군요."

"그래 무슨 병이야?"

"심장마비라던가요?"

"심장마비! 홍!……"

노인은 혼자 고개를 끄떡거리고 잠깐 잠잠히 앉았다가 반은 혼잣말로

"윤수경이가 나하구 동갑이렷다…… 같은 경오생…… 나하구 동갑짜리가 모두 다섯이었겠다…… 별감 다니던 조가는, 오 년 전 약국 하던 김혜종이는, 작년 싸전 하던 신준구두, 작년 전당포 하던 최가는, 그렇겠는가?…… 모두 죽구 나하구 윤수경이만 남았던 것이…… 홍!"

"그래두 최주사는 이제두 열다섯 해? 스무 해? 스무 해는 더 사십니다."

"홍! 알 수 있소? 모두들 날 보고 그렇게 말들을 합디다만은 누가 알 수 있소? 지금이라도 동막 나가다 말고 자동차에 치여 죽을지. 하하하……"

노인의 웃음은 울음에 가까운 음울한 것이다.

구둣방 주인은 그것을 느끼고 아무 말도 하지 않았다.

최주사 자신도 그것을 느꼈던 게지…… 벽에 걸린 시계를 흘깃 쳐다보고 그리고 생각난 듯이 주인을 보고 말했다.

"가방이나 좀 내주우."

三의 二

주인이 안에서 내다주는 가방을 받아 그 속에다 들고 온 약을 넣고 난 다음에 최주사는 새로 담배를 피워 물고 다 낡은 방한모를 고쳐 쓰고 그리고 일어섰다.

"이따 봅시다."

"안녕히 갔다 옵시오."

최주사는 오던 길을 되돌아 감영 앞으로 간다.

최주사는 웬일인지 작년 겨울부터 그의 약가방을 이 구둣방에다 맡기고 다녔다.

아침에 그리 가서 찾아가지고 한 바퀴 휘돈 다음에 돌아오는 길에 또 으레히 그것을 그 집에 맡겨두었다.

그 까닭은 아무도 몰랐다.

작년 겨울에 처음으로 노인의 이 습관이 시작되었을 때 어느 날 약방의 젊은 주인은 점원을 보고 물었다.

"최주사가 가방을 새문 밖 어느 구둣방에다 맡겨두고 다니신다니 그 왜 그러시는 거야?"

"글쎄 모르죠…… 여기다 두시면 모두들 열어보구 헤쳐보구 할까 봐 그러시는 걸까요?"

하고 하나가 말하는 것을 다른 점원이,

"아니야. 최주사가 영등포두 나가시구 뚝섬두 나가시구 하시지만 고개 너머를 그중 자주 다니시니까 그래 감영 앞까지 무거운 가방 턱없이 들구 다니시기 싫어 그러시는 게지."

그러나 그것은 모두 당치 않은 추측인 듯싶었다.

약방의 젊은 주인은 자기 자신 이러한 추측을 하고 있었다.

"최주사는 노인답지 않게 성미가 워낙이 깔끔한 이라 행여나 가방을 여기다 두고 지내면 남 보지 않는 사이에 약장 서랍에서 약봉지라도 훔쳐 넣는다고 의심받지나 않을까——해서 아주 애저녁에 가방은 다른 데다 넣어두는 것이나 아닐까?"

하고——.

이 추측은 최주사의 성벽으로 미루어 보아 우리가 어느 정도까지 수긍할 수 있는 것일 게다.

그러나 이러한 자지레한 문제를 가지고 우리가 객쩍게 시간을 소비하는 것을 알면 이날 아침의 최주사는 응당 우리들을 경멸할 것이다.

구둣방을 나온 최주사는 엄숙한 얼굴을 하고 죽음에 관해 인생에 관해 골똘하게 생각하고 있었으니까——

감영 앞 네거리까지 와서 서쪽으로 꼬부라질 때 최주사는 남의 점두(店頭)에다 누구 꺼리는 일 없이 판을 차리고 앉았는 '고구마 장수' '황밤 장수' '군밤 장수'…… 이러한 것들을 보았다.

그 가게의 빈지[25]는 여덟 점이 지난 지금까지 그대로 닫혀 있었다.

그 닫힌 빈지 한복판에 붙어 있는 백지 위의 '기중(忌中)'이라는 문자가 역시 최주사의 마음을 언짢게 해주었다.

눈을 들어보니 지붕 위에 '서대문 포목점' 여섯 자가 씌어져 있는 간판이 서 있다.

"이 집이서두 누가 죽었군……"

최주사는 혼자 중얼거렸다. 그리고 그와 함께 또다시 어젯밤에 심장마비로 죽었다는 윤수경이 생각을 아니 할 수 없었다.

윤수경이는 자기와 동갑이었음에는 틀림없었으나 두 사람을 같이 세워놓고 보아 그들을 같은 경오생이라고 할 사람은 없을 게다.

기운이 하도 좋대서 어제도 십오 년은 더 사느니 이십 년은 염려 없느니 하는 것이지 그의 얼굴만 가지고 보더라도 이미 노쇠한 빛을 감출 길 없었다.

그야 그의 얼굴에 심각하게 박혀 있는 주름살들은 노쇠로보다도 신산한 생활고로 생겨났던 것일 게다.

그러나 그것들이 무엇으로부터 생겨난 것이든 간에 그 수많은 주름살들은 별반 그러한 것을 많이 가지지 않은 윤수경이와 사이에 오륙 년 내지 칠팔 년이나 나이의 차가 있는 것같이 보는 이에게 인상을 준다. 자기와 비겨보아 그렇게도 젊던(?) 윤수경이가 그렇게도 쉽사리 죽고 말리라고는 과시 뜻밖이었다.

최주사는 그간 십오륙 년이나 못 만났던 윤수경이를 봄에 한 번 꼭 한 번 종로서 만났던 것을 생각해내었다.

누구든 흔히 이런 경우에 하는 말이지만 참말이지 그것은 엊그저께 일만 같았다.

최주사는

'사람이란 그렇게두 쉽사리 죽는 것일까?……'

하고 생각해본다.

三의 三

죽첨정[26] 이정목 전차 정류소를 지나면 다리가 있다.

그 다리 모퉁이에다 구루마를 끌어다 놓고 한 여인네가 과일 가게를 벌이고 있다.

사과와 귤.

이 두 가지 과일은 그 하나하나가 모두 붉고 누르게 윤이 나고 또 신선하였다.

그러나 그 옆에 웅숭그리고 앉아 있는 여인에는 어쩌면 아침에 세수를 하지 않았을지도 모르는 얼굴에 아무렇게나 흐트러진 머리카락을 다듬어 올리려고도 하지 않고 오고 가는 사람들의 얼굴만 말없이 흘깃흘깃 보았다.

그의 목에는 원래는 흰 것이 때 묻고 먼지 끼어 거의 잿빛이 된 털목도리가 둘려 있었다.

여인의 몸을 싸고도는 모든 것이 한결같이 불건강한 것이다.

최주사는 이 여인을 오늘 처음 본 것이 아니건만 이 아침에 그러한 것을 유난하게 느낀다.

노인은 어느 틈엔가 또 입술 위로 흘러내리는 콧물을 훌쩍 들이 마셨다.

바람이 제법 쌀쌀하다.

부는 바람에 날리는 먼지가 불쾌하다.

이맛살을 잔뜩 찌푸리고 최주사는 또다시 죽은 윤수경이 생각을 한다.

윤수경이가 낙향을 한 뒤 이래 십오륙 년간 서로 왕래가 그치고 소식도 알리는 일 없이 지내왔으나 생각해보면 이제까지 최주사가 사귀어온 사람들 중에서 누구보다도 윤수경이가 첫손 꼽을 친구였던 것 같다.

사람이 얌전하고 남의 말 하지 않고 깨끗하고 사정 알아주고…… 최주사는 죽은 친구의 미점(美點)을 헤어보았다.

"참 얼굴두 잘생겼지. 참말 미남자였지……"

최주사는 여기에 이르러 일찍이 자기가 윤수경이에게 용양지총(龍陽之寵)²⁷이었던 것을 생각해내고 호젓한 웃음을 입가에 띠었다.

생각해보면 그것도 사십 년 전의 일이다.

모두들 젊었을 때다.

젊었을 때에는 별별 일이 다 많았다.

기꺼운 일도, 즐거운 일도, 슬픈 일도, 언짢은 일도, 그리고 부끄러운 일도, 망측한 일도, 참말 별별 일이……

그러나 그 온갖 별별 일이 모두가 한결같이 아름답게 추상(追想)된다.

참말 모두들 젊었을 때다. 최주사는 근래에 없이 이 아침에 그 시절이 그립다고 생각한다.

그리고 그와 함께 사람도 지난날을 그리워하도록 나이 먹으면 이미 여망(餘望)은 없다고 느낀다.

젊었을 때는——그러나 그가 사십 줄에 들었을 때까지만 해도 아직도 아직도 젊었을 때다——그래도 꿈이 있었다.

희망이라는 것이 있었다.

그는 '나무 시장 표사무'를 보고 있었을 때에도 설마 자기가 그 걸로 늙어 죽으리라고는 생각하지 않았었다.

과연 그는 그것을 삼 년 동안 하였을 따름으로 그만두어버렸다.

그리고 그는 약가방을 들고 다녔다.

그러나 이제 최주사에게는 꿈이 없었다.

희망이 없었다.

꿈과 희망을 가질 만한 기력이 없었다.

이제 그의 생활의 변화는 죽음으로밖에 일어나지 않을 것이다.

최주사의 울퉁불퉁 푸른 힘줄이 삐져 보이는 두 손은 약가방만 을 어루만지다가 그 생명을 잃을 것이다.

최주사는 저 모르게 가방을 내려다보았다.

붉은 쇠자국 누런 장식…… 그것들이 노인의 눈에 가장 불길한 것이나 되는 듯이 비친다.

노인은 갑자기 온몸에 그 약가방의 무게를 느꼈다.

삼정목 정류소 앞을 지난다.

우물과 우체통이 그곳에 있었다.

거기서 얼마 더 안 가 '조선장의사 아현 지점'이 있다.

최주사는 그 앞을 지나며 딴 때 없이 마음이 언짢았다.

윤수경이는 이미 과거의 사람이다.

그의 문제는 끝났다.

이제는 자기 차례다.

참말이지 내일 죽을지 모레 죽을지 누가 알 일이냐?

최주사의 털신 신은 발은 제풀에 술집을 찾아든다.

三의 四

"에이그 막걸리 영감 오네."

술집 안에 손님은 두 명밖에 없었다.

줄 곳 없는 시선을 이리 두리번 저리 두리번 하고 앉았던 술집 계집은 최주사를 보자 외롭던 차에 십분 다행한 듯이 소리친다.

"어서 옵쇼 꾸다 영감——"

최주사는 노인답지 않게 흘겨보는 시늉을 하면서,

"애——, 너는 왜 나만 보면 언필칭²⁸ 막걸리 영감이구 꾸다 영감이냐…… 손님들두 계시구 한데……"

하고는 이번에는 그 두 '손님들'을 번갈아 보고 인사 청하는 웃음을 웃는다.

너비아니를 막 입에 넣으려고 하던 위생계 인부인 듯싶은 사나이는 젓가락을 잠시 멈추고 할 수 없는 듯이 웃는 시늉을 해 보이고 그리고 그의 약가방을 흘깃흘깃 보았다. 그러나 저편 구석에서 추탕인지 술국인지 숫제 뚝배기째 늘어지게 들이마시고 있던 반찬 가게 주인 같은 사나이는 뚝배기를 내려놓고 그에게로 와서

"영감! 오랜간만에 뵙습니다그려."

하고 알은체를 하였다.

"네네, 안녕하세요?"

노인은 젊은이끼리 하듯 고개를 끄덕이고 인사를 한다.

"오늘은 어디 삼개(麻浦) 나가십니까?"

"네, 저 동막으루 해서 양화도루 해서 염창을 들르려면 들러서 영등포점 돌아 들어오려고……"

"날이 갑자기 치워져서 다니시기에 곤란하시겠습니다."

"곤란해두 다녀야죠."

그리고 노인은 그의 버릇으로 누가 묻지도 않은 말을 반은 혼잣말로 중얼거린다.

"다만 일 원이라두 변통을 해야 내 막걸리 값은 어떻든 간에 윤수경이 집이 조상²⁾이래두 가지 이렇게 말쑥해서야……"

"막걸리 한잔 놨습니다."

하고 계집은 직업적 어조로 말하고,

"왜 누가 돌아가셨에요? 네?"

하고 저도 말참견을 한다.

"응 내 친구가…… 내 죽마고우가……"

최주사가 왼손으로 막걸리 사발을 들어 꿀꺽꿀꺽 들이켜는 것을 곁눈으로 보며,

"우리 꾸다 영감은 언제나 돌아가시나?"

하고 불쑥 그러한 소리를 한다.

막걸리 사발을 채 입에서 떼기 전에 최주사는

"하하하하."

웃다 말고 사래가 들린다.

"언제나 돌아가서? 낸들 아니? 오늘 아니면 내일…… 내일 아니면 모레…… 하하하하."

그러나 그의 웃음은 평일에 그가 그러한 종류의 말을 하고 뒤따라 터쳐놓던 웃음과는 달랐다. 그의 웃음에는 딴 때 없이 부자연한 '무엇'이 섞여 있었다. 노인 자신도 그것을 느낀 듯싶었다.

갑자기 엄숙한 얼굴을 하고 젓가락을 들어 김치를 한 쪽 입에 넣으며 계집 쪽을 보지도 않고 가만히 말하였다.

"또 한 잔 놔라."

계집은 기계적으로 술구기[30]를 잡으며 또 한 번 노인 쪽을 곁눈질하였다.

"그 말 한마디에 노하셨수? 영감……"

최주사는 그 말에 대답을 아니 하였다.

말없이 또 한 번 막걸리 사발을 기울이고 그리고 손등으로 입을 쭈욱 씻은 다음에 주머니에서 돈을 꺼낸다.

"왜 말이 말 같지 않아요? 대답을 안 하시니……"

계집이 입을 삐쭉 내민다.

노인은 역시 말없이 손을 내밀었다. 계집이 신문지 조각에다 싸주는 왜콩[31]을 한 뭉치 아무렇게나 주머니에다 처넣고

"먼저 갑니다 헤헤."

하고 반찬 가게 주인인 듯싶은 사나이에게만 인사를 하고 그리고 노인은 밖으로 나왔다.

그는 길을 걸어가면서도 종시 계집의 하던 말이 언짢게 느껴졌다.

"우리 꾸다 영감은 언제나 돌아가시나?……"

그 말은 그 계집의 입으로써 이번에 처음 들은 말이 아니다.

그렇건만 이번만은 그 농담이 종시 그의 마음을 언짢게 하였다. 불안하게 하였다.

최주사는 문득 그러한 오늘 아침의 자기를 괴상하다고 생각하며

'이것이 모두 쉬이 죽을 징조야……'

하고 가만히 중얼거려본다.

四의 一

죽첨정 경찰관 파출소 앞에서부터 서쪽 길은 신작로 닦느라 한창 어수선하다.

왼손편 쪽 길가의 집들을 말끔 헐고 사람들은 그곳에서 곡괭이질을 하고 삽질을 하였다.

트럭[32]이 끊임없이 흙짐을 나른다……

'이것이 모두 쉬이 죽을 징조야…… 징조야……'

하고 몇 번씩 기운 없이 중얼거리며 걸어오던 최주사는 주재소

앞에까지 와서 왼손 편짝으로 꺾었다.

그렇게 보아서 그런지 그의 걸음걸이까지가 풀이 죽어 보인다.

다 낡은 방한모 고물상에서 산 외투, 마른 날만 신고 다니는 털신, 그리고 약가방……. 이 길가에 체경[33]이라도 걸려 있어 최주사가 자기 눈으로 자기의 초라한 행색을 볼 수 있었다면 최주사는 이 아침에 응당 좀더 마음이 외로웠을지도 모른다.

그래도 그 길을 얼마 안 가 조그만 양약국의 유리창 문을 척 열고 들어섰을 때 그의 얼굴에 웃음이 있었다.

그것은 단골손님에게 대한 장사하는 이의 웃음이었다.

최주사는 역시 한 개의 매약 행상에 틀림없었다.

"평안하시오——"

말소리까지 명랑한 무엇이 있는 듯싶었다.

방에서 막 조반을 치르고 난 듯싶은 주인은 손님인 줄 알고

"어서 오십쇼——"

하려다 그것이 최주사인 것을 보고 약간 실망한 듯싶었다.

그래도 역시 그는 방에서 일어나 나오며

"어서 오십시쇼——"

하고 인사를 하였다.

"약 많이 파십니까?"

주객(主客)이 모두 약장수라 이렇게만 써놓으면 누가 한 말인지 모를 것이나 이것은 최주사의 인사다.

"웬걸이오. 요새 어디 누가 약 찾아요?"

주인은 부젓가락을 들어 별 뜻 없이 질화롯전을 가만히 때린다.

화로에는 구공탄이 한 덩이 묻혀 있다.

"그래두 요새 날쌔가 고르지 않어 감기약들을 많이 찾을 텐데……"

"어디 별루 찾는 것 못 보겠던데요."

"그래두 앞으로 자꾸 쓰일 것이니까 넉넉히 준비해두드래도 손(損)은 없습닌다…… 한 열 봉만 두시려오?"

"무얼?"

"감기약이지. 소연산이지."

"어유 그걸 다 뭘 해요…… 돈 요담번에 가져가셔도 좋다면 다섯 봉만 냅쇼…… 다섯 봉두 그걸 다 뭘 해……"

"뭘 하긴, 파실 거지, 하하하. 자 그럼 다섯 봉…… 영신환은 몇 봉?"

"아직두 많어요."

"그럼 활명수? 채명산? 능치고?……"

"다 있에요."

"아따, 이렇게 심하게 안 팔어주어야 어떡허우?"

"나두 받어놓기만 할 수 있습니까? 차차 팔리는 대루 말씀 여쭙지…… 참, 청고약이나 열만 허구 촌충약 셋만 주수."

"네네."

"그것두 모두 요담번에 드립니다."

"지난번 것은 어떡허구?"

"일 원 이십오 전 말씀요?"

"네."

"그건 오늘 드리죠. 그걸 드리려니까 오늘 게 외상이죠."

"어흠, 감사하외다…… 아주 외상 놓는 김에 다른 것두 좀더 두 구 갈까요?"

"원참, 노인께서두…… 언제든 약은 꼭 노인한테서만 살 테니 그건 염려 맙쇼."

"어유 고맙습니다."

그리고 최주사는 담뱃불을 새로 붙여 물고 자리에서 일어나며 생각난 듯이 주인을 보고

"참 자제 어디 갔소?"

"누구요? 길득이요?"

"예, 길득이……"

"왜, 안에 있죠."

최주사는 안을 향하여

"길득아—"

하고 불렀다.

四의 二

"그 앤 왜 부르십니까?"

주인이 의아스러이 묻는 것이 최주사는

"아니 뭐— 저—"

하고 몽롱하게 대답하며 담뱃대를 고쳐 문다.

쿵쾅거리며 대여섯 살 먹은 아이가 안으로부터 뛰어나왔다.

"오——너 잘 있었니? 요새 장난 잘하니?"

최주사는 길득이의 머리를 쓰다듬어주고 그리고 바로 아까 술집에서 안주로 받아온 왜콩을 봉지째 아이 손에 들려주며 주인을 보고 하는 말이다.

"들어오는 길루 길득이를 주면 바루 주인 양반께 강제루 약이나 팔아달라는 듯싶어서…… 그래 매양 이런 것은 갈 때 내놓죠…… 옳아, 또 그렇다구 그냥 가주구 가려다 오늘 외상값 받은 통에 내논 줄은 알지 마슈……"

"원 참 노인께서 별말씀을 다 하십니다."

"하하하…… 그건 다 웃음의 소리구…… 재미 많이 봅쇼. 길득이 잘 있거라."

노인은 밖으로 나와 다시 걸어가며

'사실 말이지 고까짓 일 전어치나 그밖에 안 되는 것을 가지구 무슨 저한테 약 좀 더 팔아달라구 코아래 진상이나 하는 줄 알면이야 그런 싱거울 데가 어디 있나. 사실이야……'

하고 그러한 생각을 한다.

최주사는 원래가 그렇게 신경질하지는 않았을 것 같다.

그러나 '역경'에 있으면 사람은 흔히 그러한 경향을 띠게 된다.

최주사의 경우는 바로 이러한 것이었다고 설명하는 것이 타당할 게다.

최주사는 경성직업학교 앞을 지난다.

다음에 아현공립보통학교 앞을 지난다.

만약 이대로 그가 갈 수 있었다 하면 최주사는 또 잠시 행복이었을지도 모른다.

이날 아침에 윤수경이의 죽음으로 말미암아 생겨난 그 '우울한 생각'을 더 하지 않아도 좋았을지도 모른다.

그러나 '운명'은 바로 그때 최주사의 옆으로 한 채의 자전거를 달려가게 하고 그리고 자전거 탄 젊은 아이로 하여금 침을 퉤 뱉게 하였다.

침방울이 최주사의 뺨에 튀었다.

그것은 누구에게 있어서든 불쾌한 촉각임에 틀림없었다.

최주사는 고개를 돌려 저리로 달려가는 자전거의 뒷모양을 적의를 품은 눈으로 바라보았다.

최주사에게 있어서 자전거라는 물건 그 자체부터가 불쾌한 것이었음에 틀림없었다.

노인은 잠깐 그대로 그곳에 가 서서 입때까지 자전거로써 받은 온갖 불쾌한 기억을 더듬어본다.

청계천 천변에서 달려가던 자전거가 떨어져 그 밑에서 빨래하던 아낙네를 일주일 동안 몸을 못 쓰게 만들어놓는다.

자전거를 피하려다 자동차에 치여 다리를 분지른 사람을 그는 알고 있다.

그뿐 아니라

최악의 경우에는 한 대의 자전거가 능히 대여섯 살이나 그밖에 안 된 아이를 완전히 죽여놓기까지 한다.

그러나 이러한 온갖 예를 일일이 들어 말할 수는 없었다.

최주사는 자기에게 그만한 권한이 있다면 이 세계에서 자전거라는 자전거를 하나 빼지 않고 말끔 몰수해버리는 법령을 발포하고 싶다고까지 생각하면서 쓰디쓴 침을 퉤 뱉고 고개를 돌렸다.

그때의 '운명'은 최주사의 눈앞에다 건너편 '아현 공동묘지'를 갖다 놓았다.

"흥!"

하고 최주사는 최주사의 독특한 코웃음을 친다.

그것은 분명한 '코웃음'이요 결코 그냥 웃음이 아니었다.

노인은 이 아침에 온갖 보는 것 듣는 것이 자기에게 죽음을 재촉하는 듯싶은 '안타까움'을 느낀다.

그의 코웃음에는 이러한 '안타까움'이 섞여 있었다.

최주사가 다음에 그 앞으로 지나지 않으면 안 되었던 '경성형무소'의 우울한 건축물에 대해서도 그는 또 한 번

"흥!"

하고 코웃음 치지 않을 수 없었다.

그렇기로 말하면 다음엔 그가 지나는 채전에서 풍겨나는 비료의 악취까지가 딴 때 없이 그를 불쾌하게 만들어준다.

四의 三

그 근처 두 군데 약방과 한 군데 술집을 들른 다음에 최주사의 걷는 길은 마포우편소 앞 전차 정류소에서 바른손 편으로 꺾어

졌다.

볕은 있어도 바람은 좀더 쌀쌀하게 불었다.

바른손 편짝 높은 둑 위를 기동차가 달려갔다.

그러나 그것은 눈을 들어 보려고도 하지 않고 최주사는 고개를 폭 수그린 채 꽁꽁 언 땅 위를 허청허청 걸었다.

그는 지금 막 들러 나온 술집에서의 일을 생각하면 이렇게 약가방을 둘러메고 이제부터 '동막으루 해서 양화도를 들르려면 들러서 영등포로' 휘돌아 들어가기가 싫었다.

"흥!" 하고 코웃음을 치고 그리고

"빌어먹을……"

하고 그러한 소리까지를 덧붙여 중얼거린 최주사다.

술집에서 막걸리 두 사발을 자시고 안주로는 그중에서 제일 탐스러워 보이는 사과 한 개를 받아 주머니에 넣고

"나 가우. 또 봅시다."

하고 밖으로 나왔다가 갑자기 냉수가 한 모금 마시고 싶어 최주사는 다시 술집으로 찾아 들어갔던 것이다.

그러나 그는 문턱에 가 멈칫하니 서 있을 수밖에 없었다.

술청 앞에 모여서 지껄대는 말 속에서 다음과 같은 대화를 그는 골라 들었던 것이다.

"……그 뭐 하는 노인이야?"

"약 팔러 다닌다네."

"매일 저럭허구 다녀? 자식두 없나?"

"없게 그렇지, 돌보아주는 사람이 있다면이야 누가 그 고생살

이를 하겠나?"

"그 불쌍하이…… 돈이나 있으면 몰라두 사람은 늙으면 죽는 게 제일이야."

여기까지 들었을 때 술 따르는 계집은 비로소 최주사가 문밖에 다시 와 서 있는 것을 발견하고 소리쳤다.

"영감 왜 들어오시지 않구 게가 서 계세요?"

이 말에 최주사 얘기를 하고 있던 두 사나이는 당황하게 문간 쪽을 보고 노인과 시선이 마주치자 얼른 외면을 하면서 안주를 한 점 집어 입에를 넣었다.

그러나 놀라기는 최주사도 매한가지였다.

무슨 옳지 않은 일을 하다가 들킨 사람같이 최주사는 당황하게

"아니 뭐— 저—"

하고 뜻 모를 소리를 하고는 까닭 없이 머리를 끄떡하고 그리고 다시 돌아서서 골목을 걸어 나왔던 것이다.

최주사는 마음이 서러웠다.

자기와 알지도 못하는 젊은이에게

"그 불쌍하이!"

"늙으면 죽는 게 제일이야……"

하고 그러한 소리를 들은 것이 서러웠다.

자기 자신 그들의 한 말에 불복이라면 그는 그렇게까지 풀이 죽지 않아도 좋았을 게다.

그러나 그는 자기의 지금 신세가 어서 하루바삐 죽느니만 같지 못하다는 것을 누가 일깨워주지 않더라도 자기 자신이 너무나 잘

알고 있었던 것이다.

그러하면서도 그는 남의 앞에서 그 말을 듣기를 원하지 않았다.

원하지 않았다느니보다도 퍽이나 두려워하였다.

자기 자신은 입버릇 모양으로

"이런 놈은 살 만큼 살기두 했으니 어서 죽어야지."

라는 둥

"오늘 아니면 내일…… 내일 아니면 모레지……"

하는 둥 하고 말을 해도 그런 말이 행여 다른 사람의 입에서 나올
까 봐 겁하였다.

그러나 오늘 그는 그가 듣기를 가장 겁하던 말을 그예 듣고 말
았다.

"그래 나는 정말 하루래두 바삐 죽어야 옳은가?……"

노인은 제 자신에게 이러한 말을 물어보았다.

그러나 그의 머리는 모로도 세로도 끄덕이지 않았다.

그는 그 물음의 대답을 비록 자기 자신의 입으로써라도 듣기를
원하지 않았다.

그러나 다시 생각해보면 자기가 단 하루라도 더 살아야만 할 그
러한 까닭은 조금도 없는 듯싶었다.

자기가 지금 이곳에 쓰러져 죽더라도 누구 하나 자기를 위해 울
어줄 사람이 없다고 그런 생각을 하니 끝없는 외로움이 그의 온
몸에 에워싼다.

참말이지 하루바삐 죽는 게 제일인 듯만 싶었다.

"더 살면 무엇 하니? 더 살면 무엇 하니?"

혼자 중얼거리며 그대로 터덜터덜 걷다가 문득 발을 멈춘 최주사다.

길가에 아이놈 셋이 막대기를 들고 다 죽게 된 개 한 마리를 못살게 구는 것을 본 까닭이다.

四의 四

여덟 살이나 아홉 살……. 어쨌든 세 놈이 모두 열 살은 채 못되어 보이는 아이들이다.

한 놈이 막대기로 개의 옆구리를 쿡 찔렀다.

순 조선 종자의 순하고 어수룩하게 생긴 그 개는 그 아이들의 포위에서 탈출하기는커녕 그 박해의 하나하나에 비명을 지를 기력조차 상실하고 있었다.

다만 거의 들릴까 말까 한 낮은 웅얼거림이 이따금씩 그곳에 있을 뿐이었다.

쇠약으로 하여 반이나 감겨진 눈 속에 몽롱한 눈동자가 잔뜩 겁을 집어먹고 있었다.

또 한 아이가 맨손으로 그의 귀때기를 잡아당겼을 때 개는 그것에 저항할 힘도 없이 다만 또 한 번 그 낮은 웅얼거림이 그곳에 들렸고 그의 꼬리가 좀더 사타구니 속으로 꼬부라져 들어갔다.

그 꼬리를 또 한 놈이 막대기로 훑어 뽑으려고 하였다.

다른 때라도 최주사는 그냥 그 앞을 지나지는 못하였을 것이다.

그것이 오늘은 더욱 그러하였다.

"이놈들아! 그 무슨 장난이냐?"

하고 노인이 참다 참다 못한 듯이 소리쳤을 때 그것은 신경이 가늘고 또 예민한 아이라면 응당 그 순간 온몸에 일종 오한을 느끼기조차 하였을 그러한 증오로 가득 찬 부르짖음이었다.

세 아이는 질겁을 하듯이 고개를 돌려 그를 보았다.

그러나 그의 소리에 질겁을 한 것은 그 세 아이들뿐이 아니었다.

그 쇠약할 대로 쇠약한 개까지 노인의 부르짖음에서 자기에게 대한 좀더 혹독한 박해를 예감한 듯이 그 순간 몸을 부르르 떨었다.

그것을 최주사는 보았다.

그것을 보고 그 개가 좀더 측은해 견딜 수 없었던 까닭에 최주사가 다음에

"이놈들아! 너희들은 그래 저게 불쌍해 뵈지두 않니? 응?……"

이렇게 말하였을 때 '증오'가 그곳에 그대로 있었으면서도 그래도 개가 놀랐을 것을 염려해 그 소리는 한껏 작았다.

최주사는 그곳에 가 쭈그리고 앉아서 개의 머리를 쓰다듬어주었다.

그러나 노인의 따뜻한 어루만짐도 개에게는 세 아이의 잔혹한 학대나 매한가지인 듯싶었다.

역시 몸을 쉴 새 없이 떨고 낮은 소리로 웅얼거리고, 그리고 몽롱한 두 눈에는 이제는 거의 아무런 감정의 '빛남'도 보이지 않았다.

그것이 최주사에게는 좀더 애달프게 느껴졌다.

그는 혀를 차면서 좀더 쓰다듬어주고 있었다.

그러면서 자세히 보니 그것은 '감은돌(玄石里)' 어느 선술집에서 기르는 '검둥이'에 틀림없었다.

자기를 보면 컹컹 짖고 꼬리를 세차게 흔들고 하던 검둥이에 틀림없었다.

'참 그동안 볼 수 없다 하였더니 이 꼴이 되었나?'

최주사는 고개를 들고 세 아이를 번갈아 보았다.

"이게 술집 개 아니냐?"

"네. 술집 개예요."

하고 하나가 대답하니까

"병이 잔뜩 들어서 술집에서 내버렸에요."

하고 또 하나가 설명한다.

또 한 놈은 암말 않고 노인의 옆얼굴만 곁눈질하고 있었으나 셋이 모두 결코 그 앞을 떠나려고 하지 않았다.

'이놈들은 내가 가면은 또다시 장난들이 하고 싶어 이러는 게로구나……'

하고 최주사는 다시 한 번 세 놈을 노려보았으나 그것은 아무 소용도 없는 것인 듯싶었다.

그래도 최주사는 그 수밖에 없는 듯이 몸을 일으켜 세 아이를 번갈아 보고

"이놈들 다시 이 개를 못살게 하면 안 된다. 그런 나쁜 짓 하면 하늘에서 벼락이 내린다."

그리고 최주사는 다시 한 번 개에게로 눈을 준 다음에

"후유."

하고 한숨을 쉬었다. 그는 차마 그대로 갈 수가 없는 듯이 자기 자신 생각하였으나 그렇다고 그대로 갈 수밖에 아무것도 그곳에 없는 것을 깨닫지 않을 수 없었다.

그래 최주사는

"이놈들 정녕 이 개를 건드리지 않으렷다."

하고 또 한 번 개에게 눈을 주고 그리고 그 앞을 떠났다.

四의 五

그러나 최주사는 세 칸통을 채 못 가서 발을 멈추었다.

역시 궁금증이 생긴다.

자기가 그 앞을 떠나기를 기다려 다시 잔혹한 장난을 시작할 세 놈의 아이들이며 또 그 '원한'과 '고통'과 '쇠약'으로 하여 나오는 웅얼거림만을 들려줄 뿐 몸을 움직일 기력조차 잃고 있는 불쌍한 개를 생각하였을 때 최주사의 고개는 저절로 뒤로 돌아간다.

아니나 다를까 아이들은 벌써 또다시 장난을 시작하고 있었다.

한 놈이 막대기로 개의 말라빠진 옆구리를 찌르고 또 한 놈은 염치 좋게 가랑이를 벌리고 그 위에 가 올라탈 듯이 하고, 그리고 또 한 놈은 가만히 그것을 보고만 있었다.

최주사는 그 아이들에게 한없는 증오를 느끼면서 그때 마침 저편에서 걸어 나오던 사십이 넘었을까 말까 한 아낙네가 부지중에 "에그!" 하고 소스라치게 놀라도록 엄청나게나 큰 소리로

"이놈들아."

하고 외쳤다.

아이들은 질겁을 하고, 그리고 노인이 자기들 있는 편으로 금방이라도 달려올 듯싶은 기세를 보고 반대편으로 우 달려갔다.

그러나 서너 칸통 떨어진 데까지 가서 그 애들은 약속한 듯이 걸음을 멈추고 이편을 보고 있었다.

천 번을 쫓더라도 마찬가지일 것이다.

최주사가 발길을 다시 돌릴 때 아이들은 또다시 저 불쌍한 개에게로 달려들 것이다.

그래도 최주사는 소리를 질렀다.

"그래 이놈들아! 너희들은 어린 맘에두 저 개가 불쌍하지 않느냐? 응? 그렇게 일러두 모르니!"

아이들은 형세를 보아서 다시 도망질칠 준비를 하면서도 그래도 그곳을 떠나지 않았다.

최주사는 그대로 잠깐 그곳에 가 서서 아이들을 노려보고 있었다.

사정을 모르는 이가 이 광경을 본다면 응당 말하였으리라.

"어쩐 일인지는 모르겠소만은 하여튼 수염이 허옇게 난 이가 어린애들을 가지고 그 무슨 점잖지 않은 일이오?……"

이렇게—.

까닭에 바로 지금 "에그" 하고 소리를 지르도록 놀란 아낙네는

역시 '모멸'이 가득한 웃음을 입가에 띠고 노인의 옆을 지날 때 그의 시뻘건 얼굴을 곁눈질하였다.

최주사는 자기의 옆을 지나간 아낙네가 개가 쓰러져 있는 옆을 지날 때 어떠한 의사 표시를 하나 하고 눈여겨보고 있었다.

그러나 그 아낙네는 그것에서 아무런 감동도 받지 않은 듯싶었다.

뿐만 아니라 그는

"저 빌어먹을 개! 입때껏 죽지 않았네."

하고 그러한 소리까지 하였다.

최주사는 그 말을 듣고 멍하니 서 있었다.

그는 자기의 기대가 어긋난 데서 가벼운 실망을 느꼈던 것이다.

그러나 그 아낙네가 세 아이놈들 있는 데까지 가서 뭐라고 말을 하고 세 아이놈들이 또 번갈아가며 뭐라고 종알대고 그리고 그들이 약속이나 한 듯이 일제히 최주사 편을 보았을 때 노인은 콧구멍이 벌렁거리도록 열화가 뻗쳤다.

"저 빌어먹을 개! 입때껏 죽지 않았네."

하고 그런 인정머리 없는 말을 하는 여편네는 응당 아이들이 그런 몹쓸 장난을 하더라도 말리려 들지도 않을 게다.

아니 도리어 이 경우에 아이들을 선동시켜 개를 죽음에까지 이르게 할 것이다.

"흥! 빌어먹을 넌! 저나 어서 죽지……"

자기 자신으로도 까닭 모르게 흥분이 된 노인은 이렇게 중얼거리기조차 하였다.

그러나 생각해보면 그것은 아무짝에도 소용없는 짓이었다.

자기가 이 경우에 그 개를 가지고 아무렇게도 해줄 수는 없는 일이었다.

최주사는 그저 저편에들 서서 자기를 바라보고 있는 아이들을 마지막으로 한 번 노려보고 그리고 돌아서서 자기의 길을 걸어 갔다.

四의 六

최주사는 이번에는 뒤를 돌아다보지 않기로 하고 좀더 빠른 걸음걸이로 걸어갔다.

뒤를 돌아다보면 응당 그의 눈에 다시 개에게로 와서 그 잔혹한 장난을 또 하고 있는 세 아이들을 보게 될 것이다.

최주사는 그것을 두려워하였다.

그는 마음속으로 그 아이놈들이 다시는 그런 장난을 안 하리라는 것을 믿고 싶었다.

그러나 그것에는 실감을 상반하지 않는 비애가 있었다.

만약 그렇게 오 분 이상을 최주사가 걸어갔다 하면 응당 이 노인은 개의 비참한 경우를 떠나 현재의 자기의 처지에까지 마음을 괴롭히기에 이르렀으리라.

그러나 다행히 그가 삼 분이나 그밖에 안 걸었을 때 그곳에 그가 단골로 들르는 약국이 있었다.

그리고 그뿐이 아니었다.

이날이 바로 그 약국 주인 생일이었다.

"영감 마침 잘 오셨습니다. 뭐 변변치는 않습니다마는 좀 들어
오십쇼."

하고 주인이 인사를 하자,

"아 영감 나오셨습니까?……"

"치우신데 어서 이리 좀 들어옵쇼."

"그렇지 않어두 오늘 좀 영감이 나오실 듯하다구 아까 주인하
구 내기두 했었죠."

하고 모여 있던 동리 사람들이 최주사와 원래 안면이 있는 사이
라 서로 다투어 말을 한다.

이러한 경우에까지 윤수경이를 생각하고 공동묘지를 생각하고
술집에서 들은 얘기를 생각하고, 그리고 다 죽어가는 강아지를
생각해서야 참말이지 그것은 최주사의 망령이다.

최주사는 가방을 내려놓고 모자를 벗어들며,

"어이구, 여러분이 모두 뫼시구…… 댁에 무슨 경사십니
까?…… 네네 들어가죠…… 내가 발은 길군. 하여튼…… 헤헤
헤."

하고 웃고 그리고 방으로 들어갔다.

술이 들어가면 역시 최주사는 마음이 유쾌하였다.

술 잘 자신다는 소문을 전부터 들었던 터라 제각기 번갈아가며
술을 권하고 안주를 권하였다.

그러나 술은 한 잔도 사양하지 않는 최주사가 안주만은 별로 들

려고 하지 않았다.

그것을 주인은 좀 섭섭하게 여기는 모양이었으나 최주사는 원래가 깡술만 자시는 노인이다.

한 잔을 자시고 날 적마다 손등으로 입을 한 번 쭉 씻고 그리고 좌중의 어떠한 화제이든지 말참견을 하였다.

자기보다 십여 년 내지 삼십 년씩이나 젊은 사람들 틈에 끼어 최주사는 조금도 서투르지 않았다.

더구나 이야기가 삼사십 년 전으로 치올라가 '명성황후'가 화제에 올랐을 때에는 최주사는 가장 웅변이 되었다.

좌중의 몇몇 사람을 떼어놓고는 모두들 그 당시에는 세상에 태어날 꿈도 안 꾸었던 것이니까 그것은 당연하였다. 자기가 좌담의 중심이 된 김에 최주사는 아주 동경 유학담까지 시작해 그들을 놀래주었다.

이 노인의 신조어 '꾸다'는 알고 있는 그들도 그가 사십 년 전에 동경 유학생이었다는 것은 전연 뜻밖의 일이었다.

그리고 노인은 다른 때나 마찬가지로 이야기의 경로를 밟아

"……내가 경무청에 십구 년, 경성감옥에 일 년, 노돌 숯사쓰가까리가 이 년…… 나중에는 하다못해 나무 시장 표사무까지 봤으니 말은 해 무얼 합니까?"

하고 얘기를 끝맺고 그리고,

"하하하하."

하고 시원스럽게 한바탕을 웃어댔다.

그렇게 자기의 수다스러운 경력을 일종 자랑삼아 이야기한 최

주사였으나 그것에서 자기가 적잖은 오해를 그들에게서 받았다는 것을 깨닫지 못하였다.

그들은 노인이

"경무청에 십구 년, 경성감옥에 일 년……"

하고 말한 것을 옳게 해득하지 못하였다.

순검을 열아홉 해, 감옥 간수를 한 해 다녔다는 말도 같은데 어쩌면 무슨 일로 붙잡혀 들어가 있었다고도 하는 듯싶어 그들은 머리를 기웃거렸다.

그러나 물론 그것은 그다지 친하지도 못한 노인에게 농담 비슷이라도 물어볼 일이 못 되므로 모두들 잠잠하였다.

四의 七

노인은 담배에 불을 붙여 들고 뻑뻑 빨더니 또 무슨 생각을 했는지

"흐흥……"

하고 웃는다.

"왜 웃으세요?"

누가 물었다.

"참 별일이 다 있었소. 순검이 그래두 행세라구 순검 다니는 걸 부러워하는 축이 많았죠. 나 순검 다녔을 때 얘기지만 가끔 순검을 팔어보기두 했습니다그려…… 하하하."

"순검을 파시다니요?"

"순검 행세를 하고 싶어하는 사람들이 흔히 있었죠. 순검이라면 술집에 가서 술 한잔을 먹드래두 호기가 있었으니까…… 그래 돈들을 내고 삽니다."

"아니 그럼 돈을 내구 순사 하나 얻어 한단 말씀이로군?"

"아니지…… 그런 게 아니라, 가령 내가 순검이죠? 노형이면 노형이 원 보름이라면 보름이라든지 한 달이면 한 달이라든지 그렇게 순검 노릇이 하고 싶다 하지요? 그럼 노형한테 내가 돈을 암만을 받구 원 보름이면 보름 한 달이면 한 달…… 그동안을 내 대신 순검을 다니두룩 합니다그려? 하하하하."

"아니 어떻게 그렇게 영감 마음대루 파세요?"

"글쎄 그렇게 그때만 해두 어수룩한 시대죠, 말할 것두 없에요…… 나두 몇 번 팔어봤는데요? 하하하."

그렇게 한바탕 웃고 나서는 역시 술이 취해 그대로 앉아 있지 못하고 비스듬히 바람벽에 가 몸을 기댔다.

그리고 잠깐은 눈을 감고 말이 없었다.

사람들은 노인이 앉아서 조는 줄만 알았다.

그러나 저편 구석에 앉아 술을 잘 안 먹고 안주만 골고루 찾아 먹던 젊은이가 젓가락을 그냥 손에 든 채 만주국 이야기를 꺼냈을 때 최주사는 귀가 번쩍 뜨이는 듯이 부리나케 몸을 고쳐 앉고 그의 독특한 시국담[34]까지를 시험하다가 흐지부지 횡설수설이 되더니 이번엔 정말 모로 비스듬히 쓰러진다.

오 분 지났을 때 노인의 코 고는 소리가 들렸다.

"영감이 취하셨군."

"사실 권하기두 엔간히 권했나."

"어떻게 한잠 주무시구 가게 하지."

이 사람 저 사람 말하였다.

그러나 주인이

"영감 잠깐 일어나십쇼, 웃간에서 한잠 주무십쇼."

하고 노인이 어깨를 잡아 흔들었을 때 노인은

"네, 네."

하고 눈을 뜨고 그리고 주인의 얼굴을 물끄러미 보다가 그의 하는 말을 알아듣자 벌떡 일어나 앉으며 고개를 모로 흔들었다.

"원 내가 잠이 들었었나. 허허…… 물 한 그릇만 좀 줍쇼."

그리고 냉수로 양치질을 하고 나서 모든 사람이 말리는 것도 불구하고 밖으로 나왔다.

"석 점 반이 넘었는데 이제부터 염창을 어떻게 가세요. 한잠 주무시구 문안으로 바로 들어가시죠."

주인이 말해보았으나 막무가내하다.

약간 비틀거리는 걸음으로 뜰에 내려서 신발을 신고

"잘 놀다 갑니다. 여러분."

하고 인사를 하고 그리고 노인은 허청허청 밖으로 걸어 나갔다.

*

한 시간 지나 최주사는 양화도 도선장에 와 있었다.

바람은 이 강가에서 훨씬 더 매몰스럽게 불고 있었다.

이리 비틀 저리 비틀 하면서도 서너 군데 약방을 들른 다음에 강가까지 나와 노인은 술이 차차 깨었다.

뱃사람들이

"영감 옵쇼?"

"오늘은 좀 늦으셨습니다그려."

"이제 차차 다니시기가 괴로우시겠습니다."

하고 다투어 인사하였을 때 노인은 인사성 있게 웃음을 띠고 마주 인사말을 하였으나 그가 고개를 들어 강 건너편을 보았을 때 순간에 그의 얼굴에서 웃음은 거두어졌다.

제방 위의 신작로를 등에 짐 진 사나이가 말없이 걸어가고 있었다.

머리에 보퉁이를 인 여인네가 역시 말없이 그의 뒤를 따랐다.

눈을 더 먼 곳까지 주었을 때 최주사는 서산에 걸린 해를 보았다.

겨울의 열 없는 태양은 노인에게 내일을 약속하는 일도 없이 그대로 서산을 넘어가려 하는 듯싶었다.

최주사는 담배를 빨 것도 잊고 한참을 망연히 서 있었다.

소설가 구보仇甫씨의 일일一日

어머니는

아들이 제 방에서 나와, 마루 끝에 놓인 구두를 신고, 기둥 못에 걸린 단장'을 떼어 들고, 그리고 문간으로 향해 나가는 소리를 들었다.

"어디, 가니?"

대답은 들리지 않았다.

중문 앞까지 나간 아들은, 혹은, 자기의 한 말을 듣지 못하였는지도 모른다. 또는, 아들의 대답 소리가 자기의 귀에까지 이르지 못하였는지도 모른다. 그 둘 중의 하나라고 생각한 어머니는 이번에는 중문 밖에까지 들릴 목소리를 내었다.

"일쯔거니 들어오너라."

역시, 대답은 들리지 않았다.

중문이 소리를 내어 열려지고, 또 소리를 내어 닫혀졌다. 어머니는 얇은 실망을 느끼려는 자기 자신을 스스로 위로하려 한다. 중문 소리만 크게 나지 않았다면, 아들의 "네" 소리를, 혹은 들을 수 있었을지도 모른다……

어머니는 다시 바느질을 하며, 대체, 그애는, 매일, 어딜, 그렇게, 가는, 겐가, 하고 그런 것을 생각해본다.

직업과 아내를 갖지 않은, 스물여섯 살짜리 아들은, 늙은 어머니에게는 온갖 종류의, 근심, 걱정거리였다. 우선, 낮에 한번 집을 나서면, 아들은 밤늦게나 되어 돌아왔다.

늙고, 쇠약한 어머니는, 자리도 깔지 않고, 맨바닥에 가, 팔을 괴고 누워, 아들을 기다리다가 곧잘 잠이 든다. 편안하지 못한 잠은, 두 시간씩 세 시간씩 계속될 수 없다. 잠깐 잠이 들었다, 깰 때마다, 어머니는 고개를 들어 아들의 방을 바라보고, 그리고, 기둥에 걸린 시계를 쳐다본다.

자정——그리 늦지는 않았다. 이제 아들은 돌아올 게다. 어머니는 아들이 어서 돌아와지라 빌며, 또 어느 틈엔가 꼬빡 잠이 든다.

그가 두번째 잠을 깨는 것은 새로 한 점 반이나, 두 점, 그러한 시각이다. 아들의 방에는 그저 불이 켜 있다.

아들은 잘 때면 반드시 불을 끈다. 그러나, 혹은, 어느 틈엔가 아들은 돌아와 자리에 누워 책이라도 읽고 있는 게 아닐까. 아들에게는 그런 버릇이 있다.

어머니는 소리 안 나게 아들의 방 앞에까지 걸어가 가만히 안을 엿듣는다. 마침내, 어머니는 방문을 열어보고, 입때 웬일일까, 호젓한 얼굴을 하고, 다시 방문을 닫으려다 말고 방 안으로 들어온다.

나이 찬 아들의, 기름과 분 냄새 없는 방이, 늙은 어머니에게는 애달팠다. 어머니는 초저녁에 깔아놓은 채 그대로 있는, 아들의 이부자리와 베개를 바로 고쳐놓고, 그리고 그 옆에 가 앉아본다. 스물여섯 해를 길렀어도 종시 마음이 놓이지 않는 것은 자식이었다. 설혹 스물여섯 해를 스물여섯 곱하는 일이 있었더라도, 어머니의 마음은 늘 걱정으로 차리라. 그래도 어머니는 그가 작은며느리를 보면, 이렇게 밤늦게 한 가지 걱정을 덜 수 있으리라 생각한다.

"참 이 애는 왜 장가를 들려구 안 하는 겐구."

언제나 혼인 말을 꺼내면, 아들은 말하였다.

"돈 한 푼 없이 어떻게 기집을 멕여 살립니까?"

하지만…… 어떻게 도리야 있느니라. 어디 월급쟁이가 되더라도, 두 식구 입에 풀칠이야 못헐라구……

어머니는 어디 월급 자리라도 구할 생각은 없이, 밤낮으로, 책이나 읽고 글이나 쓰고, 혹은 공연스레 밤중까지 쏘다니고 하는 아들이, 보기에 딱하고, 또 답답하였다.

"그래두 장가를 들어놓면 맘이 달러지지."

"제 기집 귀여운 줄 알면, 자연 돈 벌 궁릴 하겠지."

작년 여름에 아들은 한 '색시'를 만나본 일이 있다. 그 애면 저도 싫다고는 않겠지. 이제 이놈이 들어오거든 단단히 따져보리라…… 그리고 어머니는 어느 틈엔가 손주 자식을 눈앞에 그려보기조차 한다.

아들은

그러나, 돌아와, 채 어머니가 뭐라고 말할 수 있기 전에, 입때안 주무셨어요, 어서 주무세요, 그리고 자리옷으로 갈아입고는 책상 앞에 앉아, 원고지를 펴놓는다.

그런 때 옆에서 무슨 말이든 하면, 아들은 언제든 불쾌한 표정을 지었다. 그것은 어머니의 마음을 아프게 한다. 그래, 어머니는 가까스로, 늦었으니 어서 자거라, 그걸랑 낼 쓰구…… 한마디를 하고서 아들의 방을 나온다.

"얘기는 낼 아침에래두 허지."

그러나 열한 점이나 오정에야 일어나는 아들은, 그대로 소리 없이 밥을 떠먹고는 나가버렸다.

때로, 글을 팔아 몇 푼의 돈을 구할 수 있을 때, 그 어느 한 경우에, 아들은 어머니를 보고, 뭐 잡수시구 싶으신 거 없에요, 그렇게 묻는 일이 있었다.

어머니는 직업을 가지지 못한 아들이, 그래도 어떻게 몇 푼의 돈을 만들어, 자기에게 그런 말을 할 수 있는 것을 신기하게 기뻐하였다.

"어서 내 생각 말구, 네 양말이나 사 신어라."

그러면, 아들은 으레, 제 고집을 세웠다. 아들의 고집 센 것을,

물론 어머니는 좋게 생각 안 했다. 그러나 이러한 경우라면, 아들이 고집을 세우면 세울수록 어머니는 만족하였다. 어머니의 사랑은 보수를 원하지 않지만, 그래도 자식이 자기에게 대한 사랑을 보여줄 때, 그것은 어머니를 기쁘게 해준다.

대체 무얼 사줄 테냐, 뭐든 어머니 마음대로. 먹는 게 아니래도 좋으냐. 네. 그래 어머니는 에누리 없이 욕망을 말해본다.

"너, 나, 치마 하나 해주려무나."

아들이 흔연히 응낙하는 걸 보고,

"네 아주멈은 뭐 안 해주니?"

아들은 치마 두 감의 가격을 묻고, 그리고 갑자기 엄숙한 얼굴을 한다. 혹은 밤을 새우기까지 해 아들이 번 돈은, 결코 대단한 액수의 것이 아니었다. 그래, 어머니는 말한다.

"그럼 네 아주멈이나 해주렴."

아들은, 아니에요, 넉넉해요. 갖다 끊으세요. 그리고 돈을 내놓았다.

어머니는, 얼마를 주저한다. 그러나, 마침내, 그는 가장 자랑스러이 돈을 집어들고, 애애 옷감 바꾸러 나가자, 아재비가 치마 허라고 돈을 주었다. 네 아재비가…… 그렇게 건넌방에서 재봉틀을 놀리고 있던 맏며느리를 신기하게 놀래어준다.

치마가 되면, 어머니는 그것을 입고, 나들이를 하였다.

일갓집 대청에 가 주인 아낙네와 마주 앉아, 갓난애같이 어머니는 치마 자랑할 기회를 엿본다. 주인마누라가, 섣불리, 참, 치마 좋은 거 해 입으셨구면, 이라고나 한다면, 어머니는 서슴지 않고,

"이거 내 둘째 아이가 해준 거죠. 제 아주멈 해²하구, 이거하구……"

이렇게 묻지도 않은 말을 하였다. 어머니는 그것이 아들의 홀륭한 자랑거리라 생각하였다.

자식을 자랑할 때, 어머니는 얼마든지 뻔뻔스러울 수 있다.

그러나 그런 일은 늘 있을 수 없다. 어머니는 역시 글을 쓰는 것보다는 월급쟁이가 몇 곱절 낫다고 생각하고, 그리고 그렇게 재주 있는 내 아들은 무엇을 하든 잘하리라고 혼자 작정해버린다. 아들은 지금 세상에서 월급 자리 얻기가 얼마나 힘든 것인가를 말한다. 하지만, 보통학교만 졸업하고도, 고등학교만 나오고도, 회사에서 관청에서 일들만 잘하고 있는 것을 알고 있는 어머니는, 고등학교를 졸업하고도, 또 동경엘 건너가 공불 하고 온 내 아들이, 구해도 일자리가 없다는 것이 도무지 믿어지지가 않았다.

구보는

집을 나와 천변 길을 광교로 향해 걸어가며, 어머니에게 단 한마디 "네——" 하고 대답 못했던 것을 뉘우쳐본다. 하기야 중문을 여닫으며 구보는 "네——" 소리를 목구멍까지 내어보았던 것이나 중문과 안방과의 거리는 제법 큰 소리를 요구하였고, 그리고 공교롭게 활짝 열린 대문 앞을, 때마침 세 명의 여학생이 웃고 떠들며 지나갔다.

그렇더라도 대답은 역시 해야만 하였었다고, 구보는 어머니의 외로워할 때의 표정을 눈앞에 그려본다. 처녀들은 어느 틈엔가 그의 시야에서 사라졌다.

구보는 마침내 다리 모퉁이에까지 이르렀다. 그의 일 있는 듯싶게 꾸미는 걸음걸이는 그곳에서 멈추어진다. 그는 어딜 갈까, 생각해본다. 모두가 그의 갈 곳이었다. 한 군데라 그가 갈 곳은 없었다.

한낮의 거리 위에서 구보는 갑자기 격렬한 두통을 느낀다. 비록 식욕은 왕성하더라도, 잠은 잘 오더라도, 그것은 역시 신경 쇠약에 틀림없었다.

구보는 떠름한 얼굴을 해본다.

臭剝(취박)[3]	4.0
臭那(취나)	2.0
臭安(취안)	2.0
若丁(약정)	4.0
水(물)	200.0

一日 三回分服 二日分(일일 삼회분복 이일분)

그가 다니는 병원의 젊은 간호부가 반드시 "삼삐스이"라고 발음하는 이 약은 그에게는 조그마한 효험도 없었다.

그러자 구보는 갑자기 옆으로 몸을 비킨다. 그 순간 자전거가 그의 몸을 가까스로 피해 지났다. 자전거 위의 젊은이는 모멸 가득한 눈으로 구보를 돌아본다. 그는 구보의 몇 칸통 뒤에서부터

요란스레 종을 울렸던 것임에 틀림없었다. 그것을 위험이 박두하였을 때에야 비로소 몸을 피할 수 있었던 것은 반드시 그가 '삼B水'의 처방을 외우고 있었기 때문만이 아니었다.

구보는, 자기의 왼편 귀 기능에 스스로 의혹을 갖는다. 병원의 젊은 조수는 결코 익숙하지 못한 솜씨로 그의 귓속을 살피고, 그리고 대담하게도 그 안이 몹시 불결한 까닭 외에 아무 이상이 없다고 선언하였었다. 한 덩어리의 '귀지'를 갖기보다는 차라리 사주일간 치료를 요하는 중이염을 앓고 싶다, 생각하는 구보는, 그의 선언에 무한한 굴욕을 느끼며, 그래도 매일 신경질하게 귀 안을 소제하였었다.

그러나, 구보는 다행하게도 중이 질환을 가진 듯싶었다. 어느 기회에 그는 의학 사전을 뒤적거려보고, 그리고 별 까닭도 없이 자기는 중이가답아(中耳加答兒)⁴에 걸렸다고 혼자 생각하였다. 사전에 의하면 중이가답아에는 급성 급 만성이 있고, 만성 중이가답아에는 또다시 이를 만성 건성 급 만성 습성의 이자(二者)로 나눈다 하였는데, 자기의 이질은 그 만성 습성의 중이가답아에 틀림없다고 구보는 작정하고 있었다.

그러나 부실한 것은 그의 왼쪽 귀뿐이 아니었다. 구보는 그의 바른쪽 귀에도 자신을 갖지 못한다. 언제든 쉬이 전문의를 찾아보아야겠다고 생각은 하면서도, 일 년이나 그대로 내버려둔 채 지내온 그는, 비교적 건강한 그의 바른쪽 귀마저, 또 한편 귀의 난청 보충으로 그 기능을 소모시키고, 그리고 불원한 장래에 '듄케르 청장관(廳長管)'이나 '전기보청기'의 힘을 빌리지 않으면 안 될지도 모른다.

구보는

갑자기 걸음을 걷기로 한다. 그렇게 우두커니 다리 곁에 가 서
있는 것의 무의미함을 새삼스러이 깨달은 까닭이다. 그는 종로
네거리를 바라보고 걷는다. 구보는 종로 네거리에 아무런 사무도
갖지 않는다. 처음에 그가 아무렇게나 내어놓았던 바른발이 공교
롭게도 왼편으로 쏠렸기 때문에 지나지 않는다.

갑자기 한 사람이 나타나 그의 앞을 가로질러 지난다. 구보는
그 사내와 마주칠 것 같은 착각을 느끼고, 위태롭게 걸음을 멈
춘다.

그리고 다음 순간, 구보는, 이렇게 대낮에도 조금의 자신을 가
질 수 없는 자기의 시력을 저주한다. 그의 코 위에 걸려 있는 이
십사 도의 안경은 그의 근시를 도와주었으나, 그의 망막에 나타
나 있는 무수한 맹점을 제거하는 재주는 없었다. 총독부 병원 시
대의 구보의 시력 검사표는 그저 그 우울한 '안과 재래(眼科在
來)'의 책상 서랍 속에 들어 있을지도 모른다.

               R, 4   L, 3

구보는, 이 주일간 열병을 앓은 끝에, 갑자기 쇠약해진 시력을
호소하러 처음으로 안과의와 대하였을 때의, 그 조그만 테이블

위에 놓여 있던 '시야 측정기'를 지금 기억하고 있다. 제 자신 강도(强度)의 안경을 쓰고 있던 의사는, 백묵을 가져, 그 위에 용서 없이 무수한 맹점을 찾아내었었다.

그래도, 구보는, 약간 자신이 있는 듯싶은 걸음걸이로 전차 선로를 두 번 횡단해 화신상회 앞으로 간다. 그리고 저도 모를 사이에 그의 발은 백화점 안으로 들어서기조차 하였다.

젊은 내외가, 너덧 살 되어 보이는 아이를 데리고 그곳에 가 승강기를 기다리고 있었다. 이제 그들은 식당으로 가서 그들의 오찬을 즐길 것이다. 흘낏 구보를 본 그들 내외의 눈에는 자기네들의 행복을 자랑하고 싶어하는 마음이 엿보였는지도 모른다. 구보는, 그들을 업신여겨볼까 하다가, 문득 생각을 고쳐, 그들을 축복해주려 하였다. 사실, 사오 년 이상을 같이 살아왔으면서도, 오히려 새로운 기쁨을 가져 이렇게 거리로 나온 젊은 부부는 구보에게 좀 다른 의미로서의 부러움을 느끼게 하였는지도 모른다. 그들은 분명히 가정을 가졌고, 그리고 그들은 그곳에서 당연히 그들의 행복을 찾을 게다.

승강기가 내려와 서고, 문이 열려지고, 닫히고, 그리고 젊은 내외는 수남(壽男)이나 복동(福童)이와 더불어 구보의 시야를 벗어났다.

구보는 다시 밖으로 나오며, 자기는 어디 가 행복을 찾을까 생각한다. 발 가는 대로, 그는 어느 틈엔가 안전지대에 가 서서, 자기의 두 손을 내려다보았다. 한 손의 단장과 또 한 손의 공책과 ──물론 구보는 거기에서 행복을 찾을 수는 없다.

안전지대 위에, 사람들은 서서 전차를 기다린다. 그들에게, 행복은 알 수 없다. 그러나 그들은 분명히, 갈 곳만은 가지고 있었다.

전차가 왔다. 사람들은 내리고 또 탔다. 구보는 잠깐 멍하니 그곳에 서 있었다. 그러나 자기와 더불어 그곳에 있던 온갖 사람들이 모두 저 차에 오른다 보았을 때, 그는 저 혼자 그곳에 남아 있는 것에, 외로움과 애달픔을 맛본다. 구보는, 움직인 전차에 뛰어 올랐다.

전차 안에서

구보는, 우선, 제 자리를 찾지 못한다. 하나 남았던 좌석은 그보다 바로 한 걸음 먼저 차에 오른 젊은 여인에게 점령당했다. 구보는, 차장대(車掌臺) 가까운 한구석에 가 서서, 자기는 대체, 이 동대문행 차를 어디까지 타고 가야 할 것인가를, 대체, 어느 곳에 행복은 자기를 기다리고 있을 것인가를 생각해본다.

이제 이 차는 동대문을 돌아 경성운동장 앞으로 해서…… 구보는, 차장대, 운전대로 향한, 안으로 파란 융을 받쳐 댄 창을 본다. 전차과〔電車課〕에서는 그곳에 '뉴스'를 게시한다. 그러나 사람들은 요사이 축구도 야구도 하지 않는 모양이었다.

장충단으로. 청량리로. 혹은 성북동으로……. 그러나 요사이 구보는 교외를 즐기지 않는다. 그곳에는, 하여튼 자연이 있었고, 한적이 있었다. 그리고 고독조차 그곳에는, 준비되어 있었다. 요사이, 구보는 고독을 두려워한다.

일찍이 그는 고독을 사랑한 일이 있었다. 그러나 고독을 사랑한다는 것은 그의 심경의 바른 표현이 못 될 게다. 그는 결코 고독을 사랑하지 않았는지도 모른다. 아니 도리어 그는 그것을 그지없이 무서워하였는지도 모른다. 그러나 그는 고독과 힘을 겨루어, 결코 그것을 이겨내지 못하였다. 그런 때, 구보는 차라리 고독에게 몸을 떠맡겨버리고, 그리고, 스스로 자기는 고독을 사랑하고 있는 것이라고 꾸며왔었는지도 모를 일이다⋯⋯

표, 찍읍쇼—차장이 그의 앞으로 왔다. 구보는 단장을 왼팔에 걸고, 바지 주머니에 손을 넣었다. 그러나 그가 그 속에서 다섯 닢의 동전을 골라내었을 때, 차는 종묘 앞에 서고, 그리고 차장은 제자리로 돌아갔다.

구보는 눈을 떨어뜨려, 손바닥 위의 다섯 닢 동전을 본다. 그것들은 공교롭게도 모두가 뒤집혀 있었다. 대정(大正) 12년. 11년. 11년. 8년. 12년. 대정 54년—,⁵ 구보는 그 숫자에서 어떤 한 개의 의미를 찾아내려 들었다. 그러나 그것은 부질없는 일이었고, 그리고 또 설혹 그것이 무슨 의미를 가지고 있었다 하더라도, 그것은 적어도 '행복'은 아니었을 게다.

차장이 다시 그의 옆으로 왔다. 어디를 가십니까. 구보는 전차가 향해 가는 곳을 바라보며 문득 창경원에라도 갈까, 하고 생각한다. 그러나 그는 차장에게 아무런 사인도 하지 않았다. 갈 곳을 갖지 않은 사람이, 한번, 차에 몸을 의탁하였을 때, 그는 어디서든 섣불리 내릴 수 없다.

차는 서고, 또 움직였다. 구보는 창밖을 내다보며, 문득, 대학병원에라도 들를 것을 그랬나 해본다. 연구실에서, 벗은, 정신병을 공부하고 있었다. 그를 찾아가, 좀 다른 세상을 구경하는 것은, 행복은 아니어도, 어떻든 한 개의 일일 수 있다……

구보가 머리를 돌렸을 때, 그는 그곳에, 지금 막 차에 오른 듯싶은 한 여성을 보고, 그리고 신기하게 놀랐다. 집에 돌아가, 어머니에게 오늘 전차에서 '그 색시'를 만났죠 하면, 어머니는 응당 반색을 하고, 그리고, "그래서 그래서," 뒤를 캐어물을 게다. 그가 만약, 오직 그뿐이라고라도 말한다면, 어머니는 실망하고, 그리고 그를 주변머리 없다고 책할지도 모른다. 그러나 누가 그 일을 알고, 그리고 아들을 졸(拙)하다'고라도 말한다면, 어머니는, 내 아들은 원체 얌전해서…… 그렇게 변호할 게다.

구보는 여자와 시선이 마주칠까 겁(怯)하여,' 얼토당토않은 곳을 보며, 저 여자는 내가 여기 있는 것을 보았을까, 하고 생각한다.

여자는

혹은, 그를 보았을지도 모른다. 전차 안에, 승객은 결코 많지 않았고, 그리고 자리가 몇 군데 비어 있음에도 불구하고, 구석에 가서 있는 사람이란, 남의 눈에 띄기 쉽다. 여자는 응당 자기를 보았을 게다. 그러나, 여자는 능히 자기를 알아볼 수 있었을까. 그것은 의문이다. 작년 여름에 단 한 번 만났을 뿐으로, 이래 일 년간 길에서라도 얼굴을 대한 일이 없는 남자를, 그렇게 쉽사리 여자는 알아내지 못할 게다. 그러나, 자기가 기억하고 있는 여자에게, 자기의 기억이 없으리라고 생각하는 것은, 누구에게 있어서든, 외롭고 또 쓸쓸한 일이다. 구보는, 여자와의 회견 당시의 자기의 그 대담한, 혹은 뻔뻔스러운 태도와 화술이, 그에게 적잖이 인상 주었으리라고 생각하고, 그리고 여자는 때때로 자기를 생각해주고 있었다고 믿고 싶었다.

그는 분명히 나를 보았고 그리고 나를 나라고 알았을 게다. 그러한 그는 지금 어떠한 느낌을 가지고 있을까, 그것이 구보는 알고 싶었다.

그는 결코 대담하지 못한 눈초리로, 비스듬히 두 칸통 떨어진 곳에 앉아 있는 여자의 옆얼굴을 곁눈질하였다. 그리고 다음 순간, 그와 눈이 마주칠 것을 겁하여 시선을 돌리며, 여자는 혹은 자기를 곁눈질한 남자의 꼴을, 곁눈으로 느꼈을지도 모르겠다고, 그렇게 생각하여본다. 여자는 남자를 그 남자라 알고, 그리고 남자가 자기를 그 여자라 안 것을 알고 있을지도 모른다. 이러한 경우에, 나는 어떠한 태도를 취해야 마땅할까 하고, 구보는 그러한 것에 머리를 썼다. 알은체를 해야 옳을지도 몰랐다. 혹은 모른 체하는 게 정당한 인사일지도 몰랐다. 그 둘 중에 어느 편을 여자는 바라고 있을까. 그것을 알았으면, 하였다. 그러다가, 갑자기, 그러한 것에 마음을 태우고 있는 자기가 스스로 괴이하고 우스워, 나는 오직 요만 일로 이렇게 흥분할 수가 있었던가 하고 스스로를 의심해보았다. 그러면 나는 마음속 그윽이 그를 생각하고 있었던지도 모르겠다고 생각해보았다. 그러나 그가 여자와 한 번 본 뒤로, 이래 일 년간, 그를 일찍이 한 번도 꿈에 본 일이 없었던 것을 생각해내었을 때, 자기는 역시 진정으로 그를 사랑하고 있는 것은 아닌지도 모르겠다고, 그러한 생각이 들었다. 만약 그렇다면 자기가 여자의 마음을 헤아려보고, 그리고 이리저리 공상을 달리고 하는 것은, 이를테면, 감정의 모독이었고, 그리고 일종의 죄악이었다.

그러나 만약 여자가 자기를 진정으로 그리고 있다면——

구보가, 여자 편으로 눈을 주었을 때, 그러나, 여자는 자리에서 일어나 양산을 들고 차가 동대문 앞에 하차하기를 기다려 내려갔다. 구보의 마음은 또 한 번 동요하며, 창 너머로 여자가 청량리행 전차를 기다리느라, 그곳 안전지대로 가 서는 것을 보았을 때, 그는 자기도 차에서 곧 내리고 싶은 충동을 느꼈다. 그러나, 여자가 청량리행 전차 속에서 자기를 또 한 번 발견하고, 그리고 자기가 일도 없건만, 오직 여자와의 사이에 어떠한 기회를 엿보기 위해 그 차를 탄 것에 틀림없다는 것을 눈치 챌 때, 여자는 그러한 자기를 얼마나 천박하게 생각할까. 그래, 구보가 망설거리는 동안, 전차는 달리고, 그들의 사이는 멀어졌다. 마침내 여자의 모양이 완전히 그의 시야에서 떠났을 때, 구보는 갑자기, 아차, 하고 뉘우친다.

행복은

그가 그렇게도 구해 마지않던 행복은, 그 여자와 함께 영구히 가버렸는지도 모른다. 여자는 자기에게 던져줄 행복을 가슴에 품고서, 구보가 마음의 문을 열어 가까이 와주기를 갈망하였는지도 모른다. 왜 자기는 여자에게 좀더 대담하지 못하였나. 구보는, 여자가 가지고 있는 온갖 아름다운 점을 하나하나 헤어보며, 혹은 이 여자 말고 자기에게 행복을 약속해주는 이는 없지나 않을까, 하고 그렇게 생각하였다.

방향판을 한강교로 갈고 전차는 훈련원을 지났다. 구보는 자리에 앉아, 주머니에서 오 전 백동화[白銅貨]를 골라 꺼내면서, 비록 한 번도 꿈에 본 일은 없었더라도, 역시 그가 자기에게는 유일한 여자가 아닐까 하고 생각해본다.

자기가, 그를, 그동안 대수롭지 않게 여겨왔던 것같이 생각하는 것은, 구보가 제 감정을 속인 것에 지나지 않을지도 모른다. 그가 여자를 만나보고 돌아왔을 때, 그는 집에서 아들을 궁금히 기다리고 있던 어머니에게 '그 여자면' 정도의 뜻을 표하였었던 것에 틀림없었다. 그러나 구보는, 어머니가 색싯집으로 솔직하게 구혼할 것을 금하였다. 그것은 허영심만에서 나온 일은 아니다. 그는 여자가 자기 생각을 안 하고 있는 경우에 객쩍게시리 여자를 괴롭혀주고 싶지 않았던 까닭이다. 구보는 여자의 의사와 감정을 존중하고 싶었다.

그러나, 물론, 여자에게서는 아무런 말도 하여오지 않았다. 구보는, 여자가 은근히 자기에게서 무슨 말이 있기를 기다리고 있는 것이나 아닐까, 하고도 생각하여보았다. 그러나 그런 것을 생각하는 것은 제 자신 우스운 일이다. 그러는 동안에, 날은 가고, 그리고 그것에 대한 흥미를 구보는 잃기 시작하였다. 혹시, 여자에게서라도 먼저 말이 있다면——. 그러면 구보는 다시 이 문제에 흥미를 가질 수 있을 게다. 언젠가 여자의 집과 어떻게 인척 관계가 있는 노〔老〕마나님이 와서 색싯집에서도 이편의 동정만 살피고 있는 듯싶더란 말을 들었을 때, 구보는 쓰디쓰게 웃고, 그리고 그것이 사실이라면, 그것은 희극이라느니보다는, 오히려 한 개의 비극이라고 생각하였다. 그러면서도 구보는 그 비극에서 자기네들을 구하기 위해 팔을 걷고 나서려 들지 않았다.

전차가 약초정(若草町)[8] 근처를 지나갈 때, 구보는, 그러나, 그 흥분에서 깨어나, 뜻 모를 웃음을 입가에 띠어본다. 그의 앞에 어떤 젊은 여자가 앉아 있었다. 그 여자는 자기의 두 무릎 사이에다 양산을 놓고 있었다. 어느 잡지에선가, 구보는 그것이 비(非)처녀성을 나타내는 것임을 배운 일이 있다. 딴은, 머리를 틀어 올렸을 뿐이나, 그만한 나이로는 저 여인은 마땅히 남편을 가졌어야 옳을 게다. 아까, 그는 양산을 어디다 놓고 있었을까 하고, 구보는, 객쩍은 생각을 하다가, 여성에게 대해 그러한 관찰을 하는 자기는, 혹은 어떠한 여자를 아내로 삼든 반드시 불행하게 만들어주지나 않을까, 하고 생각하였다. 그러나 여자는——. 여자는 능히 자기를 행복되게 해줄 것인가. 구보는 자기가 알고 있는 온갖 여자를 차례로 생각해보고, 그리고 가만히 한숨지었다.

일찍이

구보는, 벗의 누이에게 짝사랑을 느낀 일이 있었다. 어느 여름날 저녁, 그가 벗을 찾았을 때, 문간으로 그를 응대하러 나온 벗의 누이는, 혹은 정말, 나어린 구보가 동경의 마음을 갖기에 알맞도록 아름답고, 깨끗하였는지도 모른다. 열다섯 살짜리 문학 소년은 그를 사랑하고 싶다 생각하고, 뒷날 그와 결혼할 수 있다 하면, 응당 자기는 행복이리라 생각하고, 자주 벗을 찾아가 그와 만날 기회를 엿보고, 혹 만나면 저 혼자 얼굴을 붉히고, 그리고 돌아와 밤늦게 여러 편의 연애시를 초(草)하였다.[9] 그러나, 그가 자기보다 세 살이나 위라는 것을 생각할 때, 구보의 마음은 불안하였다. 자기가 한 여자의 앞에서 자기의 사랑을 고백해도 결코 서투르지 않을 나이가 되었을 때, 여자는, 이미, 그 전에, 다른, 더 나이 먹은 이의 사랑을 용납해버릴 게다.

그러나 구보가 그것에 대하여 아무런 대책도 강구할 수 있기 전에, 여자는, 참말, 나이 먹은 남자의 품으로 갔다. 열일곱 살 먹은 구보는, 자기의 마음이 퍽이나 괴롭고 슬픈 것같이 생각하려 들고, 그리고, 그러면서도, 그들의 행복을, 특히 남자의 행복을, 빌려 들었다. 그러한 감정은 그가 읽은 문학서류(類)에 얼마든지 씌어 있었다. 결혼 비용 삼천 원. 신혼여행은 동경으로. 관수동에 그들 부처를 위해 개축된 집은 행복을 보장하는 듯싶었다.

이번 봄에 들어서서, 구보는 벗과 더불어 그들을 찾았다. 이미 두 아이의 어머니인 여인 앞에서, 구보는 얼굴을 붉히는 일 없이 평범한 이야기를 서로 할 수 있었다. 구보가 일곱 살 먹은 사내아이를 영리하다고 칭찬하였을 때, 젊은 어머니는, 그러나 그 애가 이 골목 안에서는 그중 나이 어림을 말하고, 그리고 나이 먹은 아이들이란, 저희보다 적은 아이에게 대해 얼마든지 교활할 수 있음을 한탄하였다. 언제든 딱지를 가지고 나가서는 최후의 한 장까지 빼앗기고 들어오는 아들이 민망해, 하루는 그 뒤에 연필로 하나하나 표를 해주고 그것을 또 다 잃고 돌아왔을 때, 그는 골목 안의 아이들을 모아, 그들이 가지고 있는 딱지에서 원래의 내 아이 물건을 가려내어, 거의 모조리 회수할 수 있었다는 이야기를, 젊은 어머니는 일종의 자랑조차 가지고 구보에게 들려주었었다……

구보는 가만히 한숨짓는다. 그가 그 여인을 아내로 삼을 수 없었던 것은, 결코 불행이 아니었다. 그러한 여인은, 혹은, 한평생을 두고, 구보에게 행복이 무엇임을 알 기회를 주지 않았을지도 모른다.

조선은행 앞에서 구보는 전차를 내려, 장곡천정(長谷川町)[10]으로 향한다. 생각에 피로한 그는 이제 마땅히 다방에 들러 한 잔의 홍차를 즐겨야 할 것이다.

몇 점이나 되었나. 구보는, 그러나, 시계를 갖지 않았다. 갖는다면, 그는 우아한 회중시계를 택할 게다. 팔뚝시계는——그것은 소녀취미에나 맞을 게다. 구보는 그렇게도 팔뚝시계를 갈망하던 한 소녀를 생각하였다. 그는 동리에 전당(典當)[11] 나온 십팔금 팔뚝시계를 탐내고 있었다. 그것은 사 원 팔십 전에 구할 수 있었다. 그리고, 그는, 그 시계 말고, 치마 하나를 해 입을 수 있을 때에, 자기는 행복의 절정에 이를 것같이 생각하고 있었다.

'벰베르구' 실로 짠 보이루 치마.[12] 삼 원 육십 전. 하여튼 팔 원 사십 전이 있으면, 그 소녀는 완전히 행복일 수 있었다. 그러나, 구보는, 그 결코 크지 못한 욕망이 이루어졌음을 듣지 못했다.

구보는, 자기는, 대체, 얼마를 가져야 행복일 수 있을까 생각해 본다.

다방의

오후 두 시, 일을 가지지 못한 사람들이 그곳 등의자에 앉아, 차를 마시고, 담배를 태우고, 이야기를 하고, 또 레코드를 들었다. 그들은 거의 다 젊은이들이었고, 그리고 그 젊은이들은 그 젊음에도 불구하고, 이미 자기네들은 인생에 피로한 것같이 느꼈다. 그들의 눈은 그 광선이 부족하고 또 불균등한 속에서 쉴 새 없이 제각각의 우울과 고달픔을 하소연한다. 때로, 탄력 있는 발소리가 이 안을 찾아들고, 그리고 호화로운 웃음소리가 이 안에 들리는 일이 있었다. 그러나 그것들은 이곳에 어울리지 않았고, 그리고 무엇보다도 다방에 깃들인 무리들은 그런 것을 업신여겼다.

구보는 아이에게 한 잔의 가배[13]차(珈琲茶)와 담배를 청하고 구석진 등탁자로 갔다. 나는 대체 얼마가 있으면——그의 머리 위에 한 장의 포스터가 걸려 있었다. 어느 화가의 「도구유별전(渡歐留別展)」. 구보는 자기에게 양행비(洋行費)[14]가 있으면, 적어도 지금 자기는 거의 완전히 행복일 수 있으리라 생각한다. 동경에라도—. 동경도 좋았다. 구보는 자기가 떠나온 뒤의 변한 동경이 보고 싶다 생각한다. 혹은 더 좀 가까운 데라도 좋았다. 지극히 가까운 데라도 좋았다. 오십 리 이내의 여정에 지나지 않더라도, 구보는, 조그만 '슈트케이스'를 들고 경성역에 섰을 때, 응당 자기는 행복을 느끼리라 믿는다. 그것은 금전과 시간이 주는 행복이다. 구보에게는 언제든 여정에 오르려면, 오를 수 있는 시간의 준비가 있었다……

구보는 차를 마시며, 약간의 금전이 가져다줄 수 있는 온갖 행복을 손꼽아보았다. 자기도, 혹은, 팔 원 사십 전을 가지면, 우선, 조그만 한 개의, 혹은, 몇 개의 행복을 가질 수 있을 게다. 구보는, 그러한 제 자신을 비웃으려 들지 않았다. 오직 고만한 돈으로 한때, 만족할 수 있는 그 마음은 애달프고 또 사랑스럽지 않은가.

구보는 담배에 불을 붙이며 자기가 원하는 최대의 욕망은 대체 무엇일꼬, 하였다. 석천탁목(石川啄木)[15]은, 화롯가에 앉아 곰방대를 닦으며, 참말로 자기가 원하는 것이 무엇일꼬, 생각하였다. 그러나 그것은 있을 듯하면서도 없었다. 혹은, 그럴 게다. 그러나 구태여 말해, 말할 수 없을 것도 없을 게다. 願車馬衣輕裘 與朋友 共 敝之而無憾(원거마의경구 여붕우공 폐지이무감)[16]은 자로(子路)의 뜻이요 座上客常滿 樽中酒不空(좌상객상만 준중주불공)[17]은 공융(孔融)의 원하는 바였다. 구보는, 저도 역시, 좋은 벗들과 더불어 그 즐거움을 함께하였으면 한다.

갑자기 구보는 벗이 그리워진다. 이 자리에 앉아 한 잔의 차를 나누며, 또 같은 생각 속에 있고 싶다 생각한다……

구둣발 소리가 바깥 포도[鋪道]를 걸어와, 문 앞에 서고, 그리고 다음에 소리도 없이 문이 열렸다. 그러나 그는 구보의 벗이 아니었다. 뿐만 아니라, 두 사람의 시선이 마주쳤을 때, 두 사람은 거의 일시에 머리를 돌리고 그리고 구보는 그의 고요한 마음속에 음울을 갖는다.

그 사내와,

구보는, 일찍이, 인사를 한 일이 있었다. 그러나, 그것은 공교롭게도 어두운 거리에서였다. 한 벗이 그를 소개하였다. 말씀은 많이 들었습니다, 하고 그는 말하였었다. 사실 그는 구보의 이름과 또 얼굴을 전부터 알고 있었던 것임에 틀림없었다. 그러나 구보는, 구보는 그를 몰랐다. 모른 채 어두운 곳에서 그대로 헤어져버린 구보는 뒤에 그를 만나도, 그를 그라고 알아내지 못하였다. 그 사내는 구보가 자기를 보고도 알은체 안 하는 것에 응당 모욕을 느꼈을 게다. 자기를 자기라 알고도 모르는 체하는 것이라 생각할 때, 그 마음은 평온할 수 없었을 게다. 그러나 구보는, 구보는 몰랐고, 모르면 태연할 수 있다. 자기를 볼 때마다 황당하게, 또 불쾌하게 시선을 돌리는 그 사내를, 구보는 오직 괴이하게만 여겨왔다. 괴이하게만 여겨오는 동안은 그래도 좋았다. 마침내 구보가 그를 그라고 알아낼 수 있었을 때, 그것은 그의 마음에 암영(暗影)을 주었다. 그뒤부터 구보는 그 사내와 시선이 마주치면, 역시 당황하게, 그리고 불안하게 고개를 돌리는 수밖에 없었다. 그것은 사람의 마음을 우울하게 해놓는다. 구보는 다방 안의 한 구획을 그의 시야 밖에 두려 노력하며, 사람과 사람 사이의 교섭의 번거로움을 새삼스러이 느끼지 않으면 안 된다.

구보는 백동화를 두 푼, 탁자 위에 놓고, 그리고 공책을 들고 그 안을 나왔다. 어디로──. 그는 우선 부청(府廳)[18] 쪽으로 향해 걸으며, 아무튼 벗의 얼굴을 보고 싶다, 생각하였다. 구보는 거리의 순서로 벗들을 마음속에 헤아려보았다. 그러나 이 시각에 집에 있을 사람은 하나도 없을 듯싶었다. 어디로──, 구보는 한길 위에 서서, 넓은 마당 건너 대한문을 바라본다. 아동 유원지 유동의자(遊動椅子)[19]에라도 앉아서…… 그러나 그 빈약한, 너무나, 빈약한 옛 궁전은, 역시 사람의 마음을 우울하게 해주는 것임에 틀림없었다.

구보가 다 탄 담배를 길 위에 버렸을 때, 그의 옆에 아이가 와 선다. 그는 구보가 다방에 놓아둔 채 잊어버리고 나온 단장을 들고 있었다. 고맙다. 구보는 그렇게도 방심한 제 자신을 쓰게 웃으며, 달음질해 다방으로 돌아가는 아이의 뒷모양을 이윽히 바라보고 있다가, 자기도 그 길을 되걸어갔다.

다방 옆 골목 안. 그곳에서 젊은 화가는 골동점을 경영하고 있었다. 구보는 그 방면에 대한 지식을 갖지 않는다. 그러나, 하여튼, 그것은 그의 취미에 맞았고, 그리고 기회 있으면 그 방면의 이야기를 듣고 싶다, 생각한다. 온갖 지식이 소설가에게는 필요하다.

그러나 벗은 점에 있지 않았다. 바로 지금 나가셨습니다. 그리고 기둥에 걸린 시계를 쳐다보며

"한 십 분, 됐을까요."

점원은 덧붙여 말하였다.

구보는 골목을 전찻길로 향해 걸어 나오며, 그 십 분이란 시간이 얼마만한 영향을 자기에게 줄 것인가, 생각한다.

한길 위에 사람들은 바쁘게 또 일 있게 오고 갔다. 구보는 포도 위에 서서, 문득, 자기도 창작을 위해 어디, 예(例)하면 서소문정 방면이라도 답사할까 생각한다. '모데로노로지오'[20]를 게을리 하기 이미 오래다.

그러나, 그러한 생각과 함께 구보는 격렬한 두통을 느끼며, 이제 한 걸음도 더 옮길 수 없을 것 같은 피로를 전신에 깨닫는다. 구보는 얼마 동안을 망연히 그곳, 한길 위에 서 있었다……

얼마 있다,

구보는 다시 걷기로 한다. 여름 한낮의 뙤약볕이 맨머릿바람의 그에게 현기증을 주었다. 그는 그곳에 더 그렇게 서 있을 수 없다. 신경쇠약. 그러나 물론, 쇠약한 것은 그의 신경뿐이 아니다. 이 머리를 가져, 이 몸을 가져, 대체 얼마만한 일을 나는 하겠단

말인고——. 때마침 옆을 지나는 장년의, 그 정력가형 육체와 탄력 있는 걸음걸이에 구보는, 일종 위압조차 느끼며, 문득, 아홉 살 때에 집안 어른의 눈을 기어 『춘향전』을 읽었던 것을 뉘우친다. 어머니를 따라 일갓집에 갔다 와서, 구보는 저도 얘기책이 보고 싶다 생각하였다. 그러나 집안에서는 그것을 금했다. 구보는 남몰래 안잠자기에게 문의하였다. 안잠자기는 세책(貰冊)[21] 집에는 어떤 책이든 있다는 것과, 일 전이면 능히 한 권을 세내 올 수 있음을 말하고, 그러나 꾸중 들우. 그리고 다음에, 재밌긴 『춘향전』이 제일이지, 그렇게 그는 혼잣말을 하였었다. 한 분(分)의 동전과 한 개의 주발 뚜껑, 그것들이, 십칠 년 전의 그것들이, 뒤에 온, 그리고 또 올, 온갖 것의 근원이었을지도 모른다. 자기 전에 읽던 얘기책들. 밤을 새워 읽던 소설책들. 구보의 건강은 그의 소년 시대에 결정적으로 손상되었던 것임에 틀림없다…….

변비. 요의빈수(尿意頻數).[22] 피로. 권태. 두통. 두중(頭重).[23] 두압(頭壓). 삼전정마(森田正馬) 박사의 단련 요법……[24] 그러한 것은 어떻든, 보잘것없는, 아니, 그 살풍경하고 또 어수선한 태평통(太平通)의 거리는 구보의 마음을 어둡게 한다. 그는 저, 불결한 고물상들을 어떻게 이 거리에서 쫓아낼 것인가를 생각하며, 문득, 반자[25]의 무늬가 눈에 시끄럽다고, 양지(洋紙)[26]로 반자를 발라버렸던 서해[27]도 역시 신경쇠약이었음에 틀림없었다고, 이름 모를 웃음을 입가에 띠어보았다. 서해의 너털웃음. 그것도 생각해 보면, 역시, 공허한, 적막한 음향이었다.

구보는 고인에게서 받은 『홍염(紅焰)』을, 이제도록 한 페이지도 들춰보지 않았던 것을 생각해내고, 그리고 딱한 표정을 지었다. 그가 읽지 않은 것은 오직 서해의 작품뿐이 아니다. 독서를 게을리 하기 이미 삼 년. 언젠가 구보는 지식의 고갈을 느끼고 악연[28]하였다.

갑자기 한 젊은이가 구보의 시야에 들어왔다. 그는 구보가 향해 걸어가고 있는 곳에서 왔다. 구보는 그를 어디서 본 듯싶었다. 자기가 마땅히 알아보아야만 할 사람인 듯싶었다. 마침내 두 사람의 거리가 한 칸통으로 단축되었을 때, 문득 구보는 어린 시절을 회상하고, 그리고 그곳에 옛 동무를 발견한다. 그리운 옛 시절, 그리운 옛 동무, 그들은 보통학교를 나온 채 이제도록 한 번도 못 만났다. 그래도 구보는 그 동무의 이름까지 기억 속에서 찾아낸다.

그러나 옛 동무는 너무나 영락하였다. 모시 두루마기에 흰 고무신, 오직 새로운 맥고모자[29]를 쓴 그의 행색은 너무나 초라하다. 구보는 망설거린다. 그대로 모른 체하고 지날까. 옛 동무는 분명히 자기를 알아본 듯싶었다. 그리고, 구보가 자기를 알아볼 것을 두려워하는 듯싶었다. 그러나 마침내 두 사람이 서로 지나치는, 그 마지막 순간을 포착하여, 구보는 용기를 내었다.

"이거 얼마 만이야, 유군."

그러나 벗은 순간에 약간 얼굴조차 붉히며,

"네, 참 오래간만입니다."

"그동안 서울에, 늘, 있었어."

"네."

구보는 다음에 간신히,

"어째서 그렇게 뵈올 수 없었에요."

한마디를 하고, 그리고 서운한 감정을 맛보며, 그래도 또 무슨 말이든 하고 싶다 생각할 때, 그러나 벗은, 그만 실례합니다. 그렇게 말하고, 그리고 구보의 앞을 떠나, 저 갈 길을 가버린다.

구보는 잠깐 그곳에 섰다가 다시 고개 숙여 걸으며 울 것 같은 감정을 스스로 억제하지 못한다.

조그만

한 개의 기쁨을 찾아, 구보는 남대문을 안으로 밖으로 나가보기로 한다. 그러나 그곳에는 불어드는 바람도 없이 양옆에 웅숭그리고 앉아 있는 서너 명의 지게꾼들의 그 모양이 맥없다.

구보는 고독을 느끼고, 사람들 있는 곳으로, 약동하는 무리들의 있는 곳으로, 가고 싶다 생각한다. 그는 눈앞에 경성역을 본다. 그곳에는 마땅히 인생이 있을 게다. 이 낡은 서울의 호흡과 또 감정이 있을 게다. 도회의 소설가는 모름지기 이 도회의 항구와 친해야 한다. 그러나 물론 그러한 직업의식은 어떻든 좋았다. 다만 구보는 고독을 삼등 대합실 군중 속에 피할 수 있으면 그만이다.

그러나 오히려 고독은 그곳에 있었다. 구보가 한옆에 끼어 앉을 수도 없게시리 사람들은 그곳에 빽빽하게 모여 있어도, 그들의 누구에게서도 인간 본래의 온정을 찾을 수는 없었다. 그네들은 거의 옆의 사람에게 한마디 말을 건네는 일도 없이, 오직 자기네들 사무에 바빴고, 그리고 간혹 말을 건네도, 그것은 자기네가 타고 갈 열차의 시각이나 그러한 것에 지나지 않았다. 그네들의 동료가 아닌 사람에게 그네들은 변소에 다녀올 동안의 그네들 짐을 부탁하는 일조차 없었다. 남을 결코 믿지 않는 그네들의 눈은 보기에 딱하고 또 가엾었다.

구보는 한구석에 가 서서, 그의 앞에 앉아 있는 노파를 본다. 그는 뉘 집에 드난을 살다가[30] 이제 늙고 또 쇠잔한 몸을 이끌어, 결코 넉넉하지 못한 어느 시골, 딸네 집이라도 찾아가는지 모른다. 이미 굳어버린 그의 안면 근육은 어떠한 다행한 일에도 펴질 턱 없고, 그리고 그의 몽롱한 두 눈은 비록 그의 딸의 그지없는 효양(孝養)[31]을 가지고도 감동시킬 수 없을지 모른다. 노파 옆에 앉은 중년의 시골 신사는 그의 시골서 조그만 백화점을 경영하고 있을 게다. 그의 점포에는 마땅히 주단포목도 있고, 일용 잡화도 있고, 또 흔히 쓰이는 약품도 갖추어 있을 게다. 그는 이제 그의 옆에 놓인 물품을 들고 자랑스러이 차에 오를 게다. 구보는 그 시골 신사가 노파와 사이에 되도록 간격을 가지려고 노력하는 것을 발견하고, 그리고 그를 업신여겼다. 만약 그에게 얕은 지혜와 또 약간의 용기를 주면 그는 삼등 승차권을 주머니 속에 간수하고, 일, 이등 대합실에 오만하게 자리 잡고 앉을 게다.

문득 구보는 그의 얼굴에 부종(浮腫)을 발견하고 그의 앞을 떠났다. 신장염. 그뿐 아니라, 구보는 자기 자신의 만성 위확장을 새삼스러이 생각해내지 않으면 안 되었다. 그러나 구보가 매점 옆에까지 갔었을 때, 그는 그곳에서도 역시 병자를 보지 않으면 안 되었다. 사십여 세의 노동자. 전경부(前頸部)[32]의 광범한 팽륭

(澎湃).[33] 돌출한 안구. 또 손의 경미한 진동. 분명히 '바세도우'씨 병.[34] 그것은 누구에게든 결코 깨끗한 느낌을 주지는 못한다. 그의 좌우에는 좌석이 비어 있어도 사람들은 그곳에 앉으려 들지 않는다. 뿐만 아니라, 그에게서 두 칸통 떨어진 곳에 있던 아이 업은 젊은 아낙네가 그의 바스켓 속에서 꺼내다 잘못하여 시멘트 바닥에 떨어뜨린 한 개의 복숭아가, 굴러 병자의 발 앞에까지 왔을 때, 여인은 그것을 쫓아와 집기를 단념하기조차 하였다.

구보는 이 조그만 사건에 문득, 홍미를 느끼고, 그리고 그의 '대학 노트'를 펴들었다. 그러나 그가 문 옆에 기대어 섰는 캡 쓰고 린네르 쓰메에리[35] 양복 입은 사내의, 그 온갖 사람에게 의혹을 갖는 두 눈을 발견하였을 때, 구보는 또다시 우울 속에 그곳을 떠나지 않으면 안 된다.

개찰구 앞에

두 명의 사내가 서 있었다. 낡은 파나마[36]에 모시 두루마기 노랑 구두를 신고, 그리고 손에 조그만 보따리 하나도 들지 않은 그들을, 구보는, 확신을 가져 무직자라고 단정한다. 그리고 이 시대의 무직자들은, 거의 다 금광 브로커에 틀림없었다. 구보는 새삼스러이 대합실 안팎을 둘러본다. 그러한 인물들은, 이곳에도 저곳에도 눈에 띄었다.

황금광 시대(黃金狂時代).

저도 모를 사이에 구보의 입술은 무거운 한숨이 새어나왔다. 황금을 찾아, 황금을 찾아, 그것도 역시 숨김없는 인생의, 분명히, 일면이다. 그것은 적어도, 한 손에 단장과 또 한 손에 공책을 들고, 목적 없이 거리로 나온 자기보다는 좀더 진실한 인생이었을 지도 모른다. 시내에 산재한 무수한 광무소(鑛務所).[37] 인지대 백 원. 열람비 오 원. 수수료 십 원. 지도대 십팔 전…… 출원 등록된 광구, 조선 전토(全土)의 칠 할. 시시각각으로 사람들은 졸부가 되고, 또 몰락해갔다. 황금광 시대. 그들 중에는 평론가와 시인, 이러한 문인들조차 끼어 있었다. 구보는 일찍이 창작을 위해 그의 벗의 광산에 가보고 싶다 생각하였다. 사람들의 사행심, 황금의 매력, 그러한 것들을 구보는 보고, 느끼고, 하고 싶었다. 그러나, 고도의 금광열은, 오히려, 총독부 청사, 동측 최고층, 광무과 열람실에서 볼 수 있었다…….

문득, 한 사내가 둥글넓적한, 그리고 또 비속한 얼굴에 웃음을 띠고, 구보 앞에 그의 모양 없는 손을 내민다. 그도 벗이라면 벗이었다. 중학 시대의 열등생. 구보는 그래도 약간 웃음에 가까운 표정을 지어 보이고, 그리고, 단장 든 손을 그대로 내밀어 그의 손을 가장 엉성하게 잡았다. 이거 얼마 만이야. 어디, 가나. 응, 자네는——.

구보는 친하지 않은 사람에게 '자네' 소리를 들으면 언제든 불쾌하였다. '해라'는, 해라는 오히려 나았다. 그 사내는 주머니에서 금시계를 꺼내보고, 다음에 구보의 얼굴을 쳐다보며, 저기 가서 차라도 안 먹으려나. 전당포집의 둘째 아들. 구보는 그러한 사내와 자리를 같이해 차를 마실 생각은 없었다. 그러나, 그러한 경우에 한 개의 구실을 지어, 그 호의를 사절할 수 있도록 구보는 용감하지 못하다. 그 사내는 앞장을 섰다. 자아 그럼 저리로 가지. 그러나 그것은 구보에게만 한 말이 아니었다.

구보는 자기 뒤를 따라오는 한 여성을 보았다. 그는 한번 흘낏 보기에도, 한 사내의 애인 된 티가 있었다. 어느 틈엔가 이런 자도 연애를 하는 시대가 왔나. 새삼스러이 그 천한 얼굴이 쳐다보였으나, 그러나 서정 시인조차 황금광으로 나서는 때다.

의자에 가 가장 자신 있이 앉아, 그는 주문 들으러 온 소녀에게, 나는 가루삐스.[38] 그리고 구보를 향해, 자네두 그걸루 하지. 그러나 구보는 거의 황급하게 고개를 흔들고, 나는 홍차나 커피로 하지.

음료 칼피스를, 구보는, 좋아하지 않는다. 그것은 외설한 색채를 갖는다. 또, 그 맛은 결코 그의 미각에 맞지 않았다. 구보는 차를 마시며, 문득, 끽다점(喫茶店)[39]에서 사람들이 취하는 음료를 가져, 그들의 성격, 교양, 취미를 어느 정도까지 알 수 있을 것이 아닌가, 하고 생각하여본다. 그리고 그것은 동시에, 그네들의 그때, 그때의 기분조차 표현하고 있을 게다.

구보는 맞은편에 앉은 사내의, 그 교양 없는 이야기에 건성 맞장구를 치며, 언제든 그러한 것을 연구해보리라 생각한다.

월미도로

놀러 가는 듯싶은 그들과 헤어져, 구보는 혼자 역 밖으로 나온다. 이러한 시각에 떠나는 그들은 적어도 오늘 하루를 그곳에서 묵을 게다. 구보는, 문득, 여자의 발가숭이를 아무 거리낌 없이 애무할 그 남자의, 야비한 웃음으로 하여 좀더 추악해진 얼굴을 눈앞에 그려보고, 그리고 마음이 편안하지 못했다.

여자는, 여자는 확실히 어여뻤다. 그는, 혹은, 구보가 이제까지 어여쁘다고 생각해온 온갖 여인들보다도 좀더 어여뻤을지도 모른다. 그뿐 아니다. 남자가 같이 '가루삐스'를 먹자고 권하는 것을 물리치고, 한 접시의 아이스크림을 지망할 수 있도록 여자는 총명하였다.

문득, 구보는, 그러한 여자가 왜 그자를 사랑하려 드나, 또는 그자의 사랑을 용납하는 것인가 하고, 그런 것을 괴이하게 여겨본다. 그것은, 그것은 역시 황금 까닭일 게다. 여자들은 그렇게도 쉽사리 황금에서 행복을 찾는다. 구보는 그러한 여자를 가엾이, 또 안타깝게 생각하다가, 갑자기 그 사내의 재력을 탐내본다. 사실, 같은 돈이라도 그 사내에게 있어서는 헛되이, 그리고 또 아깝게 소비되어버릴 게다. 그는 날마다 기름진 음식이나 실컷 먹고, 살찐 계집이나 즐기고, 그리고 아무 앞에서나 그의 금시계를 꺼내 보고는 만족해할 게다.

일순간, 구보는, 그 사내의 손으로 소비되어버리는 돈이, 원래 자기의 것이나 되는 것같이 입맛을 다셔보았으나, 그 즉시, 그러한 제 자신을 픽 웃고, 내가 언제부터 이렇게 돈에 걸신이 들렸누…… 단장 끝으로 구두코를 탁 치고, 그리고 좀더 빠른 걸음걸이로 전차 선로를 횡단해, 구보는 포도 위를 걸어갔다.

그러나 여자는 확실히 어여뻤고, 그리고 또…… 구보는, 갑자기 그 여자가 이미 오래전부터 그자에게 몸을 허락하여온 것이나 아닐까, 생각하였다. 그것은 생각만 해볼 따름으로 그의 마음을 언짢게 하여준다. 역시, 여자는 결코 총명하지 못했다. 또 생각하여보면 어딘지 모르게 저속한 맛이 있었다. 결코 기품 있는 인물이 아니다. 그저 좀 예쁠 뿐……

그러나 그 여자가 그자에게 쉽사리 미소를 보여주었다고 새삼스러이 여자의 값어치를 깎을 필요는 없었다. 남자는 여자의 육체를 즐기고, 여자는 남자의 황금을 소비하고, 그리고 두 사람은 충분히 행복일 수 있을 게다. 행복이란 지극히 주관적인 것이다…….

어느 틈엔가, 구보는 조선은행 앞에까지 와 있었다. 이제 이대로, 이대로 집으로 돌아갈 마음은 없었다. 그러면, 어디로—. 구보가 또다시 고독과 피로를 느꼈을 때, 약칠해 신으시죠 구두에. 구보는 혐오의 눈을 가져 그 사내를, 남의 구두만 항상 살피며, 그곳에 무엇이든 결점을 잡아내고야 마는 그 사나이를 흘겨보고, 그리고 걸음을 옮겼다. 일면식도 없는 나의 구두를 비평할 권리가 그에게 있기라도 하단 말인가. 거리에서 그에게 온갖 종류의 불유쾌한 느낌을 주는, 온갖 종류의 사물을 저주하고 싶다, 생각하며, 그러나, 문득, 구보는 이러한 때, 이렇게 제 몸을 혼자 두어두는 것에 위험을 느낀다. 누구든 좋았다. 벗과, 벗과 같이 있을 때, 구보는 얼마쯤 명랑할 수 있었다. 혹은 명랑을 가장할 수 있었다.

마침내, 그는 한 벗을 생각해내고, 길가 양복점으로 들어가 전화를 빌렸다. 다행하게도 벗은 아직 사(社)에 남아 있었다. 바로 지금 나가려든 차야 하고, 그는 말했다.

구보는 그에게 부디 다방으로 와주기를 청하고, 그리고 잠깐 또 할 말을 생각하다가, 저편에서 전화를 끊어버릴 것을 염려해 당황하게 덧붙여 말했다.

"꼭 좀, 곧 좀, 오——"

다행하게도

다시 돌아간 다방 안에, 사람들은 많지 않았다. 또, 문득, 생각하고 둘러보아, 그 벗 아닌 벗도 그곳에 있지 않았다. 구보는 카운터 가까이 자리를 잡고 앉아, 마침, 자기가 사랑하는 '스키퍼'의 「아이 아이 아이」[40]를 들려주는 이 다방에 애정을 갖는다. 그것이 허락받을 수 있는 것이라면 그는 지금 앉아 있는 등의자를 안락의자로 바꾸어, 감미한 오수[41]를 즐기고 싶다, 생각한다. 이제 그는 그의 앞에, 아까의 신기료 장수를 보더라도, 고요한 마음을 가져 그를 용납해줄 수 있을 게다.

조그만 강아지가, 저편 구석에 앉아, 토스트를 먹고 있는 사내의 그리 대단하지도 않은 구두코를 핥고 있었다. 그 사내는 발을 뒤로 무르며, 쉬쉬 강아지를 쫓았다. 강아지는 연해 꼬리를 흔들며 잠깐 그 사내의 얼굴을 쳐다보다가, 돌아서서 다음 탁자 앞으로 갔다. 그곳에 앉아 있는 젊은 여자는, 그는 확실히 개를 무서

위하는 듯싶었다. 다리를 잔뜩 웅크리고 얼굴빛조차 변해가지고, 그는 크게 뜬 눈으로 개의 동정만 살폈다. 개는 여전히 꼬리를 흔들며 그러나, 저를 귀해주고 안 해주는 사람을 용하게 가릴 줄이나 아는 듯이, 그곳에 오래 머무르지 않고, 또 옆 탁자로 갔다. 그러나 구보가 앉아 있는 자리에서는 그곳이 잘 안 보였다. 어떠한 대우를 그 가엾은 강아지가 그곳에서 받았는지 그는 모른다. 그래도 어떻든 만족한 결과는 아니었던 게다. 강아지는 다시 그곳을 떠나, 이제는 사람들의 사랑을 구하기를 아주 단념이나 한 듯이 구보에게서 한 칸통쯤 떨어진 곳에 가 네 발을 쭉 뻗고 모로 쓰러져버렸다.

강아지의 반쯤 감은 두 눈에는 고독이 숨어 있는 듯싶었다. 그리고 그와 함께, 모든 것에 대한 단념도 그곳에 있는 듯싶었다. 구보는 그 강아지를 가엾다, 생각한다. 저를 사랑하는 사람이 단한 사람일지라도 이 다방 안에 있음을 알려주고 싶다, 생각한다. 그는, 문득, 자기가 이제까지 한 번도 그의 머리를 쓰다듬어준다거나, 또는 그가 핥는 대로 손을 맡겨둔다거나, 그러한 그에 대한 사랑의 표현을 한 일이 없었던 것을 생각해내고, 손을 내밀어 그를 불렀다. 사람들은 이런 경우에 휘파람을 분다. 그러나 원래 구보는 휘파람을 안 분다. 잠깐 궁리하다가, 마침내 그는 개에게만 들릴 정도로 "캄, 히어" 하고 말해본다.

강아지는 영어를 해득(解得)하지 못하는지도 모른다. 머리를 들어 구보를 쳐다보고, 그리고 아무 흥미도 느낄 수 없는 듯이 다시 머리를 떨어뜨렸다. 구보는 의자 밖으로 몸을 내밀어, 조금 더

큰 소리로, 그러나 한껏 부드럽게, 또 한 번, "캄, 히어" 그리고 그
것을 번역하였다. "이리 온." 그러나 강아지는 먼젓번 동작을 또
한 번 되풀이하였을 따름, 이번에는 입을 벌려 하품 비슷한 짓을
하고, 아주 눈까지 감는다.

구보는 초조와, 또 일종 분노에 가까운 감정을 맛보며, 그래도
그것을 억제하고, 이번에는 완전히 의자에서 떠나, 그의 머리를
쓰다듬어주려 하였다. 그러나 그보다도 먼저 강아지는 진저리치
게 놀라, 몸을 일으켜, 구보에게 향해 적대적 자세를 취하고, 캥,
캐캥 하고 짖고, 그리고, 제풀에 질겁을 하여 카운터 뒤로 달음질
쳐 들어갔다.

구보는 저도 모르게 얼굴을 붉히고, 그 강아지의 방정맞은 성정
(性情)을 저주하며, 수건을 꺼내어, 땀도 안 난 이마를 두루 씻었
다. 그리고, 그렇게까지 당부하였건만, 곧 와주지 않는 벗에게조
차 그는 가벼운 분노를 느끼지 않으면 안 된다.

마침내

벗이 왔다. 그렇게 늦게 온 벗을 구보는 책망할까 하고 생각해
보았으나, 그보다 먼저 진정 반가워하는 빛이 그의 얼굴에 떠올
랐다. 사실, 그는, 지금 벗을 가진 몸의 다행함을 느낀다.

그 벗은 시인이었음에도 불구하고, 극히 건장한 육체와 또 먹기
위해 어느 신문사 사회부 기자의 직업을 가지고 있었다. 그것이
때로 구보에게 애달픔을 주지 않은 것은 아니다. 그래도, 그래도

그와 대하여 있으면, 구보는 마음속에 밝음을 가질 수 있었다.

"나, 소오다스이[42]를 다우."

벗은, 즐겨 음료 조달수(曹達水)[43]를 취하였다. 그것은 언제든 구보에게 가벼운 쓴웃음을 준다. 그러나 물론 그것은 적어도 불쾌한 감정은 아니다.

다방에 들어오면, 여학생이나 같이, 조달수를 즐기면서도, 그래도 벗은 조선 문학 건설에 가장 열의를 가지고 있었다. 그러한 그가 하루에 두 차례씩, 종로서와, 도청과, 또 체신국엘 들르지 않으면 안 되었던 것은 한 개의 비참한 현실이었을지도 모른다. 마땅히 시를 초해야만 할 그의 만년필을 가져, 그는 매일같이 살인강도와 방화 범인의 기사를 쓰지 않으면 안 되었다. 그래 이렇게 제 자신의 시간을 가지면 그는 억압당하였던, 그의 문학에 대한 열정을 쏟아놓는다……

오늘은 주로 구보의 소설에 대해서였다. 그는, 즐겨 구보의 작품을 읽는 사람의 하나이다. 그리고, 또, 즐겨 구보의 작품을 비평하려 드는 독지가였다. 그러나, 그의 그러한 후의에도 불구하고, 구보는 자기 작품에 대한 그의 의견에 그다지 신용을 두고 있지 않았다. 언젠가, 벗은 구보의 그리 대단하지 않은 작품을 오직한 개 읽었을 따름으로, 구보를 완전히 알 수나 있었던 것같이 생각하고 있는 듯싶었다.

오늘은, 그러나, 구보는 그의 말에 귀를 기울이지 않으면 안 된다. 벗은, 요사이 구보가 발표하고 있는 작품을 가리켜 작자가 그의 나이 분수보다 엄청나게 늙었음을 말했다. 그러나 그뿐이면 좋았다. 벗은 또, 작자가 정말 늙지는 않았고, 오직 늙음을 가장하였을 따름이라고 단정하였다. 혹은 그럴지도 모른다. 구보에게는 그러한 경향이 있었을지도 모른다. 그리고 다시 돌이켜 생각하면, 그것이 오직 가장에 그치고, 그리고 작자가 정말 늙지 않았음은, 오히려 구보가 기꺼해 마땅할 일일 게다.

그러나 구보는 그의 작품 속에서 젊을 수가 없었을지도 모른다. 그가 만약 구태여 그러려 하면 벗은, 이번에는, 작자가 무리로 젊음을 가장하였다고 말할 게다. 그리고 그것은 틀림없이 구보의 마음을 슬프게 해줄 게다……

어느 틈엔가, 구보는 그 화제에 권태를 깨닫고, 그리고 저도 모르게 '다섯 개의 임금(林檎)'[44] 문제를 풀려 들었다. 자기가 완전히 소유한 다섯 개의 임금을 대체 어떠한 순차로 먹어야만 마땅할 것인가. 그것에는 우선 세 가지의 방법이 있을 게다. 그중 맛있는 놈부터 차례로 먹어가는 법. 그것은, 언제든, 그중에 맛있는 놈을 먹고 있다는 기쁨을 우리에게 줄 게다. 그러나 그것은 혹은 그 결과가 비참하지나 않을까. 이와 반대로, 그중 맛없는 놈부터 차례로 먹어가는 법. 그것은 점입가경, 그러한 뜻을 가지고 있으나, 뒤집어 생각하면, 사람은 그 방법으로는 항상 그중 맛없는 놈만 먹지 않으면 안 되는 셈이다. 또 계획 없이 아무거나 집어 먹는 법. 그것은……

구보는, 맞은편에 앉아, 그의 문학론에, 앙드레 지드의 말을 인용하고 있던 벗을, 갑자기, 이 유민(遊民)다운 문제를 가져 어이없게 만들어주었다. 벗은 대체, 그 다섯 개의 임금이 문학과 어떠

한 교섭을 갖는가 의혹하며, 자기는 일찍이 그러한 문제를 생각
해본 일이 없노라 말하고

"그래, 그것이 어쨌단 말이야."

"어쩌기는 무에 어째."

그리고 구보는 오늘 처음으로 명랑한, 혹은 명랑을 가장한 웃음
을 웃었다.

문득

창밖 길가에, 어린애 울음소리가 들린다. 그것은 울음소리에 틀
림없었다. 그러나 어린애의 것보다는 오히려 짐승의 소리에 가까
웠다. 구보는 『율리시스』를 논하고 있는 벗의 탁설(卓說)[45]에는
상관없이, 대체, 누가 또 죄악의 자식을 낳았누, 하고 생각한다.

가엾은 벗이 있었다. 그는, 어렸을 때부터 그렇게도 불행하였던
그는, 온갖 고생을 겪지 않으면 안 되었었고, 또 그렇게 경난(經
難)[46]한 사람이었던 까닭에, 벗과의 사이에 있어서도 가장 관대한
품이 있었다. 그는 거의 구보의 친우(親友)였다. 그러나, 그에게
는 남자로서의 가장 불행한 약점이 있었다. 그의 앞에서 구보가
말을 한다면, '다정다한(多情多恨),'[47] 이러한 문자를 사용할 게
다. 그러나 그것은 한 개의 수식에 지나지 않았고, 그 벗의 통제
를 잃은 성 본능은 누가 보기에도 진실로 딱한 것임에 틀림없었
다. 구보는, 왕왕히, 그 벗의 여성에 대한 심미안에 의혹을 갖기
조차 하였다. 그러나 오히려 그러고 있는 동안은 좋았다. 마침내

비극이 왔다. 그 벗은, 결코 아름답지도 총명하지도 않은 한 여성을 사랑하고, 여자는 또 남자를 오직 하나의 사내라 알았을 때, 비극은 비롯한다. 여자가 어느 날 저녁 남자와 마주 앉아, 얼굴조차 붉히고, 그리고 자기가 이미 홀몸이 아님을 고백하였을 때, 남자는 어느 틈엔가 그 여자에게 대해 거의 완전히 애정을 상실하고 있었다. 여자는 어리석게도 모성됨의 기쁨을 맛보려 하였고, 그리고 남자의 사랑을 좀더 확실히 포착할 수 있을 것같이 생각하였다. 그러나 남자는 오직 제 자신이 곤경에 빠졌음을 한하고, 그리고 또 그 젊은 어미에게 대한 자기의 책임을 느끼지 않으면 안 되었던 까닭에, 좀더 그 여자를 미워하였을지도 모른다.

여자는, 그러나, 남자의 변심을 깨닫지 못하였을지도 모른다. 또, 설혹, 그가 알 수 있었더라도, 역시, 그 수밖에 없었을지도 모른다. 여자는 돌도 안 된 아이를 안고, 남자를 찾아 서울로 올라왔다. 그러나 그곳에는 그들 모자를 위해 아무러한 밝은 길이 없었다. 이미 반생을 고락을 같이해온 아내가 남자에게는 있었고, 또 그와 견주어 볼 때, 이 가정의 틈입자는 어떠한 점으로든 떨어졌다. 특히 아이와 아이를 비해 볼 때 그러하였다. 가엾은 사생자는 나이 분수보다 엄청나게나 거대한 체구와, 또 치매적 안모(顔貌)[48]를 가지고 있었다.

그러나 그것만이라면, 오히려 좋았다. 한번 그 아이의 울음소리를 들을 수 있었을 때, 사람들은 가장 언짢고 또 야릇한 느낌을 갖지 않으면 안 되었다. 그것은 결코 사람의 아이의 울음이 아니었다. 그것은 그들의, 특히, 남자의 죄악에 진노한 신이, 그 아이의 비상한 성대를 빌려, 그들의, 특히, 남자의 죄악을 규탄하고, 또 영구히 저주하는 것인 것만 같았다……

구보는 그저 『율리시스』를 논하고 있는 벗을 깨닫고, 불쑥, 그야 제임스 조이스의 새로운 시험에는 경의를 표해야 마땅할 게지. 그러나 그것이 새롭다는, 오직 그 점만 가지고 과중 평가를 할 까닭이야 없지. 그리고 벗이 그 말에 대해, 항의를 하려 하였을 때, 구보는 의자에서 몸을 일으켜, 벗의 등을 치고, 자 그만 나갑시다.

그들이 밖에 나왔을 때, 그곳에 황혼이 있었다. 구보는 이 시간에, 이 거리에, 맑고 깨끗함을 느끼며, 문득, 벗을 돌아보았다.

"이제 어디로 가?"

"집으루 가지."

벗은 서슴지 않고 대답하였다. 구보는 대체 누구와 이 황혼을 지내야 할 것인가 망연해한다.

전차를 타고

벗은 이내 집으로 돌아가고 말았다. 집이 아니다. 여사(旅舍)[49]였다. 주인집 식구 말고, 아무도 없을 여사로, 그는 그렇게 저녁 시간을 맞추어 가야만 할까. 만약 그것이 단지 저녁밥을 먹기 위해서의 일이라면……

"지금부터 집엘 가서 무얼 할 생각이오?"

그러나 그것은 물론 어리석은 물음이었다. '생활'을 가진 사람은 마땅히 제 집에서 저녁을 먹어야 할 게다. 벗은 구보와 비겨 볼 때, 분명히 생활을 가지고 있었다.

하루의 대부분을 속무(俗務)[50]에 헤매지 않으면 안 되었던 그는 이제 저녁 후에 조용한 제 시간을 가져, 독서와 창작에서 기쁨을 찾을 게다. 구보는, 구보는 그러나 요사이 그 기쁨을 못 갖는다.

어느 틈엔가, 구보는 종로 네거리에 서서, 그곳에 황혼과, 또 황혼을 타서 거리로 나와 노는계집의 무리들을 본다. 노는계집들은 오늘도 무지(無智)를 싸고 거리에 나왔다. 이제 곧 밤은 올 게요, 그리고 밤은 분명히 그들의 것이었다. 구보는 포도 위에 눈을 떨어뜨려, 그곳에 무수한 화려한 또는 화려하지 못한 다리를 보며, 그들의 걸음걸이를 가장 위태롭다 생각한다. 그들은, 모두가 숙녀화에 익숙하지 못한 것은 아니다. 그러나 그러함에도 불구하고, 그들은 모두들 가장 서투르고, 부자연한 걸음걸이를 갖는다. 그것은, 역시, '위태로운 것'이라고밖에 말할 수 없는 것임에 틀림없었다.

그들은, 그러나 물론 그런 것을 그네 자신 깨닫지 못한다. 그들의 세상살이의 걸음걸이가, 얼마나 불안정한 것인가를 깨닫지 못한다. 그들은 누구라 하나 인생에 확실한 목표를 가지고 있지 않았으나, 무지는 거의 완전히 그 불안에서 그들의 눈을 가려준다.

그러나 포도를 울리는 것은 물론 그들의 가장 불안정한 구두 뒤축뿐이 아니었다. 생활을, 생활을 가진 온갖 사람들의 발끝은 이 거리 위에서 모두 자기네들 집으로 향해 놓고 있었다. 집으로 집으로, 그들은 그들의 만찬과 가족의 얼굴과 또 하루 고역 뒤의 안

위를 찾아 그렇게도 기꺼이 걸어가고 있다. 문득, 저도 모를 사이에 구보의 입술을 새어나오는 탁목(啄木)의 단가──

　　누구나 모두 집 가지고 있다는 애달픔이여
　　무덤에 들어가듯
　　돌아와서 자옵네

　그러나 구보는 그러한 것을 초저녁의 거리에서 느낄 필요는 없다. 아직 그는 집에 돌아가지 않아도 좋았다. 그리고 좁은 서울이었으나, 밤늦게까지 헤맬 거리와, 들를 처소가 구보에게 있었다.
　그러나 대체 누구와 이 황혼을…… 구보는 거의 자신을 가지고, 걷기 시작한다. 벗이 있다. 황혼을, 또 밤을 같이 지낼 벗이 구보에게 있다. 종로경찰서 앞을 지나 하얗고 납작한 조그만 다료(茶寮)[51]엘 들른다.
　그러나 주인은 없었다. 구보가 다시 문으로 향해 나오면서, 왜 자기는 그와 미리 맞추어두지 않았던가, 뉘우칠 때, 아이가 생각난 듯이 말했다. 참, 곧 돌아오신다구요. 누구 오시거든 기다리시라구요. '누구'가, 혹은 특정한 인물일지도 모른다. 벗은 혹은, 구보와 이제 행동을 같이할 수 없을지도 모른다. 그래도 사람은 언제든 희망을 가져야 하고, 달리 찾을 벗을 갖지 아니한 구보는, 하여튼 이제 자리에 앉아, 돌아올 벗을 기다려야 한다.

여자를

동반한 청년이 축음기 놓여 있는 곳 가까이 앉아 있었다. 그는 노는계집 아닌 여성과 그렇게 같이 앉아 차를 마실 수 있는 것에 득의와 또 행복을 느낄 수 있었는지도 모른다. 그의 육체는 건강하였고, 또 그의 복장은 화미(華美)하였고, 그리고 그의 여인은 그에게 그렇게도 용이하게 미소를 보여주었던 까닭에, 구보는 그 청년에게 엷은 질투와 또 선망을 느끼지 않으면 안 되었다. 그뿐 아니다. 그 청년은, 한 개의 인단(仁丹)[52] 용기와, 로도 목약(目藥)[53]을 가지고 있는 것에조차 철없는 자랑을 느낄 수 있었던 듯 싶었다. 구보는 제 자신, 포용력을 가지고 있는 듯싶게 가장하는 일 없이, 그의 명랑성에 참말 부러움을 느낀다.

그 사상에는 황혼의 애수와 또 고독이 혼화되어 있었는지도 모른다. 구보는 극히 음울할 제 표정을 깨닫고, 그리고 이 안에 거울이 없음을 다행해한다. 일찍이, 어느 시인이 구보의 이 심정을 가리켜 독신자의 비애라 하였다. 그러나 그것은 언뜻 그러한 듯 싶으면서도 옳지 않았다. 구보가 새로운 사랑을 찾으려 하지 않고, 때로 좋은 벗의 우정에 마음을 의탁하려 한 것은 제법 오랜 일이다……

어느 틈엔가, 그 여자와 축복받은 젊은이가 이 안에서 사라지고, 밤은 완전히 다료 안팎에 왔다. 이제 어디로 가나. 문득, 구보는 자기가 그동안 벗을 기다리면서 벗을 잊고 있었던 사실에 생각이 미치고, 그리고 호젓한 웃음을 웃었다. 그것은 일찍이 사랑하는 여자와 마주 대하여 권태와 고독을 느꼈던 것보다도 좀 애처로운 일임에 틀림없었다.

구보의 눈이 갑자기 빛났다. 참 그는 그뒤 어찌 되었을꼬. 비록 어떠한 종류의 것이든 추억을 갖는다는 것은 사람의 마음을 고요하게, 또 기쁘게 해준다.

동경의 가을이다. '간다(神田)'[54] 어느 철물전에서 한 개의 '네일클리퍼'[55]를 구한 구보는 '짐보오쪼오(神保町)'[56] 그가 가끔 드나드는 끽다점을 찾았다. 그러나 휴식을 위함도, 차를 먹기 위함도 아니었던 듯싶다. 오직 오늘 새로 구한 것으로 손톱을 깎기 위해서만인지도 몰랐다. 그중 구석진 테이블. 그중 구석진 의자. 통속 작가들이 즐겨 취급하는 종류의 로맨스의 발단이 그곳에 있었다. 광선이 잘 안 들어오는 그곳 마룻바닥에서 구보의 발길에 차인 것. 한 권 대학 노트에는 윤리학 석 자와 '임(姙)'자가 든 성명이 기입되어 있었다.

그것은 일종의 죄악일 게다. 그러나 젊은이들에게 그만한 호기심은 허락되어도 좋다. 그래도 구보는 다른 좌석에서 잘 안 보이는 위치에 노트를 놓고, 그리고 손톱을 깎을 것도 잊고 있었다.

제1장 서론. 제1절 윤리학의 정의. 2. 규범과학. 제2장 본론. 도덕 판단의 대상. C 동기설과 결과설. 예 1. 빈가의 자손이 효양을 위해서 절도함. 2. 허영심을 만족키 위한 자선사업. 제2학기. 3, 품성 형성의 요소. 1. 의지필연론……

그리고 여백에, 연필로, 그러나 수치심은 사랑의 상상 작용에

조력을 준다. 이것은 사랑에 생명을 주는 것이다. 스탕달의 『연애론』의 일절. 그러고는 연락 없이 『서부 전선 이상 없다』. 길옥신자(吉屋信子). 개천룡지개(芥川龍之介). 어제 어디 갔었니. 『라부 파레드』를 보았니. ……이런 것들이 씌어 있었다.

다료의 주인이 돌아왔다. 아 언제 왔소. 오래 기다렸소. 무슨 좋은 소식 있소. 구보는 대답 없이 자리에서 일어나, 노트와 단장을 집어들고, 저녁 먹으러 나갑시다. 그리고 속으로 지난날의 조고만 로맨스를 좀더 이어 생각하려 한다.

다료에서

나와, 벗과, 대창옥(大昌屋)으로 향하며, 구보는 문득 대학 노트 틈에 끼어 있었던 한 장의 엽서를 생각해본다. 물론 처음에 그는 망설거렸었다. 그러나 여자의 숙소까지를 알 수 있었으면서도 그 한 기회에서 몸을 피할 수는 없었다. 그는 우선 젊었고, 또 그것은 흥미 있는 일이었다. 소설가다운 온갖 망상을 즐기며, 이튿날 아침 구보는 이내 이 여자를 찾았다. 우입구 시래정(牛込區 矢來町). 그의 주인집은 신조사(新潮社) 근처에 있었다. 인품 좋은 주인 여편네가 나왔다 들어간 뒤, 현관에 나온 노트 주인은 분명히…… 그들이 걸어가고 있는 쪽에서 미인이 왔다. 그들을 보고 빙그레 웃고, 그리고 지났다. 벗의 다료 옆, 카페 여급. 벗이 돌아보고 구보의 의견을 청하였다. 어때 예쁘지. 사실, 여자는, 이러한 종류의 계집으로서는 드물게 어여뻤다. 그러나 그는 이 여자보다 좀더 아름다웠던 것임에 틀림없었다.

어서 옵쇼. 설렁탕 두 그릇만 주우. 구보가 노트를 내어놓고, 자기의 실례에 가까운 심방(尋訪)에 대한 변해(辨解)를 하였을 때, 여자는, 순간에, 얼굴이 붉어졌었다. 모르는 남자에게 정중한 인사를 받은 까닭만이 아닐 게다. 어제 어디 갔었니. 길옥신자(吉屋信子). 구보는 문득 그런 것들을 생각해내고, 여자 모르게 빙그레 웃었다. 맞은편에 앉아, 벗은 숟가락 든 손을 멈추고, 빤히 구보를 바라보았다. 그 눈은, 무슨 생각을 하고 있느냐, 물었는지도 모른다. 구보는 생각의 비밀을 감추기 위하여 의미 없이 웃어 보였다. 좀 올라오세요. 여자는 그렇게 말하였었다. 말로는 태연하게, 그러면서도 그의 볼은 역시 처녀답게 붉어졌다. 구보는 그의 말을 좇으려다 말고, 불쑥, 같이 산책이라도 안 하시렵니까, 볼일 없으시면. 그날은 일요일이었고, 여자는 막 어디 나가려던 차인지 나들이옷을 입고 있었다. 통속소설은 템포가 빨라야 한다. 그 전날, 윤리학 노트를 집어들었을 때부터 이미 구보는 한 개 통속소설의 작자였고 동시에 주인공이었던 것임에 틀림없었다. 그는 여자가 기독교 신자인 경우에는 제 자신 목사의 졸음 오는 설교를 들어도 좋다고까지 생각하고 있었다. 여자는 또 한 번 얼굴을 붉히고, 그러나 구보가, 만약 볼일이 계시다면, 하고 말하였을 때, 당황하게, 아니에요 그럼 잠깐 기다려주세요, 그리고 여자는 핸드백을 들고 나왔다. 분명히 자기를 믿고 있는 듯싶은 여자 태도에 구보는 자신을 갖고, 참, 이번 주일에 무장야관(武藏野館)[57] 구경하셨습니까. 그리고 그와 함께 그러한 자기가 할 일 없는 불량소년같이 생각되고, 또 만약 여자가 그렇게도 쉽사리 그의 유인에 빠진다면, 그것은 아무리 통속소설이라도 독자는 응당 작자를 신용하지 않을 게라고 속으로 싱겁게 웃었다. 그러나 설혹 그렇게도 쉽사리 여자가 그를 좇더라도 구보는 그것을 경박하다고 생각하고 싶지 않았다. 그것에는 경박이란 문자는 맞지 않을 게다. 구보는 자부심으로서는 여자가 초면임에도 불구하고 자기를 족히 믿을 만한 남자라 알아볼 수 있도록 그렇게 총명하다고 생각하고 싶었다.

여자는 총명하였다. 그들이 무장야관 앞에서 자동차를 내렸을 때, 그러나 구보는 잠시 그곳에 우뚝 서 있을 수밖에 없었다. 그것은 뒤에서 내리는 여자를 기다리기 위해서가 아니다. 그의 앞에 외국 부인이 빙그레 웃으며 서 있었던 까닭이다. 구보의 영어 교사는 남녀를 번갈아 보고, 새로이 의미심장한 웃음을 웃고 오늘 행복을 비오, 그리고 제 길을 걸었다. 그것에는 혹은 삼십 독신녀의 젊은 남녀에게 대한 빈정거림이 있었는지도 모른다. 구보는 소년과 같이 이마와 콧잔등이에 무수한 땀방울을 깨달았다. 그래 구보는 바지 주머니에서 수건을 꺼내어 그것을 씻지 않으면 안 되었다. 여름 저녁에 먹은 한 그릇의 설렁탕은 그렇게도 더웠다.

이곳을

나와, 그러나, 그들은 한길 위에 우두커니 선다. 역시 좁은 서울이었다. 동경이면, 이러한 때 구보는 우선 은좌(銀座)[58]로라도 갈 게다. 사실 그는 여자를 돌아보고, 은좌로 가서 차라도 안 잡수시렵니까, 그렇게 말하고 싶었었다. 그러나, 순간에, 지금 막 보았을 따름인 영화의 한 장면을 생각해내고, 구보는 제가 취할 행동에 자신을 가질 수 없었을지도 모른다. 규중 처자를 꼬여 오페라 구경을 하고, 밤늦게 다시 자동차를 몰아 어느 별장으로 향하던 불량청년. 언뜻 생각하면 그의 옆얼굴과 구보의 것과 사이에 일맥상통한 점이 있었던 듯싶었다. 구보는 쓰디쓰게 웃고, 그러나 그러한 것은 어떻든, 은좌가 아니라도 어디 이 근처에서라도 차나 먹고…… 참, 내 정신 좀 보아. 벗은 갑자기 소리치고 자기가 이 시각에 꼭 만나야 할 사람이 있음을 말하고, 그리고 이제 구보가 혼자서 외로울 것을 알고 있었으므로, 그는 미안한 표정을 지었다. 여자가 주저하며, 그만 집으로 돌아가야겠다고 구보를 곁눈질하였을 때에도, 역시 그러한 표정이었던 것임에 틀림없었다. 우리 열 점쯤 해서 다방에서 만나기로 합시다. 열 점. 응, 늦어도 열 점 반. 그리고 벗은 전찻길을 횡단해 갔다.

전찻길을 횡단해 저편 포도 위를 사람 틈에 사라져버리는 벗의 뒷모양을 바라보며, 어인 까닭도 없이, 이슬비 내리던 어느 날 저녁 히비야(日比谷)[59] 공원 앞에서의 여자를 구보는 애달프다, 생각한다.

아. 구보는 악연히 고개를 들어 뜻 없이 주위를 살피고 그리고 기계적으로, 몇 걸음 앞으로 나갔다. 아아, 그예 생각해내고 말았다. 영구히 잊고 싶다, 생각한 그의 일을 왜 기억 속에서 더듬었더냐, 애달프고 또 쓰린 추억이란, 결코 사람 마음을 고요하게도

136

기쁘게도 해주는 것은 아니었다.

여자는 그가 구보와 알기 전에 이미 약혼하고 있었던 사내의 문제를 가져, 구보의 결단을 빌었다. 불행히 그 사내를 구보는 알고 있었다. 중학 시대의 동창생. 서로 소식 모르고 지낸 지 오 년이 넘었어도 그의 얼굴은 구보의 머릿속에 분명하였다. 그 우둔하고 또 순직한 얼굴. 더욱이 그 선량한 눈을 생각할 때 구보의 마음은 아팠다. 비 내리는 공원 안을 그들은 생각에 잠겨, 생각에 울어, 날 저무는 줄도 모르고 헤매 돌았다.

참지 못하고, 구보는 걷기 시작한다. 사실 나는 비겁하였을지도 모른다. 한 여자의 사랑을 완전히 차지하는 것에 행복을 느껴야만 옳았을지도 모른다. 의리라는 것을 생각하고, 비난을 두려워하고 하는, 그러한 모든 것이 도시 남자의 사랑이, 정열이, 부족한 까닭이라, 여자가 울며 탄하였을 때, 그 말은 그 말은, 분명히 옳았다, 옳았다.

구보가 바래다주려도 아니에요, 이대로 내버려두세요, 혼자 가겠어요, 그리고 비에 젖어 눈물에 젖어, 황혼의 거리를 전차도 타지 않고 한없이 걸어가던 그의 뒷모양. 그는 약혼한 사내에게로도 가지 않았다. 그가 불행하다면 그것은 오로지 사내의 약한 기질에 근원할 게다. 구보는 때로, 그가 어느 다행한 곳에서 그의 행복을 차지하고 있는 것같이 생각하고 싶었어도, 그 사상은 너무나 공허하다.

어느 틈엔가 황톳마루 네거리에까지 이르러, 구보는 그곳에 충동적으로 우뚝 서며, 괴로운 숨을 토하였다. 아아, 그가 보고 싶다. 그의 소식이 알고 싶다. 낮에 거리에 나와 일곱 시간, 그것은 오직 한 개의 진정이었을지 모른다. 아아, 그가 보고 싶다. 그의 소식이 알고 싶다……

광화문통

그 멋없이 넓고 또 쓸쓸한 길을 아무렇게나 걸어가며, 문득, 자기는, 혹은, 위선자나 아니었었나 하고, 구보는 생각하여본다. 그것은 역시 자기의 약한 기질에 근원할 게다. 아아, 온갖 악은 인성의 약함에서, 그리고 온갖 불행이……

또다시 너무나 가엾은 여자의 뒷모양이 보였다. 레인코트 위에 빗물은 흘러내리고 우산도 없이 모자 안 쓴 머리가 비에 젖어 애달프다. 기운 없이, 기운 있을 수 없이, 축 늘어진 두 어깨. 주머니에 두 팔을 꽂고, 고개 숙여 내디디는 한 걸음, 또 한 걸음, 그조그맣고 약한 발에 아무러한 자신도 없다. 뒤따라 그에게로 달려가야 옳았다. 달려들어 그의 조그만 어깨를 으스러져라 잡고, 이제까지 한 나의 말은 모두 거짓이었다고, 나는 결코 이 사랑을 단념할 수 없노라고, 이 사랑을 위하여는 모든 장애와 싸워가자고, 그렇게 말하고, 그리고 이슬비 내리는 동경 거리에 두 사람은 무한한 감격에 울었어야만 옳았다.

구보는 발 앞에 조약돌을 힘껏 찼다. 격렬한 감정을, 진정한 욕구를, 힘써 억제할 수 있었다는 데서 그는 값없는 자랑을 가지려하였었는지도 모른다. 이것이, 이 한 개 비극이 우리들 사랑의 당연한 귀결이라고 그렇게 생각하려 들었던 자기. 순간에 또 벗의 선량한 두 눈을 생각해내고 그의 원만한 천성과 또 금력이 여자를 행복하게 하여주리라 믿으려 들었던 자기. 그 왜곡된 감정이 구보의 진정한 마음의 부르짖음을 틀어막고야 말았다. 그것은 옳지 않았다. 구보는 대체 무슨 권리를 가져 여자의, 그리고 자기 자신의 감정을 농락하였나. 진정으로 여자를 사랑하였으면서도 자기는 결코 여자를 행복하게 해주지는 못할 게라고, 그 부전감(不全感)[60]이 모든 사람을, 더욱이 가엾은 애인을 참말 불행하게 만들어버린 것이 아니었던가. 그 길 위에 깔린 무수한 조약돌을, 힘껏, 차, 해뜨리고, 구보는, 아아, 내가 그릇하였다. 그릇하였다.

철겨운 봄노래를 부르며, 열 살이나 그밖에 안 된 아이가 지났다. 아이에게 근심은 없다. 잘 안 돌아가는 혀끝으로, 술주정꾼이 두 명, 어깨동무를 하고, 수심가를 불렀다. 그들은 지금 만족이다. 구보는, 문득, 광명을 찾은 것 같은 착각을 느끼고, 어두운 거리 위에 걸음을 멈춘다. 이제 그와 다시 만날 때, 나는 이미 약하지 않다. 나는 그 과오를 거듭 범하지 않는다. 우리는 영구히 다시 떠나지 않는다……. 그러나 그를 어디 가 찾누. 어허, 공허하고, 또 암담한 사상이여. 이 넓고, 또 휑한 광화문 거리 위에서 한 개의 사내 마음이 이렇게도 외롭고 또 가엾을 수 있었나.

각모 쓴 학생과, 젊은 여자가 어깨를 나란히 하여 구보 앞을 지나갔다. 그들의 걸음걸이에는 탄력이 있었고, 그들의 말소리는 은근하였다. 사랑하는 이들이여. 그대들 사랑에 언제든 다행한 빛이 있으라. 마치 자애 깊은 부로(父老)와 같이 구보는 너그럽고 사랑 가득한 마음을 가져 진정으로 그들을 축복하여준다.

이제

어디로 갈 것을 잊은 듯이, 그러할 필요가 없어진 듯이, 얼마 동
안을, 구보는, 그곳에 가, 망연히 서 있었다. 가엾은 애인. 이 작
품의 결말은 이대로 좋을 것일까. 이제, 뒷날, 그들은 다시 만나
는 일도 없이, 옛 상처를 스스로 어루만질 뿐으로, 언제든 외롭고
또 애달파야만 할 것일까. 그러나, 그 즉시 아아, 생각을 말리라.
구보는 의식하여 머리를 흔들고, 그리고 좀 급한 걸음걸이로 온
길을 되걸어갔다. 마음에 아픔은 그저 있었고, 고개 숙여 걷는 길
위에, 발에 차이는 조약돌이 회상의 무수한 파편이다. 머리를 들
어 또 한 번 뒤흔들고, 구보는, 참말 생각을 말리라, 말리라……

이제 그는 마땅히 다방으로 가, 그곳에서 벗과 다시 만나, 이 한
밤의 시름을 덜 도리를 해야 한다. 그러나 그가 채 전차 선로를
횡단할 수 있기 전에 그는 "눈깔, 아저씨" 하고 불리고 그리고 그
가 걸음을 멈추고 돌아보았을 때, 그의 단장과 노트 든 손은 아이
들의 조그만 손에 붙잡혔다. 어디를 갔다 오니. 구보는 웃는 얼굴
을 짓기에 바쁘다. 어느 벗의 조카아이들이다. 아이들은 구보가
안경을 썼대서 언제든 눈깔 아저씨라 불렀다. 야시 갔다 오는 길
이라우. 그런데 왜 요새 통 집이 안 오우, 눈깔 아저씨. 응, 좀 바
빠서…… 그러나 그것은 거짓이었다. 구보는, 순간에, 자기가 거
의 달포 이상을 완전히 이 아이들을 잊고 있었던 사실을 기억에

서 찾아내고 이 천진한 소년들에게 참말 미안하다 생각한다.

가엾은 아이들이다. 그들은 결코 아버지의 사랑을 몰랐다. 그들의 아버지는 다섯 해 전부터 어느 시골서 따로 살림을 차렸고, 그들은, 그래, 거의 완전히 어머니의 손으로써만 길러졌다. 어머니에게, 허물은 없었다. 그러면, 아버지에게. 아버지도, 말하자면, 착한 이였다. 그러나 그에게는 역시 여자에게 대하여 방종성이 있었다. 극도의 생활난 속에서, 그래도, 어머니는 아이들을 학교에 보냈다. 열여섯 살짜리 큰딸과, 아래로 삼 형제. 끝의 아이는 명년에 학령[61]이었다. 삶의 어려움을 하소연하면서도 그 애마저 보통학교에 입학시킬 것을 어머니가 기쁨 가득히 말하였을 때, 구보의 머리는 저 모르게 숙여졌었다.

구보는 아이들을 사랑한다. 아이들의 사랑을 받기를 좋아한다. 때로, 그는 아이들에게 아첨하기조차 하였다. 만약 자기가 사랑하는 아이들이 자기를 따르지 않는다면, 그것은 생각만 해볼 따름으로 외롭고 또 애달팠다. 그러나 아이들은 그렇게도 단순하다. 그들은, 그들을 사랑하는 사람을 반드시 따랐다.

눈깔 아저씨, 우리 이사한 담에 언제 왔수. 바로 저 골목 안이야. 같이 가아 응. 가보고도 싶었다. 그러나 역시, 시간을 생각하고, 벗을 놓칠 것을 염려하고, 그는 이내 그것을 단념하는 수밖에 없었다. 어찌할꾸. 구보는 저편에 수박 실은 구루마를 발견하였다. 너희들 배탈 안 났니. 아아니, 왜 그러우. 구보는 두 아이에게 수박을 한 개씩 사서 들려주고, 어머니 갖다드리구 노놔줍쇼, 그래라. 그리고 덧붙여 쌈 말구 똑같이들 노놔야 한다. 생각난 듯이

큰아이가 보고하였다. 지난번에 필운이 아저씨가 빠나나를 사왔
는데, 누나는 배탈이 나서 먹지를 못했죠, 그래 막 까시를 올렸더
니만…… 구보는 그 말괄량이 소녀의, 거의 울가망[62]이 된 얼굴을
눈앞에 그려보고 빙그레 웃었다. 마침 앞을 지나던 한 여자가 날
카롭게 구보를 흘겨보았다. 그의 얼굴은 결코 어여쁘지 못했다.
뿐만 아니라 무엇이 그리 났는지, 그는 얼굴 전면에 대소 수십 편
의 뼈꾸를 붙이고 있었다. 응당 여자는 구보의 웃음에서 모욕을
느꼈을 게다. 구보는, 갑자기, 홍소하였다. 어쩌면, 이제, 구보는
명랑해질 수 있을지도 모른다.

그래도

집으로 자꾸 가자는 아이들을 달래어 보내고, 구보는 다방으로
향한다. 이 거리는 언제든 밤에, 행인이 드물었고, 전차는 한길
한복판을 가장 게으르게 굴러갔다. 결코 환하지 못한 이 거리, 가
로수 아래, 한두 명의 부녀들이 서고, 혹은, 앉아 있었다. 그들은,
물론, 거리에 봄을 파는 종류의 여자들은, 아니었을 게다. 그래
도, 이, 밤 들면 언제든 쓸쓸하고, 또 어두운 거리 위에 그것은 몹
시 음울하고도 또 고혹적인 존재였다. 그렇게도 갑자기, 부란[63]된
성욕을, 구보는 이 거리 위에서 느낀다.

문득, 제비와 같이 경쾌하게 전보 배달의 자전차가 지나간다.
그의 허리에 찬 조그만 가방 속에 어떠한 인생이 압축되어 있을
것인고. 불안과, 초조와, 기대와…… 그 조그만 종이 위의, 그 짧

은 문면은 그렇게도 용이하게, 또 확실하게, 사람의 감정을 지배한다. 사람은 제게 온 전보를 받아들 때 그 손이 가만히 떨림을 스스로 깨닫지 못한다. 구보는 갑자기 자기에게 온 한 장의 전보를 그 봉함을 떼지 않은 채 손에 들고 감동하고 싶은 충동을 느꼈다. 전보가 못 되면, 보통 우편물이라도 좋았다. 이제 한 장의 엽서에라도, 구보는 거의 감격을 가질 수 있을 게다.

흥, 하고 구보는 코웃음 쳐보았다. 그 사상은 역시 성욕의, 어느 형태로서의, 한 발현에 틀림없었다. 그러나 물론 결코 부자연하지 않은 생리적 현상을 무턱대고 업신여길 의사는 구보에게 없었다. 사실 서울에 있지 않은 모든 벗을 구보는 잊은 지 오래였고 또 그 벗들도 이미 오랫동안 소식을 전하여오지 않았다. 그들은, 모두, 지금, 무엇들을 하구 있을구. 한 해에 단 한 번 연하장을 보내줄 따름의 벗에까지, 문득 구보는 그리움을 가지려 한다. 이제 수천 매의 엽서를 사서, 그 다방 구석진 탁자 위에서, ……어느 틈엔가 구보는 가장 열정을 가져, 벗들에게 편지를 쓰고 있는 제 자신을 보았다. 한 장, 또 한 장, 구보는 재떨이 위에 생담배가 타고 있는 것도 깨닫지 못하고, 그가 기억하고 있는 온갖 벗의 이름과 또 주소를 엽서 위에 흘려 썼다…… 구보는 거의 만족한 웃음조차 입가에 띠며, 이것은 한 개 단편소설의 결말로는 결코 비속하지 않다, 생각하였다. 어떠한 단편소설의—. 물론, 구보는, 아직 그 내용을 생각하지 않았다.

그러나 그러한 것은 어떻든 벗들의 편지가 정말 보고 싶었다. 누가 내게 그 기쁨을 주지는 않는가. 문득 구보의 걸음이 느려지며, 그동안, 집에, 편지가 와 있지나 않을까, 그리고 그것은 가장 뜻하지 않았던 옛 벗으로부터의 열정이 넘치는 글이나 아닐까, 하고 제 맘대로 꾸며 생각하고 그리고 물론 그것이 얼마나 근거 없는 생각인 줄 알았어도, 구보는 그 애달픈 기쁨을 그렇게도 가혹하게 깨뜨려버리려 하지 않았다. 그러나 그것은 벗에게서 온 편지는 아닐지도 모른다. 혹은, 어느 신문사나, 잡지사나…… 그러면 그 인쇄된 봉투에 어머니는 반드시 기대와 희망을 갖고, 그것이 아들에게 무슨 크나큰 행운이나 약속하고 있는 거나 같이 몇 번씩 놓았다, 들었다, 또는 전등불에 비추어 보았다…… 그리고 기다려도 안 들어오는 아들이 편지를 늦게 보아 그만 그 행운을 놓치고 말지나 않을까, 그러한 경우까지를 생각하고 어머니는 안타까워할 게다. 그러나 가엾은 어머니가 그렇게까지 감동을 가진 그 서신이 급기야 뜯어보면, 신문 일 회분의, 혹은 잡지 한 페이지분의, 잡문의 의뢰이기 쉬웠다.

구보는 쓰디쓰게 웃고, 다방 안으로 들어선다. 사람은 그곳에 많았어도, 벗은 있지 않았다. 그는 이제 이곳에서 벗을 기다려야 한다.

다방을

찾는 사람들은, 어인 까닭인지 모두들 구석진 좌석을 좋아하였다. 구보는 하나 남아 있는 가운데 탁자에 가 앉는 수밖에 없었다. 그래도, 그는 그곳에서 엘만[64]의 「발스 · 센티멘탈」[65]을 가장 마음 고요히 들을 수 있었다. 그러나 그 선율이 채 끝나기 전에, 방약무인한 소리가, 구포씨 아니요──. 구보는 다방 안의 모든 사람들의 시선을 온몸에 느끼며, 소리 나는 쪽을 돌아보았다. 중학을 이삼 년 일찍 마친 사내. 어느 생명보험 회사의 외교원이라는 말을 들었다. 평소에 결코 왕래가 없으면서도 이제 이렇게 알은체를 하려는 것은 오직 얼굴이 새빨개지도록 먹은 술 탓인지도 몰랐다. 구보는 무표정한 얼굴로 약간 끄떡해 보이고 즉시 고개를 돌렸다. 그러나 그 사내가 또 한 번, 역시 큰 소리로, 이리 좀 안 오시료, 하고 말하였을 때, 구보는 게으르게나마 자리에서 일어나, 그의 탁자로 가는 수밖에 없었다. 이리 좀 앉으시오. 참, 최 군, 인사하지. 소설가, 구포씨.

이 사내는, 어인 까닭인지 구보를 반드시 '구포'라고 발음하였다. 그는 맥주병을 들어보고, 아이 쪽을 향하여 더 가져오라고 소리치고, 다시 구보를 보고, 그래 요새두 많이 쓰시우. 뭐 별로 쓰는 것 '없습니다.' 구보는 자기가 이러한 사내와 접촉을 가지게 된 것에 지극히 불쾌를 느끼며, 경어를 사용하는 것으로 그와 사이에 간격을 두기로 하였다. 그러나 이 딱한 사내는 도리어 그것에서 일종 득의감을 맛볼 수 있었는지도 모른다. 그뿐 아니라, 그는 한 잔 십 전짜리 차들을 마시고 있는 사람들 틈에서 그렇게 몇 병씩 맥주를 먹을 수 있는 것에 우월감을 갖고, 그리고 지금 행복이었을지도 모른다. 그는 구보에게 술을 따라 권하고, 내 참 구포씨 작품을 애독하지. 그리고 그러한 말을 하였음에도 불구하고 구보가 아무런 감동도 갖지 않는 듯싶은 것을 눈치 채자,

"사실, 내 또 만나는 사람마다 보고, 구포씨를 선전하지요."

그러한 말을 하고는 혼자 허허 웃었다. 구보는 의미 몽롱한 웃음을 웃으며, 문득 이 용감하고 또 무지한 사내를 고급으로 채용해 구보 독자 권유원을 시키면, 자기도 응당 몇십 명의 또는 몇백 명의 독자를 획득할 수 있을지 모르겠다고 그런 난데없는 생각을 하여보고, 그리고 혼자 속으로 웃었다. 참 구보 선생, 하고 최군이라 불린 사내도 말참견을 하여, 자기가 독견(獨鵑)⁶⁶의『승방비곡(僧房悲曲)』과 윤백남⁶⁷의『대도전(大盜傳)』을 걸작이라 여기고 있는 것에 구보의 동의를 구하였다. 그리고, 이 어느 화재보험회사의 권유원인지도 알 수 없는 사내는, 가장 영리하게,

"구보 선생님의 작품은 따루 치고……"

그러한 말을 덧붙였다. 구보가 간신히 그것들이 좋은 작품이라 말하였을 때, 최군은 또 용기를 얻어, 참 조선서 원고료는 얼마나 됩니까. 구보는 이 사내가 원호료라 발음하지 않는 것에 경의를 표하였으나 물론 그는 이러한 종류의 사내에게 조선 작가의 생활 정도를 알려주어야 할 아무런 의무도 갖지 않는다.

그래, 구보는 혹은 상대자가 모멸을 느낄지도 모를 것을 알면서도, 불쑥, 자기는 이제까지 고료라는 것을 받아본 일이 없어, 그러한 것은 조금도 모른다 말하고, 마침 문을 들어서는 벗을 보자 그만 실례합니다. 그리고 그들이 뭐라 말할 수 있기 전에 제자리로 돌아와 노트와 단장을 집어들고, 막 자리에 앉으려는 벗에게,

"나갑시다. 다른 데로 갑시다."

밖에, 여름밤, 가벼운 바람이 상쾌하다.

조선호텔

앞을 지나, 밤늦은 거리를 두 사람은 말없이 걸었다. 대낮에도 이 거리는 행인이 많지 않다. 참 요사이 무슨 좋은 일 있소. 맞은 편에 경성우편국 삼 층 건물을 바라보며 구보는 생각난 듯이 물었다. 좋은 일이라니. 돌아보는 벗의 눈에 피로가 있었다. 다시 걸어 황금정으로 향하며, 이를테면, 조그만 기쁨, 보잘것없는 기쁨, 그러한 것을 가졌소. 뜻하지 않은 벗에게서 뜻하지 않은 엽서라도 한 장 받았다는 종류의……

"갖구말구."

벗은 서슴지 않고 대답하였다. 노형같이 변변치 못한 사람은 죽을 때까지 받아보지 못할 편지를. 그리고 벗은 허허 웃었다. 그러나 그것은 공허한 음향이었다. 내용 증명의 서류 우편. 이 시대에는 조그만 한 개의 다료를 경영하기도 수월치 않았다. 석 달 밀린 집세. 총총하던 별이 자취를 감추고 하늘이 흐렸다. 벗은 갑자기 휘파람을 분다. 가난한 소설가와, 가난한 시인과…… 어느 틈엔가 구보는 그렇게도 구차한 내 나라를 생각하고 마음이 어두웠다.

"혹시 노형은 새로운 애인을 갖고 싶다 생각 않소."

벗이 휘파람을 마치고 장난꾼같이 구보를 돌아보았다. 구보는 호젓하게 웃는다. 애인도 좋았다. 애인 아닌 여자도 좋았다. 구보가 지금 원함은 한 개의 계집에 지나지 않는지도 몰랐다. 또는 역

시 어질고 총명한 아내라야 하였을지도 몰랐다. 그러다가 구보
는, 문득, 아내도 계집도 말고, 십칠팔 세의 소녀를, 만약 그럴 수
있다면, 딸을 삼고 싶다고 그러한 엄청난 생각을 해보았다. 그 소
녀는 마땅히 아리땁고, 명랑하고, 그리고 또 총명해야 한다. 구보
는 자애 깊은 아버지의 사랑을 가져 소녀를 데리고 여행을 할 수
있을 게다——.

갑자기 구보는 실소하였다. 나는 이미 그토록 늙었나. 그래도
그 욕망은 쉽사리 버려지지 않았다. 구보는 벗에게 알리고 싶은
것을 참고, 혼자 마음속에 그 생각을 즐겼다. 세 개의 욕망. 그 어
느 한 개만으로도 구보는 이제 용이히 행복될지 몰랐다. 혹은 세
개의 욕망의, 그 셋이 모두 이루어지더라도 결코 구보는 마음의
안위를 이룰 수 없을지도 몰랐다.

역시 그것은 '고독'이 빚어내는 사상이었다.

나의 원하는 바를 월륜도 모르네.

문득 '춘부(春夫)'[68]의 일행시를 구보는 입 밖에 내어 외어본다.
하늘은 금방 빗방울이 떨어질 것같이 어둡다. 월륜(月輪)[69]은커
녕, 혹은 구보 자신 알지 못하고 있을지도 모른다. 어느 틈엔가
종로에까지 다시 돌아와, 구보는 갑자기 손에 든 단장과 대학 노
트의 무게를 느끼며 벗을 돌아보았다. 능히 오늘 밤 술을 사줄 수
있소. 벗은 생각해보는 일 없이 고개를 끄떡였다. 구보가 다시 다
리에 기운을 얻어, 종각 뒤, 그들이 가끔 드나드는 술집을 찾았을

때, 그러나 그곳에는 늘 보던 여급이 없었다. 낯선 여자에게 물어, 그가 지금 가 있는 낙원정의 어느 카페 이름을 배우자, 구보는 역시 피로한 듯싶은 벗의 팔을 이끌어 그리로 가자, 고집하였다. 그 여급을 구보는 이름도 몰랐다. 이를테면 벗이 흥미를 가지고 있는 계집이었다. 마치 경박한 불량소년과 같이, 계집의 뒤를 좇는 것에서 값없는 기쁨이나마 구보는 맛보려는 심사인지도 모른다.

처음에

벗은, 그러나, 구보의 말을 좇지 않았다. 혹은, 벗은 그 여급에게 흥미를 느끼지 않고 있었던 것인지도 모른다. 그러나 만약 그가 그 여자에게 뭐 느낀 게 있었다 하면 그것은 분명히 흥미 이상의 것이었을 게다. 그들이 마침내, 낙원정으로, 그 계집 있는 카페를 찾았을 때, 구보는, 그러나, 벗의 감정이 그 둘 중의 어느 것도 아니었다는 것을 알았다. 혹은, 어느 것이든 좋았었는지도 몰랐다. 하여튼, 벗도 이미 늙었다. 그는 나이로 청춘이었으면서도, 기력과, 또 정열이 결핍되어 있었다. 까닭에 그가 항상 그렇게도 구하여 마지않는 것은, 온갖 의미로서의 자극이었는지도 모른다.
　여급이 세 명, 그리고 다음에 두 명, 그들의 탁자로 왔다. 그렇게 많은 '미녀'를 그 자리에 모이게 한 것은, 물론 그들의 풍채도 재력도 아니다. 그들은 오직 이곳에 신선한 객이었고, 그러고 노는계집들은 그렇게도 많은 사내들과 알은체하기를 좋아하였다.

벗은 차례로 그들의 이름을 물었다. 그들의 이름에는 어인 까닭인지 모두 '꼬'가 붙어 있었다. 그것은 결코 고상한 취미가 아니었고, 그리고 때로 구보의 마음을 애달프게 한다.

"왜, 호구 조사 오셨어요."

새로이 여급이 그들의 탁자로 와서 말하였다. 문제의 여급이다. 그들이 그 계집에게 알은체하는 것을 보고, 그들의 옆에 앉았던 두 명의 계집이 자리를 양도하려 엉거주춤히 일어섰다. 여자는, 아니 그대루 앉아 있에요, 사양하면서도 벗의 옆에 가 앉았다. 이 여자는 다른 다섯 여자들보다 좀더 예쁠 것은 없었다. 그래도 어딘지 모르게 기품이 있어 보이기는 하였다. 벗이 그와 둘이서만 몇 마디 말을 주고받고 하였을 때, 세 명의 여급은 다른 곳으로 가버리고 말았다. 동료와 친근히 하고 있는 듯싶은 객에게, 계집들은 결코 흥미를 느끼지 않았다.

"어서 약주 드세요."

이 탁자를 맡은 계집이, 특히 벗에게 권하였다. 사실, 맥주를 세 병째 가져오도록 벗이 마신 술은 모두 한 곱보[70]나 그밖에 안 되었던 것임에 틀림없었다. 그러나 벗은 오직 그 곱보를 들어보고 또 입에 대는 척하고, 그리고 다시 탁자에 놓았다. 이 벗은 음주 불감증이 있었다. 그러나 물론 계집들은 그런 병명을 알지 못한다. 구보에게 그것이 일종의 정신병임을 듣고, 그들은 철없이 눈을 둥그렇게 떴다. 그리고 다음에 또 철없이 그들은 웃었다. 한 사내가 있어 그는 평소에는 술을 즐기지 않으면서도 때때로 남주(濫酒)[71]를 하여, 언젠가는 일본주를 두 되 이상이나 먹고, 그리고 거

150

의 혼도를 하였다고 한 계집은 이야기를 하고, 그리고 그것도 역시 정신병이냐고 구보에게 물었다. 그것은 기주증(嗜酒症),[72] 갈주증(渴酒症),[73] 또는 황주증(荒酒症)[74]이었다. 얼마 전엔가 구보가 흥미를 가져 읽은 『현대의학대사전』 제23권은 그렇게도 유익한 서적임에 틀림없었다.

갑자기 구보는 온갖 사람을 모두 정신병자라 관찰하고 싶은 강렬한 충동을 느꼈다. 실로 다수의 정신병 환자가 그 안에 있었다. 의상분일증(意想奔逸症). 언어도착증(言語倒錯症). 과대망상증(誇大妄想症). 추외언어증(醜猥言語症). 여자음란증(女子淫亂症). 지리멸렬증(支離滅裂症). 질투망상증(嫉妬妄想症). 남자음란증(男子淫亂症). 병적기행증(病的奇行症). 병적허언기편증(病的虛言欺騙症). 병적부덕증(病的不德症). 병적낭비증(病的浪費症)……

그러다가, 문득 구보는 그러한 것에 흥미를 느끼려는 자기가, 오직 그런 것에 흥미를 갖는다는 것만으로도 이미 한 것의 환자에 틀림없다, 깨닫고, 그리고 유쾌하게 웃었다.

그러면

뭐, 세상 사람이 다 미친 사람이게. 구보 옆에 조그마니 앉아, 말없이 구보의 이야기만 듣고 있던 여급이 당연한 질문을 하였다. 문득 구보는 그에게로 향해 비스듬히 고쳐 앉으며 실례지만, 하고 그러한 말을 사용하고, 그의 나이를 물었다. 여자는 잠깐 망

설거리다가,

"갓 스물이에요."

여성들의 나이란 수수께끼다. 그래도 이 계집은 갓 스물이라 볼 수는 없었다. 스물다섯이나 여섯. 적어도 스물넷은 됐을 게다. 갑자기 구보는 일종의 잔인성을 가져, 그 역시 정신병자임에 틀림 없음을 일러주었다. 당의즉답증(當意卽答症). 벗도 흥미를 가져 그에게 그 병에 대해 자세한 것을 물었다. 구보는 그의 대학 노트를 탁자 위에 펴놓고, 그 병의 환자와 의원 사이의 문답을 읽었다. 코는 몇 개요. 두 갠지 몇 갠지 모르겠습니다. 귀는 몇 개요. 한 갭니다. 셋하구 둘하고 합하면. 일곱입니다. 당신 몇 살이오. 스물하납니다(기실 삼십팔 세). 매씨는. 여든한 살입니다. 구보는 공책을 덮으며, 벗과 더불어 유쾌하게 웃었다. 계집들도 따라 웃었다. 그러나 벗의 옆에 앉은 여급 말고는 이 조그만 이야기를 참말 즐길 줄 몰랐던 것임에 틀림없었다. 특히 구보 옆의 환자는, 그것이 자기의 죄 없는 허위에 대한 가벼운 야유인 것을 깨달을 턱 없이 호호대고 웃었다. 그는 웃을 때마다, 말할 때마다, 언제든 수건 든 손으로 자연을 가장해, 그의 입을 가린다. 사실 그는 특히 입이 모양 없게 생겼던 것임에 틀림없었다. 구보는 그 마음에 동정과 연민을 느꼈다. 그러나 그것은 물론, 애정과 구별되지 않으면 안 된다. 연민과 동정은 극히 애정에 유사하면서도 그것은 결코 애정일 수 없다. 그러나 증오는――, 증오는 실로 왕왕히 진정한 애정에서 폭발한다…… 일찍이 그의 어느 작품에서 사용하려다 말았던 이 일 절은 구보의 얕은 경험에서 추출된 것에 지

나지 않았어도, 그것은 혹은 진리였을지도 모른다. 그런 객쩍은
생각을 구보가 하고 있었을 때, 문득, 또 한 명의 계집이 생각난
듯이 물었다. 그럼 이 세상에서 정신병자 아닌 사람은 선생님 한
분이겠군요. 구보는 웃고, 왜 나두…… 나는, 내 병은,

"다변증이라는 거라우."

"뭐요. 다변증……"

"응, 다변증. 쓸데없이 잔소리 많은 것두 다아 정신병이라우."

"그게 다변증이에요."

다른 두 계집도 입안말로 '다변증' 하고 중얼거려보았다. 구보
는 속주머니에서 만년필을 꺼내어 공책 위에다 초한다. 작가에게
있어서 관찰은 무엇에든지 필요하였고, 창작의 준비는 비록 카페
안에서라도 하여야 한다. 여급은 온갖 종류의 객을 대함으로써,
온갖 지식을 얻으려 노력하였다——. 잠깐 펜을 멈추고, 구보는
건너편 탁자를 바라보다가, 또 가만히 만족한 웃음을 웃고, 펜 잡
은 손을 놀린다. 벗이 상반신을 일으켜, 또 무슨 궁상맞은 짓을
하는 거야——, 그리고 구보가 쓰는 대로 그것을 소리 내어 읽었
다. 여자는 남자와 마주 대해 앉았을 때, 그 다리를 탁자 밖으로
내어놓고 있었다. 남자의 낡은 구두가 탁자 밑에서 그의 조그만
모양 있는 숙녀화를 밟을 것을 염려하여서가 아닐 게다. 그는,
오늘, 그가 그렇게도 사고 싶었던 살빛 나는 비단 양말을 신을
수 있었다. 그리고 그것은 그렇게도 자랑스러웠던 것임에 틀림
없었다.

흥, 하고 벗은 코로 웃고 그리고 소설가와 벗할 것이 아님을 깨

달았노라 말하고, 그러나 부디 별의별 것을 다 쓰더라도 나의 음
주 불감증만은 얘기 말우——. 그리고 그들은 유쾌하게 웃었다.

구보와 벗과

　그들의 대화의 대부분을, 물론 계집들은 알아듣지 못하였다. 그
러면서도 그들은 능히 모든 것을 이해할 수 있었던 듯이 가장하
였다. 그러나, 그것은 결코 죄가 아니었고, 또 사람은 그들의 무
지를 비웃어서는 안 된다. 구보는 펜을 잡았다. 무지는 노는계집
들에게 있어서, 혹은, 없어서는 안 될 물건이나 아닐까. 그들이
총명할 때, 그들에게는 괴로움과 아픔과 쓰라림과…… 그 온갖
것이 더하고, 불행은 갑자기 나타나 그들의 마음을 사로잡고 말
게다. 순간, 순간에 그들이 맛볼 수 있는 기쁨을, 다행함을, 비록
그것이 얼마나 값없는 물건이더라도, 그들은 무지라야 비로소 가
질 수 있다…… 마치 그것이 무슨 진리나 되는 듯이, 구보는 노트
에 초하고, 그리고 계집이 권하는 술을 사양 안 했다.
　어느 틈엔가 밖에 비가 내리고 있었다. 가만한 비다. 은근한 비
다. 그렇게 밤늦어, 은근히 비 내리면, 구보는 때로 애달픔을 갖
는다. 계집들도 역시 애달픔을 가졌다. 그들은 우산의 준비가 없
이 그들의 단벌옷과, 양말과 구두가 비에 젖을 것을 염려하였다.
　유끼짱——. 보이지 않는 구석에서 취성(醉聲)이 들려왔다. 구
보는 창밖 어둠을 바라보며, 문득, 한 아낙네를 눈앞에 그려보았
다. 그것은 '유끼'[75]—눈이 그에게 준 생각이었는지도 모른다. 광

교 모퉁이 카페 앞에서, 마침 지나는 그를 작은 소리로 불렀던 아낙네는 분명히 소복을 하고 있었다. 말씀 좀 여쭤보겠습니다. 여인은 거의 들릴락 말락 한 목소리로 말하고, 걸음을 멈추는 구보를 곁눈에 느꼈을 때, 그는 곧 외면하고, 겨우 손을 내밀어 카페를 가리키고, 그리고,

"이 집에서 모집한다는 것이 무엇이에요."

카페 창 옆에 붙어 있는 종이에 女給大募集. 여급대모집. 두 줄로 나뉘어 씌어져 있었다. 구보는 새삼스러이 그를 살펴보고, 마음에 아픔을 느꼈다. 빈한은 하였을지도 모른다. 그러나 그는 제 자신 일거리를 찾아 거리에 나오지 않아도 좋았을 게다. 그러나 불행은 뜻하지 않고 찾아와, 그는 아직 새로운 슬픔을 가슴에 품은 채 거리로 나오지 않으면 안 되었던 것일 게다. 그에게는 거의 장성한 아들이 있을지도 모른다. 혹은 그것이 아들이 아니라 딸이었던 까닭에 가엾은 이 여인은 제 자신 입에 풀칠하기를 꾀하지 않으면 안 되었을 게다. 그의 처녀 시대에 그는 응당 귀하게 아낌을 받으며 길러졌을지도 모른다. 그의 핏기 없는 얼굴에는 기품과, 또 거의 위엄조차 있었다. 구보가 말을, 삼가, 여급이라는 것을 주석할 때, 그러나, 그 분명히 마흔이 넘었을 아낙네는 그의 말을 끝까지 듣지 않고, 혐오와 절망을 얼굴에 나타내고, 구보에게 목례한 다음, 초연히 그 앞을 떠났다…….

구보는 고개를 돌려, 그의 시야에 든 온갖 여급을 보며, 대체 그 아낙네와 이 여자들과 누가 좀더 불행할까, 누가 좀더 삶의 괴로움을 맛보고 있는 걸까, 생각해보고 한숨지었다. 그러나 그 좌석

에서 그러한 생각을 하는 것은 옳지 않았을지도 모른다. 구보는 새로이 담배를 피워 물었다. 그러나 탁자 위에 성냥갑은 두 갑이 모두 비어 있었다.

조그만 계집아이가 카운터로, 달려가 성냥을 가져왔다. 그 여급은 거의 계집아이였다. 그가 열여섯이나 열일곱, 그렇게 말하더라도, 구보는 결코 의심하지 않았을 게다. 그 맑은 두 눈은 그의 두 뺨의 웃음우물은 아직 오탁에 물들지 않았다. 구보가 그 소녀에게 애달픔과 사랑과, 그것들을 한꺼번에 느낄 수 있었던 것은 결코 취한 탓만이 아니었을지도 모른다. 너 내일, 낮에, 나하구 어디 놀러 가련. 구보는 불쑥 그러한 말조차 하며 만약 이 귀여운 소녀가 동의한다면, 어디 야외로 반일(半日)을 산책에 보내도 좋다고 생각한다. 그러나 소녀는 그 말에 가만히 미소하였을 뿐이다. 역시 그 웃음우물이 귀여웠다.

구보는, 문득, 수첩과 만년필을 그에게 주고, 가(可)하면 ○를, 부(否)면 ×를 그리고, ○인 경우에는 내일 정오에 화신상회 옥상으로 오라고, 네가 뭐라고 표를 질러놓든 내일 아침까지는 그것을 펴보지 않을 테니 안심하고 쓰라고, 그런 말을 하고, 그 새로 생각해낸 조그만 유희에 구보는 명랑하게 또 유쾌하게 웃었다.

오전 두 시의

종로 네 거리—가는 비 내리고 있어도, 사람들은 그곳에 끊임없다. 그들은 그렇게도 밤을 사랑하여 마지않았는지도 모른다.

그들은 그렇게도 용이하게 이 밤에 즐거움을 구하여 얻을 수 있었는지도 모른다. 그리고 그들은 일순, 자기가 가장 행복된 것같이 느낄 수 있었는지도 모른다. 그러나 그들의 얼굴에, 그들의 걸음걸이에 역시 피로가 있었다. 그들은 결코 위안받지 못한 슬픔을, 고달픔을 그대로 지닌 채, 그들이 잠시 잊었던 혹은 잊으려 노력하였던 그들의 집으로 그들의 방으로 돌아가지 않으면 안 된다.

이렇게 밤늦게 어머니는 또 잠자지 않고 아들을 기다릴 게다. 우산을 가지고 나가지 않은 아들에게 어머니는 또 한 가지의 근심을 가질 게다. 구보는 어머니의 조그만, 외로운, 슬픈 얼굴을 생각하였다. 그리고 제 자신 외로움과 또 슬픔을 맛보지 않으면 안 된다. 구보는 거의 외로운 어머니를 잊고 있었던 것임에 틀림없었다. 그러나 어머니는 그 아들을 응당, 온 하루, 생각하고 염려하고, 또 걱정하였을 게다. 오오, 한없이 크고 또 슬픈 어머니의 사랑이여. 어버이에게서 남편에게로, 그리고 다시 자식에게로, 옮겨가는 여인의 사랑—— 그러나 그 사랑은 자식에게로 옮겨간 까닭에 그렇게도 힘 있고 또 거룩한 것이 아니었을까.

구보는, 벗이, 그럼 또 내일 만납시다. 그렇게 말하였어도, 거의 그것을 알아듣지 못하였다. 이제 나는 생활을 가지리라. 생활을 가지리라. 내게는 한 개의 생활을, 어머니에게는 편안한 잠을, 평안히 가 주무시오. 벗이 또 한 번 말했다. 구보는 비로소 그를 돌아보고, 말없이 고개를 끄떡하였다. 내일 밤에 또 만납시다. 그러나, 구보는 잠깐 주저하고, 내일, 내일부터, 내 집에 있겠소, 창작

하겠소——.

"좋은 소설을 쓰시오."

벗은 진정으로 말하고, 그리고 두 사람은 헤어졌다. 참말 좋은 소설을 쓰리라. 번[76] 드는 순사가 모멸을 가져 그를 훑어보았어도, 그는 거의 그것에서 불쾌를 느끼는 일도 없이, 오직 그 생각에 조그만 한 개의 행복을 갖는다.

"구보——"

문득 벗이 다시 그를 찾았다. 참, 그 수첩에다 무슨 표를 질렀나 좀 보우. 구보는, 안주머니에서 꺼낸 수첩 속에서, 크고 또 정확한 ×를 찾아내었다. 쓰디쓰게 웃고, 벗에게 향해, 아마 내일 정오에 화신상회 옥상으로 갈 필요는 없을까 보오. 그러나 구보는 적어도 실망을 갖지 않았다. 설혹 그것이 ○표라 하였더라도 구보는 결코 기쁨을 느낄 수는 없었을 게다. 구보는 지금 제 자신의 행복보다도 어머니의 행복을 생각하고 싶었을지도 모른다. 그 생각에 그렇게 바빴을지도 모른다. 구보는 좀더 빠른 걸음걸이로 은근히 비 내리는 거리를 집으로 향한다.

어쩌면, 어머니가 이제 혼인 얘기를 꺼내더라도, 구보는 쉽게 어머니의 욕망을 물리치지는 않을지도 모른다.

애욕 愛慾

제1절(1)

올라가는 전차는 아직 있어도, 내려가는 전차는 이미 끊어졌다.

태평통(太平通) 쪽을 향하여 정동 골목을 터덜터덜 내려오던 노동자는 건극문(建極門) 앞에까지 와서——그냥 건극문, 하면, 아는 이가 드물 게다. 대한문 앞에서 덕수궁 돌담을 끼고 정동 골목을 쑤욱 들어가노라면 아니 경성지방법원 맞은편 쪽에 있는 것은 용강문(用康門), 거기까지 가지 말고 바른편에는 전등 안 달린 전신주 그 사이에 음침하게 울적하게 닫혀 있는 문이 바로 건극문이다. 노동자는 그 앞에까지 와서 문득 걸음을 멈추고 바른손 검지로 바른편 콧방울을 누르고 힝, 오른편 콧방울을 누르고 히힝 다음에 손바닥으로 코밑을 훔치고 그것을 전등 안 달린 전신주에다 쓰윽 문지르고 나서 이번에는 퉤하고, 보기 좋게 가래침까지 뱉었다.

비스듬히 건너편, 조금 길에서 들어간, 경성지방법원 분실(分室) 정문 쪽에서, 불쑥 젊은 남녀가 나타나 그를 놀래주었다.

남자는 이십칠, 팔 아니 한 삼십이나 되었을까. 모자 안 쓴 머리가 헙수룩하니, 넥타이도 매지 않고, 마른 탓도 있겠지만 키는 퍽 커 보였고, 여자는, 이 여자를 노동자는 왜장녀라고 단정하는데, 정강이가 나오는 '양복'을 입고 나이는 스물한둘은 되었을 듯, 과히 밉게 생기지는 않았으나 아무래도 머리 바른편으로 삐뚜름히 달려 있는, 아마 그것도 모자는 모자인 듯싶은 것이 그에게는 일종 망측하게까지 생각되었다. 망측하다면 젊은것끼리 밤늦게 이런 데로 붙어 다니는 것부터 말이 안 되지만, 그래도 그들은 아무 일도 없었다는 듯싶은 얼굴로 흘낏 그를 보고, 그리고 그와는 반대의 방향으로 걸어갔다.

건극문 바른편에 서 있는 전신주에 달린 전등도, 또 그 맞은편으로 훨씬 이 아래 중추원(中樞院)의 외등(外燈)도, 그 경성지방법원 분실 정문 앞 한 구획(區劃)을 어둠에서 구할 수는 없었다.

그러나 남자는 결코 계획적으로 그 어둠을 택하지는 않았다. 그는 그 앞까지 와서 문득 담배가 먹고 싶었고 그때 마침 공교롭게 바람이 불었고, 그에게는 그러나 '라이터'의 준비가 없었고, 그의 성냥갑에는 성냥이 대여섯 개비…… 그래 그는 오직 바람을 피하려 성냥을 아끼려 그리로 들어섰던 것에 지나지 않았다.

그 기회에 무엇을 기대한 것은 오히려 여자였었는지도 모른다.

그냥 그대로 그곳에 서 있으면 좋을 것을, 부득부득 어둠 속으로 남자의 곁에까지 와서, 마침 뜻 없이 돌아보는 남자에게 그는 뜻 있이 빙그레 웃었다. 순간에, 마음에 어느 종류의 동요를 느끼며, 그러나 한 개 행동에 자신을 갖지 못하고, 드윽 성냥을 그었을 때, 불은 안타깝게 꺼지고 말았다.

헛된 노력이 세 번 있은 뒤, 남자는 그제야 비로소 너무나 바특이 턱밑에 다가와 있는 여자의 얼굴을 내려다보았다. 불을 끈 것은 바람이 아니라 혹은, 여자의 입김이었을지도 모른다. 여자는 장난꾼같이 눈과 입가에 웃음을 띠고 그를 똑바로 쳐다보고 있었다.

담배가 힘없이 남자의 입에서 떨어졌다. 그리고 남자의 손은 그것을 집으려 하지 않고 불쑥 여자의 손을 잡았다. 그러나 두 사람의 얼굴이, 입술이, 어느 적당한 위치에까지 접근할 수 있기 전에, 갑자기 발소리가 들리고, 그것이 그들에게 꽤 가까이 와서 그치고, 다음에 힝, 히힝, 그리고 퉤!…… 두 사람은 쓰게 웃고, 손을 놓고, 그리고 그곳을 떠나지 않으면 안 되었다.

제1절(2)

경성지방법원 앞까지 와서, 본래 같으면 이화학당 앞을 지나 서대문으로 나가는 길로 들어섰을 것을, 그러나 오늘밤은 바로 조금 전의 행동화(行動化)할 수 없었던 그 흥미 있는 감정도 도와,

그 둘은 기약지 않고 좀더 은근한 방송국 넘어가는 길을 택하려 들었다.

"난 이 길이 좋아. 여기하구, 원남동 신작로하구."

갑자기 여자는 꿈꾸는 듯이 또 자못 감격을 금할 수 없는 듯이 중얼거렸다. 그러한 거리는, 딴은, 남녀가, 특히 밤늦게 산책하기에 좋은 곳들임에 틀림없었다.

그러나 그는 일찍이 이 여자와 그런 곳을 같이 걸어본 일이 없었다.

'이 여자는 정말 부랑소녀'나 아닐까?'

남자에게 대한 언동이 지나치게 대담함을 볼 때마다, 그가 이 여자에게 느끼지 않으면 안 되는 의혹을 그는 지금 또 느꼈다. 그는 새삼스레 여자의 눈을 본다. 그러나 여자의 눈은 그렇게도 맑고 또 깨끗하였다.

문득 길가 나무 그늘에 그림자가 가만히 움직였다.

"우리는 역시 우리 길루 가기루 하지."

남자는 쓴웃음과 함께 말하고 걸음을 멈추었다.

"왜요?"

역시 젊은 남녀가 나무 그늘에서 나와 그들을 돌아보는 일 없이 고개를 올라갔다.

"아까 복수를 저 사람들한테 할 까닭도 없지."

갑자기 여자는 해해 웃고, 그의 옆으로 달려들어 충동적으로 남자의 오른편 겨드랑이에다 팔을 끼었다.

나이는 열여덟이라면서도, 이미 완전히 성숙한 여자의 그렇게도 탄력 있는 바른팔의 압감(壓感)과 체온을 느꼈을 때 남자는 처음에 곤혹하였다. 조선제일자동차학교, 제이실습장 앞을 돌아, 원래의 그들의 길로 돌아서며, 문득 그는

"참말 모레 돌아가시렵니까?"

이화여고보의 긴 조선 담.

"네. 그러나 또 며칠 있어두 좋구요."

마침 지나는 이화여고보 정문에 달린 외등을 쳐다본 여자는, 혹은, 남자나 마찬가지로 그 밝음을 저주하였는지도 모른다.

또 긴 담을 끼고 가면서

"너무 오래 계시면, 아버니²께서 걱정 안 하십니까?"

정동 십삼 번지, 양인의 집 외등에는 전구가 없었다. 까닭에 그 맞은편 전신주에 달린 전등은 그들에게는 좀더 원망스러운 것임에 틀림없었다.

"제가 어서 서울을 떠나는 게 좋으세요?"

젊은 사나이가 저편에서 걸어왔다. 남자는 여자의 팔을 해방하려 하였다. 그러나 여자는 좇지 않았다.

"아니, 그런 뜻이 아니라……"

젊은 사나이는 눈에 모멸을 가지고 그들을 빠르게 훑어보고, 그리고 지났다.

"저……"

마침내 그들은 이화여자전문학교 정문 앞에까지 왔다. 역시 전신주에 달린 전등이, 또 맞은편 노서아 영사관의 외등이, 남자를 잠시 주저하게 하였으나, 그러나 이 골목에서 어둠을 찾는 것이

절망임을 아는 그는, 용기를 내어 여자를 이화여전 정문 지붕 밑으로 이끌려 하였다.

그러나 여자는 그를 두려움 없는 눈으로 쳐다보고, 갑자기 그의 팔을 놓고, 혼자 떨어져 저편에 가 서며, 어리둥절해하는 남자를 향하여 바로 십오륙 세의 소녀와 같이 명랑한 웃음을 웃었다.

제1절(3)

모욕을 당한 것 같은, 섭섭한 것 같은 그런 감정을 맛보며, 남자는 겸연쩍게 여자를 바라보고

"자!"

불분명한 한마디 말을 행동으로 보충하여, 그는 앞장을 서서 음침한 밝음 속을 걸어갔다. 옅은 토담 위에 나무 판장담 안에 포플러나무가 울창하다. 부자연한 침묵을 깨뜨리려 남자는 여자를 돌아보았다.

"여러 날 서울에 계시렵니까?"

사랑하는 사람은 항상 화제에 궁하다. 묻고 나서 남자는 제 자신을 비웃는다.

"글쎄요!"

모리스 홀³ 앞에서 여자는 걸음을 멈추고, 그 맞은편, 일본 술집 외등 밑으로 갔다. 핸드백 속에서 콤팩트를 꺼내들고, 이렇게 밤 늦은 거리에서 화장을 고치고 있는 여자의 모양이, 또 그 심정이,

퍽이나 딱하고 천박할 것같이 생각되었다. 그는 우울하였다.

"실례했습니다."

여자는 말하고 그리고 두 사람은 다시 팔을 끼는 일 없이 큰길로 걸어갔다.

잠시 그곳에 침묵이 있었다. 경구교(京口橋)를 지날 때 여자는 상긋 웃으며,

"무슨, 생각?"

그 웃음은 몇 번이든 남자의 마음을 어지럽게 만들어놓는다. 결코 고혹적(蠱惑的)인 까닭이 아니다. 그렇게도 맑고 또 아리따운 웃음——

"저……"

그것을 기회로 그 부자연한 괴로운 침묵을 깨뜨리고자 생각하면서도 남자가 적당한 화제를 고를 수 있기 전에 그들은 그예 서로 헤어지지 않으면 안 될 곳까지 왔다.

"기어코 나는 여기서 돌아가야만 하나?"

밤마다 서로 만나기 이미 일주일이 되건만 여자는 일찍이 남자가 그보다도 좀더 멀리 바래다 줄 것을 허락하지 않았다.

"조금 더 가면 안 되나?"

"안 돼!"

여자는 얄미운 표정을 지어 보이고, 그리고 웃었다.

교남동(橋南洞) 서쪽으로 양복점과 포목점 사이에 있는 '경구장(競球場)' 안에는 언제나 마찬가지로 사람들이 모여 있고, 그리고 한 '게임'이 끝날 때마다, '오사까 이찌(오사까 나시)' '후꾸오

까 니(후꾸오까 나시)' '게이조 상(게이조 상)' '규슈 시(규슈 시)'
'다이렌 고(다이렌 나시)' 그러한 종류의 소리가 그들에게 들려
왔다.

"대체 지금 계신 하숙은 어디쯤이에요?"

여자는 장난꾼같이 포목점과 경구장 사이의 깊은 골목을 손가
락질하였다.

"이, 안이에요."

"그 안, 어디?"

여자는 갑자기 얼굴에서 웃음을 거두고 먼 하늘을 바라보았다.
그 모양을 이윽히 보고 있다가, 남자는 이내 단념하고

"자── 그럼 들어가세요. 나는 그만 갈 테니……"

여자는, 순간에, 또다시 명랑한 웃음을 띠고, 그를 쳐다보았다.

"안녕히 가세요. 내, 선생님 보이지 않을 때까지 여기 서서 바
래드리지."

언제든 그 장소에서 헤어질 때면 하는 말을 여자는 또 하고, 또
한 번 귀엽게 웃었다.

"안녕히 주무세요."

"안녕히 가세요."

그래도 헤어지지 않고,

"참, 내일은?"

"내일은──"

귀엽게, 또 얄밉게 여자는 고개를 갸우뚱하고,

"내일, 내 또 전화 걸게, 꼭 걸게──"

감영 앞까지 왔을 때, 뒤에서 어깨를 치며,

"하웅(河雄)!"

소설가 구보(仇甫)다.

"애인들의 대화란 우습고 싱겁군. 그래도 참고는 됐지만……"

하웅은 쓰게 웃고,

"보구 있었소? 여긴 또 왜 나왔소?"

"고현학(考現學)!"

손에 든 대학 노트를 흔들어 보이고, 구보는 단장을 고쳐 잡
았다.

"또 좀 조사할 게 있어. 내일이나 만납시다."

그리고 밤길을 그는 아현 쪽으로 걸어갔다. 그 뒷모양을 잠깐
동안 하웅은 멀거니 바라보고 있었다.

제2절(1)

"어서 옵쇼."

포노라디오 '나나오라'⁴ 앞에서 레코드를 고르고 있던 아이가
문 쪽으로 고개를 돌리고 끄떡하였다.

"하웅씨 계시냐?"

들어온 사람은 소설가 구보다.

"방에 계세요."

"뭐 하시니?"

애욕 167

"그냥 드러누워 계신가 봐요. 나오시랄까요?"

"그럴 것 없다."

오후 두 시 십 분 찻집 안에는 다른 객이 없었다. 구보는 축음기 놓인 데 가까이 자리를 잡고 앉았다.

"나 차 하나 다우."

레코드가 돌기 시작하였다. '강남향'[5] 독창의 「해당화」.

"더운 거요?"

"찬 걸 다우. 그리구 유성기는 그만둬라."

"우이쓰, 티[6] 있죠."

여자의 목청이 애처롭게 끊어졌다.

구보는 맞은편 벽에 걸린 하웅의 자화상을 멀거니 바라보았다. 십호인물형(十號人物型). 거의 남용된 황색 계통의 색채. 팔 년 전의 하웅은 분명히 '회의' '우울' 그 자체인 듯싶었다. 지금 그리더라도 하웅은 역시 전 화면을 누렇게 음울하게 칠해놓을 게다.

음향을 잊고 있었던 구보의 귀를 갑자기 전화 종소리가 놀래었다.

"네, 마로니엡니다. 네? 누구요? 누굴 찾으세요. 네? 누구요?"

"얘, 내게 오지 않았니?"

안에서 주인의 목소리가 들렸다.

"끊지 말아라."

"잠깐 기다리세요. 여보세요……"

하웅이 채 밖에 나올 수 있기 전에, 그러나, 아이는 수화기를 제 자리에 걸고,

"저쪽에서 끊어버렸어요. 선생님한테 온 전화는 아니에요. 네."

"여보 하웅, 이리 좀 나오."

"아, 언제 왔소."

분명히 일주일 이상 면모(面毛)를 게을리 한 얼굴이 부엌과 사이의 '위케트'로 구보를 내다보고 다음에 찻집 주인은 벗의 맞은편에 와 앉았다.

언제든 혈색이 좋지 않은 얼굴이었으나 오늘 좀더 못된 듯싶었다. 그것을 일러주려다 말고, 구보는 다시 벗의 자화상을 바라보았다. 역시 벗의 얼굴은, 누가 그리더라도, 가장 풍부하게 황색 계통의 색채를 요구할 게다.

"날이 좋으니, 산보나 나갑시다그려."

"글쎄, 어디루?"

"어디루든지."

"글쎄."

벨이 또 울렸다. 벗은 신경질하게 상반신을 일으키다 말고, 다시 앉으며, 뜻 없이 구보에게 웃어 보이고, 그러나 전화 받는 아이 쪽으로 귀는 향하여 있었다.

"네. 아직 안 오셨습니다. 어디루요? 네. 오시는 대로 그렇게 말씀하죠. 네."

벗의 얼굴에 감출 수 없는 실망이 떠올랐다.

"여보. 참말, 어디 나갑시다. 언제 올지 알 수 없는 전화를 이렇게 기다리구 있는 것은, 무엇보다도 위생에 해로워."

구보의 말에, 벗은 외롭게 웃음을 띠고,

"가면, 어디루?"

"갈 데야 많지. 오래간만에 절밥을 먹으러 나가두 좋구."

"참, 그거 좋군. 또."

"또 가까이 동물원엘 가두 좋지. 참 애 몇 시냐, 지금."

"세 시 오 분 전입니다."

"여보. 동물원엘 갑시다. 참, 좀처럼 구경 못할 거 구경시켜줄게."

"뭐게?"

"사자, 호랑이, 표범, 곰, 그런 것들 쇠고기 뜯어 먹는 거 언제 봤겠소? 참 볼만하지. 으르렁그르렁거리구, 이른바 맹수의 야성."

"딴은 참 볼만하겠군."

벗이 정말 흥미를 느낀 듯싶었을 때, 벨이 또 울렸다.[8]

제2절(2)

"네? 누구요? 강상이요? 장상이요? 장상, 한 점쯤에 댕겨가셨습니다. 네? 그건 모르겠습니다."

벗은 촘촘하게 수염 난 턱을 손가락으로 비볐다.

구보는 다 탄 담배를 사기 재떨이 전에다 비벼 끄고

"호랑이 날뛰는 꼴은, 지금 곧 가야만 볼걸."

"내일 이맘때 가두, 보구—"

구보는 이윽히 벗의 얼굴을 올려보다가,

"참말 하웅은 그 여자를 사랑하고 있소?"

"어째 꼭 그런 것 같아. 하하하."

웃음소리가 쓸쓸하다.

"하웅은, 그 여자 역시 하웅을 사랑하고 있다 생각하우?"

"그걸 내가 어떻게 알아?"

"흐흥, 그러나 어제, 그저께 이틀씩이나 아무 소식두 없는 걸 보면——"

"내 생각은 조금도 안 하는 게야."

"여보——"

구보는 똑바로 벗의 얼굴을 보고,

"설혹 여자가 진정으로 하웅을 사랑한다더라도, 아마 결코, 하웅은 행복일 수 없을 게요."

"그건 알구 있어."

"우선 그는 하웅의 정열을 다 부어 사랑할 여자가 못 되오."

"혹은 그럴지두 모르지."

"될 수 있으면, 지금 단념을 하우."

"……"

"그게 현명한 일이오."

"그래, 그게 현명하지."

구보는 만족하게 웃고 탁자 너머로 하웅의 어깨를 쳤다.

"자 그럼 나갑시다."

"어디루?"

"사자 점심 먹는 구경합시다."

"내일, 내일 가지."

구보는 아연(啞然)히 벗을 바라보다가,

"역시 온종일 전화를 기다릴 생각이오?"

잠깐 사이를 띄워서, 벗은

"하는 수 없지."

혼잣말같이 중얼거렸다.

"또 한 번 말하지. 단념하는 게 현명한 일이야."

"구보가 일찍이 말한 일이 있지 않소? 사랑을 하면, 남자는 바보가 되고, 여자는 시인이 된다고. 적어도 전반(前半)은 진리인 듯하우."

"무연중생(無緣衆生)은——"

"불가제도(不可濟度)'지? 하하하."

그러나 구보는 따라 웃지 않았다. 단장 끝으로 마룻장을 치고 있다가,

"여자는 연애를 단순한 유희로 알구 있소. 뿐만 아니라, 남자는 결코 하웅 한 사람이 아니요. 그런 여자한테 감정을 농락당할 까닭 있소?"

"그 여자를 안 것은 분명히 불행이었어."

"불행이니 뭐니 할 것 있소. 단념해버리면 그만이지. 일개 부랑소녀에 지나지 않는 것을……"

"부디 내 앞에서 그 여자를 욕하지 말우. 이건 할 수 없는 일 같아. 사랑이란, 진정한 사랑이란, 결코 주판 놓을 수 없는 건가

봐."

구보가 딱하게 어이없게, 맞은편 벽의 벗의 자화상만 바라보고 있었을 때 종이 또 울었다.

"네. 마로니엡니다. 네? 네 계십니다."

아이는 하웅에게 향하여

"선생님, 전화 받으세요."

그리고 열여섯 먹은 소년은 싱긋 웃었다.

"네. 응. 어디루? 지금 거기 계십니까? 응. 하여튼 내, 가지. 네."

전화를 끊고, 구보를 돌아보고, 자조(自嘲)에 가까운 웃음을 웃고,

"하여튼 오늘 만나보고, 내 태도를 정하겠소."

그리고 하웅은 밖으로 나갔다.

제3절

"그거 다 믿을 수 없는 말이지. 그 애가 어떤 애라구. 제 말루는 저편에서 자꾸 만나자 허구, 편지질을 허구 그래 귀찮아 죽겠다지만, 누가 아나? 제가 외레 반해가지구 그러는지……"

가장 자신 있이 말하고, 반 넘어 남아 있는 '포트랩'[10]을 한숨에 들이켠 자는, '레지놀드 데니'[11]같이 생겼다면, 응당 만족해할 게다.

"그래, 그 말이 옳아. 그 애가 유혹을 했게 그러는 게지. 가만 내버려두면 웬걸 그 부처님 같은 양반이 제법 연애나 할 줄 알라구."

콧잔등이가 우유를 탄 홍차 빛깔 같은 자가 한 말이 그들에게는 퍽이나 유쾌하였던 게다. 천박하게들 한바탕을 웃고

"그래 그이가 웬 그렇게 모던걸한테 연애 걸 용기가 있나? 그 털보가…… 똑 생김생김이 상산초인(上山草人)[12]이야."

그리고 담배를 재떨이 전에다 경박하게 탁 쳐서 재를 떤 것은 단발한 젊은 여자──. 양장은 신통치 않아도 그 둥글고 여유 있는 것이 어딘지 모르게 복스러워 보이는 얼굴은, 이를테면 '콘스탄스 베넷'[13] 비슷하다.

"대체 그런데 그 애가 무슨 생각으루 그 너절한 친구하구 붙어 다니는 거야? 암만 생각해두 알 수 없으니. ……그야, 혹, 돈이나 많다면야 모를 일이지만."

참말 모르겠다는 표정을 하고, 그중 구석에 앉은 자는 시멘트 바닥에다 침을 뱉고, 그것을 구두 바닥으로 문질렀다. 옆얼굴이, 구태여 말하자면, '초즈 랩트'[14] 비슷하나, 어인 일인지 머리에다 온통 붕대를 싸매고 있다.

"대체 그이가 어떻게 생겼게?"

질겅질겅 껌을 씹고 있는 계집애. 많아야 열여덟이나 그밖에 안 되었다. 일어선다면 키가 제법 클 게다.

"너, 왜 모르니? 마로니에 쥐인 말이야. 그 쉬어빠진 외지 쪽 같은 얼굴에다 걸레쪽 같은 양복을 입구, 밑바닥커녕은 옆구리가

이렇게 미어진 구두를 신구…… 왜 그자 몰라?"

"몰라. 어디 그 집이 잘 가야지. 이름은 뭣이게?"

"하웅이라나 보지, 아마?"

"아웅?"

"야— 웅이란다."

또들 경박하게 웃었다. 그러나 껌을 씹는 계집애 옆에 가 앉아, 말없이 담배만 태우고 있는 키 큰 자는, 이 키 큰 자는 그들 중에서는 그중 풍채가 나아, '로버트 몽고메리'[15]를 제법 닮았는데 역시 따라 웃지 않고, 떠름한 얼굴을 하고 있다.

그 꼴을 잠깐 보고 있다가, 코에 외설(猥褻)한 색채를 가지고 있는 자가,

"기창이. 오야지한테 돈 만 원만 달라게. 그래 활동사진 하나 백이세그려. 그럼 그 애두 맘대루 헐 수 있구. 물론 자네하구 그 애하구 주연이지."

"그거 좋은 말이야."

"어디 어떻게 한몫 낍시다그려."

"그도 좋은 말이지만, 그러면 상산초인만 버얫게."

"왜, 그자두 한몫 끼라지. 악역으루. 이눔이 그 애한테 손을 대려 할 때, 우리 기창이가 한번 먹이거든. 멋지지 않은가?"

오후 일곱 시. 어느 끽다점이든 좀처럼 객이 없을 시간이다. 극장 가까운 찻집 한구석에 교양 없는 네 명의 사나이와 허영만을 가진 두 명의 계집과 주고받는 천박한 수작이다.

"참 그건 그렇거니와 그자가 그림은 그릴 줄 안다데그려."

"아부라에[16]를? 친구 미술가로군그래."

"그러면 제가 얼마나 그릴라구. 그렇잖어 기창이."

기창이란 자는 역시 말없이 담배만 태웠다.

"그런데 참 기창이가 그 애 맛이나 보았는지?"

"맛이야 벌써 봤겠지. 입때 있겠니?"

나무 탁자 위에 백통전 떨어지는 소리가 나고 이제까지 저편에 혼자 앉아 영화 잡지만 뒤적거리던 맨머릿바람의 사나이는 밖으로 나간다. 그 뒷모양을 바라보며

"그게 웬 작자야?"

"뭐 소설 쓰는 사람이라지 아마. 구포라든가?"

"흥, 그 양반두 예술가로군그래. 미술가. 소설가. 흥."

제4절

하웅에게 전화를 거니까, 바로 지금 나가셨어요, 오 분도 못 돼요. 아이는 대답하고 나서, 덧붙여 묻지도 않은 말을

"종일 집이 계시다 마악 나가셨죠. 여자한테서 전화가 와서요. 여자한테서 전화가 왔세요."

구보는 밤거리를 혼자 걸으며, 고개를 모로 흔들었다. 집에서 부리는 아이에게까지 업신여김을 받아가며, 하웅은 이 밤에 여자를 또 만나러 갔다……

문득, 이틀 전에, 그 극장 가까운 찻집에서 천박한 젊은것들이

하던 이야기를 생각해내고,

　'대체, 하웅 같은 사나이가 그 총명하고 또 분별 있는 사나이가, 그렇게도 쉽사리 여자의 유혹에 빠질 수 있었나……'

　몇 번을 되풀이 생각해도 모를 일이었다.

　명치제과(明治製菓) 아래층 그중 구석진 박스에서, 여자가 외운 한 편의 시(詩).

　그것이, 이를테면, 하웅의 마음을 사로잡았다. 지용의 「가모가와(鴨川)」[1]를 읊은 여자의 고운 목소리. 바로 옆 박스에 앉아, 하웅은 저를 배반한 계집 생각을 그치고 귀를 기울였었다. 그날 밤 하웅은 분명히 감상적이었다. 잉크가 번져서 펜이 잘 나가지 않는 냅킨 위에다 자기를 배반한 계집의 얼굴을 그는 그리고 있었다.

　그러나 다음에 들려온 것은 탁한 남성 저음이었다.

　"어제 그눔 우습지 않아? 나 참 그런 나까무라상 첨 봐."

　그리고 남자는 "타하하하타하하"——하웅의 의견에 의하면 어떻든 그러한 탁한 웃음을 남자는 웃었다 한다. 그가 그만 나가볼까 하고 말하였을 때

　"오—케—."

하고 대답한 여자의 그 '오—케' 소리가 몹시 천박하게 들렸다.

　그러나 그러한 것은 그 당시에 있어서는 하웅에게는 아무렇든 좋았다. 그들이 나간 뒤에 하웅은 코털을 뽑으며 시골에서 자기를 기다리고 있는 가엾은 처녀에게로 나는 어서 돌아가리라 마음먹었다. 올해 스물하나 시골서 이미 혼기가 지난 처녀는 열아홉

살 때부터 오직 하웅만에게 마음을 허락하고 그리고 그가 돌아오기를 고대하고 있는 것임에 틀림없었다. 비록 그다지 어여쁘지는 못하더라도 반절 하나 깨치지 못한 무식한 여성이더라도 삼 년 동안을 깨끗한 마음으로 자기를 기다리고 있었다는 오직 그것 하나만으로 자기가 정열을 다하여 사랑하기에 족하지나 않을까?

하웅은 그날 밤 그렇게도 끌어오던 결혼 승낙의 편지를 바로 구보가 보고 있는 앞에서 써서 시골집에다 부쳤다. 그리고 그는 이제까지의 부란(腐爛)된 생활을 완전히 청산할 결심이었다.

그러나, 그래도, 역시 잊을 수 없는 것은, 자기를 배반한 계집의 기억이다. 계집은 '그자'를 따라가 결코 행복일 수 없다. 그자는 어디라 한군데 취할 곳을 갖지 않은, 그냥 불량 청년에 지나지 않았다. 계집이 그렇게도 쉽사리 그자의 유혹에 빠진 것은, 계집 자신의 무지 말고, 하웅에게도 책임이 있는 일임에 틀림없었다.

찻집의 마담으로 내놓아 온갖 유혹 속에 그를 두어두기가⋯⋯ 그러나, 이제 그 계집에게 대하여는 완전한 망각이 있을 뿐이다.

'집으로 돌아가리라.'

그러면서도 그가 사오 일이나 그대로 서울에 머물러 있을 때 하루 날 저녁 뜻하지 않고 제삼의 여자를 종로에서 발견하였다. 제삼의 여자를? 그 끽다점에서 「가모가와」를 외우던 여자는 남자를 동반하는 일 없이 명랑한 보조로 하웅의 앞을 지나 야시(夜市) 군중 속으로 들어간다⋯⋯

조선미술제작소 앞을 지나며 구보는 쓰디쓴 침을 삼켰다. 그런 여자에게 하웅 같은 사람이 천박한 호기심을 갖기가 근본적으로 잘못이다. 처음에 그것은 단순한 호기심에 지나지 않았으나 드디어……

문득 구보는 고개를 들어 자편쪽[18] 보도를 걸어가는 남녀를 본다. 남자는, 혹은 '그자'가 아니었는지도 모른다. 그러나 머리쪽 찌고 흰 고무신 신은 여자는 분명히 하웅을 배반한 계집이었다.

구보는 쓰디쓴 침을, 삼키지 않고, 보기 좋게 페이브먼트 위에 뱉었다.

제5절

시계를 또 본다. 여덟 시 사십 분. 약속한 시간이 한 시간과 또 십 분이 지나도록 여자는 오지 않는다. 성냥을 드윽 그어 또 새로이 담배에 불을 붙이고 하웅은 제 자신 태연함을 가장하려 노력하며, 그러나 마음은 역시 불안과 초조와 또 의혹 속에 설렌다.

사실 여자는 자기를 눈곱만치도 사랑하고 있지 않은지도 모른다. 자기가 흥미를 느끼는 온갖 사나이의 감정을 농락하는 것에 그는 천박한 흥미를 느끼고 있는 것에 지나지 않는지도 모른다.

그 여자가 설혹 진정으로 자기를 사랑하더라도 그것은 결코 행복을 의미하지 않을 것이라고 구보는 몇 번이든 말하였었다. 하웅 자신도 그것을 모르고 있는 것은 아니다. 그러나 이미 늦었다.

'그렇다. 이미 늦었다.'

거의 입 밖에까지 내어 하웅은 중얼거리고 그리고 한숨 비슷한 것까지 토하였다. 모든 사람이 부탁도 안 한 것을 일부러 자기에게 와서 일러준 여자의 온갖 아름답지 못한 풍문. 자기 자신 언제든 느끼지 않으면 안 되는 수없는 의혹.

여자는 언제든 끽다점, 바, 그러한 곳에서 하웅과 만났다. 여자는, 남자를 동반한 자기를, 여러 사람에게 보이기를 좋아하였는지도 모른다. 그것은 어느 종류의 여자에게 있어서 그 천박한 허영심을 만족시키기에 족할 일일 게다. 문득 도어가 소리를 내어 열려지고 또 닫혀졌다. 하웅은 그러나 그쪽을 보려 하지 않았다. 들어온 객이 자기의 기다리고 있는 여자이기를 바라면서도 그 기대가 어긋날 때 당연히 느끼지 않으면 안 될 끝없는 실망을 생각하고

'아니다. 얼토당토않은 딴 객이리라……'

사실 딴 객이었다. 남자는 그 옆얼굴이 '초즈 랩트' 비슷하였다. 그가 동반한 여자는 키가 큰 것이 질겅질겅 껌을 씹고 있었다. 하웅은 물론 그들에게 아무런 흥미도 느끼지 않는다. 그러나 그들은 끝없는 흥미를 하웅에게 가지고 있는 듯싶었다. 저이끼리 뭐라 쑥덕대고 비웃음을 가져 하웅 편을 보고 그러는 동안에 차츰차츰 대담해져서

'작자 불쌍하지!'

'아무것도 모르구 헛물켜는 꼴이란……'

'딴은 상산초인이야.'

'하릴없는 나까무라상이라니까그래.'

'그리고 히히히히……'

하웅은 분명히 굴욕을 느낀다. 그러면서도 사랑하여서는 안 될 여자에게 주고 있는 자기의 사랑을 물리려 들지 않았다. 여자에게 아무런 값어치가 없는 또 여자가 암만이라도 음분(淫奔)하든, 그런 것은 그에게 있어서 이미 문제일 수 없다. 그런 종류의 계집을 사랑함으로 하여, 온갖 존경하기에 족한 이들의 비웃음을 산다손 치더라도, 아니 비록 시골서 자기를 기다리고 있는 처녀의 눈물을 가지고서도, 또 자식을 지극히 사랑하는 어머니의 슬픔을 가지고서도, 그 너무나 깊게 뿌리박힌 감정은 어찌하는 수가 없을 게다.

저도 모를 사이에 하웅의 입술은 한숨이 새어나왔다.

자기는, 혹은 영원히 이탈할 길 없는 괴로움에서 헤매지 않으면 안 될 것이다. 오직 완전한 망각이나 또는 죽음이나—.

만약 자기의 마음속에 박혀 있는 여자가 그렇게도 아름답고 또 깨끗한 것이라면, 혹은 여자의 몇 개의 추행을 발견함으로 능히 자기는 그 괴로움에서 벗어날 수 있을지도 모른다. 자기는, 그러나, 이제 또 새로운 여자의 추행을 눈을 가져 보는 일이 있더라도 다시 놀라는 일 없이 역시 열정을 부어 마지않을 게다.

어느 틈엔가 남녀는 그곳에 없다. 열한 점 오 분 여자는 지금 몇 명의 사나이 중의 하나와 어디 좀더 다른 곳에서 또 그 잔혹한 감정의 유희를 즐기고 있을 게다.

왜 자기는 그따위 계집을 침 뱉고 욕하고 그리고 깨끗이 잊을 수 없나? 그러나 하웅은 제 자신을 오직 딱하게 생각하는 재주밖에 없었다.

제6절

한 개의 등탁자를 사이에 놓고 하웅은 여자와 대하여 앉아 있었다. 삼 주일을 두고 그의 마음을 괴롭혀온 여자가 아니다. 두 달 전에 자기를 배반한, 가증한 계집, 그 계집이 지금 그의 맞은편에 풀이 죽어 앉아 있다.

자정 넘은 거리를 초연히 집으로 향하여 돌아갈 때, 하웅은 구보를 만났었다. 난처한 얼굴로 구보는 이윽히 벗의 얼굴을 바라보다가, 이내, 나갔던 계집이 다시 와, 지금 그가 돌아오기만 기다리고 있다고 일러주었다. 그리고 어깨를 치고.

"내일이라도 어머니에게로 그 색시에게로 돌아가오."

두 사람은 새삼스레 악수를 하고 그리고 헤졌다.

훤한 거리 위에 혼자 서서 하웅이 느낀 것은 오직 끝없는 분노다. 뻔뻔한 년 더러운 년 제가 대체 무슨 얼굴을 들고……

계집은 분명히 '그자'에게 버림을 받고, 그리고 이제 그는 아무 데로도 갈 곳을 갖지 못한 것임에 틀림없었다.

계집은 자기가 그렇게도 관대한 인물인 줄 알고 있는 것일까. 하웅은 그중 가까운 끽다점으로 들어가 집으로 전화를 걸었다.

계집은 즉시 달려왔다. 두 달 동안에 계집이 얼마나한 고생살이를 하였나 하는 것은 구태여 물어 알 것도 없었다. 너무나 여윈, 너무나 핏기 없는, 그리고 너무나 조그만 그 얼굴 그것을 보았을 따름으로 하웅이 계집에게 가졌던 그 증오, 그 분노는, 거의 형적

(形跡) 없이 스러졌다.

'너는 내게서 행복을 구할 줄을 모르고, 배반하여 그놈에게 향락을 찾았다. 그러나 그렇게도 쉽사리 너는 버림을 받았구나.'

계집이 한없이 가여웠다. 자제(自制)가 아니면, 그는 거의 걷잡을 길 없이 눈물을 흘렸을 게다. 그러나 그 감정은 물론, 애정과 구별되지 않으면 안 된다.

한 잔의 홍차를 앞에 놓아둔 채, 사시(沙匙)[19]에 손을 대는 일도 없이, 그들은 얼마를 그렇게 말없이 앉아 있었다.

시계가 한 시를 쳤다. 문득 계집은 고개를 들고 하웅의 얼굴을 정면으로 바라본다. 그 눈은, 그러나, 자신을 갖지 못하였다. 그 눈은 분명히 하웅의 질책을 겁하였다. 그러면서도 계집은 강잉히[20] 남자의 얼굴에서 시선을 거두려 안 했다. 얼마 있다, 계집의 입술이 바르르 떨리고

"내가, 내가 그냥 훌훌히 떠날 줄 알았니. 흥! 내 다시 왔다."

하웅은 아연히 계집을 바라보았다. 그리고 견딜 수 없게 그가 가여웠다. 만약 계집이 그의 앞에 무릎을 꿇고, 그리고 죄를 빌었다면 그는 도리어 혐오만을 느꼈을 것이다…… 그러나 그들 사이에는 탁자가 놓여 있고, 한번 잃은 사랑은 다시 찾을 길 없다.

"여보. 당신이 나를 배반하였을 때, 내가 얼마나 마음이 아팠는지 당신은 모를 게요. 나는 당신이 만일 다시 돌아오면, 내 맘이 시원하도록 흠뻑 때려주고 그리고 용서해주려 하였었소. 그러나 당신은 너무 오래 나를 잊었소. 두 달. 두 달은 너무나 길었소. 나는 거의 당신을 잊고 있었소. 그런데 당신은 이제야 내게로 돌아

오려 하는구려. 둘이서 이제 예전같이 다시 살 수 있을 듯싶소. 다시 예전으로 돌아갈 수 있을 듯싶소. 역시 헤지는밖에 무슨 도리가 있소."

이야기를 듣고 있는 동안 계집은 그 얼굴이 세 번 변하였다. 뾰로통하였다. 스스로를 비웃었다. 또 외로워졌다. 그러다 마침내 계집은 말없이 자리에서 일어나 밖으로 나갔다. 하웅이 뒤따라 나갔을 때 계집은 문 옆에 기대서서 소리를 죽이고 느껴 울며 있었다. 일순간 하웅은 그를 다시 자기 품 안에 용납하여주고 싶은 충동을 느꼈다. 그러나 그것은 좀더 두 사람을 불행하게 해놓을 뿐일 게다.

"그만 가서 편히 쉬오."

그러나 계집에게 돌아갈 곳이 없음을 생각해내고, 그는 주머니에 손을 넣었다. 삼 원.

"오늘 여관에 가 쉬우."

계집은 가엾게 고개를 흔들었다.

제7절(1)

변소엘 다녀 나와, 수통 앞에 가 서서 코를 풀려니까, 그새 누가 왔는지 점(店) 안에 이야기 소리가 들린다.

"그래 당신의 편지를 그 알부랑자 놈들이 온통 번갈아 읽구, 깔깔대구 웃구, 대체 곁에서 보구 있던 내 마음이 어땠겠수?"

소설가 구보씨의 목소리다. 문틈으로 흘낏 보니까, 주인 선생님은 세수도 안 한 채, 그냥 자리옷 바람으로, 아마 생각에 잠겨 있는 모양이다.

　"대체 그런 변고가 어디 있소? 하웅……"

　"……."

　아이는 점으로 나가려다 말고 그곳에 서서 안을 엿들었다. 두 사람의 태도가 그렇게도 긴장되어 보였던 까닭이다.

　"그러나 말하자면 그자들에게는 죄가 없다고 할 수 있지. 그저 교양이 없어 그렇구, 좀 야(野)해 그렇구…… 그러나 가증한 것은 계집이요. 어쩌자구 하웅의 편지를 그렇게 아무에게나 보이구 그러는 거요? 그게 성한 년이오?"

　"……."

　"그보다두 대체 하웅은 어쩌자구 그런 계집을 사랑하려 들구 그런 편지를 보내구 그랬소?"

　"……."

　"피해자는 물론 하웅 한 사람이 아니요. 내 추측에도 그것은 열 손가락에 남을 게요. 그러나 참말 의미로서의 피해자는 아마 하웅뿐일 게요. 딴 자들은 거의 다 예외 없이 불량청년들인 까닭에 그 여자의 유혹에 빠졌더라도 그들은 결코 뉘우치지 않을 게지. 아니 도리어 그런 계집이 그들에게는 퍽이나 좋았을 게요."

　"……."

　이야기가 잠깐 그쳤다. 얼마 있다 구보가 생각난 듯이,

　"참, 호옥, 그 계집이 당신한테 기창이란 자 얘기 안 합디까?"

"……했어……"

"그래, 그래 놓고는 또 기창이란 자한테는 당신 얘기를 하거든. 하웅이란 사람이, 자 이렇게 시굴 잠깐 가 있는 동안에두 편지질을 자꾸 하구 그래서, 너무 불쌍하니까 그저 가끔 만나주구 그러는 거라구."

"……"

아이는 문틈으로 선생님의 얼굴이 분명히 순간에 붉어지는 것을 보았다.

"더럽다 침 뱉구 그러구 사내답게 잊어버리우. 호옥 매춘부에게 대하는 거나 같이 바로 돈을 내구 계집의 몸을 살 생각이라면 몰라. 그러나 순정을 가지고 계집을 대접하구 계집을 타락의 구덩이에서 건져주려 하구!…… 그것은 다아 어리석은 일이구 당치 않은 일이야. 그게 지도하여 구해낼 수 있는 계집인 줄 아우?"

선생님은 역시 말없이 맞은편 벽만 바라보고 있다가, 갑자기 고개를 들고,

"애—— 영수야——"

영수는 얼떨결에 대답을 할 뻔하다가 제풀에 찔끔하고, 발소리를 죽여, 부엌 뒤로 될 수 있는 대로 멀찌가니 갔다. 무슨 이야긴지 자세한 것은 물론 알 길 없어도, 그래도 대개 어림은 선다. 엿들었다는 것을 알면, 선생님은 꾸중을 할지도 모른다.

그래 아이는 또 한 번 "영수야" 부르는 소리를 듣고서야 대답하고 그리고 점으로 나갔다.

"너, 어디 섰니?"

"저— 안에요."

"지금 뭐 했니?"

"아무것두 안 했에요."

선생님은 잠깐 궁리를 하는 모양이더니,

"너, 이부재리 개키고, 방 치우구, 그리고 나오너라."

일을 마치고 나와보니, 구보씨는 이미 돌아간 뒤였다. 선생님은 혼자 그대로 앉아 있다가,

"호옥, 내게 전화 오더래두 나 없다구 그래라."

그러고 나서도 마음을 정하지 못하였는지 얼마를 그곳에 멀거니 서 있다가

"그래, 나 없다구 그래라."

그리고 그는 방으로 들어갔다.

'전화 오길 열 시간씩, 스무 시간씩 기다리던 때는 언제구 연애두, 참 변덕야.'

제가 알 수도 없는 말을 되는대로 하고, 문간에 나가 서 있으려니까, 그럴 법한 양복 입은 젊은 여자가 저편으로부터 이리로 향하여 온다.

제7절(2)

어디 카페 '조쥬'[주]로가, 그런 것 같지도 않고,

'오! 옳지 여배운 게로군.'

혼자 고개를 끄덕거리려니까, 여자는 그의 앞에까지 와서 서며

"하웅씨, 계셔?"

어디서 여러 번 들은 일이 있는 듯싶은 목소리다.

'오! 옳지 허구한 날 선생님한테 전화 걸던 여자. 바로 이 여자로군그래.'

새삼스레 여자의 얼굴을 흥미 깊게 보며,

"안 기세요. 지금……"

그리고 씽긋 웃었다.

"안 기셔? 그럴 리가 없는데……"

여자는 의외인 듯이, 못 미더운 듯이, 혼잣말로 중얼거렸다. 아이는, 제가, 혹, 잘못 대답하지나 않았나, 아까 선생님은 전화 오더래도 없다 그러라구 분명히 말씀하셨는데, 하지만, 그건 전화 말이지 이렇게 찾아온 사람은 따지 않아두 좋았는지, 만약 그렇다면 선생님한테 꾸중을 들을지두 모르구……

"정말 안 기셔?"

인제야 하는 수 있나,

"네, 안 기세요."

"언제쯤 나가셨어?"

되는대로,

"아까—오정에요."

"혼자?"

"네."

"아무 말씀 없이 그냥 나가셨어? 어디서 전화가 왔어?"

자꾸 물으니까, 어째 불안해서

"자세 모르겠에요."

여자는 무슨 생각을 하고 그러는지, 흥 하고 코웃음을 치고 그러나 다시

"누가 오거든 어떻게 하라구 말씀 안 하셨어?"

"네."

대답은 하면서도, 그러면 정말 약속이 있어 왔나, 그리고 선생님도 만나실 작정이나 아니었을까? 암만해도 톡톡히 꾸중을 들을까 보다고, 아이는 아주 재미없었다.

여자는 이번에는 입까지 삐쭉해보고, 돌아서 몇 걸음을 가다가 다시 돌아서서,

"참, 나, 전화 좀 빌려요."

아이는 좀 당황하였다. 여자가 전화를 건다면, 그 소리가 선생님 계신 방에까지 들릴 텐데, 그 소릴 듣고 나오신다면 야단 아닌가. 그냥 가지 않고, 빌어먹을 전화는 또…… 아이는 결코 여자에게 호의를 가질 수 없었다.

따라 들어와서, 그러나 멀찌가니 서서 보려니까, 여자는 전화책도 뒤적거려보지 않고,

"저— 사이상 기세요? 최기창씨 말이에요. 기창씨요. 안 오셨에요? 오늘 토용 안 들렀에요? 그럼…… 그만두세요."

끊고, 생각난 듯이 아이 쪽을 본다. 아이는 얼른 외면을 하고, 의자를 고쳐놓았다. 또 번호 불러내는 소리가 들리고

"거기, 부라질이죠? 오창순씨, 기세요? 네?…… 나야 나. 그럼

혼자지. 여기 종로예요. 마로니에는 웬 마로니에야. 내가 거기 무슨 상관 있나? 해해해. 지금 곧 나올 수 있수? 볼일? 그럼 몇 점? 인제 두세 시간? 어디서? 꼭 시간 대서 와야 하우."

또 한 번 흘낏 제 편을 보는 여자의 시선을 뺨에 느끼고, 아이는 슬쩍 일어나 문 옆에 섰다. 거기서도 전화 소리는 들린다.

"김춘몽씨 좀 대주세요. 네. 댕겨가셨에요? 언제요? 그럼…… 최기창씨 안 오셨에요? 그만두세요."

잠깐 사이를 띄웠다가,

"너, 기환이냐? 나야, 나…… 오늘 누구 안 오셨었니? 누가? 편지를 써놓고? 처엄 보는 이가? 어떻게 생겼던? 응, 잘했다. 내 곧 갈게."

전화를 끊고 한참이나 소리가 없기에 살짝 들여다보니까 화장을 고치고 있다. 분첩을 손가방에 넣고, 비로소 점 안을 둘러보더니,

"저 그림, 누가 그렸어?"

"선생님이요."

"하웅씨? 누구 얼굴이게?"

"선생님이오."

호호호호. 여자는 웃고, 다시 그림을 보며, 무슨 말인지 알 수는 없어도, "곡께이……"[22] 그런 말을 한 듯싶다.

생각난 듯이 명함을 꺼내, 뒤에 뭐라 적어주며,

"들어오시거든 드려."

여자가 간 뒤에 명함에 씌어진 글자를 보려니까,

"어디, 이리 가져오너라."

부엌으로 통하는 '위케트'로 주인 선생님의 무섭게 창백한 얼굴
이 내다보고 있었다.

제8절

여자에게 주는 편지. 쓰고 나서, 펜을 놓고, 하웅은 극도의 흥분
과 극도의 냉정과, 그 두 모순된 감정의 혼화(混和) 속에서 자기
의 쓴 편지를 내리읽었다.

모든 것이 이제 끝났소. 나는, 다시 두 번, 그 너무나 선량한, 그
리고 너무나 딱한 '바보'가 되지 않을 게요. 그러나 내가 받은 창이
(瘡痍)²³는 의외로 큰 것 같소.

비 내리던 하루 날 저녁 나의 순정의 고백을 그대는 눈물을 가져
들었었소. 그러나 그것은 비가 내리고 있었던 때문인지도 모르오.
나는 그 순간의 그대를 가장 아름답다 생각해도, 그대는 두렵건대,
그때의 그 눈물을 낭비라 뉘우칠 게요.

그러나 얼마나 놀랍고 또 두려운 일이오. 감정의 유희— 그 가
증하고 잔혹하고 또 천박한 장난을 그대는 오십 명 백 명의 사나이
와 더불어 한다 하오. 그리고 나도 그 장난의 상대자의 한 명으로
선택되었다고…… 이 얼마나 영광일까. 그러나 나는 감히 그 영광

을 사퇴하려 하오.

나는 나는 지금 사상적으로 생활적으로, 극도의 혼란 가운데 있소. 때로, 고요한 자살을, 나는 생각하기조차 하오. 그러나 길은 이제부터요. 나는 그것을 굳게 믿소. 그렇기에 나는 인간계를 아름답게 볼 수도 있거니와, 자연계를 아름답게 볼 수 있는 것이 아니오.

지금 그대는 그대의 피비린내 나는 발자욱을, 이 황무지에 남겨놓으려 하오. 이 얼마나 두려운 일이오. 천사는 아무 곳에도 없구려.

그 비 오던 날, 그 소나무 아래서— 아아 모든 것을 완전히 잊기 위해서는 제법 오랜 시간과 또 인내가 필요하겠지…… 그러나 어쩌하오. 온갖 것이 오유(烏有)로 돌아가고 말았구려. 그러나, 나는 구태여 그대를 탄(憚)하려 안 하오. 그대를 원망하려 안 하오. 오히려 허물은 내게 있을 게요. 그런 일에 익숙하지 못하였던 내게 있을 게요. 이제 나는, 나 한 사람 결석한 그 경기회가 얼마든지 성황이기를 빌어 마지아니하오.

읽고 나서, 가장 호젓한 웃음을 하웅은 웃고, 말없이 그것을 맞은편에 앉아 있는 구보에게 주고, 그리고 그는 의자에 일어나 점안을 거닐었다.

"하여튼 잘되었소. 이래야만 해."

구보는 읽고 나서 반은 혼잣말로 중얼거리고,

"언제 떠날 테요?"

"내일 밤차로——"

"날짜는 언제지?"

"내월 초이레."

"음력으로? 그럼 얼마 안 남았군. 이번에 어머니를 한번 기쁘게
해드리우."

"그래야겠어."

겉봉을 쓰고 다시 자리에서 일어나며,

"볼일 없건 같이 갑시다."

"어디로?"

"사자 점심 먹는 구경."

"좋지."

구보는 일어나 하웅의 어깨를 치고 그리고 두 사람은 밖으로 나
왔다.

"저게 뭐야?"

구보가 점 앞에 전신주를 가리켰다. 전신주 위에 편잔지[24]가 한
장 붙어 있었다. 가까이 가보니, 그 위에 잉크로,

　나는 우리 어머니를 찾으려고 이 글을 썼으니, 우리 어머니가 나
를 찾으시려면

　경성부내인사동백십구번지(京城府內仁寺洞百十九番地)로 오
시기 바라나이다.

　개평 함륙례(咸六禮)

말없이 얼마를 들여다보고 섰다가, 구보가

"내일 밤차로 꼭 떠나우."

하웅은 역시 말없이 고개를 끄떡이었다.

제9절(1)

포노라디오 '나나오라'가 잠시 쉴 때마다 각종 유의 웃음소리,
이야기 소리가 점 안에서 들려왔다. 자기 방에서 하웅은 짐을 꾸
리며, 그것들이 자기에게 대한 비웃음임을 눈치 채고, 불쾌하였
다. 불쾌는 제일에, 창피하여 견딜 수 없었다.

바로 반 시간 전, 계집은 술이 잔뜩 취해가지고 와서 악을 악을
쓰다 갔다. 어디서 누구한테 들었는지, 계집은 하웅과 그 여자와
사이의 일을 환하게 알고 있었다.

"지난번에 내 아무것두 모르구, 순순히 갔지만…… 홍, 오늘은
어림두 없다. 내가 다아 알어. 네가 요새 웬 모던걸한테 미쳐 야
단이라든구나? 그래 내가 방해가 되니까, 딱지 시키려구? 그거
될 말이냐?"

그리고 방 한가운데에 놓여 있는 가방이며, 고리짝이며를 비웃
음과 샘을 가져 두루 보고

"니가 그년하구, 가께오찌²⁵를 하려구? 내가 있는데 니가, 그래
기집질을 해야 옳단 말이냐?"

그러나 하웅은 온갖 감정을 죽이고 조용히 한마디,

"내가 그 여자를 사랑하였던 것은 사실이오. 그러나 이제 나는 그 여자도 버렸소. 나는 혼자서 서울을 떠나려 하오. 집으로 돌아가려 하오……"

계집은 처음에 그 말을 곧이 안 들었다. 갓난 어린애 같은 수작을 그만두라고 누굴 어림도 없이 속이려고 그러느냐고 더욱 기가 나서 악을 썼다. 그러나 마침내 그것이 정말임을 알았을 때, 계집은, 분명히, 그 너무나 뜻밖의 일에 어리둥절해지고, 또 풀이 죽었었다……

아주 짐에다 꼬리표까지 달아놓고 나서, 하웅은 문지방에 가 걸터앉아 담배에 불을 붙였다.

'그게 무슨 꼴인가?'

담배 연기와 얼러, 한숨까지 토하며, 하웅은 문득 시계를 본다. 아홉 점 이십오 분. 이제 두 시간과 오 분이 있으면 자기는 오락에 물들었던 이제까지의 생활을 완전히 청산하고, 비록 뭐라 보잘것은 없어도, 그러나 그렇게도 맑고 또 고요한 내 고향으로 돌아갈 수 있다……

생명의 세탁(洗濯)——

그러나. 이제 나는 다시 길을 바로잡아 나가지 않으면 안 된다. 나를 위하여, 내 어머니를 위하여, 내 아내를 위하여, 또 내 생활, 내 예술을 위하여.

"선생님!"

어느 틈에 들어왔는지, 아이는 섬돌 아래 서서,

"선생님, 편지 왔어요."

한 장의 속달 우편.

'계집은 자기가 서울을 떠나기 바로 전에 또 편지를 하였다……'

자기가 그 계집에게 마지막으로 준 편지의 온갖 구절을 일시에 생각해내며, 대체 이 계집은 그 편지를 받아보고 오 내가 이미 계집의 죄악을 전부 알고 있는 것을 알면서도 이렇게 편지를 하는 것인가? 확실히 그것은 하웅이 꿈에도 생각해보지 못하였던 것임에 틀림없었다.

'무얼, 또 제 소행에 대하야 변명이라도 하려는 게지. 나를 어디까지든 농락하려는 게지.'

하여튼 뜯어나 볼까, 무얼 그까짓 것 그냥 찢어버리지 주저하면서도 읽고 싶은 욕망은 의외로 강렬하여 이내 참지 못하고 하웅은

'내용이 비록 어떠한 것이든 나는 다시 두 번 그릇하지 않는다. 나는 어떻든 오늘 밤차로 꼭 떠난다. 그러면 그만 아니냐?'

스스로 제 마음에 일러주며 부욱 뜯어보니 생각하였던 것과는 아주 달리 내용은 극히 간단하야

선생님을 뵈옵고 싶어요. 하고 싶은 이야기도 많고. 오늘 열 점 반 정각에 원남동 육교 아래서 기다리겠습니다. 선생님을 지극히 사랑하는 아이는 올림.

제9절(2)

잠깐 동안 하웅은 그 편지를 뚫어지라고 보고 있었다. 마치 그렇게 보고 있으면 능히 계집의 참뜻을 알아낼 수나 있다는 듯이——. 그러나 즉시,

"흥, 니가 또……"

코웃음을 치고, 하웅은 손을 들어 북 편지를 찢었다.

"나를 농락해보려고."

계집에게 대해 한없는 증오와 분노를 가지려 하며, 그러나 찢는 것은 한 번만으로 멈추고, 또 멀거니 있다가, 조각을 맞추어서 두 번, 또 세 번 되풀이 읽어보고,

"혹시 계집이 내게 대해서만은, 순정을 쏟고 있는 것이라면……"

그러나 즉시, 픽, 자기 자신을 비웃는 웃음을 웃고, 그는 편지를 찢고, 또 찢고,

"또 만나서는 안 된다. 또 속아서는 안 된다. 밤차로 그냥 휙 떠나버려야만 한다."

그것을 일부러 입 밖에까지 내어 중얼거려보고, 그리고 하웅은 거의 기계적으로 벌떡 일어섰다. 모자를 집어들고, 책상 위에 놓인 지갑을 주머니에 넣고,

'지금, 열 점 칠 분——. 어서 이십삼 분이 지나라. 구보는 열 점 반에 오마고 하였다. 구보가 어서 와야 한다. 계집은 열 점 반, 정

각에 자기가 그곳에 나타나지 않으면 그 같잖은 자존심을 손상당하고, 또 어디로든 딴 자를 만나러 갈 게다.'

문득 기약하지 않고, 눈앞에 떠오른 계집의 얼굴을 힘써 떨어버리려 노력하며, 하웅은 그 대신, 시골서 자기를 기다리고 있는 처녀를 생각하려 하였다. 그러나 삼 년 전에, 오직 몇 번인가, 별다른 흥미를 갖는 일 없이 보았을 뿐인 그의 결코 어여쁘지 못한 얼굴은 거의 그 몽롱한 윤곽조차 하웅의 망막 위에 나타내지 않았다.

'나는, 오늘 밤차로 떠나야만……. 집으로 돌아가야만……. 나는 순진한 처녀를 내 아내로 힘써 사랑해야만……'

몇 번인가 하웅은 중얼거려보았으나, 그것은 지극히 공허한 음향이었다. 또 시계를 본다. 열 점 십구 분. 이제 십 분만 지나면 이제 십 분만 지나면……

그러나 문득 하웅은 '사랑 없는 결혼'——그런 것을 생각하고 마음이 괴로웠다.

자기가 시골 처녀에게 가지고 있는 것은, 자세히 검토해볼 것도 없이, 분명히 사랑이 아니었다. 자기를 배반한 계집, 자기의 순정을 짓밟은 계집, 그 두 계집에게서 받은 마음의 상처가 그로 하여금 갖게 한 삐뚤어진 감정에 지나지 않았다.

노력을 한다, 하자. 그러나 노력하여, 자기는 능히 그 여자를 사랑할 수 있게 될 것인가? 의리라는 것에게 강요받은 감정이, 가히 순수한 사랑일 수 있을까? 사랑 없는 결혼을 함으로 하여, 자기 자신을 불행하게 하는 동시에 순진한 처녀의 아름다운 꿈까지를 깨뜨려주지 않으면 안 되는 것이 아닌가. 문득, 하웅의 눈앞에, 또 계집의 얼굴이 떠올랐다. 그 눈은 맑았고, 그 뺨은 복스러웠다. 그 달고 아름다운 행복을 약속하는 듯싶은 입술——.

자기가 온갖 정열을 기울여 사랑하고 있는 것은 역시 이 계집이었다. 그것은 감출 수 없는 사실이다. 그러나 계집은?——계집은 혹은, 아니 분명히 자기를 사랑하고 있지 않을 게다. 그것은 잔혹한 감정의 유희 이상의 것이 아닐 게다. 자기가 이 중요한 순간에 한 번 그르치자, 그것은 혹은, 자기 전 생애(全生涯)의 파멸을 초래할지도 모른다. 그러나 이 강렬한 욕구를, 이 고집 센 감정을……

시계는 계집이 지정한 시간 바로 오 분 전을 가리키고 있다. 잠깐 초침을 들여다보고 있다가 하웅은 거의 미친 사람같이 문지방을 넘어 섬돌 위의 구두를 신으며

"영수야——"

어머니의 얼굴이 구보의 얼굴이 자기를 사랑하는 온갖 사람들의 얼굴이 혹은 슬픔을 가져, 혹은 애달픔을 가져 또 혹은 비웃음을 가져 눈앞에 떠오르고 또 사라졌다.

"지금 나가세요?"

아이가 옆에 와 선다.

"빨리 자동차 불러라."

두 집 걸러 자동차부——. 자동차는 즉시 왔다. 짐을 방에서 들어내려는 아이를 향하여

"그냥 두어라. 내 또다시 한 번 와서……"

되는대로 말하고 하웅은 밖으로 뛰어나갔다.

"원남동으로——"

움직인 차창 밖에 전신주——. 어머니를 찾는 편지는 그저 붙어 있었다.

후유—— 가만한 그러나 구할 길 없는 한숨을 토한 것은 순간의 일이다. 달리는 자동차 속에서, 하웅의 온몸은 애욕의 홍염(紅焰) 가운데 활활 익어 올랐다.

길은 어둡고

1. 이렇게 밤늦어

등불 없는 길은 어둡고, 낮부터 내린 때 아닌 비에, 골목 안은 골라 디딜 마른 구석 하나 없이 질척거린다.

옆구리 미어진 구두는 그렇게도 쉽사리 흙물을 용납하고, 어느 틈엔가 비는 또 진눈깨비로 변하여, 우산의 준비가 없는 머리와 어깨는 진저리치게 젖는다. 뉘 집에선가 서투른 풍금이 찬미가를 타는가 싶다.

겁 집어먹은 발끝으로 향이(香伊)는 어둠 속에 길을 더듬으며, 마음은 금방 울 것 같았다.

금방 터져나오려는 울음을 목구멍 너머에 눌러둔 채, 향이는 그래도 자기 앞에는 그 길밖에 없는 듯이, 또 있어도 하는 수 없는 듯이, 어둠 속을 안으로 안으로 더듬어 들어갔다……

2. 에에홍 에에홍

소리도 언짢게시리 상여가 지나간다. 가난한 이가 돌아갔는가 싶다. 상여는 조그맣고 메는 이는 단 네 명.

외로운 이가 돌아갔는가 싶다. 상제,[1] 복쟁이 하나 없이 오직 뒤따르는 이가 두세 명.

그래도 에에홍 소리만은 격에 맞게 가난한 행렬은 눈앞을 지나, 차츰차츰 멀리 더 멀리……

그것이 완전히 시야에서 떠나자 거리는 벌판으로 변하고 벌판에는 불이 일어난다.

탐스럽게 새빨간 불길이다. 마음이 두려움보다도 먼저 아름다움을 느낄 불길이다.

향이는 이윽히 그곳에 서서 그 아름다움에 취한다.

그러나 다음 순간, 바람은 갑자기 불어들고, 불어드는 바람에 불길은 세를 얻어, 넓디넓은 벌판이 삽시간에 불바다로 변한다.

향이는 문득 자기 신변에 그렇게도 가까이 미친 불길과, 또 그 불길이 가져오는 위험을 느끼고, 질겁을 해 뒤로 달음질치려 한다.

그러나 다리는 마음대로 놀려지지 않고 새빨간 불길은 더 좀 가까워 향이가 거의 울가망이 되었을 때, 문득 다시 들려오는 에에

흥 소리.

돌아다보니, 바로 아까 그 상여가 불 속을 이리로 향해 나온
다……

잠을 깬 뒤에도 에에흥 소리는 그저 귀에 있었다. 그 탐스럽게
새빨간 불길은 그저 눈에 있었다.

향이는 잠깐 동안, 언짢고 또 야릇한 생각에 잠겨, 천장을 똑바
로 쳐다보고 있었다. 그러다가 언뜻,

"참 꿈에 송장을…… 송장을 보면 퍽 좋다는데……"

물론, 향이가 본 것은 상여요, 송장은 아니었다. 그래도 역시 상
여는 그 안에 반드시 송장을 담았고,

"그뿐인가? 또 불을, 불이 활활 일어나는 것을 보아도 퍽 좋다
니까……"

그래 향이는 눈을 깜박거리며, 이제 참말 다행한 빛이 그에게
있을 듯싶어 마음에 은근히 좋았다.

——이제 좋은 일이 내게 있으려나 보다——

좋은 일이?——

그러나 향이가 새삼스러이 곁을 돌아보았을 때, 그곳에는 그의
'사내'가 완전히 그에게로 등을 향하고 누워 있었고, 좁은 단칸방
에 변통수 없이 맞붙여 깔아놓은 요 위에, 그래도 그들의 사이는
서너 자나 떨어져 있었고, 외풍이 심한 방 안에는 찬 기운이 휘돌
고 있었고, 또 밖에는 철겨운 궂은비가 내리고 있었고…… 그러
한데 무슨——참말이지 그러한데 무슨 눈곱만 한 좋은 일도 이 속

에서 생겨날 듯싶지 않았다.

다시 힘없이 고개를 돌리고, 힘없이 눈을 감고, 또 힘없이 한숨
을 쉬고,

3. '삶'은 괴롭다.

그러한 것을 새삼스레 느끼지 않으면 안 되는 향이다.

아직도 나이 어린 향이가——, 향이는 이제 갓 스물이었고, 갓
스물이라도 생일이 섣달인 갓 스물이라, '만'으로 치자면 이제 겨
우 열여덟, 그러한 향이가 벌써 '삶'의 괴로움을 맛보지 않으면 안
되었던 것은 확실히 한 개의 애처로운 사실이었다.

그러나 물론 삶의 괴로움은 요즈음에 비롯한 것이 아니다.

향이가 네 살이나 그밖에 안 되었을 때, 어떤 노는계집과 손을
맞잡고, 만주라든가 어디라든가로 도망간 아버지는, 그뒤, 영영
소식을 끊었고, 아직도 젊은 어머니는 오직 향이 하나를 키우느
라 십 년이나 연초 공장에를 다니다가, 이내 그 저주할 폐병을 얻
어 돌아갔고,

오오 가엾은 어머니.

향이의 눈에 저도 모르게 눈물이 고인다.

그때부터, 열세 살 되던 해 봄부터, 에누리 없이 외로운 향이의
몸 위에 고생살이는 달려들었다.

향이는 부리나케 고개를 뒤흔든다.

과거 팔 년간의 온갖 쓰라린 일, 온갖 슬픈 일, 온갖 괴로운 일을, 이제 또다시 생각 속에 되씹어보더라도 그것이 무슨 보람이 있으랴. 오직 그의 마음은 좀더 아프고 그의 앞길은 좀더 어두워질 것에 지나지 않지 않으냐.

뿐만 아니라 그는 이제까지 온갖 고난과 싸워오는 동안, 자기에게도 지지 않게시리, 혹은 좀 더하게시리 가여운 사람들을 알았다. 또 그러한 사람들이 이 세상에는 얼마든지 있다는 것도 알았다. 나뿐이 아니다. 나뿐이 아니다……

물론, 결코, 향이 한 사람뿐이 아니었다. 하지만 그래도 사람들은 그 괴로움 속에서도, 만약 그들이 구하려만 든다면 '기쁨'과 또 '위안'을──그것이 비록 얼마나 값어치 없는 것이라 하더라도──그 보잘것없는 '기쁨'과 똑같이 보잘것없는 '위안'을 능히 구해 얻고, 그리고 그것에서 잠시라도 '삶'의 다행함을 느낄 수 있는 것이 아니냐?

더할 나위 없이 비록 더할 나위 없이 가난한 살림살이 속에서도, 그래도 그들은 그들의 주위에 그들이 사랑하는 사람을, 또 그들을 사랑하는 사람을 가지고 있고……

참말이지 '사랑'이, 따뜻한 '사랑'만이, 그들에게 있어서는 온갖 좋은 것을 약속하고 있는 것이 아니냐.

문득 향이는 견뎌낼 수 없는 외로움에 빠진다.

내게는 이 '가엾은 향이'에게는?──그래도 한낱 엷은 바람을 가지고 향이는 충동적으로 '그이'의 편을 돌아보았으나, 남자는 역시 그와 사이에 서너 자나 그만한 간격을 둔 채, 저편을 향해 누워 있었다……

4. 남자는 분명히

그가 자기와 이러한 생활을 시작한 것을 뉘우치고 있다.

요즈음에 이르러 때때로 뜻하지 않은 기회에 문득 그러한 것을 생각하면, 향이의 눈앞에서 휘황한 오색 등불은 갑자기 그 빛을 잃고, 전기 축음기에서 울려나오는 그 소란한 재즈는 순간에 그 소리를 멈추었다.

이미 오래전에 빈 술잔에, 병을 들어 새로이 술을 권할 것도 잊고, 향이가 그렇게 한참을 멍하니 맞은편만 바라보고 있으면, 객은, 물론, 그의 마음속은 알아낼 길 없이,

"무슨 생각을 그렇게 하구 있는 모양이야, 하나짱."

그러면 향이는 이미 향이가 아니고, 얼른 '하나꼬'가 되어,

"우리 고이비도² 생각!"

그리고 그는 푸르고 또 붉은 등불 아래, 얄밉고 또 귀여운 웃음 조차 웃어 보인다.

"그럼 계약제시로군. 경의를 표해야지."

그러한 말을 하면서 무진회사나 그러한 데를 다니는 듯싶은 안경잡이는, 그 모양 없는 손을 하나꼬의 넓적다리 위에 슬쩍 놓는 것으로 경의를 표하려 든다.

하나꼬는 술 취한 이의 손이 좀더 다른 방면으로 움직일 것을 경계하며, 그래도 정 있는 듯싶게 술을 따라,

"자아 약주 드세요."

그리고, 향이는, 근래로 분명히 자기에게 대해 냉정해진 남자를 생각하고, 순간에 그 마음은 언짢아진다.

남자의 마음이——, 일찍이 그렇게도 자기를 사랑하던 남자의 마음이, 단 반년을 못 가서 이렇게도 쉽사리 변해버릴 줄은 과시 몰랐다.

전에는 밤늦도록 마음에 없는 웃음을 팔고, 뭇 사나이들의 주정 받이[3]에 마음과 몸이 함께 괴로웠어도, 그래도 하루 일을 마치고 집으로 돌아가면, 그곳에는 사랑하는 이의 따스한 품이 그를 기다리고 있었다.

그것이 그의 모든 시름을 없애주고도 남았었다.

그러자 지금은——, 지금은 그것이 없다.

남자는 본래의 그의 아내에게서 그렇게도 쉽사리 자기에게로 사랑을 옮겼던 것과 마찬가지로 이제 또 다른 여자에게로 마음을 주려는 것인지도 모른다.

만약, 그렇다면 어떤 여자에게, 어떤 계집년에게……

향이는 문득 줄 곳 없는 질투의 불길에, 혼자 마음을 태우며, 그러면서도 하나꼬는 한편으로 객이 어느 틈엔가 입에 담배를 물고 있는 것을 발견하고, 그래 그는 재빨리 성냥을 그어 불을 붙여주고,

'흥! 니가 그러면 내가 쉽사리 갈라설 줄 아니.'

속으로 그런 말을 향이는 중얼거려보고, 잠시 혼자 흥분도 해보았으나,

'그렇지만 사랑두 없는 생활을 이대로 좀더 계속하면 또 무얼 하누.'

그러한 생각을 하면, 아주 더 늦기 전에, 깨끗이 헤어지는 것이 좋을 듯도 싶었다.

'인제 서로 헤지나, 헤져버리나.'

그런 것을 혼자 생각하려니까, 한없이 제 신세가 가엾어, 향이는 저도 모르게 눈물을 머금고, 옆에서 안경잡이가,

"오늘 밤은 웬일이오, 하나짱."

그리고 그 기회를 타서 그의 등 뒤로 팔을 돌려, 어깨를 가만히 잡아 흔들었어도, 향이는 얼마 동안은 하나꼬가 되는 일도 없이, 그대로 향이채로,

'인제 서로 헤지나, 여엉영 헤져버리고 마나.'

몇 번씩 되풀이 그 생각만 하고, 그리고 끝없는 슬픔 속에 빠져버린다.

5. 헤질 것을 생각하고

돌아다보면 그들의 반년간의 생활이란, 오직 괴로움만으로 가득 찬 것인 듯싶었다.

208

사랑이라는 것에 비로소 눈을 떠, 이 사내면 몸과 마음을 함께 허락해도 좋다고 생각한 그 사내에게, 이미 아내가 있고, 자식이 있음을 향이가 안 것은, 그가 그의 마음과 몸을 엊그제 허락해버린 그 뒤의 일이었다.

사내의 입에서 처음으로 그 말을 들었을 때, 향이는 놀랐다. 너무 크게 놀랐다. 그것이, 남자의 그 말이, 자기 앞길에 무엇을 의미하는 것인지 생각해볼 마음의 여유도 없게시리 오직 놀랐다.

사내는 그의 눈과 눈이 마주칠 것을 피하며, 오직 한마디,

"향이, 용서해주우."

그래도 오직 향이는 크게 뜬 눈으로 사나이의 옆얼굴만을 바라보았다.

그러나 남자가 흘낏 그를 보고, 얼른 다시 외면을 하며, 또 한번 용서를 빌었을 때, 향이는 갑자기 그곳에 방바닥 위에 몸을 던지고, 그리고 느껴 울었다.

남자는 물론 그러한 것쯤은 예상하고 있어야만 옳았을 것이다. 또 사실 그는 예상하고 있었을 것이다.

그래도 그는 여자의 느껴 우는 소리를 처음 듣는 순간, 그것이 마치 뜻밖의 일이나 되는 것같이 그렇게 허둥댔다.

"잘못했소" "용서해주" "자 우지 마우"……그러한 말을, 낮게, 빠르게, 잇대어 말하고, 향이의 격렬하게 움직이는 어깨 위에 가장 자신 없는 손을 놓았다.

그러나 여자가 그것을 마치 무슨 징그러운 더러운 물건이나 되는 것같이, 진저리치게 몸부림해 물리쳤을 때, 남자는 저도 질겁

을 해, 손을 떼고, 그리고 잠깐은 어찌해야 좋을 바를 분명히 모
르고 있는 모양이었다.

그래도, 얼마 있다, 그는 마음을 결(決)한 듯이 여자에게 대해,
자기의 진정을 토하려 들었다.

향이는 남자가 그의 아내와는 퍽 어렸을 적에, 열다섯 살이나
그밖에 안 되었을 적에, 부모들의 의사로 결혼하였을 뿐으로, 그
사이에는 눈곱만 한 애정도 없다는 이야기를 하였을 때, 그것이
대체 내게 무슨 상관이냐고 속으로 부르짖으며, 그저 느껴 울기
만 하였다.

그러나 남자가 이제 조금만 기다려주면, 반드시 아내와 이혼하
고, 그를 정실로 맞아들이겠노라 하는 것이며, 자기는 이제 이르
러서는 결코 이 사랑을 단념할 수 없다는 것이며, 또 이제부터 어
떠한 짓을 해서든, 결코 그를 불행하게는 하지 않으리라는 것이
며, 그러한 것들을 말하는 동안에도 몇 번씩이나 되풀이해 자기
의 사랑이 영원히 변치 않으리라는 것을 맹세 지었을 때, 향이는
울기는 그저 울면서도, 그래도 분하고 또 슬픈 생각이 얼마나 덜
어지는 것을 속으로 느꼈다.

뿐만 아니라, 이제 다른 무슨 수가 또 있을 것이랴……

"우선 어디 방이라도 한 칸 조용한 것을 얻어, 둘이 살림을 합
시다. 그저 나를 믿고 있수. 그저 나를 사랑만 해주우."

그러한 말을 남자가 하고, 또 망설거리며 그의 등에 손을 얹었
을 때, 그래, 향이는 결코 그것을 물리치려 들지 않았다.

6. 그러나 그렇게 하여

시작된 생활은 참말 기쁨과 참말 행복을 가지고 올 수는 없는 것인지도 몰랐다.

제일에 그것이 무슨 크나큰 죄나 되는 듯싶어, 남의 눈을 피해 가며, 살 수밖에 없는 것이 언제든 향이에게는 재미적었다.

때로 그는 자기의 붕배(朋輩)*들이, 가정 살림을 차린답시고 얻은 사내라는 것이, 일개의 자동차 운전수나 철공장 직공이나 그러한 것에 지나지 않는 것에 비겨, 자기의 '사내'가 중산 계급의 남자라는 것을, 마음 그윽이 자랑해보려고도 한다.

그러나 생각이 한번 남자의 가정에, 남자의 처자에, 미칠 때마다, 향이는 풀이 죽지 않을 수 없었다.

이제 쉬이 제 아낙과는 이혼을 하겠노라고, 남자는 거의 입버릇같이 말을 하지만, 이미 자식을 셋이나 낳아놓은 아내를, 그냥 제가 싫다는 그러한 이유 하나만으로 내보낼 수는 없을 것이요, 당자나 당자의 부모는 말할 것도 없이, 우선 남자의 말에 의하면 무던이나 완고한 듯싶은 그의 부모부터가, 누구보다도 강경하게 그것을 반대할 것이다.

향이는 외롭게 단념하고, 문득 첩이면 첩이라도 좋다고, 그렇게 생각한다. 불행에 익숙한 사람은 욕심이 크지 않다. 하지만 그거나마도 가망이 없는 듯싶었다.

남자는 둘이서 이 생활을 시작하기 전부터도, 두 달이나, 석 달

이나, 하숙 생활을 하며, 집에는 들러보는 일도 없던 것이, 이제
는 혹 길에서 집안사람이나 일갓집 아낙네라도 만날 것을 두려워
해, 별로, 바깥출입도 없이, 두 사람의 사이를 어디까지든 비밀에
만 붙이려 드는 것이, 언제 첩이면 첩이라고 어엿하게 자기를 내
세워줄지 까마득하였다.

그러나 그러한 것도 다 좋다고 해두자. 두 사람의 사랑을 위해
비밀이 필요하다면——.

7. 하지만 넓은 듯하면서도

좁은 것이 세상이었다.

남자의 집에 근 십 년을 두고 단골로 다니는 동대문 무슨 기름
회사라든가의 기름 장수 늙은이는 그들이 들어 있는 안집에도 역
시 사날에 한 번씩을 드나들었다.

그래도 그들은 대개 오정이 넘어서야 기동을 하였고, 기름 장수
늙은이는 오전 중에 다녀가는 것이 통례였으나, 아마 남자가 아
침에 변소를 다녀 나오는 그 뒷모양이라도 기름 장수는 보았던
것일지 모른다.

그들이 그렇게 숨어 산 지 한 달도 채 못 되는 어느 하루 날 아
침, 남자의 본 여편네는 그 늙은 기름 장수 마누라를 앞장세워
가지고, 사직동 꼭대기에서 와룡동 구석까지 자기 남편을 찾아
왔다.

8. 그때 세 사람 사이에 일어났던

소동을 되생각해볼 때마다, 향이의 마음은 견디기 어렵게 불쾌하고 또 우울하였다.

한 사내를 가운데 두고, 두 여자는 마치 행랑것들끼리나 같이, 거의 입에 담지 못할 욕지거리까지 하고…… 구경(究竟)[5] 그 여자에게 교양이 없는 까닭이었겠지만, 그 뒤부터는 향이는 고개를 들고 밖을 나다닐 수가 없었다.

그렇게 무식하고 또 못생겼으니까, 남편의 사랑도 못 받는 것이지 하고, 그러한 것을 생각하는 일이 있어도, 문득 여자가,

"세상에 어느 남자가 없어서, 그래 처자 있는 사내를 농락하니."

하던 말이 머리에 떠오르면, 향이는 으레히 가슴이 아팠다.

그 말은 일찍이 자기의 가엾은 어머니가, 주책없는 남편과 정이든 계집에게 향해, 한 일이 있던 말이었다.

가엾은 아내와 또 가엾은 딸은, 자기에게서 떠난 무정한 남편, 무정한 아버지에게보다도, 오히려 더 큰 증오를, 거의 아무것에도 비길 수 없게시리 큰 증오를, 그 계집에게——자기들에게서 남편을, 아버지를, 영영 빼앗아가고 만 그 계집에게 가지고 있었던 것에 틀림없었다.

향이는 가만히 한숨 쉰다.

지금의 자기가 바로 '그 몹쓸 년의 계집'인 것이었다……

9. 순정을 다하여

한 사내에게 마음과 몸을 허락하였을 뿐으로, 오직 그뿐으로 원
래는 아무런 은원도 없었던 한 여인과, 또 세 어린애들에게 한없
는 불행을 주고, 그리고 자기는 언제까지든지 그들의 원한과 또
증오의 대상이 되지 않으면 안 된다——, 그것은 오직 잠깐 생각
만 해볼 뿐으로 견딜 수 없이 마음 괴로운 일이었다.

그래도 그나마 남자가 언제까지든 자기를 사랑해주고만 있다
면, 그러면, 향이는 그러한 온갖 아름답지 못한, 또 떳떳하지 못
한 '지위'에서도, 모든 것을 꾹 참고, 그리고 결코 몸을 빼치려고
안 할 것이다.

헤아릴 길 없는 어둠의 심연 속에, 걸핏하면 빠져들어가려는 제
마음을 향이는 신칙(申飭)⁶하고, 곧잘 하나꼬가 되어,

"흥!"

경박하게 코웃음 치고,

"별 빌어먹을 년의 팔자두 다 있지."

그리고 눈을 한껏 매섭게 지어 뜨면, 그 순하고 또 귀여운 눈도
어쩌면 그렇게도 표독해 보이는지,

"니가 대체 오늘 밤엔 웬일이냐? 뭣에 요렇게 성이 났니?"

거동이 느리고, 따라서 말조차 느린, 어느 은행 출납계 주임이
라는, 매우 살찐 사나이가 가장 점잔을 빼고 말하면,

"흥! 서방질이 하구 싶은데 걸려드는 놈팽이가 없으니, 그래 화

가 안 나겠수."

입에서 나오는 대로 아무렇게나 그런 말을 하고,

"참 오늘이 월급날이로구료. 나 술 좀 사주."

그리고 느린 이가 채 느리게 대답할 수 있기 전에 하나꼬는 홱 고개를 돌려.

"얘애 히데짱. 위스키 좀 가져와."

가져오면 남들이 채 어떻게도 할 수 있기 전에, 자작으로 서너 잔이나 연거푸 들이마시고, 그리고 그대로 술 사준 이의 가슴 위에 가 쓰러진다.

10. 그러한 요사이의

향이였던 까닭에, 한 사내로부터 군산으로 놀러 갈 의향이 없느냐고, 그러한 꾐을 받았을 때, 그는 그것을 단번에 물리치려 들지는 않았다.

그 사내는, 그 사내의 말에 의하면, 군산에서 목하 그중 큰 카페를 경영하고 있다 한다. 그리고 이번에 점포를, '일신' '개축' '대확장'하는 것을 기회로, 경성에서, '미인 여급'을 '특별 우대'로 '초빙'하려고, 바로 그 목적으로 상경한 것이라고 말하였다.

그는 또 어느 틈에 어떠한 방법으로 조사하였는지, 하나꼬가 이곳 주인에게 이백칠십오 원의 빚이 있음을 알고 있었고, 자기는 물론 그것을 깨끗이 청산해줄 것이요, 그 밖에 따로 의상 기타의 준비로 일백 환의 돈을 돌려주겠노라고 덧붙여 말하였다.

그러나 군산의 어떠한 곳임을 모르고 있는 하나꼬는, 설혹 그밖에 도리가 없는 일이라 하더라도, 역시 불안하지 않을 수 없었다. 그것을 아마 눈치 챘던 게지, 그 사내는, 자아 이걸 좀 보라고, 주머니에서 '그림엽서'를 한 장 꺼내 보였다.

그러나 그것은 공교롭게 군산 시가지를 촬영한 것이 아니라, 군산항의 대두(大豆) 수이출(輸移出)의 정경을 보여주고 있는 것에 지나지 않았다. 항구에 무턱대고 많이 쌓여 있는 콩 섬 더미를 그 사내는 알코올로 하여 매우 몽롱해진 눈을 부릅뜨고 한참을 들여다보다가,

"아니, 이거 말구……"

허둥대며 다시 주머니에 손을 넣었으나, 다른, 정말 군산 시가의 그림엽서는, 아마 또 좀 다른 여급들을 권유하던 경우에 소실되었던지 끝끝내 나오지 않았다.

그는 그만 그것을 단념하고, 그림으로 보여줄 수 없는 군산을, 말로써 방불케 하려 들었다. 결국, 그의 한 말을 종합해보면, 군산이라는 곳은, 경성보다도 훨씬 더 크고, 훨씬 더 좋은 곳인 모양이었으나, 하나꼬가,

"내 갈 테야요."

하고 말하였다고, 그 사나이가 자기 구변에 자신을 가지려 한 것은, 그러나 옳지 않았다.

향이는 군산이 어떠한 곳이든, 사실, 그러한 것이 큰 문제일 수 없이, 오직 그는 근래로 좀더 싸늘해진 남자의 태도만을 생각하

고 있었던 것에 지나지 않았다.

11. 그러나 그 사내를 따라

군산으로 떠난다는 날이, 내일 모레로 닥쳐왔을 때, 향이는 역시 어찌하면 좋을지 망설거리지 않을 수 없었다.

바로 어젯밤에 그 사내는 또 찾아와, 돈을──, 다만 그것은 백원이 아니라 칠십오 원이었으나, 그 칠십오 원을 그에게 주고, 그리고 그것으로 우선 옷이라도 준비하라고, 글피 밤에는 틀림없이 떠날 수 있도록 차리고 있으라고, 몇 번씩을 다짐을 받고 갔다.

그러나 이미 이렇게까지 된 이제에 이르러, 남자와 헤어질 마음은 도리어 없어지고, 그 칠십오 원이, 만약 그렇게 하여 생긴 것이 아니라면, 그 돈을 가져, 남자와 둘이서 단 한 이레라도, 마치 축복받은 애인끼리나 같이, 손을 맞잡아, 본정으로, 백화점으로, 또 극장으로, 모든 시름을 잊고, 가장 호화스럽게 돌아다녀보았으면 하고, 그러한 생각만 일어나는 것은 어인 까닭일까. 아무런 직업도 가지지 않은 남자에게, 달에 단 몇 원 수입이라 할 수입이 있을 턱 없이, 이제까지의 그들의 생활비란, 거의, 그, 들어 말할 것도 못 되는 하나꼬의 '팁'으로 대어왔던 것이라, 인제부터라도 남자에게 무슨 별 뾰족한 수 있을 턱 없고, 그러니 두 사람의 생활이란 역시 늘 한 모양일 게고, 더구나 남자는 분명히 마음이 변한 듯싶었고……, 그러한 모든 것을 셈쳐보았으면서도, 그래도 자기의 그 남자에게 대한 떠나기 어려운 감정을, 향이는 아무렇게도 하는 수 없었다.

그러나 남자는 언제나 다름없이 그에게 등을 향하고 잠들었고, 깨어 서로 얼굴을 대해도 거의 말 한마디 주고받는 일 없었고, 경제적으로 남자가 완전히 무력함을 알고 있는 주인마누라는, 한결같이 향이만을 졸랐고, 그리고 또 밖에는 며칠을 잇대어 궂은비만 내렸고······

그러고 보니 이제 이 남자에게서 떠나는 수밖에 무슨 다른 도리가 그곳에 있을 듯싶지 않았다.

12. 그러나 그러한 생각만 하고

혼자 서러워할 것은 없을지도 몰랐다. 이제 그와 헤어져, 혹은 다행한 빛이 자기를 찾아들지도 몰랐다.

향이는 문득 며칠 전의 그 꿈을 생각해내고, 혹은, 이번의 군산행이 온갖 좋은 일을 의미하고 있는지도 모르겠다고, 눈을 깜박거려본다.

더구나 남자의 처자를, 남자의 가정을, 염두에 둘 때, 그는 아무래도 그와 헤어져, 제 자신 새로운 길을 찾는 수밖에 없다고 그렇게 생각하였다.

그러나 대체 어떠한 말을 가져, 사내와 헤어지나──, 이제 서로 갈라서자는 말을, 이제 그와 떨어져 군산으로 간다는 말을, 제가 먼저 입에 올려 말할 용기가 향이에게는 없었다.

그야 남자 자신, 이미 오래전부터 둘이 갈라서기를 바라고 있는 것인지도 모른다. 그러나 설혹 그렇다 하더라도, 어찌 그것을 제가 먼저 입 밖에 내어 말할 수 있으랴……

향이는 생각 끝에, 남자에게는 떠날 때까지 결코 아무 말도 하는 일 없이, 오직 사연을 자세히 쓴 편지를, 그것도 경성에서 바로 떠나기에 미쳐, 그에게 부치리라고, 그렇게 마음을 정하였다. 그러고 나서 그의 마음은 서운하고, 또 슬펐다. 그러나 그와 함께, 잘했든 못했든 한 가지 일을 딱 결정을 냈다 해서, 역시 마음이 시원하기도 하였다.

13. 목포행 열차는

오후 열 시 오십 분 정각에 경성역을 떠났다.

플랫폼에 벨이 울리고, 다음에 기적 소리, 그리고 덜컥 차체가 움직인 다음, 열차가 궤도 위를 역 밖으로 미끄러져 나갔을 때, 향이의 가슴은 마치 큰일을 저지른 듯싶게, 털썩 내려앉고 그의 눈에는 순간에 이슬이 맺혔다.

아아, 그예 나는 서울을 떠난다. 그예 나는 그이와 헤어졌다. 나는 이제 일찍이 보지도 못하였던, 듣지도 못하였던 먼 곳으로 외로운 혼자 몸이 이렇게 밤늦어 도망꾼이같이 떠난다.

눈물이 뒤에서 뒤에서 자꾸 흘러나왔다.

신중히 고려해볼 시간의 여유를 갖지 않은 사람이, 우선 일을
결행해놓고, 다음에 반드시 맛보지 않으면 안 되는 뉘우침이, 지
금 향이의 가슴속에 있었다.

내 잘못했다. 내 잘못했다.

향이는 자기가 차에 오르기 전에 역에서 부쳤던 남자에게의 편
지를 생각하고, 역시 자기는 그러한 방법을 취하지 말고, 직접 터
놓고 남자의 진심을 물어보았어야만 하지 않았나, 뉘우친다.

용산 시가의 불빛이 어리는 차창 위에, 문득 기약하지 않고 '그
이'의 얼굴이 떠올랐다.

이제 두 시간 지나, 그제도록 여자가 돌아오지 않을 때, 그는 역
시 그렇게 늦은 여자를 염려할 것이요, 마침내 그 밤이 새고, 아
침에, 여자 대신, 여자의 편지가 들어와, 여자가 자기에게서 영영
떠났다, 알 때, 그는 반드시 자기를 배반한 여자를 미워하고, 또
슬퍼하고······

'참말 그이는 나를 미워하구, 또 슬퍼해주구 할까.'

향이는 눈을 동그랗게 뜨고 차창 위의 일 점을 응시하였다.

어느 틈엔가 차는 한강 철교를 건너고 있었다. 술이 잔뜩 취한
'새 주인'은 동행하는 또 다른 두 명의 여급과 희롱하면서, 자리
위에 담요를 펴고 잠잘 준비를 하고 있었다. 하나꼬와 같이 군산
으로 끌려가는 두 계집들은 서울을 떠나는 것에 별 감흥도 감개
도 없는 듯이, 연해 재잘거리며, 껌을 씹으며, 또 실과(實果) 껍질
을 벗기며, 하고 있었다.

그러나 향이는 그들 축에 들려고도 않고, 오직 한 생각에만 잠

겨 있다.

'참말 그이는 나를 미워하구, 또 슬퍼해주구 할까.'

그러나 그러할 사람이면 그렇게 오랫동안을 두고, 자기에게 그
토록이나 냉정할 수 있었을라구……

'역시 결국은 그와 헤어져버리는 수밖에 없지 않은가.'

그러자 뜻하지 않고, 그의 머릿속에 가장 아름다웠던, 가장 즐
거웠던 '그이'와의 '하룻밤'이 떠올랐다.

달포 전이다.

아직 둘이서 등지어 잠자지 않았을 때, 하룻밤, 그는 그이에게
내일이, 바로 내일이 자기의 생일이라고 말하였다.

"내일이, 내일이 당신 생일이오. 허."

그이는 자기를 그렇게도 힘 있게 안아주고, 그리고 이튿날 아
침, 어디 가서 어떻게 변통하였는지, 오 원의 돈을 들고 그는 돌
아왔다.

"오늘은 집에 나가지 말고 나와 둘이서 하루 즐겁게 놉시다."

참말 얼마나 즐거웠던, 또 황홀하였던 '하루'를 그들은 가졌던
것이랴.

가엾은 어머니가 돌아간 뒤, 자기의 생일을 함께 즐겨준 오직
한 사람의 '그이'였다.

'이제 누가 또, 누가 또……'

눈물이 암만이든 줄을 지어 그의 뺨 위를 내렸다.

'하지만, 그이의 사랑은 이미 식었고, 이제 둘이서는 이렇게 헤

어지는 수밖에……'

그러자 그는 갑자기 속으로 외쳤다.

'그것을 누가 아니. 참말이지 누가 아니. 그이가 나를 사랑하지 않는다는 것을 내가 어떻게 알아낼 수 있니. 또 그이면 그이래두, 참말 제 마음은 모르고 있을 것을……'

문득 돌아보니, 저편 좌석에 가, 담요 위에 다리를 꼬부리고 누워 있는 '새 주인'은 무슨 생각을 하고 있는지 호색한인 듯싶은 얼굴에, 야비한 웃음을 띠고 있다. 갑자기 기적이 그의 고막을 울렸다.

14. 영등포역 대합실

그중 구석진 의자에 가 향이는 조그마니 앉아서, 자기는 또 한 번 일을 그르치지 않았나, 뉘우쳐본다.

그러나 역시 자기 앞에는 그 길밖에 없는 듯싶었고, '그이'의 앞을 떠나, 자기에게는 아무런 바람도 있을 듯싶지 않았다.

이십 년 동안, 제 자신 그렇게도 아껴왔던 자기의 깨끗한 마음과 또 몸은, 처음이요 또 마지막으로 그이에게 바쳤던 것이 아니냐. 사랑이 엷어졌다, 사랑이 식었다, 암만 그렇더라도, 자기의 몸 위에 불행이 있을 때, 그래도 그것을 걱정해주고, 가엾어 해주고, 또 슬퍼해줄 사람은 오직 '그이' 하나뿐이 아닌 것이 아니냐.

역시 '그이'에게로 돌아가리라, 돌아가리라.

문득, 개기름이 지르르 흐르는 '새 주인'의 얼굴이 눈앞에 떠올랐다. 그것이 그를 제법 불안하게 하여준다. 그러나 이렇게 된 이상에는, 이대로 나가는 수밖에 아무 도리가 없었고, 오직 '그이'의 사랑만이 부활한다면, 모든 것은 그들 앞에서 결코 큰 문제일 수 없을 것이다……

　영등포 역을 열한 점 사십 분에 떠난 열차는 십오 분 지나 경성 역에 닿았다.

15. 이렇게 밤늦어

　등불 없는 길은 어둡고, 낮부터 내린 때 아닌 비에, 골목 안은 골라 디딜 마른 구석 하나 없이 질척거린다.
　옆구리 미어진 구두는 그렇게도 쉽사리 흙물을 용납하고, 어느 틈엔가 비는 또 진눈깨비로 변하여, 우산의 준비가 없는 머리와 어깨는 진저리치게 젖는다. 뉘 집에선가 서투른 풍금이 찬미가를 타는가 싶다.

　겁 집어먹은 발끝으로 향이는 어둠 속에 길을 더듬으며, 마음은 금방 울 것 같았다.
　금방 터져나오려는 울음을 목구멍 너머에 눌러둔 채, 향이는 그래도 자기 앞에는 그 길밖에 없는 듯이, 또 있어도 하는 수 없는 듯이, 어둠 속을 안으로 안으로 더듬어 들어갔다……

거리 距離

　우리가 그 바깥채를 얻어 든 안집에는, 그들의 친아버지라 일컫는 노인과 더불어 기생만 삼 형제가 살고 있었으므로, 그들의 외설한 대화며, 비속한 가요들을 밤낮으로 듣지 않으면 안 되었던 것은, 우리 가족──나와 모친과 형수와 또 어린 조카를 위하여 슬픈 일이었다. 누구보다도 어린 조카의 교육을 위하여 더욱이 그러하였다. 암만을 꾸지람을 하더라도, 더러 종아리를 때리기까지 하였어도, 조카의 입에서 군소리같이 나오는 「양산도」니 「수심가」니 「개성난봉가」니 하는 그러한 종류의 속요들을 아무렇게도 하는 수 없었다. 그것은 조카 자신에게 있어서도 매한가지인 듯싶어, 그 몹쓸 소리들은 그렇게도 쉽사리 그의 입에 배어버렸던 까닭에, 그가 제 자신 그것들을 결코 입 밖에 내지 말리라 마음먹더라도 아주 보람이 없는 듯싶었다. 얼마 안 가서 어른들은 그만 꾸짖기에 지치고, 다만 그 대신 그때그때에 더러 하잘 수 없는 입맛들을 다시곤 하였으나 그것도 며칠 안 가서 우리들은 그러한 것에 관하여 다시 아무런 소리도 없었다.

만약 소리 없이 지낸다는 것이 가정의 평화를 의미하는 말이라면 우리같이 평화로운 집안이란 드물지도 모른다. 어머니는 백매에 삼 전이란 공전[1]으로 받아다 하는 약봉피를 하루 종일 걸려 삼천 매의 능률을 내기에 바빴고, 형수는 때로 들이밀리는 삯바느질에 다만 적삼 한 가지라도 남에게 빼앗기지 않으려 종일을 쉴 사이 없이 재봉틀을 놀렸고, 또 어린 조카는 이곳으로 떠나온 지 이틀도 못 되어 완전히 사귄 동네 안의 고만한 또래의 아이들과 장난하기에 끼니를 잊기조차 하였고, 나는 또 나대로, 조반을 치르고는 밖에 나가 저녁때나 되어야 돌아왔고, 그리고 밤이면 자기들의 하루에 제각기 지친 네 사람이 그 좁은 한 칸 방에서 웅크리고들 끼어 자지 않을 수 없었으므로 그러한 우리들이 무슨 화제를 가져 서로 제법 이야기를 주고받고 그럴 수는 없었다. 일 있는 이는 일에 시달렸고 한가한 이는 또 한가함에 지쳤고, 온 집안 식구가 단칸방 속에서 서로 너무나 가까이 모여 있었으므로 도리어 마음들은 서로 멀어지고 아침저녁으로 대하는 늘 한 모양인 그 핏기 없는 얼굴들은 서로 남의 마음을 어둡게 하여 그래 우리들은 그렇게 가까이서도 서로 마주 대하기를 꺼리고 어린 조카도 쉽사리 어른들의 풍속에 젖어 우리 가족들은 모두 방의 네 벽과 같이 말이 없었다.

온 집안이 그만을 믿고 의지해오던 형이 죽은 뒤 삼 년, 마땅히 그를 대신해 온 가족을 부양해야만 할 내가 도리어 그들에게 부양을 받지 않으면 안 되었던 것은 슬프게도 딱한 일이었다. 그러나 대체 내가 무슨 방도를 가져 능히 그들을 먹여 살릴 수 있을 것인가. 게으름에 익숙한 나는 세간 사무에 적당치 않았고 내가 할 수 있는 오직 한 가지의 일로 부지런히 쓴 원고는 아무 데서도 즐겨 사주지 않았다. 늙은 어머니와 외로운 형수는 그들의 가난이 새삼스러이 느껴질 때마다 은근히 그들의 마음속으로 내 위인의 변변치 못함을 욕하고 또 내가 능히 할 수 있는 일이 있음에도 불구하고 그렇게 생각 없이 놀고만 있다고 그러한 것을 원망하는 듯싶었다. 그러나 학교라고는 중학을 마쳤을 뿐인 스물아홉이나 된 사나이에게 아무런 일자리도 있을 턱 없었고 또 허약한 나의 체질은 결코 노동에 견디어내지 못하였다. 그러면서도 나는 그들의 무표정한 얼굴 위에 나에게 대한 비난과 질책의 빛을 느낄 때마다 이대로 있을 수는 없다고 아무런 방도라도 차려야 하겠다고 불쾌하게 또 초조하게 혼자 애를 태워도 보는 것이다.

언젠가 비 오는 하룻날에 우장²이 없는 나는 종일을 그들과 함께 방 속에 있었어야만 하였으므로 바쁘게 일하는 옆에 그렇게도 가까이 있으면서도 오직 나만 한가함이 마음 괴로워 나는 어머니를 도와 약봉피를 붙였다. 그러나 내가 어머니와 같은 시간을 일해 얻은 것은, 겨우 팔백여 매, 그러니까 공전으로 쳐서 이십사 전이나 그밖에 안 되는 것이었고, 또 내 손으로 된 물건은 이미 이 방면의 전문가인 어머니의 것과 비겨 적잖이 손색이 있었으므로, 나는 그 일에 흥미를 가질 수 없었다. 뿐만 아니라 어머니는 또 어머니대로 자기의 '귀한' 아들이 그러한 부녀자가 내직〔內職〕

으로나 할 일에 손을 대는 것이 애처롭게 생각되었는지도 모른다. 사실 스물아홉이나 그렇게 된 남자가 종일을 그 좁은 방에 붙박여서 서투른 솜씨로 약봉지에 풀칠을 하는 광경이란, 누가 보기에도 불쾌한 것임에 틀림없었다. 어머니는 사흘째 가서 내가 다시 그 일에 참여할 것을 금하고 나는 다시 볼일 없는 거리로 나오지 않으면 안 되었다.

거리 위에서 나는 언제든 갈 곳을 몰라 한다. 내가 아무런 볼일도 갖는 일이 없이 그냥 찾아가 만나줄 벗이란 다섯 손가락에도 차지 못하였고, 물론 같은 이를 매일같이 찾아보는 수는 없었다. 나는 내가 너무 자주 그들을 찾아 그들이 나의 심방을 불쾌해할 것을 접하고, 또 마주 대해서는 그들이 내게 어떠한 생각을 갖고 있는가 그것이 언제든 염려되어, 만약 참말 나의 심방이 그들에게 우울을 주는 일이 있다면, 그것은 단순한 나의 심방에 말미암은 것이 아니라, 나의 그러한 비굴하고 또 자신 없는 태도로서일 것이다. 그래도 찾으면 그들은 반가이 맞아주었고, 우선, 내게 담배를 권하고, 또 즉시 내 건강을 묻고, 그리고 때로 산보하자고 같이 거리로 나와 더러 차를 사주곤 하였다. 그들은 내가 그렇게도 가난하였으므로 도리어 내게 일종의 호의를 가졌던 듯싶어, 까닭에, 그들의 내게 대한 우정은, 그들의 다른 벗에 대한 우정과, 서로 구별되지 않으면 안 될지도 모른다. 내가 푼전을 몸에 지녔을 것을 예기하지 않는 그들은, 따라서, 삼사 명이 행동을 같이하는 경우에 서로 몸에 준비한 금액에 대하여 자기들끼리만 의논하였고, 결코 시험 삼아 내게 묻는 일이 없었다. 역시 그것은 내게 대한 그들의 호의로서의 일일 것이요, 따라서 나는 그들의 두터운 우정에 대하여 마땅히 사례해야만 옳을 것이다. 그러나 그러할 때마다 나는 너무나 적막한 내 자신을 둘러보지 않을 수 없었고, 또 그들의 맘 씀의 고마움을 느끼지 않으면 안 되었던 까닭에, 나는 언제든 불쾌하였다. 더구나 그들의 우정이란, 혹은, 마치 당연한 것이나 같이, 나의 감사를 예기하고 발휘되는 것인지도 모를 일이요, 또 세 차례에 한 번쯤은 나의 지나친 가난을 그들은 불쾌하게 생각할 것에 틀림없으리라고, 분명히 그러리라고, 문득 생각이 그러한 것에 미치면, 벗에 대하여 부채를 느끼고 미안한 생각을 먹지 않으면 안 될 것은, 결코 내가 아니라, 그들 자신에 틀림없다고, 저도 모를 사이에 나는 객쩍게 흥분도 해보는 것이다. 그리고 그들이 내게 대접해준 담배며 차며 점심이며 술이며 그러한 모든 것이 언제까지든 나와 또 그들의 기억 속에 남아 있을 것에 비겨, 그때그때의 나의 감사는 결코 그들의 마음 속에 기록되는 일 없이, 그래 나는 역시 언제까지든 그들 앞에 떳떳하지 못한 것이라 생각하면, 그들의 대접이 나에게는 결코 고마운 것일 수 없었다. 사실 어떠한 형식으로든 남에게 은혜를 베푸는 것은 그것만으로 이미 유쾌한 일이요, 그래 그의 마음은 쉽사리 만족하고 또 자랑스러울 것이므로 베푼 은혜의 보상을 그는 제 마음 위에 충분히 구하였다 할 수 있을 것이다. 따라서 남의 은혜를 힘입었다는 그 점 하나만으로도 적잖이 불유쾌한 지위에 있게 되는 내가 객쩍게 그들의 우정에 사례한다든 하는 것은 지극히 어리석은 일일지도 모른다. 그러나 역시 세상일을 그렇게 해석하는 것은 옳지 않을 것으로, 그것은 오로지 나의 가난과 비굴로 하여 삐뚤어진 감정에서 우러나온 것일지도 모른다 깨달으면 나는 또 몇 번이고 쓰디쓴 침을 삼키지 않으면 안 되는 것이나, 대체 그 어느 생각이 옳은 것이든 간에 그 어느 것이고가 모두 내 마음 위에 부과되는 적지 않은 부담임에는 틀림없는 것이라, 그래 나는 단 얼마 동안이라도 그들을 결코 심방하는 일 없이 지내보리라 마음먹었다. 그러나 이틀 동안 아무도 찾는 일 없이 아무렇게나 헤매 돈 가을의 서울 거리는 내게는 너무나 슬픈 것이었고 비도 안 오는 한나절을 딴 때 없이 붙박여 지낸 우리 방 속은 역시 내 마음을 어둡게 해주어 내가 다시 벗들을 생각할 수밖에 다른 아무 도리도 없었을 때, 나는 뜻하지 않고 옆집 양약국의 젊은 점원과 알았다.

우리들은 어쩌면 벌써 오래전에 사귀었어야만 옳았을지도 모른다. 나는 이곳으로 떠나온 뒤 하루에도 몇 차례씩 그 앞을 지나다녔고 또 그는 언제든 그곳 의자에 앉아 항상 밖을 내다보고 있었던 까닭에 두 사람 중의 누구든지 서로 얼굴을 대하는 순간에 먼저 그냥 고개만 끄떡하면 또 한 사람은 물론 서슴지 않고 답례하였을 것이요, 그래 가지고 두 사람은 가장 용이하게 친구가 될 그러한 운명에 있었다. 사실 우리가 사귄 것은 바로 그러한 경로를 밟아서였고, 또 다행히 그의 사무는 결코 분망치 않아 그 자신 항상 말벗 없음을 한하고³ 있었던 모양이라 우리는 피차가 알게 된 그날부터 둘이 다 서로 지극히 만족하였다.

나는 종일을 그와 마주 대하여 앉았어도 조금도 심심치 않았다.

그의 지식은 일종 특이한 것이어서 가령 일례를 들면 매일같이
그 약방 앞을 지나다니는 대부분의 사람들에 관해 그는 그들의
직업과 주소와 또 더러는 일화 같은 것까지를 알고 있었으므로
그것만으로도 그는 결코 화제의 궁핍을 느끼거나 하지는 않았다.
내 자신 가끔 길 위에서 보는 중산모자에 안주항라⁴ 두루마기를
번듯이 입은 인품 좋은 노인은, 결코 내가 막연히 상상하고 있었
던 바와 같이, 전에 어디 군수라도 지낸 일이 있다든 하여, 당시
에 좋이 모아두었던 돈으로 그의 여생을 즐기고 있다든 하는 그
러한 노인이 아니라, 그는 일개의 ××권번 소리 선생에 지나지
않았고, 그의 마나님은 딱하게도 애꾸라고 그는 나에게 설명하였
고, 또 발을 다쳤는지 며칠 전부터 슬리퍼를 신고 단장에 의지하
여 절룩거리며 다니는 노상 젊은 양복쟁이는, 바로 요 아래 골목
안 변호사집 둘째 아들로, 작년 봄엔가 집안사람 모르게 동경엘
간다고 나섰다가 그만 부산서 거동불심⁵으로 걸려, 그의 아버지가
몸소 그곳까지 가서 데리고 돌아왔는데, 집에 있대야 물론 아무
것도 하는 일 없이 밤낮으로 놀러나 다니고, 요사이 저렇게 절뚝
거리는 것은 분명히 '요꼬네'⁶나 그러한 것에 걸린 까닭에 틀림없
다고, 그는 상세히 내게 알려주었다. 그러한 그는 물론 바로 이웃
에 사는 우리 안집 기생들에 관하여서도 관찰을 게을리 할 턱 없
어, 내가 반년 이상을 한집의 안팎에 살면서도, 거의 얼굴 하나
똑똑히 기억하고 있지 못한 것에 비겨, 그는 그들의 일은 고사하
고 그들과 다소간이라도 교섭을 갖는 대부분의 남자들에 관하여
도, 실로 놀라울 지식을 가지고 있었다.

대문 기둥에 문패가 걸려 있는 강옥화라는 것이 바로 큰 기생인데, 그는 얼굴이나 소리나 뭐 취할 것이 없으나, 원체 수단이 있는 아이라, 기생 생활 팔 년에 그가 삿갓을 씌웠다 할 남자가 적지 않으나, 작년 가을부터는 ××피혁주식회사 사장 하나만을 물고 늘어져, 이제는 놀음에 불리는 일도 적은 그가, 그래도 남부럽지 않게 차리고 다닐 수 있는 것은, 오로지 그 다 늦게 바람이 난 늙은 사장 덕이라 한다. 노인은 적어도 사흘에 한 번씩은 인력거를 타고 찾아오는데, 그때마다 흘리고 가는 돈이 적지 않은 듯싶어, 옥화는 요릿집에서 인력거가 올 때마다 반드시 한 번은 약방의 전화를 빌려 계동에 있는 '영감'에게 오늘 밤에 오시렵니까 안 오시렵니까 물어서, 갈 수 없다고 대답이 있어야만 놀음에 나간다는데, 그것은 어쩌면 옥화가 그 노인에게 대한 한 개의 수단일지도 모른다.

수단으로 말하자면, 그중 끝의 아이 옥희라는 것도 큰형에 지지 않아, 역시 그리 예쁠 것은 없으나 어느 여학교를 이 년까지 다녔대서 국어도 좀 할 줄 알고, 즐겨하는 여학생 차림이 결코 서투르지 않아, 셋 중에는 그중 놀음에 불리는 도수도 많고, 간혹 전문학교 학생들이 찾아오는 일도 있는데, 올봄부터는 어떻게 알았는지 개성서 어물전 하는 최 아무개라나 하는 사나이와 관계가 깊어, 걸핏하면 개성서 장거리 전화가 염치도 좋게 이 약방으로 걸려오는데, 그때마다 아이를 보내어 불러다 주지 않으면 안 되는 것이 적잖이 성가시다 한다. 바로 그저껜가도 전화가 왔는데 낮

잠을 자다 머리도 쓰다듬지 않고 달려온 옥희는 수화기를 떼어들기가 무섭게 요새는 대체 게서 무슨 재미를 보고 있길래 내게는 발그림자두 안 하느냐고, 내일이라도 곧 좀 올라오라고, 제일에 돈이 없어 사람이 죽을 지경이라고, 그래 내일 못 오더라도 돈은 전보환으로 부쳐주어야만 된다고, 그럼 꼭 믿고 있겠다고, 한바탕을 지껄이고 나서 응 그럼 꼭 믿구 있겠수 하고 전화를 끊기에 미쳐서야 생각난 듯이 참 몸이 편찮다더니 요새는 좀 어떻수 하고 그런 말을 하였다고 그는 그 계집의 음성까지를 교묘하게 흉내 내어 내게 여실히 이야기하였다.

형하고 아우가 그렇게 활약을 하고 있는 데 비하여 인물이 그중 나은 옥선이만이 성적이 가장 불량한 것은 참말 모를 일로, 그들의 친아버지라는 감투 쓴 노인은 말끝마다 자기 둘째 딸의 무능을 탓하는 모양이요, 물론 딸이라고 가만히 듣고만 있지는 않으므로 가끔 집 안에 음성 높은 소리도 들리게 되는 것은 남이 보기에도 딱하나 어쨌든 그렇게 세월이 없는 기생이라는 것도 참말 드물 것으로 그렇기 때문에 언젠가 어디서 인력거가 왔을 때에도 마침 외출을 하고 없어 그냥 돌려보냈더니, 조금 뒤에 돌아와 그것을 안 옥선이가 왜 내가 화신상회 간다구 그렇게 말하구 나가지 않았느냐구, 그런 걸 왜 그냥 돌려보냈느냐구 제 형하고 또 아우를 나무라는 것을 아우도 지지 않고 그래 화신상회면 대체 화신상회 어디를 가서 찾아야 옳단 말이냐고 빈정대니까, 옥선이는 더욱 기가 나서 내가 어제 취색'해달라구 비녀 갖다 맡긴 것 찾으러 간다지 않았느냐고, 그러니 아래층 은방부로 오면 되었을 게 아니냐고 늘어놓는데, 잘못되었다고 사과는 말더라도 그냥 잠자코 내버려나 두면 좋았을 것을, 그때까지 듣고만 있던 노인이 빌어먹을 년 제가 모두 운수가 나빠 그렇게 된 걸 가지구 남의 탓만한다고 핀잔을 주어서, 드디어 옥선이는 울고불고 앞뒷집이 다소란하였는데, 아닌 게 아니라 벌이를 낮게 하는 형과 아우 틈에 끼어서 제 처지도 적잖이 어려울 것이라고 그는 매우 옥선이를 동정하는 듯싶었다.

나는 그의 이 방면의 지식에 오직 경탄하고 또 남의 비밀이라든 그러한 것을 안다는 것에 제법 흥미를 느꼈던 것이나 문득 그렇게 우리 안집 일에 자세한 그가 바로 그 바깥채에 들어 있는 우리 집안에 관하여 모를 까닭이 없을 거라고 그러한 것에 새삼스러이 생각이 미치자 나는 역시 당황해하고, 또 마음에 매우 불쾌하였으나 사실이란 아무렇게도 하는 수 없었고, 뿐만 아니라 이미 내게 관하여 모든 것을 다 알고 있을진댄, 내가 연일 그와 마주 대하여 잡담으로 세월을 보내는 것이 겸연쩍다고, 사흘에 한 번이라도 볼일 없는 거리를 헤맨다든, 그럴 필요가 조금도 없는 일이라, 결국은 그게 도리어 좋았다고, 나는 그다음부터는 아무런 불안도 느끼는 일 없이 아침을 치르고서는 으레 동저고리 바람으로 그의 이야기를 들으러 고무신을 끌고 나섰다.

그러나 우리는 언제까지든 그렇게 헛되이 그러면서도 지극히 평온한 하루하루를 보낼 수는 없었다. 그와 서로 안 지 사흘째가 되는 날 오후에, 약방으로 성병에 관한 약을 사러 오는 모든 남자들의 모든 표정에 대하여, 내가 흥미 있으면서도 또 슬픈 그의 이

야기를 듣고 있었을 때, 뜻밖에도 옆집 우리가 얻어 든 바깥채에
서, 분명히 옥화라나 하는 큰 기생과 나의 어머니가 음성을 높이
어 다투는 듯싶은 소리가 들려왔다. 나는 온갖 가정 내막에 통효[8]
하고 있는 나의 벗이, 그의 이웃집 소동을 어떻게 감수하고 있나,
그 기색을 살피기에 바쁘면서도, 한편으로는, 그들이 대체 무슨
일로 해 그토록이나 험한 소리로 다투지 않으면 안 되는 것인가,
그것을 놀랍게 또 불안하게 생각하고, 인생에 있어, 그것이 그렇
게 중대사가 될 수 없을진댄, 부디 어느 편에서든 얼른 양보하여,
남들의 비웃음을 더 받는 일이 없으라고, 나는 마음속으로 은근
히 빌었던 것이나, 나의 희망은 헛되이, 옆집에서의 소동은 결코
쉽사리 진압되지 않고, 도리어 그들의 음성은 좀더 높아가, 마침
내 안집에서 이미 오래전부터 방을 내어달라고 요구한 데 대하
여, 우리가 그것에 결코 응하지 않고 있는 것이, 이 소동의 내용
임을 내가 알 수 있었을 때, 나는 순간에, 거의 귓바퀴까지 새빨
개가지고, 그 사귄 지 얼마 안 되는 젊은 점원 앞에서 남김없이
손상되는 나의 체면을 안타깝게 생각하지 않을 수 없었다. 나는
계집이 하도 기가 나서 소리소리 치는 통에, 어느 틈엔가 십여 명
이나 그렇게 문 앞에 가 발을 멈추고서 연해 안을 기웃거리는, 소
위 구경꾼이라는 것들의 존재를 불쾌하게 여기며, 만약 저이의
요구가 정당한 것이라면 그렇게까지 우리 가족에게 욕을 보이지
않는다더라도, 나가줄 것을, 그년, 인정도 의리도 배우지 못한 상
것이라고, 나의 얼굴은 저도 모를 사이에 험악한 표정을 짓고, 이
경우에 이 모든 소동을 마치 남의 일이나 같이 나 혼자만 옆집 의

234

자에 가 안연히 앉아 있을 수는 도저히 없음을 마음 깊이 느꼈으나, 그러나 이번 일에 내가 취해야만 할 태도나 행동이란 대체 어떠한 것인지, 나에게는 전연 어림이 서지 않아, 혹은, 내가 순간에 생각하였던 바와 같이, 역시 나는 이 길로 집으로 돌아가, 마땅히 차가인[9]의 이권 옹호를 위하여 안집의 횡포를 꾸짖어야만 옳았다 하더라도, 그 퍽이나 능변인 계집을 상대로 끝끝내 싸우기 위해서는 우선 나는 구변과 용기가 없었고 뿐만 아니라 무엇보다도 나는 이번 일에 대하여, 대체 저편에서는 어떠한 이유와 조건을 말해왔는지, 또 그것에 대한 우리 가족들의 주장과 방침이란 어떠한 것인지 눈곱만 한 지식도 가지고 있지는 않았으므로, 비록 무조건하고 어머니 편을 들어 우리의 주장을 내세운다 하더라도 그것은 적잖이 곤란한 일임에 틀림없었다. 그뿐 아니라 그들의 주고받는 수작으로 보아 이 문제는 결코 어제나 오늘에 비롯한 것이 아니요 보름도 한 달도 훨씬 전부터 끌어온 것으로, 내가 그것을 전연 몰랐던 것은 그러한 소동이 공교롭게도 내가 밖에 나가고 없을 낮에 한하여 일어나기 때문인 듯싶으나 물론 이러한 중대한 문제는 온 가족이 같이 걱정하고 또 같이 생각해야만 할 것임에도 불구하고 어머니나 형수나 아무도 그것을 내게 알려주지 않았던 것은 내게 객쩍은 근심을 가지게 하고 싶지 않았다거나 하는 그러한 생각에서보다도 설혹 내게 이야기를 해본댔자 결국은 아무런 소용도 없으리라고 어디까지든 나를 무능한 사나이로 돌리고 있는 데서 나온 일에 틀림없으리라 알자, 나는 순간에 그지없는 반감을 그들에게 느꼈고 또 제 형을 도와 어느 틈엔가 문간에 나온 옥희라나 하는 계집이 반은 문간에 모여 선 군중을 향하여 그들이 바깥채를 자기네들 자신이 쓰기 위하여 이미 두 달 전에 내어달라 요구하였을 때 허다한 힐난과 논쟁 뒤에 비로소 보름 동안의 유예를 약속하였던 것이 보름은커녕 한 달은커녕 두 달이 지난 오늘에 이르러서도 의연히 나가지 않고 앙탈을 하며, 물론 방세야 또 석 달 치나 밀리고 있으나 자기들은 그것도 모두 탕감해주겠다는 것이요, 또 이사 비용으로 십 원을 줄게 방만 내어놓으래도 듣지 않고 있다고, 그러는 말을 들었을 때, 나는 잘못은 분명히 우리 가족들에게 있는 것같이 느끼고 그렇게까지 해준다는데도 대체 무슨 이유를 가져 저런 욕을 당해가며 나가지 않으려만 드는 것인지, 그야 잘못은 어떻든 간에 나는 나와 이해관계가 밀접한 우리 가족 편을 들어야만 옳을 것이라 생각은 하면서도, 도리어 속으로는 안집 처지에 동정을 느껴 제 마음속의 이 모순을 나로서는 아무렇게도 하는 수 없이 둘째 아이 옥선이까지 마저 나와서, 그래 그렇게까지 해준대도 듣지 않는 이상에야 더 말할 게 뭐냐고 어서 같이 파출소로 가서 시비곡직〔是非曲直〕을 따지자고 서두르는 소리를 듣고는 내 자신 얼굴이 또 빨개가지고 정말 순사라도 불러온다면 일이 적잖이 난〔難〕하여지겠다고 마음속에 질겁을 하여, 빌어먹을 년이 대체 누구를 협박하는 모양이냐고 가슴속에 치밀어 오르는 불덩어리를 느끼면서도 일변으로는 이러한 곤경에 있으면서도 어머니나 형수나 아무도 결국 이 경우에 내가 집이 없음을 안타깝게 생각한다든 하지는 않으리라 깨달으니, 넨장할, 부르려거든 정말 순사든 형사를 불러다가 모두를 잡아가든 말든 나는 모르겠다고, 흥 하고 부지중에 코웃음까지 나왔다.

사실, 어버이니, 자식이니, 지아비니, 지어미니, 형제니, 친구니, 하고 떠들어도, 사람과 사람의 관계란, 결국, 따지고 보자면 이해관계 이외에 아무것도 없다 할 것으로, 저편에서 생각하니까 이편에서도 생각하는 것이요, 이편에서 고맙게 하니까, 저편에서도 고맙게 하는 것이지 저편에서는 죽을 때까지 제 생각은 조금도 할 턱 없는 줄 번연히 알면서도, 이편에서는 언제까지든 그를 생각하고, 그를 위해서는 아무러한 보수도 받는 일 없이 저로서 할 수 있는 온갖 것을 하겠다고, 바로 팔 걷고 나설 시러베아들놈은 없을 게다. 먼 일가보다 가까운 이웃이란 이걸 두고 한 말일 것으로, 만일 동네 안이 모두들 자기네에게만 박절하게 대한다손 치면, 혹은 결코 그렇게 냉정하지는 않을지도 모를 먼 친척을 생각할 것에는 틀림없는 일이라, 속속들이 파헤치고 보자면 사람이란 제게 어떠한 방식으로든 이익을 주는 이를 가장 긴하게 알밖에 아무 다른 수가 없는 것이다. 남남끼리는 이를 것도 없지만, 부모 형제 사이라도, 결국은 별수가 없어, 내가 만약 한 달에 돈 백 원씩이라도 벌 수 있다면, 그것만 가지고 우리 집안 식구는 우선 걱정 없이 지낼 수 있어, 어머니는 약봉지를 붙이지 않아도 좋고, 형수는 삯바느질을 안 해도 좋고, 그러한 까닭에 물론 그들은 나를 알기 태산 같을 것을, 오직 내게 그만한 돈이 없다는 그 이유 하나만으로, 결코 어머니와 자식이나 아주미와 아주비의 관계가 달라지는 것도 아니련만, 그들이 내게 냉정한 것은, 도시 몇

푼 돈 상관에 틀림없다고, 나는 입 안에 고인 쓰디쓴 침을 삼키다
가, 문득 내가 지금 이웃집 약방에 가 이렇게 앉아 있는 것이라
고, 새삼스러이 그것을 깨닫고, 불안하게 고개를 들어보니 처음
에 우리 집에 소동이 일어날 때에는 분명히 내 앞에 가 그대로 앉
아 있어, 민망스러이 내 얼굴만 힐끔힐끔 곁눈질하던 젊은 점원
은, 어느 틈엔가, 저편 책상 앞으로 자리를 옮겨『일본 약국방』이
나 그러한 두꺼운 책을 펴놓고 한눈도 파는 일 없이 읽고 앉았다.
나는 그의 옆얼굴을 보며 대체 이 젊은 벗은 내게 대하여 어떠한
생각을 가지고 있는 것일까, 그것은 적어도 연민이나 모멸 이외
의 아무것도 아닐 것으로, 내가 지금 앉아 있는 이 의자에, 좀더
다른 사람이 몸을 의지할 때에 그는 틀림없이 나의 불유쾌한 경
험에 대하여, 그이에게 또 무책임한 소식을 전할 것이라 깨닫자,
나는 그에게 한없는 혐오[10]와 불쾌를 느끼고, 전후 생각 없이 밖으
로 나왔으나, 물론 아직도 소동이 끝나지 않은 집으로 들어가, 내
자신 그 속에 뛰어들 용기도 욕심도 있을 턱 없이, 그래 나는 동
저고리 바람에 고무신을 끈 채 되는대로 큰길로 걸어 나갔다.

　내가 우리 집에서 제법 떨어진 곳까지 왔을 때 나는 나의 흥분
이 차츰차츰 가라앉는 것을 느끼고 문득, 만약 내가 그들과 사이
에 영구히 이만한 거리를 가지고 있다면 그것은 틀림없이 나에게
있어서나 또 우리 가족에게 있어서나 일종의 행복과 같은 것을
의미할 것같이 생각하였다. 사람과 사람 사이에 일어나는 모든
불쾌한 사건이란 그들이 결국 너무나 가까이들 모여 있는, 오직
그 까닭에 틀림없으리라고, 그래 나는 문득 영영 집에 돌아가지

않을 것을 생각하였던 것이나 그러나 대체 내가 집을 떠나서 간다면 어디로 하고 그것을 새삼스러이 내 자신에 물었을 때 나는 뜻하지 않고 내가 이미 오래전부터 마음 한구석에서 자살이라든 그러한 것을 계획하고 있었다는 것을 알아내었다. 나는 그 순간 저도 모르게 거리 위에 걸음을 멈추었으나 결국 지금의 나에게 있어서 그것 말고는 아무 다른 길이 없다는 것을 깨달았을 때, 모르는 이는 혹 비겁하다 말하더라도 이십구 년간 내게 너무나 냉정하였던 이 세상에 대하여 그것이 나로서 취할 수 있는 오직 한 개의 보복 수단인 것 같아서 한편으로 나는 내가 그렇게도 용이하게 자살의 결심을 할 수 있은 것에 놀라면서도 결코 좀더 깊이 생각해보는 일 없이 그저 그대로 그렇게 작정하여버렸다. 그러나 내가 뒤이어 생각한 것은 그것을 결행할 장소라든 방법 같은 것이 아니라, 아직도 그 소동 속에서 체면을 깎이고 욕을 보고 할 나의 어머니와 형수와 또 어린 조카의 일이었다. 참말 내가 이대로 그만 이 세상에서의 나의 한 생을 끝내버리는 것이라면 그 전에 다만 한 번이라도 다시 그들의 얼굴이 보고 싶다고 나는 딴 때 없이 그들에 대하여 끓어오르는 애정을 느꼈으나 그것은 결국 내가 그들과 이제 영구히 떨어질 것을 생각하기 때문에 느낄 수 있는 것으로 다시 우리가 그렇게 가까이 얼굴을 대한다면 역시 나는 그들에게 대한 실망과 혹은 증오 이외에 아무런 감격도 갖는 일 없을 것을 깨닫고 이제 다시 만나는 일 없이 내가 그대로 목숨을 끊을 때 나는 순간에 반드시 그들을 생각하고 또 그들의 행복을 빌 것이요, 그들은 또 그들대로 다시 나를 눈앞에 볼 수 없다는 그 까닭만으로라도 응당 기왕의 그들의 잘못을 뉘우치고 또 나를 아껴할 것임에 틀림없다, 생각하니, 사람과 사람의 관계란 어쩌면 그들의 실체의 거리가 멀어지면 멀어질수록에, 그들의 마음의 거리는 도리어 더욱더 가까워지는 것인지도 모르겠다고 나는 그러한 것을 마음 한구석에 느끼며 역시 아무도 다시 만나는 일 없이 나는 외로이 또 고요히 땅 위에서 사라지리라 마음먹었다.

그러나 추위를 재촉하는 궂은비가 간밤에 지나간 가을의 거리 위에서 문득 그렇게도 적막하였던 나의 전 생애를 돌아보았을 때 모든 회상은 내 가슴속에 울음을 자아내었고 또 이대로 뉘우침만을 남기고 사라져버리는 것의 걷잡을 길 없는 안타까움을 나는 새삼스러이 느끼지 않을 수 없었다. 과연 나는 이대로 그만 한 줌 흙으로 돌아가도 좋을까, 이 생에서 내가 할 일은 참말 하나도 남지 않았나, 그러한 것을 속으로 헤아려보았을 때 나는 문득 내가 어제까지 그렇게도 문학을 사랑해왔으면서도 거의 작품다운 작품을 내어놓지 못하였던 것에 생각이 미쳐, 나는 이제 마땅히 심혈을 쏟아 한 편의 귀한 작품을 남겨야 하겠다고 내가 흙으로 돌아가는 것은 그 뒤에라도 결코 늦지는 않다고 갑자기 그렇게 마음을 먹었으나 어쩌면 이제 와서 그러한 생각을 먹는 것이 아직도 이 세상에 애착을 가지고 있는 까닭에 틀림없는 듯싶어 나는 그러한 제 자신을 불쾌하게 여겼다. 그러나 만약 내가 사실 나의 가슴 한구석에 생에 대한 애착을 가지고 있는 것이라면 그것도 나로서는 어찌할 수 없는 것으로 나는 그것을 완전히 잃을 때까지는 그대로 이 세상에 남아 있을 수밖에 다른 도리가 없는 것이나, 그렇다고 이대로 다시 우리 가족들에게 돌아가고는 싶지 않다고 그러한 것을 생각하였을 때 나는 갑자기 나의 가족에게서 떠나 모든 벗들에게서 떠나 어디 먼 곳으로만 가고 싶은 격렬한 충동을 느꼈다. 어디든 좋았다. 동경이든, 상해든, 만주든, 오직 내가 그들에게서 멀리 떨어져 있을 수만 있으면 나는 틀림없이 행복될 것같이 생각되어 내가 참말 오래전부터 그러한 생각을 하고 있었다는 사실을 번개같이 기억 속에서 찾아내고 내게는 정말 이 길밖에는 없다고 작정하였던 것이나 그러나 대체 여비는 하고, 당연한 문제에 부딪쳤을 때 나는 갑자기 실망을 느끼고 문득 주위를 둘러보았다. 그곳은 뜻밖에도 사직동으로 나는 대체 어디를 어떻게 걸어서 여기까지 이르렀는지를 알아낼 수 없었으나 이제 또 어디로 가야 옳은가 생각하였을 때 가장 필연한 형세로 이 동리에 사는 벗이 나의 머리에 떠올랐다. 그와 함께 나는 내가 푼전을 지니고 있지 않은 것에 비겨 그에게는 암만이든 돈이 있다는 사실을 생각해내고, 참말 그에게 있어서 백 원이니 이백 원이니 하는 돈이 우스운 것임에 틀림없다 깨닫자, 나의 발길은 제풀에 그리로 향하며 거기서 나는 다시 사람과 사람의 모든 관계는 오직 이해 이외의 아무것도 아닌 것의 실례를 발견하고 내 자신 쓰디쓴 웃음을 금하지 못하였으나, 그 결코 대단하지 않은 금액이 내가 이 세상에서 나 아는 이에게 끼치는 마지막 폐일지도 모른다고 일종 비장한 생각을 함으로써 스스로 용기를 얻어 그를 찾았다.

그러나 나의 부름에 응하여 나온 그의 집 하인은 동저고리 바람인 나를 일종 모멸을 가져 훑어보고, 간단히 한마디, 안 계십니다고 말하였다. 나는 갑자기 전신에 피로를 느끼며, 벗이 일찍이 신경쇠약의 고통을 호소하고, 쉬이 어디로든 전지 요양을 가겠노라 하던 것을 생각해내었다. 나는 그대로 사직공원을 향하여 기운 없는 다리를 내어놓으며, 그가 아직 서울에 남아 있는 동안에, 왜 진작 그 생각을 못하였던 것인가 뉘우쳤으나, 문득 그 집 사람의 안 계십니다, 한마디로는 그의 소식이 분명치 않아, 혹은 어디 잠깐 외출하고 없는 것을 가리켜 말하였던 것인지도 모른다 깨달았으나, 다시 돌아가 그것을 물을 기력도 없이, 나는 그대로 공원 안으로 들어갔다. 간밤에 내린 비는 이곳 풍경을 좀더 삭막하게 해놓은 듯싶어, 내가 낙엽을 밟으며 숲 속을 찾아들어, 그곳 들 위에 지친 몸을 의지해 앉았을 때, 내 마음에는 다시 새로운 슬픔이 솟아나왔다. 차차로이 저물어가는 하늘을 우러러, 아무런 빛도 이제는 바랄 수 없는 내 앞길을 한숨지었을 때 나는 문득 의외의 인기척에 놀라, 고개를 돌렸다. 그곳에는 삼십이나 그렇게 된 사나이가, 남의 눈도 꺼리는 일 없이, 땅 위에 두 손을 짚고서 물구나무를 서기에 열심이었다. 그도 역시 인생에 피로한 것일까, 나는 능히 그의 심정을 이해할 수 있을 것같이 생각하였던 것이나, 그가 그의 운동을 중지하고 내게로 고개를 돌렸을 때, 나는 그가 뜻밖에도 내가 그렇게도 만나고 싶어 마지않았던 그 벗임을 알고 가장 신기하게 놀랐다. 그뿐 아니라, 그도 나를 알아보자, 그는 거의 미친 듯이 내 옆으로 뛰어와서, 내 손을 힘 있게 잡고,

내가 그에게 바로 지금 찾아갔던 것임을 일러주었을 때, 그는 순간에 두 눈에 눈물이 그렁그렁하여, 저를 찾아오셨습니까, 저를 찾아오셨습니까, 하고, 그의 눈물이 방울방울 내 손등에 떨어지는 것도 그는 깨닫지 못하였다. 아무리 신경쇠약이라고는 하더라도, 나의 심방이 그렇게까지 그에게 감격을 줄 것을 나는 결코 예기하고 있지 못하였었으므로, 한참이나 나는 오직 멍하니 그를 바라보고만 있었던 것이나, 문득 내가 그를 만나보려 한 본래의 목적을 생각해내었을 때, 나는 갑자기 그의 지나친 감격에 불쾌를 느꼈다. 만일 이 경우에 내가 돈 이야기와 같은 것을 꺼내기라도 한다면, 그는 응당 나의 심방에 대하여, 그렇게도 자기가 감동하였던 것을 뉘우칠 것이요, 그래 그는 제 자신 불쾌하지 않으면 안 됨으로써, 내게까지 그 우울을 나누어줄 것에 틀림없었고, 설혹 뜻밖에도 내가 그에게 돈을 취하는 것에 성공할 수 있다손 치더라도, 나는 바로 그의 약점을 이용하여 내 몸을 이롭게 하였다고, 그러한 비난을 받아도 어쩌는 수 없는 노릇이라 그래 나는 좀처럼 냉정해지지 않고, 그저 그대로 그동안의 자기가 얼마나 고독하였었던가를 내게 호소하기에 열정인 그를, 그와는 훨씬 먼 거리에서, 그에게 대하여 내 마음속에 일종 격렬한 증오조차 느끼며, 언제까지든 불쾌하게, 또 우울하게, 지켜보고 있었다.

방란장 주인 芳蘭莊 主人

그야 주인의 직업이 직업이라 결코 팔리지 않는 유화 나부랭이
는 제법 넉넉하게 사면 벽에 가 걸려 있어도, 소위 실내 장식이라
고는 오직 그뿐으로, 원래가 삼백 원 남짓한 돈을 가지고 시작한
장사라, 뭐 찻집답게 꾸며보려야 꾸며질 턱도 없이, 차탁과 의자
와 그러한 다방에서의 필수품들까지도 전혀 소박한 것을 취지로,
축음기는 자작(子爵)이 기부한 포터블을 사용하기로 하는 등 모
든 것이 그러하였으므로, 물론 그러한 간략한 장치로 뭐 어떻게
한밑천 잡아보겠다든지 하는 그러한 엉뚱한 생각은 꿈에도 가져
본 일 없었고, 한 동리에 사는 같은 불우한 예술가들에게도, 장사
로 하느니보다는 오히려 우리들의 구락부와 같이 이용하고 싶다
고 그러한 말을 해, 그들을 감격시켜주었던 것이요, 그렇길래 자
작은 자기가 수삼 년간 애용해온 수제형 축음기와 이십여 매의
흑반(黑盤)[1] 레코드를 자진해 이 다방에 기부하였던 것이요, '만

성(晚成)'이는 또 만성이대로 어디서 어떻게 수집해두었던 것인지 대소 칠팔 개의 재떨이를 들고 왔던 것이요, 또 한편 '수경(水鏡) 선생'은 아직도 이 다방의 옥호²가 결정되지 않았을 때, 그의 조그만 정원에서 한 분(盆)의 난초를 손수 운반해가지고 와서 다점의 이름은 방란장(芳蘭莊)이라든 그러한 것이 좋을 것 같다고 제의해주는 등, 이 다방의 탄생에는 그 이면에 이러한 유의 가화³ 미담이 적지 않으나, 그러한 것이야 어떻든, 미술가는 별로 이 장사에 아무러한 자신도 있을 턱 없이, 그저 차 한 잔 팔아 담배 한 갑 사 먹고 술 한 잔 팔아 쌀 한 되 사 먹고 어떻게 그렇게라도 지낼 수 있었으면 하고, 일종 비장한 생각으로 개업을 하였던 것이, 바로 개업한 그날부터 그것은 참말 너무나 뜻밖의 일로, 낮으로 밤으로 찾아드는 객들이 결코 적지 않아, 대체 이곳의 주민들은 방란장의 무엇을 보고 반해서들 오는 것인지, 아무렇기로서니 그 조금도 예쁘지 않은, 그리고 또 품(品)도 애교도 없는 '미사에' 하나를 보러 온다든 그러할 리가 만무해, 참말 그들의 속을 알 수 없다고 가난한 예술가들은 새삼스러이 너무나 간소한 점 안을 둘러보기조차 하였던 것이나, 그것은 어쩌면 '자작'이 지적하였던 바와 같이, 이 지나치게 소박한 다방의 분위기가 도리어 적잖이 이 시외 주민들의 호상(好尙)⁴에 맞았는지도 모르겠다고, 그것도 분명히 일리가 있는 말이라고 모두들 그럴 법하게 고개를 끄덕이었고, 하여튼 무엇 때문에 객이 이 다방을 찾아오는 것이든, 한 사람이라도 더 차를 팔아주는 데는 아무러한 불평이나 불만이 있을 턱 없이, 만약 참으로 이 동리의 주민들이 질박한 기풍을 애호

하는 것이라면 결코 넉넉하지 못한 주머니를 털어서 상보 한 가지라도 장만한다든 할 필요는 없다고, 그래 화가는 첫 달에 남은 돈으로 전부터 은근히 생각하였던 것과 같이 다탁에 올려놓을 몇 개의 전기스탠드를 산다든 그러지는 않고, 그날 밤은 다 늦게 가난한 친구들을 이끌어 신숙⁵으로 '스끼야끼'⁶를 먹으러 갔던 것이나, 그것도 이제 와서 생각해보면 역시 한때의 덧없는 꿈으로, 어이 된 까닭인지 그다음 달 들어서부터는 날이 지날수록 영업 성적이 점점 불량하여, 장사에 익숙하지 못한 예술가들은 새삼스레 당황해가지고, 어쩌면 이 근처에 끽다점이라고는 없다가, 하나 처음으로 생긴 통에 이를테면, 일종 호기심에서들 찾아왔던 것이, 인제는 이미 물리고 만 것인지도 모르겠다고, 만약 그렇다면 장차 어떻게 해야 좋을지, 그들이 채 그 대책을 강구할 수 있기 전에, 그곳에서 상거⁷가 이삼십 간이나 그밖에 더 안 되는 철로 둑 너머에, 일금 일천칠백 원 야(也)를 들였다는 동업 '모나미'가 생기자 방란장이 받은 타격은 자못 큰 바가 있어, 그 뒤부터는 어떻게 한때의 농담이 진담으로, 그것은 참말 한 개의 끽다점이기보다는 완연 몇 명 불우한 예술가들의 전용 구락부인 것과 같은 감이 없지 않으나, 그렇다고 돈 없는 몸으로서 '모나미'와 호화로움을 다툴 수는 없는 일이었고, 그래 세상일이란 결국 되는대로밖에는 되지 않는 것이라고, 그대로 그래도 이래저래 끌어온 것이 어언간 이 년이나 되어, 속무(俗務)에 어두운 '자작' 같은 사람은, 하여튼 이 년이나 그대로 어떻게 유지해온 것이 신통하다고 이제 그대로만 붙들고 앉았으면 당장 아무 일은 없을 것이라고, 그러한 말을 하기조차 하였던 것이나, 근래에 이르러서 이 다방에 빚쟁이들의 내방은 자못 빈번하여, 자기의 그동안의 부채라는 것이, 자기 자신 막연하게 생각하였던 것보다는 엄청나게 많은 금액이라는 것을 새삼스레 깨닫고, 비로소 아연한 요즈음의 그는, 아무러한 낙천가로서도 어찌하는 수 없이, 곧잘 자리에 누워 있는 채, 혼자 속으로 '모나미'의 하루 수입이 평균 이십 원이라는 것은 이 빈약한 방란장이 개업 당시에 십여 원이나 그렇게는 되었던 것으로 미루어 사실일 것이나, 자기는 물론 그렇게 많은 수입을 바라는 것은 아니요, 더도 말고 하루에 오 원씩만 들어온다면 삼오는 십오, 달에 일백오십 원만 있다면, 그야 물론 옹색은 한 대로, 그래도 어떻게 이대로 장사는 해가며, 자기와 '미사에'와 두 식구 입에 풀칠을 하겠구면서도, 아무리 한산한 시외이기로 그래도 명색이 다방이라 해놓고, 하루 매상고가 이삼 원이나 그밖에 더 안 되니, 그걸 가지고 대체 무슨 수로 반년이나 밀린 집세며, 식료품점 기타에 갚을 빚이며, 거기다 전기 값에, 와사(瓦斯)[8] 값에, 또 '미사에'의 월급에, 하고, 그러한 것들을 모조리 속으로 꼽아보느라면, 다음은 으레히 쓰디쓰게 다시는 입맛으로, 참말이지 아무러한 방도라도 차리지 않으면 안 되겠다고, 방란장의 젊은 주인은 저 모르게 엄숙한 표정을 지어도 보는 것이나, 그러면 방도는 대체 무슨 방돈고 하고, 늘 하는 그 모양으로 잠깐 동안은 숨도 쉬지 않고 물끄러미 천장만 쳐다보아도, 물론 이제 이르러 새삼스레 머리에 떠오를 제법 방도라 할 방도가 있을 턱 없이, 문득 뜻하지 않고 눈앞에 아른거리는 온갖 빚쟁이들의 천

속한 얼굴에, 그는 거의 순간에 눈살을 찌푸리고서, 누구보다도
제일에 그 집주인 놈 아니꼬워 볼 수 없다고, 바로 어제도 아침부
터 찾아와서는 남의 점에 가 버티고 앉아, 무슨 수속을 하겠느니
어쩌느니 하고, 불손한 언사를 희롱하던 것이 생각나서, 뭐 밤낮
밑지는 장사를 언제까지든 붙잡고 앉아 뭐니 뭐니 할 것이 아니
라, 이 기회에 아주 시원하게 찻집이고 뭐고 모두 떠엎어버리고
서 내 알몸 하나만 들고 나선다면, 참말이지 '만성'이 말마따나,
하다못해 '시나소바'⁹ 장수를 하기로서니 설마 굶어 죽기야 하겠
느냐고, 그는 거의 흥분이 되어가지고 얼마 동안은 그러한 생각
을 하기에 골몰이었으나, 사실은 말이 그렇지, 그것도 역시 어려
운 노릇이, 혹 자기 혼자라면 어떻게 그렇게라도 길을 찾는 수가
없지 않겠지만, 그러면 그렇게 한 그 뒤에, 돌아갈 집도, 부모도,
형제도, 무엇 하나 가지지 않은 '미사에'를 대체 자기는 어떻게 처
리해야 할 것인고 하고, 그러한 것에 생각이 미치면, 그는 그만
제풀에 풀이 죽어, 사실이지 이 '미사에' 문제를 해결해놓은 뒤가
아니면, 아무러한 방도도 자기에게는 결코 방도일 수가 없다고,
알지 못하는 사이에 가만한 한숨조차 그의 입술을 새어나오는 것
도 결코 까닭 없는 일이 아닌 것으로, 원래가 '수경 선생' 집 하녀
로 있던 '미사에'를, 어차피 다방에 젊은 여자가 한 명은 필요하였
고, 기왕 쓰는 바에는 생판 모르는 사람보다는 역시 지내보아 착
실하고 믿음직한 사람이 좋을 게라고, 그래 사실은 어느 모로 뜯
어보든 다방의 여급으로는 당치 않은 것을, 그 늙은 벗이 천거하
는 그대로, 십 원 월급을 정하고 데려다 둔 것이, 정작 다방의 사

무라는 것은 분망치 않아, 그렇다고 주인 편에서는 아무러한 암시도 한 일은 없었던 것을, 주부도, 하녀도, 있지 않은 집안에, 어느 틈엔가, 저 혼자서 모든 소임을 도맡아가지고, 아직 독신인 젊은 주인의 신변을 정성껏 돌보아주는 데는, 정말 미안스러운 일이라고도, 또 고마운 일이라고도, 마음속에 참말 감사는 하면서도, 지나치게 가난한 몸에 뜻같이 안 되는 장사는, 아무렇게도 하는 수 없어, 그래 정한 월급을 세 곱절하여 '미사에'의 노역에 사례하리라고는 오직 그의 마음속에서뿐으로, 그도 그만두고 그나마 십 원씩이나 어쨌든 치러준 것도 다방을 시작한 뒤 겨우 서너 달이나 그동안만의 일이요, 그 뒤로는 그저 형편이 되는 대로 혹이 원도 집어주고 또 혹 삼 원도 쥐여주고, 그리고 나머지는 새달에, 새달에, 하고 온 것이, 그것도 어느 틈엔가 이 년이나 되고 보니, 그것들만 셈쳐본다더라도 거의 이백 원 돈은 착실히 될 것이나, 대체 아무리 순박한 시골 처녀라고는 하지만서도, 어떻게 생겨난 여자길래, 그래도 금전 문제는 부자지간에도 어떻다고 일러오는 것을, 이제까지 그것을 입 밖에 내어 단 한 번 말해보기는커녕, 참말 마음속으로라도 언제 잠시 생각해보는 일조차 없는 듯싶어, 그저 한결같이 주인 한 사람만을 위해 진심으로 일하는 것이, 젊은 예술가에게는 일종 송구스럽기조차 해 언젠가는 이내 견디지 못하고 그에게 어디 다른 데 일자리를 구해볼 마음은 없느냐고, 그러면 자기도, 또 '수경 선생'도, 힘껏 주선은 해보겠노라고, 마주 대해 앉아서도 거의 외면을 하다시피 해 간신히 한 말을, 우직한 시골 색시는 어쩌면 자기에게 무슨 크나큰 잘못이라도 있어, 그래 주인의 눈에 벗어난 것인지도 모르겠다고 어떻게 그렇게라도 잘못 알아들었던 것인지, 순간에 얼굴이 새빨개져가지고, 원래 구변이라고는 없는 여자가, 금방 울음을 터뜨릴 수 있는 준비 아래, 한참을 더듬거리며, 그저 뜻 모를 사과를 하여, 경력 적은 화가를 어리둥절하게 만들어놓았으므로, 그래, 그는 다시 그러한 유의 말을 '미사에' 앞에서 꺼내어보지 못하고, 생각 끝에 '수경 선생'에게라도 문의를 해보면, 혹은 뜻밖에 무슨 묘책이라도 있을지 모르겠다고 마침 목욕탕에서 그와 만났을 때, 그 일을 상세히 보고하고서, 나이 많은 이의 의견을 물었더니, 그는 또 어떻게 생각을 하고 하는 말인지, 무어니 무어니 할 것이 아니라, 아주 이 기회에 둘이서 결혼을 하라고, 자기는 애초부터 그러한 것을 생각하였었고, 그리고 또 그것은 아름다운 인연에 틀림없다고, 만약 그가 직접 말을 꺼내는 것이 거북하기라도 하다면, 자기가 아주 이 길로라도 '미사에'를 만나보고 작정을 지어주마고, 혼자서 모든 일을 알아차렸다는 듯이 그렇게 한바탕을 서두르는 통에, 젊은 미술가는 거의 소녀와 같이 얼굴조차 붉히고, 그것만은 한사코 말리면서, 문득 어쩌면 '수경 선생'이 자기와 '미사에'와 사이에, 무슨 의혹이라도 가지고 그러는 것이나 아닐까 하고, 그러한 것에 새삼스레 생각이 미치자, 그는 그제서야 다 늦게 당황해가지고, 만약 인격이 원만한 '수경 선생'으로서도, 자기들에게 그러한 유의 의혹을 품지 않을 수 없는 것이라면, 동리의 경박한 무리들의 입에는, 어쩌면 이미 오래전부터 별의별 소리가 모두 오르내렸을지도 모르겠다고, 또다시 얼굴이 귓바퀴까지 빨개졌던 것이나, 이제 돌이켜 생각해보면, 설혹 그러한 말들이 생겨났다더라도 그것은 어찌는 수 없다고밖에는 할 수 없을 것이, 사실 젊은 남녀만 단둘이 그렇게도 오랫동안을 한 집안에 가 맞붙어 살아오면서 그들의 순결이 그래도 유지되었으리라고는, 그러한 것을 믿는 사람이 어쩌면 도리어 괴이할지도 모르나 역시 사실이란 어찌하는 수 없는 것으로, 그것은 혹은 자기가 '미사에'에게 욕정이라든 애정이라든, 그러한 것을 느낄 수 있기 전에, 우선 그렇게 쉽사리는 갚아질 듯싶지 않은 너무나 큰 부채를 그에게 졌던 까닭에 이미 그것만으로도 그를 대하는 때마다 마음속에 짐은 무거워, 그래 무슨 다른 잡스러운 생각을 먹어볼 여지가 없었던 것인지도 모르나, 그러한 것이야 사실 어떻든, 이제 이르러서는 설사 그에게 지불할 그동안의 급료 전액의 준비가 있다손 치더라도, 그것을 치러주었을 뿐으로, 어디로든 가라고, 그렇게 말할 수는 없을 것 같았고, 또 '미사에'도 그러면 그러겠노라고, 선선히 나가버릴 듯도 싶지 않아, 생각이 어떻게 이러한 곳에까지 미치니까, 다음은 필연적으로, 그러면 대체 이 여자는, 그 자신, 자기 장래에 관해 어떠한 생각을 가지고 있는 것인지, 그것부터 밝힐 필요가 있다고, 그는 그러한 것을 생각해보았으나, 아무래도 '미사에'에게는 그러한 방침이니, 계획이니 하는 것이 전혀 없는 듯도 싶어, 그러한 것은 마치 자기의 주인이나 또는 '수경 선생'이 가르쳐줄 것으로, 자기는 그들이 하라는 그대로 해가기만 하면 그만일 것같이 어째 꼭 그렇게만 생각하고 있는지도 모를 일이라, 그렇게 되고 보니 이것은 바로 어디 마땅한 곳이라도 있어,

그의 혼처를 정해준다든 그러기라도 하지 않으면, 혹은 한평생을 자기가 데리고 지내지 않으면 안 될는지도 모르겠다고, 사태는 뜻밖으로 커져 그는 얼마 동안을 아연히 천장만 우러러보았던 것이나, 문득, 만약에 '미사에'로서 아무런 이의도 없는 것이라 하면, 뭐 일을 어렵게만 생각할 것이 아니라, 아주 이 기회에 둘이 결혼을 해버리는 것이 좋지나 않을까, 그래 가지고 새로이 자기의 나아갈 길을 개척한다든 하는밖에는 아무 다른 도리가 없지나 않을까 하고, 언젠가 목욕탕에서의 '수경 선생' 말이 생각나서, 그야 '미사에'는 오직 소학을 마쳤을 그뿐으로, 결코 총명하지도, 어여쁘지도 않았으나, 어쩌면 예술가에게는 도리어 그러한 여자가 아내로서 가장 적당한 것일지도 몰랐고, 남이야 어떻든 간에 이 여자는 적어도 자기 한 사람을 능히 행복되게 해줄 수는 있을 것이라고, 그는 어느 틈엔가, '미사에'가 가지고 있는 온갖 미덕을 속으로 셈쳐보았던 것이나, 하지만 그러면 자기도 그를 또한 행복되게 해줄 수 있을 것인가 하고, 그러한 것을 돌이켜 생각해보았을 때, 그는 새삼스레 그렇게도 경제적으로 무능한 자기 자신이 느껴졌고, 어제 왔던 집주인의 자못 강경하던 그 태도로 미루어, 어쩌면 내일로라도 집을 내어놓고, 갈 곳 없는 몸이 거리로 나서지 않으면 안 될지도 모를 일이라고, 그렇게 생각하니, 그는 그러한 자기가, 잠시라도 '미사에'와 결혼을 하느니, 그래 가지고 어쩌느니, 하고, 그러한 꿈같은 생각을 하였던 것이, 스스로 어이없어 픽 자조에 가까운 웃음을 웃어보고는, 어느 틈엔가 방 안이 어두워온 것에 새삼스레 놀라, 그제야 자리를 떠나서 게으르게 아래로 내려와보니, 점에는 '미사에'가 혼자 앉아 있을 뿐으로, 오늘은 밤에나 들를 생각인지 '자작'도, '만성'이도, 와 있지 않은 점안이 좀더 쓸쓸하여, 그는 세수도 안 한 채, 그대로, '미사에'에게 단장을 내어달래서, 그것을 휘저으며, 황혼의 그곳 벌판을 한참이나 산책하다가, 문득 일주일 이상이나 '수경 선생'을 보지 못하였던 것이 생각나서 또 뭐 소설이라도 시작한 것일까, 하고, 그의 집으로 발길을 향하며, 문득 자기가 그나마 찻집이라도 붙잡고 앉아 있는 동안, 마음은 이미 완전히 게으름에 익숙하고, 화필은 결코 손에 잡히지 아니하여, 이대로 가다가는 영영 그림다운 그림을 단 한 장이라도 그리지는 못할지도 모르겠다고, 그러한 자기 몸에 비겨, 뭐니 뭐니 해도, 우선 의식 걱정이 없이, 정돈된 방안에 고요히 있어, 얼마든 자기 예술에 정진할 수 있는 '수경 선생'의 처지를 한없이 큰 행복인 거나 같이 부러워도 하였으나, 그가 정작 늙은 벗의 집 검은 판장[10] 밖에 이르렀을 때, 그것은 또 어찌 된 까닭인지 그의 부인이 히스테리라고 그것은 소문으로 그도 들어 알고 있는 것이지만, 실상 자기의 두 눈으로 본 그 광경이란 참으로 해괴하기 짝이 없어, 무엇이라 쉴 새 없이 종알거리며, 무엇이든 손에 닿는 대로 팽개치고, 깨뜨리고, 찢고, 하는 중년 부인의 광태 앞에 '수경 선생'은 완전히 위축되어, 연해 무엇인지 사과를 해가며, 그 광란을 진정시키려 애쓰는 모양이, 장지는 닫혀 있어도 역시 여자의 소행인 듯싶은 그 찢어지고, 부러지고, 한 틈으로 너무나 역력히 보여, 방란장의 젊은 주인은 좀더 오래 머물러 있지 못하고, 거의 달음질을 쳐서 그곳을 떠나며, 문득, 황혼

의 가을 벌판 위에서 자기 혼자로서는 아무렇게도 할 수 없는 고
독을 그는, 그의 전신에 느끼고,"

비량 悲凉

　정초면, 으레들 그래야만 할 것같이, 아낙네들은 책력과 토정비결을 펴놓고 앉아서, 나온 괘에, 혹은 좋아도 하고, 또 혹은 언짢아도 하여, 그 풍습을 승호도 모르는 바는 아니지만, 정작 여자가 진숙이네 방에서 그 두 종류의 서적을 빌려가지고 와,

　"우리 금년 신주 좀 봅시다."

하고 그렇게 말하였을 때, 그는 그러나 순간에 눈썹을 찡그리지 않을 수 없었다. 그까짓 것 보아서 좋으면 어떻고, 나쁘면 어떻고, 그것이 모두 부질없이 어리석은 일이었기 때문만이 아니라, 또 그러함에도 불구하고, 현재의 그들의 아무렇게도 변통수 없는 그 궁한 살림은, 혹은, 그러한 것에서라도 무슨 광명 같은 것을 찾고, 그리고 가장 기력 없는 희망을 미래에 갖는밖에 아무런 다른 도리도 없는 것이었는지 몰랐으므로, 그래 도리어 그 까닭으로 하여, 승호는 제풀에 찡그려지는 눈썹을 아무렇게도 하는 수

없었던 것이다.

그러나 여자가 그러한 남자의 감정 같은 것은 완전히 무시하고서,

"자아, 어서어."

하고, 또 한 번 재촉하였을 때, 그는 종시 마음은 내키지 않으면서도, 그래도 좀더 불쾌한 표정을 지우는 일 없이,

"어디."

하고, 가벼이 그러한 말조차 한마디 하여, 책력을 집어들었다. 그러한, 물론 아무러한 이익도 없는, 그와 함께, 별로 이렇다 할 해도 없는 일을 그렇게 굳이 거절할 것도 또한 없지 않을까 하고, 그렇게 돌이켜서 생각하였던 그뿐이 아니라, 그러한, 이를테면 대수롭지 않은 것을 가지고, 객쩍은 말을 주고받고 한 끝에, 끝끝내는 피차에 얼마간이라도 불유쾌한 감정을 맛보지 않으면 안 될 것에, 문득, 승호는 생각이 미쳤던 까닭이다.

'올해는 둘이서 기어코 갈라서게만 되리라고, 그러한 괘라도 나오기 전에는, 토정비결도 새빨간 거짓말이다……'

혼자 그러한 것을 마음속으로 중얼거려보고,

"올해 몇이지."

우선 여자의 나이를 물으며,

'스물, 둘이던가? 아니, 셋이던가?'

영자의 옆얼굴을 물끄러미 바라보려니까, 잠깐 망설거린 끝의 그의 대답이,

"스물, 다섯"이라,

'오오, 참 나보다 바로 세 살 아래였으니까……'

승호는 기계적으로 고개를 끄떡거리며, 그것은 아직 묻지도 않은 것을,

"삼월 초사흗날."

하고, 미리, 알려주는 그의 생일이야 언제든 간에, 아무리 보아도 스물두셋보다 결코 더 먹어 보이지는 않는 여자의, 어딘지 모르게 그저 애티가 남아 있는 얼굴을, 일종 질투와 유사한 감정을 가져 곁눈질해 보며,

"그럼, 스물다섯에다, 태세수, 병자년이 십팔이라, 마흔셋을 여덟으로 제하면, 오팔은 사십. 셋이 남고, 삼월, 월건수가, 갑진, 십사. 삼월이 적으니까 스물아홉. 합해서 마흔셋을 육으로 제하면 육칠이 사십이, 하고, 나머지가 하나. 또, 초사흗날이니까, 셋에다, 일진수, 을해, 열일곱을 가하면, 스물. 스물을 삼으로 제해, 삼칠이 이십일, 그건 안 되고, 삼육은 십팔, 둘이 남으니까…… 그럼, 삼, 일, 이……"

승호의 계산이 끝나기가 무섭게, 영자가 책을 빼앗아, 부리나케 찾아본, 그의 올해 신수는 의외에도 좋아, 그것은 이해에 혼인을 하게 될 것이요, 적공[積功]은 적어도 효력이 많으며, 또 김가 성 가진 사람이 와서 도우면, 생색이 오 배나 될, 그러한 괘에 틀림없었다.

"올 신수가 아주 늘어졌다."

승호는, 근래에 없게, 그러한 농담 비슷한 말을, 저도 모르게, 한마디 해보았으나, 영자가 그 말에는 아무 대답 없이, 바로 그곳

에 씌어 있는 것을 무슨 참된 운명의 계시나 되는 것같이 눈을 반짝거려가며, 몇 번인가 되풀이하여, 또박또박이, 읽고 또 읽고 하였을 때, 승호는 어느 틈엔가 또다시, 불유쾌한 감정이 가슴 한구석에 이는 것을 깨달았다.

그러한 허황된 것을, 무슨 크나큰 진리나 되는 듯싶게, 일종의 흥분조차 가지고서 연해 외우고 있는 여자의 꼴도 꼴이려니와, 도대체 토정 선생이란 누구인데, 이러한 황당무계한 말로, 어리석은 사람들의 감정을 농락하는 것인지, 그것은 불쾌보다도, 오히려 일종 분노에 가까운 감정이었다. 더구나 그것도, 그냥 길하면 길하다거나, 흉하면 흉하다거나, 그러는 것이 아니라, 바로 무슨 혼인을 할 수 있느니, 김가 성 가진 자가 어쩌면 어쩌느니 하고, 가장 정말인 듯이나 싶게 늘어놓은 것이 승호의 비위에는 결코 맞지 않았다. 비록 예식을 갖추어서 혼인이라고 한 것은 아니요, 그러니 물론 민적(民籍)을 넣어 아주 내 집 사람이 된 것은 아니지만서도, 그래도 하여튼 자기라는 남자가 어엿하게 있는 영자에게다 대고, 무슨 금년에 시집을 갈 수라고 그러한 말을 일러주는 것이 우선 천만부당한 수작이요, 또 김가 성 가진 자란 대체누구를 가르쳐 하는 말인지, 자기는 물론, 김가도 이가도 아닌 '연일 정씨'니까, 올해에 영자를 도와서 생색이 오 갑절이나 나게한다는 위인이 자기가 아닌 것만은 사실이라, 그 도와준다는 김가와, 영자가 혼인할 상대자와, 그야 반드시 같은 인물이 아닐지는 모르나, 이렇든 저렇든 간에 그러한 것을 생각해볼 그뿐으로 승호의 마음이 언짢아지기는 일반이다.

그는 재떨이 위에 생담배가 타고 있는 것도 깨닫지 못하고, 잠깐은, 혼자 그러한 생각에, 약간 표정을 험하게도 지어보았으나, 문득,

'그럼, 나는 이 계집과 갈라서는 것을 바라고 있지는 않는 것인가? 언제까지든, 이 굴욕의 생활 속에서 허위대려는 것인가……'

그보다도, 그 묵은 책 속에 적혀 있는 오직 두어 줄 글로 하여서, 자기가 이렇게도 감정의 격동을 받는 이상에는, 결코 남들을 어리석다, 못생겼다, 비웃을 수는 없다고, 쓰디쓴 웃음을 입가에 띠고, 생각난 듯이 영자 편을 보니, 그는 그저 책을 놓지 않고 그대로 눈을 반짝거리며, 무엇인지 골똘히 생각하는 눈치는, 어쩌면, 자기에게 가장 다행한 빛을 가져온다는, 그 김가라는 것이 적잖이 궁금하여 아마도 자기가 아는 한도의 온갖 김가들을 은근히 마음속에 상고하고 있는 모양이라, 승호는 이윽히 모멸 가득한 눈초리로 그의 옆얼굴을 흘겨보다가,

'네 신수가 그러하다면, 너는 너대로 가고, 나는 또 나대로, 나의 금년 신수를 좇아서……'

하고, 불끈, 그러한 감정이 이는 대로,

"어디, 이리 좀 내애, 나두 좀 보게."

그래, 승호는 또 한 번 책력과 토정비결을 뒤적거렸던 것이나, 스물여덟 살에, 생일이 칠월 열이렛날인 사나이의 병자년 신수는, 그러나, 무던히도 흉하여, 영자의 앞에서는, 그러한 것이 모두 허황된 것으로, 길하거나 흉하거나 자기는 결코 아무렇게도 여기고 있지는 않은 듯싶게 꾸미면서도, 역시 내심으로는, 먼저

보다도 좀더 우울해지는 것을 그로서는 아무렇게도 하는 수 없었다.

그러한 남자의 눈치 속을 설혹 챌 수 있었다 하더라도, 원래가 그러한 것을 일일이 아랑곳하는 영자가 아니라,

"당신 괘는 어떠우? 어디……"

하고, 책을 빼앗아,

"성내고 연군에 달아나니, 상치 아니하는 곳이 없다. 그날 중에 도망하니, 은혜를 지고 덕을 잊는다. 세 벌레가 먹어 다하니, 누가 이기고 누가 질꼬. 패군한 장수가 강 건널 낯이 없다."

읽기는 하여도 그 뜻을 얼른 알아낼 수가 없어, 잠깐 눈을 동그랗게 뜨고만 있다가, 다음, '해석'이라는 것의,

"내 몸이 괴로우니 그 해가 타인에 미친다. 전래의 업을 버리고 타업에 종사하면 낭패될 괘."

그것을 천천히 두 번이나 내리 읽은 다음에, 그것은 또 무슨 뜻인지, 입을 얄밉게 삐쭉 내밀고, 잠깐 승호의 얼굴을 쳐다보다가, 생각난 듯이 책을 들고 밖으로 나간다. 조금 있다, 진숙이네 방에서, 뭐 혼인을 하느니, 신수가 터졌느니, 또 김가 성 가진 이가 어쩌느니 하고, 한바탕을 요망스럽게 재깔대는 영자의 말소리가, 좀더 요망스러운 그의 웃음소리와 함께 들려왔다.

승호는 잠깐 동안, 멍하니 그곳에 가 그대로 앉아 있다가, 어인 까닭도 없이, 후유 한숨 비슷한 것을 토하고, 문득 책상 위의 목각종에 눈을 주어,

'새로 두 점 반. 어디나 가볼까?……'

또 잠깐, 그렇게 앉아 있다가, 뜻 없이 고개를 두어 번 끄떡거리고, 담뱃갑을 집어 주머니에 넣은 다음, 벌떡 일어서 외투를 입고는 밖으로 나갔다.

그가 진숙이네 방 앞을 지날 때,

"제 몸이 괴로우니까, 그 해가 남에게까지 미친대요. 그러니까……"

어쩌니, 어쩌니 하고, 늘어놓고 앉았던 영자가, 앞창도 잠깐 열어보는 일 없이,

"어디, 나가우?"

경박하게 소리를 지른다.

"응."

하고 대답을 하니까, 잼처[1] 한다는 말이,

"오늘은, 나, 일찍 나갈 테니까, 저녁은, 어디, 딴 데서 잡수우. 돈, 드리리까?"

승호는, 순간에, 얼굴이 화끈, 하여지는 것을 깨달으며, 그 말에는 대답을 안 하고, 그냥 대문 밖으로 나와버렸다.

'어떻게든 해서, 이 오탁[汚濁]에 물든 생활을 깨끗이 청산해버리지 않으면……'

그 생각은 엊그제 비롯한 것이 아니었으나, 오늘은 그것을 좀더 절실히 느끼면서, 하루에 한두 번은 으레 들르는 찻집으로, 별로 다른 데라 향하여 갈 곳도 없는 발길을 들여놓으려니까, 마침 난로에다 석탄을 넣고 있던 아이가, 어젯밤 늦게, 어떤 손님이 와서

한참 동안이나 승호를 기다리다가, 내일이라도 들르시거든 이것을 전해달라고, 그러고 갔다고, 편지를 꺼내준다.

'내게, 편지가 웬일인구?……'

생각하며 뜯어보니, 그것은 뜻밖에도 벌써 이삼 개월이나 그렇게 만나지 못하였던, 어느 보통학교에 훈도로 있는 사나이가 한 것으로, 자기는, 결코 승호가 그것에 적임이라거나, 또는 일찍부터 그러한 자리라도 구하고 있는 것이라거나, 그렇게 생각해서 이러는 것이 아니라, 어차피 하는 일 없이 놀고 있는 몸이니, 어쩌면 이러한 방면에 의향이 있을지도 모르는 일이라, 그래 만나보고 알려나 주려는 것이라고, 우선 길게 늘어놓은 서두에 비해서는 그 내용이 지극히 간단하여, 동소문 밖, ××보통학교에, 촉탁교원 자리가 하나 났는데, 교원 면장²이 없어도 될 수 있는 노릇이라, 혹, 마음이 있다면 자기로서는 될 수 있는 데까지 주선을 해보겠노라고, 공교롭게, 시골 생가에 일이 있어, 내일 아침에 떠나, 모레 밤에나, 돌아오므로, 곧 만날 수 없는 것이 딱하나, 하여튼 글피 수요일 오후 네 시경에 집으로 찾아와주었으면 좋겠다는 것이었다.

'××보통학교라면, 무네미에 있는 사립학교가 아닌가? 통근하기에는 좀 먼데……'

승호는 우선 그러한 것을 생각하며,

'또, 촉탁이라니까, 보수도 삼십 환이나 그밖에는 더 되지 않을 게고……'

그뿐 아니라, 자기가 일찍이 해본 일도, 마음먹어본 일도 없는 학교 교원 노릇을, 시작해가지고 능히 그 소임을 감당해갈 듯싶지 않았고, 더구나 경력 있는 이들의 말을 들어보지 않더라도, 그 직업이 옆에서 보는 것보다는 엄청나게 힘든 것임에 틀림없어, 승호는, 벗의 친절도 그다지 고맙게는 생각되지 않았으나, 그러나, 자기가 오늘 집을 나올 때 영자가 하던 말을 다시 한 번 생각해보고는, 보통학교 교원 말고, 소사 노릇을 하더라도 그것이 오히려 옳고 또 떳떳한 일이 아닌가 하고, 승호는 혼자 고개를 끄떡거렸다.

그뿐 아니라, 자기가 현재의 이 생활에서 몸을 빼치려 마음먹은 바로 그때에, 꿈에도 생각해본 일이 없는, 그러한 방면에서 이야기가 있는 것이, 참으로 신기한 것 같아,

'좀 멀긴 허지만, 아주 영자와 떨어져서, 그 근처에 하숙이라도 정하면 그만일 게고…… 처음 하는 노릇이 힘들고 어렵기는 하겠지만, 누군, 태날 적부터 보통학교 훈도였던가?'

몇 번이든 고개를 끄떡거리며, 자기 혼자만은 벌써 그렇게 하기로 마음에 작정해버렸다.

승호는 자기의 마음이 얼마쯤이나 가든해지는 것을 느끼며, 평소에는 결코 그렇게는 생각되지 않았던 보통학교 선생님이라는 것이, 어쩌면, 이 세상에서 가장 훌륭하고, 유쾌하고, 또 의의 있는 것만 같아,

'그래, 그것하고, 현재의 생활하고, 어딜 비교나 될 말인가?……'

문득, 요란스러이 소리를 내어가며, 난로 밑에 재를 긁어내고

있는 아이의 머리와 등허리를 내려다보며, 승호는, 저도 깨닫지
못하고, 흥, 코웃음 쳤다.

　그나마, 밥이라고 풍로에다 끓여 먹을 때에는, 영자가 일하는
옆에서, 자기가 방에다 불 좀 때기로서니 그다지는 남 볼썽도 흉
없게 생각은 되지 않던 것이, 지난해 겨울 들어서서는, 춥다고,
귀찮다고, 사흘에 이틀은 설렁탕이라, 장국밥이라, 시켜다 먹기
가 일쑤라, 영자가 그런 것 나는 모른다고, 그만 옷을 떨쳐입고
그의 일터, 카페로 나간 뒤에, 아궁이 앞에 가 쪼그리고 앉아서,
밤마다 밤마다 군불을 때지 않으면 안 되는, 자기의 변변치 못하
게 궁한 꼴이, 불현듯, 눈앞에 떠올라,

　'그러한 생활도 있을 수 있나?……'

　자기가, 그나마, 일자리를 잃고, 따라서, 달에 푼전도 벌어들일
아무런 방도를 갖지 못하였던 작년 가을에, 둘이 마땅히 갈라선
다면, 그때 아주 갈라서는 것이었다. 졸연히는 승호의 취직도 용
이할 것 같지 않아, 영자가 생각 끝에, 다시 자기를 여급으로 내
어달라고 몇 번이나 말하는 것을, 그에게 대한 아직 남은 애정과,
또 남자로서의 자존심으로, 우선은 반대도 해보았던 것이나, 마
침내는 당장 그렇게라도 하는밖에, 별 아무런 도리도 있을 턱 없
이, 여자가 하겠다는 대로 그대로 모른 체 내버려둔 것이, 이를테
면, 이 굴욕의 생활의 시초였다.

　'그렇게도 위인이 변변치 못할 수가 있을까?……'

　승호는 담배에 불을 붙여 물며, 그저 난로 곁에 가 서 있는 애
녀석이,

"선생님, 카이다'만 잡수십니다그려."

무심히 한마디 하는 말에도, 스스로를 비웃는 웃음을 픽 웃고,

'참말이지, 계집이 얻어다라도 주지 않으면, 담배 한 대, 변변히 태우지를 못하고…… 술을 따라, 아양을 떨어, 벌어 온 몇 푼의 돈이 아니고는, 한 끼, 설렁탕 한 그릇이나마……'

또 한 번, 픽 웃고, 그러나 그와 함께 계집이 오늘은 일찍 나간다고 그러던 말을 생각해내고

'흥, 누가 너더러 밥 사달랬던?'

대체, 남들이 듣는 데서, 어디 딴 데서 잡수우, 돈 드리리까, 가다 무엇이냐고, 그는 새삼스러이 그러한 것에 분개도 해보았으나, 사실 푼전을 몸에 지니지 않고 저녁 구할 길이 망연해 잠깐 눈살을 찌푸리다가,

'뭐, 아무렇기로서니, 저녁 한 끼쯤이야…… 저엉 뭣하면, 예서 외상으루 토스트를 먹더래두…… 그런 건, 다아 객쩍은 근심이요, 이제 며칠 안 있으면, 보통학교 교원으로……'
하고, 문득, 그것을 생각하니까, 기운이 나서,

"얘, 너 보통학교, 졸업했지?"

어느 틈엔가, 카운터로 돌아가 앉아 있는 아이 쪽을 돌아보고,

"댕겼지? 그럼 다아 알겠구나…… 아이우에오. 가끼구께꼬.⁴ 소가 가오. 말이 오오."⁵

그리고 승호는 어리둥절해하는 아이 얼굴에다 대고, 유쾌하게 한바탕을 웃었다.

그러나, 그것도 부질없는 일로, 이 시절에 있어서는, 보통학교 촉탁교원 자리나마 차지하기 수월치 않아, 이틀 지나, 약속한 수요일에, 승호가 시간을 어기지 않고, 벗을, 그의 집으로 찾았을 때, 분주히 문간으로 달려나온 젊은 교원은, 승호를, 채, 자기 집 사랑으로 정하여 들이기도 전에, 민망스러운 얼굴로, 우선, 미안하다고, 죄송하다고, 그러한 말부터 늘어놓았다.

원래가 그러한 일이란, 한시라도 빨리 서둘러 하는밖에 아무 다른 도리가 없는 것으로, 그날 밤, 찻집에서 만날 수만 있었다면, 장담은 못하더라도 픽이나 유망하다 할 수는 있었을 것을, 일은 공교롭게도, 가장 긴한 이틀 동안을 서울에서 떠나 있어, 그러지 않아도 그사이에 어디서 또 유력한 후보자라도 나와, 어떻게 쉽사리 결정을 보게 될지도 모르는 일이라고, 속으로 은근히 염려하였던 것이 뜻밖에도 사실로 나타나, 바로 어제, 논산이라든가 어디서 한 이 년 선생 노릇 하다가, 무슨 일로 그만두고, 그간 일 년 동안이나 놀고 있었다는 사람이 취임하기로 작정되었다고, 만약, 자기로서 승호의 의향만 확실히 알 수 있었다면, 그대로 소개를 하여두는 것을, 그것을 자기 생각만으로 어찌할 수 없어, 그냥, 후보자가 한 명 있기는 있다고, 그렇게만 모호하게 말하였던 것이 잘못이었다고, 그는 마치 승호에게 무슨 크나큰 죄라도 저지르나 한 듯싶게 미안쩍어 하였다. 그러한 벗의 모양이 도리어 승호는 민망스러워,

"뭐, 그렇다면 하는 수 없지. 그러지 않아도, 토정비결에 나온 괘가 괘라, 그다지 마음이 내키지도 않았었네."

"토정비결?"

"응. 전래의 업을 버리고 타업에 종사하면 실패한대서……"

그리고 승호는 아무렇지도 않은 듯이 소리를 내어 웃었으나, 그 날 새벽에 눈 쌓인 운동장에서 아이들 체조를 가르치는 꿈을 꾸기조차 한 그는, 역시, 적잖이 실망을 느끼지 않을 수 없었다.

'이제 어떻게 하나?……'

사실, 벗의 편지를 본 뒤, 요즈음 며칠 동안은, 오직 그것 하나만을 염두에 두었고, 또 그것 위에 온갖 계획과 희망을 세우려 하였던 것이라, 승호는, 갑자기 눈앞이 캄캄해진 듯싶은 것을 깨달았다.

바쁘지 않으면 저녁이나 먹고 가라고, 굳이 붙드는 것을, 별 까닭 없이 사양하고, 골목을 나오며, 문득,

'다시, 고향으로나……'

괴로우면 언제든 머릿속을 스치는 생각에 저 모르게 걸음을 멈추고,

'오오, 내 고향…… 그리고 내 집……'

입안말로 오직 그렇게 중얼거려보았을 그뿐으로, 고향의 산이, 벌이, 강이, 집이, 사람이…… 결코 대단치 않은 고향의 온갖 풍물이, 한껏 아름답게 그의 눈앞에 떠올라, 일순간, 승호는 그곳에 가 그렇게 서서, 저도 모르게, 거의 눈물지었으나 다음 순간,

'이제 이르러, 대체, 무슨 낯짝을 들고……'

힘없이 머리를 모로 흔들며, 큰길까지 나와, 잠깐 주위를 둘러보았을 때, 순간에, 시선이 마주친, 젊은 부인의, 확실히 자기를

알아본 듯싶은 그 눈치에, 승호는 당황하게 외면을 하고 그리고 고개 숙여 빠른 걸음걸이로 전찻길을 횡단하였다.

'분명히, 혜숙이다……'

오직, 가만히, 입안말로 중얼거려보았을 뿐, 다시 한 번 그편을 돌아볼 용기도 있을 턱 없이 그는 그대로 고개 숙여 걸으며, 생각은 이 년 전으로 뒷걸음질 치고, 그의 가슴은 다시 무를 길 없는 뉘우침과, 또 부끄러움으로 가득 찼다.

오직, 두 달이나 그밖에 더 안 되는 시일…… 그것의 이르고 또 늦었던 것이 승호의 장래를 그렇게도 용이하게 그르쳐놓았던 것임에 틀림없었다. 멀리, 진천서 승호의 어버이가 몸소 서울로 올라와, 전부터 서로 말이 있었던 유박사의 둘째 딸과 사이에, 승호의 혼담을 진행시켜, 거의 결정을 보게 되었을 그때는 이미 늦어, 그는, 그보다 두 달 전에 우연히 안 영자를 아무리 해도 단념하는 수가 없었던 것이다. 만약, 애정 문제를 제외하고 본다면, 영자가 일개의 교양 없는 여급인 것에 비겨, 혜숙이는 이른바 문벌 있는 집 귀한 규수로, 그 용모나 재질에 있어 결코 아무에게도 뒤떨어지지 않았을 뿐 아니라 또 삼 남매 중에서도 유달리 그를 귀여워하는 그 조모 되는 이는, 신혼부부를 위하여 삼백 석인가, 그보다 적지 않은 땅을 떼어주겠노라고 선언하였던 것으로, 그 구비된 조건에, 승호의 마음은 결코 냉담할 수는 없었다. 그러기에 그는 쉽사리 그의 태도를 결정 못하고, 마침내는 그의 부모와 함께 유박사의 집을 찾아, 혜숙이와 한자리에서, 결코 짧지 않은 동안을 이야기로 지냈던 것이요, 그 결과는, 승호의 마음을 좀더 끌었던

것에 틀림없었으나, 그러나, 경력 없는 젊은 사람의 단순한 생각
과, 또 그 인도주의적 의협심은, 도리어 그러하면 그러할수록에,
영자의 처지가 한없이 가여워 보였고, 그 가여운 영자를 버리고
그보다는 모든 조건이 우수한 혜숙이에게로 달리는 것이, 남자로
서 퍽이나 떳떳지 못한 것같이, 또 큰 죄악인 거나 같이, 그렇게
만 꼭 생각되어, 자기가 사실 얼마나 영자를 사랑하고 있는 것인
지, 또 영자가 얼마나 자기를 사랑하고 있는 것인지, 그리고 자기
들의 장래가 어떠할 것인지, 그러한 온갖 중요한 문제들을 깊이
생각해보는 일도 없이, 그의 부모를 비롯하여 모든 사람들의 비
난과 조소와 또 질책이 크면 클수록에, 그의 먹은 마음은 더욱 굳
어져, 거의 부자의 의를 끊어서까지 자기의 열정을 고집하였던
그것이, 뒤에 생각하여, 결코 옳지 않았다. 자기를 잃었을 때의
영자의 슬픔만을 생각하기에 바빴던 승호는, 서로 보기까지 하
고, 드디어 혼약이 성립될 그 임시하여, 별 이유도 없이 거절당한
처녀가, 당연히 그 가슴에 받을 상처에 대해서는 짐작도 못하여,
일시는 그가 절망한 나머지에 병석에까지 누웠었다는 그 말을,
어떻게 전하여 들었을 때에는, 승호는 자기가 저지르고 만, 뜻하
지 못하였던 죄악에 스스로 마음을 상하였고, 그러한 까닭에, 그
뒤, 혜숙이가 달리 혼처를 구하여, 무사히 결혼을 하였다 알았을
때에는 마음의 짐이 적이 덜어지는 것을 느끼는 것과 함께, 일변,
제 가슴 한구석에 구할 길 없는 공허를 깨닫지 않으면 안 되었던
것이다……

　'오오, 내가 그릇하였다. 오오, 내가 그릇하였다……'

문득, 걸음을 멈추고, 고개를 돌려, 이제는 결코 보일 턱 없는 그를, 그가 사라진 편에 찾으며

'오오, 혜숙이. 혜숙이……'

이제 이르러서는, 그의 이름을 부르는 것조차 죄스러움을 느끼며, 그러기에 그것이 애달파, 승호는 안타깝게 그의 이름을 불러 보는 것이다.

"혜숙씨. 혜숙씨."

그렇게 가까이서 그의 이름을 부를 수 있는 것에, 그지없는 행복을 깨달으며, 승호는 혜숙이의 이 년 전 처녀 시절에 비겨, 그 기품과 또 아름다움을 더한 얼굴을 우러러 찬미한다.

영자와의 오락의 생활도 이미 청산하였고, 이제는 한가지로 자유로운 몸이 된 혜숙이 앞에 그는 무릎을 꿇어, 지난날의 잘못을 비는 것이다.

오직, 혜숙이가 가벼이, 한 번, 고개를 끄덕일 때, 그의 모든 죄는 깨끗이 사라지고, 두 사람은, 본래 그랬어야만 하였던 것같이, 서로 손을 이끌어, 희망이 가득 찬 새로운 생활로 나아갈 수 있는 것이다.

승호는, 열정을 가져, 진심을 다하여, 그의 대답을 재촉하였다.

"혜숙씨. 혜숙씨."

그러나, 승호가, 그의 대답을 들을 수 있기 전에, 그는 우선 자기 소리에 놀라고, 한때의 헛된 꿈은 애달프게 깨어져, 승호는 멋없이 입맛을 다시고는, 그저 곤하게 잠을 자고 있는 영자 쪽을,

잠깐 동안, 우울하게 바라보다가, 다시 눈을 돌려, 한껏 난잡한 방 안을 둘러보고, 가만한 한숨과 함께, 고개를 베개 위에서 모로 흔들었다. 자기가 이 계집에게 대하여 가지고 있는 것은, 이미 혐오 이외의 아무것도 아니었고, 또 사실, 어저께도, 그저께도, 그리고 그 전날에도 벌써 여러 날을 두고 이 계집과 떨어질 것만을 생각해왔던 것임에도 불구하고, 언제든 밝는 날이면, 으레, 이 저주할 방 안에서, 이 저주할 계집 옆에서, 그리고 이 저주할 자리 속에서, 제 몸을 발견하지 않으면 안 되는 것이 승호에게는 안타깝게 슬펐다.

'이렇게, 하루, 또 하루…… 이 계집과 나와의 저주받아 마땅할 인연은, 오직 죽음으로밖에는 끊을 도리가 없는 것일까……'

승호는, 얼마를 물끄러미 천장만 우러러보다가,

'어디라도, 가버리면…… 어디, 먼 곳으로라도 가버리면……'

문득, 오늘, 동경을 향하여 떠나는 벗이 있음을 생각하고, 그를 가장 축복받은 인생인 거나 같이 부러워하며,

'내게, 우선 백 원 하나만 있으면…… 아니 오십 원만 있어도…… 아니, 오직, 동경까지의 차비만 되더라도……'

그러나, 그 즉시, 그는 호젓한 웃음을 웃고, 자리에서 일어났다.

'그 친구에게나 가볼까?……'

아직, 한 점이 좀 지났을 뿐이었고, 벗은 분명히 밤차로 떠나겠노라, 말하였던 것에 틀림없었으나, 좀더 그 우울한 방 안에 있기가 싫어, 잠깐 세수만 하였을 뿐으로, 외투를 들쳐 입고, 밖으로 나가려니까, 어느 틈엔가 영자가 눈을 뜨고,

"참, 방세 재촉, 또 헙디다!"

볼멘소리를 하고는 저편으로 돌아눕는다.

'오냐, 걱정 마라. 내, 해놓으마. 내, 해놓으마……'

여자에게보다도, 오히려 제 자신에게 다지듯이 승호가 그러한 말을 거의 입 밖에까지 내어 중얼거리며, 골목을 나서려니까, 전화상회에 있는 김가라는 자가 막 단장을 휘두르며 오다가,

"아, 어디, 가십니까? 날이 매우 춥습니다."

간사스러운 웃음을 지어 인사를 하고, 서로 지나치기에 미쳐,

"참, 집에 있죠?"

있다고 알려주니까, 뜻 없이 싱끗 웃고,

"그럼, 나중에 또……"

그리고, 그는 휘파람조차 불며, 골목 안으로 들어갔다. 승호는, 저도 모르게 그곳에 가 서서, 그의 뒷모양을 바라보며, 필연적으로, 그저, 영자가 자리 속에 누워 있을 방 안에, 그 불쾌하게 비대한 사나이가 찾아들 광경을 눈앞에 그려보았던 것이나, 그 즉시, 승호는 그러한 생각에, 적지 않은 굴욕을 스스로 느끼고, 머리를 세게 뒤흔든 다음,

'저이들끼리 어쩌거나, 말거나……'

마침, 옆을 지나는 아낙네가, 의아스러이 쳐다보는 것도 깨닫지 못하고, 그렇게, 승호는 씹어뱉듯이 한마디 하고,

'오라, 참, 그자가 김가지? 흥!'

그자면, 돈푼도 있겠다, 어쩌면, 영자를 도와 생색을 오 갑절이나 나게 할 수 있을지도 모르겠다고,

"흥!"

또 코웃음을 쳐보았으나, 문득 그러한 자기가 오히려 누구보다도 천한 것같이 생각되어,

'이제 이르러서도, 나는, 그저, 그 계집에게 무슨 애착을 가지고 있는 것일까?⋯⋯'

잠깐, 눈썹을 찡그려보다가,

'무얼, 당치두 않은 소리⋯⋯'

거의 자신을 가져, 속으로 중얼거리고, 때마침, 모질게 불어드는 매서운 바람에, 승호는, 한껏 문을 웅숭그리며, 이제 좀더 심한 굴욕을 느끼기 전에, 한시라도 바삐, 계집과 갈라서는 것밖에는 아무 다른 도리가 없다고, 결심을 또 새로이 하였으나, 그 즉시 집을 나올 때 계집이 볼멘소리로 하던 말을 생각해내고는, 반감과 증오로 얼굴을 붉히면서도, 역시 풀이 죽지 않을 수 없었다.

'그러나, 어떻게든 하여, 단 한 달 치라도 방세를 치러주지 않으면⋯⋯'

계집이야 어떻든 간에, 자기로서 너무나 떳떳하지 못하다고, 승호는 외투 주머니 속의 차디찬 손으로 몇 번인가 주먹을 쥐었다, 폈다, 하다가,

'외투래두 잡혀서⋯⋯'

문득, 그러한 생각을 하고 새삼스러이 몸을 둘러보았으나, 또 한차례 지나는 모진 바람에, 부르르 몸을 떨고, 이제 눈이 날릴지도 모를 흐린 겨울 하늘 아래, 역시 승호는 딱하게 망설거리지 않을 수 없었다.

안집, 마루 기둥에 걸린 시계가, 태엽이 다 풀렸는지, 느리게, 열두 점을 쳤다. 승호는, 몇 번이나, 실패한 뒤에 가까스로 광솔[6]에 불을 붙였으나, 의지간[7] 하나 없이, 처마 끝에 아무렇게나 쌓아놓았던 장작은 두 시간 전부터 소리 없이 내린 눈에 쉽사리도 젖어, 용이하게는 불이 댕기지 않았다. 변소를 다녀 나오던 진숙 어머니가, 보기에 민망하였던지,

"신문지, 같은 걸 좀, 넣어보시오."

한마디 일러주는 것에도, 승호는 변변치 못하게 당황해하며,

"네, 그래두 어떻게 불이 좀 당기나 봅니다."

겨우 그렇게 말하였을 뿐으로, 맨머리에, 목덜미에, 사정없이 내리는 진저리치게 찬 눈송이에 부르르 몸을 떨고, 좀더 불이 이는 것을 보고야, 승호는 방으로 뛰어들어갔다.

휑한 방 안에는 언제나 싸늘한 기운만이 휘돌았고, 낡은 몇 권의 책과 잡지와 또 목각종과, 그러한 것들이 질서 없이 놓여 있을 뿐인 책상과, 방에 들어와 그중 먼저 눈에 띄는 계집의 빈약한 경대와, 그 위에 난잡하게 벌여놓은 값싼 화장품과, 그리고 벽에, 방구석에, 아무렇게나 걸리고 처박히고 한 인조견 나부랭이들과…… 그러한 모든 것들에, 새삼스러이 눈을 줄 때, 승호의 마음은 한껏 추웠다. 제풀에, 아랫목, 추레한 이부자리 속으로 기어들며, 승호는, 바로 조금 전에, 경성역에서 멀리 떠나는 벗을 배웅하며, 자기가, 깨닫지 못하고 거의 눈물지었던 것을 생각해내었다. 벗의 멀리 떠남이 애달팠던 것도, 역두의 분위기가 그러하였

던 것도, 그리고 또 외투 없는 몸에 밤기운이 그렇게 찼던 것도, 아무것도, 그것은, 아니었다. 그렇게도 호화롭게 그렇게도 자랑스럽게, 그리고 그렇게도 희망에 가득 차서, 벗이 여정에 오를 수 있는 것에 비겨, 자기의 구할 길 없이 외로운 신세가 새삼스러이 생각났던 까닭이다.

그러하였기에, 역에 같이 나갔던 몇 명의 친구가, 어디 가 차라도 먹자고 이끄는 것을, 굳이 듣지 않고 아는 이들의 눈을 피하여, 눈 오는 거리를 혼자 잠시 헤맸던 것이나, 그러할수록에 추위는 더하였고, 마음은 견디기 어려워, 거의 이름도 모르는 술집으로 발을 들여놓으려다, 그것을 억제하고, 울분을, 고독을 한 몸에 싸가지고, 기력 없이 이곳에 돌아온 승호였다.

문득, 아랫방에서 진숙이 어머니가, 콜록거리는 기침 소리를 들으며,

'참, 저러한 아낙네 눈에, 우리들의 이 생활이 어떻게 비칠 것인구?……'

또 스스로 깨닫지 못하고, 가만한 한숨을 쉬었으나,

'하여튼, 내일 아침에, 한 달 치 방값이라도 치러주고 나서……'

그 뒤에 어떻게든 방침을 차리지 않으면 안 되겠다고,

'망한 자식. 작년 동짓달에도 팔 환은 내어주더니……'

하고, 새삼스러이, 육 원밖에는 더하여 주지 않은, 전당포 주인 녀석을 원망하려니까, 대문이 삐걱하며, 방정맞게 안으로 뛰어든 구둣발이, 그대로 그곳에 서서,

"잠깐, 게서 기대려어. 또 언제같이 어디루 가지 말구……"

누굴 데리고 왔는지, 그러한 말을 한 뒤에, 성급하게 방 앞까지 걸어와서, 앞창을 드윽 열어젖힌 다음에, 그래도 역시 잠깐은 망설거리는 모양이더니,

"여보. 자우?"

바락 지르는 계집의 말소리가 분명히 술에 취하였다.

승호는, 계집의 다음 말을 기다릴 필요도 없이, 순간에, 불덩어리가 목 너머에 치밀어 오르는 것을 느끼며, 그러한 중에도 번개같이,

'대체, 안집에서 뭐랄꾸? 진숙이 어머니가 뭐랄꾸? 또, 이, 내 꼴이……'

그러한 것을 두서없이 생각하며, 자리에서 벌떡 일어나, 툇마루 아래에, 구두를 찾아 신었다.

마루 위에 올려놓을 것을 잊은 구두 속에는, 그사이에도 끊임없이 내린 눈이, 더러는 녹아, 그 촉감이 오한과 같이 그의 전신을 돌았으나, 승호는 그것도 거의 의식하지 못하고, 도망질치듯 대문을 나섰다.

"외투, 안 입구, 나가우?"

이러한 경우에도 그러한 소리를 하는 계집에게, 승호는, 좀더 강렬한 증오를 느끼며,

'흥, 내가 다시 돌아올까, 염려가 되니?'

마음속으로 한껏 외치고, 승호는, 흘낏, 눈에 띄는 저편 전신주 뒤에 가 외면을 하고 서 있는 그 마르고 키 큰 자의 전신에다, 혐

오와 모멸이 뒤섞인 시선을 쏘고, 그대로 거의 달음질쳐서 골목을 나갔다.

그가 그동안, 막연하게나마 예감하고, 그리고 은근히 두려워해 마지않았던 것은, 드디어 사실로 나타나고야 말았다. 사나이가 계집에게서 받을 수 있는 가장 크고, 또 가장 추악한 굴욕 앞에 모든 사려 분별을 잃고, 지금 어디로 향하여 걷고 있는 것인지, 물론 그러한 것을 생각하여볼 마음의 여유가 있을 턱 없이, 승호는, 눈을 맞으며, 눈을 차며, 얼빠진 듯싶게 거리를 헤맸다.

'한 개의 계집이, 오직 반년이나 그밖에 안 되는 동안에 그렇게도 타락할 수 있는 것인가?…… 그렇게도 대담하게…… 또 그렇게도 추악하게……'

그러나, 눈바래[8] 치는 깊은 밤거리 위에 흥분은 차츰차츰 식어가고, 승호가 굴욕에보다도, 오히려 추위에 몸을 더 떨었을 때, 그는, 거의 문을 닫을 임시의 술집을 찾아들었다.

연거푸 마신, 세 곱보의 더운 술에, 승호는 어처구니없이 취하고, 서너 꼬치 집어 먹은 '오뎅'에도 뱃속은 든든하여, 바로 요전 순간에, 자기가 그렇게도 흥분할 수 있었던 것이 도리어 우습기나 한 것같이, 이미 오래전에 버리려 마음먹은 계집이, 설혹, 어떠한 짓을 하든 그것이 대체 자기에게 무슨 상관이 있느냐고, 차차 몽롱해지는 눈으로, 맞은편 벽에 붙은 미인 포스터를 바라보며,

'사실, 그동안에 딴 여자하구 연애를 못헌, 내가 빙충이지……'

너털웃음을 웃어보고, 승호는 담배에 새로이 불을 붙이다가, 분주히 점 안을 비질하는 아이의 모양이 눈에 띄어, 새삼스러이 시계를 쳐다보고,

'참, 이제 나가서 어딜 가누?……'

잠깐 그것이 염려되었으나, 문득,

'흥, 너는 너대루, 나는 나대루……'

오늘 밤은, 어디, 오래간만에 '미생정'⁹으로라도 가리라고, 그것이 무슨 한 개의 신기한 생각이나 되는 것같이, 그는, 흥, 웃고,

'나는 돈을 쓰고, 너는 돈을 벌고……'

그 생각에 일종 기괴한 마음의 유열¹⁰을 느끼며,

'네가 오늘 밤에, 적어도 육 환을 벌지 못하면, 결국 우리의 결손이다. 밀져서는 안 되지.'

그리고, 승호는 한바탕을 껄껄대고 웃으려 한 것이, 나온 것은 뜻밖에도, 울음으로, 술집 주인과 또 아이가, 어리둥절한 채, 잠깐 동안은 어찌할 바를 모르게시리, 그는, 쉬지 않고 뺨 위를 흘러내리는 눈물을 씻으려고도 안 하고 엉엉 소리조차 내어, 오직 울었다.

진통 陣痛

1. 그것은 전혀

객쩍은 짓이라고밖에는 할 수 없을 것이, 어느 날 아침 그는 문간 마루에 앉아 제 구두를 닦고 난 김에, 아주 옆에 놓여 있는 여자의 구두마저 약칠을 하고 솔질을 하고 하였다. 제 집을 떠나 동경 시의 그 보잘것없는 '아파트'에 가, 별로 찾아올 사람도 가지지 않은 채, 하염없는 그날그날을 보낼 수밖에 없었던 그에게 있어, 그것은 역시 고독이 빚어낸 사상이었으나, 무엇보다, 그렇게도 조그맣고 또 귀여운 숙녀화가 흙투성이대로 그곳에 아무렇게나 굴러 있는 것이 일종 애처롭기조차 하여, 저녁때나 되어야 일어나는 여자가 '홀'로 나가려 층계를 내려와, 뜻밖에도 깨끗하게 닦아진 제 구두를 발견할 때, 그는 대체 얼마나 신기하게 놀랄까 하고, 고독한 젊은이는 그러한 것을 속으로 생각해보고는 입가에 빙그레 웃음조차 띠었던 것이나, 문득 인기척에 놀라 고개를 들고 그곳에 참말 뜻밖에도 그 예쁜 구두의 임자가 서 있는 것을 발견하자, 그는 순간에 얼굴을 붉히고, 그리고 몹시 당황해하지 않으면 안 되었던 것이다.

2. 그러나, 어떻게

그러한 일로 두 사람이 가장 용이하게 사귀는 수 있었다더라도, 그렇다고 그들의 교제가 아무렇게라도 급격하게 발전할 도리는 없이, 그저 피차 출입할 때, 얼굴이라도 마주치면 간단한 인사나 주고받고, 오직 그럴 따름인 것이 젊은이의 마음에는 적지 않은 불만으로, 그것도 날이 갈수록에 점점 더하여, 바로 그의 방, 윗방에 기거하고 있는 여자가, 가령, 자리 위에서 수선스럽게 몸을 뒤치기라도 한다면, 그것은 그대로 그 바로 아래층에 거처하는 그의 가슴에 울리어, 전에는 아무렇지도 않던 것이 서로 안 그 뒤부터는 그러한 것에서도 여러 가지 감동을 받지 않으면 안 되는 것은, 역시 젊은 그가, 똑같이 젊은 그 여자에게 대해 가지고 있는 그 생각의 결코 심상한 것이 아님을 말하는 것일지도 모르나,

3. 하여튼 그러한

그랬던 까닭에, 그 뒤 얼마 안 있어 감기가 몹시 든 듯싶은 여자
가, 사흘씩이나 제 방에 누운 채 출입을 못하는 것이 그에게는 퍽
이나 안타까웠고, 또 그렇길래 그 사흘째 되는 날 밤, 여자가 무
슨 신호인 듯이나 싶게, 주먹으로 '다다미' 장을 땅땅 치는 소리가
남자의 방 천장을 울렸을 때, 그는 피차에 그러한 약속이라도 있
었던 듯이, 거의 서슴지 않고 층계를 올라, 여자의 방문 앞까지
동정을 살피러 가보았더니, 그것은, 사실, 여자가 그에게 한 일종
의 신호임에 틀림없어, 장지 틈으로 절반이나 삐져나와 있는 여
자의 명함에는, 이 아파트에 드나드는 근처 양약국의 이름과 함
께 '아스피린' 하고 약 이름이 적혀 있었다. 그러면 역시 여자는
감기로 고생하고 있었던 것이라고, 그는 순간에 자기 자신 거의
신열을 느끼기조차 하며, 그러한 방법으로 자기에게 의사를 통한
여자를 결코 당돌하다거나, 경솔하다거나, 그렇게 생각하는 일
없이, 도리어 그러한 것에조차 여자의 총명을 발견하려 들어, 이
미 자기는 이 여자를 다시 잊는다든 그러는 수는 없을 것이라고,
그렇게도 투명한 피부를 가진 여자의 양자²를 몇 번이나 눈앞에
그려보며, 얼마든지 내게 일을 시키라고 자기의 힘자라는 데까지
는 무엇이든 해주마고, 그는 곧잘 속으로 외쳐도 보았던 것을, 여
자는 알고 그랬든, 모르고 그랬든, 감기가 나아서 출입을 하게 된
그 뒤에도, 곧잘 그러한 방법으로 그에게 잔심부름을 시켜, 그것

은 어느 틈엔가 그들 사이에 한 개 습관이 되어버렸다.

4. 그야 아무러한

그로서도 여자가 능히 자기 자신 할 수 있는 일은 염치도 좋게
시리 그를 이용하려만 들어, 가령, 한 장의 엽서조차 그에게 부쳐
달라 하였을 때에는, 역시 마음속에 뭉클한 무엇을 느끼기도 하
였으나, 고독한 이에게 있어, 그것은 그래도 비굴은 하나마, 한
개의 슬픈 행복이었고, 또 젊은이에게는 언제든 희망이라는 것이
있어, 여자가 언제든 똑같은 방법만 취할 뿐으로 한 번도 자기 방
으로 청해 들이지는 안 하는 것을, 제법 불만하게 생각은 하면서
도, 그래도 덧없는 꿈을 가슴속에 지녀왔던 것이, 어느 날 장지
틈으로 삐져나온 명함에는 뜻밖에도,

5. 크레오소트³환(丸) 하고

그러한 약 이름이 적혀 있어, 그러면 여자는 폐를 앓고 있는 것
인가고, 그렇기 때문에 한 번도 자기를 방 안으로 인도해주지는
않았던 것일까고, 갑자기 그의 가슴은 애달픔으로 가득 차서, 나
는 상관없습니다, 저도 모르게 입안말로 그러한 것을 중얼거리기
조차 하며, 그러는 한편으로는 또 여자가 그 약 이름을 자기에게

일러주었을 그뿐으로, 이미 그 자신이 가지고 있는 비밀의 한끝을 보여준 듯이나 싶어, 그는 이제 새삼스러이 여자의 입으로 들어보지 않는다더라도, 분명히 여자는 자기를 그만치나 믿고, 또 사랑하는 것이라고, 제 마음대로 그렇게 혼자 작정해버렸던 것이나, 그러자 얼마 안 있어,

6. 여자의 외출은

딱 그치어 혹은 지난밤에 비를 맞고 돌아온 그가, 또 감기라도 든 것일까, 그보다도 밖에 나갈 수도 없게시리 폐가 아파진 것일까, 그러한 것을 생각하며, 그 젊고 예쁜 여자가 누구 하나 간호하는 이를 그의 주위에 갖지 않은 채, 그대로 이 쓸쓸한 아파트의 일실에서, 그 고생만이 많았던 생애를 마치고야 마는 그러한 정경이 눈앞에 떠올라, 이 병에는 오직 맑은 공기와 또 기름진 음식이 약인 것을, 어린 '댄서'의 넉넉지 않은 살림살이로는, 그것도 뜻과 같지는 않을 것이라고, 간혹, 그의 기침 소리를 들을 때마다 마음은 언제든 아파, 참 요사이는 그의 신호 소리도 듣지 못하겠다고, 대체 어쩐 일인가, 궁금해, 소리 안 나게 그의 방문 앞까지 가도 보는 것이나, 장지 틈에는 다시 그의 명함을 구경하는 수 없이, 한참이나 그 앞에서 서성거리다가는 그대로 제 방으로 돌아가고 그러기를 이래저래 한 달이나 거듭하였던 그 어느 날 밤, 마침 이 아파트의 주민들이 공교롭게도 모두들 외출하고 없는 그것

이 마치 운명이 계시한 한 개의 무슨 기회 같기도 해, 이것은 이
럴 것이 아니라 그의 방을 찾아들어, 그가 대체 얼마나 아파하나,
또 그를 위하여 자기가 해줄 일이 어떠한 것인가, 그것을 직접 자
기 눈으로 살피지 않으면 안 되겠다고, 몇 번이나 속으로 거듭 생
각하면서도, 용이하게 결행하지 못하였던 것이, 뜻밖에도, 갑자
기 들려오는 여자의 아프고 또 불안스러운

7. 신음 소리에

그것이 어떠한 고통에서 나오는 것인지 알아내는 수 없이, 잠깐
은 어찌할 바를 모르고 오직 천장 위만 근심스러이 쳐다보고 있
었으나, 그 이상한 소리가 용이히 멈추지 않고 도리어 차츰차츰
커졌을 때, 그는 이내 참지 못하고, 한숨에 여자의 방문 밖까지
달음질쳐 올라가, 기계적으로 장지 틈을 살펴보고는, 마미꼬 상
마미꼬 상 하고 초조스러이 여자의 이름을 부르려니까, 여자는
그 고통 중에도 역시 잠깐은 주저하는 듯싶더니, 이내 괴로운 호
흡으로 와다나베 기요에게 즉시 전화를 걸고, 곧 달려오라 일러
달라고 다음은 다시 듣는 이의 폐부를 찌르는 신음 소리여서, 와
다나베 기요란 대체 그에게 어떻게 되는 여자인지, 그보다는 의
사를 부르는 것이 좀더 급하지나 않을까고, 그래도 하여튼 굴러
떨어지듯 층계를 내려가, 떨리는 손으로 전화번호책을 뒤져보니,
와다나베 기요의 전화번호보다도 좀더 먼저 산파라 기입된 그의

직업이 눈에 띄어, 잠깐은 어리둥절한 채, 그러면 여자는 어느 틈엔가 아이를 배고 있었던 것일까, 순간에 제 몸이 절망의 구덩이에 빠지는 듯도 싶었으나, 번개같이 여자의 그렇게도 투명한 피부를 생각하고, 그의 아픈 폐를 생각하고, 또 대개는 경박하고 무책임할 여자의 애인을 생각하고, 이것은 아무래도 자기가 언제까지든 돌보아주지 않으면 안 될지도 모르겠다고, 막연하게 그러한 난데없는 생각을 해보며, 어느 틈엔가 제 자신 하복부에 격렬한 진통을 느끼기조차 하였다.

성탄제 _{聖誕祭}

— 흥! 너두 벨수가 없었던 모양이로구나? 그러게 내 뭐라던?
……내남직할 것 없이 입찬소리'란 못하는 법이다……

흥! 하고 또 한 번 코웃음을 치고, 문득 고개를 들자, 그곳 머리
맡 벽에 가 걸려 있는 십자가가 눈에 띈다. 영이는 입을 한 번 실
룩거리고 중얼거렸다.

"이 거룩한 밤에 주여! 바라옵건댄 길을 잃은 양들에게도 안식
을 주옵소서. 아아멘. ……흥?"

이렇게 기도를 드려두면 순이도 꿈자리가 사납다거나 그런 일
은 없을 게다……

— 흥!

1

영이와 순이——, 이 두 형제는 사이가 좋지 못했다. 그야 나이가 네 살이나 그밖에 틀리지 않는 계집애 형제란, 흔히 사이가 좋을 수는 없다. 그러나 영이 형제는 그만한 정도로 사이가 나쁜 것이 아니다.

순이는, 우선, 제 형 영이의 직업이 불쾌해 견딜 수 없었다.

여점원이라든, 여자 사무원이라든 그러한 것이야, 사실, 자기 말마따나 워낙이 배운 것이 없으니까 될 수 없다고도 하여두자. 누가 꼭 그런 것이라야 된다고 주장하는 것은 아니다.

하지만, 그러면 또 그런대로 건넛집 정옥이같이 제사 공장에를 다닌다는 수도 있다. 이웃집 점례 모양으로 방적 회사 여직공으로 다닌다는 수도 있다. 그렇지 않으면 솜틀집 작은딸과 함께 전매국 공장에를 다닌대도 좋다. 참말, 다닐 데가 좀 많으냐? 이 밖에도 하려구만² 들면, 영이로서 할 수 있는 일거리란 얼마든지 있을 것이다. 그리고 그것들은 가난한 집안에 태어난 딸들이 종사하더라도 결코 흉 될 것은 없는 직업들이다……

하건만, 어째 하필 고르디골라 카페의 여급이 됐더란 말이냐?

술냄새 담배 연기 속에서 밤마다 바로 제 세상이나 만난 듯이 웃고, 지껄이고 소리를 하고……, 뭇 사내들과 함께 어우러져 갖은 음란한 수작……, 어디 그뿐이더냐? 이 사내 무릎에도 앉아보고, 저놈과 입도 맞추어보고……

잠깐 생각만 해볼 뿐으로 순이가 더러워서 구역이 날, 그 여급이란 직업을 대체 어떠한 생각으로 영이는 택하였던 것인지, 암만을 궁리해본댔자, 알아낸다는 도리가 없었다.

  그러나 그것도 이미 이제 이르러서는 달리 일자리를 갈아본다는 것도 수월치 않은 일이요, 또 자기 말마따나 그밖에는 몇 푼이나마 돈을 벌어들일 재간이 달리 없는 것이라면, 그대로 푸른 등불 아래 웃음을 판다는 것도 또한 어찌할 수 없는 일이라고 하여두자.

  하지만, 참말 고렇게도 소견이 없고 무식하고 또 얌체머리 없는 여자도 드물 게다.

  "흥! 어느 염병을 허다가 거꾸러질 년이 그래 지가 좋아서 여급 노릇을 허겠니. 다아 집안 사정이 할 수 할 수 없어서 그러는 게지. 그래 제 동기간에두 욕을 먹어가며 천대를 받아가며 어느 개딸년이……"

  툭하면 영이가 한다는 소리가 이 소리다. 대체, '개딸년'이란 뭐고, '염병을 허다가 거꾸러질 년'이란 뭣이냐? 그러나, 그것도 다 배우지 못하고, 천하게 놀아먹어 그러한 것이라면 깊이 탄할 것도 못 된다. 허지만, 그래 저나 남에게 천대를 받고 욕을 먹고 하였으면 그만이지, 어째서 애매한 나까지 체면을 깎이게 하느냐 말이다.

  어머니가 동넷집으로 돌아다니며 품을 파는 것은 그만두구래도, 우선, 집안이 군색한 꼴을 남 뵈기 싫어, 그래, 순이는 언제 한번 학교 동무를 집 앞까지라도 끌고 온 일조차 없는 것을, 요

소갈머리 없는 여자는 어째서 운동회 날, 그, 사람 많이 모인 틈으로 구경을 왔느냐 말이다.

그것도 국으로 한곳에 가만히 앉아서 구경이나 하면 하였지, 어째서 사람 틈을 비집고 돌아다니며,

"이 학년, 김순이 어딨는지 모르세요? 김순이요. 이 학년 송조생도요."

대체 만나는 학생마다 그러고 물어,

"애애, 순이 언니 온 것, 너 봤니?"

"응. 애애, 아주 하이칼라더라."

"아마, 그냥 부인넨 아닌가 보지?"

"그냥 부인네가 뭐냐, 애애? 껄이야 꺼얼 카페 꺼얼……"

그래, 그러한 좋지 못한 소문이란 삽시간에 퍼지는 것이어서, 다음 날부터는 얼굴 하나 변변히 들고 다닐 수 없게시리, 남의 모양을 흉하게 만들어놓을 것은 무엇이냐 말이다……

2

그러면, 물론, 영이라고 그 말을 가만히 듣고만 있지는 않는다. 말을 하자면, 오히려 영이 쪽이 할 말은 더 많을지도 모른다.

딴은 운동회에 구경을 간 것은 내가 잘못일지도 모른다. 하지만, 그러한 장한 구경에는 동네 사람들까지두 흔히 따라나서는 게 아니냐. 친동기간에, 제 동생이 운동회에 나간다는데 형 된 사

람으로서 가보고 싶을 것은 인정에 당연한 일이다.

그러나 물론 나는 네 말마따나 여급 노릇이나 허구 있는 그런 천한 계집년이다. 바로 양반댁 규수 아씨로 너를 알고 있는 학교에서 내 소문이라도 난다면 네 체면이 안 될 것은 나두 생각을 했다. 그러기에 바로 여염집 부인네같이 차려보느라 반찬 가게 큰 며느리한테서 긴치마까지 빌려 입고 갔던 게 아니냐?

너는 또 내가 한군데서만 가만히 앉아서 구경을 하지 않고 이리저리 너를 찾아다녔다구 그러지만, 너두 생각해봐라, 어디 그때 사정이 그렇게 되었느냐?

도보 경주에 너는 첨부터 첫째로 뛰어가다가 결승점 앞까지 가서는 공교롭게도 엎드러지질 않았니? 어딜 몹시 다쳤는지, 금방은 넘어진 채 그대로 일어나지도 못하는 것을 남선생님 한 분과 상급생 둘이서 달려들어 일으켜가지고는, 사무실 쪽으로 데리고 가더구나. 그러고는 아무리 기다려보아도 네 모양은 다시 볼 수가 없으니, 그래 대체 어디를 얼마나 다쳤는지, 혹 뼈라도 상한 거나 아닌지, 형 된 마음에 어째 놀라고 근심이 안 되겠니? 그걸 네가 너 하나 생각만 하고서 그렇게 말하는 것은 옳지 못하다.

그래 너는 그까짓 남의 모양만 흉하게 만드는 형 같은 것은 없느니만두 못하다고 말했지? 대체 뭐 그리 좋아서 여급 노릇을 하는지, 그 속을 모르겠다구 그랬지? 옳은 말이다. 참말이지 너보다두 내가 몇 곱절 지긋지긋한지 모른다. 하지만 너두 그만 철은 날 나이니, 좀 사리를 캐서 생각을 해봐라. 그래 내가 이나마 그만두고 말면, 집안이 어떻게 될 게냐?

290

늙으신 어머니가 아는 집을 찾아다니면서 일을 거들어주시구, 그래 겨우 담뱃값이나 뜯어 쓰는 거야 말도 말구, 한때는 세월도 괜찮던 아버지 집주릅 벌이도, 요즘 와선 집 흥정이 토옹 없어, 잘해야 달에 모두 주워 모아 돈 십 원 될까 말까 하니 그것으론 집세도 못 낼 것쯤은 아마 너두 짐작이 설 것이다.

그래 집안 꼴이 이런 중에 그래두 하루 삼시 밥이라 지어 먹고, 더구나 나는 학교라곤 보통학교에두 못 들어가본 걸, 네가 그렇게 바로 거드럭거리구 고등학교까지 다니는 게 그게 그래 누구 덕인 줄 아느냐. 그렇다고 내가 뭐 너한테 고맙다고 사례 한마디라도 받자는 건 아니다. 하지만 그런 건 그만두고라도 형의 신세가 가엾고 딱하다고, 그러한 생각쯤은 해주어야 마땅할 게 아니냐? 그걸 너는 툭하면, 더러운 여자니 천한 기집이니 그렇게 함부로 욕하기가 일쑤니, 옳지, 옳지 워낙이 고등 교육을 받은 사람이란 저 밥 먹여주구, 공부시켜주구 한 사람의 은공은 몰라두 아무 상관이 없는 법이니라.

흥! 그래 아무리 어린애기로서니 그런 년의 법이 어딨단 말이냐? 그래 내가 그렇게두 더러운 화낭년이라 하자. 그럼, 넌 왜 이 더러운 짓을 해서 벌어 온 돈으루, 날마다 밥은 먹는 게구, 옷은 입는 게구, 학굔 가는 게냐? 응? 그 더러운 돈으루 왜 그러는 게냐? 흥! 어디 네 대답 좀 들어보자꾸나……

아아니에요. 어머닌 글쎄 가만히 계세요. 그저 어린아이라고 가만 내버려두니까, 바로 젠 듯싶어서 못할 말 없이…… 글쎄, 어머닌 잠자코 있으래도…… 뭐 내 입때 참아온 걸 오늘 새삼스레 탄하자는 것도 아녜요. 하지만, 요런 깍쟁이 년의 기집애도 그래 세상에 있수? 그래 남의 은공은 모르구 밤낮 욕을 하면 욕을 해두 그건 괜찮아요. 요건 그러다가도 지가 아쉬우면 '언니 언니' 하구 살살거리니까 그게 보기 싫단 말예요.

그저께 저녁때두 점[3]에 있으려니까, 누가 와서 찾는다기에 나가 봤더니, 글쎄 요 깍쟁이로구료. 그래 밤낮 천하니 더러우니 하던 가후에[4]루 이 신성한 아씨가 나 같은 여자를 왜 일부러 찾아왔나 했더니, 흥! 동무들하구 활동사진 구경을 가게 됐으니, 돈 일 원만 곧 좀 달라는구료. 그리구 오늘은 제법 날이 추운데 외투두 없이 퍽 고생 될 게라구, 언제 지가 내 생각을 하구 날 위해주구 그랬다구, 바로 고런 소릴 다 하는구료. 흥! 그것도 다 내게서 일 원 한 장 뺏어가려구, 그 여우 같은 생각에서 나온 말이지.

예이, 요 여우 같은 년! 구미호 같은 년! 난, 너같이 배운 건 없어두, 그래도 고렇게 심보가 악하진 않다. 인제두 또 내게 할 말이 있니? 요 재리[5] 깍쟁이 같은 년아!……

3

흥! 왜 욕지거리 안 하곤 말을 못하나? 말끝마다 참말이지 누가 욕이야?

그래 돈을 그렇게 잘 벌어서 부모 봉양 극진히 하구, 아우 공부까지 시켜주니 참말 장하시군 장하셔. 원 가만히 듣구 있으니까

별 아니꼬운 소릴 다하지. 그래 자기가 날 학교에 넣어줬어? 학교 애기가 났을 때, 대체 무슨 돈에 고등학교엔 보내느냐구 들입다 반댈 한 건 누구야? 그걸 다 어머니가, 그래도 그렇지 않다. 너는 공부를 못했지만 순이까지 못 시켜서야 어쩌니? 아아무럼 힘이야 들지. 들지만 어떡하든 고등학교 하나만 마쳐놓으면 학교 교원을 다니더라두, 그 값어치는 벌어들일 게 아니냐?…… 그래 아버지가 돈을 변통해다 가까스로 입학을 시켜주신 걸, 자기가 뭐 어쨌다고 큰소리를 하는 거야?

흥! 걸핏하면 자기가 바로 우리들의 희생이나 된 것처럼 떠들어버리지만, 그래, 참말 자기가 하기 싫은 노릇이면야 단 하루라두 할 까닭이 있나? 술 먹구, 남자들하구 희롱하구, 그러는 게 자기는 역시 재밌어서 그러는 게지 뭐야? 그렇지 뭐야? 그래 참말 맘에 없는 게면 왜 가끔 밤중에 부랑자는 집 안으로 끌어들이는 게야? 누가 언제 그런 짓까지 해서 돈을 벌어달랬어?

순이의 독설이 여기까지 미치면, 영이의 분통은 끝끝내 터지고야 만다.

요년아. 니가 그예, 그걸 또 말을 하구야 말았구나? 왜 부랑잔 집 안으로 끌어들이는 거냐구? 누가 언제 그런 짓까지 해서 돈을 벌어달랬느냐구?…… 오오냐. 내 다 일러주마. 이년아. 니가 그랬다. 바로 니가 그랬다. 나더러 그렇게라도 해서 월사금을 만들어달라고 바로 네년이 그랬다. 가후에 여급질을 해가지고 무슨 수로 네 식구 밥을 끓여 먹구, 옷을 해 입구, 그리고 네년의 학비까지 댄단 말이냐? 그래 몸이라도 팔밖에 무슨 수로 다달이 네년

의 월사금을 만들어준단 말이냐? 요년아. 바로 네년이 날보구 그 짓을 하랬다······

뭐요? 그만 해두라구요? 동네가 부끄럽다구요? 이렇게 딸년을 망쳐놓은 게 누군데 그러우? 어머니유, 어머니야! 바로 어머니야. 툭하면 애 쬔이 방세 재촉 또 하더라. 쌀이 떨어졌다. 나물 또 들여와야 한다. 김장도 담가야 한다. ······나는 무슨 화수분인 줄 알았습디까? 내가 무슨 수로 다달이 이십 원 삼십 원씩 모갯돈⁶을 만들어놓는단 말이유? 그걸 빤히 알면서도, 나를 지긋지긋하게 조르는 게 그게 나더러 부랑자 녀석이라도 하나 끌어들이라고 권하는 게지 뭐야?

아니야, 어머니두 조년하고 다 한패야. 다아 한패야. 아버지두 한패야. 셋이 다 한패야. 그래 셋이서 나 하나만 가지구 들볶는 거야. 뭐 동네가 부끄러워? 동네가 부끄럽다구? 흐흐, 자기 딸년에게 별별 못할 짓을 다 시켜왔으면서, 그래두 동네가 부끄러운 줄은 알았습디까? 그래두 체면을 볼 줄은 알았습디까? 하 하 하 하 하······

흡사 정신에 이상이라도 생긴 사람처럼 울고, 불고, 열에 띤 눈 속에, 육친에 대한 끝없는 증오를 품은 채, 이렇게 한바탕 영산⁷을 하고 난 영이는 할 말을 다 하고 나자, 또 한 번 크게 웃고, 그리고 그대로 까무러쳐버렸다.

4

영이는 그대로 보름이나 자리에 누워버렸다. 그날 와서 주사를 한 대 놓아준 의사는 '임신 삼 개월'이라 말하고 돌아갔다. 깨어난 영이는 그 말을 듣고 곰곰히 생각해본 끝에, 마침내 뱃속에 들어 있는 아이의 '아버지'를 맞추어냈다.

결코 가난한 잡지사 사원이라던 그러한 사람이 아니라, 유복한 전기 상회 주인이라는 것이 그에게는 우선 다행하였다. 그는 이 제까지도 그중 자기에게 은근한 정을 보여왔고, 또 그이면 능히 어린것과 함께 자기의 한평생을 의탁할 수 있을 게다. 나이는 좀 많아, 올해 서른아홉이라든가, 갓 마흔이라든가. 하지만, 물론 나 이 진득한 사람이라야 계집 위할 줄도 알 게다.

영이는 자리에서 일어나자 다시 점에를 나갔다. 당장 그날그날 의 밥거리를 위해서도 돈이 필요하였거니와, 뱃속에서 자라나고 있는 어린 생명을 위해서도, 그는 이제 차차 준비를 하지 않으면 안 된다.

그러나 그렇게 돈을 탐내면서도, 그는 다시 '사내'들을 집 안에 끌어들이지 않았다. 전기 상회 주인도 주인이려니와, 뱃속에 들 어 있는 어린것을 위해, 그는 이제부터라도 제 몸을 단정히 갖고 싶었던 것이다.

그래 사내들은 차차 그에게서 떠나갔다. 그러나 정작 '애아버 지'까지 그를 소원히 하기 시작한 것에는 영이는 참말 뜻밖이라,

슬프게 놀랐다. 하지만 다시 생각해보면, 그것이 역시 그러한 남자들의 마음이었다. 불행에 익숙한 영이는, 그래, 이제 새삼스럽게 제 신세를 한숨지려고도 안 했다.

순산을 하였다고 기별을 하자, 남자에게서 오십 원의 돈이 왔다. 그러나 그는 마침내 영이도 어린것도 만나보러 오지는 않았다. 물론 영이는 이미 무정한 남자를 심하게 탄하지 않았다.

'오십 원'은 그가 예상하였던 것보다도 오히려 많은 금액이다.

영이는 그 돈을 긴하게 받아 썼다⋯⋯

5

영이가 이렇게 큰 시련을 받는 동안, 순이도 역시 그 생활에 변화를 가졌다. 그는 이내 학교를 그만두고 말았다. 그때 영이가 그렇게 발악하기 때문만이 아니다. 저도 학교가 그만 시들해진 모양이다.

학교 적과는 달라, 순이는 마음 놓고 유난스럽게 화장을 하였다. 그리고 인제 유명한 여배우가 된다고 떠들며 돌아다녔다. 한번 밖에 나가면, 대개는 밤이 제법 늦어서야 돌아왔다. 간혹 집에 붙어 있는 날은, 으레, 영이가 듣기 싫어하는 소리를 한두 마디씩은 한다.

사실, 무슨 각본 속에 그러한 구절이라도 있어, 그 소임을 맡은 순이는 부지런히 연습을 하지 않으면 안 되는 듯이나 싶게,

296

"저는 결코 당신을 원망하지 않습니다. 이제 제게로 돌아오실 날도 있겠지요. 오직 그것을 한 개의 희망으로 저는 애기와 함께 당신을 기다리겠습니다. 아기를 위해서는 여급도 그만두었습니다. 만약 저의 어머니가 그러한 일을 한다고 알면, 아기는 필연코 슬플 게니까요. 저는 집에 외로이 있습니다. 외로이 들어앉아 삯 바느질로 그날그날을 지냅니다……"

사실 영이는 바느질을 맡아 하고 있었다. 그러나 전과 같이 순이 하는 말에 말대꾸를 하려 들지 않았다. 또 그의 하는 일에 전연 간섭을 안 했다.

그러면서 다만 영이는 그를 한시도 쉬지 않고 관찰만 하였다.

어디 좀, 두구 보자. 나는 별별 짓을 다하다가 이 꼴이 됐지만, 어디 너는 그래 얼마나 잘되나, 좀, 두구 보자. 흥!…… 오늘 밤도 또 늦는구나. 크리스마스라구, 그래, 교회당에 간다구 초저녁에 나갔지만, 자정 넘어까지 뭣 하러 게들 있겠니? 흥!

내일 아침 일찍이 꼭 입게 해달라는 '교하부다이'[8] 저고리를 끝내고, 마침 잠을 깬 갓난애에게 영이가 젖꼭지를 물렸을 때, 그제야 순이는 눈을 맞고 돌아왔다.

그는 그러나, 곧 마루로 올라오지 않고 잠깐 앞창 미닫이 밖에 가 서서 망설거리는 모양이더니 마침내 방긋이 미닫이를 열고 그 틈으로 안을 엿본다.

순이는 모든 것을 눈치 채고 반짇고리를 한옆으로 치웠다. 아이를 안아 들었다. 머리맡 벽에는 십자가가 걸려 있었다. 코웃음을 치고 영이는 안방으로 건너갔다.

전에 나는 그런 때마다, 네 이부자리를 안방으루 날랐다. 이번에는 마땅히 네가 내 이부자리를 나를 차례다. 흥!

순이는 형의 이부자리를 매우 거북스럽게 들고 건너왔다.

흥! 나는 너더러 월사금을 해달라진 않았다. 아니야, 혹 어머니가 집세 말이라도 했는지 모르지, 그러냐? 순이야……

영이는 아우에게 그동안 지녔던 원한과 증오를 이 기회에 그대로 쏟아놓고 싶었다. 참말이지 속이 시원한 듯이 느꼈다. 내일 아침에 순이가 일어나는 길로 그 얼굴을 빤히 쳐다보면 좀더 속이 시원하리라고 생각하였다.

잠깐 귀를 기울여보았으나, 건넌방에서는 아무 소리도 들려오지 않았다. 불은 벌써 아까 끈 모양이다.

나는 언제든 그 이튿날 아침이면, 사내를 졸라 식구 수효대로 '자장면'을 시켜왔다. 참말이지 이 동리 청요릿집에서 시켜다 먹을 것은 그것 한 가지밖엔 없다 하건만, 너는 그것을 더럽다고 한 번도 입에 대려 들지 않았다. ……나는 그러나 내일 아침에 어디 한번 맛나게 먹어볼 테다……

영이는 생각난 듯이 곁에 드러누운 어머니와 또 아버지의 얼굴을 차례로 바라보았다. 그들은 물론 지금 건넌방에서 순이의 몸위에 일어나고 있는 일을 알고 있을 게다. 그러나 그들은 이미 놀라지 않고 또 슬퍼하지 않는다.

'이것이 인생이란 것이냐?'

갑자기 몸이 으스스 추웠다. 영이는 베개를 고쳐 베고 눈을 감았다. 어인 까닭도 없이 운동회 날 본 순이의 모양이 눈앞에 선하다. 이윽히 그것을 보고 있다 영이는 한숨을 쉬었다.

'너마저 집안 식구에게 자장면을 해다 주게 됐니? 너마저 너마
저……'

영이의 좀 여윈 뺨 위를 뜨거운 눈물이 줄줄 흘러내렸다.

골목 안

어려운 사람들이 모여 사는 곳이란 으레들 그러하듯이, 그 골목
안도 한 걸음 발을 들여놓기가 무섭게 확 끼치는 냄새가 코에 아
름답지 않았다. 썩은 널쪽으로나마 덮지 않은 시궁창에는 사철
똥오줌이 흐르고, 아홉 가구에 도무지 네 개밖에 없는 쓰레기통
속에서는 언제든지 구더기가 들끓었다.

제각기 집 안에 뜰을 가지지 못한 이곳 주민들은 그들이 '넓은
마당터'라고 부르는 이 골목 안에다 다투어 빨래들을 널었다. 이
름은 넓은 마당터라도 고작 여남은 평에 지나지 않는 터전이다.
기둥에서 기둥으로, 처마 끝에서 처마 끝으로, 가로, 세로, 건너
매어진 빨랫줄 위에, 빈틈없이 빽빽하게 널려진, 해어지고 미어
지고 이미 빛조차 바랜 빨래들은 쉽사리도 하늘을 가리고 볕에
바람에 그것들이 말라갈 때, 그곳에서도 이상한 냄새는 끊이지
않고 풍겨지는 것이다.

그러나 그들의 빨래는 오직 냄새를 풍기고 하늘을 가리고 그럴 뿐이다. 달리 놀이터를 갖지 못한 채, 진종일 이 안에서 북적대는 아이들의 옷은 언제든 더러웠다. 더러운 것은 물론 옷뿐이 아니다. 목덜미와 종아리에 때는 몇 겹으로 달라붙고, 핏기 없는 그 얼굴에 입술 위로 흘러내리는 콧물이 또 쉴 사이 없다.

그래도 아이들은 즐거우니 가엾다. 총도 칼도 세발자전거도 가지지 못한 이곳 어린이들은, '오오랴아, 이이랴아'며, '잇센 도오까아' '열 발에 나가서 여덟 발에 처먹기'와, '자치기' '찌게공기'……[1] 그러한 놀이로 날이면 날마다 바쁘다.

이 골목 안 막다른 집에 순이(順伊)네 식구가 살고 있었다.

순이 아버지는 집주릅 영감으로 계유생(癸酉生)이라니까 올해 예순일곱이 분명하다. 현재 칠백 원 전세로 들어 있는 함석지붕의 일각대문집——, 방 한 칸 마루 한 칸, 부엌 한 칸의 매한간[2] 집으로 오기 전에는, 참말이지 남부럽지 않게 살았었노라고, 이것은 영감보다 두 살 위인 그의 마나님이 툭하면 뇌는 소리다.

그것은 어쩌면 그럴지도 모른다. 진솔[3] 두루마기라도 새로 다려 입고서 단정히 갓을 쓰고 거리로 나설 때, 자못 기품과 위엄조차 갖추고 있는 영감의 신수는, 어느 모로 뜯어보든, 가쾌나 그러한 사람으로 믿어지지는 않았다.

그러나 신수는 그처럼 좋아도, 복덕방의 세월은 도무지 말이 아니다. 수삼 년 이래로 집값만 무턱대고 올랐지 매매가 통히 없다. 영감은 싸전 가게 어둠침침한 방 안에 들어앉아, 동관[4]들이 하염없이 몇 판이고 장기만 두는 옆에서, 자기는 아침부터 저녁까지,

신문만 뒤적거렸다.

"집 좀 보러 왔습니다구 여쭤라."

점잖게 한마디 한 다음에, 헛기침과 함께 떡 안으로 들어서서,

"남향판에 서상방⁵이오, 두벌대⁶에 부연⁷ 달고, 안방이 간방통 이
간이요, 건넌방 이 간에, 마루 삼 간에, 부엌이 간 반……"
하고, 계약만 성립이 되면, 오래간만에 돈푼이나 만져보게 될 흥
정은, 근래는 있기도 어려웠거니와, 간혹 말이 나더라도 서로 부
르는 값들이 엄청나게 틀려서, 대개는 중도에서 틀어지고 말고,
젖먹이를 들쳐 업은 아직 젊은 과부라든 그러한 아낙네들이 매일
같이 와서 조르는 것은, 월세 오륙 원 정도의 사글셋방이었다.

그러니 온종일 싸전 가게 어두컴컴한 방 속에서, 신문이나 뒤적
거리고 있을밖에는 아무 다른 도리가 없는 영감이었다.

"이 사람아. 그저 상(象)만 피하면 심이 핀단 말인가? 내 포장
(包將)을 받아야지 포장을……"

국면이 매우 자기에게 유리하게 전개되어가고 있는 듯싶어,
한국 시대에 경성 감옥 간수를 이 년인가 삼 년 동안 다녔다는
동관 하나가 한편으로 장기를 두며, 또 한편으로는 영감을 돌아
다보고,

"참, 자네 끝의 놈, 이번에 학교에 붙었다데그려."
하고, 문득 생각난 듯이 한마디 묻는다.

"들어갔으면 뭐얼 허나? 중학꼴세 말이지. 그까짓 고등소학꼴,
그래, 기 쓰구 들어가면 뭐얼 헌단 말인가? 흥!"

영감은 보고 있던 신문을 방바닥에 놓고, 별 까닭도 없이, 미닫

이에 붙은 유리쪽을 통하여 길 건너 솜틀집의 초가지붕을 멀거니 바라본다.

"거기래두——아, 이 사람이 부러 이러나? 왜 이래? 어딨던 차(車)가 이리 오는 게야? 여깄었지? 게 있었나?——거기래두 들어간 게 다행이지. 그나마 못 들어갔었더면……"

"거기두 못 들어가서야 어떡허게? 허지만 들어갔대야, 그게 어디 학문에 진보가 있는 게 아니란 말이야. 고등소학을 졸업 맡으려구, 그래, 들어간 게 아니라, 결국은 내년에 다시 중학교 시험을 뵐려구, 그 준비루 들어간 게니, 남보다 일 년 밑지기야 매한가지 아닌가?"

"흥! 졸(卒)이 또 올라오신다? 이건 덮어놓구 올라만 오면 젤인가? 자아 또 장 받구——, 아아니, 그런데 효섭(孝燮)이 놈이 밤낮 우등 첫째만 했다며 어째 그렇게 중학교서 떨어진 게야? 역시, 시험 보는 애들이 원체 많아놔서, 그래 그랬나?"

"경쟁자도 많기야 많았지만, 하여튼 효섭이가 학력으루 떨어진 건 아니라니까……, 똑 신체검사루 해서……"

"온, 벌써 진 장길 가지구 저러는구먼. 그린 못 도네. 그럼 외통이야 외통. 허지만, 그 녀석이 몸이야 또 좀 실한가? 운동두 잘허구……"

"잘허면 뭘 해? 똑 걔는 고개 하나가 문젠걸."

"허지만 절뚝발이두 공부만 잘허면 들어가나 보던데, 효섭이 고개 좀 갸웃한 거야, 아무 상관이 없을 게 아니야?"

"온, 절뚝발이 병신이 학굘 으떻게 들어가? 그, 다아, 옛날 얘기지. 인젠 정부에서 교육 방침이, 똑, 학력버덤두 신체에 치중을 한단 말이야."

"온, 참 답답허긴……, 그럼, 또, 이 차가 바루 들어가는 걸 되나? 어여 그러지 말구 다시 한 판 두세. 그 어째서 방침을 그렇게 했누? 그래두 신체버덤 학력을 봐야 안 할 게야?"

"이 사람아. 신문두 못 보나? 그게 모두 후생성[8]이 생기기 때문이거든. 후생성에서 조사를 해보니까, 국민의 체위라는 게 연년이 못 돼가거든. 그래, 어차피 공부를 시킬 바에는 학력두 학력이지만, 체격 좋구, 몸 튼튼한 애들 뽑자는 게지."

영감은 말을 마치고, 문득, 입안말로,

'온, 고얀 놈의……'

하고 중얼거려본다. 어렸을 때, 몹시 앓고 난 열병 끝에, 외로[9] 약간 비뚤어진 막내아들의 고개가, 이내 그대로 굳어버린 채, 현대 의술로도 어쩌는 수 없다는 사실을, 영감은 또 한 번 생각해낸 까닭이다.

"그래두 올 일 년, 착실히 준빌 허라지. 내년에나 중학교에 꼭 뽑히게시리……"

"허지만, 실상, 걔가 학력으루 떨어졌을세 말이지, 똑 고개가 삐뚤어지기 때문에 입학 못한 걸, 일 년 아니라, 십 년을 준비한대야, 무슨 소용이 있을 겐가? 고개를 바루잡어놓기 전엔 영 틀릴 노릇이 아니냐 말이야. 생각해보면 걱정일세, 걱정이야!"

"……."

"그저 이 자식이나 하나 무탈허게 키워놔야 헐 노릇인데, 이게 그처럼 병신이 되고 보니, 온, 누굴 믿구 산단 말인가? 기가 맥히네, 기가 맥혀……"

"허지만, 이 사람아. 자넨 딸이 아들 외딴치게[10] 돈을 잘 벌어들이니까, 그만만 해두 다행이지. 시체[11] 딸년들, 모두 저 잘될 궁리만 했지, 어디 제가 벌어다 부모 공양허구, 오라비 공부시키구, 그러는 년 있다든가? 자넨, 딸을 잘 둬서……"

"……"

그러나 영감은 문득 그 말에 당황하여 다시 얼른 신문을 집어들었다. '딸이 아들 외딴치게 돈을 곧잘 벌어들인다'는 말에, 그의 얼굴은 쉽사리 붉어지고, 또한 마음은 비감하였던 까닭이다.

늙은 내외가 막내아들 학교까지 보내며 그래도 입에 풀칠을 할 수 있는 것이, 사실 카페 여급으로 다니는 큰딸 정이(貞伊)의 덕이다. 아들은 삼 형제나 두었대야, 이번에 심상고등소학교에 들어간 효섭이 놈은 철도 안 났으니 말도 말고, 큰아들 인섭(仁燮)이, 둘째 아들 충섭(忠燮)이, 그 두 놈이 모두 집안에는 아무짝에도 소용이 없는 것들이다.

제 형이 집에 없으니, 응당 제가 나서서 집안일 돌보아야만 마땅할 것을 충섭이 녀석은 나이 이십이 넘어도 똑 우미관[12] 앞으로만 빙빙 돌며, 툭하면 사소한 일로 남을 치기가 일쑤요, 그러면 또 '남 치려다 제가 맞기도 일쑤'로, 곧잘 붕대로 대가리를 둘둘 싸매고 며칠 만에야 집으로 들어와서는, 으레, 늙은 아비 화만 돋우고, 늙은 어미 애만 태우고 그러던 것이,

"너, 사람 치구 대녀야 네 몸에 한 푼어치 이로울 것 없느니라.

이로울 것 없어!"

하고, 늙은 부모가 입이 아프게 타이르는 말에, 문득, 그는 깨달은 바가 있었던 모양이라, 삼 년 전부터는 남을 치기는 치되 말썽이 안 난다는 '권투'라는 것을 배워가지고, 인제 선수만 될 말이면 일숫돈도 잘 벌어들인다고 바로 큰일이나 하는 듯싶게 꺼떡대는 것을, 늙은 마누라는,

"얘애, 듣기두 싫다. 남을 치면 고작 지소[13]루나 끌려갔지, 아무리 말세기루 잘했다구 돈 줄 사람이 어딨단 말이냐?"

한마디로 물리쳐버렸던 것이나, 영감은 매일 열심히 보는 신문으로, 권투가 어엿한 운동 경기로서, 직업 선수만 될 말이면 사실 돈도 벌 뿐이 아니라, 신문 지상에 사진까지 게재되고, 바로 명예가 대단한 것이라고, 짐작이 있어서,

'그저 그런 거래두, 허기만 잘해라!'

은근히 속으로 기대하였던 것이, 참말 기대한 보람이 있어, 작년 봄부터는 매우 유망한 선수라고 바로 신문에도 이름은 오르내리나, 그만하면 돈도 많이 탈 듯싶은 것을, 타도 저만 혼자 쓰고 돌아다니는지, 어째 가다 집에 들어와야 주머니 속은 언제든 털털이요, 집안에 피천[14] 한 닢 들여오기는커녕은 도리어 때때 카페로 제 누이를 찾아가서는, 담뱃값이 떨어졌느니 어쩌니 하고, 일 원씩 이 원씩, 뺏어가기가 일쑤인 모양이라, 영감은, 그래, 누구 입에서 혹 충섭이 말이라도 나오면,

"그 자식, 내 자식 아니요."

그렇게 말하였고, 자기도 속으로 그렇게 생각하려 드는 것이

었다.

　그러나 따져보자면 충섭이 한 놈만 가지고 내 자식이니 아니니 할 것도 없었다. 내 자식이 아니기는 둘째 놈보다도 그 형, 인섭이가 먼저다. 환진갑 다 지낸 이가 이처럼 다 늙게 집주릅으로 나서서, 남들 집 팔고 사는데, 객쩍게시리, "밥을 내 푸느니" "들여 푸느니" 하고, 그러한 사설을 늘어놓지 않을 수 없는 것이, 도시 맏아들 인섭이가 계집에게 미쳐서 집을 나갔기 때문이다.

　주색잡기에 패가망신 안 하는 놈 없다더니, 과시, 옳은 말이다. 잡기는 별로 잡아보지 않는 모양이었으나, 술이나 계집으로는, 벌써 이십 안팎서부터 부모 애도 퍽 말렸다. 볏백[15]이나 해서 뭐 넉넉지는 않으나, 그래도 그저 먹고는 살 집안이, 지금 이 꼴이 되기도 그 자식 때문이다. 그래도 다 늦게나마 정신을 차린 듯싶어 부모 생전에 호강이나 한번 시켜드리겠다고, 바로 팔 걷고 나선 것은, 그 마음만이라도 고마우나, 고등보통학교를 중도에서 퇴학하였을 뿐으로, 취직을 하자니 무슨 자격이 있나? 장사를 하자니 무슨 밑천이 있나? 대체 제가 무슨 수로 돈을 벌어 늙은 부모 호강을 시켜주마는 겐고? 동정을 살피려니까, 딴은 그밖에는 수가 없는 것으로, 이 자식은 브로커[16]로 나서가지고, 바로 수첩에다 무엇을 모두 적어 넣고 다니며, 한창 바쁜 꼴이 볼만도 하였었다. 그뿐 아니라, 사실, 돈도 곧잘 벌어들였다. 벌이가 벌이라, 없을 때는 참말 쇠천[17] 한 푼 없었으나, 생길 때는 또 백 원 지폐가 몇 장이고 주머니에서 나왔다.

　그러나 역시 주색이 탈이었다. 단양인가 어디 산판 매매를 붙여

주고, 돈 천 원이나 착실히 생겼을 때, 어디서 갈보년 하나를 떼내어다가, 조갯골에다 딴 집 살림을 시켰던 것을, 영감 내외는 물론 꿈에도 모르고 있었으나, 역시 한자리 속에서 지내고 보면, 냄새로라도 나타나는 모양이라, 며느리년이 어떻게 어떻게 알아가지고 어느 날 사생결단을 하고야 말겠다고, 첩년의 집을 찾아간 것에서 일이 벌어지고 말았다. 며느리년 하는 말을 들어보면, 눈깔이 씰룩하고 안장코에 귀가 짝짝이라지만 인섭이 놈은 그래도 아주 미쳤던 모양이라, 아낙에게 들킨 뒤에도 그렇다고 잊는 수는 없고, 여우 같은 고년은 또 고년대로, 본마누라 등쌀에 견딜수 없으니, 같이 어디로 멀리 가 살자고, 그렇게 충동이었던 것이 분명하여, 보름 뒤 그대로 집을 나간 채 소식이 없기 이미 칠 년이다.

언제는 누가 부산서 인섭이를 보았다고도 하고, 또 언제는 만주들어가 있다는 말을 들은 법하다고, 그러한 소식을 전하여, 이리되면 남북으로 서로 상거가 수천 리라, 그야말로 갈피를 차릴 수없는 이야기나, 그 자식이 대체 어디 가서 살고 있든, 그 통에 집안 식구가 굶어 죽게 된 것에는 틀림이 없어, 큰딸 정이가 여급으로 나서겠다는 것을 영감은 한숨으로 허락하고,

"너만 고생을 시켜 되겠느냐?"

하고, 자기는 자기대로 동리 복덕방으로 놀러 나왔던 것이다.

그러나 나서기는 나섰어도, 내가 전생에 무슨 죄가 있어 다 늙게 이 고생을 하노?──하고 생각하면, 저 없으면 집안 꼴 이럴 줄 뻔히 알고도 계집에 미쳐서 집을 나간 아들이 괘씸하였고, 집안

308

은 비록 이래도 계집이란 어떻게 서방이나 잘 맞으면 제 팔자는
고칠 것을, 일껏 저만큼 길러낸 내 딸이 가끔 밤늦게 술조차 취해
가지고 와서, 난잡한 소리를 늘어놓을 때는, 남자가 계집 한둘 얻
는 것은 없는 일도 아닌 터에, 그것을 등쌀을 대서 집을 나가게
하고, 그래 제 시누이를 저 꼴을 만든 며느리년이 가증하기 짝이
없어, 여급도 말고 아주 갈보로 팔아먹어도 싸다고, 늙은 마누라
가 말하는 것을,

"마누라. 그 무슨 상스런 말이요?"

영감은 가만히 나무라면서도, 속으로는, 갈보란 온당하지 못하
나, 어디 공장에라도 들여보내 찬 용이라도 보태도록 해야지, 참
말 저만 놀고 있다니 말이 되느냐고, 그러한 생각도 해보았다.

그러나 그런 낌새를 채었든 어쨌든, 어느 날, 식구가 모두 나가
고 없는 사이에, 며느리는 조그만 보퉁이를 만들어 들고는 그냥
집을 나간 채 소식이 없었다. 어려서 부모를 여의고 달리 형제도
없이, 참말 무의무탁한 몸이 대체 집을 나가면 갈 데가 어디냐고.

"이년이 벌써부터 눈치가 다르더니, 필시 서방을 맞어 갔지. 죽
긴 그년이 왜 죽우? 죽으러 가는 년이 옷가지는 왜 싸가지구 나가
우? 영감 어림두 없는 말씀이지."

하고, 혹시 서방은 잃고, 집안에서는 구박이 심해서, 그래, 죽으
러 간 것이나 아닐까?—하여, 은근히 염려를 하는 시아버지의
마음을, 시어머니는 도리어 비웃었던 것이나, 그것은 마누라의
추측이 역시 옳아, 작은딸 순이가 작년 가을에 학교 갔다 오는 길
에, 먼빛으로 보니까, 그는 갓난것을 들쳐 업고 웬 국방복 입은

사십쯤 된 사내와 화신상회서 나오는데, 옷도 바로 잘 차려입었
더라 한다.

그 말을 듣고, 마누라는 며칠 동안 동네로 다니며 그처럼 괘씸
한 며느리 욕만 하였다. 그것을,

"욕할 것 없습넨다. 정절을 지키느니 어쩌느니 하는 게, 다아
옛말이지, 눈 멀뚱멀뚱 뜨고 있는 서방, 버리구 달아나기두 일쑤
인 세상에, 서방이 딴 계집 얻어 어디루 간 채 생사두 모르는 터
에, 저 서방 맞아 가기도 괴이치 않지. 공연히 동네방네 떠들어놓
아야 우리만 꼴이 사납습넨다!"
하고 영감은 일러주었던 것이나,

"온, 하누님 맙시사. 세상이 아무리 꺼꾸루 됐다기루서니, 그
래, 영감이 서방질해 간 년, 편역[18]을 드셔야 옳단 말씀이유?"
하고, 밖으로 나가서, 영감 하던 말을 음성까지 흉내 내가며,

"그래, 이럴 데가 있수? 이럴 데가 있어?"
하고, 행실 부정한 며느리와 함께, 그처럼 주책없는 영감을 탓하
였다.

그러면, 그와 한동갑으로, 십 년 전에 과부가 된 복술(福述)이
할머니는, 풍으로 부은 뺨을 손으로 어루만지며,

"공연한 말씀이지, 영감님이 참말 노망이라도 나시기 전에야,
진정으로 그 말씀 하시겠소? 이리 됐거나, 저리 됐거나, 어떻든
지난 일이라, 새삼스레 따져보아야 소용없는 일이니, 그저 그렇
게 말씀하시는 게지."

그리고 이어서,

"어린게 없기나 한 게 외레 다행이구먼. 이렇게 된 바에야."

하면,

"왜 어린게 없긴? 우리 순이가 봤다는데, 이년이 복술이만 한 젖멕이를 들쳐 업구 나왔다던데? 온, 그런 더러운 년. 서방질해서 자식꺼정 낳구……"

하고, 펄펄 뛰는 것이다.

"아아니, 누가 그것 말이유? 죽은 갑순(甲順)이 말이지?"

하고 다시 일러주면,

"갑순이두 그년이 죽였지. 그년이 죽인 셈이지. 감기 든 걸, 글쎄 제가 구경에 미쳐가지구, 그 추운 겨울밤에 연극 구경을 업구 갔다 왔으니 그게 글쎄 성허겠어? 좀 나아가던 애가 그날 밤으루 더쳐가지구, 의사 불러왔을 땐 일이 다아 그른 뒤니…… 온, 그런 열 번 죽어두 시원치 않은 년 같으니?"

하고, 좀더 숨을 험하게 쉬어보는 것을,

"허지만, 살았어두 걱정이죠. 애아버지는 그처럼 어디 가서 소식두 없구, 에미는 또 딴 사내 얻어 갔으니, 살았으면 애만 불쌍했을 게 아녜요?"

하고 올해 갓 서른인 복술 어미가 말참례를 하면,

"왜? 갑순이만 죽지 않았으면, 걔가 아무리 딴 계집에 미쳤더래두, 그렇게 아주 소식을 끊지는 않지. 아무렴. 걔가 갑순일 어떻게 귀애했다구 조갯골에다가 딴 계집 얻어 산 것두, 그게 갑순이 없애구 홧김이지, 홧김이야. 난, 똑 그렇게 생각이니까……"

하고, 갑자기 풀이 좀 죽을 때, 그것을 보고,

"둘째 아드님은 요새두 운동이 바쁜 모양인가요?"

하고, 복술 어미가 제 딴에는 딴 이야기를 꺼내본다는 것이, 갑순이 할머니에게는 좀더 상심만 되는 말이어서,

　"누가 아우? 운동을 허는지 무얼 허는지……, 얘길 들으면 때때루 돈두 생긴다나 보던데, 언제 제 에미 담배 한 갑 사 먹으라구 그럴 줄 아나? 그저 이 녀석두, 부모두, 성제〔형제〕두 없이 저만 쓰구 댕기니까……"

하고, 손등으로 코밑을 훔치는 것을,

　"허지만 이거 봐요."

하고, 이번에는 복술이 할머니가 다시 나서서,

　"그래두 막내아들 하난 잘 됐으니 다행이지. 걔가 나인 어려두 어떻게 음전허구 착하다구. 인제 두구 보구료. 저이 성들 대신 삼아, 소자[19] 노릇은 걔가 혼자 할 테니……"

하고, 위로를 해주는 것이나,

　"소자면 뭘 해? 인제 열넷 먹은 아들, 언제 크길 바라?"

하고, 눈을 끔벅끔벅하다가,

　"아, 왜요? 근력이 좋시니깐, 인제두 십 년은 더 사실걸. 십 년이면 막내아드님 나이 스물넷이니, 며느리는 고사허구 손주두 다 보실걸요" 하고, 이 집 며느리가 다시 한마디 하면,

　"더 살라는 게 내겐 덕담이 아니라, 악담이야. 내가 더 살면 뭘 해? 고생만 더 헐걸? 그저 어서 죽어야지. 하루바삐 죽어야 해애."

하고, 문득 자기 말에 자기가 비감해져서, 두 눈에 눈물이 글썽글

썽해진다.

"허지만, 죽는 건 또 임의루 허우? 죽을 때가 와야 죽지. 십 년은 과시 몰라두 오 년은 염려 없이 살걸, 우리가 한동갑이래두, 나는 뭐 등걸만 남았으니, 낼 일을 누가 알겠소마는⋯⋯"

"어유, 맙시사. 오 년씩 더 살아서 으쩌게? 십 년만 전에 죽었어두, 이 꼴 저 꼴 안 봤을걸. 십 년 전이면, 내 나이가 그래 몇이야?"

"지금 예순아홉이니, 십 년 전이면 쉰아홉이지 얼마야?"

"쉰아홉──. 그래, 쉰아홉에 죽더래두 아무두 단명했다군 않겠지? 살 만큼은 살았달 게 아니야? 그럼 자식일래, 며느리년일래 해서 애두 안 태구, 속두 안 썩구, 좀 편했을 게야? 그걸 모진 목숨이 죽지 않구 살아가지구⋯⋯"

그리고 갑순이 할머니는 후유우 하고 한숨을 쉬고, 언제까지든 복술이 할머니를 바라보며,

"그저 하루바삐 죽어야지. 더 살아서 뭘 해애?"

그러한 말을 몇 번이고 하였던 것이나, 죽고 싶다는 그는 가는 귀만 좀 먹었을 뿐이지, 그저 정정한 채 구태여 죽지 않아도 좋을 듯싶은 복술이 할머니가 그 겨울을 나지 못하고 그예 가고 말았던 것이다.

그것은 이미 갑순이 할머니에게 있어 일종의 일과가 되어버렸거니와, 그는 복술이네 집 조석상식[20]에 거의 한 차례도 궐하지[21] 않고 뛰어들어가 상주 내외와 함께 울었다.

언제든 가장 섧게 울 수 있었던 것은, 죽은 이의 아들보다도

갑순이 할머니였다. 자기 설움도 설움이려니와, 복술이 할머니와
는 이 골목 안에서 가장 가까이 지내며, 대소사를 물론하고 서로
통사정해오던 사이라, 그것만 생각해도 울음은 얼마든지 터져나
왔다.

울고 나면 마음이 한결 시원한 듯하다. 그래 갑순이 할머니는
목을 놓아 맘껏 우는 것이다.

"온, 빌어먹다 뒈질 늙은이 같으니, 남의 집 조석상식 올리는
데 왜 뛰어들어가 울긴 우는 거야? 그것두 온, 하루 이틀일세 말
이지, 이건 그저 한때라 빼놓지 않으니……, 아마 자기 죽은 뒤
생각허구 우는 거겠지만, 저 죽으면 제 친자식들두 저렇겐 안 울
어줄걸그래?"

저와 이해관계 없는 일에도 이처럼 객쩍은 말이 늘 많은 것은,
이 골목 안에서 '청대문집'이라 불리는 집 행랑에 들어 있는 갑득
(甲得)이 어미다. 원래 타고나기를 남 유달리 기승스러운 데다 입
이 험하고, 물론 배운 것도 없거니와, 또한 경우가 밝지 않아, 동
네 안에서 말썽은 대개 이 여편네가 일으키며, 심지어 제 자식이
남의 집 아이와 말다툼하는 데까지 나서는 터이니, 뭐 더 말할 나
위가 없겠다.

그러면 밤낮 계집에게 핀잔만 맞고 지내는 양서방(楊書房)도
참다 못해 한두 번은 타이른다.

"남 울거나 말거나, 우리가 아랑곳할 게 뭐 있어?"

"뭐?"

"괘애니 그렇게 욕허다 듣기나 허면 으떡헐려구……"

"들으면 대수야? 바른말 했지, 내가 언제 그른 말 했어? 그 집이서두 그저 초하루, 보름, 삭망에나 곡허지, 조석상식엔 울지는 않으려는 겐데, 괜시리 이 주책없는 늙은이가 뛰어들어가선, 어어이 어어이 우는 통에 복술이 어머니두 마지못해 따라 우나 보던데⋯⋯, 온, 눈치 그렇게 없는 늙은이두 첨 본다니까."

"그래두⋯⋯"

"그래둔 무슨. 나야 으떡허든 상관 말구, 임자나 어서 나가서, 오늘은 세상 없어두 돈 좀 벌어 와. 밤낮 뭐어야? 펀둥펀둥 놀구만 있구?"

"온, 제에미. 누가 놀구 싶어 노나? 일이 없는 거야 으째?"

"일이야 왜 없어? 임자가 다아 벤벤치가 못해서 그래 남에게 모두 뺏기는 게지!"

"⋯⋯."

"아, 이 자식들아. 다아 처먹었거든 어서 밖에 나가 놀아라. 좁은 방 속에서 뭘 이리 꿈지럭거리니?"

"엄마. 나, 응가!"

"응가? 똥 매렵건 밖에 나가 누지 뭬 어려워 그래?"

"참, 병득(丙得)이, 골목 안에다 똥 누게 말지. 남한테 욕먹을 까닭이 어디 있어?"

"욕은 누가 해애? 어느 화냥년이 해애? 갓난것이 길에 똥 좀 누기루 으때 그래? 을득아. 병득이 데리구 나가 바루 그년의 집 문 앞에서 똥 뉘줘라!"

그년의 집이란 정이네 집을 가리키는 말이다. 겨울 한 철만 빼어놓고는 언제든 아랫두머리는 벌거벗겨서 밖에 다 내어놓는 행랑 어린것이, 그저 아무 데나 똥오줌 질질 깔기는 것을, 누구나 좋아할 리야 없지만, 그 어미 입이 시끄러워 듣는 데서는 아무도 말이 없었던 것을, 정이가 언젠가 카페로 나가는 길에, 쓰레기통 앞에 가 앉아서 역시 똥을 누고 있는 저 병득이를 보고

"아이, 더러. 온, 자식새끼두 더럽게두 길르지?"

하고 한마디 한 것이 문제로, 갑득이 어미는 당장 그 옆에 있지는 않았지만, 을득(乙得)이한테 나중에 그 말을 전하여 듣자,

"온, 제에미. 별 아니꼬운 소릴 다 듣지. 자식새낄 더럽게 기른다니, 어디다 함부루 허는 소리야? 아니꼰 년 같으니……, 그래 병득이 똥이 더러워 더러워두 제 행실버덤은 정허겠지."

방 속에서도 말한 것이 아니고, 바로 밖에 나와 외쳤던 것이라, 그 말은 또 그대로 정이의 귀로 들어가, 그래 그 이튿날은 두 계집 싸움에 골목 안이 소란하였던 것이나, 원래, 아무 데나 함부로 깔기는 병득이 녀석 똥에는 누구나 머리를 앓던 터라, 비록 나서서 정이 편을 들어주지는 않았지만, 동리 안의 공기는 갑득이 어미에게 매우 불리하였고, 더구나,

"그래, 내 행실버덤은 정하다니, 내 행실이 으때서 더럽단 말이냐? 내가 무슨 짓을 했게, 행실이 더럽단 말이야? 봤건 말을 해애?"

하고 따지는 것에 대하여,

"더러우니깐 더럽다지. 보지 않아두 뻐언허지!"

하는 말로는 문제가 되지 않아, 결국 그때 싸움은 자기가 진 것으

로 갑득이 어미도 인정하지 않을 수 없었던 것이 분하였다.

그뿐이 아니다. 한참 정이와 별의별 말이 다 오고 가고 하였을 때, '불단집'에서 막 설거지를 하고 있던 갑순이 할머니가 뛰어 나왔다. 갑득이 어미는, 경우에 따라서는 그들 모녀를 상대해서 도, 할 말에 궁하지는 않다고 은근히 마음에 준비가 있었던 것이 나, 뜻밖에도 갑순이 할머니는 자기 딸의 역성을 들려고는 하지 않고,

"애초에 니가 말실수헌 게 잘못이지, 남을 탄해 뭘 허니? 이게 모두 모양만 숭업구……, 온, 글쎄, 그만 허구 들어가아. 네가 잘 못했어. 네 잘못이야."

하고 도리어 딸을 나무라던 것을, 갑득이 어미는 그 당장에는, 귀 에 솔깃하여

"그렇지, 자기가 먼저 말을 냈지. 나야 그저 대꾸헌 죄밖엔 없 으니까. 잘했든 잘못했든 자기가 시초를 낸 게니까."

하고, 뽐내도 보았던 것이나, 나중에 깨달으니, 그것은 얼토당토 않은 생각으로, 갑순이 할머니가 그렇게 자기 딸을 꾸짖으며 한 사코 집으로 데리고 들어간 것에는,

"아, 그 배우지 못헌 행랑껏허구, 쌈이 무슨 쌈이냐?"

"똥이 무서워 피허니? 더러우니까 피허는 게지!"

하고, 그러한 사상이 들어 있었던 것이 분명하였다.

사실, 을득이 녀석이 나중에 보고하는데 들으니까, 저녁때 돌아 온 집주릅 영감이 그 얘기를 듣고 나자,

"걔두 그만 분별은 있을 아이가, 그래, 그런 상껏허구 욕지거리

를 허구 그러다니……"

쩻, 쩻, 쩻, 하고 혀를 차니까 늙은 마누라는 또 마주 앉아서,

"그렇죠. 그렇구말구요. 쌈을 허드래두 같은 양반끼리 해야지, 그런 것허구 허는 건, 꼭 하늘 보구 침 뱉기지. 그 욕이 다아 내게 돌아오지, 소용 있나요."

그리고 후유우 하고 한숨조차 내쉬는데, 방 안에서들 그러는 소리가 대문 밖까지 그대로 들리더라 한다.

"홍! 아니꼽게, 양반? 그래 다아 굶어죽게 돼두 양반이 좋아서 남을 상것이라 능멸이 여기는구면. 온, 참, 배지[22]가 꼴려서……, 그래 내가 행랑껏으루 배지 못헌 상것이면 저이들은 뭐어야? 영감쟁인 고작 세월없는 집주릅. 딸년은 양국 갈보. 메누리년은 서방 맞어 달아나구, 자기는 또 뭐어야? 불단집 할멈이지 뭐어야? 밤낮 전엔 잘살었다구 떠들어 버티지만 누가 본 사람 있나? 또 정말 잘살었으면 으쩔 테야? 온, 염병을 허다가 금방 거꾸러질 늙은 게……"

갑득이 어미는 정작 같이 싸움을 한 정이에게보다도, 도리어 갑순이 할머니에게 반감을 가지고 은근히 마음에 품었다. 그는 무슨 기회든 있기만 하면, 한번 톡톡히 욕을 보여주리라고 별렀다. 그러던 차에, 어느 날 갑득이 아비가 바로 이 갑순이 할머니의 손으로 불단집 바깥[23] 뒷간 속에 시간 반을 갇힌 사건이 생겼다.

불단집이란, 골목 안에서 유독 그 집만 외등을 달았다 해서 부르는 말인데, 문전이 어두우면 답답하다 해서 외등을 단 만치, 이 동리에서는 그래도 사는 편이다.

주인은 오십을 바라보는 키 작은 사내로, 황금정에 있는 어느 화재보험 회사에 근무한다는데, 키는 작아도 수완은 대단한 모양이라, 재산이라고는 도무지 들어 있는 집 한 채밖에는 없어도, 시시로 차려입고 먹고 하는 품이, 웬만치 있다는 집안만 못하지 않았다.

이 집 문전에 가 지붕을 함석으로 이은 뒷간이 있다. 본래 사랑 뒷간으로 대문 안에 있어야 옳을 것이, 터전이 마땅치 않아 문밖에 있는 터이라, 그냥 한데 뒷간과 다른 것은, 언제든 맹꽁이자물쇠가 채워져 있는 것으로도 알 일이다.

그러나 소유는 불단집 소유라도, 그 집 식구는 도무지 이용하는 일이 없었다. 어쩌다 가다 사랑에 손님이라도 있기 전에는 참말 소용이 안 되었고, 이것은 거의 골목 안의 공동변소인 감이다. 그러기에 전에 자물쇠를 채우지 않았을 때는, 골목 밖에서 일부러 이 뒷간을 찾아 들어오는 사람까지 있었던 것이나, 그것이 싫어서 잠가버린 뒤로는, 오직 골목 안의 주민으로 남의 집 곁방살이를 하는 바깥 사내만에게 사용을 허락해왔다. 그리고 그 열쇠는 갑순이 할머니가 맡아 가지고 있었던 것이다.

갑득이 어미가 그를 가리켜,

"자기는 또 뭐어야? 불단집 할멈이지 뭐어야?"

하고 입을 씰룩거리고 지껄이던 것은 아주 근거가 없는 말은 아니어서, 갑순이 할머니는 뭐 월급을 정해놓고 아주 그 집에서 고용살이를 하는 것은 아니었지만, 하여튼 매일같이 불단집에 가서 밥도 지어주고 빨래도 해주고 그랬다.

주인 내외, 아들 내외, 단 네 식구로, 우선 아이가 없는 집안이라, 뭐 군식구 들일 필요가 도무지 없다 하여 형세로 말한다면 하인 한두 명 부려서 못 부릴 것이 아니겠지만, 이제껏 그냥 그대로 지내오는 터이다. 그것을 혹 명절이라든 그러한 때, 어려운 집주릅 집 살림살이에는 명절이고 뭐고가 별로 없었으나, 이 집은 남만큼 차려먹는 집안이라, 그래 손이 째는[24] 것을 보면, 한 이웃 정의로서 저편에서 청하러 오기 전에 마나님 편에서, 먼저 떡도 가서 쩧어주고, 지짐질도 해주고, 그러던 것이, 다음에는,

"혼인집에 갔다 올 테니 집 좀 보아주세요."

하고, 곧잘 그러한 부탁도 받게 되고,

"갑순 할머니 바쁘시지 않거든 오늘 우리 빨래 좀 해주시까?"

그래, 빨래가 끝나면 술도 사 오고 저녁 대접도 있고 하여, 그러는 동안에 어느 틈엔가 갑순이 할머니는 이 집의 조석 끼니까지 살피게 된 것이다.

물론 정해놓은 보수라고는 없다. 만약 단돈 일 원이라도 정해놓고 받는 것이 있다면, 그는 결코 이 집 일을 보아주려고는 안 하였을 것이다. 갑득이 어미와 같은 것은, 자기를 이 집 안잠자기와 진배가 무엇이냐[25]고 빈정댔으나, 보수 없이, 이 집 식구들에게,

"갑순 할머니."

"갑순 할머니."

하고, 깍듯이 존대를 받아가며 일을 해주는 것이, 갑순이 할머니에게는, 이를테면, 어른 없는 조카딸네 집에라도 들어가서 뒷배[26]라도 보아주는 듯싶게 생각되었던 것이다.

그러나 달리 소득은 있었다. 우선 자기 한 입은 이 집에서 매양 먹었고, 때때로 순이와, 효섭이, 두 아이의 시간밥을 못해줄 때, 아침이야 간밤에 남은 찬밥, 물에 말아서라도 한술 뜨면 그만인 것이지만, 싸서 들려줄 벤또는 그렇지가 못하여, 그래, 더운밥 한 그릇이나마 구구한 소리 않고 얻어 갈 수 있는 것도 소득이라면 소득일 것이다.

　그보다도 좀더 이로운 점을 들자면, 당장 아쉬울 때 돈 돌려쓰기 좋았고, 수통이 또 있는 집이라,

　"우리만 써선 암만 써도 최저액을 다 못 쓰니, 갑순 할머니, 수통 물은 얼마든 갖다 쓰세요."

　이 집 며느리가 일러주는 말이 고마웠다.

　더구나 담배를 태우는 그로서 꽁초에나마 궁하지 않은 것은 얼마나 다행한 일인지 몰랐다. 이 집 주인마누라는 '마코'를 태우고, 그의 아들은 '미도리'를 태운다. 하루에 버리는 꽁초만 하여도 갑순이 할머니 혼자서는 사흘은 먹고도 남겠다. 그래, 그는 건넌방에서 나오는 꽁초만 자기가 모아서 태우고, 안방에서 나오는 것은 그것을 종이에 싸서 골목 밖 막걸리집 더부살이를 갖다 주었다. 그래 그러한지는 몰라도, 순이네 집에서 술국을 사러 가면 다른 사람의 갑절은 실히 퍼준다.

　그것은 한 달포밖에 안 된 일이지만, 어느 잡지사라나 다니는 이 집 아들이 그날은 다른 때보다 일찌거니 와서, 누구 아는 이가 보내주었다는 양주를, 마침 찬장 속에 남아 있던 오징어로 안주 삼아 먹으며,

"갑순 할머니. 약주 한잔 잡수시죠. 이게 위스키라구 서양 술이
랍니다."

하고, 별나게 모양이 생긴 유리 곱보에다 한 잔 가득히 부어 권
한다.

이러한 때면 갑순이 할머니는 늘 감격한다.

"아이, 어서 자시지. 무얼, 나까지……"

하고, 말로는 사양하면서도 부리나케 행주치마에다 손을 씻으며
그는 건넌방으로 들어간다.

"서양 술이 무척 독하다던데……"

"독하면 얼마나 독하겠습니까? 그저 취할 만큼만 잡수시지!"

"아이, 취해 으떡허게요? 집이 가서 또 빨래를 취겨야[7] 허는
걸……"

"자아, 안준 이 오징어루 허시구…… 아, 참, 딱딱해서 잡수시
까?"

"내가 이야 성허죠. 가는귀가 좀 먹었지, 눈두 바늘귀는 아직꺼
정두 남의 손을 안 비니까요. 그래두 전에 호두 깨 먹던 생각을
허면 지금은 어림두 없지만……"

"하, 하, 노인이 호두까지 이루 깨뜨리지 않으시면 으떱니까?
자아 한 잔 더 드시죠."

"아이, 못해요. 두 잔 먹었는데, 금방 올라오는걸?"

"그래도 주불쌍배[28]라구 짝은 안 채운다는 겐데……"

"아이 정말 못해요. 먹구 그냥 쓰러져 자라기나 한다면 몰라
두……"

322

"아, 그럼, 더 잡숫구 누우시죠."

"일이 있는 걸 되나요? 아이, 어서 가봐야……"

그리고 분주히 자기 집을 향하여 밖으로 나서려니까, 바깥 뒷간 문에 자물쇠가 안 채워져 있는 것이 눈에 띈다.

'오, 참, 아까 갑득이가 열어달래 열어주군 그만 잊었구먼……'

혼자 속으로 중얼거리며 부리나케 자물쇠를 채운 갑순이 할머니는, 갑득이가 똥을 누고 난 뒤에 이번에는 그 아비가 들어가 있을 줄을 도무지 몰랐다.

허기야, 갑득이 아비가 좀 크게 헛기침이라도 두어 번 하였으면 그러한 일은 없었을 것이다. 그것을, 갑득이 어미 말마따나 좀 변변하지 못한 이 사내는 어떻게 주저하는 사이에 그만 고리는 걸리고 자물쇠는 채워졌다. 그제서야,

"어어, 저어, 내가……"

하고 새삼스러이 당황하였으나, 언제는 하루에 한두 번 빌리지 않는 것이 아니지만, 그래도 종시 남의 집 뒷간을 얻어 쓴다는 생각이 그의 마음에 떳떳하지 못하여, 낮은 소리로 우물우물한 것을, 물론 가는귀가 먹은 갑순이 할머니는 알아듣지를 못한 채, 그대로 자기 집 방으로 들어가버렸던 것이다.

인제는 정말 큰 소리를 내어야만 된다. 그러나 큰 소리래야 지척 사이에 불단집이 있는 터이니까, 보통 '이로나라'[29]를 부르는 정도의 소리면, 그는 뒷간에서 어렵지 않게 벗어날 수가 있다. 하지만 벙어리도 아닌 터에 사람 있다고 말도 못했단 말인가? 어떻게 하다가 이처럼 뒷간에 가 갇히고 말았다는 것이, 스스로 생각

해도, 자기가 딴은 변변하지 못한 까닭이라, 한시바삐 남에게 알려 갑순이 할머니를 을러내도록 하여야만 되겠다고 마음은 초조하면서도, 그처럼이나 불유쾌한 자기의 경우를 남에게 알리는 것이 또 우울하여, 그는 아무도 모르게 자기 혼자서 어떻게 빠져나갈 도리가 없을까 하고, 그러한 것을 궁리하느라 제법 오랫동안을 애를 태웠다.

그전에는 자물쇠를 채우기는 채워도 고리가 아니라 철사를 얽은 것이 돼놔서, 구태여 갑순이 할머니를 불러내어 열쇠를 빌리고 어쩌고 할 것 없이, 손으로 비틀면 용이히 열리고, 또 용이히 걸리고 그랬다. 그것을, 하도 아무나 드나드는 통에, 이래서는 잠 그나 마나 하지 않으냐고, 고리를 사다가 장식을 새로 하여, 인제는 꼼짝달싹을 않는다.

'제에미, 이게 무슨 꼴이야? 밤새 꿈자리가 사납더니……'

그는 아무리 상고해보아도 나갈 도리가 없는 것에 은근히 울화가 올랐다.

'제 집 뒷간두 아니구 남의 집 것을 그렇게 기가 나서 꼭꼭 잠그구 그럴 건 뭐 있누? 늙은이두 제엔장헐……'

인제는 할 수가 없으니, 소리를 한번 질러볼까? 하기도 하였으나, 이러한 경우에 있어, 사람들은, 흔히 자기가 꼭 어떠한 수상한 인물인 듯싶게 스스로 느껴지는 경향이 있다. 그래, 그는 생각 끝에,

"아, 누가 문을 잠겄어?"

"문 좀 여세요오. 아 누가……"

하고, 그러한 말을 제법 외치지도 못하고 그저 중얼대며, 한참이나 문을 잡아 흔들어 자물쇠 소리만 덜거덕거렸던 것이다.

을득이한테 저의 아비가 불단집 뒷간에 가 갇혀 있다는 말을 듣고, 어인 까닭을 모르는 채 그곳까지 뛰어온 갑득이 어미는, 대강 사정을 알자, 곧 이것은 평소에 자기에게 좋지 않은 생각을 품고 있는 갑순이 할머니가 계획적으로 한 일임에 틀림없다고 혼자 마음에 단정하고,

"아아니, 그래, 애아범이 미우면 으떻게는 못해서, 그 더러운 뒷간 속에다 글쎄 가둬야만 헌단 말예요? 그래 노인이 심사를 부려야 옳단 말예요?"

하고, 혼자 흥분을 하였다. 갑순이 할머니는, 그것은 전혀 예기하지 못하였던 억울한 말이라, 그래, 눈을 동그랗게 뜨고, 손조차 내저어가며,

"그건, 괜한 소리유. 괜한 소리야. 이 늙은 사람이 미쳐서 남을 뒷간 속에다 가둬? 모르구 그랬지. 모르구 그랬어. 난 꼭 아무두 없는 줄만 알구서, 그래, 모르구 자물쇨 채웠지. 온, 알구야 왜 미쳤다구 잠그겠수?"

발명[30]을 하였으나,

"모르긴 왜 몰라요. 다아 알구서 한 짓이지. 그래 자물쇨 채울 때, 안에서 말하는 소리두 못 들었단 말예요? 듣구두 모른 체했지. 듣구두 그냥 잠거버린 거야."

하고, 갑순이 어미는 덮어놓고 시비만 걸려는 것을, 구경 나온 이웃 사람들이

"아무러기루서니 갑순이 할머니께서 아시구야 그러셨겠소?"

"노인이 되셔서 귀두 어두우시구 그래 모르셨지!"

하고 말들이 있었고, 정작, 양서방이 또 머뭇거리다가,

"자물쇨 채우실 때, 내가 얼른 소리를 냈어두 아셨을 텐데, 미처 못 그래 그리된 거야?"

하고, 그러한 말을 매우 겸연쩍게 하여, 갑득이 어미는 집주릅 집 마누라를 좀더 공박할 것을 단념해버릴 수밖에 없는 동시에,

"오오, 그러니까, 채, 뭐, 말할 새두 없이 문이 잠겨서, 그냥 갇힌 채, 누구 오기만 기대린 게로군?"

"그래, 얼마 동안이나 들어가 있었어?"

"뭐어 오래야 갇혔겠수? 동안이야 잠깐이겠지만……"

뭐니 뭐니 하고들 왁자지껄한 소리를 듣고, 웬만큼 술이 취하여 자기 방에 누워 있던 불단집 아들이 나와,

"그래, 갑순 할머니. 아까 빨래 취기러 가신달 제 문을 잠그셨죠? 그럼, 그게 석 점 반가량인데, 지금 다섯 시니, 한 시간 반이나 되는구면."

하고 양서방의 유폐되었던 시간이 분명해지자,

"온, 어쩌면 한 시간 반씩 들어가 있으면서, 문 열어달란 소리두 못 질렀어."

"아이, 냄샌들 오죽했을까?"

"참, 세상엔 벨일두 다 많으이."

하고, 은근히 제 서방 놀림감 되는 것에 화가 치밀어,

"왜 입이 있으며 말을 못해? 뭇났기는 지지리두 뭇났지. 불러서

뭇 듣거든 소리래두 뭇 질러? 에이, 천치지, 천치야."

얼굴이 시뻘게가지고, 제 서방에게다 대고 이번에는 욕을 퍼부었던 것이다.

이 이야기는 누구나 재미있어하였으나, 그중에도 특히 흥미를 가졌던 것은, 일찍이 갑득이 어미와 불쾌한 교섭을 가져보았던 정이였다. 그날은 '하야방'[31]이 돼놔서 사건 당시에는 집에 없었고, 그러니까 밤늦게 점에서 돌아와서야, 비로소 그때까지 잠을 안 자고 소설책을 읽고 있던 순이로부터 이야기를 들었던 것이나, 듣고 나자 그는 짤깍짤깍 손뼉조차 치며, 한참을 호, 호, 호, 호, 하고 웃어댔던 것이다.

"한 시간 반이면 냄샌 또 좀 했겠어? 허지만 그 순허디순헌 아범이 갇힌 건 억울헌데. 그 배러먹다 뒈질 년이나 아주 똥통 속에다 빠져서 꼭 세 시간만 허위적거리지 않구서……"

그러고는 또 얼마든지 웃는 것을,

"애애, 또 그년 귀에 들어갈라. 시끄럽다. 웃긴 왜 그리 웃니? 젊은 계집이 밤중에 웃는 게 다아 숭업단다."

늙은 어머니가 타이르니까, 정이는 뜻밖에도 그 한마디로 웃고 지껄이기를 그치고, 잠깐 무슨 생각에 잠기는 듯싶더니, 다음에 약간 호젓한 웃음을 입가에 띠다가, 고개를 두어 번 모로 흔들어보고,

"애애, 순아. 너 뭐 먹고 싶지 않니?"
하고 후유우 한숨을 쉰다.

"뭐든지 사주면 먹지. 아이, 술냄새."

알밉게 찡그리는 동생의 얼굴을 오늘 밤에는 특히 귀엽다고
보며,

"나마까시,³² 너, 좋아하지?"

순이가 자리에 바로 누워 있는 채 고개를 끄떡하는 것을 보자,
이번에는 머리를 돌려 어머니를 보고,

"어머닌 뭐 잡수실 테유? 떡국 좋아하시니, 그것 하나 시켜다
드리까?"

"아이, 싫다. 엊그제 빨래헌 것, 오늘 취기구, 또 다듬구, 그랬
더니, 원, 온몸이 아파서……, 인젠 나두 다아 살었어. 힘드는 일
은 도무지 못허는걸."

"그렇다구 떡국 못 잡술 거야……"

"싫다. 사주겠거든 낼 사다우. 지금은 졸립기만 해서……"

그러한 말을 하며 저편으로 돌아눕더니, 곧 뒤이어 가만한 숨소
리가 들린다.

"아버진 오늘 싸전에서 주무시니?"

효섭이가 아랫목에서 자는 것을 보고, 정이는 동생에게 그렇게
묻고, 일어나서 콧노래를 부르며 밖으로 나가더니, 얼마 있지 아
니하여 과자 봉지와 사 홉들이 정종병을 들고 돌아왔다.

"가게, 그저 열었어?"

"열긴? 닫구 자는 걸 막 흔들어 깨웠지. 그게 사십 전어치다. 반
은 낼 효섭이 줘라."

"응. 아이, 언닌, 또 술이유?"

"……"

328

"더구나 데우지두 않구……"

"아이. 언제 구찮게 데우구 으쩌구 그러니?"

"언니. 내, 불 펴서 데다 드리까?"

"얘가 오늘은 그런 말을 다아 하구 웬일이야? 그만둬라."

소금에 볶은 왜콩을 안주 삼아, 맥주 곱부에 따라놓은 정종을
한 모금씩 마시며, 정이는 문득 생각난 듯이,

"너, 오늘 본정 갔었지!"

곁눈으로 순이의 기색을 살피며 한마디 묻는다.

"아니. 왜? 언니 어디서 봤수?"

순간에 얼굴을 붉히며 당황해하는 동생을, 일종 연민을 가지고
지켜보며 정이는 잠깐 말이 없다가,

"네 고이비도, 그거 어디 쓰겠던? 아주 전형적 오봇짱[33]이라, 나
보기엔 도무지 미덥지가 못허드라……"

사랑하는 이를 가리켜 그처럼 말하는 형에게 순이는 역시 본능
적으로 반감을 느꼈으나, 인제 겨우 열일곱이건만, 자기 형 정이
를 닮아 조숙한 이 소녀는, 그것은 또한 저도 남자에게 일찍이 느
꼈던 불만인 듯싶어,

"허지만, 으떡허우?"

하고 말하는 소리에 풀이 없다.

"으떡허긴……, 그래, 오늘은 만나서 무슨 얘기들을 했니?"

"별 얘기 없지, 뭐어."

"그저 같이 산보나 허구, 차나 먹구, 그랬겠구나?"

"……"

"몇 살이나 된 사람이냐?"

"스물둘."

"스물둘이라? ……너는 열일곱이구…… 흥!"

"왜?"

"왜는 무슨 왜? 아직 갓난애들이란 말이지. 그래두 소설두 읽
구, 활동사진두 보구, 그래 견문은 있으니까, 서루 만나면, 그저,
사랑이니 행복이니 허구, 야단들이겠구나?"

"몰라!"

금시에 샐쭉하여 그에게 등져 누우며 다시 책을 집어드는 순이
의 옆얼굴을 이윽히 내려다보고,

"허지만, 애애."

하고, 정이는 이제까지 얼마쯤 농조이던 것이 갑자기 엄숙한 표
정으로 고쳐지며, 무슨 말을 할 듯 할 듯 하다 말고 남은 술을 마
저 벌컥벌컥 마셔버린 다음에,

"아이, 졸려. 또 구들장이나 짊어지나? 제에길헐……"

늘어지게 하품을 하고 벌떡 일어나서 한 가지씩 옷을 벗어 윗목
에 놓인 머릿장 위에다 아무렇게나 팽개치고는 그대로 자리 속으
로 들어가버리더니,

"애애, 그만 불 끄구, 너두 자거라."

한마디를 더하고, 다음에 일 분이 못 되어 그대로 드르렁드르렁
코를 골았다…….

그러나 불을 끈 뒤에도 순이는 쉽사리 잠들지 못하였다. 그는
오늘 밤 형이 카페에서 돌아오면, 어머니 몰래 그에게만 의논할

일이 있었다. 그러나 말을 꺼내기 전에, 형 쪽에서 먼저, 둘이 같이 가는 것을 본정에서 보았다고 그러고, 또 갓난애들이니 뭐니 하고 조롱만 하여, 순이는 그만 기회를 놓치고 만 것이다.

그는 어둠 속에 똑바로 천장을 향하여 드러누워, 아무리 하여도 부모가 두 사람 사이를 허락해주실 듯싶지 않으니, 둘이서 그저 어디로든 도망을 가지 않겠느냐 하던, 남자의 말을 다시 머릿속에 되풀이해보았다.

물론 남자는 아직 한 번도 자기 부모에게 향하여 순이 말을 꺼낸 일은 없었다. 그러나 뭐 구태여 의향을 묻지 않더라도, 남자 말마따나, 그의 부모가 자기들의 사이를 너그러이 허락해주지는 않을 것 같이, 순이에게도 생각되었다. 무엇보다도, 피차 집안이 기우는 것이 가장 큰 문제였다.

남자의 집안은 수삼십만의 자산가이다. 그의 아버지는 외과 전문의로서 전에 부회의원을 지낸 일이 있었으며 그의 큰형은 또 ××은행 전주 지점장으로, 이를테면, 모두 사회 유지였다.

그것을 생각할 때, 어린 순이는 그들 앞에 자기의 행색이 너무나 초라함을 마음 깊이 느끼지 않을 수 없었다. 그저 먹고는 살던, 이전이나 같았으면 얼마쯤 희망을 가져도 볼까? 그러나 지금은 도무지 사랑하는 이 앞에서 떳떳지 못한 저의 집안이었다.

남자는 자기 아버지가 과히 완고하지는 않다고도 말한다. 그러나 자식의 결혼 문제에 대해 참말 관대하고 이해 있는 어버이가 얼마나 될까? 제법 개화하였다는 이들로서도 그 경우에만은 얼마든지 완고할 수 있어, 그래 크나큰 비극이 곧잘 일어나고, 그러는 것을, 순이는 자기가 즐겨서 읽는 소설 속에서, 얼마든지 찾아낼 수 있었던 것이다.

그가 그의 어버이에게 자기 말을 고하였다 하고,

"그래, 어떤 집안이게? 색시 아버지는 뭣 허는 사람이냐?"

마땅히 있을 질문을 받을 때, 색시 아버지는 집주릅이요, 색시 형은 카페 여급이요──하고, 그렇게 말을 해 어버이에게 승낙을 받고 어쩌고 하는 결과야 대체 어떠한 것이든, 우선 그 말을 입 밖에 낼 때에, 남자 자신, 그의 어버이 앞에서 떳떳할 수 있을까?

순이는 어둠 속에서 가만히 머리를 모로 흔들었다. 어려운 일이다.

'그럼, 역시, 그이 말대루, 같이 어디루 달아나야만 하나?……'

그러나 말이 그렇지, 자기 눈으로 보기에도, 사내로서 퍽 겁이 많고 결단성이 없는 듯싶은 남자가, 정작 일에 마주쳐가지고, 그만한 용기를 가질 수 있을지 의문이었다.

깨닫지 못하고 눈물이 두 줄, 순이의 뺨 위를 흘러 베갯잇을 적셨다. 가난한 집안에 태어난 소녀가, 그 가슴속 깊이 순정을 품었으면서도, 오직 가난한 집안에 태어났다는 그 까닭만으로 하여, 그 순정이 애처롭게도 짓밟히고 마는 사실에 문득 슬픔이 샘솟듯 하였던 까닭이다.

순이는, 그렇게도 굳게 자기 앞에 맹서를 하였으면서도, 끝끝내는 그 어버이의 명령을 거역하는 수 없어 자기를 저버리고 그가 다른 여자와 결혼하는 경우를 생각해보았다. 그들의 호화로운 결혼식장 밖에 가 서서 남의 눈을 피하여, 원한과 슬픔이 가득 찬 얼굴을 들고 막 문을 나서는 신랑 신부를 바라보는 자기의 가엾은 모양이, 바로 어둠 속에서도 뚜렷하다.

그는, 그것이 문학소녀인 자기가, 제 마음대로 아무렇게나 공상한 것이 아니라, 참말, 자기 몸이 지금 그러한 그지없는 슬픔 속에 놓여 있는 듯이 느끼고, 이불 아래 머리를 감추고서 얼마 동안 소리를 죽여 눈물에 젖었다.

그가 남자와 서로 안 것은 작년 봄의 일이다. 친한 동무를 따라, 그 동무의 동무 집으로 놀러 갔던 것이, 이 남자와 알게 된 시초이다. 문주(文柱)라는 것이 그의 이름이거니와, 문주는 순이의 동무의 동무의 오빠였던 것이다.

문주를 처음 보았을 때, 순이는 저도 모르게 자기의 둘째 오빠를 연상하였다. 서로 닮은 점이 있기 때문이 아니라, 너무나 서로 틀리기 때문이었다. 자기 오빠가 시꺼머니 그저 아무렇게나 생겨 먹은 것에 비하여, 문주는 살결이 희다 못하여 푸르르니, 우선 보기에 귀공자다. 자기 오빠가 운동 한 가지밖에는 아무것도 취할 것이 없는 것과 비겨, 그는 실로 글만을 아는 선비였다.

문주 누이의 방은 문주의 방과 서로, 복도 하나를 격하여 마주본다. 순이는 이편 방에서 동무와 이야기하며 때때로 저 모르게 문주의 방 쪽을 바라보곤 하였다. 문학 서적이 그뜩 찬 책상을 배경으로 하고, 등의자에 앉아서 시집을 읽고 있는 젊은 남자의 모양이 순이에게는 지극히 탐스럽게 느껴졌던 것이다.

돌아오는 길에 동무는, 문주가 이번 삼월에 중학을 마쳤으나, 너무 문학 서적을 탐독하여 신경쇠약이 심하였으므로, 상급 학교를 지망하지 못하고, 저렇게 집에서 휴양하는 것이라 말하였다. 순이는, 어쩌면 병이 다 나도록 공부를 할 수가 있었던고?——하고 마음에 놀라웠다. 더구나 그의 나이 이제 스물하나에 지나지 않건만, 재주가 비상하여, 이미 신문 잡지에도 그의 시가 여러 차례 실렸었노라고, 그렇게 동무가 일러줄 때, 순이는 마음에 감격함이 컸다.

무식하니 아무것도 아는 것은 없이, 그저 주먹이나 내휘두르고 뽐내는, 그러한 오빠 대신에, 저러한 이가 나의 오빠라면 얼마나 좋을꼬?——하고, 어느 틈엔가 그러한 것을 생각하고 있는 제 자신을 깨닫고, 순이는 보는 사람도 없건만 얼굴을 붉히곤 하였다.

동무와 함께 세 번 그 집에를 놀러 가고, 네번째는 순이 혼자 나섰다. 새로 사귄 동무를 보기보다도, 그의 오빠를 만나기 위해서라고 스스로 생각할 때, 순이의 마음은 스스로 수줍었으나, 몇 번이나 주저하면서도 마침내 그는 청진동 골목을 들어섰던 것이다.

그가 현관에 서서 인주(仁珠)를 찾았을 때, 나온 것은 뜻밖에도 문주였다. 그의 얼굴을 대하였을 뿐으로, 순이는 이미 뺨이 달고 가슴이 울렁거렸으나,

"어디 잠깐 나갔는데……, 그래두 얼마 안 있어 돌아올 게니, 그 애 방에 들어가셔서 좀 기다리시죠."

하고 문주가 일러주었을 때, 그는 잠깐 망설거렸으면서도, 마침내 그의 말을 좇았다.

"심심하실 텐데……, 뭐 책이라도 보시죠. 이런 건 좋아 안 하십니까?"

한 번 자기 방으로 돌아갔던 문주가 다시 누이 방으로 건너오며, 순이 앞에 내어준 것은 하이네 시집이었다. 순이는 마땅히 뭐라고든 대답을 해야만 될 것을 알면서도, 한마디 말이 혓바닥 위에 오르지 않은 채, 그대로 얼굴만 달았다.

문주는, 자기가 그처럼 그의 앞에 있음으로 하여, 그래, 순이의 마음을 불안하게 한 것이나 아닐까?──하고 그렇게라도 생각하였던 모양이다. 그는 잠깐 머뭇머뭇하다가,

"그럼, 좀 기다려보세요."

그러한 말을 하고 자기 방으로 돌아가더니, 다음에 전기 축음기로써 실내악이 들려왔다.

그뒤로 순이의 가슴속에, 문주 생각은 언제고 떠나는 일이 없었다. 언제든 그의 얼굴이 보고 싶었다, 그의 음성이 듣고 싶었다.

'나는 그이를 사모한다……'

제 마음속에 그러한 속삭임을 들었을 때, 가슴은 또 뛰었으나, 구태여 부정하려고도 안 하였다.

그러면서도──아아니, 그러니까 도리어, 인주의 집을 전과 같이 찾아갈 수 없는 순이다. 인주나 문주의 얼굴을 대할 때, 자기가 왜 이렇게 청진동 골목을 찾아 들어왔나 하는, 그 은근한 마음속이, 여지없이 그들 앞에 드러나고야 말 것만 같았다. 그래, 사실, 순이는 그의 집 근처까지 갔으면서도 마침내 현관에 달린 초인종을 누르지 못하고 돌아오기를 두 차례나 하였다.

더구나 어느 때, 기약하지 않고,

'나는 이러하여도 그이는 나를 아무렇게도 생각 안 하는 게라

면 으떡허누?……'

　그러한 생각이 가슴 한구석에 일자, 소녀의 마음은 새삼스러이 놀랍고 또 슬펐던 것이나, 사실은 문주 편에서도 은근히 사모하는 정은 순이에게 지지 않아, 마침내 그는 한 장의 편지를 순이에게 전해왔다.

　"몇 번인가 주저하였사오나, 마침내 참지 못하고 이 글월 올립니다. 행여나 저를 흔히 있는 경박한 청년처럼 아시지 말고, 부디 끝까지 읽어주십시오……"

　이러한 서두로 시작되는 그 편지는, 그것이, 곧, 문주가 순이에게 처음으로 보낸 엽서였던 것이다.

　그동안 어찌하여 그리 한 번도 놀러 오지를 않았느냐는 말과, 언제든 고독한 몸은 얼마나 순이가 찾아주기를 고대하였는지 모른다는 말…… 이미 알고 있겠지마는, 자기는 문학을 지망하여, 그 방면에는 충분한 소질이 있다고 자부하나, 집안에서는 아무도 너무나 이해가 없다는 말……, 아직 서로 조용히 만나 이야기를 해본 일은 없지만서도, 순이만은 능히 자기의 뜻을 알아줄 것같이, 그렇게 자기는 굳게 믿고 있다는 말……,

　그리고

　"부디 이번 일요일에 꼭 놀러 오십시오. 시간은 작정하지 않습니다. 어느 때고 오시고 싶으신 때 오십시오. 저는 온종일 집에 있을 터이니까."

하는 말로, 그 편지는 그쳤다.

　편지를 읽으며, 그의 가슴은 얼마든지 두근거렸다. 자정이 넘었건만, 그는 조금도 졸리지 않았다. 졸리거나 그래서는 물론 안 될 일이다. 그는 집안사람들이 잠들기를 기다려, 오늘 오후에 배달된 이 편지를 이제야 남몰래 손에 들었던 것이다.

'어쩌면, 그이도 나를 이처럼 생각해주나!'

편지를 다시 접어 봉투에 넣고, 그것을 가슴에 품어볼 때, 순이는 저의 험한 숨소리를 어쩌는 수 없었다. 가슴에 품은 문주의 편지가 천 근 무게를 가져 제 몸을 누르는 듯싶었으나, 하지만 그것은 조금도 불쾌한 무게가 아니었다.

그래도, 문득 이 편지가 자기에게보다도 형에게 먼저 읽혀졌다는 사실에 새삼스러이 생각이 미쳤을 때, 그는 당황하였다.

"이를 어쩌누? 이를 어쩌누?……"

무심코 입 밖에까지 내어, 순이는 그러한 소리를 중얼거려보고, 다음에 또 당황하여 방 안을 둘러보았다. 그러나 오늘도 하루 종일, 각기 자기 일에 바빴던 식구들은 숨소리도 곤하였다.

만약 문주에게서 이러한 편지라도 올 줄을 알았다면, 순이는 물론 열 일 제쳐놓고 문간에 나가 서서, 배달부 오기만 지켰을 것이다. 그러나 그것은 꿈에도 생각지 못하였던 터이라, 그래, 정작 문간에서,

"이순이, 편지요."

하고 외쳤을 때, 마당에서 막 발을 씻고 난 정이가,

"또 뉘게서 왔누? 밤낮 만나는 동무끼리 편지는 무슨 편지냐?"

그러한 말을 중얼거리며, 문 안에 떨어진 편지를 집으러 가는 것을,

'또, 숙잔 게지……'

그렇게 생각하고 집어다 주기만 방 속에서 기다렸던 것이 잘못이었다.

"얘애, 이거 남자한테서 온 편지가 아니야?"

형이 반은 혼잣말로 중얼거리고, 다음에 곧 이어서,

"정문주라구, 너, 아아니?"

그렇게 묻는 소리를 들었을 때,

'아차?'

하고 순이는 뉘우쳤으나, 이미 하는 수 없었다.

얼떨결에, 우선,

"모르는 사람인데…… 어디?"

하고, 짐짓 태연한 모양을 꾸미려 애쓰며 미닫이 밖으로 손을 내밀려니까 정이는 또 한 번,

"정말 모르는 사람이야? 정문주라구……"

하고, 다지고 나서, 순이가 일껏,

"응. 정말이야. 허지만 이리 내애. 어디 좀, 보게!"

하고, 이번에는 미닫이를 활짝 열고 마루까지 나갔으나, 정이는 저만치 물러서며,

"정말 모르는 남자한테서 온 게라면 내가 먼저 봐야 헌다. 너두 어느새 사내 녀석들한테서 편질 다아 받게 됐니?"

그러며, 부욱, 겉봉을 뜯었던 것이다. 순이는 형이 나중 한 말에 그만 얼굴이 달고 풀이 죽어, 그가 끝까지 편지를 읽도록 그냥 버려두지 않을 수 없었다.

다 읽고 나자, 정이는 입가에 뜻 모를 웃음을 띠고,

"웬 아인지 미친 아이구면. 본 일두 없다는 네게다가, 뭐 왜 요새는 놀러 오지 않느냐, 어쩌냐, 순이씨만은 내 뜻을 이해해주시겠지, 어쩌겠지……"

한 번, 동생의 홍당무가 된 얼굴을 흘낏 보고, 봉투와 한데 겹쳐 두 쪽에 낼 듯하다 말고,

"이런 건 그저 밑씻개나 해버려야……"

하고, 마루 끝에 놓여 있는, 그따위 휴지 넣어두는 줄궤짝에다 팽개치고,

"거지 같은 거 읽다가 괘애니 시간만 늦었지?"

중얼중얼하며 방으로 들어와서 옷을 갈아입고는 그냥 나가버렸던 것이다.

형이 밖으로 사라진 뒤, 순이는 황망히 줄궤짝 속에서 편지를 집어내었던 것이나, 곧 읽어보는 도리가 없었다. 온종일 불단집에서 김칫거리를 만지던 어머니가, 좀 쉬어야겠다고 돌아오고, 뒤이어 효섭이가 학교서 와서는, 무슨 상자를 만든다고, 나가 놀지도 않고, 마루 끝에서 마분지 쪽을 가지고 골몰하여, 그래 순이는 마침내 모든 식구가 잠들 때까지, 문주의 편지 읽기를 단념하는 수밖에 없었다.

하기야,

'옳지. 변소엘 들어가면……'

하고, 그러한 생각을 못하였던 것이 아니지만,

'그이가 첨으루 내게 보낸 편지를 그런 데서 보아서야……'

하는 마음이 그것을 주저하게 하였던 것이다.

그러나 그렇게까지 자기가 위하고 아끼는 문주의 편지가, 마치 불량소년의 것이나 한가지로 거지 같은 것이니, 밑씻개나 할 것이니 하고, 형의 손으로 아무렇게나 휴지 궤짝 속에 버림을 받은 생각을 하면, 뭐 그이와의 사이가 형에게 알려졌다고,

"이를 어쩌누? 이를 어쩌누?"

하고 당황해한다거나, 그러기보다도, 먼저 형에게 대하여 분노를 느껴야만 옳은 것이 아닌가?—하고 순이는 험악한 표정을 지어도 보았다.

그러나, 다음 순간, 문득, 형은 모든 일을 다 눈치 채고도 짐짓 그런 것이나 아닌가?—하고, 그러한 의혹이 들었다. 그렇게 생각하면 그런 듯도 싶었다. 아아니, 분명히 그러하였다. 문주의 편지를 읽기까지 하고서 자기와 문주가 전연 모르는 사이라고 그러한 것을 믿을 사람은 없을 것이다.

그러한 것을 형은 겉으로는 부러 모른 체하고, 속으로는 은근히,

"나, 나간 댐에 나중에 읽어보렴……"

그러한 뜻을 품어 아주 대수롭지나 않은 것처럼 문주의 편지를 그렇게 줄궤짝 속에다 팽개치고, 그러한 것이 틀림없었다.

그러한 것을 뒤늦게 이제야 깨닫자, 순이는 또 제풀에 얼굴이 붉어지면서도, 한편, 마음에는 기쁨이 꽉 찼다. 형이 문주의 편지를 찢어 없애거나 그러지 않고, 자기 눈앞에다 남겨두고 나갔다는 것이, 곧 자기더러 읽어도 좋다고 허락한 것에 틀림없었다. 그

것을 허락한 것은, 또, 문주와 사귀어도 좋다고, 이번 일요일에 그의 집을 찾아가도 좋다고, 그러한 것까지 허락한 듯싶게 생각되었던 까닭이다.

그러나, 문득, 문주는 대체 어떻게 우리 집 주소를 알았나?—하고 새삼스러이 그러한 것에 또 생각이 미치자, 그는 잠깐 어리둥절하였으나,

'그럼, 혹시 그이는 언제 내 뒤라도 밟아, 우리 집을 알고 간 것이나 아닐까?⋯⋯'
하고, 그러한 생각이 머리에 떠오르자, 순이는 수치와 또 굴욕으로 하여, 그만 귓바퀴까지 새빨개졌다.

신축한 양관 안에서 호화롭게만 지내는 그이의 눈에, 우리 집 꼴이 얼마나 을씨년스럽고, 또 궁상맞게 비쳤을까?—하고 생각하니, 순이의 얼굴은 얼마든지 더 익어 올랐다.

'허지만, 내 뒤를 따라오다니. 그런, 정말 불량소년이나 하는 짓을, 아무러기루서니, 그이가 할 리야⋯⋯'
하고, 순이가 한 번 돌이켜 생각하자, 문득 머리에 떠오른 것은, 저를 처음으로 문주 집에 데리고 갔던 숙자(淑子)다.

'오오라, 그럼, 숙자한테서 그이가 내 집 주소를 알아가지구⋯⋯'

그래, 이렇게 편지를 한 것이리라 생각해보니, 역시 그 추측이 옳을 듯싶었다.

'그래. 그래. 그이가 우리 집은 왜 쫓아와봤겠어. 자기 누이동생 인주를 통해서 숙자한테 우리 집 주소만 알아가지구, 이렇게

편지를 써 보낸 게지……'

그 일로는 비로소 마음에 안도를 갖는 순이였으나, 그와 함께 이번에는,

'그럼, 그이가 우리 집 형편을 전연 모르니까, 이러한 편지도 내게 준 것이지. 만약 우리 아버지가 보잘것없는 집주릅이구, 우리 언니가 카페 여급이구, 그러한 것을 알기만 한다면, 결코 내게 호의를 가져주지는 않을지도 모르는 일이 아니냐?……'
하고, 그러한 새로운 불안에 다시 사로잡혀, 그의 좁은 가슴은 탈 대로 타서, 시계가 어느덧 두 시를 치는 것도 몰랐다. 시계 치는 소리와 함께, 오늘도 술이 취한 정이가 이제야 돌아와 대문을 여 닫는 소리도 못 들었다.

그러나 그러한 것을, 뭐, 순이는 객쩍게 근심할 것이 없었다. 문주는 숙자와 자기 누이의 주고받는 이야기로 대개 순이네 집 사정을 눈치 채었고, 이를테면, 그러한 것을 알았기 때문에 도리어 순이에게 좀더 마음이 끌렸던 것이다.

스물이나 그밖에 안 된 젊은이—더욱이, 예술을 좋아하고, 제 자신 서정시라도 몇 줄 쓰려는 젊은이들은, 대수롭지 않은 일에도 툭하면 감격하는 경향을 갖는다.

문주가 처음 순이를 대할 때, 그 아리땁고 또 총명한 얼굴에 얼마쯤 매력을 느꼈던 것은 사실이나, 그것만이라면, 몇 번 안 보는 사이에 그러한 편지를 써 보내도록 급격하게 연모하는 정을 그에게 갖지는 않았을 것이다.

그러나 순이가 집주릅의 딸로, 그의 형 되는 사람은 또 카페의

342

여급으로 그 살림살이가 웬만치 어려운 것이 아니라는 말을 들었을 때, 순이는 새로운 빛을 그 온몸에 띠고서 문주의 머릿속에 군림하였던 것이다.

그와 함께 문득 생각나는 것은, 바로 수일 전에, 순이를 자기 집 담 밖에서 보았던 사실이다. 그날 오후에 그는 아버지 서재에 무엇을 찾으러 들어갔다가 창 너머로, 자기 집 문간에서 잠깐 머뭇거리는 순이를 발견하였다. 그는 분명히 문주의 방 쪽을 쳐다보는 듯싶었다. 남향한 이 층 양옥에 문주의 방은 동편 끝에 있었고, 아버지의 서재는 서편 끝에 있었으니까, 순이는 그렇게 당치도 않은 방향에서 문주가 자기를 지켜보고 있으리라고는 생각도 못하였을 것이다.

'왜 얼른 들어오질 못하고 저러나?……'

생각을 하며, 자기 편에서 먼저 창을 열고, 그를 부를까?—하였던 것이나 마침내 순이는 다시 한 번 이 층 동편 끝의, 커튼 내린 창을 쳐다보고는 채 문주가 어쩔 수 있기 전에 문 앞에서 사라져, 골목 밖으로 나가고 말았다.

그 당시에는,

'왜, 일껀 왔다가 그냥 가누?……'

그것이 의아스러워,

'하여튼 인주를 보러 온 거라면, 그렇게 망설거릴 것은 없을 터인데……, 그럼, 호옥, 인주가 아니라 나를 만나러 오기는 왔어도, 종시 용기가 안 나서?……'

그렇게까지도 생각해보았으나,

'아무러기루서니……'

어림도 없는 자기의 생각을, 자기 스스로 즉시 부정해버리고, 그대로 무심하였던 것이, 순이의 집안 사정을 알고 보니, 문주는 그때 순이가 그렇게 한참을 망설거리다가 그냥 돌아간 가엾은 심사를, 능히 이해할 수 있을 듯싶게 생각하였다.

사실, 순이는 그날 인주가 아니라, 그 오빠 되는 문주, 자기를 보러 왔던 것임에 틀림없을 것이다. 그러지 않고야 도무지 자기 방 유리창을 그렇게 한참씩 쳐다보다가, 그대로 돌아간 이유를 설명할 수가 없다. 순이는 분명히 자기를 만나보고 싶어 왔던 것이나, 차마 용기가 나지 않은 것이다. 그것도 그냥 수줍다거나 그러해서가 아니리라. 필연코 너무나 가난하고 보잘것없는 자기 집안이, 종시 그의 마음을 어둡게 하여, 그래, 끝끝내 자기와 만날 것을 단념하고, 그대로 돌아갈 수밖에 없었던 것이 아닐까?

'분명히 그렇다!……'

문주는 어느 틈엔가 혼자 그렇게 작정을 해버리고, 가엾은 소녀를 위하여 그 마음이 아팠다.

그의 눈에는, 다 쓰러져가는 오막살이 초가집 속에서, 애달픈 사랑을 좁은 가슴속 깊이 지닌 채 끝끝내 그리운 이 앞에 그것을 말하지 못하고, 나날이 병들어가는 순이의 모양조차 역력히 보였다.

문주는 순이가 다시 찾아오는 때, 그에게 향하여, 자기도 그를 사랑할 마음의 준비가 있는 것을 알려주리라 결심하였다. 그래, 그는 오후면 언제고 창 앞에 앉아, 커튼 틈으로 끊임없이 문전을

바라보았던 것이나, 하루가 지나고 이틀이 지나도 순이의 모양은
그곳에 나타나지 않았다.

사흘, 나흘이 지나고 닷새째 되는 날, 문주는 드디어 참지 못하
고 순이에게 편지를 썼다. 그는, 어느 틈엔가, 그동안 보지 못하
는 사이에, 견딜 수 없게시리 순이를 그리고 있는 자기 마음에 스
스로 놀랐던 것이다. 과연 자기의 추측한 바와 같이, 순이가 자기
를 연모하고 있는지는 꼭 장담 못할 일이다. 다만 문주가 단언할
수 있는 것은 순이가 자기를 생각하고 있든 없든 간에 자기가 그
지없는 열정을 가져 순이를 사랑하고 있다는 사실뿐이다.

문주는, 그래, 마침내 순이에게 편지를 전하고, 만약 자기가 전
날 추측하였던 것은 얼토당토않은 것으로, 그래 순이가 자기의
사랑을 용납해주지 않는 일이라도 있으면 어찌할까?──그 마음
속에 초조와 불안이 그득하였던 것이다.

그러나 마침내, 그들이 남몰래 만나, 서로 은근한 심사를 하소
하고, 그래 몸은 각각이어도 마음은 하나인 것을 서로 분명히 알
았을 때, 그들 소년과 소녀는 함께 감격하였다.

감격한 속에 덧없이 때만 흘러갔다.

그러나 그들은 언제까지 그렇게 감격만 하고 있을 수는 없었다.
아직 나이들이 어리니, 뭐 결혼이야 급히 서두를 것 없는 일이지
만 그래도 각기 부모에게 자기들의 사이를 고하고, 어엿하게 혼
약이라도 맺자는 것이, 문주의 그윽한 생각이었었는데, 말이 그
러하지, 대체 순이 말을 하여서 자기의 어버이가 쉽사리 그들의
사이를 허락해줄 것인지, 도무지 자신이 생기지 않아, 그래, 문주

가 망설거리고 있었을 때, 자기들의 사이는 자기들이 고하기보다 먼저 어버이들 편에서 어떻게 알아가지고, 하룻날, 문주는 자기 집 문객 한 명에게 안동[34]되어 전주, 큰형이 있는 곳으로 보냄이 되었다.

물론, 그보다 먼저 아직도 어린아이라고만 여기고 있던 셋째 아들 문주가, 벌써부터 어떤 여자를 데리고 돌아다닌다는 사실을 알았을 때, 그의 어버이는 우선 놀라고, 다음에 당자를 불러, 준절히 꾸짖었던 것이다. 뭐 부모는 아직도 어리다 하나, 생각해보면 저도 이미 나이 스물둘이라, 그 나이면 차차 이성도 그리울 것이라, 그래, 한때 호기심으로, 어떻게 아는 여자와 그처럼 왕래가 있는 것이게니──하고, 그쯤 생각하여, 그래, 좋은 말로 몇 마디 타이르면, 두말없이 그 버릇 고치려니──하였던 것이, 문주의 태도는 참말 뜻밖의 것이어서, 자기는 설혹 어떠한 일이 있더라도 순이를 잊을 수는 없다고, 만약 억지로라도 자기들의 사이를 가르려 한다면, 자기는 거침없이 집을 나갈 결심이라고, 의외에 흥분이 심하여, 그의 어버이는, 이것이 모두, 아직 뇌가 굳지 않은 아이가 유해한 문학 서적을 너무 탐독한 데서 온 병이라고, 얼마 동안은 어리둥절한 채 내외가 서로 얼굴만 마주 바라보았던 것이나, 물론 언제까지든 그러고만 있을 수는 없는 일이었다.

그저 그중 좋은 해결책이란, 그처럼 간절히 원하는 바이니, 문주의 소청을 들어주는 것밖에는 없을 것이나, 그것도 상대 나름이지, 아무렇기로서니 집주릅의 딸로는 저울이 너무 기울었고, 설사 가문이라는 그러한 것을 일체 무시한다손 치더라도, 카페 여급이 바로 색시의 형이어서는 환경이 또한 아름답지 못한 터이라, 열 번 생각해도 며느리를 그러한 집에서 구하기란, 될 뻔도 않은 소리였다.

하지만 제 말 안 들어주면 집을 나가겠다니, 이를 또 어찌해야 좋을지 아버지는 그렇게 일러도 너무나 고집 센 아들에게 문득 화를 벌컥 일으켜,

"이놈이 부모를 협박하는 셈이냐? 나가거나 죽거나 조금도 두렵지 않으니, 해보려거든 네 맘대로 어디 해보아라!"
하고, 한번은 소리도 쳐보았으나, 가만히 내버려두면, 좁은 소견에 족히 전후 생각 없이 집을 나가기라도 할 모양이라. 이리도 못하고 저리도 못할 때, 머리에 떠오른 것이, 한 달이고 두 달이고 문주를 어디 시골로라도 보내어 여자와 도무지 만날 기회를 없이 하면 어떻겠느냐는 것이었다.

지금은 한껏 흥분이 되어, 무슨 말을 하든, 귀에 바로 들어갈 까닭이 없는 일이라, 어떻게든 달래서 시골로 보내놓으면, 하루 이틀 지나는 사이, 한때 흥분도 가라앉을 것이요, 그러하면, 본래 남 유달리 똑똑한 아이라, 저도 냉정히 생각해본다면, 마침내는 제 잘못을 깨닫고 말 것은 분명한 노릇이라, 그저 어디 마땅한 데를 가려 시골로 가 있게 하는밖에는 달리 도리가 없는 일이라고, 딴은 그도 그럴 법하였지만, 말이니 쉽지, 지금의 경우가 경우인 때에, 어디 시골로 얼마 동안 가 있으라면, 곧 그러마고, 그 애가 고분고분하게 말을 들을 리는 없는 일이라, 그렇다고 스물둘이나 된 놈을 종아리를 때린다는 수도 없었고, 이것은 참 실없이 일이

난처하지 않으냐고, 한참들 머리를 앓을 때,

"가만히들 곕쇼. 어디, 제가 한번 말을 해보지요."

하고 나선 것은 이 집 사랑에서 놀고 있는 김서방이라고, 바둑을
잘 두어 때때 주인 영감의 상대도 하였고, 약간의 전기 지식도 써
먹으려면 써먹을 수 있는 것이어서, 안에서 다리미나 곤로 같은
것 병이 나면, 제 손으로 일쑤 잘 고쳐놓는 사나이였다.

저의 친부모가 그처럼 일러도 듣지 않는 문주가, 김서방 따위의
말을 귀 근처에 범접이나 시킬까 보냐고도 생각은 되었으나, 이
러한 일에는 오히려 이해관계가 없는 제삼자의 의견이 유력한 수
가 있다는 말도 그럴 법하였고, 설혹 김서방이 용이하게 설복하
는 것에 실패한다더라도, '밑져도 본전'이란 이러한 경우에 쓰이
는 말일 게라, 그래, 되나 안 되나, 어디 말이나 해보라고 문주의
방으로 보냈더니, 불과 이삼십 분 하여 돌아와 하는 말이 문주는
오히려 자기가 자진하다시피 하여 시골에 가 있겠다고 하였다 하
는 것이 아닌가?

반은 믿으면서도 반은 의심스러워, 대체 어떠한 말로 달랬기에,
그처럼 고집 센 문주가 그리 쉽게 마음을 돌린 것이냐 물으니까,
알고 보니, 그러한 조건이면 문주보다 열 곱절 고집 센 사람이라
도 듣고 말 것은 분명한 노릇이 매양 흥분된 속에 하다가는 일을
저지르기 쉬운 것이라, 이 기회에 지방으로 가서 조용히 전후사
를 생각해보아, 만약 그 색시를 잊을 수 있다면 피차에 그만한 다
행이 없겠으나, 가령 석 달이면 석 달 한정하고, 아무리 생각해도
잊을 수 없는 노릇이라면, 그때는 어르신네께서 그 색시와 결혼

할 것을 허락하마 하셨다고, 그렇게 말을 하였노라 한다.

석 달이면 석 달 한정하고, 그동안 생각해보아도 단념할 수가 없으면 결혼시켜주마라니, 그러면 결국 지금 약혼해놓았다가 석 달이면 석 달 뒤에 결혼식을 거행해주마 하고, 그렇게 약속한 것이나 조금도 다름이 없지 아니하냐?──하고, 하도 어이가 없이 물은 것에 대하여, 김서방은,

"말이 그렇죠. 지금 자제가 열병에 걸린 셈이라, 지금 같아서는 천년만년 지내도 변할 듯싶지 않게 생각을 허고 있지만, 인제 두고 보세요. 석 달은 고사허고 불과 한 달 지내지 아니하여 열이 식을 게니⋯⋯"

"허지만 그때까지 두고 보아도 그 애 열이 식지 않으면 어쩌나?"

"그때는 또 그때지요. 누가 자제를 정말 장가들이자는 겝니까?"

"그럼, 이 사람아. 내가 자식 데리고 거짓말허는 게 되지 않나?"

"왜, 병부염사(兵不厭詐)[35]라는 말이 있지 않습니까? 그것쯤, 뭐, 죄 될 것 없습니다."

"허지만 그것이 만전지책[36]은 못 되는 것 같구먼."

"그러기에, 우선 그 말로 자제를 속여서 시골로 내려 보내놓고, 한편으로는 색시 집으로 사람을 보내어 색시 부모 되는 이를 만나본다는 말씀이에요. 그 여자 부모 되는 이도 무식은 할지 모르나, 나이 먹은 사람이 분별은 있을 게라, 아직 나어린 딸자식이

외간 남자와 몰래 만난다는 말만 듣더라도 펄쩍 뛸 것이 아니겠습니까? 그래 제 부모한테 꾸지람이나 톡톡히 듣고 나거들랑, 남자는 벌써 자기 부모 말씀을 순종하여, 모든 것을 단념하고 시골로 내려가버렸노라고 그렇게 꾸며댈 말이면, 아직 나어린 여자가 그저 일시 호기심에 자제와 만났던 게지, 무슨 애정이 그리 깊었겠습니까? 영락없이 자제 일을 단념해버릴 것이요. 그럼, 그다음엔, 또 시골 내려가 있는 자제한테다, 여자는 자기 부모에게 야단을 만나고 벌써 모든 것을 단념해버렸는데, 이편에서만 그렇게 죽자 사자 허고 생각을 한대야, 오직 어리석은 일이 아니겠느냐? 그렇게 수단을 쓴단 말씀이에요. 그저, 이편에 와서는 저편이 단념했다, 저편에 가서는 이편이 단념을 했다, 이러기만 하면 문제는 영락없이 해결될 게 아니겠습니까? 이게 소위 반간고육계(反間苦肉計)[37]라는 게죠."

하고, 김서방은 평소에 자기가 즐겨 읽은 『삼국지(三國志)』가 결코 소일만 삼아 읽은 것이 아니라는 듯싶게, 장황하게 그러한 말을 늘어놓았다.

　　문주 아버지는 아무리 하여도 자기의 공명(孔明) 선생 술책이 정당한 것은 못 되는 듯싶어, 마음에 매우 께름칙하였으나 그의 주저하는 빛을 보고, 김서방이 다시 입을 열어,

　　"아, 자제를 위하여선, 지금 경우에 무슨 수단은 안 써볼 땝니까? 그저 제 말씀대로만 하십쇼."

하고 일러주는 말에, 달리 좋은 방도를 갖지 못한 이 가엾은 유황숙(劉皇叔)은, 하는 수 없이 그의 의견을 좇기로 마음에 작정을

해버렸던 것이다.

집주릅 영감은 그러나 같은 서울 안에서 이러한 음모가 계획되고 있을 줄은 꿈에도 몰랐다. 그러한 음모커녕은, 순이에게 사랑하는 남자가 있다고 하는 것부터, 전연 알지 못하고 있었던 것이다. 그래, 그날도 그는 다른 때나 한가지로, 조반을 치르고는 어슬렁어슬렁 싸전 가게로 나갔다.

내일모레면 창경원의 벚꽃이 한창이라고, 마침 연일 계속되는 좋은 날씨에 사람들의 마음은 들뜨는 때, 세월이 없는 가쾌들은, 그 음침한 방 속에 가 들어박혀 있어, 어제나 오늘이나, 하잘 수 없어 붙잡느니, 손때가 까맣게 묻은 장기짝이다.

"아, 이 사람. 오늘 학교 간다더니, 왜 안 갔나?"

오늘은 싸전 가게 주인이 장기판에 한몫을 끼어, 그래, 예전 경성 감옥 간수는 옆에서 무료하게 구경만 하고 있던 것인데, 영감이 들어오는 것을 보자 그는 말동무가 생겼다고 반색을 한다.

"아, 벌써 가아? 이따 두 시에 시작인데⋯⋯"

영감은 쌀섬 위에 놓인 조간을 집어들고 방으로 들어가며 대답하였다.

"뭐어, 저어, 입학식인가?"

"입학식은 접때 했구, 오늘은 후원회 발기회라네."

"뭐?"

"후원회 발기회."

"그 뭐 허는 횐구?"

"학교에다 돈 기부허라는 게지 별겐가?"

"저어, 월사금 말구 또 따루?"

"그러니까, 우리 형세에 바루 무슨 자식 공부시킵네―그러겠
느냐 말이지. 아마 또 한 오 환 내야만 될 게라……"

"오 환? 흐으음……"

오 환커녕은, 단돈 오 전이 지금 염낭[38] 속에 들어 있지 않은 동
관은 눈을 둥그렇게 떴으나, 그렇기는, 말을 한 영감도 매한가지
였다. 효섭이를 이번에 심상고등소학교에 입학을 시키느라 적잖
이 든 전후 입비는 큰딸 정이가 변통을 하였던 것인데, 이제 후원
회비를 또 만들어달라기가, 정히 마음 괴로웠던 것이다.

'온 빌어먹을……'

물론 전황[39]한 까닭도 있기는 하겠지만, 이제는 사람들도 약아
만 져서, 전같이, 으레 집주릅을 사이에 두는 일 없이, 어떻게 직
접 저희들끼리 우물쭈물 팔고 사는 수가 많았다.

'원, 양조장 뒤, 열여덟 간 집을 파는 줄만 알았더면, 지금 돈
오 환에 이렇게 머리를 앓진 않으련만……'

영감이 무심코 입안말로 중얼거리는 것을, 동관은,

"뭐어? 양조장?"

하고, 돋보기안경 뒤에서 눈을 가늘게 뜬다.

"아, 왜, 엊그제 팔렸다는 양조장 뒷집 말야."

"오오, 그, 장진팔이 집?…… 온, 제에기 그렇게 소문 없이 내
났다가 작자 나오면, 구문 없이 자기들끼리 팔고 사기가 일쑤니,
우린 꼭 굶어 죽으라는 게 아니야?"

하고, 코를 벌렁거리며 중얼대는 것을, 옆에서 말없이 장기만 두

고 있던 싸전 가게 젊은 주인이 말참견을 하여,

"참, 그, 양조장 뒷집을 산 사람이, 얘길 듣고 보니, 평안도 사람이라는데, 약거간 댕기던 이라는군요."

"약거간? 약거간이 웬 돈이 있어서 칠천여 환씩 허는 집을 다 사구 그랬누?"

"그러기에 팔자가 좋다는 게지. 그 사람이 그게 제게 돈이 있어 산 게 아니라, 아들이 사주었다더군요."

"아들은 뭣 허는 사람인데?"

"광산 기수라는군."

"광산 기수라니, 그럼 전문학꼴 나온 사람이란 말야?"

"아, 어엿한 고등공업학교 출신이랍니다그려."

"그, 약거간이, 웬 돈으로 아들 공부는 그렇게 시켰누?"

"그것두 다아 제 복이죠. 보통학교버텀 공부두 잘허거니와, 아이가 또 참해서, 그래 그 동리, 부자가 그냥 버려두기 애석하다구, 형제를 다달이 이십 원씩이라든가, 삼십 원씩이라든가, 그렇게 대주었다는군요."

"형제를 대주다니? 그럼, 그 약거간이, 광산 기수 다니는 사람 말구, 아들이 또 있었던가?"

"광산 기순 둘째 아들이구, 큰아들이 또 있다는데, 그 사람은 의학전문학꼴가 졸업허구, 지금 대구라나 어디 도립병원의 의사루 가 있는데, 오늘까지 꼭 삼 년 동안을 한 번 거르지 않구서 십 원이라든가, 십오 원이라든가, 자기 월급에서 떼서 저의 집으로 부친다는군요."

"허어, 둘째 아들은 또 집 사주구?…… 그저 사람이란 후분[40]이 좋아야 허는 겐데, 그 약거간이 아들을 잘 둬서, 참 자식 덕 보는구면."

싸전 가게 주인과 동관이 주고받는 이야기를, 영감은 신문을 뒤적거리며 말없이 듣고만 있었다.

'온, 참말이지, 누군, 아들을 잘 둬서……'

그래, 그렇게 늘그막에 칠천여 원짜리 댕그렇한 기와집 사들고, 만판 호강을 하는 것인가? ──하고 생각하니, 영감은 자기 신세를 돌아보아, 가슴 한구석에 슬픔이 샘솟듯 하였다.

그는, 그 이야기에 추연[41]한 기색을 띤 자기의 얼굴을 곁의 사람들에게 보이기 싫어, 꼭 신문만 들여다보고 있었으나, 물론 그 눈에 글자 한 자 들어갈 리 없었다.

충섭이란 녀석이, 뭐, 이번 대회에 뽑히기만 하면 동경으로 원정을 가게 되느니 어쩌니 하고, 보름 만에 바람개비같이 집에 들렀다가는, 다시 바람개비같이 나가버린 지가 또 보름이 되어 온다.

'고얀 자식……, 나야, 물론, 내 복이 없어서 그러한 게니, 뭐 이제 와서 자식 탓해 소용없는 일이지만, 그러구 돌아댕기며, 불쌍한 제 누이 고생시키는 게 가증허지……'

그래도, 저나 큰 실수 없이 저대로 살아간다면, 그것만이라도 다행하다고 생각하는 것이지만,

'인섭이는, 이눔, 대체, 어디 가 죽었냐? 살았냐?……'

이번 음력 오월이면, 아들이 집을 나간 지 꼭 여섯 해가 되는 것

이다.

'필시, 이눔이 죽었지, 죽었어. 만주 벌판이 어떤 데라구, 어림 없이 들어가가지구⋯⋯, 설혹 죽지 않았더래두 제가 성공은 못했지⋯⋯, 만약 성공을 했다면, 여태 아무 소식이 없을 리 있나? 저두 자식 된 도리에 집 버리구 나갔다가 성공은 못허구, 그래, 부모 볼 낯 없어 못 들어오는 게지⋯⋯'

그는 그저께 온종일, 늙은 마누라가 울던 생각을 하고, 코허리가 시큰하였다. 다른 때 모양으로, 팥을 안 두고, 그날 아침은 흰밥에다, 무 맑은장국이어서, 오늘이 무슨 날인가?—하고 무심코 자기가 물은 말에, 마누라는 벌써 두 눈에 눈물이 글썽글썽해가지고,

"영감. 잊으셨소? 오늘이 삼월 초여드레가 아니요?"

하고, 일러주는 것이나, 삼월 초여드레가 대체 무슨 날인지, 얼른 생각이 돌지 않아, 멍하니 마누라 얼굴을 바라보려니까, 책보를 싸고 있던 순이가 대신 나서서,

"오늘이, 왜, 큰오빠 생일 아녜요?"

하고, 대답하는 그 한마디 말에, 마누라는 그만 참지 못하고 어어이, 어어이 소리를 내어 느껴 울었던 것이다.

영감은 신문을 놓고 자리에서 일어나,

"아, 어디 가나?"

하고 묻는 동관의 말에는 대답을 않고, 그대로 밖으로 나왔다. 그러나, 물론, 그곳을 나와서 갈 곳이란, 자기 집밖에 없는 것이다.

영감은 골목 안으로 들어갔다. 문고리에 자물쇠가 채워져 있는

것을 보면, 마누라가 또 불단집에 가 있는 것이 분명하여, 영감은
그 집 대문으로 가서

"효섭아아."

하고 외쳤다. 어째, 자기 목소리에 울음이 섞인 듯싶은 것이, 그
의 마음을 좀더 비감하게 해주었다. 그는 침 한 덩어리 삼키고,
헛기침을 하고, 그러고 나서, 다시 한 번,

"효섭아아."

하고 불렀다.

웬만큼 큰 소리로는 한두 번쯤 불러서 마누라는 알아듣지 못한
다. 그가 세번째 부르려 하였을 때, 마침내 건넌방에서 이 집의
며느리가,

"갑순 할머니. 나가보세요. 갑순이 할아버지께서 아마 오셨나
봅니다."

하고, 그렇게 일러주는 소리가 들리고, 다음에, 걱정과 가난으
로 하여 앙상하게 뼈만 남은 늙은 마누라의 모양이 문간에 나타
났다.

"저어, 열쇠 좀 줘."

"지금 학교 가시나요?"

"학교야 두 점이지만, 좀 놀려구……"

집으로 돌아가, 어두컴컴한 방 안에 가 홀로 앉아 있었을 때, 영
감은 문득,

'이년이 또 간밤엔 어디서 자구 안 들어왔누?……'

하고, 큰딸 정이의 일이 궁금하였다.

하기야, 밖에서 자고 집에 안 들어오는 일이, 어제가 처음인 것은 아니었다.

그러한 일이 달에도 서너 번은 있었다. 여급 나가서 석 달인가 되었을 때 처음으로 밤에 안 들어오고 이튿날 아침에야 돌아온 정이를 보고, 근심으로 하여 하룻밤을 꼬박이 새운 늙은 어머니가, 웬 까닭이냐고 물으니까, 딸의 태연스러운 대답은 이러하였다.

"아이. 모두들 달려들어 술을 먹이는구료. 못 먹는대두 막무가내지? 그래 곯아떨어진 걸, 동무들이 이 층에다 갖다 뉘어줬구료. 입때 정신 모르구 자다 왔는걸."

두번째 안 들어왔을 때도 역시 이유는 같았고, 세번째도 그러하였다. 그래, 그뒤로는 집안에서, 일일이 그러한 것 캐어묻거나 그러지는 않았던 것이나 때때로,

'혹시나?……'

하는 의혹이 들 때, 그것은 영감의 마음을 어둡고 슬프게 해주었다. 그러나, 설혹, 정이가 밖에서 어떠한 아름답지 않은 일을 하였다손 치더라도, 노인에게 그것을 꾸짖고 나무랄 권리가 없는 노릇이었다.

'그 애가 몸을 망치더래두, 그건 모두 제가 애비 에미 잘못 만난 탓이 아니냐? 오라비 놈들이 몹쓸 놈들이기 때문이 아니냐?……'

그러니까, 노인의 마음은 좀더 슬프고 좀더 어두웠다.

노인은 참말 땅이라도 꺼질 듯싶게, 한숨을 쉬었다. 아무도 보고 있는 이가 없다는 것을 알 때, 눈물은 두 뺨에 흘러내렸다. 그

는 또 한 번 한숨짓고 권연[42]에 불을 피워 물었다. 그때, 밖에서 이로나라—소리가 들려왔다. 노인은 황망히 손등으로 눈을 씻었으나, 그것은 도무지 처음 듣는 음성이어서,

'누군구? 올 사람이 없는데—'

의아스러이 생각하며 나가보니까, 코밑에 몽당수염을 기른, 한 사십 되어 보이는 평복한 사내가, 닳아서 글씨가 분명치 않은 문패를 들여다보고 있다가,

"저어, 이 댁이 이순이라구, 순정녀학교 다니는……"

하고, 말끝을 어물거리며 영감의 얼굴을 빤히 쳐다본다.

"예에. 이순이는 내 딸이오마는 그래, 어디서 무슨 일루 오셨나요?"

순이 아버지라는 말을 듣더니, 그 사내는,

"아, 그럼, 영감께서 바루 이순이의?……, 첨 뵙습니다. 저는 청진동 정의사 댁에 있는 김덕수라구 합니다."

모자를 벗고 인사를 하고 나서,

"다름이 아니라, 따님에 관해서 조용히 좀 여쭐 말씀이 있어서……"

하고 영감의 어깨 너머로 대문 안을 기웃하는 꼴이, 뭐, 내외할 사람이라도 없거든, 안으로 좀 들어가는 것이 좋지 않겠냐는 듯싶다.

"따님이라니, 그럼, 내 큰딸 말씀이오? 또는 작은딸 말씀이오?"

"저어, 그러니까, 작은따님이 되시나? 이순이라고……"

혹, 정이 일로 해서 왔다면, 원래, 그 애는 카페 같은 데 있어,

아는 남자도 많은 터이라, 모르는 남자가 찾아온다 하더라도, 그것은 용혹무괴[43]한 일이겠지만, 순이 일로 왔다는 것은 도무지 알수 없는 말이어서, 영감은 잠깐 고개를 기웃거렸으나,

"하여튼, 누추한 곳이나마 잠깐 들어오시교오."

하고, 앞장을 서서 방으로 들어가, 객과 주인이 자리를 나누어 앉은 뒤에

"그래, 순이 일로 오셨다니, 무슨 일인가요?"

하고, 한마디 물은 것에 대하여, 그 김덕수의 대답은 열 마디도더 되어, 그것은 참말 노인으로서, '아닌 밤중에 홍두깨'라, 영감의 작은따님의 행실이 단정하지 못하여, 지금 청진정 정의사 댁에서는 아주 난리가 나다시피 되어 있다는 이야기였다.

그러나, 노인은 처음에, 그 말을 믿을 수가 없었다. 뭐니 뭐니해도 아직 열일곱에 지나지 않은 어린 계집애가 아니냐? 그것이바로 일 년이나 전부터 남자와 알아가지고, 사랑이니 무엇이니하고, 시큰둥하게 놀리라고는 도무지 세상에 있을 수 없는 일인것만 같아서,

"원, 아아무러기로서니, 그 어린게……"

하고, 의심스러이 김서방의 얼굴을 바라보려니까, 그 사내는,바로 영감의 입에서 그러한 말이 나오기를 기다리고나 있었던듯이,

"그렇게 말씀허시는 것도 괴이치는 않습니다마는, 그러기에 여기 증거 물품을 가지고 왔습지요."

하고, 조끼 주머니에다 손을 넣는다.

증거 물품이란 말부터 불안스러운 것이어서, 영감은 미간을 잔뜩 찡그리고, 대체, 저 사람의 주머니 속에서 무엇이 나오려누?—하고, 이윽히 지켜보려니까, 그는 꽃무늬 놓은 양봉투를 내어 놓으며,

"자아, 이걸 좀 보십쇼. 이게 바루 어제 오후에 저이게로 배달된 따님의 편집니다."

하면서, 인제도 할 말 있느냐는 듯이 얄밉게 생글생글 웃는다.

"내 딸이 한 편지?"

하도 뜻밖인 통에, 영감은 잠깐, 자기 앞에 놓인 편지와, 김서방의 얼굴을 번갈아 보고만 있다가, 급기야 집어보니, 겉봉 뒤에는 아마 영어라는 것인지, 뭐 알지 못할, 글씨가 몇 자 적혀 있을 뿐이어서, 발신인의 주소 씨명은 도무지 분명하지 않아도, 앞쪽에, 淸進町 一三七番地, 鄭議院內, 鄭文柱氏 殿〔청진정 137번지, 정의원 내, 정문주씨 전〕이라 씌어져 있는 글씨는 두 번 볼 것도 없이, 틀림없는 순이의 필적이었다.

입맛을 한 번 쩍 다시고 이번에는 속에 든 편지를 꺼내어보니, 사연은 다음과 같은 것으로, 어저께도 명치정에서 두 시간이나 기다렸는데, 왜 나오지 않았느냐고, 곧 청진정으로 전화를 걸어보았으나, 나온 사람이 인주여서, 다른 말은 도무지 못하고 끊었었노라고, 혹시 병이나 난 것이 아닌가 하여, 그 염려로 간밤은 꼬박이 새우고 말았노라고, 곧 답장을 달라는 것이었다.

읽고 나자, 굴욕과 또 분노로 하여, 영감은 얼굴이 새빨갛게 익어 올랐다. 그 얼굴을 흘낏 보고 김서방이라나 하는 사나이는 가

장 은근한 어조로,

"그만허면, 영감께서도 아셨겠죠. 이렇게 편지 왕래가 벌써 일 년 전부터 있었던 모양이란 말씀예요. 그야, 남녀 칠 세에 부동석 이라던 예전과는 달라서, 시체는 자유연애라구 자기들끼리 알아 가지고, 서로 교제하는 중에 피차 의합〔意合〕하면 결혼하는 일이 많이 있는 터이라, 뭐 이번 일을 꼭 책을 잡을 것은 아니겠습니다 마는, 나이나 좀 들었다면 또 몰라도, 이건 피차에 그저 공부에나 전심을 해야 할 어린 학생들이라, 지금 이러는 것이 공부에 크게 방해가 될 것은 물론이요, 또 지각들 없이 언제 어떤 아름답지 않 은 일이 생길지 모르는 일이 아닙니까? 더구나 학교 당국에서 알 고 볼 말이면, 즉각에 퇴학 명령이 내릴 것은 정한 노릇이라, 그 렇게 된다면, 당자들의 전정*도 그것으로 그르치려니와, 또 가문 의 불행은 일러 무얼 하겠습니까?"

그는 잠깐 말을 끊고 노인의 기색을 살핀 다음에,

"허지만, 따져보자면 당자들에게만 잘못이 있는 게 아니요, 가 정에서도 감독이 충분하지 못해서 그랬던 게니, 이왕지사야 이제 다시 말할 것 없는 게고, 그저 이제부터나 그런 일 없도록 피차 주의하시자구, 그래서 제가 이렇게 온 것입지요."

제멋대로 늘어놓고 정의사 집 식객이 돌아간 뒤, 영감은 흡사 실성한 사람의 얼굴을 해가지고, 불단집에서 늙은 마누라가 부리 나케 돌아와,

"두 점이라뇨? 벌써 새루 한 점 들어가는데, 얼른 진지 한술 뜨 시구 가보세야지."

하고 일깨워줄 때까지, 그는 꼭 같은 자세로 그곳에 가 그렇게 앉아 있었다…….

정동 골목 안에 올봄에 새로이 생긴 명정심상고등소학교에서는, 이날, 이 학교 후원회의 발기회가 있다 하여, 정각인 오후 두 시에, 수삼십 명의 학부형이, 그 회장인 이 층 강당에 가 모여 있었다.

시간으로만 따지자면, 차차 회를 시작해야만 마땅할 것이나, 비록 학부형 전부가 참집[參集]하기를 바란다는 수는 없다 하더라도, 그래도 오십 명에도 차지 않는 인원으로는 시작할 도리가 없는 것이어서, 이 학교의 상무이사로, 후원회가 조직되는 날에는 필연적으로 그 회장에 추대될 운명을 가진, 다액 납세자 권오순 씨는,

"뭐얼……, 두 점이라면, 으레 석 점이나 되어야 올 줄루들 알 구 있는걸……"

하고 그러한 말을 중얼거리며, 일찌감치 온 사람들이야 대체 얼마를 기다리거나 말거나, 자기는 교장실에 가 들어앉아, 아까부터 담배만 뻑뻑 태우고 있었다.

그러면 강당에 모여 있는 사람들은, 정각이 벌써 십 분이 지났건만 사회라도 볼 듯한 이가 종시 나타나지 않는 것을 보고는, 이럴 줄 알았더면, 고지식하게 시간에 대어 오지 않을 것을 그랬다고, 잠깐 뉘우쳐도 보았으나, 저편 창 앞에 가 앉은 얼굴 검은 사내가, 특히 누구보고 하는 말이 아니라, 그냥 들떼어놓고,

"아, 올같이 중등학교 지망자가 많아서야, 어디, 자식놈, 좀처

럼 학교에 집어넣겠습디까?"

하고 그러한 말을 한마디 하니까, 그 맞은편에 앉은 눈 가는 사나이가,

"그러게 말씀이죠. 몇 년 전만 해도 입학률이 고작 십 대 일밖엔 안 됐었는데, 올엔 그저 툭하면 십오 대, 십팔 대, 저엉 심한 곳은 이십 대가 넘어놓으니, 이 노릇을 어쩝니까?"

하고 대꾸를 하여, 물론 그야, 고등소학이란 따로 고등소학으로서의 사명이 있는 것이지만, 이곳에 입학한 아동의 과반수는, 그 목표가 이 학교를 졸업하는 것에 있지 않고, 불행히 금년도 중등학교 입학시험에 합격하지 못한 원한을, 일 년의 수험 준비로 명년에는 기어코 풀어보려는 것에 있었던 바이라, 그래, 강당에 모인 학부형들도, 그러한 화제에는 쉽사리 흥미를 느끼고 열정을 가져, 후원회 발기회가 시작되기까지, 그것은 완연히, '금년도 중등학교 불합격아동 학부형 좌담회'인 느낌이 있었다.

"하여간 불쌍한 건 아이들밖에 없죠. 그 많은 경쟁자 중에서 뽑힌다는 것은 실상 실력버덤두, 운수라구 헐 텐데, 이걸 밤에 잠을 못 자구 수험 준비라구 해가지구, 가슴을 졸이며 기대린 결과가 낙제라니, 의무교육제도두 조선엔 아직 실시가 되지 않았지만, 적어두 중등학교까지는 지원자는 다 뽑아야만 허죠."

이번에는 문 쪽으로 그중 가까이 앉아 있는 염소수염을 기른 사내가 한몫을 끼노라니까, 아직 젊은 대모테[45] 안경잡이가 곧 그 뒤를 이어서,

"옳은 말씀입니다. 학교가 부족하죠. 너무나 부족하죠. 학교가

부족허기 때문에 수험 준비하는 아동들도 아동이려니와, 학부형들이 정신적으루 물질적으루 받는 부담이라든 손실이, 사실, 여간한 것이 아니죠. 그곳에 소모되는 것을 다른 일에 이용할 수 있다면, 좀 좋겠습니까?"

바로, 주먹으로 탁자라도 칠 듯이 연설 투로 말하고 나자,

"허지만——"

하고, 국방복 입고 머리 박박 깎은 사내가 차를 한 잔 먹고 나서,

"입학시험에 다 같이 합격이 못 되더래두, 실력이 없어 그런 게라면, 아동이나, 학부형이나, 어느 정도까지 단념도 하겠지만, 이건 학력이 남만 못하지 않은데, 불행히, 신체가 좀 허약하다든지 그러한 이유로 떨어뜨려버리는 건, 너무나 억울허구 분허단 말씀이에요."

하고 장내를 한번 쭉 훑어보니까, 그 말은 모두 한마디씩 하고 싶던 말인 듯싶어, 이쪽에서도, 저쪽에서도,

"옳은 말씀이죠. 참말 분하죠."

"아, 분하다뿐입니까?"

"올엔, 사실, 신체검살 너무 심허게 보았거든요."

"그렇게까지 할 게 없을 텐데 똑……"

하고, 잠깐 장내는 소란하였었는데, 그것이 진정되기를 기다려, 애초에 화제를 끌어낸, 얼굴 검은 사내가,

"하여튼, 한심스러운 일이죠. 아이 입학시험 뵈기는 이번이 두 번쨴데, 보통학교 적 성적이라든지, 여러 가지를 보아서두, 분명히 큰놈버덤은 작은놈이 월등히 나은데, 삼 년 전에 제 형이 어렵

지 않게 들어간 경기중학을, 동생 놈은 그 애를 쓰구두 떨어지구
말았단 말씀이에요. 이번에, 그놈, 시험 뵈느라구, 내가 이 관이
나 가깝게 체중이 다아 줄었으니, 말할 것두 없지만……"
하고, 딴은, 참, 약간 여윈 뺨을 손바닥으로 쓰다듬는 것을 보고,
염소수염이, 또,

"허기야, 부모가 자식 때문에 애를 말리는데, 어디 학교 들여보
내는 것뿐이겠습니까? 그저 이래두 걱정, 저래두 걱정……, 똑
부모 걱정만 시키구두, 다아 길러논즉슨, 그저 저는 저 혼자 컸다
죠. 부모 은공은 모른단 말씀예요."
하고, 가만한 한숨조차 토하는 것을, 다시 국방복 입은 사내가 받
아서,

"자식이 부모 은공 모르는 건 다아 말해 무얼 합니까? 그저 자
식 키워서, 늙은 뒤에 의지 삼자는 것은, 다아 옛날 얘기지, 이것
저것 그만두구 저나 잘살아주었으면 좋겠더군요. 늙은 뒤까지 자
식들루 말미암아 근심 걱정을 해서야 어쩝니까?"
하고, 박박 깎은 맨머리를, 그는 손바닥으로 한 차례 문지르고 나
서, 문득, 자기 곁에 가 아까부터 말없이 앉아 있는 노인이 눈에
띄자, 순간에 그는 약간 얼굴을 붉힌다. 정작 노인을 옆에다가 앉
혀놓고, 이제 겨우 사십이 넘을까 말까 한 자기가, 너무나 외람스
러운 소리를 한 듯싶게 느꼈던 것인지도 모른다. 그는 좀 바른 어
조로, 그 신수가 환하니 퍽이나 품이 있어 보이는 노인을 향하여,

"영감께선 자녀를 몇이나 두셨습니까?"
하고 물었던 것이다.

"나, 말씀이오? 오 남맬 두었죠."

"오 남매요? 똑 알맞히 두셨군요. 그래, 성가[成家]나 모두 시키셨습니까?"

"예에. 이번에 이 학교에다 집어넣은 놈 빼놓군, 성갈 시킨 셈이죠."

"그럼, 아드님이 모두……"

"예에, 아들 셋에 딸 형제죠."

노인은 대답을 하며, 무심코 눈을 들어 장내를 둘러보았다. 모든 사람이 한결같이 자기의 입만 바라보고 있었던 것이다.

"그럼, 큰아드님은……"

"예에. 그놈은 경성의학전문학교를 졸업허구, 지금 대구도립병원에 근무하지요."

"허어, 그, 공부 많이 시키셨습니다그려?"

"허, 뭐어, 많이 시켰달 게 있겠소이까?……, 허나, 실상 말허자면, 그 자식 사람 맨드느라, 남만큼 애두 썼소이다."

사실, 그 자식 사람 만들려고 갖은 애를 다 쓴 노인이었다. 그러한 것이 계집에 미쳐 집을 버리고 나간 채, 칠 년이 지나도록 소식을 끊다니?……, 노인은 다시 눈을 들어, 모든 사람의 시선이, 자기에게 대한 흥미와 호의를 가지고 자기 하나만 지켜보고 있는 것을 알자, 가만히 한숨지었다.

"허지만, 훌륭한 의사 하나 맨들어노셨으니, 좀 기쁘시겠습니까?"

모든 사람을 대표하여, 노인의 이야기를 청하는 것은, 역시 국방복 입은 사내였다.

"예에. 애쓴 보람이 있다면 있지요. 사실, 애를 공부시키느라, 이만저만하게 힘이 든 게 아니죠. 지금두 뭐 넉넉허지는 않지만, 그 당시는 참말 한때, 밥을 다아 굶어본 일이 있었던 게니까……, 아, 자식놈이 학교 갔다 와서, 곧잘 그땐 울었습넌다. 허나, 그게 호옥, 학교서 선생한테 꾸중을 들었다거나, 또는 몸이 어디 아프다거나, 그래서 우는 걸세 말이지, 이건 배가 고파서 그러는 게니, 그 꼴을 본 때, 아비 된 내 마음이 대체 어떠하였겠느냐, 말씀이요."

말을 잠깐 끊고, 노인이 세번째 좌중을 둘러보았을 때, 그와 시선이 마주친 모든 사람이, 기계적으로 고개를 끄떡이고, 그의 다음 말을 기다렸다. 노인은 저도 모르게 침을 한 덩어리 삼키고 나서, 다시 이야기를 계속하였다.

"집에서 밥을 굶을 지경이니까, 월사금 제때에 내본 일이란 또 거의 한 번두 없었죠. 그 당시와 지금과는 물론 돈의 값어치가 다르긴 하지만, 아무리 그 당시라구, 수업료 십 전이, 사실, 얼마나, 큰돈이겠소이까? 헌데, 이것을 못 맨들어줘서, 학교 가서두 애가 기를 못 피구 지내게 했으니, 그게 부모로서, 참말, 할 노릇이겠소? 아, 애들 없을 때, 내가 마누라허구 단둘이 마주 앉아서 운 일까지 있었다니까……"

노인이 또 잠깐 말을 끊고 강당 안을 둘러보았을 때, 이곳에서도 저곳에서도,

"아, 그러셨겠죠."

"허허, 참, 그……"

하고, 그러한 소리들이 들려왔다. 연단 위에 걸려 있는 시계는 두시 사십 분을 가리키고, 노인이 이야기하는 동안에 차차로이 모여든 수십 명의 학부형도 먼저 와 있는 이들이나 함께 입을 봉하여, 오직 노인의 이야기에만 귀를 기울인다. 그러한 것을 알자, 노인은 조금 전처럼, 이미 당황하여 한다거나 그러지 않고, 일종의 자신과 자랑조차 가지고서 말을 이었던 것이다.

"그래, 본래루 말허자면, 보통학교 졸업시키기두 어려운 처지에, 고등학교는 당하며, 더더군다나, 전문학교야 말이 되겠소마는, 그래도 예전과는 달라서, 학문이 없고 보면 사람은 아무짝에 쓸데가 없게 되는 게라, 그저 기를 쓰구 공부는 시켰지요. 그러나, 말이니 쉽지, 그것두 큰놈 하나가 아니라, 둘째 놈이 또 있죠. 큰딸년 작은딸년두 있죠. 이것들을 모조리 공부시키느라, 참, 아닐 말루, 도둑질허구 비렁뱅이 짓만 빼놓군 대체 안 해본 게 없구료. 그저 이것들이 겨끔내기⁴⁶루 내게 와선, 월사금 해주, 공책 사주, 연필 사주, 운동모자가 없수, 낼 학교서 원족 간다우……, 온, 정신이 혼란하게 야단들인데, 형편이 어디, 사달라면 사달라는 대루, 해달라면 해달라는 대루 그렇게 됐습니까? 그러니, 그것을 옆에서 보구, 마누라는 또, 전에 살던 생각을 허구서 툭허면 쫄쫄쫄쫄 눈물을 짜내죠. 요망스레 울긴 왜 우느냐구, 내가 나무란 것두 한두 번이 아니지만, 허기야, 그게 다아 내 잘못으루 인헌 것이라……, 금광에만 섣불리 손을 안 댔다면, 선친께서 물려주신 것으루, 왜, 자식놈들 그까짓 공부쯤 시키는데 그 애를 썼겠

368

소?"

눈 가는 사내가, 그 가는 눈을 한층 더 가늘게 뜨고 물었다.

"허어, 그럼, 영감께서 금광으루?……"

"예에. 금광에 패를 보구, 그 곤경을 당했지요. 그래두, 생각에, 자식들한테 재물은 물려주지 않드래두, 어째, 원망은 그리 안 들을 듯싶은데, 공부를 못 시켜준즉슨 내가 죽은 뒤까지두 저희들이 그게 똑 한이 될 게라 그래 더욱 기를 쓰구 공분 시켰던 겐데, 그저 으떡해서 보통학교 마치구 고등학교 마치구 그랬는지 모를 새에, 아, 큰놈이 의학전문학교 졸업장이라구 타가지구 나오더니, 난 아직 어린아이거니 했던 그게, 아, 의사라구 뽐내는군요. 참, 내껜, 흡사 꿈꾸는 것 같았습넌다. 그래, 졸업을 허자, 이놈이 대구도립병원에 취직이 돼 갔는데, 나 보기엔 그놈이 뭐 아는 게 있을까 싶지두 않건만, 실상인즉슨, 이애가 집맥을 잘한다는군. 그래, 아주 용한 의원이라구 제법 칭찬을 받는다는데, 그야 누가 알겠소마는……, 하여튼 이놈이 내려가서 첫 달 월급을 타더니, 그 속에서 십 원 한 장을 내게 부쳐줍디다그려. 그러구 편지에다, 다달이 십 원씩 부칠 터이니, 효섭이 학비나 보태 쓰라는군. 효섭이란 게, 이번에 이 학교에 입학시킨 내 막내아들이죠?"

다시 장내에 속삭이는 소리가 일어났다.

"허어, 자제가 참……"

"그 무던허군요."

"말이 그렇지, 저마다 못허는 일이지."

노인은 만족한 듯이 사람들의 얼굴을 둘러보며, 조금 전에 국방복이 따라놓은 차를 한 모금 마시고, 또 다음을 이었다.

"허지만, 나는 속으루, 이놈, 실행이 젤이지, 말부터 앞서선 못 쓰느니라──그랬단 말이야. 고작 두 달이나 석 달 보내군 그만둘 줄 알았거든. 헌데, 넉 달째두 오구, 다섯 달째두 오구, 아, 여섯 달째두 여전히 오는구려. 그래, 내 자식이지만서두, 내, 무던허다 구 그랬죠. 무던허다구 그랬에요. 뭐, 십 원이란 돈이 대단해 그러는 게 아니라, 제 부모며, 제 동기 생각을 그쯤 허는 게 무던허 다구 그랬죠……. 그랬드러니, 일곱 달째 가서, 딱, 그친다. 여덟 달째 아홉 달째두 역시 마찬가지다. 그러고 보니, 역시 마음에 서 운헙디다그려. 금전 문젠 상관 아니나, 어째, 그놈이 인젠 부모와 동기를 잊어버리구 만 것만 같애서……, 허지만, 생각허면, 그두 그럴밖에. 아 저두 쥐꼬리만 한 월급에서, 제 기집 멕여 살릴랴, 어린것 옷가지래두 해 입힐랴, 쓸데는 많은데, 돈 나오는 구멍은 하나라, 그, 괴이치 않은 일입넌다. 뭐, 내 자식이라구 그러는 게 아니라……"

노인이 다시 찻종을 집어들 때, 사람들은 제각기 또 중얼거 렸다.

"아아무렴요."

"아, 제게 처자가 있다면, 사실 어렵죠."

"여보, 처자 없는 놈두, 저 혼자 쓰구 댕기느라, 제 부모 생각 않는 게 흔허디흔헌데……"

"흔허다뿐이에요? 허지만 그것두 오히려 나은 편이구, 어떤 놈 은 육십 원씩, 칠십 원씩, 타는 게 있으면서두 외레 집이서 끌어

내지 못해 안달들이죠."

이미 시계는 세 시 오 분을 가리키고 있었으나, 사람들은, 마치 이 노인의 이야기를 들으러 이곳에 모인 듯이나 싶었다.

"그래, 큰놈은 대구서 그러구 지내구……, 다음은 내 작은놈인데, 이놈은 고등공업을 마쳤죠. 거길 마치구 광산 기수가 됐단 말씀야. 헌데, 애최, 그놈이 광산과를 지망헐 때, 난 반댈 했었죠. 왜 그런고 허니, 내가 가산을 탕진헌 게 본래 금광 때문이라, 그래 반댈 했지만, 이놈 말이, 예전과는 달라서, 뭐, 인젠 금광이래야, 모두 과학적으루 조사를 허는 게라, 전 모양으루 그냥 투기 사업이 아니라는구먼. 그뿐 아니라, 정부에서두 산금장려⁴⁷에 주력허는 만치, 이를테면 국가적 사업이라, 그래, 그냥 허겠단 대루 둬버렸더니 딴은, 그놈 말이 옳아서 아, 이놈이 지금은 월급 삼백 원을 받구 창성금광에 있는데, 새루 유망헌 군데를 발견허구 볼 말이면, 와리⁴⁸를 또 먹는다는군요. 그래, 바루 이놈이, 늙은 부모 돌아가기 전에, 호강이나마 시켜주겠다구, 이번에 저어 연회장에다, 뭐, 돈 만 환 들여서 집을 짓는다구, 요샌 똑 그걸루 법석이죠."

모든 사람의 입에서 찬탄하는 소리가 새어나왔다.

"큰아드님두 큰아드님이지만, 작은 자제두 또 무던헙니다그려."

"아, 영감께서 자제는 모두 잘 두셨는데요."

"그 고생을 허시면서 공부시키신 보람이 과연 있습니다."

"광산과가 그 실없이 유리헌 게거든."

어느 틈엔가, 그곳에 다액 납세자 권오순씨가 나타나 있었다.

그는 너무 늦기 전에 그만 회를 시작해야 하겠다고 생각하였던 것이나, 아무도 그의 편을 돌아다보지 않았다. 몇 번인가 입을 열려 하면서도, 그는 못하였다. 그래 그도 사람 틈에 끼어 노인 편만 바라보았다.

국방복이 따라준 차를 또 한 모금 마시고 난 노인은, 당당한 태도로,

"그댐은, 내 큰딸년인데……"

하고, 언제 끝날지 모르는 이야기를 또 계속하는 것이었다…….

음우淫雨

무슨 꿈인지 한참 어수선하게 꾸고 있는 판이었는데, 꿈속에 비
오는 소리가 요란히 들어오고, 뒤따라 어린아이 울음소리가 또
시끄럽게 들리어, 나는 어느 틈에 내 아이가 잠을 깨어 그처럼 우
는 줄만 여기고, 나도 그만 잠이 깨어 윗목 편을 돌아보니, 우리
일영(一英)이는 제자리에서 십 리만큼 멀리 맨방바닥에 가 굴러
떨어져 있기는 하여도, 그저 쌔근쌔근 잠만 잘 자고 있었고, 우는
아이는 동네서 울기로 이름난, 자근뭣이라나, 언덕 위 토막[土幕]
에서 사는 인부의 끝의 놈이었는데, 정작 비는 역시 우리 집에도
한결같이 퍼붓고 있었다.

'온, 도대체 무슨 놈의 비가……'
하고, 나는 그러지 않아도 가뜩이나 자고 난 입속의 쓴 침을 좀더
쓰게 삼키며, 그때그때 마음속에 이른 감정의 토막을, 그 즉시 마
음속에서 한 토막의 글로 표현하여보는 것은, 이미 나의 중학 시

대부터의 오랜 버릇으로, 이때도, 곧,

　'—그러나 비도 그처럼 연일 줄기차게 오고 보니, 그는 이제
는……'

하고 '나'를 '그'라고까지 고치어, 화를 낼 생각도 없어졌다는 뜻
을 달리 좀더 적절하게 표현할 도리는 없을까 하고, 그러한 것을
잠깐 궁리하여보았던 것이나, 문득 건넌방에서 아내가 몇 번인가
혀를 차며, 대야에다 물초'가 된 걸레를 쥐어짜는 소리를 듣고는,

　'온, 그래, 이놈의 비가……'

하고, 역시 저주하는 생각을 금할 도리가 없었다.

　참말이지 그것도 하루 이틀일세 말이지, 똑 오늘까지 스무아흐
레째 내리는 비가 언제, 잠깐 실비가 되어 가만히 뿌리는 법도 없
이, 그 세찬 품이 꼭 한결같았다. ……

　이 장마가 시작되자 이튿날 밤에 안방 쌍창 미닫이 위의 반자가
새기 시작하였다. 나는 눈살을 잠깐 찌푸리고, 아내는 혀를 몇 번
인가 차고, 사기대야를 갖다가 떨어지는 물을 받았다. 다시 사흘
째 되는 날 낮에는 다락 앞턱 반자에 철썩하고 흙 떨어지는 소리
가 나더니, 곧 물을 먹기 시작하여 언저리가 자꾸 넓어지며 두어
시간 뒤에는 마침내 펑 하고, 반자가 뚫어져도 바로 크게 뚫어졌
다. 우리는 다시 혀를 차고, 눈살을 찌푸리고 이곳에다가는 생철
대야를 갖다 놓았다. 그리고 그날 밤은 식구가 모두 사랑에서 자
기로 되었는데, 밤중에 아내가 흔들어 깨우기에 눈을 떠보니까,
안전하리라 믿었던 이 방도 결코 안전한 곳은 아니어서 반침 앞

턱 반자가 사발 둘레만 하게 물을 먹고 있었다. 결국은 뚫어지고야 말 것을 만약 그대로 두어두면 언저리만 더 넓어질 것이라, 아주 지레 구멍을 터놓자는 아내의 말이 근리[近理]하여, 부채 자루로 한복판을 푹 찌르니까, 미처 팔을 비킬 사이도 없이 한 종지는 실하게 고였던 물이 나의 소매 속으로 떨어졌다.

"빌어먹을!" 소리가 제풀에 입에서 새어나오는 것을 나로서도 어찌하지 못하며, 양자기 대접이라도 하나 갖다가 빗물을 받으리라고 하고 부엌으로 들어가려다가 안방에는 또 새로 새는 데나 없나, 그것이 문득 궁금하여 방부터 들어가보니, 새로 새는 곳은 없었으나 이왕 새던 다락 앞턱이 좀더 범위가 넓어져서, 예서 제서 멋대로 떨어지는 물이 그까짓 생철대야 하나쯤으로는 어림도 없어, 대야를 중심으로 그 일대가 그대로 물 천지다.

"빌어먹을!" 소리를 또 한 번 중얼거리며, 나는 다락으로 올라가 어둔 속에서 한참을 더듬어, 가까스로 방자대야를 찾아 들고 내려왔다. 그러나 그것으로도 역시 부족하여, 나는 세번째 "빌어먹을!" 소리를 하고, 다시 다시 다락에서 어린것들 목욕에 소용인 큰 사기대야를 끌어내렸다. 그리고 나는 비로소 생철대야를 들고 사랑으로 내려갔던 것이나, 아내는 그때까지 자지 않고 기다리고 있다가,

"어디가 또 새요? 다락엔 왜 들어갔었어요?"

묻고 나서, 문득 생각난 듯이,

"참, 불 끄구 내려왔우?"

하고, 미간을 약간 찡그린다. 나는 심사가 좋지 못하여 잠깐 밤을

물고 앉았다가,

"당신 좀 가서 끄구료."

별로 언성을 높인 것도 아니었는데, 공교롭게 일영이가 잠이 설
깨어 갑자기 울었다. 나는 좀더 심사가 좋지 못하여, 어린것 입에
다 젖꼭지를 물리는 아내의 팔을 잠깐 곁눈으로 보다가 혀를 차
고 일어났다.

"아주 건넌방²두 좀 보시죠."

나는 대답을 않고 다시 안으로 들어갔다. 그리고 안방 불만 끄
고 도로 내려가려다가 그래도 그렇지가 않아, 건넌방 미닫이를
열고 불을 잠깐 켜보았던 것이나, 이번에는 하 기가 막혀 "빌어먹
을!" 소리도 안 나왔다. 다섯 시간 전에 우리가 사랑으로 자러 내
려갈 때까지도 아무렇지 않던 건넌방이, 이것은 참말 뜻밖의 일
로, 명색이 서재랍시고 책장 둘을 나란히 붙여서 세워놓은 바람
벽 위를, 도리에서 직밑까지 그대로 빗물은 줄줄이 흘러내리고
있었다. 이름이 책장이지, 그냥 대여섯 층 선반이 놓였을 뿐으로
뒤는 그대로 터진 터이라, 무어 책 몇 권 뽑아서 새삼스러이 볼
것도 없는 노릇이었다.

'에이 모르겠다……'

나는 미닫이를 탁 닫아버리고, 그 즉시, 참 불을 또 켠 채로 두
었고나, 깨달았으나 그냥 사랑으로 내려와버렸다.

아내는 그사이에 어린것을 재워놓고, 자기는 그대로 뜬눈으로
나를 기다리고 있었다. 그리고 나의 심사가 매우 좋지 않은 얼굴
을 보고 그는 얼마 동안 망설거리다가, 한껏 조심스러운 어조로

"건넌방은 괜찮아요?"

하고, 물었다. 그러나 그렇게 조심스레 물어도 종시 대답이 없는 것으로 미루어, 그는 필연코 사태가 심상치 않은 듯이 추측되었던 게지, 다시 얼마 동안 망설거리다가 마침내 그는 자리에서 일어나, 치마를 두르고는 안으로 들어갔다. 그리고 건넌방 미닫이를 여는 소리가 나자, 뒤미처,

"아이, 이걸 으떡해애?"

하고, 아내가 혼자 짜증 내는 소리가 들렸다. 나는 또 혀를 차고, 자리 위에 가 앉은 채 담배를 한 개 피워 물었다.

"아이, 이걸 으떡해애?"

말은 먼젓번이나 똑같았으나, 이번에는 나더러 들으라는 눈치였다. 그러나 잠깐 기다려도 아무 대답이 없으니까, 그는 가뜩이나 빗소리에 엇갈리어 알아들을 수 없는 말을 몇 마디 중얼거리는 모양이더니, 조금 있다 쾅 하고 마룻장 울리는 소리가 난다. 책장을 옮기려고 책부터 마루에다 내다놓는 것이 분명하여

'이왕 버린 걸, 날이나 밝건 하지 않구······'

무어 내가 거들어주기가 싫대서가 아니라, 이렇게 아닌 밤중에 수선을 떨 것도 없지 않으냐고, 담배만 뻐억뻑 빨고 있으려니까, 쾅 소리가 두 번이 더 나고, 세번째 가서,

"좀 올러와요."

하고, 마침내 아내의 새된 소리가 나를 불렀다. 왜 그래?——하고, 소리를 한번 지르려다가 자는 어린것들이 놀랄까 보아, 잠자코 있는데, 문득 문간방에서 할멈이 콜록콜록 기침하는 소리가

들렸다.

"아, 올러와서 이것 좀 윙겨놔요!"

아내의 새된 소리가 또 한 번 들렸다. 나는 역시 그 말에는 대답 없이, 잠깐 문간방의 기척을 살피다가, 마침내,

"할머엄!"

하고, 불렀다. 기다려도 대답이 없었으나, 나는 상관 않고 다시 한 번 불렀다.

"할머엄!"

역시 대답은 안 들리고, 대신에 아내가

"아이 깨요! 왜 자는 사람은 불루?"

하고, 톡 쏘는 소리가 들렸다.

그러나 나는 할멈이 자지 않고 있을 것을 꽉 믿고 있었다. 바로 조금 전에 기침 소리를 들었던 까닭만이 아니다. 잠귀가 밝다는 것은 그의 평소의 자랑이었다. 제 자랑을 하는 데 미쳐서, 우리 내외처럼 잠귀 질긴 사람은 없을 것이라고 때때 비웃기조차 하고,

"우리는, 참, 잠귀 하난 밝죠. 아무리 곤허게 자다가두, 무슨 소리만 한번 나면 벌떡 일어나니까요."

으레 하는 소리가 그 소리다. 그사이 내가 두 차례를 안으로 드나들고, 아내가 또 들어가고, 대청에 쾅 소리가 서너 차례나 났으니 잠귀 질기다는 우리도 그만하면 잠이 깼을 것이다. 그러나 시키지 않는 일, 구태여 자원해서까지 할 까닭 없다고, 돌아누워 다시 잠을 청한다면 그도 그만이다. 하지만 내가 두 차례씩 불러도

모른 체하는 데는 은근히 괘씸한 생각이 들밖에 없어서, 나는 둘
쨋번 것보다도 훨씬 더 큰 소리로,

"할머엄!"

하고, 불렀다. 그리고 제 소리에 놀라 일영이 편을 보려니까, 어
인 까닭인지 그 애는 몸을 슬쩍 뒤칠 뿐으로 그치고, 내 옆의 설
영(雪英)이가 언제 자더냐 싶은 눈을 똥그랗게 뜨고 나를 치어다
보며,

"아빠아!"

한다. 그래도 네가 대답이 없느냐 하고 잠깐 숨조차 험악하게 쉬
어보려니까, 바로 금방 잠이나 깬 사람인 듯싶게 졸린 목소리로

"네에?"

하고 할멈의 대답이 들려왔다.

"아빠아!"

설영이는 한 팔을 내 무릎 위에 얹고 다시 불렀다. 나의 험악한
표정이 어린 마음에 송구스러운 모양이다. 나는 어린것의 머리를
쓰다듬어주며, 본의는 아니었으나, 약간 부드러운 음성으로,

"건넌방에 좀 가보오!"

하고, 문간방을 향하여 이른 다음, 그제야 자리에 누워

"어서 더 자거라. 지금 밤중이야."

팔베개하여 설영이를 다시 재우며, 나도 잠을 청하였던 것이나,
완전히 잠이 들기 전에,

"이걸 글쎄 으쩌우? 그냥 반자가 새서 낙수가 떨어지는 것두 아
니구……, 이러다 벽이나 두려빠지면³ 으째?"

"아이, 설마 벽이야 두려빠지겠소마는, 당장 곤란이죠."

"할멈 방은 안 새나?"

"안 새는 게 뭐유? 윗목 저편 구석에서 낙수만 잘 떨어지는데……"

"그래 으떡했어?"

"자다가 일어나 우선 양철통을 갖다가 놨죠."

"많이 새?"

"그리 대단친 않지만……"

"그러니 안 새는 방이 없구면."

"왜, 사랑두 새우?"

"사랑두 반침 앞이 새애."

"그럼, 찬방 하나만 안 새는 셈인가요?"

"그것두 누가 알어? 보질 않았으니……"

"내 좀 보구 오까요?"

"아이, 책장이나 다아 옮기구 봅시다. 온, 어떤 녀석이 기왈 이따위루 예놔서 이 고생이야?……"

연해 마루로 책을 나르며 아내와 할멈의 주고받는 소리가 들려와서, 나는 그날 새벽에 기와쟁이와 청부업자를 섬돌 아래에다가 꿇려놓고, 할멈을 시켜서 볼기를 치는 꿈을 꾸었다. 이 봉건적인 사상은 근래 내가 되풀이 읽은 『임꺽정(林巨正)』에 말미암은 것인지도 모를 일이다.

　그러나 나는, 사실, 그럴 수가 있다 치더라도 청부업자와 기와

380

쟁이를 불러다가 볼기쯤 때리는 것으로는 시원치 않도록, 그토록이나 그들을 원망하고 미워하는 마음을, 제 스스로 어찌할 수 없었다.

찬방까지 쳐서 방 다섯이 아니 새는 방이 없는데 그것도 그냥 새기만 하는 것이라면 날이나 든 다음에 기와나 말짱하게 고르고, 뚫어졌던 반자나 좀 때고 보면 뒤가 감쪽같을 수도 있겠는데, 건넌방처럼 바람벽 전체로 그처럼 물이 흐르는 것은, 갠 뒤에 고칠 걱정도 걱정이려니와, 당장 신통한 대책이 없는 것이 딱하였다. 우리는 하는 수 없이, 걸레, 발걸레, 헌 수건까지 몰아다가 직밑을 주욱 일자로 눌러놓고, 그저 이십 분만큼씩, 삼십 분만큼씩, 문득 생각나 나면 들어가서, 그사이 함빡 물을 먹은 걸레를 대야에다 쥐어짜고 쥐어짜고 하였다.

아내는 몇 번인가 나더러 밖에 나가 지붕 위를 살펴보라고 말하였다. 그러나 나는 쉽사리 그의 말을 좇으려고는 하지 않았다. 날이나 든 뒤라면 또 모를 일이었다. 당장 비가 이처럼 억수같이 퍼붓는데 우산을 버티고 집 뒤로 돌아다니며, 옳아, 저어기 수키와가 한 장 벗겨졌느니, 옳아 조오기 암키와가 두 장 깨어졌느니 하고 혼자 고개를 끄덕거려본댔자, 당장 우중에 어찌할 도리도 없는 터에, 남의 눈에는 흡사 얼뜬 놈같이밖에 안 보일 것이다. 설혹 아무도 보는 사람이 없다손 치더라도, 혼자 좀더 답답할 것은 정한 이치라, 그래 나는 방 속에만 들어앉아 있었는데, 새는 것도 새는 나름이지, 글쎄 바람벽을 통히 덮어가지고 그처럼 빗물이 줄줄이 내리는 까닭은 도무지가 알 길이 없는 노릇이라, 그래, 장마가 시작된 지 닷새 되는 날 아침, 나는 마침내 세수도 안 한 채 우산을 받고 집 뒤로 돌아가보았다. 그리고 나는 그 즉시 아연하지 않을 수 없었다. 무어 기와가 한두 장 깨어졌다거나, 벗겨졌다거나, 혹은 물러앉았다거나 하는 그런 것이 아니었다. 대체 어찌된 노릇인지 건넌방 바람벽 위를 쭈욱 일자로 덮어 내려온 용마루 전체가, 어처구니없이도 그냥 좌우로 쓰러져, 그 대부분은 아무짝에 쓸데없는 파편으로 변하여 언덕 위로 올라가는 길 위에가 떨어져 있었다.

나는 곧 집으로 들어와, 마루 위에 가 단정히 앉은 다음, 부엌에서 마침 찌개를 마련하고 있는 할멈에게 명하여, 조반은 좀 늦게 먹게 되더라도 상관치 않으니, 곧 가서 청부업자를 불러오라고 하였다.

그야 물론 사람이 하는 일이라 도저히 완전이라는 것을 기약할 수는 없을지도 모른다. 더욱이 기와 잇기란 여간 어려운 것이 아니라는 말도 전에 들은 법하다. 하지만 이것은 도무지 말이 아니다. 용마루 전체가 그처럼 허무하게 나가떨어져, 바람벽 전체로 온통 빗물이 내리흐른다는 것은, 아무리 일을 날렸다손 치더라도 분수가 있는 것이 아니겠느냐. 오거든 한번 톡톡히 따져봐야 할 일이다.

내가 마루에 걸린 시계를 치어다보며, 이자가 거의 올 시각이 되지 않았나, 하고 생각하려니까, 이웃집에 개 짖는 소리가 요란히 나며, 언덕길을 누가 내려오는 모양이다. 나는 자세를 좀더 정중하게 가지며, 엊그제 아침의 꿈을 생각해내고, 그 가증한 청부업자가 문 앞에 나타나는 길로, 들보가 쩡쩡 울리는 큰 소리로, 저눔 잡아다 꿇려라 하고 호령을 한번 내리면 얼마나 통쾌할까 하고, 그러한 난데없는 생각을 하여보았던 것이나, 정작 대문으로 들어온 것은 할멈 하나로, 가보니까 청부업자는 벌써 어디 나가고 집에 없더라 한다.

"그럼, 이따래두 들어오거든 곧 오래야지, 그냥 오면 으떡허는 거야?"

"그렇게 일르구 왔에요."

나는 쓰디쓴 침을 한 덩어리 삼키고, 주위를 까닭없이 한번 둘러보았다. 방들이 새어 제각기 저 있을 곳을 잃은 세간은, 제자리 아닌 곳에 가 아무리 바로 놓으려도 바로 놓일 수 없는 것이었다. 우리 집에 있어, 사방 열두 자의 이 대청은, 특히 나의 마음에 드는 처소로서, 나는 애초에 이곳에다는 조고만 탁자 하나 놓으려고도 안 하였다. 아내는 너무 쓸쓸스러워 보여 멋없다고 말하였어도, 나는 오히려 시원스러움을 취하여, 그곳에다 깨끗한 돗자리나 하나 펴놓고 누웠다, 앉았다, 한여름 서늘하게 지내어볼까 하였던 것인데, 이제 그것은 부질없는 한 마당의 꿈이었다. 유독이 사간마루⁴ 하나만 새지 않는다 하여, 본래 다른 방의 세간이었던 책장이며, 책상이며, 머릿장이며, 축음기며, 이러한 것들이 이 구석, 저 구석에, 아무렇게나 놓이고, 또 유리창 분합 바로 안에는, 나의 구두며, 아내의 고무신이며, 아이들의 운동화와 같은 것이, 비록 아내는 가지런히 놓느라고 하였던 것이지만, 본래 제자리가 아닌 곳에 진열된 그것들은 오직 좀더 어수선하고, 보기 흉

할 뿐이었다.

나는 문득, 저것들을 지금 당장에, 말끔 눈에 띄지 않을 곳으로 치워버리라 소리치고 싶은 충동을 느꼈다. 그러면서도 나는 그것을 가까스로 억제하였다. 치워버린대야 방마다 비가 새는 현상으로는, 이제 남은 곳이란 오직 광밖에는 없었고, 광이란 물론 그러한 것들을 수용할 곳이 아니었다.

그러자 나는, 문득, 나의 큰딸 설영이가 방구석에서, 무어 먹을 것을 좀더 달라고 저의 어머니를 조르고 있는 것을 발견하였다. 그리고 나는 그사이, 내가 아이들 교육에 대하여 등한하였거나, 그렇지 않으면 그 방침이 그릇되었거나 하였음에 틀림없다는 것을 깊이 깨달았다. 아이들이란 너무 귀여워할 것도 아니었고, 버릇없이 기를 것도 아니었다. 이제부터는 때때로 꾸지람을 하리라—나는 그렇게 작정을 하고, 내 자신으로도 좀 지나치게 컸다고 나중에 뉘우친, 그처럼이나 엄청나게 큰 소리를 버럭 질렀다.

"새벽에 빵 한 개 먹었으면 그만이지, 뭘 또 달라구 졸르니?"

말이 채 떨어지기도 전에 나의 큰딸은 잠깐 입을 삐쭉거려볼 사이도 없이 울음보를 터뜨렸다. 큰아이가 울자, 작은아이도 곧 따라 울었다. 소영(小英)이는 무엇이든 저의 형이 하는 대로다.

내가 잠깐 우울하게 입맛만 다시고 있을 때, 마침 머리를 빗고 있었던 듯싶은 아내의 중얼거리는 소리가 들렸다.

"왜, 괜애니, 애한테 화를 내구 그러우?"

그러나 나는 이미 그보다 먼저, 내가 아이를 꾸짖은 동기에는 불순한 분자가 섞이어 있었다고 스스로 깨닫고, 성현의 '노여움

384

을 옮기지 않는다'는 말씀을 새삼스레 기억에서 찾아내어, 은근히 뉘우치고 있었던 터이라, 그러한 아내의 책망은 다른 어느 경우보다도 나의 마음을 불쾌하게 하여주는 것이었다.

그래 나는 참지 못하고,

"왜, 시끄럽게 이래?"

하고, 아내를 향하여 한마디 소리쳤던 것이나, 다시 돌이켜 생각하여볼 때, 이 경우에 아내를 꾸짖을 적당한 이유가 내게는 없었다.

그러나 그 즉시, 나는 다시 이번에는 잘되었든 못되었든, 한번 화를 냈으면 낸 것이지, 무어 그까짓 것을 가지고 나는 이루 반성을 하고, 어쩌고, 오직 나의 마음만을 스스로 괴롭히는 것일까?—도무지가 내 인물의 변변치 못한 소이라고, 문득 그러한 내 자신에 걷잡을 길 없이 화가 치밀어, 이날 아침, 나는 반주를 다른 때의 몇 곱절 더 하고, 마침내 밥은 한 술도 안 뜬 채 상을 물렸다⋯⋯

청부업자가 찾아온 것은, 이날 밤 늦어서다. 나는 그가, 다시 또 부르러라도 가기 전에는 결코 오지 않을 것같이 생각하고 있었던 까닭에, 그가 그처럼 갑자기 나타났을 때, 나는 그를 대하여 당당히 논의할 수 있도록 충분한 정신적 준비가 없었다고 할밖에 없다. 더욱이 내게 있어 불리하였던 것은, 그때 마침, 나는 마루에가 똑바로 드러누워, 일영이를 나의 배 위에다 올려 앉혀놓고, 이제 겨우 돌 바라보는 갓난애는 결코 말을 할 줄도 들을 줄도 모를

것임에 불구하고, 나는 내 마음대로 나의 어린 아들이 이미 한 개의 소학생이나 되는 듯싶게,

"너, 숙제 다 했니? ──응."

"응이 뭐냐? 네에, 해야지. ──네에."

"그럼 얼른 자거라. 낼 또 일즉 일어나서 학교 가야 안 허니? ──낼은 공일인데 무슨 학교를 가아?"

이러한 종류의 일문일답을 나 혼자서 시험하고 있었던 것인데, 우리가 그러고 있는 대청에서 바로 빤히 바라보이는 중문과 대문은 이때 모두 활짝 열려 있었으므로, 나는 뜻밖에 우리 집 문전에 나타난 청부업자에게 여지없이 이러한 현장을 발각당하고야 말았고, 그러한 현장을 발각당한 직후에도 능히 투쟁적이기는, 나처럼 마음이 약한 사람 아니라도 좀 어려웠을 것이다.

솔직하게 말하자면, 나는 좀 당황하여하였다.

"아, 우중에 이렇게 오시래서……"

"원, 천만에…… 오늘 문안엘 좀 볼일이 있어서 그래 늦었습니다."

"저어, 사랑으루 좀 들어오시죠."

나는 댓돌 아래다 그를 꿇려놓고 매를 치려던 것도 잊고, 도리어 점잖은 손님이나 되는 듯싶게 그를 사랑으로 청하여 들였다.

"아, 저기가 새는구면요."

그는 반침 앞의 반자 뚫어진 곳과 그 밑에 놓여 있는 물 받는 그릇을 보자 제 편에서 먼저 말하였다.

"네. 내, 이렇게 우중에 오시란 것두 다름이 아니라……"

나는 이러한 경우에 공연히 조급하게 굴어서는 불리할 것을 생각하고, 점잖게 이야기를 내놓으려 하였던 것이나, 그는 내 말을 끝까지 들으려고도 안 하였다.

"네, 다아 알구 왔습니다. 아, 지붕이 새서 을마나 고생되십니까?"

"글쎄, 새두 어디 이만저만해야……"

"네에, 압니다. 많이 샜을 겝니다. 어디, 이번 장마에 안 샌 집 있습니까? 다아 샜으니까요."

"글쎄, 새는 것두……"

"몇십 년 동안 안 샜다는 집두 이번 비에는 다아 샜으니까요. 비가 조옴 많이 왔습니까?"

"아아니, 글쎄 새는 것두 분수가 있죠. 이건 그저 방마다 안 새는 방이 없구…… 안에 잠깐 같이 들어가보실까?"

"아아니, 뭐, 보지 않어두 다아 압니다. 다아들 샜는데 선생 댁이라구 안 샜겠습니까?"

"그럼, 새는 건 헐 수 없다 치구서, 지금 아주 큰 문제가 건넌방인데……"

"건넌방이 그중 많이 새죠?"

"새는 게 아니죠. 그냥 두려빠지다시피 돼가지구, 바람벽으루 왼통 주울줄 빗물이 흘러내리니까……"

"그럴 겝니다. 내, 아까 밖에서 살펴봤는데, 그쪽 용마루가 헤졌더군요. 그러니 안 그렇겠습니까?"

"대체 어떻게 기와쟁이가 조화를 부렸게 용마루가 그 꼴이 되나요?"

"조화를 부렸다니…… 원, 선생두, 하, 하, 하……"

"그, 웃을 일이 아니죠. 아무리 일을 허술히 했다 치더래
두……"

"일은 허술히 안 했습니다. 누가 허술히 허게 가만두나요?"

"그럼 원래가 서투른 기와쟁인 게로군."

"결코 그렇지 않죠. 일 참 얌전히 잘허죠. ……헌데, 그게 그렇
죠. 선생 댁 기와 잇구 나서, 언제 비 한번 왔습니까? 내리 가물지
않었습니까? 그러니, 기왓장 밑의 흙이 바짝 마를 대루 다아 말랐
죠. 그게 비가 좀 이따금씩 솔솔 뿌려줘야만 되는 걸 내리 가물어
서 흙은 흙대루 바짝 마르구 기와는 기와대루 떠서, 그래 이번 억
수장마에 용마루가 그 모양이 된 게죠. 그렇게 새루 집 짓고 들
면, 장마 한 번 겪구 기와 다시 고르는 법 아닙니까? 인제 선생 댁
두 비 끄친 댐에 한 번만 기와 고르면 그 뒤는 아무 걱정 없지요.
하여튼 비나 좀 끄쳐야겠습니다. 날이나 들어야 어떻게 안 해보
겠습니까?"

그리고 그는 갑자기 몸을 일으켰다.

"그럼, 실례합니다. 밤에 또 누구 찾어온단 사람이 있어
서……"

"그런데, 참, 기와는 나중에 고른다 치구…… 벽을 으떡허나
요?"

"벽을 으떡허다니요?"

"건넌방 벽이 벌써 시꺼멓게 썩어가지구 냄새가 당해내는 수가

없으니, 그건 천생 모두 뜯어버리구 왼통 새벽칠 다시 허구 그래
야만······."

"아아닙니다. 그럭허면, 선생 손해만 더 보시죠. 뜯긴 왜 뜯나
요? 날이 번쩍 든 댐에, 벽이 바짝 마르거든 비를 가지구 곰팽이
슨 것을 말짱허게 쓸어내거든요. 그러구 나서 종이 한 겹만 살짝
발러놓으면 감쪽겉죠. 뜯다니 말이 되나요? 선생, 손해죠. 손햅니
다. ······그럼, 안녕히 주뭅쇼, 난, 곧 가봐야만······."

청부업자를 보낸 뒤, 내가 혼자서 또 심사가 좋지 못해 담배만
태우고 앉았으려니까, 아이 셋을 다 재우고 난 아내가 내게로 나
왔다.

"갔에요?"

"응."

"그래, 지붕 고쳐준대요?"

"······."

"지가 감독 잘못해서 그런 게니 지가 고쳐놔야 옳지."

"듣기 싫여. 집이 다 되기 전일세 말이지. 손 띠구, 끝전⁵ 받구,
그 뒤의 일을 누가 안답디까?"

"아아니, 그래두 말은 한번 해볼 일이지."

"되지 않을 것 말은 해 뭘 해?"

"그럼, 청부업잔 뭣 허러 부르셨수?"

"······."

"온, 승겁기두 허우. 따진다더니, 보니까, 말 한마디 변변히 못
허데. 괘애니 집안에서만 기승을 부리구······, 정작 남허구 따져

야 헐 경우엔 말 한마디 뭇허구……"

나는 아내의 늘어놓는 말이 모두 사실이었기 때문에, 정당히 반박을 못하였고, 정당히 반박을 못하였기 때문에 좀더 우울하였다.

"자아, 남편 타박은 그만 허구, 남었거든, 소주나 한잔 데주."

"술은 퍽두 찾는군. 무슨 흥이 나서 술은 또 자시겠다우?"

"흥은 무슨 흥이야? 내가 언제 흥이 나서 술 먹읍디까?"

그것은 이미 나에게 있어서는 한 개의 슬픈 버릇으로 굳어버리었거니와, 나는 무시로 술을 탐내었다. 흥이야 일거나 말거나, 시름이야 있거나 없거나, 벗이야 찾든 말든, 안주 마련이야 되었든 안 되었든, 나는 무시로, 참말 무시로 술을 탐내었다.

언젠가 나의 누이는,

"오빠는 아마 술에 인이 백이셨나 봐아. 안 그러우, 언니이."

하고, 내 아내의 동의를 구하였고 내 아내는 떠름한 얼굴로,

"그러게 걱정이죠."

하고 나를 곁눈질하여 본 일이 있거니와, '인이 박였다'는 그 말이 나의 귀에는 몹시 거슬렸어도, 그래도 역시 나는 스스로 그 말을 수긍하지 않을 수 없었다. 나는 집에 들어앉아 글 한 가지 쓰는밖에는 늘 몸이 한가로웠고 술값 마련이 있는 동안은 하루 세 때 끼니에 반주를 거의 거른 일이 없었다.

내가 이곳 돈암정에다 집을 짓고, 문안서 반이(搬移)⁶하여 온 것이 유월 초순——, 나오자 한 이레도 못 되어 우리는 이미 단골

술집을 하나 만들어놓았다. 할멈은, 때때로, 그것이 무슨 자랑이나 되는 듯싶게 술집에도 술이 귀하여 이제는 저의 집으로 먹으러 오는 손님 외에는 팔기를 좋아 않는데, 자기만은 얼굴이 익어서 두말 않고 내준다 하지만, 그가 그렇게 하여 용하게 구하여 온 한 되의 소주는, 내가 가장 규모 있이 별러서 먹더라도 이틀을 못 넘기었다. 나는 언젠가, 한 병 술을 이틀에 별러 먹을 수 있다 하고, 한 달에 몇 병의 술이 필요한가 계산하여보았더니, 그것은 일부러 계산하여볼 것도 없이 열다섯 병으로, 정확하기를 기약하여 필산까지 하여본 결과, 그것은 일 개월 삼십칠 원 오십 전의 부담이었다.

이것은 두주(斗酒)를 불사(不辭)한다는, 이른바 주호들에게 있어서는 겨우 한때의 흥을 돕기에 족하다 할 수량이었어도, 가난한 선비에게는 확실히 신중한 고려를 필요로 하는 금액이었다. 나는 그 사실을 새삼스레 마음에 놀라하며, 이제부터 술을 삼가고 창작에 정진하리라 마음먹어보았다. 참말이지 내가 창작을 게을리 한 지도 어언간 일 년이 가까워온다.

나의 아내는, 술 시중과 같은 것 말고는, 대개의 노동을 나를 위하여 싫다 않고 하여주는 것이었으나, 그중에도 나의 책상을 정돈하는 따위의 것에는 진심으로 성의와 열정을 가졌다. 이 땅에서는 글만을 써가지고는 살림이 기름질 수 없었으나, 아내는 이미, 나에게는 글을 쓰는밖에 아무 다른 재주가 없는 것을 잘 알았고, 그렇기 때문에 내가 글을 쓰고 있는 동안은, 그는 모든 슬픔이나 괴로움을 잊고 있는 듯싶었고, 또 잊으려 노력하는 듯싶었다. 아니 한 걸음 더 나아가서는 그는, 자기가 이 땅의 한 개 예술가의 아내인 이상, 가난과 굳게 인연이 매여진 것에는 오직 애달픈 단념을 갖고, 다만 자기의 변변치 않은 남편이 비록 변변치는 않으나마, 그래도 문장도[7]에 정진하고 있는 것에 가엾은 행복을 느끼려 하는 듯이도 보였다. 그렇게 본 것은 단순한 나의 감상(感傷)에서이었을까? 그러나 감상이면 감상이래도 좋았다. 그 가엾은 기쁨이나마, 나는 오랫동안 아내에게 주어오지 못하였던 것이다.

날이 날마다 비는 줄기차게 쏟아지고, 방마다 반자가 새는 말 아닌 집 속에서, 문득, 양이 좀 과한 반주에 취기가 내 몸을 돌면, 나의 마음은 애달피도 아내와 어린것들을 생각하고, 한없이 외롭고 또 슬펐다. 가난한 나에게 시집왔기 때문에 아내도 똑같이 가난하였고, 가난한 이 집안에 태어났기 때문에 어린것들도 나면서부터 가난하였던 것이 아닌가? 그야 사람은 빵만으로 사는 것이 아니었고, 우리는 가난한 속에서도, 좀더 정신적인 것을 추구하여보아야만 마땅할 것이다. 그러나 내게 만일 약간의 재물이 있다면, 나는 그들을——내 아내와 내 어린것들을 좀더 행복되게 하여줄 방도를 구할 수 있을 듯싶어 마음이 늘 설레었다.

'——그의 아내는 그, 하나만을 믿고 의지하고 있었다……'

나는 곧잘, '나'를 '그'로 고치어, 마음속에서 나의 사상을 글로 표현하였다.

'——그러나, 그것은, 혹은, 순수한 사랑과 존경에서만 빚어진 사상이 아닐지도 모른다. 그들은 이미 일곱 해를 고락을 같이하였고, 고락을 같이하는 일곱 해 동안에, 그들의 사이에는 이미 세 어린 생명이 딸려 있어, 그래, 그의 아내는 이미 청춘이며 연애며…… 그러한 모든 것에 애달프게도 단념을 하고, 믿음성 없는 남편에게나마 그대로 장래를 의탁하려는 데서 나온 감정일지도 모른다……'

나는 내 마음속에서 펜을 멈추고

'참말 그럴지도 모른다……'

하고, 잠깐, 또 외로웠다. 그러나,

'──그것은 그도 막연하게나마 눈치 채고 있는 일이었다. 그러나 아내가 자기를 믿고, 의지하고 하는 것이, 전혀 그러한 불순한 동기에서 나왔다 하더라도, 그는 그의 아내를 부족하게 여긴다거나, 섭섭하게 안다거나 할 생각은 조곰도 없었다. 그의 아내는 이미 세 어린것의 어머니로, 그에게서 소녀의 순진과 정염을 구할 수는 없는 일이었다. 아내의 앞에는 오직 진지한 생활 문제만이 가로놓여 있을 뿐이다……'

나는 문득 눈을 뜨고 빗물이 새는 반자를 똑바로 치어다보았다. 그곳에는 두어 마리의 파리가 나래를 쉬고 앉아, 한참 단장하기에 골몰인 듯싶었다.

'허지만 아내만이 아니다. 나도 이미 청춘과 결별한 지 오래 아니냐? 그리고 지금 연애와 예술에 대하여, 아무런 열정도 자신도 가지고 있지는 못하다……'

나는 문득 그러한 것에 생각이 미치고, 스스로 당황하여하였으

나, 스스로 그것을 '아니다!' 할 용기도 자신도 상실하고 있었
다. 연애는 오히려 아무래도 좋았다. 일찍이, 나의 일생을 걸려
하였던 문학에, 나는 정열을 상실하고 있은 지가 오랜지도 모를
일이다.

언젠가 나는 관상을 보인 일이 있거니와, 당시의 관상론 속에는

胸臟造化

腦多空想'[8]

의 문구가 있었다. 나는 그가 용하게도 나의 타고나온 천분을 알
아낸 듯싶게 생각하고 스스로 만족하려 하였으나, 그것은 실로
가소로운 일이었다. 붓을 들어도 도무지 쓸 것이 없는 근래의 나
였다.

나는 오늘 낮에 다시 배달된, 원고 독촉의 속달 우편을 생각해
내고 마음이 초조하였다. 이 주일 전에 원고 부탁을 받을 때, 나
는, 내가 쓰려고만 들면, 앞으로 열흘 안에 무엇이고 하나 만들어
놓지 못하겠느냐 싶어, 선선히 그 청탁을 받아두었던 것이나, 그
것은 이제 와서 생각하니 역시 부질없는 노릇이었다……

'장마가 시작된 뒤 어언간 오늘이 스무아흐레……'
내가 자리에 누운 채, 담배를 한 대 피워 물고, 그러한 말을 입
에 되풀이하고 있을 때,
'깨셨어요?'
하고, 건넌방에서 물을 함빡 먹은 걸레를 쥐어짜고 있던 아내의
말소리가 들렸다.

"응!"

"그만 일어나세서, 세수하시구, 사랑에 좀 나가보세요."

"왜? 누가 왔어?"

"네에."

"누가?"

"글쎄 나가보세요."

"아아니, 누가 왔어?"

"글쎄 나가보시면 아실 거 아녜요?"

종시 알려줄 듯싶지 않은 아내에게, 나는 더 물어볼 것을 단념하고, 자리옷 바람으로 사랑에 나가보았다. 그러나 방 안에는 아무도 없었고, 사랑문은 걸린 대로이었다.

"아무두……"

하고 나는 안을 향하여 소리치다 말고, 저 모르게 눈을 둥그렇게 떴다. 건넌방에서 비를 피하여 마루로 나와 있던 나의 책상이, 어느 틈엔가, 본래, 그곳이 제자리인 듯싶게 방 한가운데 자리 잡고 있었다. 책상 위에는 원고지와 만년필, 담배합과 재떨이, 신자전(新字典)과 조선어사전(朝鮮語辭典) 따위의, 내가 글을 쓰는 때의 필요품이 각기 저 놓일 자리에 놓여 있었다.

나는 처음에 아내의 이 조고만 '장난'을 미소로 대하려 하였으나, 저도 모를 사이에 미소는 사라지고, 나는 근래에 없는 엄숙한 기분에 사로잡혔다. 아내가 나에게 원하는 것은, 혹은, 값 높은 예술 작품이 아니었는지도 모른다. 작품이야 되었든 안 되었든, 그가 지금 탐내고 있는 것은 약간의 고료이었을지도 모른다.

그러나 나는 이루 그러한 것을 캐어 알고 싶지 않았다. 아내는 내가 이 자리에 앉아 원고를 쓰기를 바라고, 나는 그의 원하는 바를 기꺼이 들어주고 싶었다.

'나는 이제 좋은 작품을 하나 쓰리라……'

나는 책상 앞에 가 앉아, 우선 새 담배에 불을 붙였다. 그리고 책상 서랍에서 뇌신지(賴信紙)를 한 장 꺼내어, 그 위에다가 단가(短歌)——?——를 한 수 지어 썼다.

ワレナガラアマリカ

ケヌニアキレタリフツ

カノユウヨネガ ヘヌ

モノカ クボ[9]

비는 언제 그칠지도 모르게 그저 한결같이 쏟아졌다. 그러나 그 빗소리도 이제는 이미 귀에 시끄럽지 않았다.

나는 곧 할멈에게, 잡지사에다 전보를 치고 오라 명하고, 근래 드물게 맛보는 엄숙한 분위기 속에 차차로이 잠겨 들어갔다.

재운 財運

"요새 우리가 재수가 없는 게, 그게, 모두 그 때문이지…… 정
녕코 그 탓이에요, 그 탓!"

툭하면 아내가, 그렇게, 반은 혼잣말같이 중얼거리면서도, 속으
로는 은근히 나의 동의를 구해오고, 구해오고 하였던 까닭에, 그
야 물론, 처음에는

"듣기 싫어!"

라느니,

"원, 그, 어리석은 수작 좀, 작작 허우!"

라느니 하고 일소에 부쳐버리려고도 하였던 것이나, 일이란 참으
로 공교로워서, 갈수록에 아내의 이른바 우리들의 '재수'라는 것
이 막혀, 나의 경륜하는 일은 하나도 여이하게 되는 것이 없었고,
그때마다, 아내는, 또, 오직 '그 탓' 하나만을 내세웠던 것이므로,
요즈막에 이르러서는 어느 틈엔가 나의 사상마저 제법 미신적인

경향을 띠게 되어, 그래, 아내의 하는 말에 대해서도, 전과 같이 어리석다고 비웃는다든, 듣기 싫다고, 물리친다든, 그렇게 듣지는 않고서,

"글쎄."

하고, 절반은, 그의 주장하는 바에 동의하는 태도를 취하게끔 되었다…….

나는, 본 일이 없으니까, 무엇을 어떻게 모셨는지 모를 일이었으나, 금년 들어, 우리 집 행랑 사람은 그들의 거처하는 방 모퉁이에다 무엇인지를 하나 모셔놓고, 그리고 행랑어멈은 밤마다 우물로 나가, 정화수를 떠다가 바치기 시작하였다 한다.

우리가 우리의 어린것들을 봐주게 하기 위하여, 작년 겨울부터 고용하고 있는 계집아이의 보고하는 바에 의하면, 그것은 솔가지를 한 아름이나 되게 묶고, 그 위에 짚을 덮어서 만든 물건으로 이것은 분명히 터주를 모신 것에 틀림없다고, 우리 집에 오기 전에, 잠깐 제 시골 이모 집에 가서 있었다는 이 계집아이는,

"시굴서들 모셔놓은 것하고, 똑같애요. 꼭, 한 모양이에요."

하고, 말하였던 것이나, 아이에게 배우지 않더라도, 벌써 같은 짐작이 있었던 듯싶은 아내는, 순간에, 지극히 불쾌한 표정을 짓고, 내가,

"그까짓 거, 뭣을 모시거나 모른 체허구 내버려두지, 뭘 그래?"

하고 대수롭지 않게 한마디 한 것에 대해,

"아이. 모르시건, 국으루 가만하나 계슈. 우리두 안 모셔놓은

터주를 행랑에 든 게 왜 모셔? 참, 별꼴을 다 보겠네."

하고, 아내는 자못 괘씸한 듯이 윗니로 아랫입술조차 깨물어보았
던 것이다.

이날 저녁 때, 어멈은 마루를 치우러 안으로 들어온 김에, 아내
를 보고 말하였다.

"그게, 터주 모신 게 아니에요. 제 집이나 지니고 있으면 모를
까, 남의집사는 사람이 터주가 무슨 터줍니까? 겨우내, 몸은 아프
구, 꿈자린 뒤숭숭허구, 그러길래, 그걸 하나 만들어놓고, 정성을
들여보자는 게죠. 그게 내 몸의 업을 받은 게지, 터주 모신 게 아
니에요."

저의 몸의 업을 받았다는 것이 무엇인지, 나는 전혀 까닭을 알
수 없는 노릇이었으나, 아내는 쉽사리 고개를 끄덕이고,

"그걸, 난, 그년이 밖에서 터주를 모셨다기에……"

"아녜요. 우린, 그런 거는 도무지 헐 줄 모릅니다. 입때껏, 그런
건 모르고 살아왔으니까요."

"아, 글쎄 말이야."

"또, 안다 허드래두 안에서두 모시지 않는 터주를 우리가 왜 모
시겠에요? 우린, 경우에 없는 일은 안 허니까요."

"글쎄 말이야. 그래두 그년이 시굴서들 해논 것허구, 아주 똑같
다구 그러기에……"

"그건, 그년이 잘못 보구 그러는 게죠. 터주 모시는 건, 그 속에
항아리가 들었죠. 보시면 아시겠지만, 우리 거엔 그건 없에요. 단
지, 내 몸의 업을 받은 게니까요."

그의 설명을 아내는, 당장은, 그럴 법하게 듣는 모양이었다. 그러나 어멈이 우리의 저녁 찬거리를 사러 밖으로 나가자, 아내는 즉시 계집아이에게 명하여, 그들이 행랑방 모퉁이에다 모셔놓았다는 것이, 그의 말마따나 과연 그 속에 항아리 같은 것을 품고 있지 않았나 어떤가를 자세히 조사해오게 하였다.

"네. 속에는, 참말, 아무것두 안 들었군요."

계집아이는 쭈루루 나갔다 들어오더니, 그렇게 아내에게 보고하였다.

그러면, 그것은, 사실 외람되이 그들이 모셔놓은 터주 같은 것이 아니라, 어멈의 몸의 업을 받았다나 어쨌다나 하는 것에 틀림이 없는 모양이다. 그러나 아내는 그래도 종시 마음에 께름칙한 생각을 금할 길이 없었던 듯싶어, 이튿날 아침, 조반을 치르고 나자, 분주하게 어디를 나갔다가 들어오더니,

"터주가 아니구, 제 몸의 업을 받은 거래두, 우리한테 해가 되면 됐지, 이〔利〕는 없다는구먼."

하고, 눈을 깜박깜박한다.

"누가?"

하고, 나는 한마디 물었던 것이나, 구태여 새삼스럽게 물어볼 것도 없는 일이었다. 그가 나의 장모와 함께 자주 다니는 전래집이 있다는 것쯤, 나는 오래전부터 눈치 채고 있었던 것이다.

"글쎄, 남의집사는 게, 그런 건 왜 해놔아?"

아내는 다시 중얼거렸으나, 혼잣말인 듯하기에 모른 체 내버려두었더니, 다음에는 바로 나에게로 향해,

"우리한테 정녕 해가 된다니 이걸 으떡허우?"

하고 눈을 똥그랗게 뜬다.

나는, 물론, 소위 고등교육을 받았다는 아내의 입에서, 그러한 종류의 말을 듣는 것이 유쾌하지는 않았다. 그래도, 남편 된 자는 언제고 그 아내에게 대해 너그러워야 할 것을 생각하고,

"그럼, 곧, 없애버리라지."

"한번 맨들어논 이상에는 없애두 소용이 없다는걸?"

"그럼, 헐 수 없으니, 그대루 둬두지."

태평으로 담배 연기만 내뿜고 있었던 것이나, 아내가,

"한 가지 방법이 있기는 있답디다."

하고, 나서, 잠깐 나의 기색을 살핀 뒤에,

"우리가 정작 터주를 모셔놓으면, 저의 걸 누를 수가 있다는데……"

하고 말하였을 때, 나는 이미 좀더 너그러울 수는 없었다.

"듣기 싫어! 원, 그, 무슨 어리석은 수작이야?"

아내는, 순간에 얼굴을 붉혔으나, 그래도 한마디 하였다.

"당신은, 똑, 그런 거라면 무턱대구 타박버텀 주려 들지. 알구 보면 그런 게 아니에요."

그리고, 그는 은근히 나의 눈치를 살피기에 골몰이었으나 아무리 살펴보아도 좀처럼 자기의 의견을 들어줄 듯싶지 않다고 알자, 그는 마침내, 터주를 모신다는 것은 단념할밖에 없다고 깨달은 모양이다.

얼마 있다가,

"어디, 그거 해놓구, 얼마나 잘되나, 좀 두구 봐야지."
하고, 아내는, 그러한 어리석은 소리를 입 밖에까지 내어서 한마디 중얼거렸던 것이다.

나는 그러한 나의 아내를 한편으로 가엾이도 생각하였으나, 또 한편으로는 밉게조차 느껴지는 것을 어찌할 수 없었다. 너무나 사람이 교활한 행랑어멈에게는, 그야 나도 호감을 가질 수는 없었으나 설혹, 그렇다 하더라도 이른바 윗사람이란 아랫사람에 대해 언제든 관대해야 할 것이요, 더구나, 어리석다고까지 할 만큼 지나치게 선량한 행랑아범에 대해, 나는 그의 행복을 빌지언정, 불행을 바랄 수는 없었던 것이다. 뿐만 아니라 남의 집 행랑살이 하는 신세가, 정성을 들여서, 그래, 잘되면 얼마나 잘되겠다고, 이루 그러한 것을 세우고 그러겠다는 말이냐?
물론, 아내는 항변하였다.
"단지 저이만 잘된다면 그만이지만, 저이 잘되는 대신에, 우리가 그만침 해를 입을 테니 걱정이지."
나는 잠깐 어이없어 그를 바라보았던 것이나, 그래도 모멸하고 싶은 것을 참고, 온순한 어조로 타일렀다.
"정말 그렇다 칩시다. 허드래두 그만 아니오? 우리 덕 좀 보라지. 상덕을 바라지, 하덕을 바라느냐라는 말두 있지 않소?"
그래도 아내는 말하였다.
"지들 줄 게 어딨어?"
"지들 줄 게?"

나는 가만히 되묻고, 스스로 입가에 떠오르는 쓴웃음을 금할 수
없었다.

　지들 줄 게 어딨어?―라는 말은, 아내가 전에도 몇 차례인가
그들에게 대해 사용한 말이다.

　가난한 탓도 물론 있었다. 그러나, 이를테면, 사람이 소갈머리
가 없고, 잇속에만 밝아, 집의 어멈은 곧잘, 우리들의 눈을 기어
서,[1] 된장, 고추장도 떠내었고, 숯이며 구공탄 같은 것도 집어다
썼다.

　돈으로 따져본다 하더라도, 사실 몇 푼어치가 안 된다.

　달라고 하였으면 좋은 것이다. 물론, 그는 때때로,

　"구공탄 한 덩어리만 가져갑니다."

라느니,

　"꼬치장 조금만 주세요."

라느니 하고, 공공연하게 달라기도 한다. 아내는 그것을 그리 탐
탁하게 생각하지는 않았으나, 그래도 과히 불쾌한 표정을 짓는
일 없이 번번이 주어왔다. 그렇건만, 그는 공공연하게 청구하기
보다는, 그 몇 곱절을, 꼭, 눈을 기어 훔치려 드는 것이었다.

　아내는 나나 한가지로, 남들과, 더욱이 행랑것과 시비하기를 좋
아하지 않았으므로, 그러한 것을 구태여 발기 잡아내려 들지는
않았으나, 속으로는 은근히 괘씸하게 생각하는 눈치였다.

　그렇기로 말하면,

　"상덕을 바라지, 하덕을 바라겠소?"

하고, 제법 관대한 듯싶게 꾸미는 나도, 내심으로는 아내나 일반

이었다.

곱슬머리와 옥니와는 말도 말랬다고 한다. 우리 집 어멈은 옥니
는 아니었으나, 머리는 변통수 없는 곱슬머리였다. 또 그 위에,
말이 많아서 된 말 안 된 말 가리지 않고 늘어놓으며, 특히, 툭하
면 한다는 소리가, 지금은 이 꼴이지만 예전에는 남부럽지 않게
잘살았노라 하는 수작이다.

우리가 행랑에 사람을 둔 것은 무슨 돈이나 많아서, 바로 호기
있게 살아보려고 한 노릇이 아니다. 우리 식구만이 쓰기에는 방
이 많았고, 더구나 행랑이란 주인의 사용할 처소가 아니어서, 그
래, 방 하나 거저 주고, 잔심부름이나 시켜먹자는 데서 나온 생각
이었다. 더구나 우리 동리는 수도와 약간 거리가 멀었다. 그래 모
두들 우물물을 길어다 먹지 않으면 안 되었던 것이므로, 단지 물
한 가지를 위해서도, 우리 식구들은 행랑아범의 수고가 필요하였
던 것이다.

까닭에, 비록 행랑에 사람을 두고 산다 하더라도, 그것은 우리
경우에 있어서는, 조금도, 생활의 여유라든 그러한 것을 표시하
는 것이 못 되었다. 그러한 우리에게다 대고, 전신이야 어떠한 것
이든, 현재는 우리 집의 행랑어멈에 지나지 않는 그가, 툭하면,
예전에 제가 잘살았다는 이야기를 하고 하고 그러는 것은, 그것
이 대체 정말이고 아니고를 물론하고, 전혀 객쩍은 수작이라 할
것으로, 그래 우리는 한편으로는 그를 가소롭게 또 한편으로는
불쾌하게 생각하지 않을 수 없었다.

이상의 몇 가지 점만 가지고 따져보더라도, 그가 남의 집 행랑

어멈으로, 얼마나 적당치 못한 인물이라는 것을 알 수 있는 것이지만, 일이나 잘한다면 더러 결점이 있더라도, 주인 된 사람은 모든 것을 그저 눌러보아주어야만 마땅할 것이다. 사실, 집안에 사람을 두는 것은, 그 주요한 목적이 일을 시키기 위한 때문인 까닭이다.

그러나 이 위인은 일을 하면 잘할 터임에도 불구하고, 매사에 꾀를 피우려고만 들었다. 나나, 나의 아내가, 좀 힘든 일을 시키려는 눈치만 채고 볼 말이면 그는 갑자기 급한 볼일도 생겼고, 또 몸살이니, 배탈이니 하고, 병도 잘 났다. 그리고 피하려다 피하려다 못하고, 세찬 빨래라든, 푸지²라든 그러한 것을 하고 난 그 이튿날은, 열에 아홉 번은 정말 병이 나서 앓았다.

그렇게 치고 보면 일에 꾀를 피우는 것도, 절반은 그 몸이 약하기 때문일지도 모를 일이었다. 그의 약한 체질을 위하여서라도, 예전에 남부럽지 않게 살던 그 팔자 그대로, 지금도 잘살고 볼 말이면, 제 신세는 물론이요, 우리 신세까지 편할지도 모른다. 일 좀 시켰다고 빈번히 앓는 것을 보고는, 우리들의 마음은 번번이 불안하였고 그리고 결국은 그지없이 불쾌하였던 것이다.

그러나, 체질이 남달리 약하기로 말하면, 어멈뿐이 아니라, 아범도 일반이었다. 집에서는 조석으로 서너 지게 물 긷기만을 요구하였고, 그 밤에는 더러 잔심부름을 시키는 것에 지나지 않으니까, 그의 이십사 시간 중에서는 고작, 한 시간이나 두 시간을 우리에게 빼앗기는 것에 지나지 않건만, 그는 그 나머지의 많은 시간을 별로 자기들의 생활을 위해 유효하게 이용하려 들지는 않왔다.

무슨, 기술을 체득하고 있는 터도 아니요, 그렇다고 무슨 밑천이 있어 장사를 할 수 있는 터도 아니니까, 결국은, 대부분의 행랑아범들이 그렇듯이, 막벌이꾼으로라도 나설밖에 없는 처지건만, 그는 될 수 있는 한도까지, 근육노동을 기피하려 드는 모양이었다.

역시, 어멈이나 마찬가지로, 그도 몸이 약하였다. 여자와는 달라서 그래도 남자랍시고, 저는 그러한 이야기를 제 입을 가지고는 말하지 않았지만, 정말인지 거짓말인지 그도 예전에는 남부럽지 않게 잘살았다고 어멈은 말한다. 혹, 모르는 사람은 마누라가 예전에 잘살았다니, 영감도 소싯적에는 고생 몰랐을 것이 당연하지 않겠느냐고, 그렇게 나를 핀잔줄지도 모를 일이다. 그러나 우리 집의 행랑 사람은 다 늦게 오직 고생을 같이할 따름이지, 초년의 낙은 각기 다른 배우자와 누렸던 것이다. 그렇게 서로 만나서 남의 집 행랑으로 굴러다니기는 오륙 년에 불과한 모양이요, 가만히 살펴보면, 눈치가 그전에는 혹 약물터에서 만나더라도, 전연 초면부지, 남의 집 영감이요, 남의 집 마누라였던 듯싶다.

그러나, 그것을, 처음에는 우리도 모르고 얼마를 지났다. 동리 집 아는 이의 소개로, 우리가 그들을 집에 들였을 때, 그들은 여남은 살 먹은 아들과 함께 그들의 얼마 안 되는 세간짐을 날랐다. 본래의 이름은 길성이라고 있는 모양이건만, 흔히 자기들끼리 그 애를 부르기는 막동이라고 하기에, 늙은 두 내외가 막냇자식 하나만 데리고 살고, 큰 자식들은 따로나서 사나?──할밖에 없는 노릇이었다.

  그러나 따로나서 사는 것은 사실이었으나, 아범이 하는 말과, 어멈이 하는 말은 서로 어긋나서, 갈피를 차릴 수가 없었다.

  "그래, 큰아들은 어디서 뭘 하고 둘째 아들은 어디서 뭘 하오?"

  새벽에 물을 긷고 난 아범에게 내가 물은 말에 대해, 그는,

  "강원도 철원에서 남의 집 머슴을 살고 있습죠. 둘째 아들놈은 만주 들어간 지 벌써 삼 년이나 되고요."

  정녕 그렇게 말하였건만, 저녁때, 요강을 가셔서 들고 방으로 들어온 어멈에게,

  "둘째 아들은 만주 들어가 있다지?"

하고, 아내가 말을 붙인 것에 대해 그는 얼토당토않게

  "아아뇨. 함경도 함흥에서 장사를 한답니다."

하고 대답을 해, 그만 어리둥절한 아내가 눈을 끔벅거리며,

  "오오, 그럼 큰아들이 만주 들어가 있소?"

하고, 다시 물으니까,

  "큰애요?"

하고, 저는 좀더 달리 눈을 끔벅거리더니, 아주 한숨 비슷한 것조차 토하고,

  "큰애는 열일곱에 죽었답니다."

한다.

  우리는 비로소, 아범의 말하는 큰아들 작은아들과, 어멈의 말하는 큰아들 작은아들이, 각기 배가 다르고, 씨가 다르다는 것을 눈치 챌 수 있었던 것이지만, 지금 데리고 사는 길성이라는 아이가,

그러면, 그들에게 있어서 유일한 공통된 자식인지, 또는 다른 자식들이나 한가지로 어느 한쪽의 자식임에 그치는 것인지, 그것을 알 도리는 없었다.

물론, 아범이나 어멈에게 한마디 물어보면 곧 알 수 있는 일이었다. 그러나, 그러한 것은, 뭐 구태여, 캐어물어서 알 필요도 없는 일이라, 그래, 묻지 않고 두어두었었는데, 그다음 날인가, 다음다음 날인가, 뜰 앞에서 나의 큰딸 설영(雪英)이와 놀며,

"애기, 이름 쓸 줄 알어? 난 내 이름 쓸 줄 알어."

하고, 어디서 났는지, 반 동강이가 난 헌 자막대기로, 한참을 걸려 땅바닥에다 괴발개발 그려놓은 것을 자세히 살펴보니,

──김길성(金吉星)──

이라,

'오오, 그러면, 이 애두……'

하고, 우리는 고개를 끄떡였다.

그들이 우리 집에 들어온 지 이틀 되던 날인가 사흘 되던 날, 아범은, 조그만 나무쪽 하나를 반드르르하게 대패로 밀어가지고 와서, 나를 보고, 문패를 좀 써달라고,

"신영수요, 신영수. ──저어, 납 신(申)자에 긴 영(永)에 빼낼 수(秀)자."

하고, 반절만 겨우 깨쳤다면서, 저의 성명 삼 자는 어디서 그렇게 영악하게 배워두었던 것인지, 내가 먹을 갈고 있는 동안에도 몇 번인가.

"길 영자요, 빼낼 수자요……"

하고 외웠던 것이나, 아비는 신영수건만 아들은 김길성인 것을
보면, 이 막내 녀석이라는 것도, 오직 저의 어미의 자식일 뿐이
지, 결코, 집의 아범의 자식이 아닌 것은, 다시 캐어물어보지 않
더라도 분명한 노릇이었다.

하지만 그가 과연 누구의 자식이든 간에, 그들 세 식구 중에서
일정한 직업을 가지고 있는 것은, 오직 이 길성이라는 열세 살 먹
은 아이뿐으로, 그는 매일같이 벤또를 싸 들고, 효제정인가 어디
그 근방에 있다는 조그만 제약 회사에를 다녔다.

"너 얼마씩이나 받구 있니?"

내가 시험 삼아 물으니까, 달에 칠 원이라든가 팔 원이라든가,
하여튼 미처 십 원은 못 되는 금액이었는데, 그야 때때로 안에서
남은 찬밥 덩이쯤 얻어다 먹기는 한다지만, 그것이 그다지 큰 부
조 될 턱 없고, 단지 그만한 수입을 가지고는, 설혹 이처럼 물가
가 고등한 시절이 아니라 하더라도, 세 식구 입에 골고루 풀칠을
할 수 없을 것은 바로 뻔한 노릇이다. 그렇건만 아범은 별로 벌이
를 나가는 눈치도 없었다.

"대체, 어떡할 작정인지 모르지."

아내는 어느 날 저녁때, 그 새로 들어온 행랑식구 이야기를 하
다가, 바로 남의 일 같지 않다는 듯이 말하였다. 어쩌면, 절반
은, 나를 두고 한 말인지도 모를 일이었으므로, 그때 나는 대답
하였다.

"그래두 믿는 구석이 있기에 그러겠지."

"믿는 구석이 있기는 뭬 있어? 낮에두 어멈이 들어와 그러는데,

속이 상해 죽겠다구……."

"……."

"전에는 어디, 금광으루 따라댕기며, 달에 오십 원두 들여오구, 육십 원두 들여오구 그랬었다나? 그런데, 그때 같이 허든 사람이 요새두 자꾸 편지를 허구, 다시 내려오라는데, 갔으면 좋으련만 안 가구 저렇게 놀구만 있다구……."

그것은, 그들이 우리 집에 들어온 지 겨우 한 이레가 지났을까 말까 한 저녁때 일이었는데, 우리가 잠깐 그러한 수작을 하고 있을 때, 갑자기 행랑에서 내외가 말다툼하는 소리가 들리며, 얼마 있다가 아범은 밖으로 나가는 모양이요, 뒤미처 어멈은 안으로 들어왔다.

"낮부터 속이 상한다더니, 그예 영감허구 싸왔구료?"

아내가 웃으며, 한마디 묻자, 원래 입이 가벼운 어멈은 그러지 않아도 그 이야기를 하러 들어왔다는 듯싶게 한바탕을 늘어놓았다.

물론, 도무지 벌이를 나가려 하지 않는 아범에게 대해 그가 은근히 품고 있던 감정도 있었을 것이다. 그러나 이날 싸움의 직접 동기는, 길성이를 사이에 두고 일어난 모양이다.

"……회사에서 우리 막동일, 열흘만큼씩 돈을 주죠. 이 원 얼마라나 삼 환은 못 되는데, 그건 이 녀석이 타가지구 오다가, 그 속에서 빵을 두 개 사 먹었다나요? 벤또야 가지구 댕기지만, 애가 어디 그까짓 것만 먹구 요새같이 기나긴 해에 견디어나겠에요? 아, 배가 안 고파두 먹을 걸 보면, 어른두 그냥 지내치기 어려운 법인데, 번번히 사 먹은 것두 아니구, 참, 얼마만에 사 먹은 걸, 그것두 이를테면 제가 번 돈으루 사 먹은 걸, 명색이 부모라고 앉어가지구, 그런 걸 이루 탄허면 어떡헌단 말예요? 자기 말은, 까먹은 게 나쁘다는 게 아니라, 가짓말허는 게 괘씸허다지만, 저두 부모를 쇠기려구 그래서 그런 게 아니라, 무심쿠 헌다는 소리가 그렇게 된 게죠. 아, 어른두 그런 수가 있지 않어요? 먹구 싶어 사 먹긴 사 먹었지만 집이 가서 부모한테 꾸지람 들을 게 걱정이라, 그러지 않어두 잔뜩 불안스런 마음으로 들어온 녀석을 돈을 세어보자, 너 십 전 한 푼 어쨌니?——그것두 눈을 이렇게 부라리구 소리를 꽥 질러 물어보니, 뭐, 꼭, 가짓말을 하려서가 아니라, 얼떨결에라도 무심코, 몰르겠에요. 난 쓰지 않었에요——그렇게 대답이 나올 게 아녜요? 그런 걸 이루 탄허면 어떡합니까? 사지가 멀쩡하니 펀둥펀둥 놀구만 먹으며, 어린 자식이 십 전 한 푼 까먹었다구, 그것두 제가 번 돈에서 쓴 걸, 그걸 가지구 그러는 게 하 밉쌀머리스럽게, 한마디 했더니, 자기는, 그래두 자기가 옳다는군요. 그래, 홧김에 다시 한마디 했죠. 낼버텀 벌일 해 와야지, 안 해 오는 날이면 밥 안 멕이겠다구——. 막동이가 비지땀 흘려서 번 돈으루 팔어 오는 쌀인데, 그 쌀루 지은 밥을, 그대루 멕일 수 없다구——. 그랬더니 골이 바짝 나가지구, 밖으로 나가버리는군요. 돈은 내가 뺏었으니까, 술값두 없는 터에 가야 어딜 가랴 그냥 내버려두었죠……"

　우리는 그날 밤 일찍 자느라 아범이 어느 때 들어온지를 모르는데, 들어오기는 분명히 들어온 듯싶은 그가 우리들이 이튿날 아침에 잠을 깨었을 때, 이미 다시 나가고 없었다.

"아마 밥 안 준다니까, 그게 무서워서 새벽같이 벌일 나간 게구료?"

아내가 웃으며 물은 말에, 어멈은,

"몰르죠, 어딜 갔는지……"

하고, 저도 웃으며 대답하였던 것인데, 정말 굶길까 봐 겁이 나서 그랬는지 아닌지는 알 길 없어도, 이날 아범이 벌이를 나간 것은 사실인 모양으로, 저녁때 돌아오는 길로 물지게를 가지러 안으로 들어온 그를 보니, 진종일 햇볕에 익어 오른 얼굴이 탐스럽도록 빨갰다.

"아, 어딜 그렇게 갔다 왔소?"

아범은 막 중문을 나서려다, 내가 그렇게 한마디 묻는 소리를 듣자, 일부러 댓돌 아래까지 다가와서, 말하기 전에 헤——하고 웃기부터 하며,

"아, 저, 등성이 너머, 집터 많이 닦어논 데 있지 않습니까? 거기 맨 윗터전에 바루 얼마 전부터 전라도 부자라는데, 아주 굉장히 큰 집을 짓죠. 아마, 한 칠팔십 간이나 착실히 되나 보이다. 굴돌이, 부연두, 면에만 다는 게 아니라, 삥 둘러 모조리 달구, 재목두, 옹이 하나 안 박힌 걸루만 골라서 쓰는군요. 돈은 암만이 들든지 상관 말구 잘만 제노란다는군요. 전라도서두 아주 큰 부자래요. 여러 만 석 헌다는군요. 목수들두 꼭 일등 목수들만 뽑아다 헌다는데, 마당에단 또 동물원처럼 온통 연못을 파구, 나무를 심구, 어떻든지 굉장하게 꾸며놀 작정이랍니다그려. 아주. 큰 부자

래요."

"그래, 오늘 거길 갔다 왔소?"

"네, 저어…… 저 아래 자갈 깔린 길모퉁이에 왜 움집 세 채 있
지 않습니까? 그 이켠으루 첫째 집, 최서방이라구, 전부터 아는
사람이죠. 그 사람이 게 가서 일을 하고 있더군요. 아, 신서방, 신
서방두 일허러 오셨소?──그러기에, 허허실수루 헐 일 있다면 해
두 좋다구, 그랬더니, 사람이 없어 걱정이지 일이야 참 얼마든지
있지──그러는군요. 그래, 최서방이 말을 해서, 오늘은 종일 게
서 일을 했는데, 도급 맡어가지구 헌다는 사람이, 우리 올 때, 품
삯이라구 일 원짜리 한 장, 십 전짜리 다섯 닢을 쥐어주며, 내일
두 오슈, 매일 오슈──그러더군요. 그래 그러마구, 매일 오마구
그랬죠……"

"그, 잘됐구료. 매일 댕기기 멀지두 않구……"

"멀긴 뭬 멉니까? 바루 저 등성이 하나만 넘어스면 고만인데
요."

"글쎄 말이야."

"헌데, 안 허다 허니까, 좀 벅차더군요. 사람이란, 똑, 하루 쉬
지 말구, 일을 해야만 되기루 마련인 모양이에요 아, 볕은 어찌
또 그렇게 따거운지……"

"아, 요새 늦더위가 좀 허우?"

"아, 대단허다마다요. ……허지만, 덥더래두, 똑 이맘땐 이렇게
연일 날이 밧싹 들어야 합죠. 농사엔 똑 그래야만 허니까요."

"그래, 무슨 일을 했소?"

"그저 이것저것 시키는 대루 했습죠. 아, 모군³ 서는 거죠, 뭡니까?"

"하여튼 일자리가 생겼으니 다행이오. 시장헐 텐데, 어서 물 긷구 저녁이나 먹우."

"아닙니다. 시장허지 않습니다. 일터에서 헤질 때, 모두들 술 받어다 먹구 헤졌으니까요. 그것두, 어디, 우리가 돈 냈나요? 집 쥔이 한턱 썼습죠. 나이는 사십두 채 못 됐을까 그런데, 아주 사람이 점잖더군요. 전라도 크나큰 부자라, 하는 일은 별루 없구, 그래서, 이틀에 한 번, 사흘에 한 번, 소풍 겸, 그렇게 역사허는 걸 보러 나온다는데, 지금 살구 있는 데는 재동이라던가요? 나오면, 꼭, 그렇게 일꾼들 술 멕이지, 그냥 들어가는 일은 없답니다그려. 가던 날이 장날이라구, 오늘 공교롭게, 집쥔이 마침 나와서, 그래, 술 한잔 잘 얻어먹었는걸요. 부게 안주해서, 이만헌 보시기루, 어떻든 넉 잔씩 먹었으니까요."

오늘, 인생은 그에게 있어, 퍽이나 고맙고 즐거운 모양이었다. 그냥 내버려두면, 이야기는 얼마든지 길 듯싶은 것을 마침, 사기 공기를 하나 들고 안으로 들어오던 어멈이, 약간 못마땅한 듯싶은 눈초리로 그를 흘낏 보고,

"자아, 얘기 그만 허구 물이나 어서 길어 와요. 우리 독에두 물이 말렀는데…… 그냥, 집 짓는 데 가서 일허구 왔다면 그만이지, 무슨 얘기가 그렇게 길담."

한마디 톡 쏘고, 부엌으로 들어가더니, 이번에는 아주 은근한 어조로,

"아씨. 어려우시지만, 기름 한 방울만 주세요…… 그리고, 있으시면, 깨소금두 쪼끔만 허구……"

하는 꼴을 보니, 아범이 그렇게 일금 일 원 오십 전을 벌어들인 것이 대견해, 기름에, 깨소금에, 갖은 양념 다 해서 오늘 저녁은 한 상 잘 차려 먹일 작정인 모양이다.

"아, 어서 물 길어 와요."

다시 한마디 하고 나가는 어멈의 뒷모양을, 이번에는, 아범이 매우 못마땅하게 흘겨보았던 것이나, 그래도 잠자코 물통을 덜거덕거리며 중문을 향해 몇 걸음 옮겨놓다가, 문득 생각난 듯이 다시 돌아서며,

"아, 어제는 너무나 저희들이 무례했습니다. 애 가지구 패니 다퉜죠. 아, 막둥이 녀석이 공장에서 돈 타가지구 온 걸, 그중에서 십 전을 까먹었구면요. 먹구 싶은 거 십 전쯤 까먹었기루, 바른대루 까먹었다면야. 그걸 누가 나무라겠습니까? 헌데, 요 녀석이 아니라구 가짓말을 헙니다그려. 그건 못쓰는 게거든요. 가짓말이란 자꾸 느는 법이니까요. 큰일 나죠, 큰일 납니다. 사람은 맘이 똑 정직해야만 허니까요."

그는 바로 정색을 하고 말을 마친 다음에, 그제야 정말 물을 길으러 밖으로 나갔다.

아범은, 그 이튿날도, 또, 그 이튿날도 일터로 나가는 모양이었다. 그러나 연해 벌이를 나가기 나흘 하고, 닷새째 되는 날은, 온종일 방 속에 누워서 앓았다.

"언제, 힘든 일을 해봤나요? 막벌이는 못해먹게 태어난 사람이,

후분이 글러서 저렇게 고생을 허니, 그래 병인들 안 나겠어요?"

어멈은 저녁때 들어와서 그러한 소리를 하고 나갔는데, 그래도 아범은 눕기는 그날 하루만이요, 이튿날은 다시 일터로 나가는 모양이었다.

"요샌, 아주 부지런한데그래?"

"아, 부지런하지 않으면 지가 으쩔 테유? 인제, 가을 후딱 지내구 겨울만 되구 볼 말이면, 그나마 벌이가 없을 테니, 어서 단돈 얼마래두 저축을 해놔야 않겠수?"

"옳은 말이야."

"옳은 말인 줄 알거든 당신두 부지런히 좀 원고를 써요."

"좋은 말이야."

나는 아내와 이러한 문답을 하였던 것이나, 부지런하려고 노력은 하면서도, 소설은 뜻같이 써지지 않은 채, 겨울을 맞이하였다.

평소에도 바깥출입은 별로 안 하는 성미지만, 날이 추우니, 만부득이한 볼일이라도 있으면, 모를까?—나는 매일을 방구석에서 보냈거니와, 이것은 문필로 생계를 도모하는 나로서는 도리어 잘된 일이라, 할 것으로, 그 겨울을 나는 동안에, 나는 월평균 삼백여 원의 원고를 쓰고, 또 팔 수 있었다.

그러나, 뜻있는 작가라면, 자기의 작품 활동을 원고료 수입의 다소로써 계산해 마땅할 것이랴? 나는 때로 그러한 것을 생각하고, 마음이 서글펐던 것이나, 그래도 장작이나마 몇 구루마 더 사고, 옷가지나마 몇 벌 더 장만해, 나의 처자들이 감기 한번 안 앓아보고, 그 겨울을 날 수 있었던 것은, 그나마 다행하다고 할밖에 없는 일이었다.

　그러나 행랑에서들은 사정이 좀 달랐다. 나는 집 속에 들어앉았어야 돈을 벌 수 있는 몸이었지만, 아범은 밖에 나가야만 수가 나는 신세다. 그러한 그가, 겨우내, 방 속에서 지냈으니, 가을에 좀 벌었다는 것이, 대체, 얼마나 되는지 모르지만, 단지 그것을 가지고는, 그 살림살이가 심히 군색할 것은, 묻지 않아도 짐작할 수 있는 일이었다.
　물론, 아들 녀석만은 그대로 회사에를 다녔다. 받는 것도, 칠 원이 팔 원이 되었다든가, 팔 원이 구 원이 되었다든가, 하여튼 일 원가량 오른 눈치였으나, 그것은 이를테면, 언 발에 오줌 누기일 것이다.
　이러한 때에 철원인가 어디서 머슴을 살고 있다는 그들의 큰아들이 난데없이 나타났다.

　그러니까, 그는 어멈의 아들이 아니라, 아범의 아들로, 그들의 막내둥이인 길성이가 그 성이 김가인 대신에, 그는 신가가 분명해, 아범이나 어멈은 이제는, 각기 저들의 친자식 하나씩을 데리고 한방에 모인 폭이 되었던 것이나, 물론, 그의 출현을 어멈은 반기지는 않는 눈치였다.
　"아, 제일에, 잠자리가 불편해서 살 수가 없구면요. 막동이허구 셋이서만 자더래두 협착헌 방이……"
　큰아들이 와서 있기 시작한 지 사흘쩬가 되는 날, 어멈은 들어

와서 아내를 보고, 그렇게 말하였다.

"큰아들이 올해 몇 살이유?"

"그애가 스물일곱이랍니다."

"보기에 사람이 얌전한 것 같던데……"

"아이야 성질은 괜찮아요. 허지만 한 가지 병이 있죠."

"무슨?"

"술이 아주 고래랍니다."

"술을 그렇게 잘 먹어?"

"말두 마세요. 간밤에두 새루 한 시에 들어왔는데, 술이 잔뜩 취해가지구 언덕배기를 올러오다, 눈구렁에 가 빠졌다던가, 옷을 온통 흙투성이를 해가지구 왔군요. 그래두 그러구래두 온전히 제 집을 찾아왔으니 다행이지……"

"그래, 서울에는 왜 올러온 모양인구?"

"괘애니 올러왔죠? 무슨 긴헌 볼일 있을 까닭 있에요? 시굴구 석이 염쯩이 나니까, 괜시리 그렇게 올러온 게죠."

"그럼, 좀 있다가, 쉬, 도루 내려갈 모양이유?"

"모르죠. 자세헌 이야기가 도무지 없으니까……, 허기는 제 말이 장사를 해볼까구두 허지만……"

"장사라니 무슨 장사?"

"저, 서울에는, 본정엘 가더라도 도무지 구해볼 수 없는 거라나요? 이상헌 담배 물부리를 큰 상자루 하나 가뜩 담어가지구 왔는 데…… 참, 서방님 하나 드린다며……"

어멈은 밖에 나가더니, 즉시, 딴은 보지 못하던 물부리를 두 개

418

들고 들어왔다. 된 모양은 보통 담배 물부리나 한 모양이었으나, 무엇으로 만들었는지, 무슨 돌 같기도 하고, 뿔 같기도 한 것이, 도무지 처음 보는 것이었다.

"이것이 바다에서 난다는구먼요. 아따 이름이 뭐라던가?……"

"그래, 이걸, 어디서 그렇게 구해가지구 왔다우?"

"원산에 있는 제 동무한테서 사십 환이라나 오십 환이라나에 물려받았답니다그려."

"아, 몇 개나 되게 그렇게 많이 줬단 말이유?"

"몇 갠지 알 수 없죠. 하여튼 무척 많으니까요. 여러 백 개, 아니, 여러 천 개두 더 될 것이에요. 또, 이걸 갈아서 가루를 맨들어 먹으면 아주 소함⁴ 많은 약이 된다는군요?"

"무슨 병에?"

"아이참, 무슨 병에 신효⁵허다더라? 원, 정신 좀 봐, 어떻든 소함은 그중이라던데……"

"그럼, 매일 놀구 있지 말구, 어서 들구 나가 팔라지 그러우?"

"아이, 그럴 주변이나 제법 있으면 좋게요?"

"아, 주변이구, 뭐구가 있수? 길거리에서라두 팔면 파는 게지."

"아이, 서울 와서는 꼴에 또 체면을 채린답시구, 창피해서 그러기는 싫다는군요. 엊그제두 그래 보라구 일렀건만……"

"그럼, 숫제, 영감더러 나가서 팔아 오라지."

"그것두 싫다는군요. 그저, 가만히 둬두라기만 허니까 모르죠. 제 말에는 그대루 뒀다가, 진고개 큰 상점에 가서 돈 많이 받구 한꺼번에 넹겨버려야만 헌다니까 누가 압니까?"

그로서 사날인가 지나서 행랑에 큰아들 말소리가 들리지 않기에, 어데 갔느냐고 어멈에게 물었더니, 어제, 문안 아는 사람을 찾아본다고 들어가더니, 아마 게서 간밤은 묵은 모양 같다고 한다.

그러나, 아들은 사흘이 지나고 닷새가 지나도 돌아오지 않았다. 그래도, 아범이나, 어멈이나, 별로 궁금쩍게 생각하는 눈치도 없었다. 양식도 적고, 용돈도 없는데, 군식구 하나 던 것만 다행하다고 여기는 듯싶었다.

행랑에서, 무엇을 모셨다는 것은, 이때 전후하여서의 일이거니와, 아범이 도무지 벌이는 하는 것이 없고, 자기는 또 자기대로 밤낮 몸이 아프니까, 하 답답한 김에, 뭐 몸의 업을 받았다거나 어쨌다나 하는 것을 만들어놓고 그처럼 밤마다 정성스레 정화수를 바치고, 바치고 하는 모양이었는데, 설혹, 정성만 들이면 운이 터질 수 있는 것이라손 치더라도, 맹물 한 그릇쯤 떠놓고 비는 것으로는 아무 영험이 없는 것인지, 열흘이 지나고, 보름이 지나도 별 뾰족한 수가 없는 듯싶었던 것이, 궁즉 통[6]이라고, 담뱃값에도 잔뜩 궁하고 보니, 없던 꾀도 나는 듯싶어 어느 날, 해 질 무렵에 아범은 술이 한잔 얼근해가지고 들어오며, 마침, 마루 끝에 나와 앉아 있던 나를 보고, 언제나 마찬가지로, 우선, 헤— 하고 한 번 웃은 다음에,

"오늘, 벌이를 좀 허구 들어오는 길입니다."

하고, 내 말을 기다린다.

"무슨 벌이요?"

"그, 참 아시는지, ……자식 놈이 원산서 사왔다는 물부리가 있지 않습니까? 그걸 오늘 조금 들구 나가보았습죠. 창신동 큰 행길 가에 가서 그냥 길바닥에다 벌리구 앉었더니, 사람들이 지나가며, 더러 걸음들을 멈추구 들여다두 보구, 집어들구두 보구, 그러는군요. 이 물부리가 담배를 암만 먹든, 진이 도무지 올러오는 법이 없단 말이에요. 웬, 무테안경 쓴 양복쟁이가 얼마요—— 허게, 이십오 전만 내랬더니, 선뜻 돈을 내겠나요. 그 양복쟁이한테 판게 말허자면 마수걸이죠. 그 사람이 사는 걸 보더니, 다른 사람두 나서서 하나 다우, 하나 다우, 해서, 오늘 반나절 앉어서 판 게 삼환 오십오 전이에요."

"삼 환 오십오 전이라? 그, 적지 않은 돈이로구료. 그럼, 몇 개를 판 셈이 되나?"

"열여섯 개요."

"열여섯? ……열에 이 환 오십 전허구 여섯이면 오륙 삼십, 이륙 십이…… 일 환 오십 전허구…… 셈이 틀리는데그래. 꼭 사환이래야만 될 텐데……"

"으째서요?"

"아, 열여섯 개 팔었다지 않소?"

"네, 열여섯 개요."

"이십오 전씩 열여섯이면 사 환이래야 맞어."

"그, 웬일인가? 셈을 잘못 쳐서 받은 일은 없는데…… 또박또박 큰 건 이십오 전, 좀 작은 건 이십 전씩, 세서……"

"뭐? 작은 거?"

"네. 좀 작은 건 오 전 싸게 해서 이십 전씩 받었죠."

"아, 이십 전짜리가 있어? 그렇다면 셈이 맞을 게요. 난, 모두 이십오 전씩에 팔었는데 그렇다는 줄 알구⋯⋯"

"아닙죠. 좀 큰 건 이십오 전—— 좀 적은 건 이십 전—— 그렇게 해서 열여섯 개를 판 게죠."

"장사가 되니, 좋긴 하구먼두, 아들이 그렇게 가만히 위해 두란 걸, 마구 팔어 말이나 안 듣겠소?"

"아, 언제 팔면 안 팔 건가요? 또, 제 애비 에미는, 굶어 죽을랄 텝니까? 내, 낼두 또 들구 나가봐야죠."

"그래, 장사 재미에 점심두 굶었수?"

"왜, 굶기는요? 빵떡 두 개 사 먹었죠. 아, 왜 예펜네들이 광주 리에다 이구 댕기며 파는 오 전짜리 빵떡 있지 않습니까? 그거 두 개 십 전어치 사 먹구, 지금 오다가 순댓국 해서 술 석 잔 받어 먹구, 나머지 삼 환 오 전 가지구 들어오는 길이랍니다."

그 일이 설혹 힘이 들고, 힘이 든 분수로는 벌이가 시원치 않다 하더라도 감히 사양하지 못할 처지에 있는 아범으로서, 벌이도 괜찮을 뿐 아니라, 별반 공력이라 할 공력이 필요치 않은, 이 물부리 장사는 아주 재미가 깨가 쏟아지는 것이 있는 듯싶었다. 그는 연일, 아침 먹고 나갔다가는 저녁에 돌아오며, 돌아오면 으레, 나나, 아내를 보고,

"오늘은 암만을 팔았죠."

"오늘은 암만을 팔았죠."

일일이 보고를 하는데, 그 '매상고'는 다소의 가감이 있기는 하였으나, 평균해 삼 원 각수[7]는 으레, 되는 모양이었다.

대체, 아들이 원산인가 어디서 사들일 때는 한 개에 얼마꼴이나 주었던 것인지, 그것을 알아야, 순이익이 얼마 됨을 따질 수 있을 것이나, 사기는 아들의 돈으로 샀고, 판 돈은 그대로 아범의 수중으로 들어오는 터이니, 아들만 잠자코 있어준다면, 한 개 팔아 이십 전, 이십오 전의 돈이 그것이 고냥 모두 공으로 생긴 것에 틀림없다.

'미상불 재미두 붙이게 됐어……'
하고, 나는 속으로 악의를 품지 않은 웃음을 웃어보며,

"어제는 종로 오정목으루 가서 팔었는데, 게가 벌이가 낫겠죠? 저— 창신동버덤 말씀이에요…… 오늘은 아주 배오개[8] 네거리루 가볼 작정입니다. 조금이래두 사람 많이 댕기는 번화헌 데가, 단 한두 개래두 더 팔릴 게 아니겠에요?"

아침에 장사를 나가며, 또 일부러 안으로 들어와서 그러한 말을 늘어놓는 아범에게,

"아아무럼, 장사란, 좌처[9]가 좋아야 허니까……, 하여튼, 오늘은 가서, 어제 갑절만 팔어 오구료."
하고, 격려를 하였던 것이나, 결과는 뜻밖으로, 그는, 딴 때 없이 이날, 오정이 지났을까 말까 할 때에 돌아와서, 도무지 요사이 며칠 동안, 써야 할 원고가 써지지 않아, 방 속에서 이리 뒤척, 저리 뒤척 하며, 헌 잡지만 뒤적거리고 있던 나를,

"서방님, 방에 계십니까?"

하고, 불러 일으켜놓고,

"오늘은 벌이가 아주 글렀습니다."

"아, 왜 그랬단 말이오?"

"아, 오늘은 배오개 네거리루 나가지 않았겠습니까? 곧장 그리루 나가가지구, 길가에다 벌려놨더니, 그저 눈 깜짝헐 새에, 다섯 갤 팔었습니다그려. 가만히 생각을 해보니까, 그대루만 팔린다면, 뭐, 오늘 하루에, 여러 수십 개 팔릴 모양이에요. 이거 실없이 자리는 잘 잡었다구 좋아했더니, 아, 웬걸이요. 교통 순사가 와서, 길가에 벌려놓구 파는 놈은 그저 모조리 붙들어 갔구먼요."

"원, 저런……"

"헐 수 있나요? 끌려서 경찰서루 모두들 들어갔는데, 그래두 나는 딴 사람들한테 대면, 고생 안 헌 셈이죠. 아주 주리때[10] 경을 친 놈두 있는데, 나는 그냥 공그리[11] 바닥에 잠깐 꿇어만 앉혀놓구, 야단을 치는데, 인제버텀은 꼭, 정가표를 써 붙이구 팔라는군요."

"아, 팔라기는 팔래?"

"그럼요. 처음에, 얼마씩에 입때 팔어왔느냐?──묻겠나요? 그래서 작은 건 이십 전, 큰 건 이십오 전에 팔었댔더니, 이제버텀은 큰 걸 이십 전, 작은 걸 십오 전씩에 팔라며, 꼭 정가표를 써붙이라는군요. 네── 곧, 써붙이겠습니다── 했더니 그만 나가라구…… 다른 놈들은 모두 그대루 경찰서 안에 붙들려 있는데, 나 하나만 먼저 나왔죠."

"그, 무사허게 잘됐구료."

"외레 운수가 존 셈이죠. ……헌데, 지금, 바쁘시지나 않으세요?"

"왜?"

"물부리 정가표 좀 써주셨으면 허구요."

"아, 그럽시다."

"그럼, 나가서 종이를 가지구 오겠습니다."

아범은 행랑으로 나가더니, 조금 있다가, 사방 세 치가량 되게 네모반듯하게 오린 마분지를 하나 가지고 들어왔다.

"뭐라구 쓰누?"

"남양 빨부리 한 개에, 큰 건 이십 전, 적은 건 십오 전이라구 쓰시면……"

"남양, 뭐?"

"남양 빨부리요."

"남양, 파이프가 아니오?"

"네, 네."

나는 펜을 들어, 모쪼록 예쁜 글씨로,

南洋パイプ

大 二十錢

小 十五錢

하고, 써주었다.

"이럼, 되겠지?"

"아, 훌륭합니다."

아범은 받아들고, '小 十五錢'의 잉크가 덜 마른 것을, 잠깐 후 우 후 불어 말리더니,

"내일은 다시 창신동이나 종로 오정목으루 나가볼까 봐요. 자리는 배오개 네거리만 못허지만, 그래두, 한 번 그런 일을 당했더니, 어째, 마음이 께름칙허구먼요."

하고, 자기 처소로 물러 나갔다.

그처럼 중도에 조그만 곡절이 있기는 하였으나, 아범의 물부리 장사는, 그뒤에도 순조롭게 되어가는 모양으로, 그야 비가 며칠씩 쏟아져서 장사를 못 나간 날도 있기는 하였으나, 하여튼 달 반이나 그밖에 더 안 되는 동안에 오륙십 원의 수입은 착실히 있었던 모양이다. 그러나 그러한 그와는 반대로, 나는 근래로 도무지 원고를 쓰지 못해, 초조하고 우울한 중에 그날그날을 보내지 않으면 안 되었던 것이다.

"그게, 모두, 그 때문이지…… 정녕코 그 탓이에요 그 탓!"

아내는 아범의 장사가 잘되고, 그 대신 내 원고가 안 써지는 탓을, 행랑에서 그 뭐 모셔놓았다는 것에다 돌리려 들었다.

"듣기 싫어! 제발 좀, 어리석은 수작, 작작 허기루 합시다."

나는 그렇게 타일렀으나, 아내는 용이히 저의 의견을 굽히려 안 했다.

"그럼, 왜, 그것 해논 뒤루, 저이들은 잘되구, 우리는 이 꼴이유?"

"이 꼴이라니?"

"아, 사월 이후루 도무지 되는 일이 없지 않수?"

"……."

"삼월까지두, 매월, 삼백여 원씩은 또박또박 생겼었는데, 인젠, 도무지 돈을 벌지 못허니……"

"내가 원고를 안 쓴 까닭이지."

"원고는, 그래, 왜 안 쓰시는 거유?"

"안 쓰는 게 아니라, 안 써지는구면."

"그게, 글쎄, 이상허단 말이야."

"이상허긴, 뭐, 이상해?"

"하여튼, 그걸 없애버리래야만 해."

"아, 한번 맨들어논 건, 없애버려두 소용이 없다면서?"

"그럼, 우리가 정작 하나 모셔보겠수?"

"그, 왜, 자꾸, 어리석은 수작이야?"

"글쎄, 그러니까 말이지."

"인제 다신, 그런 말, 내 앞에서 내지 말우. 자아, 난, 사랑에 내려가서 원고를 시작할 테니, 아이들 울리지나 않도록 각별 단속이나 허우."

그러나 노력을 해도 원고는 써지지 않았다. 단순히 우리들의 생활을 위해서만, 원고를 쓸 것이 아니라, 아내의 계몽을 위해서도 부지런히 돈을 벌어야 되겠다고 생각은 하면서도, 붓대는 결코 나의 임의대로 놀려지지 않았다.

까닭에, 내가 그처럼 중언부언 당부를 하였건만, 아내는 여전히 나의 앞에서,

"똑 그눔의 것 때문이지, 그눔의 것 때문이야!"

하고, 몇 번씩, 어멈 몸의 업을 받았다나 하는 그 물건을 저주하였고, 좀더 근본을 캐어서, 원, 만들어놓기는, 사람마다 제 몸 위해 하는 노릇이니까 용혹무괴한 일이라고도 할 수 있겠지만, 그것을 안에서 아주 기하고 있다는 것을 알았으면, 이편 말, 이루 들어보기 전에 제 손으로 곧 치워버려야만 마땅한 노릇을, 그저 모른 체하고 요사이도 물 떠다 놓고 빌기에 골몰이니, 그따위 경위가 대체 어디 있을까 보냐고, 아내는 그러한 어멈을 심히 괘씸하게 여기는 것이었다.

나는 아내를 딱하다 생각하였던 것이나 그와 동시에 아내에게 지지 않을 만치 어멈을 괘씸하게 여기지 않을 수 없었다. 우리 아이 봐주는 년이, 밤낮 안팎으로 드나들며, 여기 말, 저리로 전하고, 저기 말, 이리로 옮기고 하는 터이니, 제 몸의 업을 받았다나 어쨌다나 하는 것으로, 나의 아내가 두통을 앓고 있다는 것쯤, 귀가 아프도록 들어서 알 것이다. 그렇건만, 종시, 너희야 좋아하거나 말거나, 나는 나 할 것, 하고야 말겠다고, 매일 밤마다 우물로 나가서 물 한 대접씩 길어가지고 들어오고, 들어오고 하는 그 마음은 확실히 가증한 것임에 틀림없었다.

그러하였던 까닭에, 그 우직하고 선량한 아범이 눈치코치 못 차리고, 장사만 나갔다 돌아오면, 연해 안으로 들어와서,

"오늘은 암만을 팔았에요."

"오늘은 암만을 팔았에요."

하고 보고를 하더라도, 이미 전과 같이 그 선량한 것을 사랑해보

려고는 하지 않고, 나는, 곧잘, 너무나 지나치게 어리석은 그 위인을 비웃으려만 들었던 것이다.

그러나 그의 행운도, 무한정하고 계속될 수는 없었던 것이, 어느 날인가, 저녁때 돌아온 아범이 아주 풀이 죽어가지고,

"아, 오십 평생에 처음 당해보는구먼요."

하기에, 또 무슨 어리석은 수작을 하려나?—하였더니, 오늘, 길거리에서, 전이나 한가지로 남양 파이프라는 것을 팔다가, 경관에게 눈에 불이 나도록, 따귀 세 대를 맞고, 호령 톡톡히 당하고 쫓겨 왔다는 것이다.

"그럼, 뭐, 없는 사람은 먹지두 말구, 굶어 죽으란 말인가?"

자기 방에서 아범의 하는 이야기를 모조리 들은 듯싶은 어멈이, 고무신짝을 찍찍 끌고 들어오며 입을 비쭉거리고 중얼거렸다.

"똑 길거리에서는 팔지 말라니, 이 장사두 다 해먹었지?"

"다 해먹긴? 원, 참…… 경관한테 뺨 몇 대 얻어맞았다구 저렇게 겁이 나서야, 세상을 어떻게 살어가누? 맞어가면서두, 벌 것은 벌어야 먹구살지."

"허지만 어찌 지독허게 따귀를 갖다 붙이는지…… 매일 한 번씩만 그렇게 맞었다간 사람 골병들기 꼭 알맞겠던데?"

"매일 뭐—경관이 헐 일이 없어서, 당신 같은 사람들 뒤따라 댕기겠수? 며칠씩, 뜸을 들였다가는 한차례씩 그렇게 혼구녕을 내는 거지."

"딴은, 그래. 경관이 매일 그악을 떨지는 않지. 그저 불계[12]허구 매일 나가봐야지. 아직두 절반이나 넘어 남었는데……"

그리고, 그는 그 이튿날로 장사를 나갔던 것이나, 다시 그다음 날로 또 나가려 하였어도, 그것은 하는 수 없는 일이었다. 그동안에도 몇 번인가 다니러 와서는, 제가 돈 많이 주고 사들인 것을, 그처럼 아비가 함부로 들고 나가서, 헐값에 팔아버린다고 게걸대며, 그때마다 이 원도 달래 가고, 삼 원도 빼앗아 가던 큰아들이, 종로 어느 상점에 교섭이 되어 한꺼번에 넘겨버리기로 하였다고, 마침내, 남은 물부리를 상자째 들고 나가버렸던 것이다.

어멈은 말도 말고, 아범까지도, 그뒤 며칠을 두고 그 불효막심한 자식을 가지고 말이 많았다.

"그래 제 부모가 어려운 살림에 고것 좀 팔아 보태 쓰는 게, 그렇게두 원통허단 말인가?"

"그러게 말이지. 그게 덩치만 컸지, 소견은 우리 막둥이만두 못해."

"허지만 본래 제 물건이니까, 가져가두 헐 말은 없지. 그동안, 한 절반은, 그래두 팔어서 우리가 긴히 썼으니까……"

"아, 우리가 긴히 쓴 게 뭬 있수? 그때마다 찾어와선, 삼 환 다우, 오 환 다우 허구, 기가 나서 뺏어간걸."

"그래. 그것도 참 적지는 않어."

"아, 경관한테 뺨까지 얻어맞어가며 팔어 왔어야, 절반은 지 존 일 해줬지 뭐유?"

"헌데, 그래, 남은 걸, 그걸, 얼마나 받구 상점에다 넹기기루 했을까?"

"누가 아우? 얼마나 받기루 했는지…… 허지만 암만을 받던 소용없세요. 그 돈으루, 제법, 제 양말 한 켤레 사 신게 될 줄 아우? 인제, 알난봉[13] 동무 녀석들허구, 술집이 가서 모조리 털어 바치구 말걸."

"그렇지 그래. 그 자식이 되지두 못헌 게 돈만 헤피 쓰려 들 구……"

"인제 두구 보구료? 며칠 안 가서 빈털터리가 돼가지구, 엉금엉 금 집으루 기어들 게니…… 허지만, 난 받지 않을걸? 밥이 아까 운 게 아니라, 고 소행허구 맘보가 미워서…… 당신이 뭐라든, 난, 집이 안 들일 테니 그런 줄만 아우."

"아, 나는 언제 그눔 들어오는 거 좋아했나?"

그리고 또 우리가 의외이었던 것은, 물부리를 송두리째 아들에 게 빼앗긴 지, 이삼 일이 못 가서 어멈이 이제껏 오랫동안을 두고 정성을 들여오던, 그 제 몸의 업을 받았다나 어쨌다나 하는 것을 제 손으로 없애버린 사실이다.

그렇게까지 정성을 들였으면, 마땅히, 그 남양 파이프라는 것을 모조리 팔아먹을 수 있도록 해주어야 옳은 것을, 반 넘어나 그 가 증한 아들놈에게 빼앗기고 말게 해주었다고, 그래서 홧김에 없애 버린 것인지, 안에서 하도 그악을 떤다고, 그래, 견디다 견디다 못해 축출을 한 것인지, 그것은 도무지 알 길이 없는 노릇이나, 설혹, 우리 때문에 없애고 싶지 않은 것을 없앤 것이라 하더라도, 그것이 사오 일 전이 아니었던 것은, 다행한 노릇이라 할밖에 없 었다. 만약 그것을 없앤 뒤에, 아범이 경관에게 눈에 불이 나게 뺨을 맞고, 그리고 마침내는 그 아까운 물부리들을 아들에게 빼

앗기고 만 것이라면, 그들은 응당 신벌(神罰)이라든 그러한 것을
생각하였을 것이요, 따라서 그들로 하여금 신벌을 받도록 그악을
떤, 나의 아내를 미워하였을 것에 틀림없다.

　설혹, 그들은, 나의 아내를 원망하는 일이 없다 하더라도, 아내
의 마음은 적잖이 죄스러웠을 것이 아니겠느냐?

　아내의 의견대로 좇는다면, 이제는 우리들의 행운을 저희[14]하는
아무것도 없어야만 옳을 것이다. 앞으로는 원고를 못 쓰고, 돈을
못 벌어들이고 하더라도, 어디다 핑계 댈 곳도 없는 것이 아니냐?

　나도, 이제부터, 우리들의 생활을 위해 부지런히 노력을 해야만
한다.

수염

* 『박태원 단편집』, 학예사, 1939.

1 기유생(己酉生)인 데다 생일이 섣달 초이레 기유년(1909년) 섣달 초이레(12월 7일)는 작가 박태원의 생년월일과 일치한다. 「수염」의 '나'는 작가와 그만큼 가까운 인물인 것이다.

2 카이젤 카이저Kaiser. 군주 · 황제 등을 뜻하는 라틴어. 독일 황제가 기른 '카이저 수염'은 콧수염의 상징이었음.

3 불근신(不謹愼) 조심스럽고 삼가지 않음. 건방짐. 불경스러움.

4 오강(烏江) 중국 사천성과 귀주성을 흐르는 강. 유방에게 진 초패왕, 즉 항우가 자결한 곳.

5 감모 '감기'를 일컫는 예스런 말.

6 오정 뛰─ 오정은 정오(正午)와 동의어. 한말부터 정오, 즉 낮 12시를 알리는 신호를 했는데 처음에는 포(砲)를 쏘다가 후에는 사이렌으로 알렸음. '뛰─'는 사이렌 소리의 의성어.

7 숭없다 막되고 상스러워 보기 싫다. '상없다'의 경기 방언.

낙조

* 매일신보, 1933. 12. 8~12. 29.

1 지까다비 고무로 바닥 창을 댄 작업화를 가리키는 일본어.

2 호구(虎口) 바둑에서, 바둑돌 석 점이 둘러싸고 한 쪽만이 트인 그 속.

3 무학재 서울 종로구와 서대문구를 잇는 고개 '무악재'의 잘못인 듯.

4 영신환 계피나무 껍질, 박하유, 대황 등으로 만든 환약. 소화제로 많이 썼음.

5 경오생(庚午生) 노인은 1870년생이다. 노인은 을미년(1895)에 일본 유학생단에 끼게 된다.

6 거두 떳떳하게 머리를 들고 남을 대함.

7 차포겸장(車包兼將) 장기판에서 차와 포가 동시에 장을 부름.

8 복택유길(福澤諭吉) 후쿠자와 유키치. 일본의 근대 사상가, 교육자. 한국 젊은이들에게도 영향을 많이 끼쳤다. 그가 설립한 경응의숙은 오늘날 게이오대학의 전신.

9 히도에모노 아와세와다이레 '히도에모노(ひとえもの)'는 안을 대지 않은 여름 홑옷. '아와세(あわせ)'는 겹옷. '와다이레(わたいれ)'는 솜옷.

10 심마찌(新町) 유곽.

11 이랏샤이 いらっしゃいませ(어서 오세요)의 줄임말.

12 법인 부래상(法人富來橡) 1910년경 부래상이라는 프랑스인이 지금의 세종로 부근에서 나무를 팔았음.

13 따다인 중국어 大人(따런)을 노인 나름대로 발음한 것. '따(大)'를 붙이면 '대인'보다 더 귀한 사람을 일컫는 것이라고 나름대로 재치를 부리는 것.

14 뫄──간(慕華館) 모화관. 조선 시대 중국 사신을 영접하던 곳. 서대문 독립문 자리에 있었음. 노인의 발음을 그대로 옮긴 것.

15 차금 빌린 돈.

16 제외예 법칙과 통례에서 벗어난 예.

17 해정술 解酲술. '해장술'의 원말.

18 몸메 무게 단위 관(貫)의 1/1000, 즉 3.75g.

19 희연과 장수연 일제 시대 때 팔리던 저가의 담배 이름.

20 수야(誰也) '누구요'라는 뜻. 노인은 밑도 끝도 없이 '나는'이라는 식으로 말하는 새로운 말하기 방식이 못마땅한 것이다.

21 다닥치다 서로 마주쳐 닿거나 부딪치다.

22 거관 '거간'의 오식인 듯.

23 가쾌 집주름. 부동산 중개상.

24 습래(襲來) 내습. 갑자기 들이닥침.

25 빈지 한 짝씩 끼웠다 떼었다 할 수 있게 만든 문. 널빈지.

26 죽첨정 광화문에서 서대문으로 이어지는 지금의 서울 충정로.

27 용양지총(龍陽之寵) '용양'은 원래 남성간의 성교를 뜻하는 '비역'과 비슷한 말. 여기서는 가장 총애를 받는 사내였다는 뜻.

28 언필칭(言必稱) 말을 할 때마다 꼭.

29 조상(弔喪) 조문. 남의 죽음에 슬퍼하는 뜻을 드러내어 상주를 위문함.

30 술구기 국자보다 좀 작은, 독이나 항아리에서 술을 풀 때 쓰던 도구.

31 왜콩 '땅콩'을 가리키던 말.

32 트럭 원문에는 '도록고.'

33 체경 몸 전체를 비춰볼 수 있는 큰 거울.

34 시국담(時局談) 정치나 시사 문제에 대한 이야기.

소설가 구보씨의 일일

*『성탄제』, 을유문화사, 1948.

1 단장(短杖) 짧은 지팡이. 1930년대 남성들은 짧은 지팡이와 모자를 착용하는 것이 제대로 외출 복장을 갖추는 일이었다.

2 아주멈 해 '아주멈'은 형수를 가리키고 '해'는 '것'을 의미하는 옛말. 따라서 '제 형수 것.'

3 취박(臭剝) 브롬화칼륨. 진정제·수면제 등으로 쓰는 약.

4 중이가답아(中耳可答兒) '가답아'는 염증의 일종인 카타르katarrh의 음차. 즉, 중이염.

5 대정 54년 일본 황제 연호로서 1912년이 대정 1년이며 1925년까지 이어진다. 이후는 '소화'이다. 그래서 대정 54년은 1965년에 해당하지만 실제로는 있을 수 없는 해이고, 먼 미래의 해이기도 하다. 다섯 닢 동전의 햇수를 합하면 대정 54년이 나온다.

6 졸(拙)하다 졸렬하다. 좀스럽다.

7 겁(怯)하다 겁이 나다.

8 약초정(若草町) 서울의 지명. 오늘날의 을지로 3가와 중구 저동 부근.

9 초(草)하다 초 잡다. 초고를 쓰다.

10 장곡천정(長谷川町) 오늘날의 서울 중구 소공동.

11 전당(典當) 기한 내에 돈을 갚지 못하면 맡긴 물건을 마음대로 처분해도 좋다는 조건으로 돈을 빌리는 일.

12 벰베르구~치마 독일 '벰베르크Bemberg' 회사의 원단을 써서 만든 보일voile, 즉 무명이나 비단 치마. 당시의 고급 유행 복장.

13 가배(珈琲) '커피'를 음차한 말.

14 양행비(洋行費) 서양으로 갈 만한 돈.

15 석천탁목(石川啄木) 이시카와 다쿠보쿠(1886~1912). 일본의 근대 시인.

16 願車馬衣輕裘與朋友共敝之而無憾 '마차를 갖고 가벼운 옷을 입을 수 있는 신분이 되더라도 이를 친구들과 함께 나누고, 이것들이 다 낡아져도 불평하지 않기를 바란다.' 즉 '높고 귀한 자리에 있어도 겸허한 사람이 되겠다'는 뜻.『논어』5편 공야장(公冶長)에 있는 말.

17 座上客常滿 樽中酒不空 '자리에는 늘 손님이 가득하고 술독은 빌 날이 없다.'『삼국지』의 인물인 공융의 사람됨을 나타낸 말.

18 부청(府廳) 오늘의 시(市)에 해당하는 일제의 행정 단위 '부'가 있던 청사. 여기서는 경성부청.

19 유동 의자(遊動椅子) 움직이는 의자. 놀이공원에 있는 어린이용 놀이기구.

20 모데로노로지오 이 소설의 키워드의 하나이다. modernology, 즉 고현학(考現學). 고고학(考古學)에서 만들어진 말로, 현대의 경향·풍속·세태·유행을 탐구하는 학문이나 그 태도를 말한다. 이 소설에서 보여주는 경성의 풍경 자체가 고현학의 결과이다.

21 세책(貰冊) 19세기에서 20세기 초까지 광범위하게 존재했던 도서 대여점.

22 요의빈수(尿意頻數) 소변이 비정상적으로 자주 마려운 증상.

23 두중(頭重) 머리가 무겁거나 띵한 증상.

24 삼전정마(森田正馬) 박사의 단련 요법 1920년경 일본인 의사 모리타 마사타케가 개발하여 많은 영향을 끼친 정신 수양 방법.

25 반자 천장이나 벽면을 평평히 하거나 발라놓은 것.

26 양지(洋紙) '한지'가 아닌 서양식 제지법으로 만든 종이 재료.

27 서해「박돌의 죽음」「탈출기」 등을 쓴 소설가 최서해를 말함. 작가는 그가 1932
년에 요절한 사실을 염두에 두고 있음.

28 악연(愕然) 깜짝 놀람.

29 맥고모자 밀짚모자.

30 드난을 살다 남의 집 식모나 종살이를 하다.

31 효양(孝養) 효성스러운 봉양.

32 전경부(前頸部) 목 앞부분.

33 팽륭(澎隆) 팽창과 융기.

34 '바세도우'씨병 갑상선 기능항진증. 갑상선의 호르몬 과잉 분비로 갑상선이 붓고
체중이 빠지며 안구가 돌출한다.

35 린네르 쓰메에리 흰색 여름 옷감으로 만든 목깃이 세워진 양복.

36 파나마 파나마 풀로 만든 남미 사람들이 많이 쓰는 모자.

37 광무소(鑛務所) 광산회사의 서울 사무실을 가리킴.

38 가루삐스 '칼피스'의 일본식 발음.

39 끽다점(喫茶店) 차를 파는 다방. 카페.

40 스키퍼의「아이 아이 아이」이탈리아의 테너가수 티토 스키퍼 Tito Schipa가 부르
는 베르디의 오페라「팔스타프」의 유명한 아리아.

41 오수(午睡) 낮잠.

42 소오다스이 소다수(水). '스이'는 '수(水)'의 일본어.

43 조달수(曹達水) '소다수'의 일본식 음차어. '曹達'이 소다(ソーダ)에 해당.

44 임금(林檎) 능금, 즉 사과와 동의어.

45 탁설(卓說) 탁월한 논설, 말, 탁견.

46 경난(經難) 어려움을 겪음. 또는 그 어려움.

47 다정다한(多情多恨) 정이 많으면 마음의 슬픔도 많다.

48 안모(顔貌) 얼굴 모습.

49 여사(旅舍) 여관이나 하숙.

50 속무(俗務) 먹고 살기 위해 하는 잡다한 세속의 일.

51 다료(茶寮) 다방. 찻집.

52 인단(仁丹) '은단'의 옛날식 표기.

53 로도 목약(目藥) '로도'라는 일본제 안약.

54 간다(神田) 동경의 거리 이름.

55 네일클리퍼 nail clipper. 손톱깎이.

56 짐보오쪼오(神保町) 간다에 있는 동경의 거리 이름.

57 무장야관(武藏野館) '무사시노칸'이라는 일본 동경의 극장가.

58 은좌(銀座) '긴자'라 불리는 동경의 유흥가.

59 히비야(日比谷) 동경 남서쪽에 있는 공원 이름.

60 부전감(不全感) 온전하지 못하다는 데에 대한 자의식.

61 학령(學齡) 학교에 갈 나이.

62 울가망 근심스럽거나 답답해서 기분이 나지 않음. 또는 그런 상태.

63 부란(腐爛) 문란함. 썩어 문드러짐.

64 엘만 Mischa Elman(1891~1967). 러시아 태생의 바이올린 연주자.

65 「발스 · 센티멘탈」 러시아 작곡가 차이코프스키의 현악곡.

66 독견(獨鵑) 독견 최상덕(1901~1970). 소설가이자 연극인. 1920년대에 『승방비곡』 등으로 독자들로부터 큰 인기를 얻었음.

67 윤백남 1888~1954. 소설가, 극작가, 영화감독. 소설 · 연극 · 영화 · 방송 등의 분야에서 선구자적인 업적을 남긴 대중예술가.

68 춘부(春夫) 이 절의 제목 '나의 원하는 바를 월륜도 모르네'는 일본 시인 사토 하루오(佐藤春夫)의 시 「孤叔」의 한 구절.

69 월륜(月輪) 둥근달. 혹은 그 달의 둘레.

70 곱보 '컵'의 일본어식 발음 '고푸(コップ)'에서 온 말.

71 남주(濫酒) '폭주'와 비슷한 뜻으로 쓴 말인듯. 마구 술을 마심.

72 기주증(嗜酒症) 술을 너무 좋아하는 병.

73 갈주증(渴酒症) 술을 목말라하는 병.

74 황주증(荒酒症) 헤어나지 못하게 술을 많이 마시는 병.

75 유끼 눈[雪]의 일본어.

76 번 숙직이나 당직 근무를 서는 일.

애욕

* 조선일보, 1934. 10. 6~10. 23.

1 부랑소녀 1920년대부터 청소년들의 일탈적인 행동이 대두하면서 '불량소년, 불량소녀'라는 말이 많이 쓰였고 '부랑소녀'는 '불량소녀'의 변형된 말인 듯.

2 아버니 '아버지'의 사투리형.

3 모리스 홀 Morris Hall. 식민지 시대에 서울 정동에 있던 연주회장.

4 포노라디오 나나오라 포노phono는 라디오 메이커 이름. '나나오라'는 그 제품 이름인 듯.

5 강남향 1930년대의 가수.

6 우이쓰 티 위스키whisky에 홍차를 섞은 음료. '위스키+티'의 일본식 조어인 듯.

7 위케트 '위킷wicket,' 즉 쪽문의 일어식 발음.

8 10월 10일 연재분 말미에 다음과 같이 제1회분에 대한 '바로잡기'가 달려 있다.

(第一回分 訂誤)

上段第十四行, 第十五行의『발은편에는 전등안달린 전신주』는『발은편에는 전등달린 전신주, 올흔편에는 전등 안달린 전순지』의 誤植.

9 무연중생 불가제도 문자 그대로는 '인연이 없는, 즉 깨우침이 없는 중생은 열반에 이르게 할 수가 없다.' 여기서 무연중생은 하웅일 수도 있고 하웅이 좋아하는 여자일 수도 있다.

10 포트랩 술 이름인 듯.

11 레지놀드 데니 Reginold Denny, 1891~1967. 1920~30년대에 활약한 영국 출신의 미국 배우. 원문에는 '레지늘드-데니.'

12 상산초인 산과 숲에 파묻혀 사는 사람.

13 콘스탄스 베넷 Constance Benette, 1904~1965. 1920~30년대에 활약한 미국 여자배우. 원문에는 '콘스탠스-베넷트.'

14 초즈 랩트 배우 이름인 듯하나 미상. 원문에는 '쪼-즈랩트.'

15 로버트 몽고메리 Robert Montgomery, 1904~1981. 원문에는 '로브-트몬고메리.' 1930년대부터 대활약한 미국의 남자배우.

16 아부라에(あぶらえ) '유화'를 뜻하는 일본어.

17 지용의 「가모가와」 정지용의 시 「압천(鴨川)」.

18 자편쪽 '좌편' 또는 '저편'의 오식인 듯.

19 사시(沙匙) 사기로 만든 찻숟가락.

20 강잉히 억지로. 마지 못해서.

21 조쥬(じょちゅう, 女中) 가정이나 여관, 요릿집의 하녀.

22 곡께이(こっけい) '우스꽝스러움 · 익살'이라는 뜻의 일본어.

23 창이(瘡痍) 칼 같은 것에 다친 상처.

24 편잔지 편지지를 뜻하는 '편전지(便箋紙)'의 오식인 듯.

25 가께오찌(かけおち) 남녀가 사랑의 도피를 하는 일.

길은 어둡고

*『성탄제』, 을유문화사, 1948.

1 상제(喪制) 부모나 조부모가 세상을 떠나서 거상 중에 있는 사람.

2 고이비도(こいびと, 戀人) 애인, 사랑하는 사람.

3 주정받이 주정을 받아주는 일, 또는 그런 일을 하는 사람.

4 붕배(朋輩) 지위나 나이가 비슷한 친구.

5 구경(究竟) 원래는 '가장 지극한 깨달음'이라는 뜻. 여기서는 그냥 '필경, 결국'이라는 뜻.

6 신칙(申飭) 단단히 타일러서 경계함.

거리

*『소설가 구보씨의 일일』, 문장사, 1938.

1 공전(工錢) 공임. 임금.

2 우장(雨裝) 우비. 비옷.

3 한(恨)하다 한탄하다. 아쉬워하다.

4 안주항라 평안남도 안주 지방에서 나는 여름 옷감.

5 거동불심 거동(擧動)이 수상한 자에 대한 불심검문(不審檢問)의 준말인 듯.

6 요꼬네 가래톳. 허벅지 윗부분의 림프절이 부어 생긴 멍울.

7 취색(取色) 낡은 세간 따위를 닦고 손질해서 윤을 냄.

8 통효(通曉) 통달하여 훤하게 앎.

9 차가인(借家人) 집을 빌린 사람. 세입자.

10 혐오 당시 작품집에는 '겸오'라는 표현이 여러 번 보이는데 오늘날에는 쓰이지 않는 말이다. 오늘날의 '혐오' '염오'와 비슷한 뜻인 듯하여 '혐오'로 고쳤다.

방란장 주인

*『성탄제』, 을유문화사, 1948.

1 흑반(黑盤) 검은색 음반.

2 옥호 가게나 술집 이름.

3 가화 아름다운 이야기. 미담.

4 호상(好尙) '취향'의 뜻으로 사용됨.

5 신숙(新宿) 신주쿠. 일본 도쿄의 번화가.

6 스끼야끼 쇠고기를 주재료로 하는 일본의 전통적인 냄비 요리.

7 상거 서로 떨어진 간격. 거리.

8 와사(瓦斯) 가스gas의 음차 한자어.

9 시나소바(支那どば) 중국식 국수.

10 판장 나무판자로 된 담장.

11 이 소설은 수없이 많은 쉼표로 연결된 단 한 개의 문장으로 된 실험적인 소설이다. 분절과 시작과 끝이 있는 서사의 본연성을 의식적으로 거부한 것이다. 1948년 2월에 발간된 이 판본은 '느끼고,'로 끝났으나 원래 『시와 소설』에 발표된 첫 번째 판은 '느꼈다' 다음에 마침표를 찍었고 1938년판 단편집에서는 '느꼈다' 다음에 9개짜리 말줄임표를 썼다.

비량

*『소설가 구보씨의 일일』, 문장사, 1938.

1 잼처 '젠체' 혹은 '재우쳐'의 뜻인 듯.

2 면장(免狀) '면허장'의 준말.

3 카이다 '사이다'를 잘못 발음한 것으로 추정됨.

4 아이우에오(あいうえお) 가끼구께꼬(かきくけこ) 일본어 히라가나 표의 첫 대목.

5 소가 가오 말이 오오 가오(かお)는 얼굴·체면, **오오(おお)**는 '크다' '심하다'의 뜻

의 일본어. 각각 '소가' '말이' 뒤에 쓰여 일본어의 발음을 풍자하고 있음.

6 광솔 광솔로 표기되어 있으나 '관솔'의 오식인 듯.

7 의지간(倚支間) 원래 있던 집채에 더 달아서 꾸민 칸.

8 눈바래 '눈발'의 의미인 듯.

9 미생정(彌生町) 20세기 초부터 서울 용산에 있었던 마을. 오늘날의 도원동. 유곽이 있었다 함.

10 유열(愉悅) 유쾌하고 기쁨.

진통

*『성탄제』, 을유문화사, 1948.

1 홀 hall. 술집 · 유흥업소를 가리킴.

2 양자(樣姿) 겉모습. 자태. 모양.

3 크레오소트 너도밤나무에서 나는 목타르를 정제하여 글리세린과 섞어 만든 환약. 기관지염이나 배탈에 살균 · 거담 · 정장제로 씀.

4 댄서 원문에는 '땐서어.'

성탄제

*『성탄제』, 을유문화사, 1948.

1 입찬소리 자기의 지위나 능력을 믿고 지나치게 장담하는 말. 입찬말.

2 하려구만 이 소설의 서사는 처음 3인칭 서술자의 목소리로 중개되다 차츰 그 목소리는 없어지고, 영이 · 순이 자매의 목소리로만 서술된다. 현재의 문장은 순이의 목소리이다. '하려구만'은 '하려고만'의 서울 · 경기 방언. 이 소설에서 '오'를 '우'로 발음하는 서울 · 경기 방언이 수없이 많이 보이는데 의미상의 혼란이 우려되는 경우를 제외하고는 그대로 두었다.

3 점(店) 가게, 상점.

4 가후에 카페.

5 재리 나이 어린 땅꾼. 매우 인색하고 인정 없는 사람.

6 모갯돈 액수가 큰 돈. '목돈'과 비슷한 말.

7 영산(靈山) 판소리를 부르기 전에 광대가 목을 풀려고 부르는 노래나 몹시 신바람 난다는 '영산굿'에서 온 말인 듯. 영이가 한바탕 굿을 벌였다는 비유적인 뜻.

8 교하부다이 '하부다이'는 일제 시기 1930년대에 유행한 견직물 제재 직물 전체를 가리키는 말. 경도(京都), 즉 교토산 견직물을 뜻하는 듯.

골목 안

*『박태원 단편집』, 학예사, 1939.

1 '오오랴아, 이이랴아'~ '찌개공기' 일제 시대 아이들이 하던 민속놀이를 그 특징이 나 놀이할 때 내는 소리로 표현한 말인 듯.

2 매한간 '모두 한 칸'이란 뜻인 듯.

3 진솔 옷이나 버선 따위가 한 번도 빨지 않은 새것 그대로인 것.

4 동관(同官) 한 관아에서 일하는 같은 급의 벼슬아치를 뜻하는 말. 순이 아버지와 처지가 비슷한 다른 친구 영감들을 이렇게 부른 듯.

5 서상방 대청이 남쪽을 향하고 안방이 오른쪽에 있는 집.

6 두벌대 두벌장대. 축대나 축대를 쌓는 진돌인 장대석을 두 켜로 쌓아 만든 대.

7 부연(附椽) 처마 서까래의 끝에 덧얹는 네모지고 짧은 서까래.

8 후생성(厚生省) 총독부 산하에 생긴 오늘날의 보건복지부.

9 외로 왼쪽으로.

10 외딴치다 능히 앞지르다.

11 시체(時體) 시대의 풍습. 유행.

12 우미관 1910년에 생겨서 1982년까지 명맥을 유지한 한국 최초의 상설 영화관. 일제 시기 일류 개봉관으로 유명했던, 종각 부근에 있던 극장.

13 지소 파출소.

14 피천 매우 적은 돈.

15 볏백 백 섬지기. 벼 백 섬의 수입.

16 브로커 broker, 중개인. 원문은 '뿌로오커'임.

17 쇠천 우리나라에서도 쓰이던 청나라 동전 '소전(小錢)'을 속되게 이르는 말. 별로 가치 없는 돈.

18 편역 역성. 옳고 그름에 관계없이 무조건 한쪽 편을 드는 일.

19 소자 복술 할머니의 말에는 ㅎ을 ㅅ으로 발음하는 구개음화가 보임. '효자'를 '소자'로, '형'을 '성'으로 발음하고 있음.

20 조석상식(上食) 상가에서 아침저녁으로 죽은 이의 영전에 차려 올리는 음식. 또는 그 음식을 차려놓고 표하는 예.

21 궐(闕)하다 빠지다. 참석하지 않다.

22 배지 배, 혹은 배알.

23 바깥 원문에는 '밧곁.' '밖+곁'의 의미인 듯.

24 째다 일손이나 물건이 모자라다.

25 진배가 무엇이나 진배없이 똑같이 여기지 않느냐.

26 뒷배 겉으로 나서지 않고 뒤에서 보살펴주는 일.

27 취겨야 축여야.

28 주불쌍배(酒不雙杯) 술을 마실 때, 마시는 잔의 수가 짝수로 끝나는 것을 꺼림을 이르는 말.

29 이로나라 '이리 오너라'를 풍자적으로 줄인 말.

30 발명(發明) 죄나 잘못이 없음을 말하여 밝힘. 또는 그렇게 해서 발뺌하려 함.

31 하야방(はやばん) '당번, 당직'을 일컫는 일본어.

32 나마까시(なまがし, 生菓子) 팥 같은 것을 넣은 일본식 생과자.

33 오봇짱(おぼっちゃん) 도련님. 세상 물정에 어두운 남자를 희롱하는 투로 일컫는 말.

34 안동(眼同) 사람을 데리고 가거나 물건을 지니고 감.

35 병부염사(兵不厭詐) 군사에 있어서는 간사한 꾀로 속이는 것을 꺼리지 않음.

36 만전지책(萬全之策) 실패의 위험이 없는 아주 안전하고 온전한 계책.

37 반간고육계(反間苦肉計) 자신의 어려움을 무릅쓰고 두 사람이나 두 나라 사이를 이간하여 속이는 계책.

38 염낭 주름이 있고 위가 잘록하고 아래가 둥근 작은 주머니.

39 전황(錢荒) 돈이 잘 융통되지 않고 귀함. 불경기.

40 후분(後分) 사람의 인생을 셋으로 나눴을 때 마지막 부분. 늙은 뒤의 운수나 처지↔초년 초분.

41 추연(惆然) 처량하고 슬픔.

42 권연(卷煙) '궐련'의 원말. 얇은 종이로 가늘고 길게 싼 담배.

43 용혹무괴(容或無怪) 그런 일이 있어도 괴이할 것 없음.

44 전정(前程) 앞길. 앞날.

45 대모테 바다거북 껍데기로 만든 안경테.

46 겨끔내기 서로 번갈아 하기.

47 산금장려(産金獎勵) 금을 많이 생산하도록 힘써 전함.

48 와리(わり) 분배되는 이익. 비율.

음우

*『조광』6권 10호. 1940. 10.

1 물초 온통 물에 젖음. 또는 그런 모양.

2 건넌방 원문에는 '거는방.'

3 두려빠지다 한 곳을 중심으로 그 부근을 도려낸 것처럼 뭉떵 빠져나가다.

4 사간마루 네 간짜리 마루.

5 끝전 물건 값의 나머지를 치르는 돈. 잔금.

6 반이(搬移) 짐을 날라 이사함.

7 문장도 문학가의 자세나 도리.

8 胸臟造化 腦多空想 폐장은 조화로우나 머릿속은 공상으로 가득하다.

9 ワレナガラアマリ～モノカ クボ '나로서도 너무나 글이 써지지가 않아서 질린다. 이틀만 더 말미를 줄 수는 없는 건가──구보.' 이는 전신지에 쓴 짧은 전문(電文)을 그대로 옮긴 것으로 표현한 일종의 몽타주 기법으로 볼 수 있다. 전신지에 쓴 전문이라 행갈이를 해야 했고 그래서 작가는 이를 '단가(短歌)'라 유머러스하게 말했는데, 원래 단가는 시조를 가리키거나 판소리 창을 하기 전에 목을 풀기 위해 부르는 짧은 노래를 가리킨다. 내용상으로 볼 때 ワレナガラアマリ/カケヌニア キレタリ/フツカノユウヨネガヘヌモノカ/クボ 정도로 행갈이를 하는 것이 적절하겠지만 여기서는 원래 수록된 판본대로 그대로 두었다.

재운

*『춘추』2권 7호. 1941. 8.

1 기이다 속이다. 피하다.

2 푸지 '푸새'(옷 따위에 풀 먹이는 일)의 잘못된 말.

3 모군 공사장에서 품팔이하는 사람.

4 소함 '효험'을 잘못 발음하는 말인 듯.

5 신효(神效) 어떤 병에 신기한 효과나 효험이 있음.

6 궁즉(窮卽) 통(通) 궁하면 통한다.

7 각수 돈을 원 단위로 셀 때, '원' 단위 아래에 남는 몇 전.

8 배오개 종로 근방의 지명.

9 좌처 가게가 앉은 자리 목.

10 주리때 주릿대. 주리를 트는 두 개의 긴 막대기. 아주 심한 곤욕을 치렀다는 비유의 말로 쓰임.

11 공그리 콘크리트의 일본어식 표현.

12 불계(不計) 옳고 그른 것이나 이롭고 해로운 것 따위의 사정을 가려 따지지 않음.

13 알난봉 '난봉'에 '알'을 붙여서 뜻을 강조한 말인 듯.

14 저희(沮戱) 방해하고 귀찮게 굶.

식민지 모더니즘의 성취와 운명
─ 박태원의 단편소설

천정환

1. 식민지 모더니즘과 식민지 근대성

 너무 멀리 나가는 건지, 혹은 매우 상식적인 것을 들먹이는 건지 몰라도, 박태원의 문학과 삶에 대해 이야기할 때도 근·현대 한국사와 그 지정학적 운명을 들먹이는 일이 필요하다. "우리가 우리들끼리 깔쭉대면서 한반도를 뚝 떼어 메고" 지구 반대편이나 바깥쯤으로 휘익 날아가버*리지 못하는 한에서, 즉 "대한 사람 대한으로만 길이 자리보전"해야 하는 한에서, '자율성과 타율성의 변증'이야말로 근·현대 한국사와, 그 속에 운명을 두어야 했던 사람들의 행로를 균형 있게 설명해줄 수 있는 길이기 때문이다.

 개항과 '개화'를 맞으면서부터 한반도에 살던 사람들은 각축하

---

* 황지우의 시 「새들도 세상을 뜨는구나」 중에서 일부를 변형하여 쓴 문장이다.

는 강대국의 틈바귀에 꽉 끼인 형세로, '세계' 최강 · 최첨단의 힘과 문물이 서로 경합하며 좁디좁은 한반도 천공의 별자리를 수놓는 것을 지켜봐야 했다. 그것은 실로 미증유의 경험이었다. 대원군 이하응이나 면암 최익현 같은 보수파들이 '조용한 아침의 나라'인 채로 은둔을 지속하고자 목숨 걸고 반발했어도, 새로운 물결은 전혀 피하기 어려운 압도적인 힘으로 밀려들었다.

그리고 곧, 20세기 초 한국의 지배 세력과 지식인 대부분은 그 각축하는 성좌와 당당히 교통하고 겨루는 일원이 되고자 소망했다. 그 '복된' 소망은 이루어져 한국은 그 겨루기에 끼기는 했다. 그러나 식민지인 채로였다. 그것도 천 년의 역사를 함께했으면서도 늘 무시했고, 무시하기 알맞게 더 변방에 있었던, 이웃 섬나라의. 한국인들은 그렇게 근대를 맞아야 했다.

그래서 '식민지 근대성 colonial modernity'은 이 자율과 타율의 변증을 압축해서 설명해주는 유력한 도구이다. 식민지 근대성은 앞으로도 해석 또 재해석될 첨예한 화두가 될 것이다. 오늘날 21세기 초에도 한국은 남북을 막론하고, 기실 겨우겨우 제 국민의 생존과 자결권을 유지해 (못)나가면서도, '강소국'이니 '강성대국'이니 하는 꿈을 지향한다. 저 '강한 나라'에 대한 욕망은 철저히 근대적인 '타자의 욕망'인데, 한 번도 진정한 자기 결정권(이 또한 한갓 환상일 수도 있지만)을 갖지 못한 민족이 가지는 진한 결핍의 표현이기도 하다.

2. 리얼리즘 대 모더니즘

'리얼리즘 대 모더니즘'의 구도로 한국 문학사를 이해하던 시절의 난제는 다음과 같은 것이었다. 어떻게 '구인회'와 거기에 가담한 박태원 같은 모더니스트들이 해방과 전쟁을 거치며 모더니즘을 버리고 리얼리즘으로 나아갔는가? 달리 말하면, '부르주아 자유주의의 예술적 표현'인 모더니즘이 어떻게 조선민주주의인민공화국과 그 독특한 정치적 상부 구조에 복속하게 되었는가? 구체적으로는, 왜 이태준·정지용·김기림·최명익과 박태원은 북으로 가거나 사회주의 동조자가 되었는가? 어떻게 「수염」이나 「소설가 구보씨의 일일」 같은 소설의 작가가 『군상』이나 『갑오농민전쟁』 같은 계급주의 문학으로 나아갈 수 있었는가 하는 문제이다.

이러한 의문은 리얼리즘과 모더니즘이 물과 기름 같은 대립자라는 이분법적 인식에서 비롯된 것이다. 이에 의하면 리얼리즘은 식민지 현실을 계급 예술의 원리에 따라 극복하고자 하는 '표현 형식'이요, 문학에 구현된 식민지인의 참여적·저항적 '태도'이다. 이에 반해 모더니즘은 문학적 기법과 질료 자체에 천착하는 기능적인 예술 형식이자, 문학적 자율성을 신봉하는 '순수 예술'적 태도이다. 모더니즘은 자본주의적 삶에 대한 개인적·비-총체적 부정의 수단으로 고안된 서구 예술이지만, 결국 식민지 지배 계급 혹은 그 현지 대리인의 문화를 구현하는 것으로 간주되었다. 즉 모더니즘에 포함된 자유주의적이며 개인주의적인 계기는 우익적인 것으로 치부되었고, 리얼리즘은 그 정확히 그 반대에 있는 것으로 인정받았다.

이런 도식에 입각해서 박태원은 '모더니즘'에 속하는 작가로 분류되어왔다. 뒤에서 다시 말하겠지만, 초기 박태원은 모더니즘 문학의 보편성을 유감없이 구현해 보인다. 그 보편성은 1차 대전과 2차 대전 사이의 서유럽에서 본격적으로 형성되어, 대서양 연안과 동아시아의 도시들을 한 두름에 꿰어 이룩된 문화 양식의 국제적인 성격을 뜻한다.

「수염」 같은 초기 소설에서 작가와 등신대인 소설 속 주인공 청년은 현대 예술과 댄디즘dandyism에 대한 추구를 '명랑하게' 보여준다. 전혀 구김살이 없어서 식민지 청년의 고통스런 자의식이나 구질구질한 민족주의는 낄 여지가 없어 보인다. 또한 「소설가 구보씨의 일일」에서 예술가 구보는 제임스 조이스James Joyce 같은 지구상에서 가장 전위적인 작가와 거리낌 없이 어깨를 나란히 할 수 있다. 그러하기에 이 작품에서 구보는 자기 동시대 조선의 리얼리스트 최서해를 동정하고, 대중소설가 최독견을 경멸할 수도 있었다. 박태원 문학의 제일의(第一義)는 여기에 있다. 박태원 소설은 여기서 출발하여 가장 급진적인 양상의 형식 실험을 통해 한국어 소설로 씌어진 모더니즘의 가능치를 최대한까지 보여준다. 서울 사대문 안의 중산 계급으로 자라나 닦은 아비투스와 첨단의 서구 문화를 섭취한 문화 엘리트는 실로 세계 최고, 최첨단의 문화에 발맞출 수 있는 힘을 소지했던 것이다.

그러나 분단과 전쟁 같은 외적 재앙을 일단 차치해도, 모더니스트들이 그 탈국적적인 보편적 자세를 끝까지 스스로 견지하지 못한다는 데 식민지 근대의 한계가 있었다. 그리고 그것은 박태원만의 한계가 아니라 모더니즘 자체와 '식민지 모더니즘'의 한계이다.

모더니스트 예술가가 보들레르처럼 빈둥거리며 산책하는 거리는 세계 문화의 수도(首都)이며 자본주의의 본거지인 파리나 뉴욕이 아니라 서울일 뿐이다. 서울 거리는 일견 '산책자 flâneur'에 걸맞은 전차와 재즈와 최신 유행의 모던걸이 넘쳐나는 듯하지만, 그 거리는 하수구 시설이 전혀 되어 있지 않아 똥냄새 펄펄 풍기는 뒷골목과 그 골목에서 드난살이하는 '어멈'들을 잔뜩 안고 있었다. 또한 좁디좁은 도회를 조금만 벗어나면 조선인의 대부분은 '모던'은커녕 문맹인 채로, 땅바닥에 딱 붙은 초가집에서, 소달구지와 천수답을 연명거리로 하는 봉건적 소작농의 일원인 채로 살고 있었다. 일견 우익적인 듯했지만 사실 조선의 모더니스트들도 이러한 점을 예민하게 느끼고 있었던 듯하다.

흔히 이런 당시 '사회 경제'의 통계적·객관적 지표가 식민지의 모더니즘이 자체로 불구이거나 발을 땅에 붙이지 않은 허위의식이자 헛짓거리일 뿐 아닌가 하는 회의를 낳게 한다. 하지만 그 또한 오산이다. 식민지 근대성이 상대적 독립성과 생산성을 가지지 않은 것은 아니기 때문이다. 전차와 재즈와 모던걸과 할리우드 영화는 환상이 아니라 실재였다. 문제는 양이 아니다. 따라서 서양인도, 제국의 세금 내는 시민도 아니지만, 힘센 제국의 문화를 있는 힘을 다해 따라가고자 애썼고 따라갔다. 이상은 아무도 알 아먹을 수 없는 시「오감도」를 발표해놓고 항의를 받자 오히려 "왜 미쳤다고들 그러는지 대체 우리는 남보다 수십 년씩 떨어지고도 마음 놓고 지낼 작정이냐"고 항변했던 바 있다. 이런 말에서 알 수 있듯이 기준은 어디까지나 서구에 있었지만, 그런 의식은 한갓 허위의식이 아니었다. 그것은 개화기 이래 한 세대 이상 조선인들이 이념화하고 내면화한 심리적 현실에 튼실하게 기반한 것이었다. 그리고 흉내 내다 보니 또 나름대로 모양도 그럴듯하게 나는 그런 상태로 식민지 시대의 문화는 발전해갔던 것이다.

현실의 역사에서는 1930년대 말에서 한국전쟁의 시기에 존재했던 거악(巨惡), 즉 일제 말기의 군국주의와 이승만 정권이 모더니즘과 리얼리즘의 차이를 압도해버렸다. 현재까지도 위력을 발휘하는 '리얼리즘 대 모더니즘'이라는 도식은 실로 진영론적인 사고의 산물이다. 하물며 좌우 진영 대결의 대리전이 치러진 한반도에서랴. 그러나 역설적으로 좌우 진영의 열전(熱戰)이 그 대립을 무화했다. 박태원과 그의 시대 사람들에게는 그랬다.

1970~80년대의 분단 현실은 다시 그 이원 대립을 재생산했지만, 그마저도 오늘날의 관점에서 보면 극복할 여지가 있다. 양자는 다 철저히 지난 연대의, '극단의 시대the Age of Extremes'가 낳은, 근대의 문화-정치가 낳은 적자(嫡子)들이며, 같은 배에서 난 형제이다.

요컨대 식민지 근대는 모더니즘에게도 순수 문학에게도 자리할 땅을 별로 넓게 내주지 못했다. '모더니즘'은 1920~30년대 한반도에 관철된 식민지 근대성의 양가적 성격이 가장 잘 농축된 문화적 표현 양상이다. 그것을 식민지 모더니즘이라 불러도 좋겠다. 식민지 조선에 모더니즘의 경제적 토대가 없었다는 말은 속류적인 토대 환원론에 불과한 것이고, 식민지의 모더니즘이 자립적으로 리얼리즘적인 것과 대립했다는 것은 일시적인 현상을 과장하거나 '정치'를 과소평가한 것이다. 결국 왜 모더니스트가 리얼리스트로 되었을까, 라는 질문은 '부당 전제의 오류fallacious question'를 범하는 셈이다.

식민지의 가난한 뒷골목에 진정으로 한 발을 딛고 있었던 모더니즘, 박태원 소설의 두번째 큰 의의는 거기에 있다. 박태원은 『갑오농민전쟁』을 쓰면서도 모더니스트였다. 한국적인 모더니즘, 즉 식민지 모더니즘은 식민지 시대에 태어나고 철이 들기 직전에 요절해버린 이상에 의해서가 아니라, 서울 한복판에서 태어나고 자라 이상보다 훨씬 '길고 가늘게' 살다 결국 북한 땅에서 늙어 죽은 박태원에 의해서 제대로 구현된 것이라 볼 수 있다.

3. 댄디: 패션의 주체

스물한 살의 나이에 발표한 단편소설 「수염」은 박태원 문학의 출발점을 보여준다. 소설에서도 이제 막 '소년'을 벗어난 스무 살의 '나'는 콧수염이 기르고 싶어졌다. 병 때문에 한 달 넘게 면도를 게을리 했던 어느 날, 거울을 보다 문득 코밑을 장식하고 있는 수염을 의식하게 된 것이다. 처음에는 엄두를 내지 못했지만, 병이 낫고 이발소에 간 나는 수염 기를 결심을 굳힌다. 30분가량 '거울 속의 나'와 마주하고 난 뒤였다.

'거울 속의 나'와 대면한다는 것은 분열된 자아가 있다는 것이다. 거울 바깥에서 관찰하고 의식하는 자아와 관찰당하고 의식되는 내가 분리되어 있다. 그러니까 거울 속에 비치는 내 모습이란 이미 분열되어 있는 자아가 표현된 상(像)이다. 거울은 그 표현의 표면이다. 내가 거울 속의 나를 응시하는 일은 통상 고통스러운 것이다. 자신을 응시하는 일은 도덕적 양면성, 좌절된 욕망, 실패에 대한 후회를 응시한다는 의미를 지니기 때문이다.

그런데 「수염」의 '나'가 거울을 통해 하는 응시는 차원이 좀 다르다. '나'는 거울을 통해 "수염이 나의 얼굴에 주는 영향을 미학적 견지에서 고찰하여보았"고 그 결과는 "만점이었다." 즉 이발소의 거울에 비친 것은 '불완전한 자기의식'이 아니라 '미적으로 완벽한 몸'이었다. 이 '나'는 전-반성적인 나르시스적 주체이다. 우리 문학사에서 남성 주체가 자기 응시를 통해 자기의 몸을 발견하고 나르시시즘에 도달한 일은 흔하지 않은 듯하다.

의식된 몸은 사회적 기표를 얻어 자아 바깥으로 표현되어야 한다. 「수염」에서 스무 살의 나는 콧수염에 집착한다. 수염은 흔히 어른 됨 혹은 사내다움의 기표이다. 수염을 기르고 싶어하는 '나'는 성장하여 댄디즘적인 '패션의 주체'가 될 것이었다. 박태원에게 있어 그것은 유명한 '갑빠머리'와 안경으로 표현되는데, 그 패션은 1930년대 모던보이 혹은 모더니스트에게 요청된 몸의 기표

이기 때문이다. 유행을 따른 혹은 선도한 패션은 모더니스트로서 박태원이 자기 몸에 스스로 구현한 고현학(考現學)이기도 하다.

어떤 남성들이 패션에 민감하여 멋진 옷을 입고 향수를 뿌리고 다니는가? 그런 미의 추구는 종종 마초macho적 경멸의 대상이다. 그것은 허영이거나 남성답지 못함의 발현이기 때문이다. 그러나 댄디즘이야말로 모더니즘의 한 본령이다. 그것은 단순한 허영이 아니라 예술적인 취향(미)으로서 속물적인 도덕과 전체주의적 성격을 띠는 습속을 넘어서고자 하는 의식에서 발현되는 것이다.

그러나 댄디즘적인 미의 추구가 속물적이고 보수적인 사고와 얼마나 철저하게 대립하는가, 또는 그것이 진정한 의미의 부정성을 갖는가 하는 것은 별로 중요하지 않다. 패션이 기실 표피적인 제스처에 불과하거나 그 옷을 걸친 주체가 철저히 자의식적이지 못하다 하더라도, 패션은 기표 자체로서 중요하기 때문이다. 충격적이거나 낯선 표현으로서의 패션은 기호의 표층에서 바로 기성의 가치와 대립할 수 있다. 예컨대 머리에 노랗게 물을 들이거나 힙합 바지를 입는 일이 유행에 대한 맹종에 불과하더라도 그것은 부정성을 갖는다. 그것을 보는 기성세대의 눈에 그것이 꼴 보기 싫은 것이면 더욱 그렇다. '어른들'은 패션에 있어 보수적일 수밖에 없기 때문이다. 「수염」에서도 '젊은 애가 콧수염을 기르는 것은 건방진 일'인데, 하지만 그것은 수염을 기르는 데 전혀 장애가 아니었다. 오히려 장애는 그 콧수염이 미적으로 온전하지 못한 것이면 어쩌나 하는 걱정뿐이었다. 미적 가치는 '예(禮)'보다 훨씬 중요하다.

4. 이상과 박태원

박태원의 댄디즘은 이상의 봉두난발과 동전의 양면을 이루는 것이다. 첨단의 유행을 좇아 과도하게 멋을 부리는 일은, 남을 전혀 의식하지 않고 사회적인 평균으로서의 '깔끔함'이나 예의범절을 거부하는 것과 상통한다. 그리고 어른들의 눈치를 안 보는, 어른들이 뭐라든 아랑곳 않고 평균적인 패션을 거부하는 젊은이들에 의해 한국 신문학사가 창출되었다.

1920년대 후반, 문학가들의 한 축이 분기해 나가며 계급의식에 투철한 운동가로 화하기까지, 식민지 문학청년은 모두 모던보이의 일종이었다. 이러한 사정은 이광수가 쓴 「문사와 수양」(1921)에 잘 나타나 있다. 이광수는 이 글에서 자기 뒤를 이어 나타난 1920년대 문학청년들이 으레 술과 연애에 탐닉하고 '두발과 의관을 야릇이 할 것'을 문학가의 요건인 것처럼 생각한다며 불만을 토로했다. 문학가는 '건전'하고 계몽적인 모범 인간이어야 한다는 것이다. 그러나 그것은 신경증적인 계몽주의자인 이광수다운, 그리고 이미 기성세대 된 작가의 투덜거림일 뿐이다.

「애욕」은 다방 '제비'를 차려놓고 연애에 고통받던 이상을 모델로 한 것으로, 당시 모던걸 모던보이 들이 하던 연애의 구체적 양상이 드러나 있다는 점에서도 흥미롭다. 소설의 결말부에서 이상(하웅)은 여자들을 버리고 서울을 떠나려다 실패하는데, 그 떠나는 일을 '생명의 세탁'이라 부른다. 서울은 욕망의 아수라였기 때문이다. 소설 속 박태원(구보)은 이런 이상을 그저 안타까운 시선으로 바라본다.

이상과 박태원의 관계는 흥미롭다. 두 사람은 절친한 친구이자 '구인회'의 동지였기 때문에 곧잘 비교되기도 했다. 이상 문학은 한국 문학사에서 일종의 절대적 기준이다. 문학가의 삶과 문학이 극한의 지점(요절)에서 한몸이 되어버리는 지경을 보여주었다고 평가되기에, 또 부정의 정신을 극한까지 밀어붙이고 또 그럼으로써 미증유의 경지와 기법을 개척하였다고 인정되기에 이상 문학은 최상의 평가를 받는다. 그러나 바로 이런 요소를 두루 갖고 있기에 이상은 천재 아니면 가짜(혹은 모방)라는 혐의도 받았다. 그는 여러 가지 면에서 동시대의 지평을 단번에 넘어버린 면을 갖고 있기 때문이다. 하지만 아무나 이상처럼 될 수 있는 것이 아니다. 뭔가 숙명을 지고 태어나야 하고, 생을 통째로 걸고 도박을 해서 고통스럽게 패배해야 한다.

이에 비해 박태원은 천재도 아니고 가짜도 아니다. 그래서 또 다른 양면성을 지닌다. 박태원은 서울 중산층 집안의 아들로 유복하게 자랐으며, 어릴 때부터 당대의 거물 이광수로부터 문학 수업을 사사받을 수도 있었다. 한마디로 세계와 자아의 관계가 비교적 조화로웠던 인생이다. 그래서 이상이라는 기준에서 보면 박태원은 삶으로나 문학으로나 그야말로 '안일'하다고 보일 수도 있다. 박태원 소설의 모더니즘의 밀도에 대한 평가 중 상당수가 이러한 기준에서 내려진 것이다.

박태원 스스로도 '구인회'의 일원이며 이상과 가장 가깝게 지내던 시기에 「소설가 구보씨의 일일」「방란장 주인」「길은 어둡고」 같은 가장 실험적인 작품들과 「거리」「전말」 등 가장 음울한 색조를 띤 작품들을 쓸 수 있었다. 이상과 함께 있을 때 박태원의 모더니즘도 가장 진지하고 높은 수준으로 올라간 것이다.

그러나 앞에서 이미 말하였듯 박태원은 이상이 못하는 것을 했다. 「소설가 구보씨의 일일」의 상징적인 결말부에서 "집에 있겠소, 좋은 소설을 쓰겠소" 하고 구보가 벗에게 다짐했을 때 암시되었듯 이미 그는 독자적인 '한 개의' 소설가였다. 이상은 죽기 7개월 전에야 『조광』 1936년 9월호에 그를 유명하게 만들 「날개」를 발표했는데, 박태원은 자리를 튼튼히 가진 작가로서 작품 세계의 전환을 보여준다는 『천변풍경』을 『조광』에 벌써 연재하고 있었다. 또한 박태원은 이상과 비교될 수 없는 독자적인 자기만의 '작품 세계'와 그를 위한 튼실한 현실의 공간(청계천과 종로 주변의 중산층과 민중의 삶)을 갖고 있었다. 『천변풍경』은 식민지 모더니즘의 현실성을 가장 진지하고도 유쾌하게 실증해 보이는 작품이다. 끝내 버티며 '좋은 소설'을 써낸 것은 박태원이었다.

이상과의 관계도 이런 점에서 다시 조명해 볼 필요가 있다. 박태원이 「애욕」이나 「적멸」에서 이상에게 보여주는 시선은 단지 '방탕한 친구'에 대한 '모범생'의 시선만은 아닌 것이다.

5. '골목 안' 풍경과 반성적 불행

박태원 소설의 일군(一群)은 그가 거주하던 종로와 청계천변, 즉 청진동·관철동과 그 이웃 동네 서울 사람들의 이야기이다. 박태원은 「낙조」에서 「골목 안」그리고 장편 『천변풍경』에 이르기까지 여러 차례 다양한 각도에서 1930년대 서울 한복판에 살던 서울 사람들의 운명을 소설화한다.

박태원 문학에서 이들이 갖는 의미는 소재 이상이다. 이들이야 말로 그들과 함께 살며 관찰한 박태원에게는 진솔한 '현실'이며 '민중'이자, 창작의 동력 자체이다. 그들 서울 사람들은 가난하지만, 관념적인 지식인들의 머릿속에 있는 계급 대중은 아니다. 중간 혹은 그 이하인 이들은 원체 잇속에도 밝다. 또한 약하고 가난하지만 나름대로는 세련됐다는 점에서 본원적 의미의 '민족'이나 '민중'이 아니다.

기본적으로 이들의 삶은 힘겹다. 그것을 묘사하는 작가의 시선은 연민이다. 이런 작품들에서의 문학적 성취는 꾸준히 관찰해서 속속들이 그 대상을 이해한 결과이기도 하다. 박태원의 다른 소설에서 작가와 거의 등신대의 주인공이 등장하는 것과 달리, 이 계열의 작품에서 작가는 거의 몸을 드러내지 않는다. 그러면서 작가는 자유자재로 그들 중의 일부가 되어 그 삶을 묘파하고 그에 부과된 생의 고달픔과 사회적 모순을 그려낼 수 있었다.

「낙조」는 구한말 첫번째 관비 유학생 세대의 운명을 다룬 소설

이라는 점에서 흥미롭다. 경오년(1870년)생인 주인공 최주사는
젊은 시절 대한제국 경무청의 순검이었다가 내부대신 박영효의
인솔 하에 인천까지 도보로 가서 동경 유학을 간다. 게이오의숙
(慶應義塾)에서 일본의 유명한 계몽 사상가 후쿠자와 유키치(福
澤諭吉)와 면담한 일이며, 을미사변으로 곧 유학을 포기했던 당
시 사정들이 회고의 시선으로 조명된다. 하지만 이제 최주사는
독립문·마포·아현·현석동 일대를 돌며 싼 약을 팔고 외상술이
나 먹는 '막걸리 영감'일 뿐이다. 평민 출신 젊은 하급 관료였다가
출세를 꿈꿨지만 나라의 운명과 더불어 몰락한 인생인 것이다.
망한 나라를 물려받은 젊은 서술자는 그저 담담하게 앞 세대의
운명을 관조해서 보여준다. 식민지 시대에서 식민지화를 회고하
는 시선인 것이다.

　「낙조」는 습작기를 막 벗어난 시절에 씌어진 비교적 초기 작품
인데, 이렇게 초기 작품에서조차 모더니즘의 타자라 할 만한 소
외된 노인을 다루었다는 점은 강조될 만하다. 그리고 더 중요한
것은 이 소외된 노인, 즉 1930년대의 '모던'과 아무 관련이 없을
듯한 늙은이조차, 사실은 일본 유학까지 다녀온, 개화기 이래 서
울 한복판에서 죽 살아온 한국 근대화의 첨병이었다는 사실이다.

　이제 아무런 희망 없이 죽음을 맞으려는 「낙조」 주인공 최주사
는 자존심이 강하고 선량한 사람이다. 그러나 그의 인생은 실패
한 것으로 그려지는데, 그 '인생 실패'는 최초의 일본 유학생이었
던 한국 근대화 1세대의 실패이자 식민지 근대화의 허약함을 증
명하는 상징으로 읽힌다.

한편, 「골목 안」은 다음과 같이 읽으면 절로 눈살이 찌푸려지고 코가 자극되는 문장으로 시작된다.

어려운 사람들이 모여 사는 곳이란 으레들 그러하듯이, 그 골목 안도 한 걸음 발을 들여놓기가 무섭게 확 끼치는 냄새가 코에 아름답지 않았다. 썩은 널쪽으로나마 덮지 않은 시궁창에는 사철 똥오줌이 흐르고, 아홉 가구에 도무지 네 개밖에 없는 쓰레기통 속에서는 언제든지 구더기가 들끓었다.

그야말로 생생한 자연주의적인 시선으로 구린내 지린내 풀풀 나는 일제 말기 소시민 혹은 그 이하 계급의 삶을 묘파하겠다는 것이다. 그들이 사는 이 골목은 백화점, 극장, 카페가 즐비한 서울 한복판 대로에서 불과 '한 걸음' 들어가면 있는 데다.

그 골목 끝집에 사는 집주릅(부동산 중개인)인 순이 아버지와 그 식구들은 순이 아버지의 허세에도 불구하고 참 보잘것없다. 자식들이 여럿 있지만 "그 자식, 내 자식 아니요" 할 정도로 제대로 앞길이 편 놈이 없다. 장남 인섭이는 산판 브로커 일을 하고 다니다 웬 '갈보년'과 눈이 맞아 부모처자를 팽개친 채 무려 7년째 소식이 없다. 차남 충섭이는 권투 선수랍시고 주먹질이나 하고 다니지만 아무 실속 없고, 고개가 비뚤어진 막내아들 효섭이는 금년에 중학교 입시에 떨어지고 고등소학교에 입학했다. 그나마 큰딸 정이가 카페 여급으로 다니며 매춘을 하기 때문에 입에 풀칠은 할 수 있다.

효섭의 학교 학부모 후원회에 참석하려는 날이었다. 청진동 정의원 댁에서 웬 사람이 와서 영감의 가장 착하고 말썽 없는, 둘째 딸인 순이가 정의원의 아들 정문주에게 보낸 연애편지를 꺼내놓으며 딸 교육을 잘 시키라고 훈계한다. 가난하고 보잘것없는 집 딸년이 어디 주제넘게도 부잣집 도련님을 넘보느냐는 것이었다. 순이 아버지는 큰 심적 타격을 입는다.

한데 효섭의 학교에 간 순이 아버지는 다른 학부형들 앞에서 황당한 자식 자랑을 늘어놓는다. 큰아들은 경성의학전문학교를 졸업하고 대구도립병원에서 근무하는 의사이며, 둘째 놈은 고등공업을 졸업한 광산 기수로서 부모 호강시켜줄 거라고 집을 지어주고 있고, 딸들은 다 성례를 했다는 것이다. 모두 현실과는 정반대되는 자식 자랑이다.

순이 아버지를 통해 1930년대 말 서울의 '보통 사람'들이 가진 '욕망-도덕,' 즉 도덕과 욕망의 모순적 결합과 그 운동이 무엇인지 알 수 있다. 욕망과 도덕은 가치평가를 행하는 두 기준이다. 순이 아버지의 '욕망-도덕'은 단순하고 보편적인 듯하다. 자식들이 많이 배우고 많이 버는 것이며, '제대로 된' 집안에 시집-장가가는 일에 지고의 가치를 부여하는 것이다. 가능하다면 늙은 부모가 그 자식들 덕도 좀 보는 일이다. 그러나 순이 아버지에게 있어서 이 '욕망-도덕'은 하나도 실현될 수가 없고 자기모순적이다. 순이 아버지는 스스로 보수적인 도덕관념을 가졌지만, 바람난 장남과 매매춘을 하는 장녀를 그저 지켜볼 수밖에 없다. 도덕은 경제에 종속되고, 경제는 새로운 도덕을 창출하여 전에 비도덕적이

었던 행위가 도덕적인 것으로 뒤바뀐다. 그래서 사람들은 불행해
진다.

「성탄제」에도 이렇게 불행한 가족이 등장한다. 여학생인 동생
순이는 카페 여급을 하며 '더럽게' 돈을 벌어 가족을 부양하는 언
니 영이를 경멸해 마지않았다. 하지만 언젠가부터 순이의 앞길도
순탄치 않게 풀리더니, 마침내 그녀도 카페 여급이 된다. 혐오해
마지않던 언니가 걸어갔던 길을 똑같이 가고 만 것이다. 남자를
집에 데리고 와서 매춘을 하고 그다음 날 아침에는 식구 수대로
중국집에서 자장면을 시켜 먹게 하는 것도 언니랑 똑같다. 부모
는 그게 어떻게 번 돈인지 알면서도 모른 척하며 자장면을 먹고,
그래도 동생이 좀 다른 삶을 살기를 바랐던 언니 영이는 "너마저
너마저……"라며 눈물을 흘린다.

1920~30년대의 기생과 카페 여급은 봉건적 유교 도덕의 속박
에서 벗어나서 자본주의적 인간관계 속으로 인입된 새로운 인류
의 하나였다. 모던걸의 한 분파인 그들은 '연애'하거나 '매춘'함으
로써 새로운 성-경제, 혹은 풍속의 핵심적 주체이자 대상이 된다.
소설가들 또한 이들과 '연애'하거나 다양한 형태로 관계 맺고 이
들을 관찰하여 욕망의 사회적 추이를 그려내고자 했다. 박태원
소설에도 많은 기생과 카페 여급이 등장한다. 이들 여성은 단지
당대 풍속과 남녀 관계를 그리기 위한 소재이거나 남성(작가)의
시선에 포획된 욕망의 대상이 아니다. 그들은 모순적인 존재들
로서 타자이면서 당대의 '욕망-도덕'의 엄연한 행위자이다. 그
래서 남성중심주의의 수혜자인 남자들도 이들 때문에 아주 괴로

위한다.

짧고 단순한 줄거리를 가진 「성탄제」는 세 가지 목소리가 병치됨으로써 독특함을 갖게 되었다. 이야기 바깥에서 서사를 중개하는 서술자의 목소리, 그리고 언니 영이의 목소리, 순이의 목소리가 병치된다. 이렇게 서술의 목소리를 갈라서 배치함으로써 서로 경멸하고 증오하던 두 자매가 겪는 불행의 대상성이 제대로 조망된다.

도덕적 타락이나 불행을 지켜보고 타자화하는 것과, 그 불행을 실제로 겪는 것 사이의 거리는 매우 크다. 타인은 그 불행을 동정하거나 경멸하기 쉽다. 하지만 실제로는 타인의 불행의 진행 경과도 모르며 그 불행이 야기하는 효과도 모른다. 「성탄제」에서 서술의 시점이 셋으로 나눠지며, 영이에게는 '익숙하지만' 순이에게는 '경멸의 대상'이었다가 결국 익숙해지는 그 불행은 입체성을 얻게 되는 것이다.

문제는 부도덕이 불행이라는 점에 있다. 부도덕은 자아를 불행하게 만든다. 한 사회에는 지배적 도덕과 평균적 욕망이 있다. 그런데 이를 벗어나는 욕망을 가진 주체들이 있고, 그런 욕망을 가능하게 하는 구조도 엄연히 존재한다. 지배적 도덕, 평균적 욕망과 그것을 초과하는 개인적 주체들 사이의 괴리가 크면 클수록 당사자들은 고통받을 가능성이 커진다. '지배'가 욕망을 억압하기 때문만이 아니라, 그 개별 주체들 스스로의 성찰로부터 고통이 주어진다. 이런 고통을 '반성적 불행'이라 부를 수 있을 텐데, 이는 도덕적 불완전함에서 주어진다.

1920~30년대 신여성들이 당했던 불행과 고통도 이에 입각해서 이해할 수 있다. 지배적인 도덕은 봉건적인 수준(가부장제와 그것을 지키는 근간인 순결 이데올로기 따위)이었는데 이를 벗어난 '자유연애'는 급진적인 것이었기 때문이다. 신-남성들은 자유연애를 칭송하면서도 순결을 잃으면 여자는 죽는 것이라 위협했다. 자유연애는 좋지만 섹스는 불가하다는 입장을 끝없이 선동했다. 이는 식민지 시대 연애소설과 이광수 문학의 반복된 메시지였다.

자유연애를 끝까지 밀고 나가면 갈 수 있는 길은 '패덕'이거나 '불륜'밖에 없다. 연애하면서 섹스를 하지 않는다는 것은 불가능하고, 그런 연애는 이광수 같은 이의 머리 속에만 있거나 불구적인 것이다. 그런데 문제는 자유연애의 당사자들이 이런 순결 이데올로기와 지배적 도덕에서 스스로 부자유스럽다는 것이었다. 그러니까 반성은 유감스럽게도 자유가 아니다. 반성은 지극히 윤리적인 태도를 취하고, 그 윤리는 이미 이데올로기로 채색되어 있는 것, 그리하여 어느 계기로부터 반성이 이데올로기를 내면화하는 일 이상이 아니다. 욕망과 도덕 사이의 골을 메우거나 도덕을 초과하는 것은 사랑이거나 정열과 같은 가치이다. 이는 강하지만 일시적인 것들이라 항성(恒性)이 없고 도덕보다 약하다. 도덕보다 강해야 함을 개별자들에게 요청하는 일은 틀리지는 않아도 무책임한 일이다.

「비량」에서 인텔리 청년 승호는 부모가 정해준 좋은 혼처인 혜숙을 마다하고 카페 여급인 영자를 택한다. 그 선택에는 동정심과 더불어 '자유연애'적인 열정의 원리가 작동했다. '가여운 영자를 버리고 모든 조건이 우수한 혜숙에게로 가는 것은 남자로서 죄악인 것 같았고, 쥐뿔도 없는 영자를 택하는 것에 대한 부모를 비롯한 타인들의 비난이 거세질수록 영자를 향한 정열은 더 커졌다'는 것이다. 한데 이 여급과의 동거 생활은 정열의 식어짐과 빈곤 때문에 곧 파탄에 이르게 된다. 그리고 승호는 반성적 불행에 빠져든다. "참 저러한 아낙네 눈에, 우리들의 이 생활이 어떻게 비칠 것인구……?" 의식하는 '타자의 시선'이란 평균적인 도덕률에 대한 의식이다. 타자의 시선을 진작 의식했더라면 애초부터 동거는 있을 수 없는데, 내면화된 반성이 작동하기 시작한 것이다.

무능한 승호가 생계를 이어갈 능력이 없자 영자는 남자를 집에 끌어들여 매춘을 한다. 승호는 눈물을 흘리며 자기모멸에 빠져든다. 승호가 택할 길은 그녀를 떠나서 새 삶을 시작하든지, 아니면 기둥서방이 되는 일이다.

도덕적 불행, 즉 반성적 불행은 자기모멸을 야기한다. 무능한 인텔리 남성이 사랑하는 여인이 자기 눈앞에서 몸을 파는 일을 견뎌야 한다는 이야기 구도는 이상의 「날개」와 비슷하다. 「비량」은 가히 「날개」의 트래직 버전이라 할 만하다. '기둥서방 되기'라는 '남성 최대의 치욕' 앞에서 「날개」의 주인공은 자신을 금치산자 같은 백치스러운 상태로 퇴행하게 함으로써 '반성적 불행'을 넘어서고자 했던 데 비해, 「비량」의 주인공은 아내의 손님에게 방을 양보하고 눈보라 날리는 거리로 나와서는 눈물을 흘리며 엉엉 운다.

6. 실험적 서사 기법의 의미

박태원은 한글로 씌어진 소설 작품 가운데에서 가장 파격적이고 실험적인 작품을 남겼다. 박태원의 소설 기법 실험은 표현 매재(媒材)인 언어에 대한 독특하고 깊은 자의식을 바탕으로, 근대적 산문 정신의 합리주의를 넘어서고자 하는 의도에서 수행되었다.

소설의 서사는 문장과 문장이 모여 의미의 작은 단위를 만들어내고, 다시 그것들이 단락과 단락의 덩어리가 됨으로써 의미의 연쇄를 이루어서 축조된다. 의미는 '문장-단락-절-장' 등의 분절을 통해서 이해할 수 있는 것이 되고, 이 의미의 단위가 연결되는 가운데 소설의 시간성이 실현된다. 그런데 박태원의 실험적인 소설에서 문장들은 의미의 위계적 분절을 거부하는 수단이 된다. 「진통」「소설가 구보씨의 일일」「방란장 주인」「길은 어둡고」 등이 이러한 실험이 적용된 대표적인 작품들이다.

「방란장 주인」은 1936년 '구인회' 동인이 펴낸 『시와 소설』에 발표된 작품으로서, "그야 주인의 직업이……"로 시작해서 "느끼고,"로 끝나는 단 하나의 문장으로 씌어져 있다. 그 문장은 수없이 많은 쉼표와 '~이요' '~며' '~고'로 연결된 하나의 복문이다. 이런 문장을 통해 소설은 두 가지 점에서 대단히 과격한 실험성을 띠게 된다. 첫째 계속 이어진 단 하나의 문장으로 씌어졌기 때문에 서술된 사건들은 중심-부차를 나누는 위계를 갖지 않는다.

인간의 오성은 사물과 자연에게 이름을 부여하고 그것을 종(種)과 속(屬)으로 범주화하고 위계를 부여함으로써만 작동한다. 주어·목적어·술어로 구분되고 마침표가 찍혀 서로 구분되는 각 문장은 기실 분절되어 있지 않은 세계를 분절하여 인식하고 표현하는 가장 중요한 수단이다. 소설은, 소설가의 이성이 인생의 단면을 잘라서 자신의 해석에 따라 분절하여 보여주는 이야기 양식을 뜻한다.

모든 이야기는 처음과 끝을 가지고 있다. 『아라비안나이트』처럼 이야기가 꼬리에 꼬리를 물고, 아무리 길게 확장되고 이어진 이야기라 해도 결말이 없을 수 없다. 이야기는 인생의 유한성을 극복하기 위한 존재의 양식으로 개발되었으면서도, 마치 인생처럼 종착지와 목적이 있다. 그래서 이야기는 그 속에 포괄된 작은 이야기와 사건을 중요한 것과 중요하지 않은 것으로 나눈다. 그리고 각 이야기 각 부분의 마디는 결말을 향한 도정으로서 의미를 부여받는다. 그리고 마침내, 마지막 문장이 씌어지고 이 문장은 마침표가 찍혀 끝난다. 문제가 해결되든지, '행복하게 오래오래' 살든지, 죽든지 해야 한다. 그러나 「방란장 주인」은 그 이전의 상태나 그것을 넘어선 상태를 보여주고 싶어하는 것이다.

「진통」「전말」 등의 소설은 이처럼 극단적인 소설 실험의 도중에 있다. 「길은 어둡고」는 「방란장 주인」과 약간 다른 방식으로 소설의 시간성 실험을 실천해 보인다. 「길은 어둡고」는 갓 스무 살 먹은 착한 카페걸 향이가 유부남과 사랑에 빠져 괴로워하다 남자를 떠나려 하지만 떠나지 못한다는 단순한 스토리를 가지고 있다. 네 개의 절로 되어 있는 이 소설의 처음과 끝 대목은 완전히 똑같다. 이 소설도 발단에서 끝까지의 시간 경과량을 0으로 만들어 시작에서 결말에 이르는 목적론적 구조를 해체한 것이다.

우리가 아는 많은 이야기와 소설이 원점 회귀의 구조로 되어 있고 「길은 어둡고」도 그런 구조를 가진 것으로 볼 수 있다. 그러나 원점 회귀는 출발한 데로 돌아온다고는 해도, 여행과 모험 도중에 생긴 일로 인해 주인공은 이미 바뀐 자아를 갖고 있다. 그리고 그 변화야말로 소설의 주제이다. 하지만 처음과 끝을 완전히 똑같이 써놓은 것은 이와 다른 차원의 의미를 갖는다. 과정과 도달의 의미를 무화하고자 하는 의도인 것이다.

「소설가 구보씨의 일일」에서는 시간이 흘러가기는 한다. 소설의 처음에서 결말까지 진행된 서사 시간은 12시간이다. 그 과정의 시간은 매우 천천히 흘러간다. 시간의 흐름은 자유연상에 의해 계속 틈입하는 과거와 기억들에 의해 방해를 받기 때문이다. 이 소설은 처음과 끝 절을 제외한 모든 절의 이야기가 'ⓐ(과거에 대한) 자유연상+ⓑ(현재의) 공간 이동+ⓒ(과거 또한 현재에 대한) 상념'에 의해 구성되어 있다. 다음 예를 보자.

ⓐ ⓒ개천룡지개(芥川龍之介). 어제 어디 갔었니. 『라부파레드』를 보았니. …… 이런 것들이 씌어 있었다.

ⓑ다료의 주인이 돌아왔다. 아 언제 왔소. 오래 기다렸소. 무슨 좋은 소식 있소. ⓑ구보는 대답 없이 자리에서 일어나, 노트와 단장을 집어들고, 저녁 먹으러 나갑시다. ⓒ그리고 속으로 지난날의

조고만 로맨스를 좀더 이어 생각하려 한다.

ⓑ다료에서

나와, 벗과, 대창옥(大昌屋)으로 향하며, ⓐ구보는 문득 대학
노트 틈에 끼어 있었던 한 장의 엽서를 생각해본다. ⓒ물론 처음
에 그는 망설거렸었다.

이러한 단위는 규칙적으로, 또는 불규칙적으로 작용해서 서사
분절의 단위를 만든다. 연상, 공간 이동과 상념의 교체가 크게는
소설의 절을 구성하고 작게는 한 문장 안에서 몽타주 내지는 자유
연상 기술을 표현한다. ⓐ과거에 대한 자유연상, ⓑ(현재의) 공간
이동, ⓒ(과거 또한 현재에 대한) 상념 사이의 교대 속도가 빨라지
고 순서가 서로 엉키면, 소설은 진행되지 않고 연상과 '심리' 안에
서 맴돌게 된다. 시간과 존재의 변화를 보여주는 것을 목적으로
삼지 않는 이러한 소설에서 '모더니즘'이 구현되는 것이다.

7. 구보, 예술가소설의 계보

모더니즘 예술의 가장 큰 특징 중의 하나가 '미학적 자기반영
성'이다. 이는 자본주의 사회에 처한 예술과 예술가의 존재 방식
때문에 발생하는 미의 원리이다. 자본주의 사회는 속물적 대중사
회이며, 다른 모든 것처럼 예술 또한 '돈'으로 값 매겨지는 타락한

사회이다. 그러나 그럴수록 '예술'은 침범 불가능한 자율적인 가치를 가진 것이 되고 예술가는 예술의 진정한 가치를 알아주지 못하는 속물들에 '고독하게' 맞서는 주체가 된다. 예술가 의식이 문제되고 예술 작품의 창작 과정 자체가 작품이 될 수 있는 것은 이러한 이유에서이다.

문학에 있어 이는 예술가소설로 나타난다. 이 소설들에서 공통적으로 나타나는 주제는 '삶과 예술의 갈등 및 화해에 대한 모색'이다. 그래서 소설 속에서 소설가는 이 때문에 괴로워한다. 삶과 예술의 갈등은 속물들에 대한 분노나 이러저러한 장애 때문에 '도무지 단 한 줄도 소설을 쓸 수 없음'으로 나타난다.

「소설가 구보씨의 일일」을 위시한 일련의 박태원의 단편소설들은 이러한 예술가소설의 구도에 잘 들어맞는다. 「소설가 구보씨의 일일」에서 박태원과 등신대로 등장하는 주인공 '구보'는 하루 종일 메모를 위한 노트를 들고 서울 거리를 종일 '산책하며,' 현대의 풍속을 탐구한다는 이른바 '고현학'을 실행한다. 이는 소설 쓸 거리를 찾고, 소설을 쓸 수 있는 정신 상태를 갖추기 위한 준비이다. 별다른 사건이 일어나지 않는 구보의 한가한 산보 자체가 소설의 줄거리인데, 그 과정에서도 머리는 바쁘게 움직이며 식민지 자본주의의 시간 공간을 비판적으로 펼쳐 보인다.

이 비판적인 인식은 한편으로는 엘리트주의이고 한편으로는 논리적인 수준에 닿지 못한 표피적 태도에 불과한 것이지만, 「소설가 구보씨의 일일」은 새로운 소설 기법과 예술가소설로서의 보편성을 갖고 있기 때문에 한국 소설사상 가장 두드러진 모더니즘 작품으로 인정받는다. 그리고 이 한 편으로 인해 '구보'는 한국 '소설가'의 대명사가 된다. 최인훈·주인석 등의 후대 작가들이 자기 시대의 '구보'를 자처하며 같은 제목의 소설을 써낸 이유도 여기에 있다.

「자화상」 3부작'이라는 제명을 달고 1940년 전후에 발표된 「음우(淫雨)」 「투도(偸盜)」 「채가(債家)」와 「재운」, 「음우(陰雨)」에도 소설가 '구보'가 등장한다. 이 구보는 「소설가 구보씨의 일일」과 같고도 다른 존재이다.

「음우(淫雨)」의 예를 들어보자. 소설의 주인공 '구보'와 그 가족들은 근 한 달간 계속된 장마에 시달린 데다, 장마에 곳곳에서 집 안으로 들쳐오는 빗물 때문에 정상적인 생활을 잃어버리고 극도로 신경이 날카로워진다. 구보가 집필과 독서를 위해 쓰는 방에도 비가 새서 책상을 마루로 빼놓았다. '한 줄도 소설을 쓸 수 없는' 상황이 벌어진 것이다. 이런 상태는 작가에게 가장 큰 고통이다.

그러던 어느 날, 구보의 아내가 누군가 찾아왔다며 사랑방에 나가보라는데, 그 방에는 원래 그 자리에 있었던 것처럼 책상과 원고지, 자전, 담배합 등등 소설을 쓰기 위해 꼭 필요한 온갖 도구들이 갖춰져 있다. 이를 보자 확 기분이 달라진다. 갑자기 소설을 쓸 수 있는 엄숙한 마음이 되어 새로 담배를 하나 물고 "나는 이제 좋은 작품을 하나 쓰리라……"고 마음을 먹는다.

이는 소설을 쓰기 전 과정, 그리고 소설을 써가는 과정을 문제 삼고, 특히 결말을 "집에 있겠소. 좋은 창작을 하겠소"로 끝낸

「소설가 구보씨의 일일」과 상당히 비슷하다.

그러나 소설가의 모습은 많이 달라져 있다. 그가 소설을 쓰는 과정은 철저히 '생활'과 매개되어 있다. 그는 어느새 아내와 두 아이를 가진 가장이며 "약간의 고료" 때문에 소설을 쓰는 직업인의 하나이다. 좀더 살펴면, 드러내놓고 있는 소설 제작 과정도 다르다. 온종일 거리를 배회하며 관찰하고 상념 속에서 현실과 과거를 오가는 '산책'이 소설 쓰기의 동력이 아니라, 집에서 소설을 쓰지 못하게 만드는 짜증나는 일상생활과 생계를 걱정해야 하는 아내와의 관계가 주된 축이기 때문이다. 「재운」에서 "나도, 이제부터, 우리들의 생활을 위해 부지런히 노력을 해야만 한다"고 한 것처럼 구보는 여전히 예술가이기는 하지만, 원고료와 명성에 책임을 져야 하는 체제 속 소시민이다.

이 소설들에서 느낄 수 있는 것은 부정성보다는 안정감이고, 실험성보다는 농숙한 솜씨이다. 이에 대해 기법과 재료가 맺는 관계의 긴장력이 약해짐으로써, 모더니즘 본연의 '예술성'이 약화되는 것으로 평가할 수 있다. 예컨대 「소설가 구보씨의 일일」과 「음우」나 「자화상」 3부작은 소설 속 서술자의 태도와 시점 사용도 서로 다르다. 「소설가 구보씨의 일일」 등의 작품에서 구보는 3인칭으로 지칭되지만, 서술자와 구보 사이의 거리가 없기 때문에 이를 소위 '1인칭' '3인칭'이라는 틀에 끼워 넣을 수가 없었다. 그러나 「음우」 「채가」 등의 작품에서, 구보는 1인칭 서술자로서 정립해서 사건과 대상을 서술한다. 확보하고 있는 거리의 차이에서 이런 차이가 생길 것이다. 「소설가 구보씨의 일일」에서 빈번히 사용되던 현재형 서술이나 인용부호를 생략한 채 인물의 독백을 서술하던 기법은, 동일한 구보가 등장하는 이들 소설에서는 보이지 않는다.

실험되던 소설 기법들은 이 작품들에서는 그야말로 스타일로 정착해 있다. 이들 작품들에서의 사건과 행위는 「소설가 구보씨의 일일」에서처럼 구보 자신이 야기한 것이 아니다. 타인들에 의해 야기된 사건을 사회적인 위치와 태도를 가진 작가 구보가 그야말로 직업적인 소설쓰기로 형상화해내는 것이 이들 작품이다. 그러나 바로 이런 점 때문에 새로운 의의가 있다.

이들 작품은 부정성을 지니고 있지만 때로는 다소 '유치'에 빠지는 문청 의식이나 엘리트 의식 대신, 일제 말기를 살아가던 중산층 소시민의 욕망-도덕, 즉 일상적 윤리 의식과 경제적 생활의 관계가 무엇인지를 보여준다. 그들이 어떻게 처자를 먹여 살리고 지출과 잉여 수입을 관리하며, 어떻게 부동산을 매매하며, 어떻게 행랑살이나 가정부 같은 '하층 계급'을 다루며, 미래를 위해 자식새끼를 어떻게 유치원(!)에 보내는지가 「채가」나 「재운」 등에 잘 나타나 있다.

어찌 보면 이런 이야기들은 세상살이에 요령부득이며 소심하기 그지없는, 그래서 소시민일 수밖에 없는 책상물림의 글쟁이가 일종의 사회적 성인이 되어가는 이야기로 볼 수도 있다. 30대 초입인 박태원이 입담 좋게 늘어놓고 있는 이야기는 자본주의의 대도시를 살아가는 소시민이라면 누구나 겪는, 보편성마저 지니고 있다.

이러한 과정을 거쳐 박태원 문학은 다른 경지로 들어가게 된다. 거대한 '이성의 간지'가 박태원과 그 동시대인들의 등을 떼밀었는데 그 경지는 앞에서 말한 대로 '모던(근대)'의 또 다른 경지이다. 그것이 박태원답게 생생하고 분방한 필치로 씌어진 『갑오농민전쟁』이다.

1909년(1세) 1월 6일(음력 1908년 12월 15일) 약국을 경영하던 박용환
과 남양 홍씨의 4남 2녀 중 차남으로 경성부 다옥정 7번지에
서 출생. 등에 큰 점이 있어 첫 이름은 점성(點星)이었음.

1916년(8세) 큰할아버지인 박규병에게서 천자문과 통감 등을 배움.

1918년(10세) 이름을 태원(泰遠)으로 바꿈. 경성사범부속보통학교에
입학.

1922년(14세) 경성사범부속보통학교 졸업. 경성제일공립 고등보통학
교 입학.

1923년(15세) 『동명』 33호에 작문 「달맞이」가 실림.

1926년(18세) 3월 『조선문단』에 시 「누님」이 실림. 그 밖에 동아일보,
『신생』 등에 시와 평론 발표. 초기 필명은 박태원(泊太苑). 고
리키, 투르게네프, 톨스토이, 위고, 모파상, 하이네 등 서양 문
학에 큰 관심을 두기 시작.

1927년(19세) 경성제일고보 휴학. 의사였던 숙부 박용남과 교사였던 고모 박용일의 주선으로 춘원에게 개인적인 문학 지도를 받음.

1928년(20세) 3월 15일 아버지 사망. 큰형 진원이 가업인 약국을 물려받음. 경성제일고보 복학. 12월 소설「최후의 모욕」 집필(발표는 동아일보, 1929년 12월).

1929년(21세) 경성제일고보 졸업. 일본 동경법정대학 예과 입학. 영화, 미술 등과 모더니즘 문학에 큰 관심을 가짐.

1930년(22세) 동경법정대학 예과 2학년 중퇴 후 귀국.『신생』10월호에 단편「수염」으로 본격적 문단 데뷔. 필명으로 몽보(夢甫)도 씀.

1933년(25세) 사회주의 및 민족주의와 구별되는 새로운 문학 세력으로 나섰던 구인회에 가입. 동인으로는 이태준, 정지용, 김기림, 조용만, 이상, 이효석 등.

1934년(26세) 10월 27일 한약국을 경영하던 김중하의 무남독녀로 보통학교 교사이던 김정애와 결혼. 구인회 주최 '문학공개강좌'에서「언어와 문장」강연.

1935년(27세) 종로 6가로 분가. 구인회 주최 '조선신문예강좌'에서「소설과 기교」및「소설의 감상」강연.

1936년(28세) 종로 관철동으로 이사. 장녀 설영 출생.

1938년(30세) 차녀 소영 출생. 장편소설『천변풍경』(박문서관) 및 단편소설집『소설가 구보씨의 일일』(문장사) 출간.

1939년(31세) 예지동으로 이사. 장남 일영 출생. 중국 전기소설에 큰 관심을 가지고, 열두 편을 번역하여『지나 소설집』(인문사) 출간.『박태원 단편집』(문장사) 출간.

1940년(32세) 돈암동에 새 집을 짓고 이사.

1942년(34세) 돈암동에서 차남 박재영 출생.『조광』에『수호전』3년 간 연재.

1946년(38세) 남로당 계열 문학 단체였던 조선문학가동맹 중앙집행 위원에 취임.

1947년(39세) 삼녀 은영 출생. 의열단 투쟁의 증언을 기록한『약산과 의열단』(백양당) 및 장편소설『홍길동전』(조선금융조합연합회) 출간.

1948년(40세) 성북동으로 이사. 좌익 인사를 감시·관리하던 단체인 보도연맹에 가입하여 전향성명서에 서명.

1949년(41세) 장편소설『금은탑』출간. 본격적인 첫 장편 역사소설로 『군상』(조선일보) 발표(미완인 채 1950년 2월 중단).

1950년(42세) 6·25 전쟁 중 서울에 온 이태준과 안회남을 따라 가족 을 둔 채 월북. 북한 쪽 종군기자로 활동했다고 함. 장녀 설영 은 이후 월북하여 다시 만남.

1952년(44세)「조국의 깃발」(문학예술) 발표.

1953년(45세) 평양문학대학 교수 취임. 국립고전예술극장 전속작가 로 조운과 함께『조선창극집』출간.

1955년(47세) 정인택의 미망인 권영희와 재혼.

1956년(48세) 남로당 계열로 몰려 숙청당해, 창작 금지 조처를 받음. 평양 강서의 한 집단 농장에 있었다는 설도 있고, 함경도의 벽 지에 있는 학교장으로 좌천되었다는 설도 있음. 1860년대에서

1890년대의 민란 및 동학혁명(갑오농민전쟁) 관련 자료를 섭렵함.

1960년(52세) 창작 금지 조처가 풀려 작가로 복귀.

1961년(53세) 대하 역사소설 『갑오농민전쟁』에 대한 구체적 구상을 밝힘.

1963년(55세) '혁명적 대창작 그루빠'에 들어가, 『갑오농민전쟁』의 전편인 대하 역사소설 『계명산천은 밝아오느냐』를 집필.

1965년(57세) 당뇨병으로 인한 안질환으로 실명.

1975년(59세) 고혈압으로 전신불수.

1977년(61세) 동학혁명을 소재로 한 대하소설 『갑오농민전쟁』(문예출판사) 1부 출간.

1980년(64세) 『갑오농민전쟁』(문예출판사) 2부 출간.

1986년(70세) 7월 10일 사망. 박태원의 구술을 정리하여 『갑오농민전쟁』(문예출판사) 3부 출간.

▌작품 목록

1. 단편소설

작품명	발표지	발표 연월일
수염	신생 3권 10호	1930. 10
꿈(필명 몽보)	동아일보	1930. 11. 5~11. 12
행인	신생 3권 12호	1930. 12
회개한 죄인	신생 4권 2호	1931. 2
옆집 색시	신가정 1권 2호	1933. 2
사흘 굶은 봄ㅅ달	신동아 3권 4호	1933. 4
피로-어느 반일(半日)의 기록	여명 1권 3호	1933. 7
누이	신가정 1권 8호	1933. 8
오월의 훈풍(薰風)	조선문학	1933. 10
식객 오참봉	월간매신(부록)	1934. 6
딱한 사람들	중앙 2권 9호	1934. 9
애욕	조선일보	1934. 10. 16~10. 23
길은 어둡고	개벽 2권 2호	1935. 3
제비	조선중앙일보	1935. 2. 22~2. 23

작품명	발표지	발표 연월일
전말	조광 1권 12호	1935. 12
구흔(舊痕, 미완)	학등 4권 1호	1936. 1
거리	신인문학 11호	1936. 1
철책(미완)	매일신보	1936. 2. 25
비량(悲凉)	중앙 1권 2호	1936. 3
방란장 주인(「군성(群星)」 중의 하나)	시와 소설 1권 1호	1936. 3
이상(李箱) 애사(哀詞)	조선일보	1936. 4. 22
진통	여성 1권 2호	1936. 5
최후의 억만장자	조선일보	1936. 6. 25~7. 1
천변풍경(이후 장편으로 개작)	조광 2권 2호~10호	1936. 8~10
보고(報告)	여성	1936. 9
향수	여성 1권 7호	1936. 11
여관주인과 여배우	백광 6호	1937. 6
성군	조광 3권 11호	1937. 11
수풍금	여성 2권 11호	1937. 11
성탄제	여성 2권 12호	1937. 12
염천	영양촌 3권	1938. 10
여백을 위한 잡담	박문 2권 3호	1939. 3
만인의 행복 (이후 「윤초시의 상경」으로 개제)	가정の우 9호~11호	1939. 4~6
최노인전 초록	문장 1권 7호 (임시증간호)	1939. 7
음우(陰雨)	문장 1권 9호~10호	1939. 10~11
그의 감상(感傷)	태양 1권 2호~3호	1940. 2~3
음우(淫雨, 「자화상」 3부작 중 첫번째)	조광 6권 10호	1940. 10
재운	춘추 2권 7호	1941. 8
춘보	신문학 3호	1946. 8

2. 중편소설

작품명	발표지	발표 연월일
적멸(필명 泊太苑)	동아일보	1930. 2. 5~3. 1
낙조	매일신보	1933. 12. 8~12. 29
반년간	동아일보	1933. 6. 15~8. 20
소설가 구보씨의 일일	조선중앙일보	1934. 8. 1~9. 19
악마	조광 2권 3호~4호	1936. 3~4
속 천변풍경(이후 장편으로 개작)	조광 3권 1호~9호	1937. 1~9
명랑한 전망('단편소설'로 부제가 붙었으나 중편임)	매일신보	1939. 4. 5~5. 21
골목 안	문장 1권 10호	1939. 7
투도(偸盜,「자화상」3부작 중 두번째)	조광 7권 1호	1941. 2
사계와 남매	신시대	1941. 1~2
채가(債家,「자화상」3부작 중 세번째)	문장 3권 4호	1941. 4

3. 장편소설 및 미완성 작품 목록

작품명	발표지	발표 연월일
청춘송	조선중앙일보	1935. 2. 7~5. 18
우맹(이후『금은탑』으로 개제)	조선일보	1938. 4. 7~1939. 2. 1
소년 탐정단(미완)	소년	1938. 6~11
미녀도(미완)	조광 5권 7호~12호	1939. 7~12
애경(미완)	문장 2권 1호~ 7호 및 9호	1940. 1~9. 11
점경(미완)	가정の우	1940. 11~1941. 1
아세아의 여명	조광 7권 2호	1941. 2
여인성장	매일신보	1941. 8. 1~1942. 2. 9
수호전	조광 8권 8호~10권 12호	1942. 8~1944. 12
원구(미완)	매일신보	1945. 5. 16~8. 14
한양성(미완)	여성문화 1권 1호	1945. 12
약탈자(미완)	조선주보 2권 1호	1946. 1
임진왜란	서울신문	1949. 1. 4~12. 14
군상(미완)	조선일보	1949. 6. 15~1950. 2. 2

4. 수필

작품명	발표지	발표 연월일
초하풍경(初夏風景)	신생 3권 6호	1930. 6
편신(片信)	동아일보	1930. 9. 26
기호품일람표	동아일보	1930. 3. 18~25
영일만담(永日漫談)	신생 4권 7~8호	1931. 7~8
나팔	신생 4권 6호	1931. 6. 1
어느 문학소녀(文學少女)에게	신가정 1권 8호	1933. 4
꿈 못 꾼 이야기	신동아 4권 2호	1934. 2
조선문학건설회	중앙 2권 8호	1934. 8
궁항매문기(窮巷賣文記)	조선일보	1935. 1. 18~19
화단의 가을	매일신보	1935. 10. 30, 11. 1
조선문학건설회나 조선작가수호회회를	조선중앙일보	1935. 1. 2
R씨와 도야지	시와 소설 1권 1호	1936. 3
내 자란 서울서 문학도를 닦다가	조광 2권 2호	1936. 2
모화관 이용두성(里龍頭星)	조선일보	1936. 5. 31
죄수(罪囚)와 상여(喪轝)	조선일보	1936. 5. 30
고등어	조선일보	1936. 5. 29
계절의 청유(淸遊)	중앙 4권 9호	1936. 9
옆집 중학생	중앙 4권 1호	1936. 1
불운한 할멈	조선일보	1936. 6. 2
구보가 아즉 박태원(泊太苑)일 때	중앙 4권 4호	1936. 4
두꺼비집	조선일보	1936. 5. 28
나의 생활보고서	조선문단 4권 4호	1936. 7. 19
이상의 편모	조광 3권 6호	1937. 6
여자의 결점 허영심 많은 것	조광 3권 12호	1937. 12
순정을 짓밟은 춘자	조광 3권 10호	1937. 10
바다ᄉ가의 노래	여성 2권 8호	1937. 8
성문(聲聞)의 매혹	조광 4권 2호	1938. 2
이상의 비련(秘戀)	여성 4권 5호	1939. 5
축견무용(蓄犬無用)의 변	문장 1권 4호	1939. 5

작품명	발표지	발표 연월일
신변잡기	박문 2권 10호	1939. 12
김기림 형에게	여성 4권 5호	1939. 5
바둑이	박문 2권 8호	1939. 10
잡설	문장 1권 11호	1939. 12
권간잡필(卷間雜筆)	박문 2권 9호	1939. 9
결혼 오 년의 감상	여성 4권 12호	1939. 12
잡설	문장 1권 8호	1939. 9
나의 문학 10년기	문장 2권 2호	1940. 2
만원 전차	박문 3권 4호	1940. 2

5. 시

작품명	발표지	발표 연월일
누님	조선문단 3권 1호	1926. 3
떠나기 전(前)	신민 2권 12호	1926. 12
아들의 부르는 노래	현대평론 1권 4호	1927. 5
시골에서	〃	〃
힘	〃	〃
외로움	신생 2권 12호	1929. 12
수수껵기	동아일보	1930. 1. 19
한시역초(漢詩譯抄)	신생 3권 2호	1930. 2
동모에게	동아일보	1930. 1. 26
소곡(小曲, 번역시)	동아일보	1930. 2. 2
동모에게	동아일보	1930. 1. 24
휘파람	동아일보	1930. 1. 28
한길	동아일보	1930. 1. 23
창(窓)	동아일보	1930. 1. 17
실제(失題)	동아일보	1930. 1. 22
「이국억형(異國億兄)」외 2편	신생 4권 2호	1931. 2
녹음(綠陰)	신동아 3권 6호	1933. 6
병원	카톨릭 청년 3권 2호	1935. 2

6. 평론

작품명	발표지	발표 연월일
언문조선구전민요집편자 (諺文朝鮮口傳民謠集編者)의 방심(芳心)과 형행자(刑行者)의 의기(意氣)	?	?
묵상록(默相錄)을 읽고	동아일보	1926. 8. 21~24
초하창작평(初夏創作評)	동아일보	1929. 12. 16, 18, 19
리벤딘스키의 소설「일주일」	동아일보	1931. 4. 27
끄라토코프 소설「세멘트」	동아일보	1931. 7. 6
아바데이에프의 소설「회멸」	동아일보	1931. 4. 20
9월 창작평	매일신보	1933. 9. 22~10. 1
소설을 위하여	매일신보	1933. 9. 20
3월 창작평	조선중앙일보	1933. 3. 26~31
문예시평 평론가에게	매일신보	1933. 9. 21
주로 창작에서 본 1934년 조선문단	중앙 2권 12호	1934. 12
이태준 단편집『달밤』을 읽고	조선일보	1934. 7. 26~27
창작여록 표현·묘사·기교	조선중앙일보	1934. 12. 17~31
선배에게 김동인씨에게	조선중앙일보	1934. 6. 24
신춘작품을 중심으로 작품개관	조선중앙일보	1935. 1. 2
자작「빈교행(貧交行)」예고	조선일보	1937. 8. 15
작품과 비평가의 책임	조선일보	1937. 10. 21~23
본보 당선작품「남생이」독후감	조선일보	1938. 2. 8
이광수 단편선	박문 2권 8호	1939. 8
작가가 본 창작계	조선일보	1940. 1. 1~2

7. 기타

작품명	발표지	발표 연월일
시문잡감(잡문)	조선문단	1927. 1
병상잡설(잡문)	조선문단	1927. 4
무명지(콩트)	동아일보	1929. 11. 10
최후의 모욕(콩트)	동아일보	1929. 11. 12
해하(垓下)의 일야(야담)	동아일보	1929. 12. 17~24
방랑아(放浪兒) 쮸리앙(동화)	매일신보	1933. 4. 7~5. 9
솟곰(동화)	매일신보	1935. 10. 27, 11. 3
고(故) 유정군과 엽서(잡문)	백광 5호	1937. 5
감리교 총이사 양주삼씨(잡문)	조광 3권 4호	1937. 5
다작의 변(잡문)	조선일보	1938. 1. 26
도사와 배장수(야담)	소년	1939. 9
전후직(전기)	소년	1940. 10

8. 단행본

책이름	출판사	발행 연월일
소설가 구보씨의 일일	문장사	1938. 12. 7
천변풍경	박문서관	1938. 3. 1, 1947. 5. 1
박태원 단편집	학예사	1939. 11. 1
여인성장	매일신보사	1942
군국의 어머니	조광사	1942
아름다운 봄	영창서관	1942
중등문범(中等文範)	정음사	1946
조선독립순국열사전	유문각	1946
약산과 의열단	백양당	1947. 1
홍길동전	조선금융조합연합회	1947. 11
성탄제	을유문화사	1948. 2. 10
금은탑	한성도서	1948
조선창극집	(북한)	1953

책이름	출판사	발행 연월일
남조선 농민들의 비참한 생활 형편	조선 로동당 출판사(북한)	
리순신 장군전	국립출판사(북한)	
리순신 장군 이야기	국립출판사(북한)	
심청전	문학예술서적 출판사(북한)	
삼국연희	문학예술서적 출판사(북한)	
임진조국전쟁	문학예술서적 출판사(북한)	
계명산천은 밝아오느냐	조선문학예술 총동맹(북한)	1965. 3. 10
갑오농민전쟁 제1부	문예출판사(북한)	1977. 4. 15
갑오농민전쟁 제2부	문예출판사(북한)	1980. 4. 15
갑오농민전쟁 제3부	문예출판사(북한)	1986. 12. 20

▌참고 문헌

　박태원 소설에 대한 논의의 첫번째 단계는 1930년대에 이루어졌다. 이 시기에 박태원 문학에 대한 기본적인 논제가 다루어지기 시작했다. 김기진이나 임화 같은 카프 비평가들은 사회주의 이데올로기에 입각해서 박태원 소설을 '반동 문학'이나 '소부르주아 문학'파의 일원으로 다루고 '기교주의적 문학'이라 규정했다(김팔봉, 「1933년도의 문학계」, 『신동아』, 1933. 11; 임화, 「1933년도의 조선 문학의 제 경향과 전망」, 조선일보, 1934. 1. 10~14). 또한 1930년대 중반 이후에는 박태원의 문체와 기법이 적극적으로 평가되어 박태원 소설에 있어서 기법이 갖는 의미가 조명되면서 그 독자성이 평가받기 시작했다(안회남, 「작가 박태원론」, 『문장』, 1939. 2).

　해방 이전 시기에 있어 다른 어느 평자가 쓴 것보다도 박태원 소설에 관련된 가장 중요한 문헌은 박태원 자신이 쓴 「표현·묘사·기교」(조선중앙일보, 1934. 12. 17~31)이다. 이 글에서 박태원은 자신의 언어 인식과 소설관을 펼쳐 보이는데 이 글은 비단 박태원 문학에 있어서뿐 아니라, 한국 문학사 전체에 있어 중요한 비평문으로 평가받을 만 하다. 식민지 시대에 모더니즘 소설론은 그리 많이 씌어지지 않았는데 이 평문은 모더니즘 소설가의 언어와 기법에 대한 의식을 잘 드러내 보여주고 있다.

해방기와 한국전쟁 때문에 월북·납북 작가들은 잊혀진 존재가 되어 본격적으로 거론되고 공개적으로 읽히지 않았다. 박태원도 그중 하나였는데 1988년의 해금 이후에 본격적으로 박태원 문학에 대한 연구가 다시 시작되었다.

1980년대 말, 1990년대 초에는 모더니즘 문학론에 입각해서 박태원 문학을 해명하려 한 시도가 그중 가장 많고 특징적이다. 서준섭,『한국 모더니즘 문학 연구』(일지사, 1988); 강상희,「박태원 문학 연구」(서울대 석사논문, 1990); 최혜실,「1930년대 한국 모더니즘 소설 연구」(서울대 박사논문, 1991) 등과 같은 연구는 모더니즘 문학으로서의 박태원 문학에 대한 기본적인 논의점을 제시해주었고, 김윤식의『한국현대문학사상사론』(일지사, 1993)도 영향을 많이 끼친 저작이다. 김윤식,『한국 현대 현실주의 소설 연구』(문학과지성사, 1990); 장수익,「박태원 소설 연구」(서울대 석사논문, 1991); 강현구,「박태원 소설 연구」(고려대 박사논문, 1991)는 각각 리얼리즘과 모더니즘의 관련 양상을 통해 박태원 문학에 접근한 사례들이다.

이들은 기본적으로 박태원의 전기 작품을 모더니즘으로 규정하고 '산책자' '고현학' '미적 자기반영성' '도시소설' 같은 인식의 틀을 제기하거나, 전기 작품을 모더니즘, 후기 작품(해방 후의 작품)을 리얼리즘의 관점에서 해석하여 전-후기에 속하는 작품들의 의미를 각각 검토하거나, 또는 작가의 전모를 일관성 있게 드러내고 양자를 매개하는 공통점을 발견하고자 한 시도들이다. 한편 강진호 외, 『박태원 소설 연구』(깊은샘, 1994)는 1990년대 전후에 씌어진 소논문을 묶어서 종합한 책으로서, 입문자들이 참고할 만한 책이다.

모더니즘-리얼리즘의 두 가지 큰 방법적 시각에 입각한 논의는 공통적으로 근대성modernity의 탐색이라는 배후의 논제를 가지고 있다. 전기와 후기를 일관성 있는 틀로 해석해야 한다는 강박관념 때문에 한쪽의 작품을 더 높이 평가하고 다른 시기에 속한 작품을 폄하하는 경우도 있었다. 이런 오류를 벗어나기 위해서는 모더니즘과 리얼리즘을 대립된 것으로 인식하는 태도를 지양하거나 근대성의 의미를 달리 해석해야 할 것이다.

1990년대 이후에는 서사학narratology과 기호학·담론 연구 등의 방법이 원용된 논의들도 있었다. 이러한 방법을 적용할 때 대상 작품 자체를 세밀히 분석하고 그 의미를 밝힐 수 있다는 생각이 탈-이념적인 90년대의 분위기와 함께 작동한 것이다. 그중 두드러진 것은 서사학적 연구이다. 오경복, 「박태원 소설의 서술 기법 연구」(이화여대 박사논문, 1993); 공종구, 「박태원 소설의 서사 지평 연구」(전남대 박사논문, 1992); 김봉진, 「박태원 소설 연구」(한양대 박사논문, 1992); 천정환, 「박태원 소설의 서사 기법에 관한 연구」(서울대 석사논문, 1997) 등이 씌어져 세밀하게 박태원 소설의 서사 문법을 파고들어갔다. 박태원 소설 자체가 서사학적 방법을 적용하기 적당한 면이 있으나, 이러한 방법이 포함하는 기술적descriptive 성격은 그 문학 의식과 문학사적 의의를 규명하려 할 때에는 한계를 지니는 면이 있다.

그 외에 나은진, 「박태원 소설의 기호학적 의미구조론」(이화여대 석사논문, 1991); 우한용, 「소설 담론의 자기반영적 성격」, 『한국현대소설담론연구』(삼지원, 1996) 등은 기호학이나 담론 연구의 관점에서 박태원 소설을 새롭게 보고자 한 시도이다.

2000년대 이후에는 1930년대 문학에 대한 연구자가 줄어듦에 따라 상대적으로 1990년대에 비해 연구의 성과가 덜 발표된 편이다. 이정옥의 「박태원 소설 연구」(연세대 박사논문, 2000)는 기법을 중심으로 살폈다는 점에서 이전의 연구들과 크게 다르지는 않으나, 박태원의 소설 세계가 모더니즘에서 리얼리즘으로 변모해갔다는 논의에 반대하면서 이에 대한 근거로 '기법의 심화'를 매개항으로 설정하고자 했다. 차원현의 「1930년대 모더니즘 소설에 나타난 미적 주체의 양상에 관한 연구」(서울대 박사논문, 2001)는 짐멜과 정신분석학 이론을 원용하여 모더니즘 문학에 대한 논의를 진전시키면서 박태원 단편소설을 새롭게 해석한 예이다. 모더니즘 문학을 주체 구성의 문제로 읽고 박태원 소설에 나타난 '체념'의 의미를 읽는 데 집중했다. 타락한 삶이란 그 자체로 물화된 세계 속에서 개인이 짊어져야 할 운명인데, 박태원의 소설 주인공들은 체념에 입각하여 생활을 발견해낸다는 것이다.

진작부터 박태원 소설(특히 『천변풍경』 등)은 영화적 기법을 사용했다 하여 1930년대의 논의에서부터 거론되어왔으나, 새로운 시대의 분위기를 반영하고 발전한 영화 이론을 동력으로 하여 박태원 문학에 나타난 영화와 문학의 관련 양상에 대한 연구도 진전되었다. 김경수, 「한국 근대 소설과 영화의 교섭 양상 연구」(『서강어문』 15호, 1999.

12); 정혜경, 「박태원 소설의 영화적 기법 연구」(숙명여대 석사논문, 2001) 등이 그 예이다.

박태원이 한국 문학사에 지우기 힘든 유산으로 남긴 것의 하나가 '소설가 구보씨'라는 인물과 그의 시각에서 재현한 한국 사회이다. 최인훈의 『소설가 구보씨의 일일』이나 주인석의 동명 소설도 각각 작가들이 처한 1970년대와 1990년대 초의 정치-사회의 정황과 이에 대응하는 지식인의 내면 풍경을 다루었다. 그래서 이들끼리 묶어서 비교를 한 논문들도 여럿 발표되었다.

한국문학전집을 펴내며

오늘의 한국 문학은 다양한 경험과 자산에서 비롯된 것이지만, 그중에서도 우리 앞선 세대의 문학 작품에서 가장 큰 유산을 물려받고 있다. 그럼에도 우리는 가끔 우리의 문학 유산을 잊거나 도외시한다. 마치 그것 없이는 살아갈 수 없는 소중한 물을 쉽게 잊고 사는 것처럼 그동안 우리는 우리가 이루어놓은 자산들을 너무 쉽게 잊어버리고 있었는지도 모르겠다. 인기 있는 외국 작품들이 거의 동시에 번역 출판되고, 새로운 기획과 번역으로 전 세계의 문학 작품들이 짜임새 있게 출판되고 있는 요즈음, 정작 한국 문학 작품들을 체계적으로 정리하지 못하고 있었다는 점을 최근에 우리는 깊이 반성하게 되었다. 그리고 이러한 때늦은 반성을 곧바로 '한국문학전집'을 기획하는 힘으로 전환하였다.

오늘의 시점에서 '한국문학전집'을 기획한다는 것은, 우선 그동안 양적으로나 질적으로 괄목할 만한 수준에 이른 한국 문학 연구 수준을 반영하는 새로운 시각이 전제되어야 할 것이다. 그리고 '우리 것을 지키자'는 순진한 의도에서가 아니라, 한국 문학이 바로 세계 문학이 되는 질적 확장을 위해, 세계 문학 속에서의 한국 문학의 정체성을 찾는 일을 간과해서는 안 될 것이다.

이번 기획에서 우리가 가장 크게 신경 썼던 점은 크게 두 가지이다. 하나는, 그동안 거의 관습적으로 굳어져왔던 작품에 대한 천편일률적인 평가를 피하고 그동안의 평가에 대한 비판적 평가와 더불어 새로운 평가로 인한 숨은 작품의 발굴이었다. 그리하여 한국 문학사를 시기별로 구분하여 축적된 연구 성과들 위에서 나름대로 중요한 작품들을 선별하는 목록 작업에 가장 큰 공을 들였다. 나머지 하나는, 그동안 여러 상이한 판본의 난립으로 인해 원전 텍스트가 침해되고 있는 심각한 상황을 고려하여 각각의 작가에게 가장 뛰어난 연구자들을 초빙하여 혼신을 다해 원전 텍스트를 확정하였다는 점이다.

장구한 우리 문학사의 주옥같은 작품들을 한자리에 모아, 세대를 넘고 시대를 넘어 그 이름과 위상에 값할 수 있는 대표적인 한국문학전집을 내놓는다. 이번에 출간되는 한국문학전집은 변화된 상황과 가치를 반영하는 내실 있고 권위를 갖춘 내용으로 꾸며질 것이며, 우리 문학의 정본 전집으로서 자리매김해 한국 문학의 전통을 계승하고 발전시키는 데 기여하고자 한다. 이 기획이 한국 문학의 자산들을 온전하게 되살려, 끊임없이 현재성을 가지는 살아 있는 작품들로, 항상 독자들의 옆에 있게 되기를 기대한다.

(주)문학과지성사

01 감자 김동인 단편선

최시한(숙명여대) 책임 편집 | 값 9,000원

수록 작품 약한 자의 슬픔 / 배따라기 / 태형 / 눈을 겨우 뜰 때 / 감자 / 광염 소나타 / 배회 / 발가락이 닮았다 / 붉은 산 / 광화사 / 김연실전 / 곰네

극단적인 상황과 비극적 운명에 빠진 인물 군상들을 냉정하게 서술해낸 한국 근대 단편 문학의 선구자 김동인의 대표 단편 12편 수록. 인간과 환경에 대한 근대적 인식을 빼어난 문체와 서술로 형상화한 김동인의 주옥같은 작품들을 만날 수 있다.

02 탈출기 최서해 단편선

곽근(동국대) 책임 편집 | 값 9,000원

수록 작품 고국 / 탈출기 / 박돌의 죽음 / 기아와 살육 / 큰물 진 뒤 / 백금 / 해돋이 / 그믐밤 / 전아사 / 홍염 / 갈등 / 먼동이 틀 때 / 무명초

식민 치하 빈궁 문학을 대표하는 최서해의 단편 13편 수록. 식민 치하의 참담한 사회적 현실을 사실적으로 전해주는 작품들. 우리 민족의 궁핍한 현실에 맞선 인물들의 저항 정신과 민족 감정의 감동과 울림을 전한다.

03 삼대 염상섭 장편소설

정호웅(홍익대) 책임 편집 | 값 10,000원

우리 소설 가운데 서울말을 가장 풍부하게 살려 쓴 작품이자, 복합성 · 중층성의 세계를 구축하여 한국 근대 장편소설의 대표작으로 꼽히는 염상섭의 『삼대』. 1930년대 서울의 중산층 가족사를 통해 들여다본 우리 근대의 자화상이다.

04 레디메이드 인생 채만식 단편선

한형구(서울시립대) 책임 편집 | 값 8,500원

수록 작품 논 이야기 / 레디메이드 인생 / 미스터 방 / 민족의 죄인 / 치숙 / 낙조 / 쑥국새 / 당랑의 전설

역설과 반어의 작가 채만식의 대표 단편 8편 수록. 1920~30년대의 자본주의적 현실 원리와 민중의 삶을 풍자적으로 포착하는 데 탁월했던 채만식. 사실주의와 풍자의 절묘한 조합으로 완성한 단편 문학의 묘미를 즐길 수 있다.

05 비 오는 길 최명익 단편선

신형기(연세대) 책임 편집 | 값 8,500원

수록 작품 폐어인 / 비 오는 길 / 무성격자 / 역설 / 봄과 신작로 / 심문 / 장삼이사 / 맥령

시대를 앞섰던 모더니스트 최명익의 대표 단편 8편 수록. 병과 죽음으로 고통받는 인물 군상들을 통해 자신이 예감한 황폐한 현대의 징후를 소설화한 작가 최명익. 너무나 현대적이어서, 당시에는 제대로 평가받을 수 없었던 탁월한 단편소설들을 만난다.

06 사하촌 김정한 단편선

강진호 (성신여대) 책임 편집 | 값 9,500원

수록 작품 그물 / 사하촌 / 항진기 / 추산당과 곁사람들 / 모래톱 이야기 / 제3병동 / 수라도 / 인간단지 / 위치 / 오끼나와에서 온 편지 / 슬픈 해후

리얼리즘 문학과 민족 문학을 대표하는 김정한의 대표 단편 11편 수록. 민중들의 삶을 통해 누구보다 먼저 '근대화의 문제'를 문학적으로 제기하고 예리하게 포착한 작가 김정한의 진면목을 본다.

07 무녀도 김동리 단편선

이동하 (서울시립대) 책임 편집 | 값 8,000원

수록 작품 화랑의 후예 / 산화 / 바위 / 무녀도 / 황토기 / 찔레꽃 / 동구 앞길 / 혼구 / 혈거부족 / 달 / 역마 / 광풍 속에서

한국적이고 토착적인 전통 세계의 소설화에 앞장선 김동리의 초기 대표작 12편 수록. 민중의 삶 속에 뿌리 내린 토착적 전통의 세계를 정확한 묘사와 풍부한 서정으로 형상화했던 김동리 문학 세계를 엿본다.

08 독 짓는 늙은이 황순원 단편선

박혜경 (인하대) 책임 편집 | 값 9,000원

수록 작품 소나기 / 별 / 겨울 개나리 / 산골 아이 / 목넘이마을의 개 / 황소들 / 집 / 사마귀 / 소리 / 닭제 / 학 / 필묵장수 / 뿌리 / 내 고향 사람들 / 원색오뚝이 / 곡예사 / 독 짓는 늙은이 / 황노인 / 늪 / 허수아비

한국 산문 문체의 모범으로 평가되는 황순원의 대표 단편 20편 수록. 엄격한 지적 절제와 미학적 균형으로 함축적인 소설 미학을 완성시킨 작가 황순원. 극적인 사건 전개 대신 정적이고 서정적인 울림의 미학으로 깊은 감동을 전한다.

09 만세전 염상섭 중편선

김경수 (서강대) 책임 편집 | 값 9,500원

수록 작품 만세전 / 해바라기 / 미해결 / 두 출발

한국 근대 소설의 기념비적 작품인 「만세전」, 조선 최초의 여류화가인 나혜석의 삶을 소설화한 「해바라기」, 그리고 식민지 조선의 현실을 담아내고 나름의 저항의식을 형상화하기 위한 소설적 수련의 과정을 단적으로 보여주는 「미해결」과 「두 출발」 수록. 장편소설의 작가로만 알려진 염상섭의 독특한 소설 미학의 세계를 감상한다.

10 천변풍경 박태원 장편소설

장수익 (한남대) 책임 편집 | 값 9,500원

모더니스트 박태원이 펼쳐 보이는 1930년대 서울의 파노라마식 풍경화. 근대 자본주의 사회의 이데올로기와 일상성에 대한 비판에 몰두하던 박태원 초기 작품의 모더니즘 경향과 리얼리즘 미학의 경계를 넘나드는 역작. 식민지라는 파행적 상황에서 기형적으로 실현되던 근대화의 양상을 기층 민중의 생활에 초점을 맞춰 본격화한 작품이다.

11 태평천하 채만식 장편소설

이주형(경북대) 책임 편집

부정적인 상황들이 난무하는 시대 현실을 독자적인 문학적 기법과 비판의식으로 그려냄으로써 '문학적 미'를 추구했던 채만식의 대표작. 판소리 사설의 반어, 자기 폭로, 비유, 과장, 희화화 등의 표현법에 사투리까지 섞은 요설로, 창을 듣는 듯한 느낌과 재미를 선사하는 작품. 세태풍자소설의 장을 열었던 채만식이 쓴 가족사소설의 전형에 해당한다.

12 비 오는 날 손창섭 단편선

조현일(홍익대) 책임 편집

수록 작품 공휴일 / 사연기 / 비 오는 날 / 생활적 / 혈서 / 피해자 / 미해결의 장 / 인간동물원초 / 유실몽 / 설중행 / 광야 / 희생 / 잉여인간 / 신의 희작

가장 문제적인 전후 소설가 손창섭의 대표 단편 14작품 수록. 병적이고 불구적인 인간 군상들을 통해 전후 사회 현실에서의 '절망'의 표현에 주력했던 손창섭. 전쟁 그리고 전쟁 이후의 비일상적 사태를 가장 근원적인 차원에서 표현한 빼어난 작품들을 선별했다.

13 등신불 김동리 단편선

이동하(서울시립대) 책임 편집

수록 작품 인간동의 / 흥남철수 / 밀다원시대 / 용 / 목공 요셉 / 등신불 / 송추에서 / 까치 소리 / 저승새

「무녀도」의 작가 김동리가 1950년대 이후에 내놓은 단편 9편 수록. 전기 작품에 이어서 탁월한 문체의 매력, 빈틈없는 구성의 묘미, 인상적인 인물상의 창조, 인간에 대한 깊이 있는 통찰이라는 김동리 단편의 미학을 다시 한 번 경험할 수 있는 기회이다.

14 동백꽃 김유정 단편선

유인순(강원대) 책임 편집

수록 작품 심청 / 산골 나그네 / 총각과 맹꽁이 / 소낙비 / 솥 / 만무방 / 노다지 / 금 / 금 따는 콩밭 / 떡 / 산골 / 봄·봄 / 안해 / 봄과 따라지 / 따라지 / 가을 / 두꺼비 / 동백꽃 / 야앵 / 옥토끼 / 정조 / 땡볕 / 형

고단한 삶을 살아가는 순박한 촌부에서 사기꾼에 이르기까지 다양한 삶의 모습을 문학 속에 그대로 재현한 김유정의 주옥같은 단편 23편 수록. 인물의 토속성과 해학성, 생생한 삶의 언어와 우리 소리, 그 속에 충만한 생명감을 불어넣은 김유정 문학의 정수를 맛본다.

15 소설가 구보씨의 일일 박태원 단편선

천정환(성균관대) 책임 편집

수록 작품 수염 / 낙조 / 소설가 구보씨의 일일 / 애욕 / 길은 어둡고 / 거리 / 방란장 주인 / 비량 / 진통 / 성탄제 / 골목 안 / 음우 / 재운

한국 소설사상 가장 두드러진 모더니즘 작품으로 인정받는 「소설가 구보씨의 일일」을 비롯한 박태원의 대표 단편 13편 수록. 한글로 씌어진 가장 파격적이고 실험적인 작품으로 주목 받은 박태원. 서울 주변부 중산층의 삶이라는 자기만의 튼실한 현실 공간을 구축하여 새로운 소설 기법과 예술가소설로서의 보편성을 획득한 작품들이다.

16 날개 이상 단편선

김주현(경북대) 책임 편집

수록 작품 12월 12일 / 지도의 암실 / 지팡이 역사 / 황소와 도깨비 / 공포의 기록 / 지주회시 /
동해 / 날개 / 봉별기 / 실화 / 종생기

근대와 맞닥뜨린 당대 식민지 조선의 기념비요 자화상 역할을 하는 이상의 대표 단편
11편 수록. '천재'와 '광인'이라는 꼬리표와 함께 전위적이고 해체적인 글쓰기로 한국
의 모더니즘 문학사를 개척한 작가 이상. 자유연상, 내적 독백 등의 실험적 구성과 문체
로 식민지 근대와 그것에 촉발된 당대인의 내면을 예리하게 포착해낸 이상의 문제작들
을 한데 모았다.

17 흙 이광수 장편소설

이경훈(연세대) 책임 편집

한국 최초의 근대 장편소설 『무정』을 발표하면서 한국 소설 문학의 역사를 새롭게 쓴
이광수. 『흙』은 이광수의 계몽 사상이 가장 짙게 깔린 작품으로 심훈의 『상록수』와
함께 한국 농촌계몽소설의 전위에 속한다. 한국 근대 문학사상 가장 많이 연구되고
있는 작가의 대표작답게 『흙』은 민족주의, 계몽주의, 농민문학, 친일문학, 등장인물
론, 작가론, 문학사 등의 학문적·비평적 논의의 중심에 있는 작품이다.

18 상록수 심훈 장편소설

박헌호(성균관대) 책임 편집

이광수의 장편 『흙』과 더불어 한국 농촌계몽소설의 쌍벽을 이루는 『상록수』. 심훈의
문명(文名)을 크게 떨치게 한 대표작이다. 1930년대 당시 지식인의 관념적 농촌 운동
과 일제의 경제 침탈사를 고발·비판함으로써, 문학이 취할 수 있는 현실 정세에 대
한 직접적인 대응 그리고 극복의 상상력이란 두 가지 요소를 나름의 한계 속에서 실
천해냈고, 대중적으로도 큰 호응을 불러일으킨 작품이다.

19 무정 이광수 장편소설

김철(연세대) 책임 편집

20세기 이래 한국인이 가장 많이 읽고 가장 자주 출간돼온 작품, 그리고 근현대 문학
가운데 가장 많이 연구의 대상이 된 작가 이광수의 대표작 『무정』. 씌어진 지 한 세기
가 가까워오도록 여전히 읽히고 있고 또 학문적 논쟁의 중심에 서 있는 『무정』을 책
임 편집자의 교정을 충실하게 반영한 최고의 선본(善本)으로 만난다.

20 고향 이기영 장편소설

이상경(KAIST) 책임 편집

'프로문학의 정점'이자 우리 근대 문학사의 리얼리즘의 확립을 결정적으로 보여주는
이기영의 『고향』. 이기영은 1920년대 중반 원터라는 충청도의 한 농촌 마을을 배경
으로 봉건 사회의 잔재를 지닌 채 식민지 자본주의화가 진행되어가는 우리 근대 초기
를 뛰어난 관찰로 묘사한다. 일제 식민 치하 근대화에 대한 문학적·비판적 성찰과 지
식인의 고뇌를 반영한 수작이다.

21 까마귀 이태준 단편선

김윤식(명지대) 책임 편집

수록 작품 불우 선생 / 달밤 / 까마귀 / 장마 / 복덕방 / 패강랭 / 농군 / 밤길 / 토끼 이야기 / 해방 전후

'한국 근대소설의 완성자' '단편문학'의 명수. 이태준은 우리 근대 문학의 전개 과정에서 결코 간과할 수 없는 역할을 담당했던 작가 가운데 한 사람이다. 문학의 자율성과 예술성을 상실하지 않으면서도 현실 문제에 각별한 관심을 보여주었던 그의 단편은 한국소설사에서 1930년대를 대표하는 것으로 인정받고 있다.

22 두 파산 염상섭 단편선

김경수(서강대) 책임 편집

수록 작품 표본실의 청개구리 / 암야 / 제야 / E선생 / 윤전기 / 숙박기 / 해방의 아들 / 양과자갑 / 두 파산 / 절곡 / 얼룩진 시대 풍경

한국 근대사를 증언하고 있는 횡보 염상섭의 단편소설 11편 수록. 지식인 망국민으로서의 허무적인 자기 진단, 구체적인 사회 인식, 해방 후와 전후 시기에 대한 사실적 증언과 문제 제기를 포함한 대표작들을 통해 횡보의 단편 미학을 감상한다.

23 카인의 후예 황순원 소설선

김종회(경희대) 책임 편집

수록 작품 카인의 후예 / 너와 나만의 시간 / 나무들 비탈에 서다

인간의 정신적 순수성과 고귀한 존엄성을 문학의 제일 원칙으로 삼았던 작가 황순원. 그의 대표작 가운데 독자들의 가장 많은 사랑을 받은 장편소설들을 모았다. 한국전쟁을 온몸으로 체득하면서 특유의 절제되고 간결한 문장으로 예술적 서사성을 완성한 황순원은 단편에서와 마찬가지로 변함없는 감동의 세계를 열어놓는다.

24 소년의 비애 이광수 단편선

김영민(연세대) 책임 편집

수록 작품 무정 / 소년의 비애 / 어린 벗에게 / 방황 / 가실 / 거룩한 죽음 / 무명 / 꿈

한국 근대소설사와 이광수 개인의 문학 세계에서 중요한 의미를 갖는 단편 8편 수록. 이광수가 우리말로 쓴 최초의 창작 단편 「무정」, 당시 사회의 인습과 제도를 비판한 「소년의 비애」, 우리나라 최초의 서간체 소설인 「어린 벗에게」, 지식인의 내면적 갈등과 자아 탐구의 과정을 담은 「방황」, 춘원의 옥중 체험을 바탕으로 씌어진 「무명」 등 한국 근대문학의 장르와 소재, 주제 탐구 면에서 꼼꼼히 고찰해야 할 작품들이다.

25 불꽃 선우휘 단편선

이익성(충북대) 책임 편집

수록 작품 테러리스트 / 불꽃 / 거울 / 오리와 계급장 / 단독강화 / 깃발 없는 기수 / 망향

8·15 해방과 분단, 6·25전쟁으로 이어지는 한국 근현대사의 열병을 깊이 있게 고찰한 선우휘의 대표작 7편 수록. 평판작 「불꽃」과 「깃발 없는 기수」를 비롯해 한국 근현대사의 역동성과 이를 바라보는 냉철한 작가의식이 빚어낸 수작들을 한데 모았다.

26 맥 김남천 단편선

채호석(한국외대) 책임 편집

수록 작품 공장 신문 / 공우회 / 남편 그의 동지 / 물 / 남매 / 소년행 / 처를 때리고 / 무자라 / 녹성당 / 길 위에서 / 경영 / 맥 / 등불 / 꿀

카프와 명맥을 같이하며 창작과 비평에서 두드러진 족적을 남긴 작가 김남천. 1930년대 초, 예술운동의 볼셰비키화론 주장과 궤를 같이하는 「공장 신문」 「공우회」, 카프 해산 직후 그의 고발문학론을 담은 「처를 때리고」 「소년행」 「남매」, 전향문학의 백미로 꼽히는 「경영」 「맥」 등 그의 치열했던 문학 세계의 변화를 일별할 수 있는 대표작 14편 수록.

27 인간 문제 강경애 장편소설

최원식(인하대) 책임 편집

한국 근대 여성문학의 제일선에 위치하는 강경애의 대표작. 일제 치하의 1930년대 조선, 자본가와 농민·노동자의 대립 구조 속에서 농민과 도시노동자가 현실의 문제를 해결하고자 하는 주체로 성장하는 과정과 그들의 조직적 투쟁을 현실성 있게 그려낸 작품. 이기영의 『고향』과 더불어 우리 근대 소설사에서 리얼리즘 소설의 수작으로 꼽힌다.

28 민촌 이기영 단편선

조남현(서울대) 책임 편집

수록 작품 농부 정도룡 / 민촌 / 아사 / 호외 / 해후 / 종이 뜨는 사람들 / 부역 / 김군과 나와 그의 아내 / 변절자의 아내 / 서화 / 맥추 / 수석 / 봉황산

카프와 프로문학의 대표 작가 이기영. 그가 발표한 수십 편의 단편소설들 가운데 사회사나 사상운동사로서의 자료적 가치가 높으면서 또 소설 양식으로서의 구조미를 제대로 보여주는 14편을 선별했다.

29 혈의 누 이인직 소설선

권영민(서울대) 책임 편집

수록 작품 혈의 누 / 귀의 성 / 은세계

급진적이고 충동적인 한국 근대의 풍경 속에 신소설이라는 새로운 서사 양식을 창조해낸 이인직. 책임 편집자의 꼼꼼한 텍스트 확정과 자세한 비평적 해설을 통해, 신소설의 서사 구조와 그 담론적 특성을 밝히고 당시 개화·계몽 시대를 대표하는 서사양식에 내재화된 일본적 식민주의 담론을 꼬집는다.

30 추월색 이해조 안국선 최찬식 소설선

권영민(서울대) 책임 편집

수록 작품 금수회의록 / 자유종 / 구마검 / 추월색

개화·계몽시대의 대표적인 신소설 작가 3인의 대표작. 여성과 신교육으로 집약되는 토론의 모습을 서사 방식으로 활용한 「자유종」, 구시대적 인습을 신랄하게 비판한 「구마검」, 가장 대중적인 신소설 가운데 하나로 꼽히는 「추월색」, 그리고 '꿈'이라는 우화적 공간을 설정하여 현실 비판의 풍자적 색채가 강한 「금수회의록」까지 당대의 사회적 풍속과 세태의 변화를 민감하게 반영한 작품들을 수록했다.

31 젊은 느티나무 강신재 소설선

김미현(이화여대) 책임 편집

수록 작품 안개 / 해방촌 가는 길 / 절벽 / 젊은 느티나무 / 양관 / 황량한 날의 동화 / 파도 / 이브 변신 / 강물이 있는 풍경 / 점액질

1950, 60년대를 대표하는 여성 작가 강신재의 중단편 10편을 엄선했다. 특유의 서정 적인 문체와 관조적 시선, 지적인 분석력으로 '비누 냄새' 나는 풋풋한 사랑 이야기 에서 끈끈한 '점액질'의 어두운 욕망에 이르기까지, 운명의 폭력성과 존재론적 한계 를 줄기차게 탐문한 강신재 소설의 여정을 한눈에 볼 수 있는 기회.

32 오발탄 이범선 단편선

김외곤(서원대) 책임 편집

수록 작품 일요일 / 학마을 사람들 / 사망 보류 / 몸 전체로 / 갈매기 / 오발탄 / 자살당한 개 / 살 모사 / 천당 간 사나이 / 청대문집 개 / 표구된 휴지 / 고장난 문 / 두메의 어벙이 / 미친 녀석

손창섭·장용학 등과 함께 대표적인 전후 작가로 꼽히는 이범선의 대표작 14편 수록. 한국 현대사의 비극에 대한 묘사를 바탕으로 하면서도 잃어버린 고향, 동양적 이상향 에 대한 동경을 담았던 초기작들과 전후의 물질적 궁핍상을 전통적 사실주의에 기초 해 그리면서 현실 비판적 성격을 강하게 드러낸 문제작들을 고루 수록했다.

33 메밀꽃 필 무렵 이효석 단편선

서준섭(강원대) 책임 편집

수록 작품 도시와 유령 / 깨뜨려지는 홍등 / 마작철학 / 프레류드 / 돈 / 계절 / 산 / 들 / 석류 / 메 밀꽃 필 무렵 / 삽화 / 개살구 / 장미 병들다 / 공상구락부 / 해바라기 / 여수 / 하얼빈산협 / 풀잎 / 낙엽을 태우면서

근대 작가의 문화적 정체성이 끊임없이 흔들렸던 식민지 시대, 경성제대 출신의 지식 인 작가로서 그 문화적 혼란기를 소설 언어를 통해 구성하고 지속적으로 모색했던 이 효석의 대표작 20편 수록.

34 운수 좋은 날 현진건 중단편선

김동식(인하대) 책임 편집

수록 작품 희생화 / 빈처 / 술 권하는 사회 / 유린 / 피아노 / 할머니의 죽음 / 우편국에서 / 까막잡 기 / 그리운 흘긴 눈 / 운수 좋은 날 / 불 / B사감과 러브 레터 / 사립정신병원장 / 고향 / 동정 / 정조와 약가 / 신문지와 철창 / 서투른 도적 / 연애의 청산 / 타락자

한국 근대 단편소설의 형식적 미학을 구축하고 근대적 사실주의 문학의 머릿돌을 놓 은 작가 현진건의 대표작 21편 수록. 서구 중심의 근대성과 조선 사회의 식민성 사이 에서 방황하는 지식인의 내면 풍경뿐만 아니라, 식민지 조선의 일상을 예리하게 관찰 함으로써 '조선의 얼굴'을 담아낸 작가 현진건의 면모를 두루 살폈다.

35 사랑 이광수 장편소설

한승옥(숭실대) 책임 편집

춘원의 첫 전작 장편소설. 신문 연재물의 제약에서 벗어나 좀더 자유롭고 솔직한 그 의 인생관이 담겨 있다. 이른바 그의 어떤 장편소설보다도 나아간 자유 연애, 사랑에 관한 작가의 생각을 엿볼 수 있는 작품. 작가의 나이 지천명에 이르러 불교와 『주역』 등 동양고전에 심취하여 우주의 철리와 종교적 깨달음에 가닿은 시점에서 집필된, 춘 원의 모든 것.

36 화수분 전영택 중단편선

김만수(인하대) 책임 편집

수록 작품 천치? 천재?/운명/생명의 봄/독약을 마시는 여인/화수분/후회/여자도 사람인가/하늘을 바라보는 여인/소/김탄실과 그 아들/금붕어/차돌멩이/크리스마스 전야의 풍경/말 없는 사람

1920년대 초반 자연주의, 사실주의적 색채가 강한 작품 세계로 주목받았던 작가 전영택의 대표작선. 이들 작품에서 작가는, 일제 초기의 만세운동, 일제 강점기하의 극심한 궁핍, 해방 직후의 사회적 혼돈, 산업화 초창기의 사회적 퇴폐상에 대한 자신의 경험을 소박한 형식 속에 담고 있다.

37 유예 오상원 중단편선

한수영(동아대) 책임 편집

수록 작품 황선지대/유예/균열/죽어살이/모반/부동기/보수/현실/훈장/실기

한국 전후 세대 문학의 대표 작가 오상원의 주요작 10편을 묶었다. '실존'과 '행동'에 초점을 맞춘 그의 작품은, 한결같이 극한 상황에 처한 인간 존재의 의미를 묻는 데 천착하면서 효과적인 주제 전달을 위해 낯설고 다양한 소설적 실험을 보여준다.

38 제1과 제1장 이무영 단편선

전영태(중앙대) 책임 편집

수록 작품 제1과 제1장/흙의 노예/문 서방/농부전 초/청개구리/모우지도/유모/용자소전/이단자/B녀의 소묘/O형의 인간/들메/며느리

한국 농민문학의 선구자로 평가받는 이무영의 주요 단편 13편 수록. 이들 작품에서 작가는, 농민을 계몽의 대상이 아닌, 흙을 일구는 그들의 삶을 통해서 진실한 깨달음을 얻는 자족적 대상으로 바라본다. 이무영의 농민소설은 인간을 향한 긍정적 시선과 삶의 부조리한 면을 파헤치는 지식인의 냉엄한 비판 의식이 공존하고 있다.

39 꺼삐딴 리 전광용 단편선

김종욱(세종대) 책임 편집

수록 작품 흑산도/진개권/지층/해도초/GMC/사수/크라운장/충매화/초혼곡/면허장/꺼삐딴 리/곽 서방/남궁 박사/죽음의 자세/세끼미

1950년대 전후 사회와 60년대의 척박한 삶의 리얼리티를 '구도의 치밀성'과 '묘사의 정확성'을 통해 형상화한 작가 전광용의 대표 단편 15편 모음집. 휴머니즘적 주제 의식, 전통적인 서사 형식, 객관적이고 냉철한 묘사 태도, 짧고 건조한 문체 등으로 집약되는 전광용의 작품 세계를 한눈에 살필 수 있는 계기.

40 과도기 한설야 단편선

서경석(한양대) 책임 편집

수록 작품 동경/그릇된 동경/합숙소의 밤/과도기/씨름/사방공사/교차선/추수 후/태양/임금/딸/철로 교차점/부역/산촌/이녕/모자/혈로

식민지 시대 신경향파·카프 계열 작가로서 사회주의 리얼리즘 문학을 추구한 작가 한설야의 문학적 특징을 잘 드러내는 단편 17편을 수록했다. 시대적 대세에 편승하며 작품의 경향을 바꾸었던 다른 카프 작가들과는 달리 한설야는, 주체적인 노동자로서의 삶을 택한 「과도기」의 '창선'이 그러하듯, 이 주제를 자신의 평생 과제로 삼아 창작에 몰두했다.

41 사랑손님과 어머니 주요섭 중단편선

장영우(동국대) 책임 편집

수록 작품 추운 밤/인력거꾼/살인/첫사랑 값/개밥/사랑손님과 어머니/아네모네의 마담/북소리 두둥둥/봉천역 식당/낙랑고분의 비밀

주요섭이 남녀 간의 애정 문제를 주로 다룬 통속 작가로 인식되어온 것은 교정되어야 마땅하다. 그는 빈민 계층의 고단하고 무망(無望)한 삶을 사실적으로 재현하는 데 탁월한 기량을 보였으며, 날카로운 현실인식과 객관적 묘사의 한 전범을 보여주었고 환상성을 수용함으로써 보다 탄력적인 소설미학을 실험하기도 하였다.

42 탁류 채만식 장편소설

우찬제(서강대) 책임 편집

채만식은 시대의 어둠을 문학의 빛으로 밝히며 일제 강점기와 해방기의 우리 소설 사를 빛낸 작가다. 그는 작품활동 전반에 걸쳐 열정적인 창작열과 리얼리즘 정신으로 당대의 현실상을 매우 예리하게 형상화했다. 특히 『탁류』는 여주인공 봉의 기구한 운명의 족적을 금강 물이 점점 탁해지는 현상에 비유하면서 타락한 당대의 세계상을 여실하게 드러내주고 있다.

43 벙어리 삼룡이 나도향 중단편선

우찬제(서강대) 책임 편집

수록 작품 젊은이의 시절/별을 안거든 우지나 말걸/옛날 꿈은 창백하더이다/여이발사/행랑 자식/벙어리 삼룡이/물레방아/꿈/뽕/지형근/청춘

위험한 시대에 매우 불안하게 살았던 작가. 그러나 나도향은 불안에 강박되기보다 불안한 자유의 상태를 즐기는 방식으로 소설을 택한 작가였다. 낭만적 환멸의 풍경이나 낭만적 동경의 형식 등은 불안에 대한 나도향 식 문학적 향유의 풍경으로 다가온다.

44 잔등 허준 중단편선

권성우(숙명여대) 책임 편집

수록 작품 탁류/습작실에서/잔등/속습작실에서/평대저울

한국 근대소설사에서 허준만큼 진보적 지식인의 진지한 자기 성찰을 깊이 형상화한 작가는 없었다. 혁명의 연성을 기꺼이 인정하면서도 혁명과 해방으로 인해 궁지와 비참에 몰린 사람들에 대해 깊은 연민과 따뜻한 공감의 눈길을 던진 그의 대표작 다섯 편을 한데 모았다.

45 한국 현대희곡선
김우진 김명순 유치진 함세덕 오영진 차범석 최인훈 이현화 이강백

이상우(고려대) 책임 편집

수록 작품 산돼지/두 애인/토막/산허구리/살아 있는 이중생 각하/불모지/옛날 옛적에 훠어이 훠이/카덴자/봄날

한국 현대희곡 100년사를 대표하는 작품 아홉 편. 1920년대부터 1980년대까지 각 시기의 시대 정신과 연극 경향을 대표할 만한 희곡들을 골고루 선별하였고, 사실주의 희곡과 비사실주의희곡의 균형을 맞추어 안배하였다.

⁴⁶ 혼명에서 백신애 중단편선

서영인 책임 편집

수록 작품 나의 어머니/꺼래이/복선이/채색교/적빈/낙오/악부자/정현수/학사/호도/어느 전원의 풍경—일명·법률/광인수기/소독부/일여인/혼명에서/아름다운 노을

일제강점기 한국문학을 대표하는 여성 작가이자 사회운동가인 백신애의 주요 작품 16편을 묶었다. 극심한 가난과 봉건적 인습의 굴레에 갇힌 여성들의 비극, 또는 그로부터 벗어나고자 하는 의지를 섬세한 필치와 치열한 문제의식으로 그려냈다. 그의 소설을 통해 '봉건적 가족제도와 여성의 욕망'이라는 해묵은 주제가 오늘날에도 여전히 풀리지 않는 과제로 존재하고 있음을 알게 된다.

⁴⁷ 근대여성작가선

김명순 나혜석 김일엽 이선희 임순득

이상경(KAIST) 책임 편집

수록 작품 의심의 소녀/선례/돌아다볼 때/탄실이와 주영이/경희/현숙/어머니와 딸/청상의 생활—희생된 일생/자각/계산서/매소부/탕자/일요일/이름 짓기/딸과 어머니와

일제강점기 한국문학을 대표하는 여성 작가들의 주요 작품 15편을 한 권에 묶었다. 근대 여성의 목소리로서 여성문학은 봉건적 가부장제에서 벗어나고자 개인으로서 여성의 자유로운 선택을 가로막는 온갖 질곡에 저항해왔다. 여성이 봉건적 공동체를 벗어나 개성을 찾아 나서는 길은 많은 경우 가출, 자살, 일탈 등으로 귀결되었지만, 그럼에도 여성 자신의 힘을 믿으면서 공동체의 인습에 저항하고 새로운 공동체를 지향하는 노력이 있었다. 여기에 식민지라는 조건 속에서 민족의 해방은 더 큰 과제이기도 했다. 이 책에 실린 여성 작가의 작품들은 신여성의 이러한 꿈과 현실, 한계를 여실히 드러내 보여준다.

⁴⁸ 불신시대 박경리 중단편선

강지희(한신대) 책임 편집

수록 작품 계산/흑흑백백/암흑시대/불신시대/벽지/환상의 시기/약으로도 못 고치는 병

여성의 전쟁 수난사를 가장 탁월하게 그려낸 작가 박경리의 대표 중단편 7편 수록. 고독과 절망의 시대를 살아내면서도 현실과 타협하지 못하는 결벽성으로 인간의 존엄을 고민했던 작가의 흔적이 역력한 수작들이 담겼다.